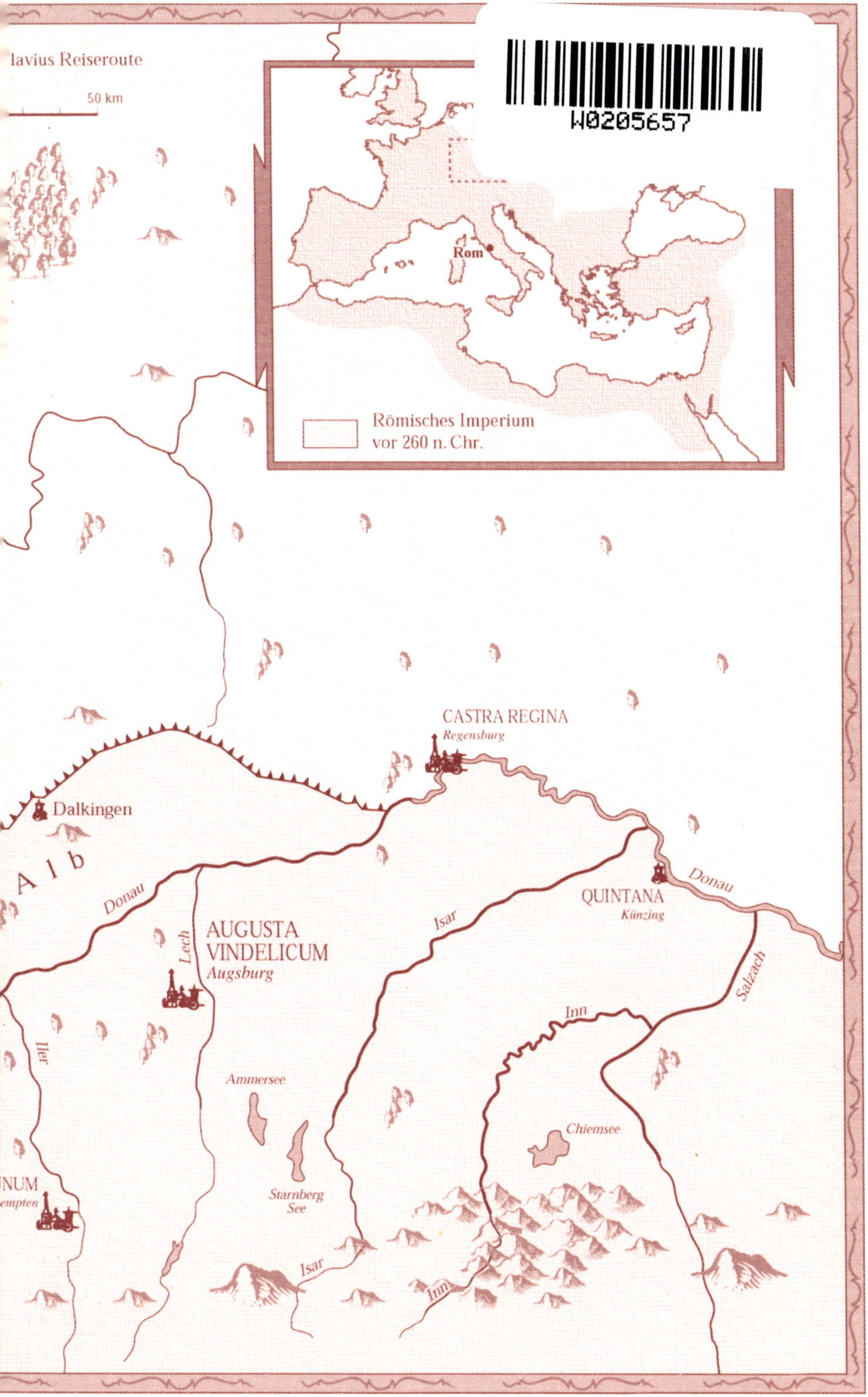

lavius Reiseroute
50 km
Rom
Römisches Imperium
vor 260 n. Chr.
CASTRA REGINA
Regensburg
Dalkingen
Alb
Donau
AUGUSTA
VINDELICUM
Augsburg
Lech
QUINTANA
Künzing
Donau
Isar
Salzach
Inn
Iler
Ammersee
Starnberg
See
Chiemsee
UNUM
Kempten
Isar
Inn

Frank S. Becker

Der Abend des Adlers

Frank S. Becker

Der Abend des Adlers

Roman

Herbig

Für Ulli, ohne die das Buch
nie entstanden wäre.

Besuchen Sie uns im Internet unter
http://www.herbig-verlag.de

Schutzumschlag: Studio Höpfner-Thoma, München
Umschlagmotive: akg-images, Berlin
Vor- und Nachsatzkarte: Theiss Heidolph
Herstellung und Satz: VerlagsService Dr. Helmut Neuberger
& Karl Schaumann GmbH, Heimstetten
Gesetzt aus der 11/13,75 Punkt Berkeley
auf Apple Macintosh in QuarkXPress
Druck und Binden: GGP Media GmbH, Pößneck
Printed in Germany
ISBN 3-7766-2387-X

Inhalt

1. Kapitel

STURMWOLKEN

259 n. Chr.

»Es ist nicht wenig Zeit, die wir haben, sondern es ist viel Zeit, die wir nicht nutzen.«

SENECA

Ein Rest von Weihrauch hing in der Luft, als der grauhaarige Mann den Eisenschlüssel aus dem Portal zog. Wie immer strich seine Hand über die Nase des linken Bronzelöwen, bevor er blinzelnd aus dem Schatten der Säulen trat. Vor ihm erstreckten sich hellrote Dächer, eine Rauchfahne stieg in den rosa Abendhimmel. Sie war unten schmal und oben breiter, sodass es schien, als schwebe ein riesiger Dolch über der Stadt. Ein Stück weiter zeichneten sich die Zinnen der Stadtmauer ab, dahinter glitzerte das Band des Flusses mit den behäbig schwankenden Schiffsmasten.

Der Mann war bereits die Stufen hinabgestiegen, als der Schatten über den Vorplatz huschte. Er reckte den Hals, legte die Hand hinter das Ohr, verfolgte das Flattern der Flügel bis zu dem Nebengebäude des Tempels. Zufrieden nickend schloss er die Türe auf, ging zum Columbarium und nahm den grauen Vogel heraus. Er spürte das pochende Herz der Brieftaube, die nach seinen Fingern pickte. Behutsam löste er das Ledersäckchen vom Bein, bevor er das Tier wieder in den Verschlag setzte und ihm eine Hand voll Körner hinstreute. Als er hinaus auf den Platz trat, raschelten herbstbraune Blätter unter seinen Sohlen.

Auf dem Heimweg lächelte der Tempeldiener. Seit Tagen fragte ihn sein Herr nach einer Brieftaube. Offenbar erwartete er Nachrichten von großer Bedeutung. Vielleicht drückte er ihm sogar eine Münze in die Hand. Viel fehlte dem alten Sklaven nicht mehr zu seinem Traum. Einige Monate noch, dann hatte er die tausend Denare beisammen, um sich freizukaufen.

Er konnte nicht ahnen, dass er schon drei Tage später tot sein würde.

Im Obergeschoss der Stadtvilla fiel das letzte Licht durch kleine Fensterscheiben auf einen Tisch, auf dem sich Papyrusrollen ringelten. Wichtige Angelegenheiten, doch der Mann im Sessel starrte nur auf die rot bemalte Wand, die langsam in der Dämmerung versank. Seine Finger trommelten auf die Holzplatte. Zwei Wochen noch blieb seine Frau auf ihrem Gut bei Augusta Treverorum. Jeden Tag, den er hier sinnlos wartete, hätte er mit der schwarz gelockten Sklavin verbringen können, die in Bicastrum zum Verkauf stand. Sein Freund Caius Cassius Doryphoros, Lagerarzt im dortigen Kastell, hatte ihm bei einem Besuch von diesem Weib erzählt: von den roten, stets leicht geöffneten Lippen, den vollen Brüsten und dem schwingenden Gang. Einen Beutel Goldstücke hatte er dem Griechen heimlich zugesteckt, dazu die beste Brieftaube des Tempels. Niemand durfte davon wissen, denn die Tauben waren nur für offizielle Botschaften bestimmt. Aber Doryphoros, der selber Knaben bevorzugte, war vertrauenswürdig. Jetzt brannte der Ratsherr darauf zu erfahren, wann er die Wonnen dieser dunkelhäutigen Venus genießen würde. Das Zimmer auf dem Hof eines Pächters stand bereit. Niemand in der Stadt Lopodunum sollte davon erfahren, schon gar nicht seine Frau Drusilla. An alles war gedacht.

Er fuhr sich durch das schüttere Haar, als ihn ein Klopfzeichen aus seinen Gedanken riss.

»Modestus? Komm rein!«

Ein kräftiger Mann mit einem gutmütigen Gesicht betrat den Raum. Lächelnd streckte er seinem Herrn ein Säckchen entgegen, das dieser ergriff, öffnete und die kleine Rolle herauszog. Fast hätte er den Sklaven vergessen, der vor ihm stand.

»Danke. Wir sehen uns später.«

Der Mann mit den schweren Augenlidern entrollte den Papyrusstreifen. Sein Blick fiel auf eine Reihe winziger Zeilen: Doryphoros' Geheimschrift. Eine Nachricht auf Latein, geschrieben in griechischen Buchstaben. Er leckte sich die Lippen, während sein Finger den Zeilen folgte. Doch was er halblaut las, entsprach in keiner Weise seinen Erwartungen:

Salve, mein liebeskranker Julius!
Leider kann ich keine Heilung für deine Lüsternheit in Aussicht stellen, stattdessen muss ich eine Warnung schicken. Barbaren haben den Limes durchbrochen und das Lagerdorf gebrandschatzt. Nur wenige konnten sich in das Kastell retten. Die lockige Sklavin, nach der es dich so verlangt, ist nicht dabei.
Die germanischen Horden haben uns eingeschlossen. Tagsüber zimmern sie Sturmleitern, dann hören wir die Schläge ihrer Äxte und Hämmer, nachts knirschen ihre Schritte vor unseren Mauern. Wir sind verzweifelt. Die meisten kampferprobten Soldaten sind damals mit Kaiser Valerianus nach Persien marschiert, den Rest hat kürzlich sein Sohn Gallienus abgezogen, um einen Aufstand in Pannonien niederzuschlagen. Ich flehe zu Mars, dass unsere Feinde nicht wissen, dass die Kastellbesatzung nur noch aus Hilfstruppen besteht. Wir haben einen Boten mit der Bitte um Rettung losgeschickt.
Mögen Mars und Fortuna uns allen beistehen!
Dein Freund Caius Cassius Doryphoros

Julius ging zu seinem Schreibtisch, sank in den Sessel, ließ die Rolle fallen und saß da, die Stirn in die Hände gestützt. Was jetzt? Den Stadtrat zusammenrufen – aber mit welcher Begründung? Diesen Brief konnte er nicht öffentlich bekannt machen, ohne sein Ansehen, seine Würde, seine Stellung zu ruinieren. Sich Avitus anvertrauen, dem kaiserlichen Präfekten, der gerade in der Stadt weilt? Er sah schon das Grinsen dieses Intriganten, in dessen Hände er dann sein Schicksal legen müsste. Den Brief durfte niemand sehen!
Doch ohne Beweise glaubte ihm keiner. Dabei war nicht sicher, ob mehr dahinter steckte als nur einer der üblichen Überfälle. Aber wenn er schwieg und die Horden über die Stadt herfielen?
Lange saß er da, las immer wieder die Botschaft, ordnete seine Gedanken. Ihm blieb noch eine Gnadenfrist. Bicastrum war über fünfzig Leugen, also drei gute Tagesmärsche entfernt. Was taten Barbarenhorden nach einem Sieg? Plündern, saufen und verge-

waltigen. Das brauchte Zeit. Vielleicht stürzten schon bald Flüchtlinge durch das Tor und warnten die Stadt.
Aber durfte er als Duumvir, einer der beiden vom Stadtrat gewählten Bürgermeister, darauf warten? Vor einem halben Jahrhundert, beim Bau der Stadtmauer, hatte man mehr darauf geachtet, Besucher zu beeindrucken als Angreifer abzuschrecken. Wohlbehauene Steinblöcke krönten die Zinnen, doch Türme fehlten. Außerdem war die Mauer lang. Zu lang, um sie mit Bürgern zu verteidigen, denen kaiserliche Erlasse den Umgang mit Waffen verboten hatten. Und niemand wusste, wie lange die Brieftaube gebraucht hatte. Oder ob andere Horden direkt auf die Stadt zumarschierten.
Julius las nochmals die Zeilen. Die Götter hatten ihm eine Botschaft geschickt. Es musste eine Möglichkeit geben, die Stadt zu warnen, ohne sich selber ins Unglück zu stürzen. Mit hastigen Schritten ging er im Zimmer auf und ab, die Stirne gefurcht. Endlich hielt er inne. Ein Lächeln umspielte seine Lippen, wurde breiter, bis es sein ganzes Gesicht erfasste. Er ging zur Tür und rief einen Diener.
Auf die Sklavin musste er verzichten, nicht aber auf einen guten Schluck. Welch ein Luxus, ihn ohne die üblichen Ermahnungen seiner Frau genießen zu dürfen. Die Lösung war gefunden, den Wein hatte er sich verdient! Nach dem dritten Becher hielt er den Papyrusstreifen in die Flamme der Öllampe.

Am nächsten Morgen fluchte der Bürgermeister – wie immer, wenn er bei offiziellen Anlässen die Toga anlegen musste. Der Sinus war schon schlimm, dieser Stoffwulst, der von der rechten Schulter über den Außenrand des rechten Armes zum Knie hängen musste, aber am meisten ärgerte ihn die Contabulatio. Wer diese sinnlose, steife Stoffbahn erfunden hatte, die sich wie ein Brett über die Brust spannte, sollte auf ewig im finstersten Winkel des Hades dahinsiechen! Seine Stimmung wurde erst besser, als er in seiner Sänfte zu

dem kleinen Palast bei den Thermen schaukelte und sah, dass der Präfekt anwesend war.
Avitus stand mit einigen Soldaten vor den gedrungenen Portalsäulen, gerade wurden Pferde herbeigeführt. Er war ein relativ kleiner Mann in den frühen Dreißigern mit dunklem, vollem Haar. Stets in eine gepflegte Tunika gekleidet, hätte man ihn gut aussehend nennen können, wären da nicht das beginnende Doppelkinn und der unstete Blick gewesen.
Der Bürgermeister stieg aus und nahm eine würdevolle Haltung ein.
»Seid gegrüßt, Präfekt. Ich habe ein wichtiges Anliegen.«
Avitus sah den Mann mit den sorgfältig über die Stirnglatze gelegten Haaren unwillig an. Sicher irgendein Verwaltungskram. Besonders lästig in einem Augenblick, da Nachrichten aus Colonia rasches Handeln erforderten. »Salve. Gibt's Neues im Stadtrat?«
Der Angesprochene schüttelte den Kopf. »Ich komme nicht in meiner Eigenschaft als Stadtrat, sondern in religiösen Angelegenheiten.«
Avitus hob die Augen zum Himmel, an dem sich die Sonne gerade durch die Schleierwolken kämpfte.
»Haben die Götter Probleme?«
Julius legte seine Stirn in Falten.
»Heute Nacht hatte ich einen schweren Traum. Ich wachte auf, schrie und …«
»Kenne ich. Vor allem nach einer üppigen Mahlzeit. Das kann warten.« Avitus ging zu seinem Pferd, als ihn die Stimme des Ratsherrn einholte.
»Nein, das kann es nicht. Wie Ihr wisst, bin ich auch Priester des Fortunatempels.«
Avitus nickte. Noch ein Amt, das dieser Wichtigtuer bekleidete. »Und, ist das Dach jetzt eingefallen?«
»Nein, aber Fortuna ist mir im Traum erschienen.« Julius senkte die Stimme. »Ein Unglück bedroht die Stadt. Wir müssen ein Opfer bringen, die Eingeweideschau wird uns weisen, was zu tun ist.«
Avitus ging auf den Bürgermeister zu. »Mein lieber Julius«, meinte

er und schnupperte, »habt Ihr mal wieder zu tief ins Glas geschaut? Ehrlich gesagt, mir schwindelt bei Eurem Atem. Die göttliche Botschaft hatte wohl mehr mit Bacchus zu tun!«
Dabei schlug er sich vor Lachen auf die Schenkel und sein Gefolge äffte ihn nach, ohne den Grund der Heiterkeit zu kennen. Der Präfekt beugte sich vor. »Wisst Ihr, welche Botschaft mich heute Morgen erreicht hat? Die Rheinlegionen rufen General Postumus zum Kaiser aus! Sie sind wütend, weil Saloninus seine Hand auf ihre Germanenbeute legen will.« Avitus sah Julius spöttisch an. »Postumus marschiert nach Colonia. Dann ist Schluss mit diesem aufgeblasenen Gallienus-Söhnchen, das sich als Mitkaiser aufspielt.«
Der rundliche Mann stand wie versteinert. Während Barbaren über die Grenze fluteten, griff ein weiterer General nach dem Purpur. Das Schicksal schien sich gegen Rom verschworen zu haben.
Avitus klopfte ihm auf die Schulter.
»Ihr versteht – wir müssen nun für Ruhe sorgen, mein lieber Priester. Der neue Kaiser braucht treue Untertanen, keine hysterischen Religionsaufwallungen und dergleichen Unsinn mehr. Für ein Opfer haben wir keine Zeit.«
Julius fasste sich schnell.
»Gerade in solchen Zeiten, Präfekt, sollte man die Hinweise der Götter ernst nehmen. Woher wisst Ihr denn, dass die Eingeweideschau nichts ergibt, das für den neuen Kaiser wichtig ist?« Seine durchdringende Stimme erfüllte die Straße. »In meinem Haushalt wissen alle von dem Traum und bald spricht die ganze Stadt davon. Wenn Ihr es anordnet, unterlassen wir das Opfer. Aber auf Eure Verantwortung!«
Avitus strich sich über den dunklen Vollbart, den er entsprechend der Kaisermode kurz gestutzt trug, und kniff die Lippen zusammen. Um ihm den Weg zu ebnen, murmelte Julius: »Unter einer Bedingung könnten wir das Opfer auf morgen verschieben …«
»Unter welcher?« Der Präfekt legte den Kopf schief.
»Wenn Ihr als frommer Mann Wert darauf legt, selbst das geeignete Tier zu stiften und es zuvor persönlich auszusuchen.«
Avitus starrte ihn an, dann ging ein Grinsen über sein Gesicht.

»Beim Jupiter, eine blendende Idee! Ich wette, dass uns auf einem der nächsten Gutshöfe das passende Prachtexemplar über den Weg läuft.« Er senkte die Stimme. »Ja, ich könnte mir sogar vorstellen, dass der Eigentümer in Anbetracht des frommen Zweckes und meiner Männer«, der Präfekt sah in Richtung der Bewaffneten, »nicht einmal auf Bezahlung besteht!«
Er lachte, als er sich in den Sattel schwang.
»Also bis morgen. Vormittags, zur vierten Stunde, wird in den Eingeweiden gewühlt!« Avitus gab seinem Pferd die Sporen und der bewaffnete Trupp trabte die Straße entlang.

Erleichtert ließ sich Julius in die Sänfte sinken und zum Fortunatempel tragen. Er kniete vor dem Standbild in der düsteren Cella und bat die Göttin um Nachsicht. Geschah es nicht zum Wohl der Stadt? Würde es nicht das Ansehen der Göttin bei dem stets nachlässigen Volk festigen? War das nicht Rechtfertigung genug für einen kleinen Schwindel?
Er beauftragte Modestus, den Tempel zu reinigen, zu schmücken und alles für das Opfer vorzubereiten, bevor ihn die Träger nach Hause brachten. Dort heuerte er Ausrufer an, um das Ereignis in der Stadt bekannt zu machen.
Am nächsten Morgen war die Luft schwül und die Schwalben schossen am Boden entlang. Julius ließ sich rasieren, die Haare schneiden und einölen, verhedderte sich vor Aufregung in der Toga, vergaß fast seinen runden Priesterhut und trieb die Sänftenträger zur Eile. Am Tempel hatten sich bereits Neugierige eingefunden, auch einige Bettler lungerten herum, die sich ein Stück Fleisch von dem Opfertier erhofften.
Er fand alles bestens vorbereitet, nur das Wetter gefiel ihm nicht. Die Sonne stand schon hoch am Himmel, doch im Westen zogen graue Wolken auf. Windstöße fegten Staub und trockene Blätter über den Platz.
Als die Sonnenuhr am Tempel die vierte Stunde zeigte, hatten sich die Honoratioren der Stadt sowie eine große Menge Volkes versammelt. Zu den Klängen einer Flöte führten Avitus' Männer ein

mit bunten Bändern geschmücktes Schaf heran. Während ein Tempeldiener das Opferfeuer schürte, trat Julius vor. Er wusch sich die Hände, bevor er mit getragener Stimme das Gebet verlas, um jeden Fehler zu vermeiden. Dann wurde das Tier mit Wein benetzt und seines Schmuckes entkleidet. Modestus ergriff ein Schlachterbeil, holte aus und ließ die stumpfe Rückseite auf den Kopf des Schafes krachen, das betäubt in die Knie sank. Die beiden Tempeldiener hoben es auf den Altar, dann zog ihm der Jüngere das Bronzemesser durch die Kehle. Während der wollige Körper im Todeskampf zuckte, öffnete Modestus mit einem langen Schnitt die Bauchhöhle.

Julius beugte sich vor, um einen Blick auf die blutigen Eingeweide zu werfen, als etwas Unerwartetes geschah.

Ein Blitz zerriss den Himmel, unmittelbar gefolgt von einem ohrenbetäubenden Donnerschlag. Alle Köpfe fuhren empor, eine Frau schrie. In diesem Augenblick drängte sich ein Mann mit Stirnglatze und langen Zottelhaaren zum Altar. Ein Stoß vor die Brust ließ den Priester zurücktaumeln, während der Unbekannte der Menge zurief: »Schluss mit dem heidnischen Popanz! Das Ende ist nahe!«

Mit weit ausholender Bewegung ergriff er mit bloßen Händen die Gedärme und warf sie in den Staub. Zwei Soldaten, die auf ihn zustürzten, hielten inne, als sein Blick sie traf.

»Bekehrt euch zum wahren Gott! Tut Buße, solange es noch Zeit ist!«

»Packt ihn!« Avitus' Stimme löste den Bann und die Männer rissen den Unbekannten zu Boden, der keinen Widerstand leistete. Der Wind steigerte sich zum Sturm und Hagelkörner, groß wie Taubeneier, prasselten hernieder.

»Brecht das Opfer ab!« Avitus Befehle durchdrangen kaum den Tumult. »Legt den Frevler in Eisen! Bringt ihn heute Nachmittag in den Gerichtssaal!«

Der Präfekt rannte samt Gefolge davon, während Julius mit seinen Sänftenträgern unter der Tempelvorhalle Schutz suchte. Der Hagel wurde zum Regen, der über den Vorplatz peitschte und nur die

Konturen der Häuser erkennen ließ. Julius zitterte am ganzen Leibe und starrte fassungslos auf die Umrisse, die von Blitzen zerrissen wurden. Sein Versuch, die Stadt zu warnen, war kläglich gescheitert.

Er drehte sich um und betrachtete die Bronzebeschläge des hölzernen Tempelportals. Im Halbdunkel schimmerten die Ringe in den Löwenmäulern, Leopardinnen mit Fischschwänzen boten ihren blank gewetzten Rücken als Türgriffe dar, darüber spähten Frauenköpfe auf den Besucher herab. Selbst in Rom dürfte es kaum Prachtvolleres geben.

Seine Hand betastete die kühle Schnauze eines Löwenkopfes. Bereits als Junge, beim ersten Besuch in Lopodunum, war er mit den Fingerspitzen darüber gefahren. Schon damals hatte er sich kaum losreißen können und anschließend in Tabernae Rhenanae Tage damit verbracht, aus rotem Ton Löwen zu formen. Immer wieder Löwen, bis ihn der Vater zurück an die Töpferscheibe schickte.

Diese Bronzen durften nicht Plünderern in die Hände fallen, um eingeschmolzen zu werden und irgendwelchen Germanentölpeln als Kochtöpfe zu dienen. Schon der Gedanke genügte, um ihn mit Wut und Verzweiflung zu erfüllen.

Als der Regen aufhörte, bestieg er seine Sänfte und ließ sich durch die nassen Straßen nach Hause tragen.

Am Nachmittag begab er sich zum Forum. Das übliche Stimmengewirr drang über den weiten, von Geschäften umgebenen Platz. Hier schlug das Herz der Stadt, hier standen die Statuen des Kaiserhauses und verdienter Bürger. Heute war Markttag, sodass die ganze Fläche vor Ständen überquoll. Das Geschrei der Händler war bis in die Sänfte zu hören.

»Schöne Bronzefibeln, in Lopodunum gefertigt. Greift zu, mein Herr.«

»Glatte Nadeln, nur bestes Bein, nur hier und heute.«

»Rotglänzendes Geschirr aus Tabernae, begehrt von Aquincum bis Vindolanda!«
»Gallische Kapuzenmäntel für den kommenden Winter!«
Vor der Stadtverwaltung, wo sonst die Mietschreiber mit ihren Tintenfässern hockten, drängte sich eine erregte Menschenmenge. Die Sänftenträger mussten mit Stockhieben drohen, um sich den Weg zu bahnen. Eigentlich wäre für eine solche Verhandlung die große Basilika der richtige Ort gewesen, doch sie war unfertig. Jahrzehnte schon ragte sie am Ostrand des Forums empor, eine mächtige Bauruine, durch deren Bogenfester der Himmel blickte. Unter den Vornehmen der Stadt fand sich niemand mehr, der Geld und Willen für den Weiterbau aufgebracht hätte, und alle Bittschriften nach Rom waren erfolglos geblieben. Die Nachmittagssonne stach durch die Wolken und ihr warmer Schein ließ den roten Sandstein erglühen.
Julius passierte die Wachen am Eingang und wartete, bis sich seine Augen an das gedämpfte Licht gewöhnt hatten. Avitus saß auf seinem erhöhten Sessel und begrüßte ihn mit sichtlicher Ungeduld. In der Hand hielt er eine Papyrusrolle, das Protokoll der Vorvernehmung des Fanatikers. Der wurde gerade in den Raum geführt und nahm zwischen zwei Soldaten Aufstellung. Auf ein Zeichen des Präfekten hin stießen die Wachen dreimal ihre Speere auf die Steinplatten des Bodens und der hallende Laut brachte alle Gespräche schlagartig zum Verstummen. Der Bürgermeister, der wusste, wie gerne Avitus öffentliche Auftritte als Katz-und Maus-Spiel inszenierte, war voll gespannter Erwartung auf ein unterhaltsames Spektakel.

Avitus beugte sich vor und fixierte den Angeklagten. »Nun, mein Bester, wie geht es uns jetzt, ist der Anfall vorbei?«
»Mir ging es nie besser«, entgegnete der hagere Gefangene mit unbewegter Stimme.
Der Präfekt schüttelte den Kopf, murmelte: »Das kann sich ändern ...« und überflog das Vernehmungsprotokoll.
»Du bist römischer Bürger, hast also das Recht auf einen Prozess.

Wieso nennst du dich dann Johannes, so heißt doch kein anständiger Römer?«
»Auch ich hatte früher einen heidnischen Namen. Den Taufnamen eines unserer Propheten trage ich seit meiner Erleuchtung durch den Herrn.«
Avitus musterte ihn verwundert und runzelte die Augenbrauen.
»Soll das etwa heißen, dass du vorher mit noch größerem Irrsinn geschlagen warst? Helft mir, dass ich solcherlei Unmöglichkeit begreife!« In theatralischer Verzweiflung hob er die Hände und wandte sich an die Umstehenden, die höflich lachten. Dann kratzte er sich am Kopf und starrte wieder auf die Papyrusrolle.
»Hier steht, dass du dich zu den Christen bekennst. Das sind doch die Sektierer, die sich bei den letzten Maßnahmen des Kaisers Valerianus weigerten, unseren Göttern oder dem Kaiser zu opfern. Ihnen zufolge gibt es nur einen einzigen Gott, nämlich, man höre und staune ...«
Mit erhobenem Zeigefinger blickte Avitus im Saal umher.
»... ausgerechnet den ihren! Zugleich aber schwätzen eure Prediger noch von einem Sohn und zu allem Überfluss ist sogar ein heiliger Geist mit im Bunde – ja, sag es mir lieber gleich, auf wie viele Spießgesellen ich mich in eurem Pantheon noch gefasst machen muss, häh? Und dann ist nicht etwa der heilige Geist, sondern der Sohn zum Himmel aufgefahren, wohl ganz wie ein Vögelein – etwa so?«

Avitus erhob sich, wedelte mit abgewinkelten Armen und imitierte die plumpen Flugversuche eines Huhnes. Diesmal ließ die Komik der Vorstellung die Anwesenden in donnerndes Gelächter ausbrechen. Der Präfekt sah sich zufrieden um, setzte sich wieder und die Freundlichkeit schwand aus seinem Gesicht.
»Oder seid ihr Christen doch nicht so mit Dummheit gesegnet, wie ihr der römischen Obrigkeit weismachen wollt? Habt ihr vielleicht vor, im Auftrage der Perser – denn aus dem Osten kommt ihr ja – unseren Staat mit eurer weltfremden Lehre zu zersetzen? Raus mit der Sprache!«

Der Angeklagte zuckte mit den Schultern. Dann antwortete er.
»Es übersteigt vielleicht die Fähigkeiten eines einfachen Gläubigen, einem Zweifler das Mysterium der Trinität zu erklären. Aber wenn Ihr wirklich den Drang verspürt, mehr über unseren Glauben zu erfahren, könnte man aus Augusta Treverorum einen Episcopus kommen lassen.«
»Einen was?« Avitus hatte sich halb erhoben und stierte den Gefangenen mit offenem Munde an. »Ja, glaubst du denn, ich habe nichts anderes zu tun als hier zu sitzen und zu warten, bis sich in dieser Stadt ein ganzer Sumpf voll übelsten Ungeziefers angesammelt hat? Nein, du musst schon selber antworten.« Avitus warf einen Blick auf die Rolle. »Was ist das für ein seltsames Ritual, bei dem ihr in ein Becken steigt?«
»Die Taufe dient der Reinigung von der Sünde, mit der wir alle geboren werden, und der Aufnahme in die Gemeinschaft der Gläubigen.«
Der Präfekt schüttelte fassungslos den Kopf und ließ seinen Blick über die Anwesenden schweifen.
»Soll das etwa heißen, dass neugeborene Kinder sündig sind, nicht aber solche ausgewachsenen Spitzbuben wie der da? Und ich, der im Gegensatz zu ihm täglich die Thermen besucht, bin unrein? Habt ihr das im Protokoll?« Die Schreiber bejahten und Avitus gab seinem Gesicht einen Ausdruck väterlicher Güte.
»Ganz ehrlich – ihr Christen sündigt doch nach eurer so genannten Taufe schon mal wieder, oder?«
Johannes nickte. »Gott der Herr führt uns in Versuchung und wir sind nicht immer stark genug zu widerstehen. Dann müssen wir Buße tun und durch ein frommes Leben Gottes Gnade wieder erlangen.«
Avitus grinste und klopfte sich an die Stirne.
»Also, sollte mich je dieser Wahn befallen, würde ich mich am Ende meines Lebens taufen lassen. Dann könnte ich mir den ganzen Unsinn mit der vorigen Büßerei sparen. Aber es drängt mich zu erfahren, in welcher Form einem so armseligen Schlucker Gottes Gnade widerfahren ist.«

Der Angeklagte musterte die Menge der Gesichter, die ihn anstarrten.
»Vor einem Jahrzehnt lebte ich in Augusta Raurica. Damals fuhr der böse Geist in den Kaiser Traianus Decius und er verlangte von allen, ihn als Gott zu verehren.«
»Du meinst die Supplicatio, das allgemeine Opfer, das der Imperator zum Heile des Reiches angeordnet hatte«, unterbrach ihn der Präfekt.
»So nannten es die Heiden«, nickte Johannes. »Viele Mitglieder unserer Gemeinde wurden schwach, opferten am Kapitolstempel vor den Statuen, wurden registriert und erhielten ihr Libellum, die Opferbescheinigung.«
»Na siehst du, es geht doch«, warf Avitus leutselig ein.
»Nein! Ich weigerte mich und war zum Martyrium bereit. Ich sollte in der Arena den wilden Tieren vorgeworfen werden.« Johannes starrte dem Präfekten in die Augen, bis dieser den Blick senkte. »Doch in der Nacht zuvor ließ Gott die Erde erbeben, die Kerkermauern zerbarsten und ich kam frei. Vielleicht war ich noch nicht berufen, die ewige Seligkeit zu erlangen.«
Avitus sah Johannes herablassend an.
»Jetzt sind wir beim Kernpunkt angelangt. Mir scheint, dass ich dir entgegenkommen kann, indem ich dieser Warterei ein Ende setze. Ein verstockter Schurke wie du hat den Tod verdient. Wie hättest du es denn gerne?« Avitus rieb sich die Hände.
»Wie wäre es mit einer feinen Kreuzigung? Ich habe mir sagen lassen, dass ihr Christen darauf ganz versessen seid. Doch glaub mir, das ist kein so erhabenes Erlebnis, wie du vielleicht denkst. Ich habe unter Kaiser Traianus Decius mal eine fachmännische Hinrichtung mit ansehen dürfen, und am dritten Tage fing der Verurteilte an, selbst mir Leid zu tun. Und wenn man ihm dann nicht die Beine gebrochen hätte, um die Angelegenheit zu beschleunigen …«
Avitus wiegte den Kopf, dann strahlte er.
»Ach, ich vergaß, du scheinst mir ein Tierfreund zu sein. Da ließe sich etwas machen. Wir hatten im Theater schon lange nichts wirk-

lich Unterhaltendes mehr, jedenfalls nicht für mich und meine Freunde. Ich lasse nachsehen, was noch an Bestien vorrätig ist. Wir könnten auch in Mogontiacum anfragen, ob sie uns mit etwas Exotischem aushelfen würden, einem Panther vielleicht ...«

Den letzten Satz hatte er schon für sich gemurmelt, ganz in Gedanken an das in Aussicht stehende Spektakel, als Johannes' Stimme durch den Saal hallte.

»Sollte Gott mich zum Martyrium berufen, so geschehe sein Wille. Ich vergebe Euch, Präfekt!«

Mit offenem Mund starrte Avitus den Gefangenen an, dann schrie er:

»Wenn es einen gibt, dessen Willen hier geschieht, dann bin ich es. Und wenn einer zu vergeben hätte, dann allenfalls ich, der Vertreter des Kaisers!« Avitus Stimme überschlug sich fast. »Aber ich vergebe nicht! Führt ihn ab! Lasst mich für heute in Frieden mit diesem Abschaum!«

Langsam leerte sich der Raum, die Stimmen verloren sich und letzte Schritte hallten von dem Steinfußboden. Julius ging zur Türe. War Fortuna erzürnt über den inszenierten Schwindel? Hatte sie deswegen das Opfer scheitern lassen? Oder war der unbekannte Gott, für den dieser seltsame Johannes sein Leben gab, vielleicht doch stärker? Gedankenversunken schlug er den Weg zum Fortunatempel ein. Hoffentlich hat das Unwetter nicht das Dach beschädigt. Schon Jahre war eine Ausbesserung überfällig. Aber woher das Geld nehmen?

Plötzlich hörte er laute Stimmen und vier Soldaten bogen um die Ecke. In der Mitte führten sie den mit Ketten gefesselten Johannes. Bei jeder Gelegenheit gaben sie ihm einen Stoß oder Tritt, sodass er mehr torkelte als lief.

»Avitus hat die Damnatio ad Bestias unterzeichnet«, rief der Hauptmann. »Wir bringen ihn zum Theater und pflocken ihn dort an.«

Der Ratsherr folgte ihnen, denn er hatte ein Stück den gleichen Weg. An einer Schänke trat der Wirt vor die Türe, ein frommer Anhänger Jupiters. Er winkte die Soldaten herein, um ihnen eine Runde billigen Weines zu spendieren. Julius, der einen Blick durch die Türe geworfen hatte, spürte den essigsauren Geruch in der Nase und wollte gerade gehen, als ein hagerer Soldat den Gefangenen packte und ihn zu einer Säule im Hof schleppte. Sie bestand aus einem quadratischen Sockel mit Reliefs von Merkur, Herkules, Minerva und Juno. Darauf erhob sich der runde Schaft, oben gekrönt von der Statue des Blitze schleudernden Jupiters zu Pferde. Der Wirt war stolz auf die Säule und hatte sie nach einer Zerstörung auf eigene Kosten wieder aufrichten lassen.
»Jetzt runter auf die Knie!«, befahl der Soldat. Als der Gefangene unbeweglich blieb, trat ihn ein zweiter von hinten in die Kniekehlen, dass er stumm zusammensackte. Die beiden Bewaffneten ergriffen ihn und drückten seinen Kopf gegen den Sockel.
»Er hat den Merkur geküsst. Wir alle haben es gesehen!«, rief der Hakennasige, doch Johannes sammelte seinen Speichel und spuckte auf die Säule. Der Soldat schlug ihm ins Gesicht und holte erneut aus, als ihn der Hauptmann zurückriss.
»Schluss, ich will hier keinen Aufruhr. Wir bringen ihn zum Theater. Dort erhält er ein Dutzend Stockschläge. Und zwar von dir!« Er blickte den Hageren an. »Dafür darfst du ihn auch bis zu seiner Hinrichtung bewachen – Tag und Nacht!«, fügte er spöttisch hinzu. Der Hakennasige rieb sich das Kinn, schüttelte den Kopf und brach mit seinen Kumpanen auf.

Julius verließ die Kneipe und war nach wenigen Schritten beim Tempel. Ein zerbrochener Dachziegel lag am Boden, das war alles. Er legte seine Hand auf den Ring im Maul eines Löwen. Der unbekannte Künstler musste lebendige Tiere als Vorbilder gehabt haben, so gut war die raubtierhafte Wildheit getroffen.
Julius überlegte. Es waren weder Flüchtlinge gekommen noch Boten mit der Meldung über einen abgewehrten Angriff. Aber die Portalbronzen gehörten zum kostbarsten Besitz – nicht nur des Tem-

pels, sondern der gesamten Stadt! Sie mussten in Sicherheit gebracht werden, doch ohne Aufsehen! Morgen würde er die Vorderfront des Tempels mit Tüchern zuhängen lassen. Er kannte zuverlässige Handwerker, die gegen einige Denare die Beschläge abnehmen würden. Auch ein Versteck wusste er, wo sie lagern konnten, bis die Gefahr vorüber war.

Der Bürgermeister setzte sich auf die oberste Tempelstufe, um über die zweite, ungleich schwierigere Frage nachzudenken. Wie konnte er sich selbst und alle Menschen seines Hausstandes ebenso heimlich in Sicherheit bringen? Das Kinn in die Hände gestützt, saß er da, bis sein Blick auf einen der Schiffsmasten fiel, der wie ein mahnender Finger in den Himmel ragte. Er nickte zufrieden, erhob sich und ging bei einigen Handwerkern vorbei, bevor er seine Schritte zum Hafen lenkte. Diese Nacht sank er in einen ruhigen Schlaf. Das letzte Mal für lange Zeit, aber das wusste er nicht.

Am nächsten Morgen winkte Julius ab, als seine Sänftenträger ihn fragend anblickten. Er ging in Begleitung von Modestus, der zwei Maultiere besorgt hatte, zum Tempel, wo schon die Handwerker warteten. Dort murmelte er etwas von einer schon lange fälligen Reinigung, ließ die Zwischenräume der vorderen Säulen mit Tüchern zuhängen und zog ein Wachstäfelchen aus der Gürtelschlaufe. Rasch fertigte er eine Liste der Bronzeteile an, während die Arbeiter sich daranmachten, die vor hundert Jahren in die Holztüre getriebenen Nägel herauszustemmen.

Als er sah, dass sie sorgfältig vorgingen, winkte er Modestus, ihm zum nahen Südforum zu folgen. Es lag am Cardo, der Hauptstraße, die Lopodunum in nordsüdlicher Richtung durchschnitt, hatte einen prächtigen Säulenportikus und einen gepflasterten Innenhof. Vor allem aber verfügte es über ausgedehnte Kellerräume, die leer standen und zu denen der Ratsherr den Schlüssel besaß.

Die beiden stiegen in die muffig riechenden Gewölbe hinab, tasteten in den düsteren Räumen umher, bis sie schließlich unter dem abgestellten Gerümpel eine große, leere Holzkiste fanden. Auf dem Rückweg erklärte der Ratsherr dem Sklaven seine Aufgabe. Modestus, gewohnt keine Fragen zu stellen, nickte stumm.

Am Tempel redeten die Arbeiter erregt auf Julius ein. Sie hatten schon drei Löwenköpfe und zwei Leopardinnen abmontiert, als ein Bote angerannt kam. Er schwitzte und hielt eine Papyrusrolle umklammert, die er nur dem Bürgermeister persönlich übergeben wollte. Julius seufzte. Wahrscheinlich wieder die Frage, ob Karren tagsüber in die Stadt durften oder ob es bei dem Verbot blieb. Der Geschirrhändler aus Tabernae, an den er vor einigen Jahren seinen Anteil an der väterlichen Töpferei verkauft hatte, verfolgte ihn seitdem mit dem Wunsch nach einer Sondergenehmigung. Kopfschüttelnd machte Julius sich auf den Weg zum Rathaus und ging im Geist nochmals die Einzelheiten seines Planes durch.
»Herr, da seid Ihr ja.« Julius sah auf und erblickte Felix, seinen jüngsten Sklaven, der ihm von der anderen Straßenseite zuwinkte.
»Was gibt es, mein Kleiner?«
Der blonde Junge war mit wenigen Schritten bei ihm. »Ein Bote kam in die Villa. Er wollte nur Euch sprechen. Wir haben ihn zum Tempel geschickt. War das richtig?«
Julius nickte. »Ja, aber er hat mich nicht erreicht. Ich muss jetzt zur Stadtverwaltung.« Er wollte sich schon zum Gehen wenden, als ihm ein Gedanke kam. Er drückte dem Jungen einige Münzen in die Hand, flüsterte ihm etwas ins Ohr und sah, wie er losrannte.
Als er das Rathaus betrat, herrschte eine spürbare Unruhe. Die Beamten tuschelten, aber sobald er in die Nähe kam, vermieden sie seinen Blick und vertieften sich in ihre Arbeit. Sein Sekretär stürzte auf ihn zu.
»Herr, hat er Euch endlich gefunden?«
»Wer denn«, raunzte der Ratsherr. »Was geht hier vor?«
»Der Bote. Er hat Euch weder in der Villa noch am Tempel angetroffen.« Der kleine Mann schüttelte den Kopf. »Jetzt sucht er Euch in der Stadt.«
»Bei den kapitolinischen Göttern – worum geht es?«, fragte Julius ungehalten. »Wieder die Karrenfrage?«
»Ich glaube nicht. Der Bote ist von Avitus.«
»Dann lauf zu ihm und frag, was er will!«
»Unmöglich, mein Herr.« Der Sekretär rang die Hände. »Der Prä-

fekt ist vor einer Stunde weggeritten, mit allem Gefolge. Ich weiß nicht, worum es geht.«

Julius zuckte mit den Schultern. »Nun, ich bin auch nicht das Orakel zu Delphi.« Er wandte sich zum Gehen. »Ich habe noch in der Stadt zu tun. Zum Mittagessen bin ich wieder zu Hause.«

Nachdenklich ging er den Cardo nach Süden. Obwohl es noch nicht einmal Mittag war, schlossen einige Händler bereits ihre Geschäfte und verriegelten die schweren Holzläden, doch er maß dem keine Bedeutung bei. Am Tempel angekommen, bezahlte er die wartenden Arbeiter, bevor er zum Südforum ging. Im Innenhof sah sich um, öffnete die Türe zum Rückgebäude und stieg in den Keller. Modestus wartete im Schein einer Öllampe, vor sich auf einer Decke die Bronzen ausgebreitet. Als Julius kontrolliert hatte, dass nichts fehlte, stapelten beide Männer die Teile in die Kiste. Zuunterst die großen schweren Löwenköpfe, dann die Leopardinnen, die Götterbüsten, die Zierbleche und zuletzt die restlichen Bronze- und Eisenteile. Sie nagelten den Deckel zu, häuften Gerümpel darüber, versperrten die Kellertüre und gingen nach Hause.

In der Villa ließ sich der Ratsherr zuerst das Mittagessen servieren. Es lag ihm nicht, schwierige Botschaften mit nüchternem Magen zu verkünden. Gerade hatte er sich entschlossen, alle Hausbewohner zusammenzurufen, als der Diener anklopfte.

»Herr, ein eiliger Besucher möchte Euch sprechen.«

Julius sah auf und sein Magen krampfte sich zusammen. »Führ ihn herein!«

Hastige Schritte auf dem Gang. Ein verschwitzter Mann erschien in der Türe. Keuchend stierte er den Ratsherren an, als könne er das erfolgreiche Ende seiner Irrwege nicht fassen, dann hielt er eine versiegelte Rolle hoch. Julius wollte das Schriftstück ergreifen, doch der Bote gab es ihm erst, nachdem der Bürgermeister den

Empfang auf einem Wachstäfelchen quittiert hatte. Mit einer flüchtigen Verbeugung verschwand er.
Julius betrachtete die Rolle mit dem Siegel des Präfekten. Jetzt hatte er sie endlich in der Hand, die Botschaft, die ihn seit Stunden verfolgte, die er ebenso fürchtete wie erwartete. Am liebsten hätte er das verfluchte Ding ins Küchenfeuer geworfen. Doch zugleich zerfraß ihn die Neugier, sodass er mit zitternden Fingern das Siegel erbrach. Was er las, sollte sein Leben verändern.
Der Text war knapp, offensichtlich in Eile hingeworfen, alle Floskeln um die kaiserliche Majestät auf das notwendige Mindestmaß reduziert. Nachdem er diese Förmlichkeiten überflogen hatte, kam er zum Kern der Botschaft und schlagartig wurde ihm die ganze Infamie klar.

»... ich sofort nach Colonia abreisen muss, um wichtige Dienste für Kaiser Postumus zu leisten, soeben aber von einem germanischen Durchbruch durch unsere Grenzverteidigung erfahre, übertrage ich hiermit meine Befehlsgewalt auf die Duoviri. Insbesondere erteile ich den Befehl zur Verteidigung der Stadt und setze hiermit alle Verordnungen, die der Bewaffnung der Bürger entgegenstehen, für den Zeitraum der Bedrohung außer Kraft. Die Duoviri sind somit dem Kaiser verantwortlich, dass die befestigte Stadt Lopodunum samt ihren öffentlichen Gebäuden und dem Besitz der steuerzahlenden freien Bürger nicht Opfer eines Barbarenüberfalls wird!
Gezeichnet Avitus, kaiserlicher Präfekt.«

Mit einem Fluch zerknüllte Julius das Schreiben. Zwei Tage waren durch sein Taktieren verloren gegangen! Jetzt hatte Avitus ihn festgenagelt, denn der zweite Duumvir weilte gerade auf seinem Landgut bei Borbetomagus. Damit war er, Julius Verecundus, für die bedrohte Stadt verantwortlich – nun, nachdem es zu spät war und die Mittel fehlten, sie wirksam zu verteidigen. Seine heimlichen Fluchtpläne konnte er begraben, er musste den Stadtrat zusammenrufen und Alarm schlagen.

Nach kurzem Nachdenken schickte er alle Mitglieder seines Haushaltes als Boten zu den anderen Stadträten mit der Aufforderung, sofort zum Rathaus zu kommen. Da selbst die Sklaven, die die Sänfte trugen, unterwegs waren, musste Julius anschließend zu Fuß loshasten. Jetzt bemerkte er, welch Spannung die Stadt erfüllte. Menschen standen in kleinen Grüppchen zusammen, redeten und gestikulierten, senkten aber die Stimmen, sobald sie den Bürgermeister vorbeihetzen sahen. Fast alle Läden waren schon geschlossen. Mit starrem Blick, ein klirrendes Bündel über der Schulter, lief der Goldschmied an ihm vorbei, vom Schneider gefolgt, über dessen Schulter ein halbfertiger Mantel wehte. Offenbar flog das Gerücht von dem Barbarenüberfall schon von Mund zu Mund, sodass jeder nur noch an die eigene Haut dachte.

Eine Viertelstunde nach seiner Ankunft trafen noch weitere fünfzehn Stadträte ein. Sie versammelten sich im Sitzungssaal und bald hallten die Stimmen durch den Raum.
»Wie viel Zeit bleibt uns?«
Julius überlegte. »Nicht mehr als ein Tag, vielleicht nur noch einige Stunden.« Erregtes Gemurmel folgte, aus dem Quintus' Stimme herauszuhören war.
»Lasst uns verschwinden. Wozu den Helden spielen?«
»Weil es unsere Stadt ist und unser Besitz, der geplündert wird.« Das war der rundliche Blandus, der in der Stadt mehrere Häuser besaß.
»Und deswegen sollen wir krepieren?«, ereiferte sich Quintus, der so sparsam lebte, dass ihn alle nur den Geizhals nannten, dabei aber Säcke voll Münzen hortete.
»Nein, aber wir könnten die Barbaren abschrecken. Einige hundert Verteidiger auf der Mauer genügen«, rief Julius dazwischen.
»Er hat Recht«, meldete sich der Töpfereibesitzer Carus zu Worte. Alle wandten sich ihm zu, denn er verfügte dank dreier Jahre als Centurio bei der Legion III Italica über militärische Erfahrung. »Gegen einen richtigen Ansturm können wir uns nicht halten. Aber bei Verhandlungen ist unsere Position besser!«

Stimmengewirr folgte. Den Germanen Geld anzubieten, um ihren Abzug zu erkaufen, war ein in den letzten Jahren selbst bei hohen Feldherren gebräuchliches Verfahren. Allerdings führte es auch dazu, dass die Barbaren immer dreister wurden.

Julius hob die Stimme. »Wir müssen schnell handeln. Lasst uns beraten, wie wir genug Männer zusammenbekommen.«

»Auch Sklaven? Wollt Ihr etwa die Sklaven bewaffnen?«

Der Zwischenruf löste erneut eine heftige Debatte aus. Blandus meldete sich zu Wort.

»Ich bin dafür. Wir brauchen alle!«

»Der Unsinn wird immer schlimmer!« Der kahle Geizhals gab nicht auf. »Ab nach Westen, solange es noch geht! Das sollten wir beschließen.«

»Und ich schlage vor, dass wir sofort die Tore verriegeln und die Stadtmauer bemannen, und zwar mit Hilfe der Collegia«, donnerte Carus dazwischen. »Niemand sonst kann so schnell so viele Männer mobilisieren wie die Berufsvereinigungen.«

Julius klatschte in die Hände. »Wir stimmen jetzt ab. Wer ist für Flucht?«

Quintus hob die Hand, sah sich um, doch niemand schloss sich ihm an.

»Und wer ist dafür, Carus zum Befehlshaber zu ernennen?«

Alle Arme fuhren hoch.

»Damit ist die Sache entschieden.« Carus trat vor. »Wir teilen die Stadtmauer in Abschnitte ein, die jeweils einem Collegium zur Verteidigung anvertraut werden. Als Waffen sollen die Leute ihre Werkzeuge nehmen oder sich Knüppel besorgen. Einverstanden?«

Alle nickten stumm.

»Ich habe hier ein Stück Papyrus, um einen Plan zu entwerfen. Die Flussfischer übernehmen den Mauerabschnitt am Hafen, dann kommen die Zimmerleute …«

»Und das Theater?«, fragte Blandus, als die Einteilung abgeschlossen war. Der halbrunde Bau kauerte wie eine Schildkröte vor der südöstlichen Stadtmauer.

»Wenn wir genügend Männer hätten, wäre es ein gutes Vorwerk«, überlegte Carus. »Dabei fällt mir ein, dass wir gerade einen Gladiator namens Pantacarus in der Stadt haben. Den werde ich als Unterbefehlshaber einsetzen.«

Einige Stadträte schüttelten zweifelnd den Kopf, doch Carus wischte ihre Bedenken mit einer Handbewegung beiseite.

»Ich bin froh um jeden, der ein Schwert am richtigen Ende halten kann. Und was das Theater betrifft – das können wir nicht auch noch bemannen, sonst zersplittern wir unsere Kräfte. Hauptsache, wir halten die Stadtmauer!«

Carus' Rat war militärisch richtig. Seine fatalen Folgen sollten sich erst später zeigen.

Befreit von der lähmenden Ungewissheit, eilte Julius zur Stadtverwaltung. Die Beamten liefen aufgeregt durcheinander wie die Beute vor dem Habicht, räumten Aktenschränke aus und schleppten Urkunden in den Keller. Peitschengeknall und das Knirschen eisenbeschlagener Räder ließen ihn ans Fenster treten: Ein großer Wagen kroch vorbei, von zwei Ochsen gezogen, darauf fünf Leugensteine, an denen noch braune Erde klebte. Julius traute seinen Augen nicht.

»Bei Jupiters Blitz! Was geht hier vor?« Sein Schreiber eilte herbei.

»Vigellius, der für Straßenbau zuständige Beamte, hat angeordnet, die Steine in Sicherheit zu bringen. Die Barbaren hassen alle Zeichen römischer Ordnung. Damit sie die Wegweiser nicht beschädigen, lagert er sie im Keller ein.«

Der Ratsherr fasste sich an die Stirn. Diensteifrige Beamte bargen Steine, während es um Leben und Tod ging! Kopfschüttelnd rief er alle im Rathaus verbliebenen Männer zusammen und teilte sie in vier Gruppen ein. Sie sollten die Stadttore besetzen und alle Einwohner zum Forum schicken, wo die Registrierung der Verteidiger stattfand. Doch als Julius etwas später zum Westtor ging, tobte dort ein hysterischer Haufen.

»Lasst uns raus, ihr Schreibtischhelden!«
»Niemand hat das Recht, uns hier festzuhalten.«
»Kommt lieber mit! Noch ist Zeit.«
Julius hob die Hand mit dem Goldring. Die Menge teilte sich und ließ ihn zum Tor, wo er sich inmitten der Stadtbediensteten aufbaute, die Arme in die Hüften gestemmt.
»Bürger Lopodunums! Es besteht kein Grund zur Flucht. Der Stadtrat hat beschlossen, die Mauer zu besetzen. Wenn wir unsere Stadt verteidigen, schützen wir uns selber, unseren Besitz, unsere Frauen und Kinder.« Julius sah über die angespannten Gesichter. »Wem unter euch fehlt dazu der Mut? Wer will uns alle im Stich lassen? Du etwa, Caecilius?« Er zeigte auf einen Zimmermann, der seine Säge geschultert hatte. »Oder du, Murranius, der Kammschnitzer, oder du da hinten, dich kenne ich aus der Schänke am Forum?«
Die Männer sahen zu Boden, schüttelten die Köpfe und wandten sich zögernd um. Die Übrigen folgten ihnen, als klappernde Hufe und ratternde Räder über den Decumanus maximus hallten. Ein vierrädriger Reisewagen rollte heran, den der Kutscher nur mühsam zum Stehen brachte. Der Mann schrie auf die Menge herab, ließ drohend die Peitsche knallen, doch einige aufgebrachte Männer umringten den Wagen und hielten ihn fest. Der Vorhang des Fensters flog zur Seite und der kahle Kopf des Geizhalses fuhr heraus.
»Aus dem Weg, ihr Tagediebe!«, schnarrte er. »Ich bin Ratsherr, lasst mich sofort durch!«
Julius schritt auf den Wagen zu. »Was soll das?« Sein Blick musterte Quintus. »Habt ihr den Beschluss des Stadtrats, den Befehl des Präfekten vergessen? Euer Platz ist hier!«
Höhnisches Lachen schallte aus dem Wagen.
»Befehl des Präfekten? Damit wische ich mir den Hintern ab!« Quintus wandte sich an die Menge. »Wisst ihr, dass dieser Hasenfuß schon vor Stunden abgehauen ist?« Lebhaftes Gemurmel erhob sich, über das die Stimme des Geizhalses hinwegtönte. »Spielt nicht die Helden! Oder wollt ihr, dass die Germanen ihren verdammten Met aus euren Schädeln saufen?«
Er gab dem Kutscher ein Zeichen. »Weg frei, ihr Holzköpfe!«,

brüllte der Mann auf dem Bock und ließ die Pferde anrucken. Die Peitsche knallte dicht über den Köpfen und zog eine blutige Spur über die Wange einer Frau. Sie kreischte wie eine Besessene, die Kutsche rollte an. In diesem Augenblick schob ein Alter seinen Knotenstock zwischen die Speichen. Der Wagen saß ruckartig fest, der Kutscher verlor das Gleichgewicht und stürzte vom Bock. Die Menge johlte, mehrere Männer griffen in die Speichen der Räder, unter Hau-Ruck-Rufen stemmten sie den Wagen an einer Seite hoch. Einen Augenblick stand das Gefährt auf der Kippe, das entsetzte Gesicht des Geizigen im Fenster, dann zersplitterten die Räder und der Wagen sank um. Er krachte gegen eine der Säulen, die entlang der Straße die Vordächer stützen. Der Steinschaft kippte, das Dach brach herunter, Ziegel prasselten auf den Wagen und die Pferde, die wiehernd mit den Hufen um sich schlugen. Dann drängte die Menge zum Tor, trampelte die Wachen beiseite und stürzte hinaus.
Julius sah ihnen entgeistert nach, konnte aber nur noch die Torflügel schließen lassen, den Riegel vorschieben und mit einem Vorhängeschloss sichern, dessen Schlüssel er einsteckte.
Stöhnen und Fluchen ließen ihn herumfahren. Der Geizhals kletterte aus seinem Wagen und zerrte mehrere Geldsäcke heraus. Dann hinkte er mit dem Kutscher die Straße zurück, gebeugt unter der Last seiner Denare.

Julius wandte sich ab und kletterte die Stufen neben dem Tor zum Wehrgang hinauf. Oben hatte er einen guten Blick auf den ruhig dahinströmenden Fluss und den Trupp Flüchtlinge, der zwischen Mauer und Flussufer entlang nach Norden hastete. Als sie den Rand der Stadt erreicht und bereits ein Stück des freien Feldes passiert hatten, galoppierte von Osten ein Dutzend Reiter heran. Den flatternden Fellumhängen nach waren es Teile der barbarischen Vorhut; schnelle Reitertrupps, die auf rasche Plünderungen aus waren. Sie umzingelten die Flüchtlinge, ließen ihre Schwerter, Keulen und Äxte auf die Menschen niedersausen, dass man meinte, trotz der Entfernung das Zersplittern der Knochen zu hören. Doch als alle reglos am Boden lagen, stiegen die Germanen nicht zum Plündern ab, sondern beachteten die Leichen nicht und ritten auf die Stadtmauer zu. Sie folgten dem Fluss in Richtung Stadttor, bis Steinwürfe von der Mauer herab sie in die Flucht schlugen.

Als Julius sah, wie diszipliniert die Reiter außer Bogenschussweite patrouillierten, begann er zu begreifen, warum Lopodunum nicht schon früher gewarnt worden war. Diesmal umzingelten die germanischen Reiter ihre Beute, plünderten die Umgebung und fingen alle Flüchtlinge ab, bevor die Hauptmacht angriff. Irgendwer unter diesen Blondschöpfen hatte römische Strategie studiert. Jupiter steh uns bei!

Jetzt stiegen im Norden Rauchschwaden auf. Dort lag die große Villa an der Straße nach Mogontiacum und bald sahen die Männer auf der Mauer, wie Flammen aus dem langen Dach züngelten. Der Haupttrupp konnte nicht mehr weit sein.

Beim Blick auf den Weg, auf dem heute Morgen Avitus geflohen war, verwünschte Julius den Präfekten. Warum hatte der elende Feigling alle Soldaten mitnehmen müssen?

Doch der Präfekt hatte nicht alle Soldaten mitgenommen.

Im Halbrund des Theaters befanden sich zwei Menschen, die von der ganzen Aufregung nichts wussten. Johannes war an einen Pflock gekettet, vor ihm saß sein Bewacher, den der Präfekt bei der überstürzten Abreise vergessen hatte. Inzwischen war dem Soldaten jeder Spaß an seiner Aufgabe vergangen.

»Glotz nicht so finster!«, fuhr er den Gefangenen an. »Erzähl mir lieber was Nettes.«

»Du kannst gerettet werden«, murmelte Johannes, »wenn du bereust.«

»Was Lustiges, mein ich. Kennst du keinen Witz, so etwas in der Art: Zeus trifft die hundertbrüstige Artemis. Meint Zeus …«

Der Gefangene zischte ihn an. »Auf verstockte Sünder wie dich wartet die Hölle!«
»Jetzt reicht mir dein Gerede und deine schlechte Laune!« Der Soldat stand auf, verschwand im Bühnenhaus und kam nach kurzer Suche mit einer tönernen Schauspielmaske zurück, die er dem widerstrebenden Johannes vors Gesicht band.
»So, besser als deine Fresse ist das allemal.« Er musterte die Fratze mit der langen Nase und dem zu ewigem Grinsen hochgezogenen Mund, nickte zufrieden, dann widmete er sich dem Rest seines Weinkruges. Bald verfiel er in Selbstgespräche, in denen er die Weitsicht der römischen Heeresführung in Zweifel zog, die außerstande schien, wahres Talent unter Soldaten zu erkennen.
Mit Einbruch der Dämmerung entfachte er ein kleines Feuer und kauerte sich in den flackernden Schein. Hätte er einmal in seinem Monolog innegehalten, wäre ihm vielleicht bewusst geworden, dass er mit dem Gefangenen nicht mehr alleine im Theater war. So aber entging ihm, dass drei Gestalten auf ihn zuschlichen. Der Hieb einer Keule zertrümmerte seinen Schädel, er sackte stumm nach vorne und blieb mit dem Kopf im Feuer liegen. Der Germane wollte gerade ausholen, um Johannes das gleiche Schicksal zu bereiten, als ihn eine herrische Stimme zurückrief. Ein hochgewachsener Mann trat aus dem Dunkel und besah sich den kauernden Gefangenen, der aus seinem erschöpften Halbschlaf aufgeschreckt war. Er beugte sich zu ihm herab und sprach ihn auf Latein an, während mehr bärtige Männer aus dem Schatten auftauchten.
»Wer bei Wotan bist du? Weshalb hat man dich hier angekettet?«
Der Gefangene hob den Kopf und musterte den Sprecher durch die Augenlöcher der Maske.
»Mein Name ist Johannes. Ich habe versucht, diese verderbte Stadt vom Götzendienst abzubringen. Ich wollte sie zum rechten Glauben bekehren, auf dass sie nicht Gottes Strafgericht zum Opfer falle.«
Der Germane starrte ihn kopfschüttelnd an.
»In dieser Verkleidung? Da wundert mich gar nichts.«

»Nein, das hat mir der umgebunden.« Johannes schnaufte unwillig und wies mit dem Kopf auf den Toten.
Der Germane zog die Maske vom Kopf des Gefangenen und besah sich das bärtige Antlitz mit der Stirnglatze und den langen Zottelhaaren.
»Wie sollte denn deiner Meinung nach so ein Strafgericht aussehen?«
»Auf Sodom und Gomorrha ließ der Herr Feuer regnen, Jerusalem wurde von den römischen Legionen zerstört und der Tempel geplündert ...«
Der Germane lachte. »Plünderung, sehr gut, der Gott gefällt mir. Ist ein Trupp freier Sueben als Werkzeuge deines Gottes denkbar?«
»Ja, wenn sie nur die Götzentempel plündern, die Standbilder stürzen und den habgierigen Reichen ihre Schätze nehmen.«
Der Anführer nickte. »Das mit den Tempeln – gerne. Den Teil mit den Reichen hatten wir sowieso vor. Vorausgesetzt, wir kommen da rein. Die Mauer ist besetzt.«
Johannes' Augen leuchteten auf.
»Es gibt in Richtung Hafen eine kleine Pforte.«
»Sehr gut.« Der Anführer lächelte. »Mein Name ist Chnodomar. Zeig mir die Stelle.«
Er rief einige Worte auf Suebisch, worauf ein Krieger die Kette des Gefangenen mit einer Axt zerschlug. Johannes richtete sich ächzend auf, stand schwankend da und schien einen Moment unschlüssig zu sein. Dann winkte er den Germanen. Er humpelte voran und die Barbaren folgten ihm, nachdem der Häuptling einen Mann losgeschickt hatte, Verstärkung zu holen.
Sie pirschten am Fuße der Mauer entlang bis zu der verschlossenen Hafenpforte. Durch die Holzbohlen drangen die Stimmen zweier Flussfischer. Sie machten sich Sorgen über ihre Kähne, die unbewacht im Hafen lagen. Chnodomar lauschte, flüsterte einem Gefährten etwas ins Ohr, der lautlos verschwand.
Eine Viertelstunde verstrich, während immer mehr Germanen durch die Dunkelheit heranschlichen, bis am Fuße der Mauer etwa dreißig Männer totenstill kauerten. Johannes sah sich um.

Auf was warteten sie noch? Da geschah es. Auf einem der Flusskähne, die als schwarze Umrisse in den nachtblauen Himmel ragten, erschien ein Licht, hüpfte umher, breitete sich aus, wuchs und ließ bald die benachbarten Schiffe in rötlich flackerndem Schein aus der Dunkelheit treten. Von der Mauerkrone gellten Ausrufe und Flüche. Auch die Stimmen der beiden Wächter wurden zunehmend unruhiger, bis ihre knirschenden Schritte verklangen.

Darauf hatten die Angreifer gewartet. Mehrere Männer mit Äxten traten vor. Auf ein Zeichen Chnodomars hin schlugen sie mit wilden Hieben auf das kleine Tor ein. Eigentlich hätte die eisenbeschlagene Pforte länger Widerstand leisten müssen. Lange genug, um den Verteidigern Gelegenheit zu geben, mit kochendem Wasser oder herabgeworfenen Steinen die Angreifer zu vertreiben. Doch das alte Holz war angefault, die Mauerbesatzung durch den Anblick der schwimmenden Scheiterhaufen abgelenkt. Nach wenigen Hieben brach die Türe ein. Als endlich Steinbrocken von der Mauerkrone flogen, war es zu spät, Chnodomars Männer drangen wie Wölfe in die wehrlose Stadt.

Carus hatte eine Reservetruppe unter Befehl des Gladiators am Forum stationiert, doch die Männer waren zur Ostseite der Stadt gerannt. Dort warfen sich die Germanen in einem wilden Sturmangriff gegen die Mauer, Brandpfeile zogen ihre Bahnen wie Sternschnuppen durch die Nacht. Auf den ersten Schindeldächern des ärmlichen Handwerkerviertels knisterten bereits die Flammen. Schreie gellten, Eimer voll schwappenden Wassers gingen von Hand zu Hand. Die Rufe der Flussfischer verhallten ungehört. Hilflos standen sie auf der Mauerkrone, unfähig, die anschwellende Germanenflut einzudämmen.

An der Spitze des Trupps lief Chnodomar, daneben Johannes, der mit neuen Kräften die Eindringlinge zu der Taverne führte. Axthiebe zersplitterten die Türe, die Meute trampelte in den dunklen Raum. Chnodomar ließ Fackeln entzünden, dann warf er einen unwilligen Blick auf die armselige Einrichtung und schrie seine Männer an, die bereits die ersten Weinamphoren köpften.

»Zurück, noch ist die Stadt nicht erobert.« Er wandte sich an Johannes. »Was sollen wir in dieser Spelunke?«
Der Fanatiker zog den Germanen in den Hof. »Hier, stürzt das Symbol römischen Götterglaubens!« Sein Arm wies auf die Jupitersäule, die sich im Lichte der Fackeln in den Nachthimmel reckte.
»Sieht fest aus«, brummte Chnodomar, »aber wir haben dir was versprochen.« Einige suebische Worte, schon keuchten Männer mit einer Holzbank heran. Ein halbes Dutzend Rammstöße ließen die Säule einknicken und in den Brunnen poltern. Johannes blickte in den Schacht, dann wandte er sich um. »Jetzt zum nächsten Götzen!«
»Das reicht, hältst du uns für deinen Abrisstrupp?« Chnodomar gab das Zeichen zum Aufbruch. »Deinen Feldzug gegen Jupiter kannst du alleine führen. Wir haben Besseres vor.«
»Was heißt das, ihr habt mir doch versprochen ...« Johannes packte den Anführer am Arm.
»Halts Maul!«, fuhr ihn Chnodomar an und schlug ihm, als er nicht losließ, mit der Faust ins Gesicht, dass er vor dem Tresen zusammensackte. Dann polterte der Trupp aus der Kneipe und lief auf den Cardo zu.

Die Fachwerkhäuser der Oststadt, zu lodernden Fackeln geworden, tauchten alles in trübes Flackerlicht. Durch die Hauptstraße zog beißender Rauch, aus dem schemenhaft immer mehr Barbaren auftauchten. Sie rotteten sich vor den prächtigsten Portalen zusammen, Axthiebe zersplitterten die Türfüllungen aus eingelegtem Edelholz. Zu Dutzenden stürmten sie die Villen, Gepolter und Schreie folgten, doch keine kaiserliche Chronik würde je von den Schicksalen der Bewohner berichten: Von der Würde des alten Mannes, der den Plünderern sein ganzes Geld und den Schmuck der Frauen überreichte, damit sein Haus verschont bliebe – nur um mit ansehen zu müssen, wie die Möbel zerschlagen und die arbeitsfähigen Bewohner als Sklaven verschleppt wurden. Von dem Mut des jungen Römers, der auf der Treppe zum Obergeschoss dem ersten Eindringling seinen Dolch in den Hals rammte, um dann von den Keulen der Nachfolgenden erschlagen zu werden. Von der Verzweiflung seiner schwangeren Frau, die zupackende Männerhände vom Fenster zurückrissen und die nach zahllosen Vergewaltigungen endlich starb. Von der Qual des Geizhalses, der das Versteck seines Goldes erst herausschrie, als die Barbaren sein Gesicht in die glühenden Kohlen pressten …

Eine gut geführte Hundertschaft römischer Legionäre hätte dem ganzen Spuk ein blutiges Ende bereitet. Doch die Soldaten kämpften gerade im Osten gegen andere Legionäre, um das Feldzeichen eines Usurpators niederzureißen.

Auch dem Bürgermeister, der die Männer an der Flussmauer kommandierte, waren die Zeichen für den Zusammenbruch nicht verborgen geblieben. Er rannte mit flatterndem Kapuzenmantel über den Decumanus zu seiner Villa, doch Modestus, den er zum Forum geschickt hatte, war noch nicht zurück. Plötzlich verließ ihn die Kraft, die ihn seit dem Beschluss zur Verteidigung der Stadt aufrecht gehalten hatte. Hilflos sank er auf einen Stuhl und überlegte laut im Kreis der restlichen Bediensteten: Besser im allgemeinen Chaos fliehen oder lieber das Haus verrammeln?

Gerade als er Befehl geben wollte, alle Möbel vor das Portal zu schleppen, trat Brigida vor. Sie war die Frau seines Halbbruders Primus, der sie vor einem Jahrzehnt als germanische Sklavin gekauft, dann freigelassen und geheiratet hatte. Seit Primus vor einigen Jahren mit Valerianus gegen die Perser ziehen musste, lebte die dunkelblonde Frau mit ihrem kleinen Sohn in der Villa des Bürgermeisters. Mit ruhiger Stimme machte sie in stockendem Latein einen anderen Vorschlag.

»Diese Villa ist kein Kastell. Lasst die Türe offen, sie brechen sie sonst auf. Wenn ihr verteidigt, kommen mehr Krieger. Die schlagen uns tot.« Sie hielt kurz inne, doch alle starrten sie nur mit of-

fenem Mund an. »Besser wir verwüsten selber das Haus Die Germanen sollen glauben, dass hier schon geplündert wurde. Ich werde es ihnen sagen. Ihr versteckt euch!«
Julius zögerte, die List war zu kühn für einen Verzweifelten, dann nickte er. Nach kurzem Zögern stürzten sich alle auf die ungewohnte Aufgabe, im Haus das Unterste zuoberst zu kehren. Schweren Herzens beobachtete der Hausherr, mit welchem Eifer sie bei der Sache waren. Tische wurden umgestürzt, Speisen ausgekippt, Hocker flogen in die Ecke, Krüge und Essgeschirr zersplitterten auf dem Boden. Herabgerissene Vorhänge, zerfetzte Kissen folgten. Selbst die Laren, die Hausgötter, wurden aus ihrer Nische gehoben und kopfüber in die Trümmer gelegt.

Nach kurzer Zeit herrschte ein Zustand der Zerstörung, der auch den hartgesottensten Plünderer entmutigen musste. Nun widmeten sich die Bewohner ihrem eigenen Aussehen. Brigida schnitt sich ins Ohrläppchen, schmierte Blut und Asche aus dem Herdfeuer ins Gesicht, brachte ihre Kleider in Unordnung und sah bald aus, als habe man sie mit dem Gesicht nach unten die Treppe heruntergezerrt.
Es war keine Minute zu früh. Hastige Schritte, Hilfeschreie, Gegröle und Getrampel näherten sich auf der Straße. Brigida hob die Hand.
»Versteckt euch, legt euch in Ecken und tut so, als ob ihr schwer verwundet seid!«, beschwor sie die Menschen. Dann flüsterte sie dem Hausherrn zu: »Ihr dürft auf keinen Fall den Barbaren in die Hände fallen. Sie foltern Euch, bis sie wissen, wo Euer Geld liegt. Und alle Götter seien Euch gnädig, wenn sie nicht genug finden.«
Julius schaute sie entsetzt an.
»Versteckt Euch im Keller und nehmt meinen Sohn mit. Ich bleibe oben und lenke die Germanen ab. Eine von ihrem Stamm töten sie nicht.«
Nach wenigen Augenblicken war sie mit dem Kind im Arm zurück. Stumm starrten die weit aufgerissenen Augen Julius an, dann begann der Junge zu weinen.

Seine Mutter lächelte ihm zu und drückte ihn ganz fest an sich.
»Du spielst jetzt mit Onkel Julius im Keller Verstecken.« Sie wischte seine Tränen weg. »Sei ganz lieb und ganz, ganz still. Versprichst du mir das?«
Der Junge nickte zögernd, griff nach der Muschel, die sie als Amulett um den Hals trug, und dann nach ihrem Haar. Als sie seine Hände löste und ihn dem Mann in die Arme gab, wollte der Kleine wieder zu weinen anfangen. Brigida steckte ihm ein Stück Honiggebäck in den Mund und schob Julius zum Kellereingang. Auch sie hatte Tränen in den Augen. Hilflos streckte der Junge seine Arme nach der Mutter aus, sie beugte sich noch einmal kurz zu ihm, streichelte seinen Kopf, dann flüsterte sie. »Geht, schnell!«
Julius Knie waren wie Wachs, jeder Mut hatte ihn verlassen. Wie betäubt folgte er ihrer Aufforderung, griff sich ein Öllämpchen, stolperte mit dem Kind in den Keller und suchte nach einem Versteck. Überall standen Amphoren, dazu ein großes, mit einem Deckel verschlossenes Holzfass, in dem Posca als Getränk für die Dienerschaft aufbewahrt wurde. Er riss ein Stück von seiner Tunika ab, wickelte das Kind hinein, setzte es in eine Kellerecke hinter die Amphoren und murmelte.
»Was auch immer passiert, du bist ganz still!«
»Mama?«, schluchzte der Junge leise.
»Sie kommt gleich. Aber nur, wenn du jetzt schön still bist!«
Dann versuchte er, ein für seine Körperfülle passendes Versteck zu finden. Leider hatte Drusilla immer dafür gesorgt, dass alles aufgeräumt war und sich im Keller kein Gerümpel ansammelte. Zuletzt hob er in Panik den Deckel des Fasses an, setzte sich in die halbhohe Essiglimonade, blies die Lampe aus und zog den Deckel über sich zu. Durch eine oben ausgebrochene Daube konnte er in den Keller spähen. Die Flüssigkeit schwappte um ihn herum, sodass seine Tunika ganz nass wurde, und bald klapperte er vor Kälte mit den Zähnen.
Oben im Haus dröhnten schwere Stiefel über den Holzfußboden, Waffen klirrten, Brigidas Schreie durchbrachen dumpfe Männerstimmen. Nach einer Weile verklangen die Geräusche, und nur

durch die schachtartigen Kellerfenster drangen gedämpfter Lärm und flackerndes Licht naher Brände.
Julius war gerade dabei, den Deckel seines Fasses anzuheben, als hastige Schritte durch das Haus hallten. Die Kellertüre wurde aufgerissen und zugezogen, jemand sprang die Treppe herunter. Julius ließ sofort den Deckel sinken und gelobte Fortuna ein Opfer, sollte der Eindringling nicht auch das gleiche Versteck beanspruchen. Einige Augenblicke hörte er nur den hastigen Atem des Unbekannten, der direkt neben dem Fass stand, dann dröhnten oben die Tritte eines Verfolgers über den Boden. Gepolter und Geklirr, gefolgt von Stille. Zögernde, langsam leiser werdende Schritte. Julius, der den Atem angehalten hatte, sog gerade frische Luft in die Lungen, als eine kalte Hand nach ihm griff.
Oben knarzten Bohlen! Eine Scherbe knirschte unter schwerem Tritt. Die Kellertüre ächzte in den Angeln. Im Dämmerlicht sah er die Umrisse eines Mannes, der die Treppe herabstieg. Metall klirrte an der Wand. Da spürte Julius ein Kribbeln in der Nase. Verzweifelt versuchte er, den Niesreiz zu unterdrücken, doch sein unterkühlter, erschöpfter Körper war stärker. Er merkte, dass er gleich losprusten musste – was auch immer die Folgen sein mochten.

2. Kapitel

DER ABEND DES ADLERS

267 n. Chr.

»Nicht den Tod sollte man fürchten,
sondern dass man nie beginnen wird zu leben.«
MARCUS AURELIUS

Beim Anblick der Muschel wusste er, was jetzt folgen würde. Immer begann es mit dieser Muschel. Sie schimmerte innen wie ein Regenbogen und hing an einem Lederband um den Hals der Frau. Er streckte seine Händchen aus und fasste eine aschblonde Locke. Dann verschwamm das Gesicht der Frau, wurde eins mit der Dunkelheit, und er kauerte hinter etwas, das groß und rund war. Seine Hände ertasteten eine raue Oberfläche, dann hörte er das Geräusch. Es klang wie das Rumpeln eines Gewitters. Schnelle Schritte, langsame Schritte, zwei klirrende Schläge, Stöhnen. Säuerlicher Weingeruch kitzelte in seiner Nase. Ein dunkler Umriss sank herab, wuchs wieder empor, wurde kleiner. Dann hörte er die Stimme. Eine fremde Männerstimme, doch vertraute Worte. Eine Sprache, die nur ihm und der Frau gehörte. Ein Klang, nach dem er sich sehnte, weil er Sicherheit, Zärtlichkeit und Liebe bedeutete. Jetzt hatte er Angst und wollte, dass die Stimme zu ihm sprach. Er rief, so wie er immer gerufen hatte, wenn er Weichheit und Wärme suchte. Doch nichts war wie sonst. Gepolter. Kalte Nässe schwappte um seine Füße. Er spürte, dass die Worte jetzt nichts Zärtliches bedeuteten, sondern Schreckliches. Und er schrie, schrie, schrie …

Schweißgebadet wachte er auf. Einen Augenblick noch war die Erinnerung stärker als die Gegenwart, dann zerfloss der Albtraum und sein vertrautes Zimmer trat hervor. In der Ecke hingen drei Öllampen von einem bronzenen Ständer, daneben stand die Truhe aus hellbraunem Korbgeflecht, auf einem Schemel lagen seine

Kleider. Die weiße Wand hinter dem Bett war mit handbreiten roten Streifen in drei Rechtecke aufgeteilt. Innen rahmten schwarze Striche gelbe Flächen ein, in deren Mitte ein schwebender Amor Trompete blies. Braune Punkte, Reste von Mücken, betupften die Fresken. Durch die Türe zum Gang fiel Licht über die stumpfroten Fußbodenziegel bis zu dem zerwühlten Bett.

Flavius setzte sich auf und rieb sich die Augen. Dieser Traum, der ihn seit Jahren verfolgte. Wenn er nur wüsste, was ihm die Götter damit sagen wollten.

Er griff unter das Bett nach den Sandalen und stand auf, um die Fensterläden zu öffnen. In der Küche klapperten Töpfe und Schritte näherten sich auf dem Gang.

»Flavius, aufstehen. In der Küche steht das Frühstück und du weißt, dass ...«

»Ja, ja, Felix, ich komme schon.«

Der junge Sklave tat seine Pflicht, aber morgens hasste Flavius seinen Diensteifer. Ein Griff zum Kleiderhaufen auf dem Schemel, er zog sich die Tunika über und ging zur Küche. Auf dem großen Eichentisch standen Brot, Käse, Wurstscheiben und ein Krug Wasser. Ein etwas fülliger Mann mit hellbraunem Haar, das sorgfältig über seine Stirnglatze gekämmt war, saß am Tisch und wischte sich die feuchten Lippen ab.

»Guten Morgen, Onkel Julius.«

Die Augen über den Tränensäcken sahen ihn prüfend an, als sich der Mann erhob.

»Guten Morgen, Flavius. Sehen wir uns nachher bei mir, so in einer Stunde?«

Der Junge nickte und brach einen Kanten von dem knusprigen, duftenden Brot. Die Sonnenuhr teilte den Tag in zwölf Stunden, die im Sommer länger dauerten als im Winter – leider traf das auch auf den Unterricht zu. Wenn, wie heute, der Hauslehrer nicht kam, lehrte ihn sein Onkel Landwirtschaft. Flavius konnte sich nie entscheiden, was ihn mehr langweilte: Griechisch oder die Frage, welches Futter den Schweinen bekam. Aber noch war Zeit. Er schnitt sich eine dicke Scheibe Käse auf das Brot und aß in Ruhe.

Nach dem Frühstück benetzte er sein Gesicht in der Küche, um dann gemächlich zur Bogengalerie zu schlendern, die die beiden Eckbauten der Südseite verband. Hier saß er oft mit Julius und Tante Drusilla an warmen Sommerabenden. Jetzt wanderte sein Blick über das wellige Land, über den Garten und die Felder, die Wiesen und den Bach. Dahinter zeichnete sich der dunkle Saum des Waldes ab, den zu roden alle Besitzer der Villa gescheut hatten. Einen Steinwurf davon entfernt wuchs eine einzelne alte Tanne in den Himmel, daneben ragte ein kleiner Tempel aus dem Grün.

Das Obergeschoss seines quadratischen Mittelbaus schwebte als weißer Fleck über dem grauen Schindeldach und den roten Holzsäulen des Umganges. Die wenigen Schritte, die das Heiligtum vom Weg nach Augusta Treverorum trennten, säumten altersschiefe Weihesteine. Flavius hatte einmal die grauen Flechten abgekratzt und die Inschriften entziffert. Der älteste Stein war Merkur vor zwei Jahrhunderten von einem gewissen Drusus gestiftet worden – als Dank für eine glückliche Reise. Drusilla hatte erzählt, wie einst, nach dem großen Erdbeben, dieser ferne Vorfahre in Pompeji seinen Ochsenkarren bestiegen hatte. Nach monatelanger Fahrt war er mit der ganzen Familie bis in die neue Provinz Niedergermanien gekommen, um dort eine Stellung in der Militärverwaltung anzutreten. Einige Jahre später hatte er den Grundstein zu der Villa gelegt, in der sie jetzt lebten.

Flavius beugte sich vor. Am blauen Himmel verharrten weiße Wolken, eine Hummel summte träge vorbei. Alles deutete darauf hin, dass dieser Tag genau so ereignislos verrinnen würde wie alle Tage zuvor. Im westlichen Eckbau der Villa saß Julius in seinem Zimmer, vor sich auf dem Tisch den Abakus. Er schob die Kugeln hin und her, um die zu erwartende Getreideernte zu berechnen, fügte die geschätzten Einnahmen aus dem Verkauf von Schweinswürsten, Gänsefedern, Rindsleder und Schafswolle hinzu und kratzte schließlich alles auf seine mit Wachs überzogenen Holztäfelchen. Dann kam der weniger erfreuliche Teil – die Ausgaben.

Steuern waren zu bezahlen, auch Wein, Fischsoße, Eisenwerkzeuge und Öl für die Lampen gingen ins Geld. Er seufzte, aber da war nichts zu machen. Schon lange hatten sie keine Austern mehr geschlürft, sparten am indischen Pfeffer, verzichteten auf Weihrauch für den Tempel, brannten Ziegel selber und töpferten sogar ihre eigene Keramik. Doch alles konnte der Hof nicht herstellen.
Als er fertig war, legte er den Bronzegriffel weg und blickte auf den Kalender aus gebranntem Ton. Der kleine Holzpflock steckte bei Mars, dem Symbol für Dienstag. Morgen, am Tag des Merkur, kam wieder der Hauslehrer. Doch bald wurde es Zeit, dass der Junge ein Gewerbe erlernte oder zu einem Rhetor in die Ausbildung ging. Das kostete Geld, aber zur Landwirtschaft zeigte er wenig Neigung. Oder eine Laufbahn bei den Legionen wie sein Vater Primus?
Was aus ihm wohl geworden sein mochte? Seit dem Abmarsch der Truppen, die Kaiser Valerianus gegen die Perser zusammenzog, waren die Nachrichten spärlich geworden. Zuletzt hatte Primus aus Syrien geschrieben, dass sie bald Schapur, dem hochmütigen Perserkönig, eine Lektion erteilen würden. Doch dann flog die Schreckensbotschaft vom Untergang des Heeres von Mund zu Mund, flog bis in diesen Teil des Imperiums, den General Postumus von Rom abgespalten hatte. Seit acht Jahren regierte er mit fester Hand von Colonia aus Germanien, Gallien, Spanien und Britannien. Doch vielleicht würde es Neuigkeiten aus Rom geben, wenn der Coeparius kam.
In diesem Augenblick klopfte es an die Türe. Julius schob seinen Stuhl zurück und ließ den Jungen herein. Über die Schweinezucht hatte er noch viel zu lernen.

Der Tag war vergangen, angefüllt mit den stets wiederkehrenden Arbeiten des Hofes, ein Tag wie jeder. Jetzt tauchte die einbrechende Nacht den Wiesengrund in graublaues Dunkel. Grillen zirpten und vom Tor klang das Stimmengewirr der Landarbeiter,

die sich nach der harten Arbeit des Tages nach Essen, Ruhe und einem Schwatz im Sklavenquartier sehnten.
Julius saß am Tisch, vor sich das aufgebaute Halmaspiel. Neben zwei Bechern stand ein Wasserkrug aus schwarzem Ton mit weißen Mustern und der Aufschrift »Trinke viele Jahre«. Wo Flavius nur blieb? Julius wuchtete seinen Körper aus dem Korbstuhl, ging zu einem der Fenster und blickte hinaus. Die Obstbäume, die Hofbauten, die Felder und Wiesen – er sah es mit Wohlwollen. Nur die Mauer, die den Hof umschloss, hätte höher sein können. Am Tor konnte man die Krone fast mit der Hand erreichen, aber für mehr hatten seine letzten Denare nicht gereicht.
Wenigstens fühlte er sich seitdem sicherer, schlief wieder ruhiger und erschrak nicht mehr bei jedem nächtlichen Geräusch. Dazu trugen auch die Gänseställe bei. Gänse hatten vor über sechs Jahrhunderten Roms Kapitol vor einem gallischen Überfall bewahrt, so stand es in den alten Schriften, und derart wachsame Tiere waren genau das, was Julius brauchte. Zwar hatten seine Gänse ihre Aufmerksamkeit noch nicht unter Beweis stellen müssen, aber dafür lieferten sie flauschige Federn und gelegentlich, wie heute Abend, einen saftigen Braten. Er verspürte Durst und leckte sich die Lippen, als es klopfte.
»Bist du es endlich? Komm rein!«
Im dunklen Rechteck der Türe erschien der Junge in seiner hellbraunen Tunika, den Weinkrug in der Hand. Während er einen Augenblick unschlüssig von einem Fuß auf den anderen trat, musterte ihn Julius. Dunkle Haare und Gesichtszüge wie sein Vater, helle Haut und blaue Augen wie seine germanische Mutter. Auch von ihr hatte niemand mehr etwas gehört, seit damals.
»Was hast du so lange getrieben? Als ich dir den Kellerschlüssel gab, war die Sonne noch nicht einmal untergegangen!«
Der Junge räusperte sich.
»Darf ich dich etwas fragen?«
Sein Ton ließ Julius aufhorchen. Er setzte sich, schob das Spielbrett zur Seite und zeigte auf den zweiten Korbstuhl.
»Natürlich. Was hast du?«

Flavius stellte den Krug auf den Tisch, bevor er sich steif auf den Rand des Sessels hockte und die Hände knetete.
»Ich hatte nach dem Abendessen angeboten, dir Wein zu holen ...«
»Ja, ich habe mich schon gefragt, warum. Das hätte auch jemand aus der Küche tun können.«
»Natürlich.« Flavius schenkte sich einen Schluck Wasser ein. »Aber ich wollte selber in den Keller gehen.«
Julius runzelte die Augenbrauen. »Du warst doch früher schon dort?«
»Ja, nur nicht abends und nicht alleine. Weißt du, letzte Nacht hatte ich wieder den Albtraum. Und dann musste ich einfach wissen, was geschieht, wenn ...«
Der rundliche Mann verschränkte die Hände auf dem Tisch.
»Jetzt mal alles der Reihe nach.«

Der Junge sah Julius dankbar an. Er trank und erzählte, wie er die Treppe hinuntergegangen war, den Schlüssel ins Schloss gesteckt und den Riegel angehoben hatte. Knarrend schwang die Türe auf und gab den Blick in den muffig riechenden Keller frei. Mäuse sprangen aus dem flackernden Licht der Öllampe, und Weinamphoren reckten ihre staubigen Bäuche in das Halbdunkel. Auf dem runden Steintisch in der Raummitte stand ein fleckiger Korb und in den Bogennischen lag rostiges Werkzeug. Vertraute Dinge, doch er spürte, wie eine kalte Hand nach ihm griff. Er riss sich zusammen und suchte, bis er in der Ecke die bauchige Amphore mit dem griechischen Siegel auf dem Henkel fand.
»Und gerade, als ich sie geöffnet hatte und der rote Wein in den Krug gluckerte, da ...«
Krämpfe schüttelten den Jungen. Julius stand auf, zögerte einen Augenblick, bevor er zu ihm ging und beide Hände auf seine Schultern legte.
»Ganz ruhig, alles ist gut. Was geschah dann?«
»Plötzlich würgte mich Angst, lähmende Angst. Ich wollte mich hinter einer Amphore verkriechen, aber meine Glieder waren wie

aus Blei. Der Albtraum verschlang mich und gleich würde dieser Schatten kommen ...«
»Und dann?«
»Dann merkte ich, wie der Wein überlief – es tut mir Leid, der teure Samoswein ...«, stammelte Flavius. Julius lächelte.
»Mach dir darum keine Gedanken. Wie ging es weiter?«
»Ich stellte die Amphore hin, nahm den Weinkrug, ging Schritt für Schritt rückwärts aus dem Raum, warf die Türe zu und setzte mich auf die Stufen. Ich zitterte und meine Beine waren wie weiches Wachs, sodass ich lange keinen Schritt weiter gehen konnte.«
Julius sah ihn nachdenklich an.
»Und was möchtest du jetzt von mir?«
Flavius blickte seinem Onkel ins Gesicht.
»Wissen, was wirklich geschehen ist. Damals in Lopodunum.«
Da war sie, die Frage, die Julius immer gescheut hatte. Jetzt stand sie im Raum und der Junge war mit seinen vierzehn Jahren alt genug, eine Antwort zu fordern. Julius knetete sein rechtes Ohrläppchen zwischen Daumen und Zeigefinger.
»Hast du denn keine Erinnerung mehr an ... an damals?«
Flavius schüttelte den Kopf.
»Nein, was vorher war, vor der Zeit hier auf dem Hof, ist undurchdringlich wie der Nebel über dem Talgrund. Nur Fetzen tauchen auf und manchmal bedrücken mich diese Träume.«
Julius starrte lange in die flackernde Lampenflamme.
»Gut, vielleicht ist es besser so. Es ist ja deine Vergangenheit so gut wie meine.«
Der Mann atmete schwer, goss Wein und etwas Wasser in den Becher und prüfte schlürfend die Mischung. Schließlich nahm er einen großen Schluck, räusperte sich und begann.
»Es ist bald acht Jahre her. Ich habe mich oft gefragt, ob das Schicksal der Stadt von Anfang an besiegelt war oder welchen Gott ich erzürnt haben könnte. Ich hielt die Warnung in den Händen. Vielleicht hätte ich alle retten können, deine Mutter und die Stadt. Aber ich war schwach. Das ist meine Schuld ...«
Ein graubrauner Nachtfalter schwirrte um die Öllampe, kam ihr zu

nahe, die Flamme knisterte und das versengte Tier fiel zuckend zu Boden. Julius betrachtete es, dann fuhr er mit der Erzählung fort, bis er zu dem Versteck im Keller kam.

»Ich spürte, dass ich nichts gegen den Niesreiz tun konnte, auch wenn die Folgen schrecklich sein mochten. Ich war hilflos.« Julius sah den Jungen an und fuhr zusammen, als ein Fensterflügel klapperte. Der Wind wehte herein und ließ die schwache Lampe fast erlöschen. Flavius stand auf, um das Fenster zu schließen. Wäre es im Raum nicht so dunkel gewesen, hätte er nicht kurz aus dem Fenster geblickt, wäre der volle Mond nicht gerade hinter einer Wolke hervorgekrochen – er hätte nichts gesehen. So aber bemerkten seine Augen eine Bewegung fern in der Nacht.

Flavius kniff die Augen zusammen, spähte in die Dunkelheit, bis er sich sicher glaubte, dann winkte er.

»Julius, da kommt ein Reiter!«

Der beleibte Mann stand auf und war mit wenigen Schritten am Fenster.

»Wo denn? Ich sehe nichts!«

»Da auf der Straße, links vom Tempel!«

Während Julius auf die vom Mondlicht versilberten Felder starrte, blieb der Blick des Jungen am Tempel hängen. War da nicht etwas? Ein Aufblinken unter dem Säulenumgang? Der flach stehende Mond leuchtete ein Stück weit unter das Dach und die Bewegung war nur zu ahnen gewesen. Schon glaubte er an eine Täuschung, da sah er die gebückte Gestalt, die vom Tempel zu den Weihesteinen schlich. Zugleich traten auf der anderen Seite zwei Männer aus der Schwärze der Tanne in den Mondschein. Einen Augenblick standen sie wie Statuen, dann nahm sie das Dunkel des Umgangs auf. Der Wind hatte aufgefrischt, der Wipfel des großen Baums schwankte.

»Julius, kann es sein, dass noch jemand am Tempel opfert?«

»Nein, der ist versperrt und Drusilla hat den Schlüssel. Wieso?«
Flavius erzählte seine Beobachtung. Julius unterbrach ihn.
»Das sind Räuber! Unser Nachbar Marcus Severus hat mir vor einer Woche erzählt, dass er abends überfallen wurde, keine zwei Leugen von hier. Versuch du, den Reiter zu warnen, ich schicke unsere Leute los!«
Während Flavius am Fenster hing, gestikulierte und sich die Seele aus dem Leibe schrie, rannte Julius aus der Villa über den Hof. Er riss die Türe des Fachwerkbaus auf, in dem die Sklaven schliefen.
»Räuber sind am Tempel, schnappt euch Knüppel! Fabricius, du rennst mit fünf Männern quer über die Felder. Felix, du sattelst mein Pferd und galoppierst dorthin, die anderen besetzen das Tor und erleuchten mit Fackeln den Hof. Und Jupiter steh dem bei, der trödelt.«
Er keuchte zu seinem Zimmer zurück, wo Flavius noch am Fenster stand.
»Und – hört er dich?«
»Nein, er reitet weiter auf den Tempel zu. Gegen den Wind kommt keine Stimme an. Es müsste lauter sein, viel lauter …«
Julius stand einen Augenblick wie erstarrt, dann schlug er sich an die Stirne.
»Ich habe eine Idee. Komm mit!«

Der Kopf des Reiters sackt nach vorne. Er schreckt auf, blinzelt, wird ärgerlich auf sich. Der Ärger hilft ihm, wach zu bleiben – trotz seiner Müdigkeit, trotz des wiegenden Passgangs des Pferdes, trotz des saftigen Lammbratens und des Weines, den er sich in der Taverne unten an der Hauptstraße gegönnt hat. Aber der Weg war leicht zu finden gewesen, ganz wie ihn der dickbäuchige Wirt mit fettigen Fingern in die Luft gemalt hatte.
»Zieht sich durch die Felder, erst so, dann so, eine Stunde müsst Ihr rechnen.«
»Und immer freie Sicht? Weder Schlucht noch Wald?«, hatte er gefragt.
»Nein, nein, mein Herr, eine gefahrlose Strecke, und wenn Ihr bei

dem kleinen Tempel seid, biegt rechts ab, dann erreicht Ihr nach einer halben Leuge den Hof.«

Der Reiter richtet sich auf und späht durch die Nacht. Vorne, im Mondlicht, die weiße Mauer, das muss der Tempel sein. Bald hat er es geschafft.

Der Schimmel trottet auf den Bau zu, jetzt kann er schon die Weihesteine an der Straße erkennen. Nur noch zwanzig, zehn, fünf Schritte. Kauert da nicht etwas zwischen den Steinen? Ein Wolf? Ein Mensch? Eine Täuschung?

Seine Hand ruht unschlüssig auf dem Griff des Kurzschwerts, als er die Trompete hört. Das Alarmsignal der Legionen – jeder ehemalige Soldat würde es im Tiefschlaf erkennen! Er reißt die Waffe aus der Scheide, da springen vier Schatten zwischen den Steinen hervor. Einer greift die Zügel des Pferdes, ein zweiter packt sein linkes Bein, um ihn aus dem Sattel zu zerren. Der Reiter lässt die Klinge durch die Luft zischen, wehrt die Knüppel der beiden anderen ab, so gut es geht. Die Angreifer weichen aus, springen erneut vor, er schlägt gebeugt nach unten. Die Schwertklinge gräbt sich in etwas Weiches, ein Schrei, sein linkes Bein kommt frei, da spürt er einen stechenden Schmerz im rechten Oberschenkel. Ein Schlag in diese Richtung, einen Augenblick sieht er dunkle Augen unter struppigen Haaren, dann stolpert der Mann mit dem Dolch und fällt rückwärts.

Der Schimmel steigt wiehernd hoch, schlägt mit den Vorderhufen aus, der Mann an den Zügeln muss loslassen, aber der Reiter kann nicht sehen, ob er von den Hufen getroffen wird. Wieder taucht ein Angreifer mit Knüppel auf, der vor und zurück springt, die Waffe drohend über seinem Kopf kreisen lässt. Wartet er auf die Gelegenheit zum Zuschlagen oder lenkt er nur ab? Sein Instinkt warnt den Reiter, er beugt sich zur anderen Seite und zieht die Schwertklinge durch die kühle Nachtluft. Ein heftiger Schlag, fast hätte er das Schwert verloren, aber der Knüppel des Mannes fällt zersplittert zu Boden. Er will dem Pferd die Sporen geben, doch der Schimmel folgt nicht, steigt wieder hoch, beinahe hebt es den Reiter aus dem Sattel.

Einen Augenblick scheint die Welt still zu stehen, das nächtliche Bild wird sich für immer in sein Gedächtnis graben: Die schwarze Tanne, der Tempel, der nahe Wald, die vom Mondlicht gebleichten Felder, über die ein Reiter herangaloppiert. Direkt auf ihn zu. Eine Gruppe von Männern hastet ihm nach. Das ist das Ende, denkt er. Doch der andere Reiter wendet sich nicht gegen ihn, sondern drischt mit seinem Knüppel auf einen der Männer ein, der sich in den nahen Wald zu retten sucht. Jetzt ist die Gruppe da, in diesem Augenblick verschwindet der Mond hinter einer Wolke. Stimmengewirr, Kampfgeräusche, ein Schmerzensschrei, dann hastende Schritte in Richtung Wald, Rufe folgen. Der eben angekommene Reiter lenkt sein Pferd auf ihn zu und sagt mit gallischem Akzent:
»Salve. Mein Name ist Felix.«

Einer Viertelstunde später zeigten Hufgeklapper und Stimmengewirr am Tor die Rückkehr des Trupps. Knarrend schwangen die beiden Eichenholzflügel auf, um die Männer in die Geborgenheit des fackelerleuchteten Hofes aufzunehmen. Irgendwer hatte vergessen, den Gänsestall zu versperren; schnatternd und zischend tappten die Vögel zwischen den Füßen der Menschen herum.
Julius trat aus der Villa, um den unbekannten Gast zu begrüßen. Doch schon nach wenigen Schritten strahlte sein Gesicht vor Freude, er vergaß alle Würde und lief dem Fremden entgegen.
»Ulixes, du bist es, Merkur sei Dank!«
»Und ich danke Mithras und deinen Männern, mein lieber Julius.«
Julius wandte sich um und zeigte auf Flavius, der einige Schritte hinter ihm stand.
»Der Dank gebührt vor allem meinem Neffen. Er sah dich kommen!«
Der Junge trat näher, um den Fremden zu betrachten. Ulixes Gabinius Aquila, wie er mit vollem Namen hieß, war ein großer, sehniger Mann von Mitte fünfzig mit einem scharf geschnittenen Gesicht, buschigen Augenbrauen, einer markanten Nase und einem dunklen, kurzen Haarkranz. Er trug einen dunklen wollenen Ka-

puzenmantel, darunter eine braune Tunika, die durch einen roten Ledergürtel mit breiter Bronzeschnalle zusammengehalten wurde. Seine Füße steckten in schwarzen Lederstiefeln, an seiner rechten Hand blinkte im Fackelschein ein goldener Siegelring mit türkisfarbenem Stein. Als er sich weit aus dem Sattel schwang, glich er für einen Moment tatsächlich einem Raubvogel, der seine Flügel ausgespannt hatte. Man hätte ihm als Beinamen nichts Besseres als Aquila geben können, durchfuhr es Flavius, dem diese Begegnung für immer als der Abend des Adlers im Gedächtnis bleiben sollte. Doch als sich der Fremde ihm zuwandte, hatte seine Erscheinung nichts Raubvogelhaftes. Sein Lächeln nahm den Jungen unwillkürlich für ihn ein.

»Flavius, ich freue mich sehr, dich kennen zu lernen. Beinahe wäre ja etwas dazwischen gekommen, denn ohne deine Aufmerksamkeit …«

Er machte einen Schritt auf den Jungen zu, hinkte leicht und Flavius sah erschrocken einen feuchten Fleck auf dem Stoff am Oberschenkel. Ulixes bemerkte seinen Blick.

»Ist nicht so schlimm, wohl nur eine Fleischwunde, einer der Banditen hat mich mit seinem Dolch erwischt.«

»Aber das muss sofort versorgt werden!« Julius' Stimme ließ keinen Widerspruch zu. Er winkte zwei Sklaven herbei, die dem Verletzten unter die Arme griffen und ihn zur Villa geleiteten.

»Fabricius und Felix, bringt ihn in das Sommeresszimmer und legt ihn auf die Bank, ich hole Verbandszeug.«

Der Raum, in dem sich Ulixes kurze Zeit später ausstreckte, öffnete sich zum großen Mittelsaal des Hauses. Der Erbauer der Villa hatte Sehnsucht nach seiner Heimatstadt Pompeji verspürt und den kleinen Raum ganz im damals dort modernen Stil dekorieren lassen. Drei steinerne Bänke waren an den Wänden entlang so aufgemauert, dass ihre Oberfläche zum freien Mittelbereich hin leicht anstieg. Dort stand ein kleiner Steintisch, auf dem schon Gläser und eine Karaffe mit Wasser auf die Gäste warteten, während Öllampen auf mannshohen Bronzegestellen den Raum erleuchteten. Die

Bänke waren mit weichen Matratzen gepolstert und von fein gewebten Decken verhüllt, deren rote Farbe zu den Wandfresken passte.
Eine alte Magd erschien. Sie schob vorsichtig den blutgetränkten Stoff beiseite und murmelte. »Was ihr Männer nur immer treibt.« Sie schüttelte den Kopf. »Eine Fleischwunde, aber lang und sicher schmerzhaft. Ich mache sie jetzt sauber und verbinde sie.«
Fasziniert beobachtete Flavius, wie zart ihre abgearbeiteten Hände einen Stofffetzen in Wein tränkten, die verschmierte Haut abwischten, den fingerlangen Schnitt austupften, blutstillende Schafgarbenblätter und frisches Leinengewebe darüber packten, bevor sie den Verband mit einer Stoffbahn fixierten. Matidia verstand viel von Kräutern, Wunden und hatte schon manche Krankheit geheilt, ohne die Kunst bei jemand anderem als ihrer Mutter erlernt zu haben.
»Nähen kann ich es nicht. Dazu müsste ein Arzt aus der Stadt kommen. Aber wenn Ihr Euch eine Woche Ruhe gönnt und nicht gleich wieder etwas anstellt, heilt es auch so. Ich bringe Euch jetzt heißen Wein mit Rosmarin.«
Ulixes lächelte.
»Danke. Ich werde ruhig bleiben und Julius' Gastfreundschaft genießen. Und Drusillas natürlich – wo steckt sie überhaupt?«
Julius zuckte mit den Schultern.
»Mal wieder in Augusta Treverorum – Schuhe kaufen, Freundinnen besuchen und sich die Haare mit dem Brenneisen kräuseln lassen. Ich erwarte sie in wenigen Tagen zurück. Aber jetzt hast du sicher Hunger.« Der rundliche Mann hob die Hand, um einem Sklaven zu winken, als ihn der Gast unterbrach.
»Danke, ich habe schon in dieser Schänke an der großen Straße gegessen.«
»Da hast du dich reingetraut? Eine üble Spelunke!«
»Ich musste ja irgendwo nach dem Weg fragen, und als ich dann die Lammkeule über dem Feuer roch …«
Julius sah ihn nachdenklich an
»Deshalb wurdest du an dieser einsamen Stelle überfallen. Das war kein Zufall.«

»Du glaubst also nicht, dass die Räuber irgendwelche Fremde waren?«

»Ich hoffe es«, antwortete Julius, »aber ich glaube es nicht.«

Am nächsten Tag war Ulixes früh auf. Meist kam er mit wenig Schlaf aus und diesen Morgen hatte ihn die Wunde geweckt. Er verließ sein Zimmer und schritt vorsichtig durch die Gänge, bis er die Küche fand. Suchend blickte er umher, als ihn eine Stimme aus seiner Betrachtung riss:

»So früh gibt's noch nichts!«

Er fuhr herum. Hinter ihm stand die Frau, die gestern seine Wunde versorgt hatte.

»Ich bin auch nicht wegen des Essens hier, ganz im Gegenteil …«

Matidia sah ihn mitleidig an.

»Arme Stadtmenschen in ihren engen Verschlägen! Bei uns ist die Latrine nicht bei der Küche, sondern im Badehaus.«

Ulixes folgte der Richtung ihres ausgestreckten Armes, bis er zu der Bogengalerie kam. Er beugte sich über die Brüstung, um die Wärme der Morgensonne zu genießen, als er eine Türe hörte. Aus dem Augenwinkel sah er Julius aus seinem Zimmer treten. Die Schritte des rundlichen Mannes hallten die Galerie entlang; er atmete schwer, als er bei seinem Gast ankam.

»Wie geht's, was macht die Wunde?«

Ulixes tastete nach dem Verband.

»Gut. Bei Euch kann ich zur Ruhe kommen.«

Julius folgte dem Blick seines Gastes. Links unter ihnen spielte der Wind in den dunkelgrünen Blättern der Obstbäume. In drei Reihen standen sie: Kirschen, Aprikosen und Pfirsiche. Noch vor wenigen Wochen hatten sich die Äste unter der Last der roten und gelben Früchte gebogen.

»All das haben wir Römer in dieses Land gebracht.« Der Stolz in der Stimme des Gutsherrn war unverkennbar. »Genauso wie den

Weinbau, beheizte Steinhäuser, gläserne Fensterscheiben, Wasserleitungen, Bäder ... Eigentlich alles, was das Leben lebenswert macht.«
»Du liebst dieses Land.«
Julius nickte. »Der Hof gehört Drusilla und ich bin nur der Verwalter, denn mein Besitz ist in Lopodunum verbrannt. Aber ich spüre, dass ich hier Wurzeln geschlagen habe, wie diese Bäume.«
Ulixes lächelte gedankenverloren.
»Es muss schön sein, einen Ort zu haben, den man Heimat nennt.«
Julius schwieg einen Augenblick, dann meinte er betont unbekümmert.
»Ich wollte gerade zum Bad. Kommst du mit? Wir können unser Gespräch dort fortsetzen.«
Ulixes nickte. Er hatte das kleine Gewölbe schon gesehen. Etwas abseits, damit der Wind die Funken des Heizungsfeuers nicht bis zum Haupthaus trieb, aber dennoch im Winter mit wenigen Schritten erreichbar. Die Männer ließen sich in der Latrine mit ihrer Reihe von Sitzen und der Rinne darunter nieder. Sie wechselten einige belanglose Sätze, dann benützten sie den an einem Stock befestigten Schwamm, um sich zu säubern, und spülten mit Wasser aus einem Eimer nach. Zuletzt benetzten sie Gesicht und Hände mit frischem Wasser, bevor sie das Bad verließen. Julius legt seine Hand auf Ulixes' Schulter.
»Sieh dich ruhig um in unserer Welt. Sie ist weder groß noch prächtig, besteht hauptsächlich aus Arbeit und dreißig Leugen, weiter weiß niemand, dass es uns gibt.«
Er strich sich über das Haar, bevor er fortfuhr.
»Ja, hier bin ich kein Ratsherr mehr, dafür trage ich die Verantwortung für gut zwei Dutzend Menschen, für die Landwirtschaft und die Tiere. Deshalb entschuldige mich bitte einen Augenblick, ich muss im Stall nach der Sau sehen, die gestern fünf Ferkel geworfen hat. Wir treffen uns zum Frühstück.«
Ulixes schlenderte zum Tor, dessen einer Flügel offen stand. Die Landarbeiter waren auf dem Weg zu den Feldern und ein Halbwüchsiger trieb pfeifend einige braun gescheckte Kühe aus dem

Tor hinaus. Das Gebimmel ihrer Glocken hörte man noch lange, während sie den Weg entlangtrotteten, den er letzte Nacht unter so abenteuerlichen Umständen zurückgelegt hatte. Ihnen kam ein kleiner Mann entgegen, der einen großen Beutel über der Schulter trug. Als er sich mit energischen Schritten bis zum Tor vorgearbeitet hatte, warf er einen misstrauischen Blick auf Ulixes und fragte mit ausländischem Tonfall: »Salve. Mit wem habe ich die Ehre?«

»Mit Ulixes Gabinius Aquila, Coeparius auf der Durchreise!«, war die Antwort. Der Ankömmling schien sehr erleichtert und streckte ihm die Hand hin.

»Willkommen, wenn Ihr kein Lehrer seid, der einem armen Schlucker wie mir das Brot wegschnappen will. Denn für so wenig Geld, wie man hierzulande für Bildung auszugeben bereit ist, würde selbst der Hirtenjunge dort nicht seinen Mittagsschlaf unterbrechen, wenn ich das so sagen darf.«

Der Lehrer zeigte in Richtung der Kuhherde und Ulixes lag die Frage auf der Zunge, warum dieser Mann nicht lieber Kühe hütete, statt der Landjugend die Grundlagen der Bildung einzutrichtern. Doch entschloss er sich, lieber höflich die ausgestreckte Hand zu schütteln. »Und mit wem habe ich das Vergnügen?«

»Mein Name ist einfach Hermokrates, der Lehrer. Vom sonnigen Syrien hat mich das Schicksal in diese abgelegene Provinz verschlagen und ich verdiene meinen Lohn – der wahrhaft kärglich ist – als Wanderer von Gutshof zu Gutshof.« Eine weit ausholende Handbewegung unterstrich seine Worte.

»Gottlob sind diese Höfe nicht weiter als einige Stunden Weges voneinander entfernt, sodass ich jeweils einige Tage unterrichte und dann weiterziehe. Inzwischen hat mein ausgesätes Bildungskorn genügend Zeit, in den jugendlichen Hirnen zu verdorren, sodass ich nächste Woche fast wieder an der gleichen Stelle anfangen kann. Aber«, der kleine Lehrer beugte sich vor, zog die buschigen Augenbrauen zusammen, »wenn man natürlich nicht bereit ist, die paar Denare für einen eigenen Hauslehrer aus dem Beutel zu kramen …«

Der Satz schwebte unvollendet in der Luft – eine Einladung an den Zuhörer, sich selbst die Folgen solchen Fehlverhaltens auszumalen. Dann strebte Hermokrates mit sicherem Schritt in Richtung Küche. Sein Schüler mochte um diese Zeit noch nicht aufnahmebereit sein – sein Magen war es durchaus.

Kurze Zeit später saßen Julius, Ulixes und Flavius beim Frühstück und der Junge wartete ungeduldig auf die Gelegenheit, eine Frage zu stellen.

»Ich habe gehört, dass man Euch einen Coeparius nennt. Was ist das eigentlich?«

Ulixes nahm einen Schluck Wasser. »Das lateinische Wort ist in Germanien als Bezeichnung für einen reisenden Händler gebräuchlich. Eigentlich bedeutet es so etwas wie ›Schacherer‹, was darauf schließen lässt, dass es meine Kollegen mit der Redlichkeit nicht immer so genau nehmen.«

Flavius musterte ihn. »Ihr seid da anders?«

»Eine berechtigte Frage«, nickte Ulixes. »Ja, ich versuche, anders zu sein, denn ich reise viel und komme auch wieder an Orte zurück. Mir ist es lieber, meine Kunden schätzen meine Waren und Preise, als dass ich es darauf anlege, einen schnellen Silberling auf ihre Kosten zu machen. Außerdem ist es eine Frage der Sicherheit.«

»Geht es zu gerissenen Händlern an den Kragen?«

»Im Reich nicht, und auch jenseits der Grenze, bei den Barbaren, sind die Sitten nicht gleich so roh. Aber Räuber gibt es selbst hier, und in den einsamen Wäldern zählt nur das!« Ulixes hielt Flavius sein Messer unter die Nase, dann schnitt er sich einen Kanten Brot ab und legte Wurstscheiben darauf.

»Da ist es besser, wenn man Beschützer hat, die wollen, dass man wiederkommt, wenn man gleichsam als Klient eines Stammes reist und auch beim nächsten willkommen ist. Denn nicht jeder Germanenhäuptling hat die Gelegenheit, sich Gläser, Wein oder farbige Stoffe beim Plündern römischer Städte zu verschaffen.«

Während Ulixes kaute, überlegte Flavius einen Moment, dann fragte er:

»Und warum reist Ihr jetzt alleine?«

»Ich war lange nicht mehr hier und muss erst erkunden, für was die Leute in diesen Zeiten ihren Geldbeutel aufschnüren.«

»Mit was handelt Ihr denn so?«, wollte Flavius wissen, denn das meiste, das sie täglich brauchten, wurde auf dem Hof hergestellt.

»Mit Waren, die bei den Germanen begehrt sind: rote Terra Sigillata, Glasgefäße, Gürtelschnallen, orientalische Stoffe, dazu Gewürze und Wein. Alles, was nicht verboten ist.«

»Verboten? Durch wen?«

»Durch kaiserliche Erlasse. An der Grenze wird scharf kontrolliert. Die Ausfuhr von Eisen, Weizen, Salz und Wetzsteinen ist zum Beispiel untersagt.«

»Wetzsteine«, stöhnte Julius. »Darum brauchen wir also die vielen Beamten, die uns die Haare vom Kopf fressen. Damit die Barbaren mangels scharfer Schwerter vom Kriegszug lassen …«

»… oder uns schweren Herzens wieder mit der Keule erschlagen müssen«, brummte Ulixes und schob ein Stück Käse in den Mund.

»Und was bekommt Ihr von den Germanen?«, erkundigte sich Flavius.

»So mancherlei. Einige Stammesführer haben römisches Geld, das ihnen unsere Feldherren in ihrer Weisheit aufdrängen, wenn sie die Barbaren in der Schlacht nicht besiegen können. Man nennt das Freundschaftsgaben, aber man könnte auch Beschwichtigungsgeld dazu sagen. Ich persönlich nehme am liebsten Glaesum.«

»Was ist das?« Flavius hatte das Wort noch nie gehört.

»Ein leichter, goldgelber und durchsichtiger Stein, von dem der Volksmund glaubt, es seien die Tränen Phaetons. Ich selber halte es mehr mit Tacitus, der ihn ›Saftstein‹ nennt und ihn wegen der darin eingeschlossenen Insekten für erhärtetes Baumharz hält.« Ulixes nahm noch eine Scheibe Wurst und fuhr fort:

»Ansonsten bieten die Germanen Pelze oder blondes Frauenhaar.«

»Frauenhaare – wer kann denn damit etwas anfangen?«, lachte der Junge.

»Ich sehe, dass dich die Abgeschiedenheit dieses Hofes vor einigen Extravaganzen der städtischen Gesellschaft bewahrt hat!«, gab

Ulixes amüsiert zurück. »Viele römische Frauen sind ganz verrückt nach blonden Haarteilen, mit denen sie ihre aufwändigen Frisuren gestalten, und sie …«

»Das Frauenthema wollen wir jetzt lieber nicht vertiefen«, unterbrach Julius das Zwiegespräch. »Ich sehe Hermokrates in der Türe.«

Der Lehrer schien nur auf dieses Stichwort gewartet zu haben. Er räusperte sich vernehmlich und fragte würdevoll:

»Flavius, wie lange willst du noch in Untätigkeit verharren? Dein geduldiger Grammaticus steht bereit, um dich an der Quelle der Weisheit zu tränken, wenn ich das einmal so sagen darf.«

Der Junge seufzte, aber ein ungeduldiger Wink von Julius ließ ihn aufstehen. Er holte sein Schreibgerät und setzte sich mit dem Lehrer in eine Ecke des Bogenganges. Zuerst musste er einige schwierigere Rechenübungen von letzter Woche wiederholen und er hatte – im Gegensatz zu Hermokrates' pessimistischer Weltsicht – nicht nur alles behalten, sondern sogar seine Übungen gemacht. Fleißig kratzte der Bronzegriffel die umständlichen Buchstabenreihen in die Wachsschicht, dann begutachtete der Lehrer das Ergebnis und meinte befriedigt »Gut, jetzt Griechisch.«

Ein verhaltenes Stöhnen entrang sich der Brust des Jungen, aber es gab kein Entrinnen. So strich er mit dem breiten Ende des Griffels die Wachstafel glatt und begann, langsam die griechischen Buchstaben in die weiche Schicht zu ritzen. Mittwoch und Donnerstag waren der Schule gewidmet. Mit Latein und Rechnen war er ja noch einverstanden, wozu er aber Griechisch lernen sollte, das verstand er beim besten Willen nicht.

Ulixes schlenderte hinüber und beobachtete die beiden. Die verkrampfte Körperhaltung des Jungen zeigte nur zu deutlich seinen Widerwillen. Ulixes musste an seine eigene Schulzeit denken.

»Tröste dich, Flavius. Auch ich habe in meiner Jugend über Griechisch geflucht. Aber es wird nun einmal im Osten des Imperiums gesprochen und selbst hier verstehen es viele. Sollte dich das Schicksal in ferne Länder verschlagen, wirst du sehen, dass fremde Sprachen zum Nützlichsten gehören, das man lernen kann.«

Flavius blickte auf. Bei Tageslicht erschien dieser Mann immer seltsamer. Seine eher aristokratische Erscheinung und die etwas ironische, undurchschaubare Art passten nicht zu einem reisenden Händler, selbst wenn er vergoldete Kupferkessel und purpurgefärbte Stoffe feilbieten sollte.
»Sprecht Ihr Griechisch?«, fragte er.
»Ja, und bei meinen Reisen ... aber davon kann ich gerne ein anderes Mal erzählen, wenn du mit deinem Unterricht fertig bist.«
Damit drehte er sich um und Flavius wandte sich dem zu, was sein Grammaticus als »die Sprache von Homer, Sokrates und Alexander« zu betiteln pflegte. Wenn der geheimnisvolle Fremde Griechisch wichtig fand, war vielleicht die Schufterei doch nicht nutzlos.

Das Abendessen wurde von Felix und Matidia im Triclinium serviert. Es gab frischen Haseneintopf in einer stark gepfefferten, süßsauren Soße, dazu als Beilagen Oliven und auf dem Hof gebackenes Brot. Vier Löffel tauchten immer wieder in die dampfende Schüssel, denn Ulixes hatte vorgeschlagen, auch Hermokrates einzuladen. Der Lehrer aß ungewohnt schweigsam und betrachtete immer wieder verstohlen den Coeparius, bis dieser schließlich das Wort an ihn richtete.
»Eure Heimat ist Syrien?«
Ein heftiges Nicken war die Antwort.
»Ja, ja, Dura Europos. Das war einmal eine griechische Stadt am Euphrat.«
»Und jetzt?«, fragte Flavius mit vollem Mund.
»Ein Trümmerhaufen, durch den der Staub weht. Die Perser haben alles verwüstet.«
»Die Truppen Schapurs?« Julius nannte den einzigen Herrschernamen, den er kannte.
»Ja! Baal möge sein Haus verbrennen und ihn selber sollen alle bösen Geister in der Luft zerreißen!« Hermokrates atmete heftig vor Zorn.
»Gut zehn Jahre ist es jetzt her. Ich war gerade zu Besuch bei

Freunden in Palmyra. Um diese Stadt hat der Hurensohn einen Bogen gemacht. So haben mich die Götter gerettet, aber meine ganze Familie wurde von persischen Horden umgebracht. Da wollte ich weg, nur weg. Ich wanderte, bis ich in diesen westlichen Winkel des Imperiums kam, wo kaum Griechischlehrer mir mein Brot streitig machen.«

Julius nickte gedankenverloren. Unruhige Zeiten, schreckliche Schicksale.

»Und wie ist Palmyra?«, erkundigte er sich. Hermokrates nahm Haltung an.

»Palmyra ist eine Stadt, die berühmt ist wegen ihrer Lage, wegen des Reichtums ihres Bodens und für ihre angenehmen Quellen; ihre Felder sind auf allen Seiten von einem weiten Sandgürtel umgeben. Durch die Natur schon immer von der umliegenden Welt getrennt, bestimmt die Stadt ihr Schicksal zwischen den beiden großen Imperien der Römer und Perser.« Er sah sich um und fügte hinzu. »Das schreibt Plinius der Ältere im fünften Band seiner Naturgeschichte.«

»Danke, ich kann lesen«, schmunzelte Ulixes. »Uns interessiert mehr Eure eigene Ansicht.«

»Meine eigene Ansicht?« Hermokrates stützte sich auf den linken Arm, griff nach dem Weinbecher und nahm einen tiefen Schluck. »Ein Wunder in der Wüste. Eine Stadt voll unglaublicher Reichtümer inmitten der gottverlassensten Ödnis. Aber die Karawanen bringen alles: Pelze und Purpurstoffe, Perlen und Gläser, Weihrauch und Sklaven, blauen Lapislazuli und weißes Elfenbein. Die Handelswege durch die Wüste laufen über Palmyra mit seiner Wasserquelle. Die Stadt streicht üppige Zölle ein – nicht zu vergessen die Abgaben für den Schutz der Karawanen. Die Kaufleute dort sind hochmütig und besitzen so viel Gold wie unsereiner Kastanien.«

Einen Moment herrschte Schweigen, dann fragte Julius:

»Verleitet das nicht die Nachbarn zu Angriffen?«

Hermokrates nickte. »Verleiten schon, aber so einfach liegen die Dinge nicht. Vor drei Jahrhunderten hat irgendein römischer Feldherr …«

»Das war, glaube ich, Marcus Antonius«, warf Ulixes ein.
» ...wie gesagt, ein römischer Feldherr wollte die Stadt plündern. Aber die Einwohner hatten sich mitsamt ihrer Schätze in der Wüste versteckt. Heute hat die Stadt zwar eine kleine Mauer, aber der beste Schutz sind die weite Wüste und die palmyrenischen Bogenschützen auf ihren schnellen Dromedaren.« Hermokrates nahm sich einen großen Löffel Hasenragout, während Flavius ihn erstaunt musterte. Hinter den aufgeblasenen Redensarten kam mit einem Male ein Mensch zum Vorschein, ein Mensch mit Gefühlen, einem Schicksal und ungewöhnlichen Erfahrungen. Neugierig wollte er von dem Lehrer mehr erfahren.
»Und wie sieht Palmyra aus?«
»Prachtvoll.« Hermokrates schluckte sein Essen hinunter, um anschließend das Bild der Stadt vor den Augen seiner Zuhörer erstehen zu lassen: Er durchwanderte die Säulenstraße mit den Hunderten von Bronzestatuen, blickte zum großen Tempel mit seinen vergoldeten Kapitellen auf und ließ das Stimmengewirr des Forums lebendig werden.
Als Julius das Zeichen zum Aufbruch gab, war es schon spät und fremde Bilder schwirrten Flavius durch den Kopf. Er saß noch eine Weile auf seinem Bett, und je länger er in die Flamme der Lampe starrte, desto mehr beschlich ihn das Gefühl, dass sich gerade sein Leben veränderte.
Erst Jahre später sollte er erfahren, was zur gleichen Zeit Tausende von Meilen östlich die Menschen in Schrecken versetzte: Odenathus, König von Palmyra, war ermordet worden. Umgehend trat Zenobia, seine Witwe, die Herrschaft an.

Zwei Tage später, als Hermokrates schon weitergezogen war, saß Flavius nachmittags mit Ulixes auf der Portikusterrasse und versuchte griechische Worte zu unbeholfenen Sätzen aneinander zu reihen. Julius kam durch den Garten und stieg gedankenverloren

die Treppe empor, als ihn die Stimme des Jungen aufblicken ließ.
»Wann erzählst du mir, was im Keller geschah?«
Julius kratzte sich am Kopf. »Eigentlich wollte ich noch einige Berechnungen machen ...«
»Im Keller?«, Ulixes runzelte die Stirn.
»Mein Onkel hatte mir die Geschichte vom Untergang Lopodunums erzählt«, erklärte Flavius.
»Ich war fast am Ende, als der Junge dich zufällig im Mondschein kommen sah.« Julius blickte Ulixes an und zuckte mit den Schultern. »Nun, vielleicht ist es besser, ich bringe es jetzt hinter mich.« Er winkte einem Diener, ihm einen Stuhl und Apfelsaft für alle zu bringen, dann streckte er seine Beine aus und begann:
»Es war im Keller meiner Villa in Lopodunum. Die Germanen hatten die Stadt überrannt. Ich hockte in meinem Fass und spürte, wie der Niesreiz immer stärker wurde. Endlich prustete ich los, als sollte mein Gehirn zur Nase hinausfliegen. Der Flüchtling neben mir stieß einen unterdrückten Schrei aus, der Plünderer sprang herbei und schlug zu. Der erste Hieb verfehlte das Opfer und köpfte eine Weinamphore. Der zweite jedoch traf. Ein Schrei, und der Flüchtling brach zusammen. Der Germane lauschte, dann schnupperte er, legte klirrend das Schwert auf den Boden, ergriff den noch vollen unteren Teil der Amphore und setzte das Gefäß an.
Eine schiere Ewigkeit hörte ich nur Schlürfen, dann einen Rülpser, der Plünderer griff sein Schwert und ging zur Kellertreppe. Nach einigen Stufen redete er etwas in seinem germanischen Dialekt vor sich hin – unverständlich für mich, aber vertraut für den Jungen, der ihn plötzlich aus der Kellerecke anrief. Der Germane drehte sich um, geriet ins Stolpern und stürzte rücklings die Stufen hinab. Während er stöhnend auf dem Boden nach seinem Schwert tastete, rasten meine Gedanken. Wenn ich nicht schneller war als er, würde er uns beide töten!«
Julius sah einen Augenblick auf den Becher in seiner Hand, nahm einen Schluck, wischte sich den Mund ab und fuhr fort:
»Ich warf den Deckel meines Fasses ab, richtete mich auf und

wollte hinaussteigen, als der ganze Bottich umkippte. Ein Schwall Posca ergoss sich über den liegenden Mann, der hustete, spuckte und sich aufstützte. Mit zwei Schritten war ich bei ihm, ergriff das Oberteil der zerschlagenen Amphore und schmetterte es auf seinen Schädel. Er sackte ohne einen Laut zusammen. Da begann der Junge zu schreien. Ich versuchte, ihn zu beruhigen – vergebens. Er schrie so lange, bis ich ihn aus der Ecke zerrte und ihm einige Ohrfeigen gab. Entsetzt schaute er mich an und schluchzte leise, während ich mich zitternd hinsetzte.
Da hockte ich nun auf dem glitschigen Fußboden, vor Schreck wie gelähmt. Wer war der Flüchtling, lebte er noch? Ich tastete im Dunkel den Boden ab, bis ich seinen Körper spürte und den Puls am Handgelenk fühlen konnte. Nichts, nur ein Armreif, den ich kannte: Modestus. Ich schluckte und ließ meine Hand zu dem Germanen wandern. Auch er gab kein Lebenszeichen von sich.
Was nun? Neben mir zwei Leichen, dazu ein weinendes Kind, mitten in der Nacht. Morgen würden die Plünderer wieder kommen, um die Reste durchzuwühlen. Was uns dann erwartete, konnte ich mir ausmalen.
Ich blickte auf den toten Plünderer vor mir, dessen Körper sich im Dunkel abzeichnete. Er würde seine Kleider nicht mehr brauchen, aber mir könnten sie das Leben retten. Vorsichtig begann ich, den Leblosen auf den Rücken zu drehen, um ihn zu entkleiden. Selbst im Tode noch schien er es darauf anzulegen, mir dies beschwerlich zu machen, aber zuletzt schaffte ich es. Als ich aber seine Kleider überstreifte, musste ich an mich halten, um nicht zu erbrechen, denn Posca und Schweiß ergaben eine abstoßende Mischung. Mit etwas Wein aus dem Amphorenrest beruhigte ich den Jungen. Dann genehmigte ich mir einen kräftigen Schluck und wir schlichen uns beide aus dem Haus.«

Julius stützte den Kopf auf die Arme und sah eine Weile ins Leere. »Wir kamen unentdeckt bis zu dem Versteck am Ufer, wo das Boot lag, das ich zwei Tage zuvor heimlich gekauft hatte. Dort wartete Felix mit den Vorräten, die er für uns alle besorgt hatte. Schnell

stießen wir ab und der leise rauschende Neckar trug uns durch die Nacht. Er würde uns zum Rhein treiben, dem großen Strom, auf dem wir nach einigen Tagen Mogontiacum erreichen sollten. Wenn überhaupt, dann müsste diese große Legionsfestung dem Germanensturm widerstanden haben. Und so war es denn auch.«
Julius verstummte. Endlich fasste sich Flavius ein Herz.
»Wolltest du nie die Portalbronzen bergen?«
Der Mann schüttelte den Kopf, stand auf und atmete tief durch.
»Bitte entschuldigt mich, ich habe noch zu tun.«
Flavius nahm die Hand seines Onkels, sah ihm in die Augen und sagte leise »Danke«. Dann lief er die Treppe hinab, aus dem Hoftor hinaus, den Weg entlang zum Tempel. Er suchte, bis er den Votivstein für Fortuna fand, setzte sich davor ins Gras und schloss die Augen.

3. Kapitel

DAS MÄDCHEN

267–268 n. Chr.

*»Die Ratschläge der Alten geben Licht ohne Wärme,
wie die Wintersonne.«*

TERTULLIANUS

Lange saß der Junge am Tempel, äußerlich ruhig, aber so in der Erzählung gefangen, dass er weder den Hufschlag hörte noch die Räder, die auf der nahen Straße knirschten. Erst als Flavius auf dem Rückweg wieder durch das Hoftor bog, sah er Drusillas zweirädrigen Reisewagen vor dem Eingang des Hauptgebäudes. Er unterdrückte den Wunsch, ins Haus zu stürmen, um sich in ihre Arme zu werfen. Stattdessen zwang er sich, ruhig zum Speiseraum zu gehen, aus dem Stimmen klangen.

Ulixes und Julius lagerten auf dem Triclinium, Drusilla saß in einem Korbstuhl mit dem Rücken zum Eingang. Auf dem Boden lagen abgenagte Rebhuhnknochen und der Duft gebratenen Fleisches hing in der Luft.

Flavius nickte seinem Onkel zu, dann ging er zu Drusilla und legte den Kopf an ihre Schulter. Sie drehte sich um, stand auf und nahm ihn in den Arm.

»Wo warst du denn so lange? Wir haben gewartet und gewartet, aber dann ohne dich anfangen müssen.«

Flavius blickte die hochgewachsene, magere Frau verlegen an.

»Ich habe … Griechisch gelernt!«

Drusilla zog die Augenbrauen hoch und musterte ihn. »Stimmt was nicht mit dir, bist du krank?«

Julius kam seinem Neffen zu Hilfe. »Was soll diese Frage? Muss man krank sein, um Griechisch zu lernen?«

»Man nicht, aber Flavius?« Sie blickte den Jungen unter ihren hochgesteckten dunklen Locken prüfend an, dann lächelte sie.

»Entschuldige, natürlich nicht. Ich freue mich sogar sehr. Nur irgendwie scheint mir dieser Eifer ungewohnt.«
Julius wies auf Ulixes. »Ich glaube, es ist sein Einfluss.«
Drusilla strich Flavius die zwei Locken aus der Stirne, die sich eigensinnig kreuzten. »Hast du mit unserem Gast Freundschaft geschlossen? Das ist gut.«
Dem Jungen war ihre Geste peinlich, er machte einen Schritt vor und zeigte auf den Tisch. »Gibt es noch Rebhuhn? Ich habe Hunger wie ein Wolf.«
»Ja, natürlich, Matidia bringt gleich noch etwas. Setz dich zu uns, Ulixes erzählt gerade von seiner Jugend in Afrika.«

Flavius ging früh schlafen, tat aber lange kein Auge zu. Er war todmüde, zugleich jedoch aufgewühlt, sodass er sich unruhig auf seinem Lager wälzte. Doch jedes Mal, wenn die Müdigkeit siegte, suchten ihn wilde Träume heim. Immer wieder durchlebte er die Schrecken des Kellers. Mit jedem Mal gab sein Gedächtnis neue Einzelheiten preis, wurde die Szene plastischer und fügte sich Bild an Bild. Er sah sich an der Seite seines Onkels durch den flackernden Feuerschein der Stadt irren, frierend auf der unendlichen Wasserfläche des großen Stromes dahintreiben, hungernd nachts in Gebüsche kriechen.
Am frühen Morgen beugte sich Drusillas sorgenvolles Gesicht über ihn, dann sank er langsam in einen bleischweren Schlaf. Mehrere Nächte durchlitt er so; selbst am Tag, wenn ihn die Müdigkeit überkam, stand plötzlich eine bislang vergessene Szene vor ihm.
Doch zugleich begann auch seine innere Wunde zu heilen. Die stückweise Rückkehr des Gedächtnisses nahm seiner Vergangenheit den Schrecken des Unbekannten, Bedrohlichen. Indem er die Ereignisse bewusst erlebte, die zuvor verschlossenen Räume seiner Erinnerung einen nach dem anderen betrat, wurde er Herr seiner Gedanken. Immer mehr kehrte auch sein Suebisch zurück. Erst einige Worte, wenn er einen bestimmten Gegenstand sah, dann ganze Sätze, Szenen und Gespräche mit seiner Mutter. Wo mochte sie jetzt sein? Die Germanen hatten sie verschleppt, aber

was war dann mit ihr passiert? Und sein Vater, an den er fast keine Erinnerung mehr hatte. War er in Syrien gefallen oder mit Kaiser Valerianus und dem Rest des Heeres in die Sklaverei geführt worden? Die Ungewissheit bedrückte Flavius und manchmal spürte er das Gefühl der Einsamkeit wie einen körperlichen Schmerz.
Dafür wuchs allmählich seine Vertrautheit mit Ulixes. Der weitgereiste Coeparius mit seiner ironischen Art, dem merkwürdigen Wissen und der geheimnisvollen Vergangenheit schlug seine Phantasie in den Bann. So wollte er werden, nicht wie sein Onkel, dieser dickliche, von Pflichtgefühl und Bedenken erfüllte Verwalter von Schweineställen und Kornspeichern.

Zu Flavius' Freude blieb Ulixes und wurde zu einem festen Bestandteil des Familienlebens. Vormittags übte er mit dem Jungen Griechisch, dann plauderte er mit Drusilla über das Warenangebot verschiedener Städte und am späteren Nachmittag traf er sich mit Julius im Bad zu philosophischen Gesprächen. Dazwischen verbrachte er Stunden in seinem Zimmer und schrieb, gelegentlich ritt er auch aus und kam manchmal erst nach Tagen zurück, ohne jedoch über diese Reisen ein Wort zu verlieren.
Zwei Dinge gab es, auf die sich Flavius besonders freute. Eines war das Soldatenspiel, das Ulixes eines Tages ausgepackt hatte. Auf einem Brett mit acht mal acht Feldern stellte er zwei Doppelreihen Figuren einander gegenüber auf.
»Vorne, das sind die acht Ordinari. Die gehen je ein Feld vor oder zurück. Dahinter stellen wir die sieben Vagi. Die können in jeder Richtung einen Schritt machen. In der Mitte, die große Figur, das ist der Bellator, der darf in alle Richtungen beliebig weit laufen. Verstehst du?« Flavius nickte und Ulixes setzte einen der Ordinari vor. »Wir ziehen abwechselnd, Ziel ist es, die Steine des Gegners durch diagonales Überspringen zu schlagen. Jetzt bist du dran!«
Anfangs hatte auch Julius Interesse gezeigt, aber als er ständig verlor, suchte er sich lieber wieder Mitspieler für sein geliebtes Halma. Flavius dagegen kämpfte mit nie unvermindertem Eifer und nahm Ulixes mit der Zeit immer mehr Figuren ab.

Auch die gemeinsamen Spaziergänge waren ihm sehr willkommen. Als Kind hatte er es gehasst, mit den Erwachsenen gehen zu müssen, die nur ihr Ziel im Kopf hatten, während auf beiden Seiten des Weges so viel Interessanteres zum Entdecken lag. Mit Ulixes aber war das anders. Hier konnte er mit seinen Kenntnissen glänzen, denn ihm waren die Felder und Wälder vertraut, er kannte die Spuren der Tiere und fand zielsicher die besten Stellen, an denen essbare Pilze wuchsen. Es bereitete ihm Freude, den Stadtmenschen an irgendeinen Ort zu locken, von der Vielzahl an Pilzen zu schwärmen und dann zuzusehen, wie Ulixes vergeblich im Gestrüpp umherirrte.

»Wart Ihr denn als Junge nie im Wald, habt Ihr Euch immer nur in den Straßen der Städte herumgetrieben?«

Der Mann schob einen Zweig aus dem Gesicht.

»Sag ruhig du zu mir, kleiner Augustus, schließlich gehöre ich ja schon fast zu der Familie.«

»Warum nennst du mich so?«

»Hast du nie eine Statue des göttlichen Kaisers gesehen?« Der Junge schüttelte den Kopf. Ulixes deutet auf die zwei Locken, die sich widerspenstig kreuzten.

»Augustus hatte solche Haare. Aber jetzt zu deiner Frage. Wo ich aufgewachsen bin, gab es keine solchen Wälder. Dafür war das Meer nicht weit und das Land immer warm, nie gab es Frost und unser Gut war umgeben von endlosen Olivenhainen und Weizenfeldern.«

»Das klingt schön. Wo lag dieser Ort?«

»Bei Thugga, etwa neunzig Leugen südwestlich von Karthago. Dort bin ich geboren, später habe ich dann in Thysdrus gelebt.

»Warst du auch in Rom?«, wollte Flavius wissen.

»Ja, ein halbes Jahr. Aber ich weiß nicht, ob es dir da gefallen würde.«

»Warum? Ist Rom nicht voller Wunder?« Flavius starrte den Älteren fast ängstlich an.

»Sicher, keine Stadt kann sich mit Rom messen. Die Tempel, Theater, Thermen, die Statuen und der Prunk der Kaiser – aber dafür

leben rund eine Million Menschen dort, meist in engen und hohen Mietshäusern, zusammengedrängt zwischen all diesem hohlen Pomp.«
Flavius schüttelte fassungslos den Kopf.
»Eine Million – das sind ja tausend mal tausend Menschen!« Verstört versuchte er sich vorzustellen, wie diese ungeheure Masse jeden Tag aß und trank, sich stritt und versöhnte, Geld erwarb und verschwendete, schlief und wieder erwachte, um sich erneut durch die Straßen zu drängen.
Eines Tages würde auch er durch diese Straßen gehen, das wusste er.

Der Sommer war die schönste, aber auch die schwerste Zeit auf dem Hof. Die Arbeit eines ganzen Jahres trug jetzt Früchte und bald würden die Menschen wissen, was sie in den düsteren Wintermonaten erwartete. Ob sie satt werden würden oder ob aller Fleiß vergebens war und ihnen nur die Wahl blieb, die Tiere zu schlachten oder sich mit Spelzenbrot zufrieden zu geben.
Den härtesten Einsatz forderte die Getreideernte. Das gelbe Korn stand hoch auf den Halmen und musste in die Scheuer gebracht werden, bevor es der erste Sturm niederwalzte. Alle halfen mit, denn Arbeitskräfte waren seit der Zeit der großen Seuche knapp und die Zeit zum Einbringen der Ernte kurz. So standen die Landarbeiter schon beim ersten Morgengrauen auf den Feldern, packten Büschel um Büschel Korn und schwangen die Sichel, bis sie nicht mehr wussten, ob sie die Arme oder der Rücken mehr schmerzten. Auch Ulixes bot seine Hilfe an, doch Julius lehnte ab.
»Was macht das für einen Eindruck, wenn bei uns ein Gast wie ein Sklave schuftet. Außerdem würdest du dir vermutlich nur irgendeinen Körperteil abschneiden, womit niemandem gedient wäre.«
Doch als er Ulixes gekränkten Blick bemerkte, fügte er eilig hinzu:
»Aber gleich muss der Vallus auf die Felder gebracht werden, da können wir jeden starken Arm gebrauchen.«

Ulixes folgte ihm zum Geräteschuppen. Er hatte von diesen gallischen Erntemaschinen gehört, aber noch keine in Funktion gesehen. Die Sklaven öffneten das Tor zu dem Fachwerkbau am Ende der Wirtschaftsgebäude und das Licht fiel auf eine spinnwebenbedeckte Holzkonstruktion mit zwei Speichenrädern. Sie glich einer gigantischen Schubkarre mit einem offenen Kasten an der Vorderseite, dessen unterer Rand knapp über dem Boden lag und eine Reihe vorspringender Messer trug. Hinten ragte eine Art doppelte Deichsel hervor, an der Riemen für Zugtiere hingen. Ulixes half dabei, die Klingen zu schärfen, die schwere Maschine zu säubern und aus dem Schuppen zu rollen. Ein Ochse wurde angeschirrt und zog das quietschende Gefährt aus dem Hoftor. Mehrfach mussten die Männer in die Speichen greifen, um den Vallus einen steilen Weg hinauf zu stemmen oder ihn zu bremsen, wenn es abwärts ging.
Endlich hatten sie die in der Ebene gelegenen flachen Felder erreicht, wo der Ochse so zwischen die beiden nach hinten ragenden Balken angeschirrt wurde, dass sein Kopf jetzt zum Kasten zeigte. Nach einigen groben Rufen und Hieben stapfte das Tier los und schob die Erntemaschine über den Boden. Dabei drückten sich die beidseitig geschärften Klingen an der Kastenunterseite wie Finger zwischen die dicht stehenden Kornhalme, die sie halb rupften, halb schnitten, während ein Arbeiter voranging und das Korn dem Kasten zuschob.
Ulixes sah fasziniert zu, als Flavius neben ihn trat und sich mit einem Tuch den Schmutz von den Fingern rieb. Ulixes machte eine weit ausholende Geste.
»Nun wäre das nichts für dich, Herr eines Landguts?«
Flavius zögerte.
»Wenn es mein Hof wäre, vielleicht. Aber das Gut gehört Drusilla, und selbst wenn sie kinderlos bleibt, mögen ihr die Götter ein langes Leben schenken. Nein, ich muss etwas Eigenes finden.«
»Was stellst du dir vor?«
Flavius zuckte mit den Schultern. »Staatsbeamter, Arzt, Baumeister – wie soll ich das wissen, ohne Möglichkeit, meine Nase mal irgendwo reinzustecken. Auf jeden Fall ein Beruf, bei dem man

auch ein Stück von der Welt sieht, so wie du.« Er blickte den älteren Mann an. »Braucht ein Coeparius keinen Gehilfen?«
Ulixes lächelte melancholisch.
»Manchmal ja, aber mach dir da keine falschen Vorstellungen. Umherziehen von Ort zu Ort, schlafen in stinkenden Spelunken oder im Freien bei Wind und Wetter, Feilschen mit geizigen Kunden und gierigen Steuereinnehmern – nein, empfehlen kann ich dir ein solches Leben nicht.«
»Hattest du nie ein Zuhause, eine Frau?«
Ein Schatten schien auf das Gesicht des älteren Mannes zu fallen.
»Doch, vor langer Zeit einmal. Ich weiß nicht, ob du von dem Aufstand der Gordiane gegen Maximinus Thrax gehört hast …«
Flavius schüttelte den Kopf.
»Nun, das ist auch fast dreißig Jahre her. Das waren Vater und Sohn, ehrenhafte Männer, die in Afrika zu Kaisern ausgerufen wurden. Doch Capellianus, der Statthalter Numidiens, blieb dem thrakischen Ungeheuer treu und schlug die Erhebung blutig nieder. Mein Vater war an der Revolte beteiligt und die Soldateska hat nicht nur ihn, sondern auch meine Mutter und meine junge Frau niedergemetzelt. Und meinen Sohn. Aber davon möchte ich heute lieber nicht sprechen, kleiner Augustus.«
Flavius nickte und beide betrachteten eine Weile die Erntemaschine, die über das Feld kroch.
»Ich muss jetzt beim Ziegelbrennen helfen. Kommst du mit?«
Ulixes nickte und sie gingen zum Hof, über dem die Rauchfahne des Brennofens in den Himmel stieg.

Als die ersten Blätter in den Feuerfarben des Herbstes erglühten, kam der Tag der Pachtzahlung. In Gruppen machten sich die Kleinbauern aus ihren nahe gelegenen Hütten zum Gutshof auf und warteten vor dem großen Tisch, den Julius im Hof aufgestellt hatte. Er überprüfte die Abrechnungen der Pächter mit Hilfe seines

Polyptychons, eines Verzeichnisses, das aus einem halben Dutzend mit Wachs überzogener Holztafeln bestand. Es enthielt Größe und Beschaffenheit der Felder und gestattete es, den zu entrichtenden Pachtzins festzulegen. Da die Pächter meist nicht über Geld verfügten, brachten sie ihre Abgaben in Naturalien mit, und Flavius hatte die Aufgabe zu kontrollieren, was sich in den Säcken befand. Mehr als einmal griff seine Hand in Spreu, und es war immer sein Ehrgeiz, keinen Betrugsversuch durchgehen zu lassen.
Am Ende der Schlange stand ein kräftiger Mann mittleren Alters mit einer rosa schimmernden Narbe am Kopf, begleitet von einem etwa sechzehnjährigen Mädchen. Flavius hatte mit einem Schlag nur noch Augen für sie, denn junge Frauen in seinem Alter gab es auf dem Gutshof keine. Er starrte schüchtern in ihre Richtung, sah die hellbraunen Locken, die Stupsnase über den vollen Lippen mit den etwas spöttisch herabgezogenen Mundwinkeln und die drallen Rundungen ihres Körpers. Doch als sie in seine Richtung sah, schlug er den Blick nieder und fühlte eine Mischung aus Scham, Verwirrung und dem Wunsch, sie kennen zu lernen.
Julius' Stimme riss ihn aus seinen Tagträumen:
»Faustus, du bringst wohl nichts. Hat Priapos deinen Feldern keine Fruchtbarkeit beschert oder hast du alles im Wirtshaus verspielt?«
Der Mann lächelte großspurig.
»Keine Sorge, hier sind zwei Säcke voller Walnüsse, ein Sack Linsen und den Rest bezahle ich bar. Faustina, hol den Leiterwagen mit den Säcken und bring sie dem Jungen!«

Flavius durchströmte ein brennendes Glücksgefühl, in diesem Moment eine so wichtige Aufgabe erfüllen zu können, und er öffnete den ersten Sack Walnüsse. Er nahm einige heraus, wog sie in der Hand, sah ihre helle, runzlige Schale, roch ihren würzigen Duft – gute, frische Ernte.
Faustina stand vor ihm, die linke Hand auf die Hüfte gestützt, einen Fuß leicht wippend nach vorne gestellt. Sie schien völlig in die Betrachtung der Fingernägel ihrer rechten Hand vertieft.

Verwirrt wollte Flavius den Sack schließen, da fiel ihm ein, dass er ja noch nicht die tieferen Lagen kontrolliert hatte. Seine Hand glitt hinab, umschloss einige Nüsse und zog sie heraus. Leicht lagen sie in der Hand, taub, der Kern vertrocknet oder vom Wurm zerfressen. Er sah Faustina an, die sich auf die Lippen biss. Der Junge zögerte einen Moment, ließ die Walnüsse in seine Tasche gleiten und wandte sich dem nächsten, noch größeren Sack zu.

Oben waren wie zuvor frische Walnüsse – aber darunter? Langsam wühlte sich seine Hand tiefer, während er den Blick nicht von dem Mädchen lassen konnte. Mit jedem Zoll, den sein Arm in den Nüssen verschwand, wuchs sichtbar ihre Angst, bis sie sich zuletzt vorbeugte und ihm zuflüsterte: »Ich kann nichts dafür. Es ist mein Stiefvater. Wenn der Schwindel auffliegt, schlägt er mich zu Hause grün und blau.«

Flavius überlegte einen Moment und zog die Hand zurück. Bei der Vielzahl von Säcken, die in dem Speicher des Gutshofes für den Winter lagerten, würde es kaum auffallen und wenn, wäre die Zuordnung nicht mehr möglich.

»Und was ist mit den Linsen?«

»Die sind in Ordnung, vertrau mir bitte!«, konnte Faustina gerade noch flüstern, als die Stimme ihres Vaters herüberschallte.

»Was trödelst du so lange, Mädchen – glaubst du, man will uns hier zum Abendessen da behalten?«

»Es ist nicht ihre Schuld. Ich bin mit der Kontrolle noch nicht fertig und so lange werdet Ihr Euch noch gedulden müssen!«, antwortete Flavius, erfüllt von der Autorität seines Amtes, und ließ die Linsen durch seine Finger rieseln. Wenn er fertig war, würde Faustina gehen müssen. Dabei wusste er nicht einmal, wo er sie finden konnte.

»Woher kommst du?«, fragte er, scheinbar in die Betrachtung des Sackinhalts vertieft.

Das Mädchen spielte mit den Holzperlen ihrer Halskette.

»Etwa zwei Leugen von hier, etwas nördlich von dem kleinen Tempel, liegt ein Dorf am Waldrand. Dort wohnen wir – mein Stiefvater, meine jüngere Schwester und ich.«

Mit einem Seufzer wandte sie sich ab und ging zu Faustus, der neben dem Tisch wartete, auf dem ein kleiner Haufen fleckiger Silberstücke lag. Flavius, der ihr gefolgt war, nahm einige Münzen in die Hand, denn auf dem Hof hatte kaum jemand Geld in der Tasche. Doch alle Münzen waren gleich schäbig; die Vorderseite trug den Kaiserkopf mit Zackenkrone, gelegentlich auch eine Frauenbüste über der Mondsichel, nur die Rückseite unterschied sich. Flavius hielt ein Geldstück zwischen den Fingern und betrachtete die kleine Figur mit Füllhorn. »Abundantia«, entzifferte er und nahm das nächste in die Hand. »Pax«, las er halblaut, dann »Concordia«, da hörte er Schritte hinter sich und sah Ulixes fragend an. »Überfluss, Frieden, Eintracht – ist das die Wirklichkeit im Imperium?«
Ulixes lachte. »Nein, das sind die Versprechungen der Herrscher. Das, was sie wollen, aber meist nicht erreichen. Dafür können wir Untertanen uns auf eines verlassen, dass nämlich neues Geld schlechter ist als altes.«
Flavius kannte die Klagen der Erwachsenen. Seit Jahrzehnten hatten die verschiedenen Kaiser, um Jahr für Jahr mehr Münzen in die Taschen ihrer Soldaten stopfen zu können, den Silbergehalt des Geldes immer weiter verringert. So gelangten nur noch Kupfermünzen mit dünnem Silberüberzug in Umlauf und jeder reichte sie eilig weiter, um die älteren Stücke zu horten, während die Preise stiegen und stiegen.

»Faustina, wir müssen gehen, bevor es Nacht wird.«
Ulixes und Flavius blickten auf und sahen den Pächter, der mit der rechten Hand den kleinen Wagen griff, mit der linken seine Tochter nahm und sie mit sich zerrte. Faustina drehte sich um, einen Augenblick nur, und Flavius war nicht sicher, ob er ein Dankeslächeln ausmachen konnte. Die beiden passierten das Hoftor und der Junge sah ihnen noch einen Augenblick nach, wie ihre Gestalten langsam kleiner wurden. Dann ging er zu den Sklaven und half ihnen, die letzten Säcke in den Speicher zu tragen. Der große Steinbau lag in der Ecke der Hofanlage und überragte mit seinen drei Stockwerken die umliegenden Fachwerkgebäude turmhoch. Im

Erdgeschoss, in das man durch ein Tor gelangte, befanden sich Vorräte wie Nüsse, getrocknete Früchte oder die Amphoren mit einheimischem Wein. Das Getreide dagegen wurde über Balkone in die oberen Stockwerke getragen, wo es trocken lagerte, unerreichbar für Ratten und Mäuse. Flavius erkletterte die Leitern und spähte über die Felder, doch dunkle Schatten hatten bereits den Weg verschluckt, der zu Faustinas Dorf führte.
Die nächsten Tage war er unruhig und dachte immer wieder an das Mädchen, während er den Staren nachblickte, die sich scharenweise über die Wiesen stolzierten, bevor sie sich in den Himmel schwangen, um nach Süden zu fliegen.

Flavius und Felix liefen auf den Wald zu, dem kläffenden Hofhund hinterher. Letzte Nacht war ein Fuchs in den Gänsestall eingedrungen, hatte drei Gänsen den Hals durchgebissen und eine davon in seinen Bau geschleppt. Jetzt waren sie ihm auf der Fährte, durch Unterholz und über bemooste Baumwurzeln ging die Jagd immer tiefer in das dämmrige Waldesinnere. Bald hatten sie keine Ahnung mehr, wo sie sich befanden, und nachdem sie einen Bach durchwatet hatten, schien auch der Hund die Spur verloren zu haben. Er winselte und schnüffelte, lief ziellos herum, dann spitzte er plötzlich die Ohren und verschwand bellend im Gebüsch.
Ein heller Schrei, die beiden Jungen kämpften sich durch die Zweige des Unterholzes und fanden den Hund über ein Mädchen gebeugt. Sie lag auf dem Boden, einen Arm schützend vor dem Gesicht, neben ihr ein halb umgestürzter Korb mit Pilzen. Felix zerrte den Hund weg, sie richtete sich etwas auf, sodass Flavius erkennen konnte, wer da lag.
»Faustina, was machst du hier?«
»Dasselbe könnte ich euch fragen. Ich wohne in der Nähe. Helft mir hoch, mein Fuß tut weh. Euer dummer Hund hat mich wie ein Wolf angesprungen.«

Flavius stammelte eine Entschuldigung, dann half er ihr beim Aufstehen. Felix sammelte die Pilze in den Korb und das Mädchen humpelte, auf Flavius gestützt, langsam über den moosbewachsenen Waldboden. Der Junge schritt so vorsichtig, dass sie eine halbe Stunde brauchten, bis endlich die Umrisse von Häusern durch die Bäume schimmerten.
Die Ärmlichkeit der kleinen Ansiedlung traf Flavius wie ein Schlag. Dieses Landleben passte gar nicht zu den verklärenden Beschreibungen eines Horatius Flaccus aus seinen Schulstunden. Die Wirklichkeit war hässlich, armselig, schmutzig.
Einstöckige Fachwerkbauten mit schiefen Mauern und strohgedeckten Dächern säumten einen kleinen Platz, umgeben von Ställen für Schweine, Schafe und Hühner. Fliegen und gelegentlich vorbeiwehende Schwaden beißenden Gestankes verrieten die Nähe der Misthaufen.
Die drei gingen auf ein Haus zu, wobei Flavius alle Mühe hatte, Faustina zu stützen, ohne zugleich in die zahlreichen Schlammpfützen und Kothaufen zu treten.
»Hallo, ich bin zurück«, rief das Mädchen und stieß die Türe auf. Ein fast fensterloser Raum, an dessen Dunkelheit sich ihre Augen erst gewöhnen mussten. In einer Ecke das schwelende Feuer der Kochstelle, das den Raum mit mehr Rauch als Wärme erfüllte, sodass Flavius' Augen tränten und er husten musste. An der Wand reihten sich allerlei Geräte, Schüsseln und getrocknete Kräuter; wertvollere Vorräte wie Schinken oder Säcke mit Getreide baumelten von den Deckenbalken, wo sie vor den Ratten sicher waren. Die Schlafecke der Familie bestand aus zwei Liegen mit Strohsäcken und Decken. Daneben stand eine niedrige Türe offen, die zum Stall führte.
In der Mitte des Raumes saß ein etwa achtjähriges Mädchen mit rotblonden Haaren und einem braunen Kleid, das fast nur aus Flicken bestand. Beim Anblick der älteren Schwester sprang sie freudestrahlend von ihrem Hocker und schlang ihre dünnen Ärmchen um sie. »Na, Kleine, wo ist der Vater?«, fragte Faustina.
»Er ist noch mit den Schweinen im Wald, um sie mit den Eicheln

zu mästen, aber er wird bald kommen. Aber Vorsicht ...«, flüsterte sie, »... ich glaube, er hat schlechte Laune und hat auch schon getrunken, bevor er ging!«

Faustina seufzte. Sie hatte sich gefreut, als Mutter nach dem Tode ihres ersten Mannes vor drei Jahren diesen Faustus kennen lernte. Die Namensgleichheit schien ein gutes Vorzeichen zu sein und anfänglich war er fürsorglich zu den Kindern gewesen, hatte ihnen Spielzeug geschnitzt und sie auf seinen Knien geschaukelt. Als aber nach Mutters Tod im Kindbett auch das Neugeborene den harten Winter nicht überlebte, war mit dem Mann eine schleichende Veränderung vor sich gegangen.

Immer öfter schrie er die Kinder an, warf mit Holzscheiten nach ihnen oder saß nur schweigend vor dem Feuer. Wenn ihm Prügel nicht ausreichend erschienen, hatte er in letzter Zeit immer öfter damit gedroht, sie in die Sklaverei zu verkaufen. »Statt dass ihr mir die Haare vom Kopf fresst, bekomme ich wenigstens was für euch Bälger!« Faustina wusste, dass er dazu die Macht hatte, und beide Mädchen klammerten sich angstvoll aneinander, wenn ihn wieder die schlechte Laune überkam.

»Setzt euch«, rief sie und Flavius beeilte sich, ihrer Einladung Folge zu leisten. Felix zögerte etwas, dann ließ er sich neben dem Hund auf dem Boden nieder. Das Mädchen holte einen braunen Tontopf und begann, Körner zu schroten. Flavius sprang auf, um ihr zu helfen, stellte sich aber bei der ungewohnten Küchenarbeit so linkisch an, dass er keine Hilfe war.

»Hoffentlich bist du beim Essen geschickter, sonst wirst du eines Tages verhungern!«, neckte ihn Faustina, als sie den Dinkelbrei mit Wasser und Gewürzen anrührte. Der Junge wurde feuerrot und stand verlegen neben den Töpfen, während er seinen Kopf vergeblich nach einer passenden Antwort durchforschte. »So, noch Honig, weil Gäste da sind«, meinte sie, nahm einen grob geschnitzten Holzlöffel und rührte etwas aus einem schwarzen Töpfchen hinein. Dann strich sie den Brei vom Löffel ab und hielt Flavius den beschmierten Finger unter die Nase.

»Na, ist das für künftige Gutsherren gut genug?«

Flavius zögerte, dann leckte er vorsichtig den Finger ab, der sich leicht gegen seine Zungenspitze drückte. Er wusste, dass sich die Armen hauptsächlich von einem Brei ernährten, der Puls genannt wurde, hatte aber selber so etwas noch nie essen müssen. Es schmeckte süß, nicht einmal schlecht, doch war er viel zu angespannt. Faustina sah ihn lächelnd an, als sich draußen schwere Schritte näherten. Ein Schatten huschte über ihre Züge und sie zog schnell den Finger zurück.

Die Türe flog auf und Faustus stapfte herein, öffnete den Mund, als wollte er etwas sagen, verstummte aber beim Anblick der beiden Besucher. Als er den Gutsherrenjungen erkannte, erhellten sich seine Gesichszüge.

»Nein, so etwas, Besuch in unserer Hütte – was verschafft uns die Ehre?«

»Unser Hund hat Faustina erschreckt. Sie ist gestürzt und wir haben sie nach Hause begleitet. Aber wir wollten gerade gehen …«

»Davon kann doch gar keine Rede sein! Faustina, bring Wein, denn auch wenn wir in dieser Hütte hausen …«, bei diesen Worten beugte er sich herunter, bis Flavius seinen säuerlichen Atem roch, »… die wir mit Ziegen teilen, so wissen wir doch, was sich einem jungen Herrn gegenüber gehört! Faustina, wo bleibt der Wein – nein, nicht von dem, nimm den gallischen!«

Das Mädchen huschte verschreckt in eine Ecke, aus der es eine Amphore hervorholte. Faustus brach das Siegel auf und schenkte dem protestierenden Flavius ordentlich ein, während er Wasser sparsam zugab.

»Was heißt hier zu jung – Ihr seid bald ein Mann. Was uns die Götter an Freuden zugedacht haben, sollte man nicht verschmähen, oder?«

Bei diesen Worten kniff er das rechte Auge zusammen und prostete Flavius zu. Diese Einladung in die Männerwelt schmeichelte dem Jungen, der einen tiefen Schluck nahm.

»So ist's recht, das nenne ich einen guten Zug, da passt gleich noch was in den Becher!«

Flavius hatte seit morgens nichts gegessen und fühlte sich beschwingt, während Faustus pausenlos auf ihn einredete.
»Ihr werdet einmal den Hof übernehmen, junger Herr. Da wisst Ihr doch sicher schon jetzt gut Bescheid, kennt Euch aus. Wie war denn die Ernte, sind die Speicher voll, ja? Und der Onkel konnte viele Denare in der Geldkiste sammeln? Die muss er natürlich gut bewachen, da braucht er einen zuverlässigen Helfer wie Euch. Also, ich würde das Geld im Keller aufbewahren, das tut er doch sicher, oder nicht? Ich meine, es kann ja brennen, oder die Sklaven machen lange Finger, wie viele habt ihr denn? Ich hoffe für Euch, dass sie nicht so nahe an der Villa schlafen, das schürt nur Neid, und heutzutage weiß man nie …«
Flavius antwortete nach bestem Wissen, konnte sich aber kaum noch konzentrieren, denn der Raum stand nicht still, sondern selbst die verrußten Deckenbalken schwankten um ihn herum. Dabei fühlte er sich geschmeichelt, dass dieser Mann so großen Wert auf sein Urteil legte, und sah ab und zu zu Faustina hinüber. Faustus, dem diese Blicke nicht entgingen, rückte etwas näher heran, dann senkte er seine Stimme.
»Aber der Hof, das ist nicht alles. Ein junger Herr kommt sicher auch herum, sieht andere Städte, lernt viele Menschen kennen, Männer und … Frauen.«
Um Flavius schien sich inzwischen die Hütte zu drehen, dafür fühlte er sich immer selbstsicherer. Um sich keine Blöße zu geben, begann er, mangels eigener Erlebnisse, mit denen seines Freundes Ulixes zu prahlen. Doch an Afrika schien Faustus wenig interessiert zu sein, und so kam er wieder auf das Thema von vorhin zurück.
»Ein hübscher Junge – nein, ich wollte sagen ein junger Mann wie Ihr, der erlebt doch sicher so allerlei in der Liebe …«
Flavius sah ihn entgeistert an. Faustus schmunzelte.
»Nun, ich meine mit den Sklavinnen … na, Ihr wisst schon!«
Er machte eine obszöne Geste und schlug Flavius kumpelhaft auf die Schulter. Der hatte das Gefühl zu taumeln und wusste nicht, wie er sich in Anwesenheit von Faustina verhalten sollte. Natürlich waren ihm die Vorgänge des Lebens nicht fremd, schließlich

wuchs er auf einem Gutshof mit Viehbestand auf, aber irgendwie musste es bei den Menschen anders zugehen. Nur wie, das konnte er mangels eigener Erfahrung nicht sagen. So antwortete er: »Na klar!« und gab Faustus einen gewollt scherzhaften Schubs.

Was ihm dabei zum Verhängnis wurde, war der ungewohnte Zustand der Trunkenheit, und so verlor er das Gleichgewicht, kippte rückwärts zu Boden, schlug mit dem Kopf gegen die Steinfassung des Herdes und wurde ohnmächtig.

Das Erste, was er sah, als er wieder die Lider öffnete, war Faustinas Gesicht. Braune Locken, Augen, die ihn anblickten, leicht geöffnete Lippen. Er müsste nur seinen Kopf ein wenig heben. … Aber der schmerzte und alles schien sich um ihn zu drehen. Seine tastenden Hände spürten eine dicke Beule an seinem Schädel, sonst aber keine Verletzung. Nur das Rauschen, das merkwürdige Rauschen nahm kein Ende. Endlich dämmerte es ihm, dass es Regen war, der auf das Strohdach prasselte. Im Raum flackerten einige Öllämpchen, doch in den Ecken kauerte das Dunkel. Plötzlich drang ein greller Schein durch alle Ritzen, gefolgt von einem ohrenbetäubenden Donnerschlag.

Flavius fuhr empor, stöhnte und sein Blick suchte vergeblich nach Felix. »Wo ist mein Sklave? War ich bewusstlos?«

»Ja, eine ganze Zeit. Als wir merkten, dass ein Unwetter aufzieht, hat Vater ihn zum Gutshof geschickt. Er sollte deinem Onkel ausrichten, dass du ohnmächtig geworden bist und wir dich die Nacht über hier behalten, damit du die Strecke nicht bei Gewitter laufen musst. War das richtig so?«

Flavius nickte, doch sofort tat ihm wieder der Kopf weh.

»Ja, natürlich, vielen Dank!« Er sagte das nicht nur so, sondern war aufrichtig dankbar, in seinem Zustand nicht Julius' Vorhaltungen und Drusillas Spott ausgesetzt zu sein. »Ich sterbe vor Hunger – ist noch etwas Brei da?«

»Ja, wir haben schon gegessen, dir aber eine Schale aufgehoben. Vater ist bei Freunden, die sitzen oft zusammen und reden über alles Mögliche.«
Ganz wie bei uns, dachte Flavius, als er dankbar den Brei aus der Schüssel löffelte, nur nicht so bequem. Als er mit dem Essen fertig war, trank er einen Schluck Wasser und ließ sich dann vorsichtig auf das Lager zurücksinken. Von dort konnte er unauffällig beobachten, wie Faustina Töpfe schrubbte, während ihre kleine Schwester sich schon in einer Ecke zusammengerollt hatte. Das Gewitter verlor langsam an Kraft, die Pausen zwischen Blitz und Donner wurden länger. Wenn Flavius das Bedürfnis nach Faustinas Nähe spürte, stöhnte er und schon kam sie gelaufen, um ihm ein feuchtes Tuch auf den Kopf zu legen.

Eine Stunde mochte vielleicht vergangen sein, als Faustus in der Tür erschien, leicht schwankend, aber guter Stimmung.
»Na, wie geht es unserem Gast? Habt Ihr den Obolus für Charons Fährdienste über den Styx noch einmal gespart, he!«
Flavius ließ einen durchdringenden Seufzer los. Das Gesicht des Mannes nahm schlagartig einen besorgten Ausdruck an, mit wenigen Schritten war er da, fühlte mit seinen schwieligen Händen nach der Beule am Kopf des Jungen und schien ehrlich bekümmert. »Entschuldigt, das war achtlos von mir«, murmelte er verlegen. Flavius, der die Stimmung mit einem Scherz lockern wollte, zeigte auf die rosa Narbe am Kopf des Mannes.
»Ihr habt ja auch manchen Schicksalsschlag überstanden, also werde ich …«
Erschreckt hielt er inne, denn die Freundlichkeit war aus Faustus' Gesicht gewichen. Lauernd fragte er: »Was wisst Ihr davon, was erzählen sich so die Leute?«
»Nichts, ich habe mir nur so gedacht, dass Ihr vielleicht auch mal bei einem Gläschen, unter Männern …«
»Ach so, nein, das wäre natürlich möglich, aber es ist im Wald passiert, beim Holzfällen, man kann da gar nicht vorsichtig genug sein … einen Moment nicht aufgepasst … Aber jetzt ist es schon spät,

wir sollten schlafen gehen, das ist die beste Medizin für einen geschwächten Körper!«
Flavius sah sich um, als erwartete er, irgendwo ein Gästezimmer mit eigenem Bett angeboten zu bekommen, dann meinte er verlegen: »Ich müsste mal …«
»Ja natürlich, Faustina, gib ihm eine Lampe. Im Hof, der Bretterverschlag über dem Misthaufen. Ihr könnt es kaum verfehlen, fallt nur nicht in den Mist hinein. Ach ja, nehmt einen Wasserkrug mit, Stroh liegt genug herum.«
Flavius erhob sich schwankend, griff Krug und Lampe und trat in die Dunkelheit hinaus. Der Regen war in sanftes Nieseln übergegangen, seine Schuhe schmatzten im Schlamm und innerlich verfluchte er Fuchs, Mädchen, Wein, Faustus und überhaupt alles, was dazu beigetragen hatte, ihn in diese missliche Lage zu bringen.
Als er zurückkehrte, wartete das Nachtlager schon. Von den beiden Liegen war die größere für Faustus und ihn bestimmt, in der kleineren schmiegten sich die beiden Mädchen aneinander. Flavius kroch unter der Decke ganz an den Rand des Bettes, sodass er Faustina im Lager daneben hätte berühren können. Dann ließ sich Faustus auf die Liege fallen, löschte die Lampe, gähnte laut, zog die Decke zu sich heran und begann fast sofort laut zu schnarchen. Flavius war Gesellschaft, schon gar nicht solche, in seinem Bett nicht gewohnt und fand trotz seiner Benommenheit keinen Schlaf.
Auch das kleine Mädchen war unruhig, redete und schrie im Traum. Faustina stieß sie mehrfach an, bis sie endlich Ruhe fand. Flavius an seiner Bettkante wurde immer wacher, seine Gedanken kreisten um Faustina, die ganz in seiner Nähe lag, und je mehr er sich zum Schlafen zwingen wollte, umso unruhiger wurde er. Zuletzt fasste er seinen ganzen Mut zusammen, löste seine Hand von der Decke und tastete im Dunkel vorsichtig hinüber. Er fühlte den rauen Stoff, dann darunter Formen, es musste Faustinas Hüfte sein, langsam glitt seine Hand nach oben, eine Haarlocke, dann ein unterdrückter Schrei:
»Was soll das?«

»Ich kann nicht schlafen, gib mir wenigstens deine Hand!«
Einen Augenblick Schweigen, dann raschelte die Decke und Flavius spürte, dass sich etwas durch die nächtliche Finsternis bewegte. Er hob seine Hand, tastete in der Dunkelheit herum, ihre Finger trafen sich, verschränkten sich ineinander und sie ließen langsam die Hände nach unten sinken.
Zuerst erregte ihn die Berührung so, dass an Schlaf noch weniger zu denken war, aber mit der Zeit fand er Ruhe. Er träumte davon, mit ihr alleine zu sein, sie zu küssen, die weiche Wärme ihres Körpers zu spüren. Noch einmal schrak er auf, als Faustus laut schnarchend sein Gewicht verlagerte, dann schlief er endgültig ein.

Am Morgen fühlte er sich wie zerschlagen, eine Reihe roter Punkte juckte am Fuß: Flohbisse.
Während Faustus noch immer schnarchte, stand Faustina schon am Tisch, warf Zwiebeln, Koriander, Knoblauch und Salz in einen Mörser, zerstampfte alles zu Brei, gab Ziegenkäse dazu, dann Essig und Öl. Aus der Masse formte sie Kugeln, die sie auf Holzteller legte und auf den Tisch stellte.
»Hallo, auch schon wach? Ich hoffe, du magst Moretum. Wenn nicht, Pech für dich, denn was anderes gibt's nicht.«
Flavius stand gähnend auf und setzte sich an den Tisch. Dankbar trank er zuerst einen Becher Wasser, dann machte er sich über die Käsekugeln her.
»Schmeckt sehr gut, wirklich hervorragend.«
Er sah Faustina an, doch ihr Gesicht verriet nichts. So aß er fertig, hauchte ihr zum Abschied einen Kuss auf die Wange und war aus der Türe, bevor sie reagieren konnte. Einmal blickte er zurück, doch die Türe blieb geschlossen, dann bog er um eine andere Hütte und schritt so schnell aus, dass er fast atemlos den Gutshof erreichte.

Der November brachte klare Nächte mit kalten Morgen. Weiß schimmernder Reif bedeckte die Wiesen und zarte Nebelfetzen schwebten über dem Bach. Dann schlug das Wetter um. Tagelang scheuchte Westwind die Wolken über den Himmel, fegte die letzten vertrockneten Blätter von den Bäumen, heulte nachts um die Gebäude und riss lose Dachziegel herunter. Die Bewohner des Gutshofs richteten sich auf den Winter ein: Sie stapelten Holz, verriegelten die Fenster, besserten warme Kleider aus, schlachteten Schweine und räucherten ihr Fleisch.

Am Ende des Monats überzog sich der Himmel mit bleiernem Grau, am Abend fiel der erste Schnee. Nur einige Räume im Erdgeschoss des Gutshofes hatten Hypokaustheizung, in den anderen durften die Holzkohlebecken mit ihrer pulsierenden Glut nicht ausgehen. Auch die beiden Zimmer in den Eckbauten der Villa, die Drusilla und Julius bewohnten, wurden so beheizt. Doch hier konnte man dank der Fenster mit den vielen kleinen, in Holzrahmen gefassten Glasscheiben tagsüber die Läden öffnen, sodass Licht in den Raum flutete. An einem Tag, an dem eiskalter Winterwind Schneepulver durch die Luft wirbelte, langweilte sich Flavius und fragte seinen Onkel nach Lektüre.

»Nimm dir den Columella, da steht Nützliches drin«, antwortete Julius, über Berechnungen gebeugt, und wies auf einen Schrank in der Ecke. Nach kurzem Suchen zog Flavius das Werk über Landwirtschaft aus dem Stapel, als sein Blick auf eine verstaubte kleine Rolle fiel: die »Liebeskunst« des Ovidius Naso. Verstohlen sah er sich um, dann schob er sie unter seine Tunika und verließ mit angehaltenem Atem den Raum. In seinem Zimmer entrollte er beide Werke und verbarg die Liebeskunst in der Landwirtschaft, bevor er bei Drusilla anklopfte.

»Darf ich bei dir lautloses Lesen üben? In meinem Zimmer ist es so dunkel.«

»Gerne, setz dich in den Korbstuhl, ich habe zu tun.«

Flavius zog den Stuhl vor das Fenster, öffnete seine Rolle und formte mit stummen Lippen die Worte, bis er auf Zeilen stieß, bei denen sein Atem schwer ging.

»Hast du die Stellen gefunden, deren Berührung der Frau Freude macht, so stehe die Schamhaftigkeit dir nicht im Wege, sie zu berühren – du wirst Augen anschauen, die in zitterndem Feuer erglänzen, wie die Sonne oft auf klarem Wasser widerscheint.«
Er ließ den Text sinken und sah nach Drusilla, die Puder und Salben auf einer kleinen Steinplatte verrührte, ohne auf ihn zu achten. Einen Augenblick hatte er den Gedanken, sie zu fragen, was damit gemeint sei, doch sofort schoss ihm die Schamröte ins Gesicht, und er beugte sich wieder über seine Lektüre.
»Und lass du nicht die Geliebte im Stich, indem du ihr mit vollen Segeln vorauseilst, und auch sie soll nicht deiner Fahrt voraus sein. Eilt gemeinsam zum Höhepunkt, dann ist die Lust vollkommen, wenn Mann und Frau gleichzeitig überwältigt daliegen.«
»Wer soll daliegen?«, hörte er Drusillas Stimme und schreckte hoch. Sie hatte ihren Bronzespiegel sinken lassen und sah ihn aus halb geschminkten Augen an. »Deine Stimme ist plötzlich laut geworden. Was liest du da?«
»Ach, ein Buch über Landwirtschaft. Das … das Korn soll nicht vom Sturm überwältigt liegen.«
»So, das Korn.« Seine Tante musterte ihn, bevor ihr Gesicht wieder hinter dem Spiegel verschwand, sodass Flavius nicht das Lächeln sehen konnte, das um ihren Mund spielte.
Beim Weiterlesen achtete er darauf, seine Lippen nur noch lautlos zu bewegen, doch dann musste er daran denken, wie es jetzt Faustina und ihrer Familie erging. Würden sie durch Verstopfen aller Ritzen den schneidend kalten Wind abwehren können? Würden die im Herbst angehäuften Vorräte reichen, wie vertrieben sie sich die Zeit im Halbdunkel ihrer Hütte? Wann würde er sie wieder sehen?

Endlich waren die Saturnalien da, die Festtage im Dezember, die für alle auf dem Hof den Höhepunkt des Winters bildeten. Die Sklaven erhielten jeder eine doppelte Ration Wein, auch die Frauen – ein bewährtes Hausmittel gegen üble Laune, wie es der alte Torhüter Ursus auszudrücken pflegte.

Julius brachte ein Opfer am Tempel dar, dann wurden die Gutsbesitzer der Nachbarschaft eingeladen. Sie kamen gerne, machten sich gegenseitig Geschenke und alle sprachen dem Wein kräftig zu. Für den zweiten Tag der Saturnalien lud Drusilla traditionell mittags alle Pächter ein. Julius fand das unnötig, beugte sich aber ihrem Wunsch. Lange Bänke und Holztische wurden aus den Sklavenquartieren in die große Halle geschafft, es gab Eintopf, selbst gebackenes Brot und dazu reichlich weißen Moselwein.
Flavius stand auf der Bogengalerie und musterte die wintergraue Landschaft, sein Blick folgte dem Weg, bis er endlich zwei vertraute Gestalten sah. Er lief zum Tor und begrüßte beide mit gespielter Zurückhaltung, begleitete sie zum Saal und trieb sich dann immer in der Nähe herum. Als nach einiger Zeit die Männer genügend weinselig waren, schickte er einen Sklaven zu Faustina und ließ sie zur Türe bitten. Sie stand mit fragendem Blick da, als er verstohlen ihre Hand nahm und ihr zuflüsterte.
»Komm, ich zeig dir das Bad.«
Zu seiner Freude kam sie sofort mit und nach wenigen Schritten waren sie bei dem kleinen Bau. Flavius steckte den großen Bronzeschlüssel ins Schloss, hob den Riegel an und sie betraten das feuchte Gewölbe.
»Hier, der Raum mit den Fresken und dem Kaltwasserbecken ist das Frigidarium, hier das Tepidarium zum Ausruhen und dort, wo es am wärmsten ist, das Caldarium mit dem Becken für heißes Wasser.«
»Das ist ja ein kleiner Palast, alles nur für euch? Wie oft im Monat geht ihr da hin?«
»Im Monat? Täglich natürlich. Komm näher, jetzt sind wir endlich ganz für uns!«
Er nahm ihre Hand und zog sie zu sich, dann legte er seinen Arm um sie und drückte ihren Körper an sich. Er spürte ihre vollen Brüste und seine körperliche Erregung wurde so stark, dass es fast schmerzte. Sie war eine Handbreit kleiner als er und musste den Kopf etwas zurücklegen, um ihn anzusehen. Doch dann schloss sie die Augen und ein herausforderndes Lächeln spielte um ihren

Mund, als wollte sie sagen, trau dich endlich. Da beugte er sich vor und drückte seine Lippen auf die ihren, die weich und feucht waren und sich öffneten, um einer flinken Zunge Raum zu geben, während ihre Finger sich in seine Hüften gruben. Einen Augenblick zögerte er, dann fand er Gefallen an dem Spiel, legte eine Hand auf ihren festen runden Hintern und drückte sie noch näher an sich, während er mit der anderen ihren Nacken streichelte und seine Finger in ihrem Haaransatz vergrub. Sie stöhnte leicht auf und drückte sich an ihn, dass er fast das Gleichgewicht verlor und einige Schritte zurücktaumelte, bis er die glitschige Marmorwand im Rücken spürte.

Die ganze Zeit hatte ihre Zunge die seine umspielt, jetzt öffnete sie die Augen und sah ihn an, schwer atmend, und auch sein Herz hämmerte. Dann legte sie die linke Hand in seinen Nacken und zog seine Lippen wieder auf die ihren und jetzt war er es, der die Augen schloss, während ihre rechte Hand unter seine Tunika glitt. Sie tastete zwischen seinen Schenkeln, bis sie gefunden hatte, was sie suchte, dann kicherte sie leise und ihre flinken Finger umspielten ihn mal zart, dann wieder fester, bis seine Begierde so übermächtig wurde, dass er sich nicht mehr zurückhalten wollte, es auch gar nicht gekonnt hätte.

Aneinander gepresst standen sie danach im Caldarium, erschöpft, verwirrt und versuchten, ihre Gesichter im trüben Licht der Gewölbeglasplatten zu erkennen. Faustina strich Flavius mit der Linken das verschwitzte Haar zurecht, lächelte und gab ihm einen kleinen Schubs.

»Komm, lass uns gehen, sonst merken selbst die Betrunkenen in der Halle etwas. Und ich hätte heute gerne auch mal einen Schluck Wein, obwohl diese Freuden angeblich für Männer vorbehalten sind!« Flavius legte seinen Arm um sie, dann schlichen sie zum Ausgang. Faustina wusch sich die Hände und ordnete ihre Frisur, während er die Türe einen Spalt breit öffnete, über den Innenhof zum Haus blickte, aber niemanden unter der matten Wintersonne sah. Schnell aus dem Bad, den Schlüssel umgedreht und zum

Haupthaus, wo beide kurz nacheinander an entgegengesetzten Seiten in die Halle huschten.
Grölende Fröhlichkeit, säuerlicher Weingeruch, Stimmengewirr. Einige Gäste waren schon von den Bänken gesunken – die Saturnalien waren ein voller Erfolg. Faustina ging zu ihrem Stiefvater, der sie fragend ansah, ihr angedeutetes Kopfnicken mit einem Grinsen beantwortete und ihr einen Becher Wein zuschob.
Abends hatten die meisten Männer Mühe, sich aufzurichten. Grüppchenweise traten sie im Licht des vollen Mondes den Heimweg an, damit keiner strauchelte und in der Winternacht erfror. Als einer der letzten schwankte Faustus zur Türe, von Faustina gestützt, die auch nicht mehr nüchtern war. Flavius begleitete die beiden bis zum Tor, und als er sah, wie Faustus torkelte, schickte er Felix mit, um sie nach Hause zu geleiten.

Einen Tag später, nach einer Partie Soldatenspiel, die er beinahe gewonnen hätte, saß Flavius mit Ulixes in der Küche. Beide sahen zu, wie Matidia für Drusilla ein besonderes Getränk zubereitete: Vinum Conditum. Sie erklärte das Rezept, während sie mit den Zutaten hantierte.
»Man setzt kräftigem Rotwein etwas Wasser zu, dann gibt man der Flüssigkeit einen Teil Honig hinzu und jeweils einen kleinen Löffel Safran, dazu Nelken, fein gehackte Datteln und geriebene Dattelkerne.« Sie füllte alles in einen Topf und stellte ihn aufs Feuer. »Jetzt koche ich das auf, gebe nach Geschmack noch etwas Harz dazu und serviere es in einer Authepsa, damit es heiß bleibt.«
»Was ist das?«, fragte Ulixes.
Matidia ging zu einem Regal und nahm ein bronzenes Gefäß herunter, das sie mit Wasser ausspülte und in die Höhe hielt.
»So nennt man das hier. Es hat innen ein Rohr, in das füllt man glühende Holzkohle und dann oben den Vinum Conditum rein, so bleibt alles schön heiß. Wollt ihr mal probieren?«

Die beiden nickten eifrig, und als die Mischung dampfte, schöpfte ihnen Matidia je einen Becher mit dem würzig riechenden Getränk voll, bevor sie die Authepsa befüllte und in Drusillas Zimmer trug. Flavius schlürfte vorsichtig den heißen Trunk.

»Köstlich.« Dann wandte er sich an Ulixes. »Darf ich dich etwas fragen?«

Der Mann nickte und nahm auch einen Schluck.

»Wie … wie findest du Faustina?« Der Junge sah seinen älteren Freund von der Seite her an.

»Die Tochter des Pächters?« Ulixes musterte ihn. »Eine dralle Schönheit. Aber wenn du wissen willst, wie sie mal wird, dann sieh dir die Mutter an.«

»Die ist tot, sie lebt bei ihrem Stiefvater. Ich meine, was hältst du von …«

»Was für eine Antwort willst du – eine ehrliche oder eine höfliche?«

Flavius rutschte auf seinem Hocker hin und her. »Von dir eine ehrliche. Sonst kann ich doch mit niemandem darüber sprechen …«

Ulixes nickte. »Ich kenne sie kaum. Aber sie scheint mir berechnend. Und bei ihrem Vater habe ich ein ganz schlechtes Gefühl. Sammle deine Erfahrungen, sei vorsichtig, vor allem aber erwarte nicht zu viel.«

Flavius, der anderes erhofft hatte, nickte enttäuscht. Ulixes setzte den Becher ab. »Auch ich möchte dir etwas sagen. Ich werde bald abreisen.«

»Wann, wohin?« Flavius fuhr auf.

»Ich muss wieder an meine Arbeit denken und möchte auch den nahenden Geburtstag von Mithras zusammen mit anderen Glaubensbrüdern feiern, die ich nur in Augusta Treverorum finde.«

»Was ist das für ein Kult?« Flavius hatte den Namen gehört, war aber in religiösen Dingen nicht bewandert.

»Ein persischer. Mithras ist der Lichtgott, die rechte Hand des höchsten Gottes Ormazd, der als Gott des Guten im Kampf mit Ahriman liegt, dem Herrn des Bösen. Mithras wurde an einem 25. Dezember von einer Jungfrau in einer Höhle geboren und man sagt,

Hirten hätten zuerst seinen Schein gesehen und er sei von zwei Fackelträgern begleitet worden, Cautes als Symbol der aufgehenden und Cautopates als Symbol der untergehenden Sonne.«

»Und was tat dieser Mithras?«

»Der Überlieferung nach besiegte er den Weltenstier und trug ihn in eine Höhle, wo er ihn erdolchte und so die Welt erschuf.«

»Was musst du als Mithras-Anhänger tun?« Flavius sah ihn an, als erwarte er blutige Riten.

»Es ist ein Kult für Männer, die sich verpflichten, den Kampf des Guten gegen das Böse zu unterstützen. Es gibt sieben Stufen, ich bin ein Leo, das ist die vierte Stufe. Wir Brüder treffen uns zu rituellen Mahlzeiten, bei denen wir Wein und Brot miteinander teilen. Mehr darf ich dir nicht sagen.«

Flavius blickte enttäuscht zu Boden.

»Wenn du gehen musst, wo willst du in der Stadt wohnen?«

»Ich habe in Augustodunum Namen und Gastmarke des Freundes eines Freundes bekommen. Er ist Weinhändler und heißt Tertius Saturnus. Ich würde mich freuen, wenn du mich in der Stadt besuchen könntest.«

Flavius nickte. Das würde er gerne. Nur wie?

Am nächsten Tag wurde es mit einem Schlage frühlingshaft warm. Ulixes sattelte sein Pferd und die Hofbewohner verabschiedeten ihn, als ob ein Mitglied der Familie sie verließe. Flavius wollte ihm gerne noch so vieles sagen, merkte aber, wie schwer ihm der Abschied fiel. So winkte er dem Reiter hinterher, bis er nur noch ein Punkt war, der langsam verschwand. Dann drehte er sich um und trat wütend gegen einen Holzkloben. Ohne Ulixes und Faustina war sein Leben so grau wie alter Schnee.

Ulixes ritt in südwestlicher Richtung, bis er die Fernstraße von Antunnacum nach Augusta Treverorum erreichte. Hier war es mit dem beschaulichen Trott vorbei, denn auf der kaum zwanzig Fuß

breiten Straße drängte sich alles: Träger schwitzten unter ihren Lasten, Händler trieben fluchend ihre Packpferde an, wandernde Familien versuchten, durch lautstarke Rufe nicht den Zusammenhalt zu verlieren. Immer wieder geriet die Menschenmasse ins Stocken, da Bauern, die Stöcke schwingend ihre Herden vorantrieben, den Weg versperrten, oder staute sich an Lastkarren, die unter dem Gewicht großer Steinblöcke die Straße entlangkrochen. Gelegentlich blitzten die vergoldeten Bronzebeschläge eines Reisewagens, dessen bunt bemalte Karosse auf ihren Lederbändern hoch über dem allgemeinen Gewimmel dahinschwankte. Einmal kündigten Flüche und Schreie einen kaiserlichern Eilkurier an, vor dessen Hufgetrappel sich alle an den Straßenrand oder in die aufgeweichten Felder drängten.
Als nach fast drei Stunden die Mosel sichtbar wurde, spürte Ulixes einen nagenden Hunger, sodass er sich eine Pause in Ad Quintam gönnte. Das fast nur aus Garküchen für Reisende bestehende Straßendorf bezog seinen Namen von den fünf Meilen, die es von Augusta Treverorum entfernt lag. Nach der Mahlzeit schlenderte er zum Flussufer, um einen Blick auf die gemächlich dahinströmende Wasserfläche zu werfen. Auch dort nutzten die Menschen die warmen Tage, denn der Strom diente bevorzugt dem Transport zerbrechlicher Güter wie Gläser und Amphoren oder solchen, die für den Landweg zu schwer oder sperrig waren. Stromaufwärts wurde in Ufernähe getreidelt, wobei Ochsen oder Männer die schweren Kähne an Stricken gegen die Strömung emporzerrten. Flussabwärts ging die Fahrt der Frachtkähne mühelos, aber aufgeregte Rufe verrieten die Anspannung der Steuermänner, die Schwerstarbeit leisten mussten, um bei der schnellen Fahrt in der Strommitte zu bleiben und weder Klippen, Brücken noch andere Schiffe zu rammen.
Gerade wollte Ulixes sich abwenden, als ein schnittiges Militärschiff an der Biegung des Flusses erschien. Im Takt klatschte die Reihe der langen Ruder ins Wasser, vorne und hinten starrte ein bunt bemalter Wolfskopf in Fahrtrichtung, und der vorgezogene Bug zerteilte die Strömung wie ein Messer. Auf Deck konnte er einen Stapel Weinfässer sowie einige Passagiere erkennen, die, in

warme Pelze gehüllt, auf den Fluss blickten. Sie verschwendeten sichtlich keinen Gedanken an die Sklaven unter Deck, deren Mühen sie die rasche und bequeme Reise stromaufwärts verdankten.

Ulixes bestieg das Pferd und setzte seinen Weg fort, bis am anderen Flussufer die kantigen Umrisse der Stadtmauer auftauchten. Er ritt zur großen Moselbrücke und trieb das zögernde Tier auf die schweren Holzbohlen. Wieder staute sich der Verkehr, diesmal vor einer Zollstation, sodass er abstieg und einen Moment an das Geländer trat. Er konnte die sauber gefugten Steinpfeiler erkennen, zwischen denen das Wasser gurgelnd hindurchschoss, und warf eine kleine Kupfermünze als Opfer für den Flussgott hinunter. Am anderen Ufer musste er sich zuerst einen Stall suchen, da Pferde in der Stadt verboten waren. Danach sog ihn der Menschenstrom durch den mächtigen Quaderbogen des Stadttores ein. Nach wenigen Schritten tauchte rechts die figurengeschmückte Fassade der großen Thermen auf, dort sprach er einen Jungen an und ließ sich gegen eine Kupfermünze zum Hause seines unbekannten Gastgebers bringen. Er wurde in den Vorraum geführt, nach kurzem Warten öffnete sich eine Türe, ein unglaublich fetter Mann trat herein, musterte ihn kurz und fragte dann voller Herablassung:
»Was wollt Ihr, ich kenne Euch nicht!«
»Das stimmt, aber ich bringe Euch schöne Grüße von Titus Manlius und dieses hier!«
Mit diesen Worten streckte er dem Fettwanst eine kleine Widderkopfhälfte hin und beobachtete voller Befriedigung, wie dessen Haltung sich schlagartig verwandelte.
»Ein Freund meines Freundes mit einer Gastmarke – willkommen in meinem Hause! Jungs, Beeilung, richtet sofort ein Zimmer und etwas zu trinken. Ihr müsst durstig sein, wo kommt Ihr her?«
Während die Sklaven aufgeregt durch das Haus eilten, griff Tertius Saturnus in einen Schrank, förderte das Gegenstück zu der bronzenen Gastmarke zu Tage, hielt beide Hälften zusammen und betrachtete zufrieden das Ergebnis. »So gehören jetzt auch wir zusammen, lieber unbekannter Freund. Nochmals willkommen, was

auch immer Euch in diese schöne Stadt geführt haben mag. Mein Haus und mein Wein stehen Euch zur Verfügung!«
»Sehr zuvorkommend, lieber Tertius, ich bleibe jedoch länger in der Stadt und werde mir ein Zimmer mieten. Aber für die ersten Tage bin ich für Eure Gastfreundschaft äußerst dankbar.«

Doch als Ulixes nach einer Woche sein eigenes Quartier in der Nähe des Forums bezog, begann sich bereits eine Vertrautheit zwischen den beiden äußerlich so ungleichen Männern zu entwickeln. Sie trafen sich beim Dampfbad in den prächtigen Thermen, redeten wie Freunde miteinander und fanden viele Gemeinsamkeiten. Eines Tages, als sie in dem beheizten Riesenbecken schwammen, das einzigartig im Imperium war, fasste sich Ulixes ein Herz.
»Tertius, ich will offen mit dir sprechen. Die Spaltung des Reiches ist verhängnisvoll, sie schwächt Rom und lässt unsere Feinde im Osten immer dreister werden. Solange Postumus in Colonia Kaiser ist, sind Gallienus in Rom die Hände gebunden. Deshalb bin ich hier, um jemanden zu finden, der ehrgeizig genug wäre ...«
Ulixes zögerte, doch der Weinhändler nickte. »Fahr fort. Hier bespitzelt uns kein kaiserlicher Frumentarius.«
»... und der einen Grund hätte, Postumus zu beseitigen. Dieser Jemand sollte militärisch erfahren genug sein, um nicht sofort zu scheitern. Doch auch nicht so stark, dass wir uns einen noch schlimmeren Gegner einhandeln. Geld habe ich, und Kaiser Gallienus wird dem Rächer seines Sohnes die Anerkennung nicht versagen. Aber was mir fehlt, sind die Verbindungen zu den richtigen Kreisen. Ich kann ja schwerlich auf dem Forum herumfragen.«
Tertius blickte ihn prüfend an.
»Du spielst ein gefährliches Spiel. Warum heißt du nicht Fuchs statt Adler?« Er plätscherte nachdenklich mit der Hand im heißen Wasser. »Aber Spaß beiseite, vielleicht kann ich dir helfen. Ich würde deinen Wunschkandidaten so beschreiben: Entweder hat irgendeine Kränkung für immer Hass in sein Herz gesät, oder er ist von dummem Ehrgeiz zerfressen und überschätzt sich selbst. Lass mich nachdenken.«

Tertius tauchte einen Augenblick unter, dann rieb er sich das Wasser aus den Augen, blickte sich um und senkte die Stimme:
»Mir fallen zwei Namen ein. Der erste heißt Ulpius Cornelius Laelianus, das ist ein Schönling, der es schon unter Gallienus ziemlich weit gebracht hatte. Vor Jahren war er mal ganz wild auf eine germanische Blondine namens Julia Donata, doch die hat ihm der Postumus weggeschnappt. Vielleicht ahnte der auch was davon, auf jeden Fall stagniert seitdem die Karriere des Laelianus. Derzeit ist er als Statthalter von Obergermanien verantwortlich für die Versorgung der Legionen mit Lebensmitteln, Tuch und Wein. Na ja, da wäscht eine Hand die andere. Ich beliefere ihn privat zum Vorzugspreis und darf dafür gelegentlich mal eilige Waren auf eine Armeegaleere packen.«
»Ich glaube, ich habe bei meiner Ankunft so etwas gesehen.«
»Gut beobachtet, das war sein Schiff. Er ist jetzt hier in der Stadt, ansonsten sitzt er in Mogontiacum und träumt von Größerem.«
Der Weinhändler schwieg einen Augenblick, dann wurde sein Gesicht ernst.
»Der andere ist ein schwierigerer Fall, er heißt, wenn ich mich recht erinnere, Caius Marcus Aurelius Marius. Ein Bär von einem Mann, der tötet mit einem Faustschlag und war Waffenschmied, bevor er zur Armee kam. Er ist jetzt Offizier in Colonia, hat eine Selbstachtung, die an Heldenverehrung grenzte und brennt vor Ehrgeiz, sich als Germanenbezwinger aufzuspielen. Den kenne ich nicht persönlich, aber vielleicht ergibt sich eine Möglichkeit über einen Freund in Colonia. Ansonsten findest du sicher noch mehr Ehrgeizlinge für deinen Plan.«
»Danke, die beiden scheinen mir geeignet. Aber sage mir lieber, woher dein Wissen stammt und warum du überhaupt bereit bist, mich zu unterstützen.«
Tertius blickte ihn spöttisch an und bemerkte:
»Nun ja, mit was verdiene ich denn mein Geld? Mit Spitzenweinen für vornehme Kunden. Und was tun die, wenn sie in meiner Schänke was richtig Feines vorgesetzt bekommen? Sie werden gut gelaunt und bestellen fleißig. Ich schenke diskret nach, und dann

wollen sie sich irgendwann jemandem anvertrauen. Und wer ist dann nahe, legt den Arm um sie und versteht sie ach so gut?«
Tertius verzog den Mund zu einem fragenden Grinsen.
»Richtig, der harmlose Tertius, der so blöde wirkt und ihnen kräftig schmeichelt. Dieser Fettsack ohne politischen Ehrgeiz, der mit seinem kleinen Weingeschäft ganz zufrieden ist. Nur bin ich nicht so klein, sondern der größte in ganz Niedergermanien und Nordgallien, und zufrieden bin ich auch nicht!«
Tertius atmete tief ein. Er schwamm auf dem Rücken liegend im heißen Wasser, bevor er schnaufend ausatmete und sich wieder Ulixes zuwandte.
»Das wirkliche Geld bringen die Weinimporte. Zwei Jahrhunderte lang wurde von den Kaisern der Anbau an der Mosel beschränkt. Die Winzer in Italien haben gut daran verdient und ich als Importeur ebenso. Postumus will aber, dass die Denare der Reichen im Land bleiben. Deshalb fördert er den hiesigen Weinanbau und schlägt hohe Zölle auf den Falerner und die anderen italischen oder griechischen Spitzenweine. Verstehst du, warum mir ein solcher Kaiser nicht behagt?«
Ulixes nickte. »Bringe mich mit Laelianus zusammen. Ich werde durchblicken lassen, welch große Stücke Kaiser Gallienus auf ihn hält, dass er mit einer Armee kommen wird, sobald ein fähiger Mann das Banner gegen Postumus erhebt. Zuletzt kriegt er Gold zu riechen, und reicht das noch nicht, hilft vielleicht ein Hinweis, wie anziehend siegreiche Feldherren auf Frauen wirken.«
Später schmunzelte Ulixes bei der Erinnerung an dieses Gastmahl. Wie gierig hatte Laelianus die Schmeicheleien eingesogen, die seiner gekränkten Eitelkeit wohl taten und seine Rachsucht zu befriedigen versprachen.
Blieb noch der Bär in Colonia. Der hatte erst am Köder geschnüffelt, doch Ulixes war sicher, dass er anbeißen würde. Jetzt hieß es, sich in Geduld zu üben.

Im April bereitete Flavius ein Opfer vor. Er holte Kuchen und Wein, ging zum Stall, sattelte die Fuchsstute, die ihm sein Onkel zur Volljährigkeit geschenkt hatte, und ritt zum Tor. Ein kurzer Gruß in Richtung des alten Ursus, der bei seinem Nahen eilfertig den zweiten Torflügel aufriss, schon war er aus dem Hof hinaus. Draußen gab er dem Pferd die Sporen, galoppierte den Weg entlang, dass der frische Wind seine Haare zerzauste. Die Sonne schien seit Tagen, aber erst heute hatte er Zeit gefunden. An den Bäumen zeigte sich erstes Hellgrün und Schwärme von Staren kehrten aus dem Süden zurück. Ein tiefes Gefühl des Stolzes und der Freiheit erfüllte die Brust des Reiters. Andere mochten durch den Matsch stapfen, er würde die Welt erkunden. Als Römer aus guter Familie stand er für immer weit über Sklaven, Barbaren, Handwerkern oder Kleinbauern, die ihre mühsame Existenz fristeten. Am Tempel zögerte er, dann fasste er einen Entschluss und lenkte sein Pferd in den Waldweg.
Hätte er einen Blick in die Zukunft tun können, seine Stimmung wäre weniger unbeschwert gewesen.

Im Pächterdorf starrten ungezählte Augenpaare aus den Türen der schäbigen Hütten auf das Pferd, das zögernd seine Hufe in den Morast der Hauptstraße setzte. Flavius ritt zu Faustinas Haus, schwang sich aus dem Sattel, klopfte nach römischer Sitte mit dem Fuß an und trat ein. Das Mädchen stand am Herd und wandte sich erschrocken um, als sie den Umriss des Fremden im Türrahmen erblickte. Doch schnell flog ein Lächeln auf ihre Lippen, sie stellte den Tontopf ab, um dem Gast entgegenzulaufen.
»Flavius, wie schön, dich zu sehen. Was führt dich her?«
»Komm mit vor die Türe, dann wirst du schon sehen!« Er nahm ihre Hand und zog sie zum Eingang. Sie ließ ihn gewähren, bis sie ins Freie traten, dann schlug sie begeistert die Hände zusammen: »Ein Pferd, wunderbar, gehört es dir?«
»Ja, ein Geschenk von Julius. Ich bin jetzt ein Mann und kann über mein eigenes Leben verfügen.«
»Wieso, ist dein Vater gestorben und hat dir etwas hinterlassen?«,

fragte Faustina mit dem praktischen Sinn derjenigen, die sich um die Ernährung einer Familie kümmerte.
Flavius schwieg betroffen. Früher hatten ihn die Kinder auf dem Nachbargut damit gehänselt, dass niemand seine Eltern kenne. Das war das Ende der wechselseitigen Besuche gewesen, aber der Schmerz saß tiefer. Ohne den finanziellen Rückhalt eines väterlichen Erbes war es unmöglich, die Ausgaben zu bestreiten, die eine politische Laufbahn anfangs erforderte. Drusilla, der das Landgut gehörte, fehlte jeder Sinn für Ehrenämter, die in ihren Augen nur männliches Geltungsbedürfnis befriedigten. So musste er sich selber ein Vermögen erwerben – nur wie, immer wieder dieselbe Frage, wie?
Er sah das Mädchen an. Sie wirkte müde und abgezehrt, ihre Fröhlichkeit gewollt und nicht so leicht wie sonst.
»Nein, mein Vater ist mit Valerianus' Heer in Syrien verschollen. Ein Gut hätte er erst am Ende seiner Dienstzeit bekommen. So besitze ich das Pferd, einige Kleider, aber kein Geld. Doch vielleicht magst du auch mit einem armen Jüngling einen Ausritt wagen?«
Sie blickte ihn prüfend an, lächelte und antwortete schließlich:
»Eigentlich gerne, aber ich weiß nicht, wie das geht. Ich bin noch nie auf einem Pferd gesessen …«
»Das geht ganz einfach, ich zeige es dir. Du musst nur hinter mir aufsitzen und dich an mir festhalten. Hol eine Leiter oder etwas Ähnliches, dann kommst du ganz leicht auf den Pferderücken.«
»Gut, ich sage nur noch schnell Faustus Bescheid!«, rief Faustina, während sie schon auf dem Weg zum Hof war, wo ihr Stiefvater den Schweinestall ausmistete. Einen Augenblick später war sie mit einer kleinen Leiter zurück, die sie an die Hauswand lehnte und vorsichtig bestieg. Flavius lenkte die unruhig tänzelnde Fuchsstute an die Wand, das Mädchen beugte sich hinüber, krallte sich an der Kruppe fest und zog sich mit Flavius' Hilfe hinauf. Unsicher saß sie hinter ihm, ängstlich seine Brust umklammernd, als das Pferd langsam die Dorfstraße entlangschritt. Schon nach wenigen Metern siegte ihr Stolz und sie blickte herab, als sei diese Art der Fortbewegung für sie das Natürlichste auf der Welt.

Nachdem sie die Häuser ein Stück hinter sich gelassen hatten, ließ Flavius das Pferd in einen leichten Trab fallen. Die ungewohnte rüttelnde Bewegung zusammen mit der Geschwindigkeit versetzten Faustina in Aufregung, sodass sie sich noch fester an den Reiter klammerte. Der Druck ihrer Arme, die Nähe ihres Gesichtes an seinem Hals, ihr Geruch, die Berührung ihrer Brüste, dazu der Lauf des Pferdes – alles war ungewohnt und erregend. Während das Pferd dahintrabte, passte er die Bewegung seines Körpers dem Gang des Tieres an und übertrug dessen Rhythmus auf das Mädchen. Sie spürte den Gleichklang und wurde ruhiger, während sein Herz bis zum Hals pochte.

»Ja, jetzt geht es besser«, lachte sie. »Als Reiter fühlt man sich wie ein kleiner Gott. Wohin bringst du mich?«

Darüber dachte Flavius auch gerade nach.

»Dahin, nun ja, wo es uns gefällt, wo wir es schön haben und ungestört sind. Du kennst dich doch hier besser aus.«

»Lass uns nach links reiten, am südlichen Waldrand werden wir etwas finden!«

Flavius lenkte die Fuchsstute in die angegebene Richtung und nach einiger Zeit sahen sie eine kleine Einbuchtung im Wald, in der dichte Büschel trockenen Grases eine weiche und warme Unterlage bildeten. Faustina rutschte hinten über die Kruppe des Pferdes zu Boden, Flavius schwang sich aus dem Sattel, band das Pferd an einen Baum und nahm das Mädchen an der Hand. Die beiden gingen zum Waldrand, dann drehte er sich zu ihr, zog sie an sich und küsste sie. Erst zögerlich, dann – als er ihr Entgegenkommen spürte – immer heftiger und mit wachsender Erregung. Minutenlang standen sie so da, voller Begierde aneinander gepresst, bis sie sich auf das von der Sonne erwärmte trockene Gras sinken ließen. Anfangs fuhren sie noch bei jedem Schnauben der Stute hoch, doch bald verlor sich ihre Scheu und nichts zählte mehr auf der Welt außer ihrem Verlangen. Flavius lag neben Faustina und streichelte sie mit der Hand – anfangs unsicher, da er Angst hatte, etwas falsch zu machen, doch dann nahm sie seine Rechte und drückte sie auf ihre Brüste. Er spürte die harten Brust-

warzen durch den groben Leinenstoff ihres Kleides, dann ließ er seine Hand unter den Stoff gleiten und umfasste abwechselnd ihre linke und rechte Brust, beide voll und rund.
Er nahm eine Brustwarze zwischen die Finger und liebkoste sie, dann schob er das Kleid beiseite, während sie leise stöhnte, den Kopf zurücklegte und die Augen schloss. Seine Zunge umspielte ihre leicht geöffneten Lippen, wanderte langsam abwärts, den Hals entlang, bis sie zu ihren Brüsten kam, wo sie lange verweilte. Faustina lag auf dem Rücken und wand sich hin und her, ihr Atem ging stoßweise, dann nahm sie seine rechte Hand, legte sie auf ihren Bauch und spreizte die Beine.
Flavius spürte seine eigene Begierde so stark, dass es schon schmerzte, aber zugleich erfüllte ihn ein Gefühl der Hilflosigkeit. Auf keinen Fall durfte er jetzt das Falsche tun! Doch was das Richtige war, das wusste er nicht. So streichelte er ihren Bauch, wagte sich langsam, unmerklich langsam tiefer, dahin, wo er Haare spürte und aus ihrem wohligen Stöhnen entnehmen konnte, dass seine Finger willkommen waren. Endlich fand er die Stelle, an der sie am weiblichsten war, und als er sie da berührte, schrie sie leicht auf.
»Komm jetzt, komm!«
Sie packte seine Tunika und zog ihn zu sich herunter. Hastig schoben beide ihre Kleider zur Seite, dann ergriff sie ihn und mit einem Male war er da, wo er hingehörte, wo er willkommen war. Sie bewegte sich so heftig unter ihm, dass er Mühe hatte zu folgen, den gleichen Rhythmus zu finden, doch dann merkte er, wie seine Lust wuchs. Sein Körper wusste, was zu tun war, er spürte eine aufwallende Stärke, die die gesamte Welt um ihn herum bedeutungslos werden ließ. Nichts zählte mehr außer seiner Begierde, die sich in wilden Stößen entlud. Dann erfüllte ihn eine pulsierende Lust, wie er sie nie für möglich gehalten hatte und die nach wenigen kostbaren Augenblicken in Erschöpfung ausklang.

Lange lagen sie da, aneinander geschmiegt, noch ganz in Erinnerung des soeben Erlebten, während ein Specht hämmerte und der Schatten des nahen Waldes langsam auf sie zukroch. Ohne Sonne wurde es schnell kühl. Sie lösten sich voneinander, ordneten ihre Kleider und blickten sich verlegen an. Flavius zupfte Faustina einige vertrocknete Grashalme aus dem Haar, dann brach sie das Schweigen.

»Wir sollten zurückreiten, sonst bekomme ich Ärger. Was hast du noch vor?«

»Ich möchte zum Tempel und Jupiter ein Opfer bringen, etwas Wein und Kuchen.«

»Kuchen, gib her, ich habe Hunger und seit Wochen nichts Richtiges mehr gegessen!«

Flavius öffnete verlegen den Sack und hielt ihr ein Stück hin. Sie riss es ihm aus der Hand, biss hinein und schlang das Honiggebäck hastig hinunter.

»Gib mir mehr, du hast doch noch etwas.«

Flavius zögerte und sah sie unsicher an. »Das habe ich für mein Opfer mitgebracht. Wenn ich gewusst hätte …«

»Ach, ihr in eurer Villa habt doch keine Ahnung, wie es uns Pächtern geht, oder du kannst nicht denken. Da sitzt dein fetter Onkel und zählt sein Geld, während wir hier in unseren Hütten kaum wissen, wie wir durch den Winter kommen sollen. Also gib her!«

Er reichte ihr zögernd noch ein Stück, das sie sich gierig in den Mund stopfte. Flavius war verstört, er hatte das Gefühl, gegenüber der Gottheit ein Sakrileg zu begehen, außerdem schockierten ihn ihr kaum verhohlener Hass gegen seine Welt. Langsam band er den Sack wieder zu, schwang sich auf das Pferd und zog Faustina hinauf. Schweigend ritten sie bis kurz vor die Ortschaft, wo er sich zu ihr umdrehte, um sie ein letztes Mal zu küssen.

An ihrem Hause angekommen, verabschiedeten sie sich mit gespielter Unbefangenheit, als Faustus um die Ecke bog und sie wissend musterte.

»Na, habt ihr euch gut verstanden? Der Flavius weiß, was ihm bekommt – nicht nur beim Wein, das habe ich gleich gemerkt. Na ja,

man muss sich ranhalten, solange man jung ist. Ich sage immer: Nutze den Tag, aber erst recht die Nacht!«
Der Mann mit der Kopfnarbe stieß ein Gelächter aus, dann näherte er sich dem verlegenen Jungen, machte ihm ein Zeichen, sich vom Pferd herunterzubeugen, und flüsterte ihm zu.
»Für zwölf Aurei ist sie dein. Ich wollte sie sowieso verkaufen, aber ich hätte es gerne, dass sie in gute Hände kommt. Das scheint mir bei dir der Fall zu sein. Kochen kann sie, nähen auch, und was das Wichtigste betrifft, na ja, da weißt du mehr als ich. Also überlege es dir.« Mit diesen Worten gab er dem Pferd mit der flachen Hand einen Schlag auf die Hinterbacke, dass es einen Satz machte, um dann in seinen üblichen Passgang zu verfallen. Nachdenklich ritt Flavius die kurze Strecke zum Tempel, band die Zügel an eine hölzerne Säule des Umganges, nahm den Sack und trat ein.
Die Winterkühle in dem kleinen Raum ließ ihn erschaudern, als er seine Gaben auf den Altar legte. Er trat zurück und versuchte, seine Gedanken von Faustina zu lösen, doch es gelang ihm nur mühsam. Was sollte er tun? Welche Möglichkeiten hatte er, eine geachtete und einträgliche Position zu erringen? Wo konnte er Gewissheit über das Schicksal seiner Eltern finden? Gab es im römischen Staatsarchiv Berichte, was mit Valerianus und seinem Heer geschah? Wußte jemand in Lopodunum etwas über seine Mutter? Ob dort noch die Tempelbronzen lagen? Das wäre eine den Göttern wohlgefällige Tat, sie wieder am Portal eines Tempels anzubringen! Langsam formte sich etwas im Nebel seiner Vorstellungen, bis zuletzt sein Entschluss fest stand. Er trat vor, blickte auf die bunt bemalte Statue Jupiters im Halbdunkel. Zögernd sprach er:
»Jupiter Optimus Maximus, ich bitte dich um eine Stellung als hoher Beamter. Dafür gelobe ich, die Portalbronzen zu holen und deinem Tempel in Augusta Treverorum zu weihen. Auch wünsche ich mir, meine Eltern zu finden!«
Er hielt einen Moment inne, doch die Gottheit ließ ihm kein Zeichen zukommen, ob sie den Handel angenommen habe. Unsicher verließ er den Raum, band sein Pferd los und ritt in der einsetzenden Abendkühle fröstelnd zum Gutshof zurück.

4. Kapitel

STADT AN DER MOSEL

268 n. Chr.

*»Es wäre dumm, sich über die Welt zu ärgern.
Sie kümmert sich nicht darum.«*

MARCUS AURELIUS

Flavius saß bei Julius und Drusilla, sein Blick verlor sich in den Flammen der Öllampen. Mit halbem Ohr lauschte er der dahintröpfelnden Unterhaltung der Erwachsenen, die ihre abendliche Partie Halma spielten.

»... seit wir hier auf dem Land wohnen, geht das Leben an mir vorbei.«

»Für ein Haus in der Stadt fehlt uns das Geld.«

»Und du musstest die letzten Denare in den Versuch stecken, diesen Hof in eine Festung zu verwandeln ...«

Flavius Gedanken schweiften ab. Jetzt kam wieder das übliche Gezänk, die immer gleichen Vorwürfe, in steter Übung geschärft.

Er dachte lieber an den Bogen, den er letzten Sommer zu seinem vierzehnten Geburtstag von Julius bekommen hatte. Dazu einige Dutzend Pfeile mit scharfen Eisenspitzen und die Ermahnung, nie damit auf Menschen zu zielen. Mit Feuereifer hatte er sich an der Zielscheibe im Hof versucht – zuerst von Warnschreien der Sklaven begleitet, wenn ein verirrter Pfeil durch die Luft zischte. Doch mit der Zeit trafen seine Schüsse immer sicherer den schwarzen Punkt in der Mitte.

»... müssen wir Flavius in Augusta Treverorum als Bürger registrieren lassen. Vielleicht findet gerade eine Theateraufführung statt.«

Flavius horchte auf.

»Nur wenn ein reicher Bürger die Kosten trägt«, seufzte Julius, »der Kaiser hält schon lange den Beutel zu.«

»Heute fressen alles die Soldaten. Damals, vor zwanzig Jahren, zur

Tausendjahrfeier Roms, da hat dieser Philippus was springen lassen.«
»Ja, das muss ein Spektakel in Rom gewesen sein. Tiger und Elefanten, sogar ein schreckliches Monstrum, Nashorn nennt man das – wochenlang ging das so. Für uns in der Provinz hat es gerade zu einem altersschwachen Löwen gereicht.«
»Gräm dich nicht, Julius, so ist das halt.«
Drusilla wandte sich Flavius zu und strich über seine Stirnlocken. »Aber dafür hat dein Vater eine germanische Sklavin gekauft und deshalb gibt es nun dich. Den großmächtigen Kaiser dagegen, diesen arabischen Thronräuber, haben die Soldaten samt Sohn schon ein Jahr später erschlagen. So ergeht es heutzutage den Herrschern, wir können daran nichts ändern und gehen jetzt schlafen.«
Flavius ging in seine Kammer und schlüpfte unter die Bettdecke. Er schloss die Augen und malte sich das prunkvolle Jubiläum aus, mit Festen, Gladiatorenkämpfen und den seltsamen Tieren, die im Sand der Arena verbluteten, um die Schaulust des römischen Pöbels zu befriedigen. Wie klang das wohl, das Geschrei der Menschenmenge, das Trompeten der Elefanten, das Schnauben der Stiere, Löwengebrüll, Hundegebell, Gänsegeschnatter …

Er schreckt hoch. Gänse schnattern vor seinem Fenster, dazwischen das dumpfe Kläffen des Hofhundes. Stimmen hallen durch das Haus. Es muss früher Morgen sein. Er schlüpft in die Sandalen, zieht sich die Tunika über und tritt auf den finsteren Gang. Tritte hämmern über den Steinboden, es scheint vom Eingang zu kommen. Jetzt klirrt im Hof Metall, Schreie folgen. Flavius spürt sein Herz pochen, nach kurzem Zögern läuft er zur Küche, um sich eine Lampe zu holen. Auf der Liege in der Ecke sieht er Matidia, die sich die Augen reibt.
»Was ist los?«, fragt die Frau mit schlaftrunkener Stimme.
»Ich weiß nicht. Gib mir Licht, ich gehe nachsehen.«
Sie zeigt auf eine Tonlampe auf dem Tisch, Flavius nimmt sie und läuft zum Eingang, das Flämmchen mit der Hand beschirmend.

Die Türe steht offen, draußen flackert rötlicher Schein. Das Strohdach des Sklavenhauses steht in Flammen, über den Hof huschen Schatten, Rufe übertönen Waffengeklirr. In der Mitte der freien Fläche sieht er Julius, der eine Gruppe Hofbewohner um sich geschart hat. Mit Äxten und Knüppeln wehren sie sich gegen die dunkel gekleideten Angreifer, deren Schwerter im Feuerschein blitzen. Im Hof wird es immer heller, nun tanzen Flämmchen auch über das Schindeldach des Geräteschuppens. Eben klettert ein Mann mit rußgeschwärztem Gesicht über die Mauer, springt zum Tor und versucht, zusammen mit einem Spießgesellen den Riegel aufzuschieben.

Flavius würgt panische Angst. Er dreht sich um und rennt in das Haus, mustert im Geiste die Räume nach einem Versteck. Da überwältigt ihn Scham, packt ihn die Wut. Er wird sich nicht verstecken, er will kämpfen wie die anderen Männer! Unter dem Bett zieht er Bogen und Pfeile hervor, rennt zur Bogengalerie und kauert sich in eine Ecke. Mit angehaltenem Atem legt er einen Pfeil ein, zielt auf das Tor, auf den Mann, der mit seinem Schwert klirrend auf das Vorhängeschloss einschlägt. Er spannt die Sehne, lässt den Bogen wieder sinken. Nie auf einen Menschen zielen! Doch schon wieder ist ein schwarzer Umriss auf der Mauer zu sehen. Flavius hebt den Bogen, spannt die Sehne, zielt, lässt den Pfeil sausen. Ein Schlag, ein Aufschrei, von dem Mann auf der Mauer ist nichts mehr zu sehen. Flavius verharrt einen Augenblick wie betäubt, dann greift er sich den nächsten Pfeil.

Klirrende Schläge am Tor, jetzt sind es schon drei Männer, einer drischt mit einem Hammer auf das Schloss ein, lange kann es nicht mehr halten. Flavius atmet tief durch, zielt wieder. Die mit aller Kraft gespannte Sehne schnalzt, der Pfeil zischt durch die Nacht. Schreiend lässt der Mann den Hammer fallen, greift sich an die Schulter. Die beiden anderen blicken auf, sehen den Schützen auf der Galerie und springen auf die Treppe zu. Hastig ergreift Flavius einen neuen Pfeil, spannt den Bogen und erwischt einen der Räuber am Bein, als er die Stufen heraufstürmt. Doch der dritte ist für einen Schuss schon zu nahe. Jetzt muss der Schütze die Flucht ergreifen, um sein Leben rennen. Den Gang entlang, vorbei an der offenen Küchentüre, das wütende Keuchen seines Verfolgers im Nacken. Plötzlich gellt ein markerschütternder Schmerzensschrei durch das Haus. Flavius schlittert noch einige Schritte weiter, prallt gegen die Mauer und dreht sich im Niedersinken um. Aus der Küche fällt Licht, schneidet aus dem Dunkel ein Rechteck, in dem sich der Verfolger auf dem Boden windet, umgeben von rot glühenden Lichtpunkten. Matidia steht über ihm, eine Bronzepfanne in der Hand, die sie, mit brennender Holzkohle gefüllt, dem Räuber ins Gesicht geschleudert hat. Soeben prallt ihr Werkzeug mit dumpfem Schlag auf seinen Schädel.

»Fessel ihn!«, ruft ihr Flavius zu, steht mühsam auf, greift seinen Bogen und rennt zum Haupteingang der Villa. Im Hof mischt sich das Klirren von Waffen mit Geschrei, Stöhnen, Hundegebell, dem Knistern des Feuers und dem Kreischen der Mägde.

Flavius zielt auf die Schatten, die über die Mauer zu klettern versuchen, aber sein Herz rast, seine Hand zittert, er ist zu aufgeregt und trifft nicht mehr. Doch die Räuber, an deren Kopf die Pfeile vorbeizischen, lassen sich sofort wieder von der Mauer sinken. Ohne Verstärkung geraten die eingedrungenen Männer in die Defensive, immer mehr Hofbewohner dreschen mit Knüppeln auf sie ein, der von der Kette gelassene Wachhund hat sich in einen der Eindringlinge verbissen. Aber noch sind die in die Enge getriebenen Räuber gefährliche Gegner. Der endgültige Sieg ist unsicher und das knisternde Feuer droht weitere Teile des Anwesens zu erfassen.

»Öffnet das Tor und treibt sie hinaus«, ruft Julius den Sklaven zu. Wie von Furien gehetzt rennen die Räuber in die Nacht.

Männer, Frauen, Herren, Sklaven – alle greifen sich Eimer und Krüge, laufen zum Brunnen, bilden eine Kette und versuchen, den Brand einzudämmen. Auch der Hühnerstall steht in Flammen, drei Gebäude sind lodernde Scheiterhaufen, deren Dächer eines nach dem anderen unter Funkenstieben zusammenkrachen. Mit Mühe gelingt es, das Feuer von weiteren Wirtschaftsgebäuden abzuhalten und den großen Speicher zu retten.

Im fahlen Licht des neuen Tages quillt aus den geschwärzten Ruinen nur noch brandig riechender Dampf. Als Flavius ins Bett sinkt, spürt er, dass nun seine Kindheit endgültig vorbei ist.

Eine Woche verging mit Aufräumen der Trümmer. Sorgenvoll schätzte Julius den Schaden und sie beschlossen, die Getreidevorräte, mehrere Bronzeleuchter, kleine Möbelstücke sowie Drusillas Schmuck zu verkaufen. Auch der gefangene Räuber, der trotzig schwieg, würde auf dem Sklavenmarkt einige Goldstücke bringen, die sie jetzt bitter nötig hatten. Flavius sollte mit nach Augusta Treverorum kommen und dort eine Lehre antreten. In der Eile hatte er keine Zeit gefunden, noch bei Faustina vorbeizusehen, bevor der schwer beladene Wagen losfuhr. Am Abend des nächsten Tages hatten sie alles in der Stadt erledigt und machten sich zu dem Weinhändler auf.

Nach kurzem Fußmarsch standen sie vor einer Stadtvilla, neben deren Tür ein Phallusrelief mit der Inschrift prangte: »Zerspringe, Neid!« Bei der Nachricht, Freunde von Ulixes seien da, trat ein fetter Mann heraus, bemerkte den Blick des Jungen und lachte.

»Ein alter Abwehrzauber gegen Neider. Ich glaube ja nicht daran, aber es soll auch helfen, wenn man nicht daran glaubt. Ich bin Tertius, ihr müsst Julius und Flavius sein, von denen ich schon gehört habe. Bitte, kommt doch in meine bescheidene Bleibe. Jungs, bringt Wein, aber nur vom besten, wir haben einen Kenner unter uns!«

Während Felix einem Diener in die Küche folgte, legte der Hausherr seine Arme um die Gäste und schob sie in einen Raum mit rot bemalten Wänden und geometrischem Mosaikfußboden, dessen Zentrum die Inschrift »Salve lucrum« – Heil dir, Gewinn – zierte.

»Habt ihr schon gegessen, wie lange bleibt ihr in der Stadt, ach was, keine Zeit, das zählt nicht! Ich schicke einen Sklaven, der kann sich um euren Wagen kümmern. Ihr seid meine Gäste – heute schafft ihr doch die Tagesreise zurück nicht mehr. Dann haben wir auch

etwas Zeit zum Plaudern, so wie sich das unter Männern gehört.«
»Seid ihr nicht verheiratet?«, fragte Flavius. Ein Blick des Hausherrn, in dem sich milder Vorwurf mit spöttischer Herablassung paarte, war die Antwort.
»Ich? Da beschütze mich Jupiter vor! Warum soll ich meine süße Freiheit gegen irgendein Weib eintauschen, das mir am Ende noch erzählen will, ich sei zu dick; und die selber mit der Zeit nur immer hässlicher und griesgrämiger wird und Stunden mit Schminken verbringt. Freunde, schon vor hundert Jahren hat der weise Lukianos in seinen ›Amores‹ dazu alles gesagt!
›Wer etwa Frauen sähe, wie sie am Morgen aus dem Bett kommen, der würde sie hässlicher finden als Affen. Darum schließen sie sich sorgfältig zu Hause ein und sind für kein männliches Wesen sichtbar. Alte Weiber und eine Schar von Dienerinnen stehen um sie herum und bearbeiten mit allerlei Schönheitsmitteln ihre Unglücksgesichter, Puder in verschiedenster Zusammensetzung müssen die unerfreuliche Gesichtsfarbe aufhellen …‹ Ach, und so weiter, ich will euch nicht mit solchen Wahrheiten langweilen. Aber vielleicht bist du«, damit wandte er sich an Flavius, »noch zu naiv, das lernst du noch, mein Freund.« Bei diesen Worten tätschelte er den Kopf des Jungen, der nahe daran war, die Hand wegzuschubsen, als ihm Julius einen dezenten Fußtritt verpasste.
Zur Entschädigung gab es ein köstliches Abendessen mit frischen Austern, die Flavius zuerst misstrauisch beäugte, dann jedoch mit wachsender Begeisterung schlürfte. Dazu floss der Wein in Strömen.
Nachts erwachte Flavius durch Stöhnen, das in Schreien überging, sprang auf und lief zum Nachbarbett. Julius wälzte sich umher, stieß mit den Armen in das nächtliche Dunkel und stammelte: »In den Speicher, schnell, die Barbaren kommen.« Als er ihn endlich wachgerüttelt hatte, starrte ihn sein Onkel verwirrt an und fand nur mühsam in die Realität zurück.
»Ein Albtraum«, murmelte er, um dann allmählich in friedlicherem Schlaf zu versinken. Flavius brauchte noch lange, bis auch er wieder Ruhe fand. Er kannte jetzt den Grund, warum Julius nie versucht hatte, das Tempelportal zu bergen: Es war Angst, nackte Angst.

Am nächsten Morgen ließ sich Julius nichts anmerken, als er Flavius der Obhut des Weinhändlers anvertraute. Er verabschiedete sich einsilbig und ging, noch an einem Stück Käse kauend, stumm mit Felix zu den Wagen.
Ulixes wurde in etwa einer Woche von einer Reise nach Colonia zurückerwartet. Währenddessen konnte Flavius bei dem Weinhändler bleiben, sich die Arbeit anschauen und die Stadt erkunden.

Nach einigen Tagen sprach ihn Tertius beim Abendessen an.
»Na, mein junger Freund, jetzt hast du dich einige Tage umgeschaut, wie geht es denn so, ist das Leben nicht schön hier, wir sollten aber auch mal an die Zukunft denken. Ich könnte dich morgen mitnehmen, da habe ich Zeit, dir den Weinhandel zu zeigen.«
Flavius hatte sich zwar gerade an das ungebundene Herumstromern gewöhnt, aber sein Pflichtgefühl sagte ihm das Gleiche wie seine allmählich schwindende Barschaft: Ohne Geld keine Freiheit, ohne Arbeit kein Geld. Er nickte.

»Los geht's, Jungs!« Auf das Kommando hin schwollen die Muskeln der Träger an und hievten Tertius' Sänfte empor, um ihn zu seiner Weinhandlung zu tragen. Flavius lief leichtfüßig nebenher und lauschte dem Dicken, der seinen Redeschwall immer wieder zur Begrüßung hochnäsiger Togaträger oder ledergepanzerter Militärs unterbrach.
»Weißt du, ich habe das Geschäft am Nordtor, einige Weinberge in sonniger Hanglage und das Gut, das so einige Denare abwirft. Vor allem importiere ich Wein, denn …
Einen schönen Tag, Herr Dekurio!
… den vollsten Geschmack hat noch immer der Falerner. Nur durch dieses dumme Kaisergezänk …
Welche Freude, Herr Centurio, mein Laden erwartet ihren Besuch!
… kriege ich kaum noch eine Lieferung aus Italien her, und wenn,

dann nur zu horrenden Preisen.« Der massige Mann beugte sich vor, betupfte Stirn und Nacken mit einem seidenen Taschentuch und ließ sich so schwer in die Kissen zurückfallen, dass die Träger ein schwaches Ächzen hören ließen.

»Wenn du dich mit dem Winzergewerbe anfreunden kannst und bereit bist, erst mal den Buckel krumm zu machen, kannst du eines Tages auf meinem Gut hinter dem großen Tisch sitzen, die Knechte herumscheuchen und dafür sorgen, dass der Wein in den Fässern gluckert.«

Er blickte Flavius von der Seite an. »Zutrauen würde ich es dir, mein Junge! Aber ...«, er lächelte wissend und deutete auf die feinen blauen Adern, die kreuz und quer über seine Nase liefen, »... in diesem Gewerbe darf man sich nicht an das verlieren, was man in Fässer und Schläuche füllt. Die Gesichter, die dir der Wein vorgaukelt, werden schnell zu Fratzen, wenn man zu viel in den eigenen Becher füllt. Aber ich schweife wieder ab. Also, wenn die Trauben reif sind ...

Meine Ehrerbietung, Herr Rhetor, ich habe sie lange nicht mehr in meinem Geschäft gesehen.

... bei solchen Kunden muss man auf der Hut sein. Letztes Mal hat er den Preis runtergehandelt mit der Begründung, er käme demnächst mit seiner ganzen Klasse vorbei ... wo war ich stehen geblieben? Ach ja, die Ernte, damit fängt es an, jetzt kriegt der Wein durch Zusätze Haltbarkeit und den richtigen Geschmack.«

»Was nimmt man dafür?«

»So allerlei, mein Junge, gewisse Dinge, da sollte man als Trinker besser nicht nachfragen, aber jetzt sind wir da und ich zeige dir erst mal den Laden und die Schänke. Denn auch wenn ich vom Großhandel lebe, so manches Geschäft wird in der Schänke angebahnt, glaub's mir!«

Sie gingen auf ein zweistöckiges Gebäude zu. Mehrere Männer stemmten sich gegen große Fässer, die sie langsam über eine Rampe in den Keller rollen ließen. Tertius grüßte leutselig, dann betraten sie einen säuerlich riechenden Raum, der sich über das gesamte Erdgeschoss erstreckte. Hier lag der Verkaufsbereich; hinter einem

Ladentisch stapelten sich eisenbeschlagene Fässer, darüber baumelten Mischkrüge, um den Wein mit Wasser zu versetzen. In der rechten Ecke lugte ein Dutzend Amphoren aus der Strohverpackung, die sie auf der langen Reise gegen Bruch geschützt hatte.

»Das da«, sagte Tertius mit einem Blick auf die Amphoren, »ist was Besonderes: geräucherter Wein aus Massilia.«

»Geräucherter Wein? Jetzt wollt Ihr mich wohl für dumm verkaufen?«

»Ich, Tertius Saturnus, sollte meine Zeit damit verschwenden, die Jugend zu beschwindeln? Nein, Wein wird oft geräuchert, um die Reifung zu beschleunigen, und manche Kunden schätzen den Geschmack des Rauchweines aus Südgallien besonders. Na ja, kostet dann halt auch einige Denare extra. Aber da gibt es ganz andere Dinge, die man mit dem Wein macht.«

»Was denn?«

»Nun, zum Beispiel die Zusätze wie Harz, Gips, Marmorstaub, Schwefel …«

Flavius würgte es. »Bacchus steh mir bei!«

»… Terpentin, Pottasche, Pech, Aschenlauge, Kreide – mehr fällt mir gerade nicht ein. Ich mag das auch nicht und verbiete es auf meinem Weingut. Aber hier haben wir leider nicht so viel Sonne wie im Süden, da muss man den Geschmack wenigstens mit etwas Mostsaft oder Sirup abrunden.« Tertius schmatzte mit den Lippen.

»Und woraus besteht dieses Zeug?«, fragte Flavius misstrauisch.

»Ganz harmlos. Man kocht den Saft sehr reifer Trauben ein, am besten in Bleigefäßen, dann schmeckt es noch süßer als in Kupfer, das Konzentrat setzt man nachher dem Wein zu. Aber wir sollten uns jetzt nicht zu sehr in Einzelheiten verlieren, du musst noch viel lernen, am besten fängst du erst mal in der Verwaltung an, die ist im Obergeschoss.«

Ab diesem Tag arbeitete Flavius regelmäßig in der Weinhandlung, führte Kontobücher, erledigte Korrespondenz und überwachte

Lieferungen. Um die zweite Stunde nach Mittag endete, wie bei Geschäften üblich, die Arbeit und er konnte die Stadt durchstreifen.

Eines Tages, als er aus der Türe trat, wäre er fast von vier kräftigen Sklaven umgerannt worden, die eine Sänfte trugen. Sie keuchten unter ihrer Bürde und plagten sich redlich, doch als sie an einer Querstraße anhielten, um einige Lastträger vorbeizulassen, keifte eine Frauenstimme hinter den goldbestickten Vorhängen:

»Vorwärts, ihr Faulpelze, oder wollt ihr Wurzeln schlagen?«

Flavius wandte sich kopfschüttelnd ab, als sein Blick auf eine Sklavin fiel, die hinter der Sänfte wartete. Ihr Gesicht war nicht zu sehen, aber die Figur, das Haar, die Haltung kam ihm bekannt vor. Er folgte der Sänfte, bis sie vor einem Juwelierladen Halt machte, in dem die Herrin verschwand. Die Träger hockten erschöpft auf dem Boden, die Sklavin lehnte mit gesenktem Kopf an der weiß verputzten Hausmauer, einen Sonnenschirm in der Hand. Flavius schlenderte näher, bis er ihr Gesicht erkennen konnte.

»Faustina! Was machst du hier?«

Sie sah ängstlich auf und winkte ihn in eine Ecke.

»Was ist geschehen?« Flavius starrte sie an. »Wo ist Faustus?«

»Mein Stiefvater?« Ein bitteres Lachen. »Vor einigen Wochen kam er nachts von irgendeiner Unternehmung zurück, blutete aus einer Wunde am Bein und fluchte fürchterlich. Ich musste ihn verbinden, er sagte, ein Köter habe ihn gebissen. Doch als ich ihn nach Einzelheiten fragte, schrie er mich nur an, ich solle mein dummes Maul halten, und betrank sich sinnlos. Am nächsten Tag kamen noch zwei seiner Kumpane. Ich sollte aus dem Haus verschwinden, habe aber natürlich gelauscht.« Das Mädchen warf einen Blick auf die geschlossene Ladentüre, bevor sie weitersprach.

»Sie hatten einen Überfall verübt, irgendwas Größeres, aber die Sache war schief gegangen und einer aus der Bande gefangen worden. Jetzt hatten sie Angst, dass er sie verraten würde, und dachten nur noch an Flucht. Mein Stiefvater verhökerte in Panik unsere wenige Habe und die Tiere, das Haus gehört ja deinem Onkel. Dann trieb er uns nach Augusta Treverorum.«

Das Mädchen schluckte, als wollte sie gleich in Tränen ausbrechen.
»Du kannst es dir denken – der Schuft verkaufte uns auf dem Sklavenmarkt und verschwand. Jetzt bin ich die Pedisequa meiner Herrin. Ich muss ihr stets wie ein Hündchen hinterhertrotten, wenn sie ausgeht, zu Hause ihr die Sandalen lösen und dergleichen. Sie ist die Frau eines reichen Tuchhändlers aus der Familie der Secundinii, die etwa vier Leugen von hier ihre Villa haben. Meine Herrin ist …«, Faustina sah sich gehetzt um, »psst, ich muss Schluss machen, sie kommt. Sei in drei Tagen abends beim Secundinii-Grabmal, dann hat sie eine Nachbarin zu Besuch. Jetzt schnell, geh!«
Bevor sich Flavius noch erkundigen konnte, wo denn dieses Grabmal sei, war Faustina schon aufgesprungen und wartete mit gesenktem Kopf an der Ladentüre, den aufgespannten Sonnenschirm erhoben. Der Einkauf war zur Zufriedenheit der Herrin verlaufen, die den Laden mit kokettem Lächeln verließ, während sich die Sklavin mühte, jeden Sonnenstrahl von ihrer edlen Blässe abzuhalten. Sie war jung, hübsch, doch stark geschminkt und trug ihre blond gefärbten Haare hoch aufgetürmt, wie es angeblich in Rom letztes Jahr die Mode erforderte. Der Juwelier brachte ihr katzbuckelnd ein Päckchen nach und verfolgte sie mit seinen Dankesbezeugungen bis zur Sänfte.
»Stets zu Diensten, meine Dame, Kundschaft mit so erlesenem Geschmack ist eine Zierde für mein bescheidenes Geschäft. In einigen Wochen erwarte ich Smaragde und Perlen aus Indien, ganz köstliche Ware, ich könnte mir da Ohrringe vorstellen, die selbst Aphrodite vor Neid erblassen ließen.«
Das Schmollmündchen ließ sich zu einer Kopfdrehung herab, warf ihm einen huldvollen Blick zu, bestieg die Sänfte und ordnete Laufschritt an. Faustina musste ihr Gewand zusammenraffen und hinterherhetzen, sodass Flavius sie schnell aus den Augen verlor.

Am dritten Tag ließ er sich in den Thermen massieren, die Haare schneiden und einölen, dann machte er sich auf den Weg. Das Grab der Secundinii war bekannt, gleich der erste Einheimische konnte ihm den Weg beschreiben. So ging Flavius mit seinen genagelten Schuhen jetzt über die hölzerne Moselbrücke. Ein kurzer Halt an der Brüstung, eine Kupfermünze verschwand in den gurgelnden Fluten, man wusste ja nie, wie weit die Macht der Flussgötter reichte. Dann wandte er sich nach links, der Mosel folgend, bis er nach zwei Stunden am Hang einen quadratischen Pfeiler emporwachsen sah, den ein Adler krönte.
Seine Ungeduld hatte ihn zu früh hergeführt, so vertrieb er sich die Zeit damit, die Reliefs des vielleicht sechzig bis siebzig Fuß hohen Monumentes zu betrachten. Sie waren von feinstem Verputz überzogen, grellbunt bemalt und stellten Szenen aus dem Geschäftsleben der Tuchhändler dar, ergänzt durch einige Ausflüge in die Welt der Götter. Er konnte Arbeiter erkennen, die einen großen Tuchballen verschnürten, solche Ballen auf einem Schiff treidelten oder mit einem Wagen transportierten. Im Laden bezahlte ein Kunde, Interessenten prüften die Qualität des Tuches und in einer anderen Szene waren Pächter dabei, ihrer Herrschaft Hasen, Fische und Früchte zu bringen.
Auf der Südseite, zur Straße hin, hatten sich die Secundinii selber verewigt; die letzten Sonnenstrahlen streiften gerade noch die Nasen der Figuren, während der Rest samt Inschrift bereits im Schatten versank. Flavius bemühte sich, den Text zu entziffern: »Den Totengöttern. Dem Publius Aelius Secundinius, ihrem Vater …«, da fühlte er eine Hand auf seiner Schulter.
»Na, gefallen dir die Toten? Ich hoffe, ich bin doch attraktiver für dich?«
Flavius drehte sich um und musterte voller Freude Faustina von Kopf bis Fuß. Man sah, dass sie in einem reichen Haus Dienst tat, denn ihre Kleidung war aus feiner weißer Wolle, die Lockenfrisur für eine Sklavin gekünstelt und die Augen mit schwarzer Farbe umrandet.

»Du gefällst mir sehr gut, wirst mit jedem Tag hübscher. Sieh, ich habe dir etwas mitgebracht.«
Er hielt ihr einen kleinen Silberring hin, den sie ergriff und an den Finger steckte, doch war der Durchmesser etwas groß und der Ring glitt leicht herunter.
»Danke, das ist sehr nett von dir …«
Verlegen standen sie sich gegenüber, dann nahm Flavius ihre Hand und führte sie um das Monument herum zur Rückseite. Dort beugte sie sich vor, um ihm einen Dankeskuss auf die Wange zu geben, doch er suchte ihren Mund und küsste sie mit wilder Entschlossenheit. Faustina wand sich, aber er zog sie nur noch fester an sich, ließ sie seine Erregung spüren und während er mit einer Hand ihren Nacken hielt, streichelte die andere ihre Brust, glitt dann, dem Stoff des Kleides folgend über ihren Bauch, noch tiefer. …
»Nein, nicht jetzt, nicht hier!«
Sie versuchte, seiner fordernden Berührung auszuweichen, wich etwas zurück, bis sie mit dem Rücken zum Grabmonument stand, eine kleine biegsame Gestalt vor zwei Reihen versteinerter Meeresungeheuer. Er drängte nach, ließ seine Hand unter ihr Gewand gleiten, fühlte ihre Brustwarzen, presste die Hüfte an ihren Körper, seine Erregung wurde fast unerträglich, sein Mund bedeckte ihren mit Küssen, noch näher, eine ruckartige Bewegung …
»Oh, nein, das tut so weh, hör auf!«
Erschrocken ließ er von ihr ab, trat einen halben Schritt zurück und sagte verlegen: »Was ist los, hast du dich an dem Stein gestoßen?«
»Ach, da kannst du nichts dafür, aber fühl mal.«
Sie nahm seine Hand, schob sie unter ihr Kleid und legte sie auf ihren Hintern. Auf den Rundungen, die er so gerne mit dem Blick verfolgte, zeichneten sich leichte Schwellungen ab – Striemen.
»Wer hat das getan, wer misshandelt dich so?«
»Meine Herrin«, seufzte Faustina. »Immer, wenn unser Herr sie abends nicht zu sich ruft, meint sie, dass er eine seiner Sklavinnen ihr vorzieht. Dann hat sie am nächsten Morgen schlechte Laune. Der kleinste Fehler und sie greift zur Peitsche. Gestern war ich

dran – ich hatte ihr die Sandalen zu fest geschnürt und schon packt sie mich …« Sie strich sich eine Haarlocke aus dem Gesicht. »Vielleicht liegt es auch daran, dass mich der Herr in den letzten Tagen sehr wohlwollend angesehen hat …«

»Das ist ja furchtbar!« Flavius' Gesicht verriet, wie entsetzt er war. »Sie schlägt ihre Sklavinnen in Wut und eigenhändig, das passt doch überhaupt nicht zu ihrer Stellung?«

»Sie kommt aus einer Familie von Freigelassenen und fühlt sich von den Secundinii nicht anerkannt. Meistens tut sie sehr vornehm, aber wehe, wenn sie die Beherrschung verliert.«

»Kann man da nichts machen?«

Das Mädchen verzog den Mund. »Du hättest mich damals kaufen sollen, als mein Stiefvater es dir angeboten hatte. Vielleicht verkauft sie mich auch wieder. Aber dreißig Aurei müsstest du sicher auf den Tisch legen. Das sind keine armen Leute.«

»Dreißig Aurei – woher soll ich denn so viel Geld nehmen?«, stammelte Flavius.

»Du könntest dein Pferd verkaufen und für den Rest einen Kredit bei einem Wucherer aufnehmen!«

»Mein Pferd verkaufen? Nein, da träfe Julius der Schlag. Das war sein Geschenk für meine Volljährigkeit, das Pferd bedeutet mir sehr viel. Und Geldverleiher dürfen niemandem unter fünfundzwanzig Jahren Geld borgen. Außerdem – von was sollte ich den Kredit zurückzahlen, von was sollen wir leben?«

Faustina zuckte mit den Schultern. »Weiß ich's? Du bist doch der Mann!«

Er nahm ihre Hand. »Hab etwas Geduld. Derzeit arbeite ich in einer Weinhandlung, das ist eine Ausbildung und bringt nicht viel ein. Aber ich habe einen Plan, wenn der aufgeht, bin ich ganz schnell angesehen und wohlhabend.«

»So, was ist das für ein toller Plan? Und wann wäre das?«

»Das kann ich jetzt nicht verraten, es handelt sich um ein Geheimnis. Ich benötige die Hilfe von jemandem, aber wenn der einverstanden ist, können wir in zwei Monaten zurück sein, wenn alles gut geht.«

Faustina starrte ihn zornig an. »Also dafür braucht der junge Herr sein Pferd, weil er standesgemäß auf Reisen gehen will, während ich hier wie ein Hund behandelt werde? Und wenn es nicht gut geht? Soll dir doch dein Onkel Geld borgen, der alte Säufer!«

Da war sie wieder, die Kluft zwischen ihnen. Er trat einen Schritt zurück, blickte ihr in die Augen und zögerte. Sie war hübsch, sehr begehrenswert, seine erste Liebe, falls es Liebe war, wenn man seine Gedanken nicht von einem Mädchen lösen konnte. Aber dann diese fordernde, manchmal hasserfüllte Art, ihre Ungeduld, dieser gierige Zug um die Mundwinkel ... und eine Ungewissheit, die ihm keine Ruhe ließ.

»Sag mir ... war Faustus ... nun, wie soll ich es sagen, war er an dem Überfall auf unseren Hof beteiligt?«

»Ach, dämmert's dir langsam? Ja, was sollten wir machen, er war im Sommer mehrere Wochen krank, nachdem die Sache mit diesem blöden Reiter schief ging und er eines über den Schädel kriegte. Wir mussten uns sogar von einem Wucherer Geld für die Pacht leihen, und da dachten wir ...«

»Wir, wieso, wusstest du von dem geplanten Überfall?«

»Nein, nichts Genaues, ich wollte es auch nicht wissen. Er und zwei Nachbarn hatten sich einem Bagaudentrupp angeschlossen, der sich in der Gegend herumtrieb.«

»Bagauden?« Flavius kannte das Wort nicht.

»Das sind Landlose, die als Banden die Gegend durchstreifen. Sie wollten einen Hof überfallen, alle fesseln, Geld und Schmuck mitnehmen und unerkannt verschwinden. Beinahe hätte es geklappt, aber die Gänse haben alles verraten.« Faustina sah so enttäuscht aus, dass in Flavius die Wut hochkam.

»So, und mein Säuferonkel soll jetzt die Goldstücke für deine Freilassung aus der Asche kratzen? Und mein Freund Ulixes, dein blöder Reiter, darf vielleicht auch seinen Beitrag zur Befreiung der Räubertochter leisten? Nein, das Geld will ich selber verdienen, so lange wirst du dich gedulden. Wenn du deine Herrin in dieser Zeit nicht reizt ...«

Das Mädchen lachte bitter. »Danke, auf solche wohlfeilen Rat-

schläge kann ich verzichten. Da findet sich ein anderer Gönner für mich, der mehr hat als ein armes Jüngelchen.«
Flavius trat einen Schritt zurück. »Wenn das so ist … Liebst du mich überhaupt?«
»Ja, natürlich, aber wie lautet das römische Sprichwort: Wo es mir gut geht, da ist mein Vaterland. Ich gebe dir einen Monat, so lange warte ich auf dich. Wenn du bis dahin nicht zurück bist, hat das Schicksal vielleicht anders entschieden. Und jetzt geh, sonst merkt meine Herrin was. Mir reicht noch ihr letzter Anfall.«

Sie hauchte ihm einen flüchtigen Kuss auf die Wange, drehte sich um und sprang leichtfüßig einen kleinen Wiesenweg empor. Flavius starrte ihr nach und wusste nicht, was er von ihrem Wesen halten sollte. Sie hatte gesagt, dass sie ihn liebe, dass sie warten wolle. Aber nur einen Monat, wenig Zeit für die Suche nach dem Tempelportal. Und danach?
Gerade als er sich umwenden wollte, fiel sein Blick auf etwas Glänzendes, Rundes am Boden: der Silberring.
Er steckte ihn ein und trat den Heimweg an. Er nahm nichts wahr, weder den Duft der Erde noch das letzte Abendrot auf den Bergen. Grübelnd lief er durch die einsetzende Dunkelheit, bis ihn die Lichter der Stadt aufnahmen.

Eines dieser Lichter hatte Ulixes in seiner Kammer entzündet. Die Mitte des Raumes nahm ein Holztisch ein, von Papyrusblättern bedeckt. Ulixes schrieb, doch hätte ihm jemand über die Schulter geschaut, seine Zweifel am Verstand des Autors wären mit jeder Zeile gewachsen. Jetzt nahm er ein neues Blatt, tauchte sein Schreibrohr kurz in die Schwärze des Tintenfasses, schrieb ein ›M‹ darüber, dann verschob er am Tischrand zwei Holzleisten derart, dass die auf beiden eingekratzten Alphabete um drei Buchstaben gegeneinander versetzt lagen. Anschließend begann er, unter steten Blicken auf die Holzleisten eine Zeile nach der anderen mit wirren Buchstaben zu füllen. War das Blatt mit einem Text bedeckt, wanderte es auf den linken Stapel und Ulixes griff sich ein neues. Seite um Seite füllte sich so mit Zeichen, die jedem Fremden als Produkt eines kranken Gehirnes erscheinen mussten. Dabei handelte es sich nur um Cäsars Geheimschrift, bei der die Buchstaben in einer Bedeutung verwendet wurden, die sich durch Verschiebung des Alphabets um einen oder mehrere Plätze ergab. Wie viele Plätze, das wechselte von Seite zu Seite und wurde dem Empfänger durch einen vorher festgelegten, oben auf der Seite vermerkten Schlüssel mitgeteilt.

Was dabei entstand, war geheim und von höchster Wichtigkeit: eine Schilderung der Verhältnisse im Reich des Postumus, bestimmt für Kaiser Gallienus in Rom. Aber noch fehlte der Teil über das von den Germanen überrannte Dekumatland, das Gebiet östlich des Rheins bis zum Limes, der ehemaligen Reichsgrenze. Dorthin wollte Ulixes als Nächstes reisen, nachdem er den fertigen Teil, verborgen in Weinamphoren, nach Rom geschickt hatte.

Die Arbeit war mühsam und erforderte Konzentration, sodass sich Ulixes schließlich die Augen rieb, gähnte, den Stuhl zurückschob und sich erhob. Einige Tage würde er noch brauchen, dann musste er entscheiden: bleiben, doch wozu? Oder aufzubrechen, aber wohin?

Er fühlte sich einsam. Kurz dachte er daran, zum »Weinstock« zu gehen, der Kneipe am Nordtor. Vor einigen Wochen war er dort zufällig hineingeraten und die Wirtin hatte ihm so freundliche Blicke zugeworfen, dass er in der Ecke hocken blieb, bis der letzte Trunkenbold aus der Tür torkelte. Einen Augenblick hatten sie sich angesehen, der dunkel gekleidete Mann mit dem Adlerblick und die rotblonde Frau mit dem traurigen Lächeln, bevor sie die Türe zu dem Nebenzimmer öffnete und keinen Widerstand leistete, als er sie packte und auf das Bett warf. Sie schien es zu genießen, die heftige Art, wie er sie nahm, lag danach stumm neben ihm und ließ ihre Finger über seine Narben gleiten. Doch bei seinem dritten Besuch fing auch sie an, die üblichen Fragen zu stellen, wollte mehr über sein Leben wissen, und er hatte ihr die üblichen Lügen erzählt. Nur dass er sich diesmal schäbig dabei vorkam, wütend auf sich selbst wurde und den »Weinstock« mied.

Ulixes blies die Lampe aus, schloss die Türe, stieg die Treppe hinab und trat auf die verlassene Straße. Die Nacht war wie Tinte in jeden Winkel geflossen und beinahe wäre er gegen eine der Säulen gerannt, die das Vordach des Hauses stützten. Er wartete, bis sich seine Augen an die Dunkelheit gewöhnt hatten, und ging los. In einer Nebengasse schimmerte das matte Licht einer Nachtschänke, versprach Nahrung, Wein und die unverfängliche Gesellschaft Fremder. Hier konnte er den schweigenden Beobachter spielen oder an einem Gespräch über den kommenden Gladiatorenkampf in der Arena teilnehmen. Schon stand er vor dem Straßentresen und rief dem Wirt zu:

»Einen Sextarius Rotwein, vom besten!«

Der Angesprochene, ein schielender Bärtiger, kam eilfertig aus dem Hintergrund zu dem neuen Gast, wischte mit einem schmierigen Lappen die Marmorplatten des Tresens und stellte ihm das Gewünschte hin. Ulixes nahm einen tiefen Schluck und warf einen Blick in das Innere des Schankraums. An mehreren Tischen saßen Gruppen von Männern – beim Würfelspiel, in hitzigem Gespräch oder ihr Essen löffelnd. An der Wand sah sich ein Paar verliebt in die Augen, und in einer dunklen Ecke konnte er den gebeugten Rücken eines einsamen Gastes erkennen. Langsam kroch der Wein in seine Adern, lockerte die von stundenlanger Arbeit verkrampften Muskeln und weckte seinen Hunger.

»Caupo, dampft noch was Gutes in deinen Töpfen?«

»Natürlich, mein Herr. Meine Frau kocht selber – nur nach Rezepten von Apicius und gar nicht teuer. Solltet Ihr einmal feststellen, dass Euer Vermögen unter zehn Millionen Sesterzen gesunken ist, so müsst Ihr deshalb dennoch kein Gift nehmen und dürft weiterhin kommen!« Bei diesen Worten kicherte er verschmitzt und Ulixes, der die Geschichte vom Freitod des von Armutsängsten geplagten Feinschmeckers kannte, lächelte pflichtschuldig.

»Was empfiehlst du?«
»Nun ja, so spät ist nur noch Hirschbraten in heißer Sauce übrig – nicht billig, aber originalgetreu, mit Rotwein, Pfeffer, Kräutern, Honig, Pflaumen und Würzsauce. Für einen Herrn wie Euch gerade richtig. Bitte, tretet ein.«
Ulixes überlegte, nahm dann Krug samt Becher und betrat den Schankraum. Ein kurzer Blick – es gab nirgendwo einen freien Tisch, er musste wohl den einsamen Zecher stören. Der junge Mann, der in sich zusammengesunken dasaß, versprach keine frohe Gesellschaft. Nun ja, besser als hungrig herumzustehen. Er ging hinüber, räusperte sich und fragte: »Entschuldigung, darf ich mich zu Euch setzen?«

Als Flavius endlich die Stadt erreichte, war er hungrig und erschöpft. Der Hinweg, voll Sonnenschein und Vorfreude, war im Fluge vergangen, aber beim Rückweg schienen seine Füße am Boden zu kleben. Er schleppte sich ein Stück die große Straße entlang, bog dann links ab. Nach wenigen Schritten ragten die Säulen des Forumstempels in das Nachtdunkel, eine Straße weiter fiel Lichtschein auf das Pflaster. Eine Kneipe. Flavius suchte sich einen Tisch und bestellte Wein mit Fischeintopf, dann noch einen Becher. Schnell benebelte ihn der Alkohol, löste seine Sorgen, die lauten Gespräche der Umgebung verschwammen zu einem undeutlichen Gemurmel.
»Entschuldigung, darf ich mich zu Euch setzen?«
Verwirrt blickte er auf, musste erst in die Realität zurückfinden und konnte es nicht fassen:
»Ulixes, du bist zurück?«
»Ja, seit gestern. Aber was für eine Überraschung, wie du dich verändert hast. Du siehst viel erwachsener aus.«
»Ich fühle mich auch so, es ist viel passiert.«
In der nächsten Stunde waren beide in ein lebhaftes Gespräch ver-

tieft. Der Wirt sah, wie sein neuer Gast das Wildgericht achtlos in den Mund schob, nur noch Aufmerksamkeit für diesen Jungen hatte. Endlich brachen die letzten Gäste auf, Ulixes begleitete Flavius zu Tertius' Haus und kehrte in sein Zimmer zurück. Mit einem Mal schien es nicht mehr so trostlos und einsam zu sein und die harten Züge des Mannes waren aus seinem Gesicht gewichen. Er kroch in sein Bett, zog die Decke hoch, löschte die Öllampe und dämmerte mit dem Gedanken an den gemeinsamen Plan in den Schlaf.

Eine Woche danach brachte ein Expresskurier verwirrende Nachrichten. In Mogontiacum hatte sich ein gewisser Laelianus erhoben. Als Postumus anrückte, brach der Aufstand sofort zusammen. Doch da sich der Kaiser weigerte, die Stadt zur Plünderung freizugeben, erschlugen ihn seine Soldaten. Daraufhin ließ sich Marius, ein hoher Offizier und ehemaliger Schmied, in Colonia zum Kaiser ausrufen. Doch auch ihn ereilte das Schicksal. Nach nur drei Tagen erstach ihn ein Mitverschwörer – mit einem Schwert, das der Kaiser einst selber geschmiedet hatte.
Ulixes lächelte. Einige Tage später verließen zwei Reiter mit vier beladenen Packpferden bei Sonnenaufgang die Stadt an der Mosel. Sie nahmen die Straße nach Osten, Richtung Rhein.

5. Kapitel

ZUM GREIFEN NAHE

268 n. Chr.

»Man soll nicht so sehr auf seine Pläne bauen,
denn das Schicksal hat seine eigenen Ideen.«
PETRONIUS

Den ganzen Tag waren sie geritten, jetzt lagen bereits die Schatten der Bäume über der Straße. Flavius bemerkte als Erster das graue Band in der Ebene vor ihnen, überragt von gezackten Häuserumrissen. Ein alltäglicher Anblick – seit einem halben Jahrhundert duckten sich alle römischen Städte im Grenzland hinter feste Mauern. Doch eine knappe Leuge vor dem Tor erhoben sich rechter Hand die Überreste einer weitläufigen Villa. Durch Brombeergestrüpp starrten rauchgeschwärzte Fensterhöhlen, von der roten Abendsonne durchglüht, als sei das Feuer noch immer nicht erloschen.

Die Straße lief schnurgerade auf das Stadttor zu, einen Durchgang ohne Torflügel. Statt der eisernen Angeln gab es nur noch grob ausgebrochene Löcher im Stein.

Sie zügelten die Pferde und verharrten einen Moment, bevor sich Ulixes aus dem Sattel schwang. Er ging zu einem der Packpferde, machte sich an dem größten Bündel zu schaffen und zog ein Langschwert in lederner Scheide heraus, das er sich mit knappen Griffen umschnallte.

»Warte mit den Pferden ein Stück entfernt, Flavius. Am besten so, dass man dich nicht sieht. Ich werfe einen Blick in die Stadt.«

Nach wenigen Schritten hatte ihn die Öffnung des Tores verschluckt.

Flavius zögerte einen Augenblick, bevor er die Pferde etwa hundert Schritt bis zu einer Stelle trieb, an der bucklige Weidenbäume das Flussufer säumten und ihre Zweige in der Flut treiben ließen. Strudel glitzerten und drehten sich auf dem schnell dahinströ-

menden Wasser. Steifbeinig stieg der Junge ab, lockerte die Lastengurte der Pferde und ließ sie trinken. Dann setzte er sich ans Ufer, massierte seine Füße und wusch sich in der Strömung den öligen Schweiß seiner Stute von den Waden. Er sah sich um: In der dunklen Rinde der Bäume glänzten frische Schnittstellen, auf dem Weg zum Tor war das Gras niedergetreten. Mehrere dünne Rauchfäden kräuselten sich am Himmel.
Wer lebte in dieser toten Stadt?
Die Sonne tauchte die Gipfel der östlichen Bergkette in ein letztes Abendlicht. Frösche quakten, ein Zitronenfalter setzte sich auf einen Pferdesattel, winkte kurz mit den Flügeln, dann flatterte er davon und verschwand im Schatten der Weiden. Flavius stand auf, band die Pferde fest und rieb sich die Augen; das Warten und das eintönige Gurgeln des Wassers hatten ihn müde werden lassen.
Da legte sich eine Hand auf seine Schulter.

Ulixes machte kurz im Durchgang halt, dann ging er weiter. Seine Schritte knirschten über zerbrochenen Dachziegeln; in der ehemaligen Wachstube summten Fliegen über einem Kothaufen. Der Torbogen gab den Blick frei auf verfallene Gebäude, deren löchrige, grasbewachsene Vordächer die Hauptstraße säumten. Langsam pirschte er sich voran.
Er hielt sich in der Straßenmitte, drehte den Kopf nach rechts, nach links, doch nur Stille umgab ihn. Kurz vor dem Forum verengte sich die Straße, ein mächtiger, rußgeschwärzter Bogen überspannte sie. Leere Löcher in den roten Sandsteinquadern – auch hier hatten Plünderer die Eisenklammern aus dem Bleiverguss geschmolzen. Nichts regte sich. Langsam lockerte er den festen Griff um den Schwertknauf. Als er zum Forum kam, ging sein Atem ruhig.
Hier hörte er das erste Zeichen von Leben in dieser toten Stadt: das Muhen einer Kuhherde. Der Laut kam aus der Richtung der großen Basilika und hatte, so unpassend er für eine Stadt war, doch etwas beruhigend Alltägliches. Ulixes überquerte mit raschen Schritten den Platz, bis er zum Eingang der Ruine gelangte. Ein

hüfthohes, aus Bruchsteinen aufgeschichtetes Mäuerchen versperrte den Zugang. Was einmal die große Halle hätte werden sollen, war nun ein offener Innenhof, in dem ein Dutzend Kühe stand und wiederkäute.
Er drehte sich um. Da sah er die Umrisse dreier Männer, dunkel gegen das Abendlicht, die mit weit ausholenden Schritten über das Forum auf ihn zumarschierten.

Für ein Ausweichen war es zu spät. Er ging langsam die Wand entlang, bis er zu der Ecke kam, wo die verlassene Ladenreihe des Forums an die Basilika grenzte. Hier hatte er bei einem möglichen Kampf Seitenschutz. Schnell lockerte er sein Schwert, dann lehnte er sich an die Wand. Ein handtellergroßes Stück des bemoosten Verputzes bröckelte zu Boden.
Bis die drei vor ihm standen, konnte er sie kurz mustern. Sie trugen abgerissene, an vielen Stellen geflickte Kleider. Haupthaar und Bärte waren verfilzt wie rohe Schafwolle, ihre Schuhe nur Lumpenbündel, mit Lederriemen um den Fuß geschnürt. Zwei wirkten wie romanisierte Gallier, der dritte wie ein Römer, allerdings wie einer, der ein Jahrzehnt lang kein Bad mehr genommen hatte. Sein Haar war eisgrau; er mochte gut sechzig Jahre alt sein.
»Wir haben hier nicht oft Besuch«, sagte er ohne ein Grußwort. »Was wollt Ihr hier?«
Er spricht annehmbares Latein, dachte Ulixes.
»Salve. Ich bin ein Coeparius auf der Durchreise. Mein Gehilfe wartet mit den Pferden vor dem Tor.«
»Warum habt Ihr ihn nicht mitgebracht?«
»Ich wollte erst sehen, was uns hier erwartet.«
»Meint Ihr, die Leute von Lopodunum schlagen Kaufleuten wegen ein paar Schüsseln den Schädel ein?«
Ulixes zwang sich ein Lächeln ab. »Sehe ich so aus, als würde ich solchen Gerüchten Glauben schenken?« Er wies mit einer knap-

pen Kopfbewegung in Richtung eines graublauen Rauchfadens, der über den Dächern aufstieg.
»Wie viele leben noch in der Stadt?«
»Vielleicht dreihundert bis vierhundert«, antwortete der Graukopf. »Kaum jeder Zehnte, verglichen mit früher, und jedes Jahr werden es weniger.«
Früher – dieses Wort sollte Ulixes die nächsten Tage verfolgen. Früher traf man sich in der Wärme der Thermen, lachte im Theater über die grotesken Masken der Pantomimen, schlürfte Austern vom Nordmeer. Die Läden quollen über von Waren aus allen Winkeln des Imperiums, die gelb und rot bemalten Säulen des Tempels ragten in den Himmel, breitbäuchige Schiffe schaukelten im Hafen und die Bürger sahen verächtlich auf die Barbaren herab, statt sich vor jedem zotteligen Haufen zu fürchten.
Ulixes warf einen Blick auf das Handgelenk des Sprechers, dann sah er ihm ins Gesicht.
»Wer regiert hier? Gibt es einen Magistrat?«
Die drei sahen sich betreten an, dann machte der Römer eine wegwerfende Handbewegung.
»Es gibt hier nichts mehr. Es lebt sich besser als im Wald, das ist alles. Aber einen Herrn haben wir. Er heißt Pantacarus.«
»Der Gladiator?«
Die Antwort war ein knappes Nicken.
»So ändern sich die Zeiten«, sagte Ulixes. Einen Moment herrschte Schweigen, nur Taubengurren belebte den Platz. Dann hob er die Hand zum Gruß.
»Salve. Mein Name ist Ulixes Gabinius Aquila, doch manchmal sagt man auch Leo zu mir.«
Der andere stutzte, starrte auf die kleine Tätowierung an Ulixes' Handgelenk, ein Lächeln glitt über sein Gesicht. Auch er hob die Hand.
»Ein Miles grüßt den Löwen. Ich heiße ganz einfach Vigellius. Mehr braucht man hier nicht.«
»Gut, Vigellius, vielleicht könnt Ihr mir einen Rat geben: Wo finden wir heute Nacht Unterkunft?«

Der Graukopf rieb sich die Nase und sah Ulixes nachdenklich von der Seite her an.
»Eine Mansio haben wir hier nicht, schon lange nicht mehr. Aber für ein paar Sesterzen wird sich etwas finden.«
»Wir stellen keine großen Ansprüche.«
»Dann lasst uns gehen! Aber zuerst müssen wir zu Pantacarus.«
Ulixes konnte sein Erstaunen kaum verbergen.
»Wozu denn das, bei allen Göttern?«
»Pantacarus entscheidet, wer hier bleiben darf und wer nicht. Und wenn Ihr nicht wollt, dass Euch die Wache mitten in der Nacht aus dem Bett zerrt, dann kommt besser mit.«
Ulixes sah vor sich, was damals geschehen war. Nach der Brandschatzung zerfiel die städtische Ordnung wie Asche im Wind. Wer einen Beutel voller Denare gerettet oder Besitz in Gallien hatte, floh über den Rhein. Die Stunde der Entrechteten und Hoffnungslosen war gekommen. Sie hatten von Lopodunum Besitz ergriffen, kaum dass die Germanenhorden am Horizont verschwanden. Kein Wunder, dass sich ein Gladiator, ein Mann, der das Töten gelernt und der vom Töten gelebt hatte, zum Herrscher aufschwingen konnte.
»Gut, dann führt mich zu ihm«, sagte Ulixes. »Aber bevor es dunkel ist, möchte ich nach meinem Gehilfen sehen.«

In diesem Moment klappern Hufe über den Platz. Die Männer drehen sich um. Im Halbdunkel können sie einige Halbwüchsige ausmachen, die schwer beladene Pferde am Zügel führen. Ulixes erkennt mit einem Blick seine Tragtiere. Mit schnellen Schritten geht er auf die Gruppe zu, in deren Mitte er Flavius sieht, und fragt mit Bestimmtheit: »Wer ist hier der Anführer?«
Ein untersetzter Bursche von vielleicht siebzehn Jahren tritt vor. Sein hageres, sonnenverbranntes Gesicht unter dem strubbeligen roten Haarschopf und die schmalen, leicht schräg stehenden Augen erinnern an einen Fuchs. Breitbeinig steht er da, den linken Arm in die Seite gestützt, in der Rechten einen schweren Knotenstock, und wirft dem Fragenden nur ein Wort vor die Füße: »Ich!«
Ulixes mustert ihn. Eine frische Narbe zieht sich blassrot über die

rechte Wange, die Faust umklammert den Knotenstock, dass die Adern auf dem Handrücken blau hervortreten. Diesen Jungen hat das Leben nur eines gelehrt: schlagen oder geschlagen werden. Jeden Moment können Fäuste fliegen, Stahl auf Holzknüppel treffen. Sie würden um ihren Besitz kämpfen müssen, den die anderen als ihre Beute sehen.

Totenstille. Nur die Fuchsstute schnaubt und scharrt mit den Hufen. Ulixes tritt einen Schritt vor und streckt dem Rotschopf die Hand entgegen.

»Danke! Gut, dass du unsere Pferde hierher geführt hast.« Seine Stimme klingt fest und voll. »Ich hatte mir schon Sorgen gemacht. Vigellius und ich haben etwas zu lange geplaudert. Ich bin ein reisender Händler; wir wollten gerade zu Pantacarus aufbrechen.«

Der Fuchsgesichtige verzieht den Mund zu einem schiefen Lächeln, als Ulixes fortfährt: »Wie ist dein Name? Ein energischer junger Mann wie du gefällt mir!«

»Ich bin Attonianus«, erwidert er in einem kaum verständlichen Gemisch aus Gallisch und Latein. »Aber man ruft mich Atto, den Vogelfänger. Ihr wollt zu Pantacarus? Dann haben wir denselben Weg.« Er bückt sich und öffnet einen unförmigen, schmutzigbraunen Sack.

Ulixes wirft einen Blick hinein. Ein unangenehmer Geruch schlägt ihm entgegen. Er sieht tote Vogelleiber, geknickte Grauganshälse und grün schimmernde Entenköpfe. »Pantacarus hat übermorgen Gäste!«

Während des Wortwechsels ist Vigellius verschwunden, jetzt kommt er mit einer brennenden Fackel zurück. Schlagartig verwandelt sich für die Augen der Männer die Dämmerung in Nachtschwärze. Im flackernden Licht, das bröckelnde Mauern und leere Fensterhöhlen, Torbögen und schiefe Säulen für kurze Momente aus dem Dunkel holt, machen sie sich auf den Weg zum Herrscher der toten Stadt.

Wenig später stand die kleine Schar vor einem zweistöckigen Bau, der früher einmal ein kleiner Palast gewesen sein mochte. Doch

jetzt fiel der Putz ab und Schweinsblasen waren über die Löcher genagelt, die zerbrochenes Fensterglas hinterlassen hatte. Vor der Türe aus schwerem, bronzebeschlagenem Eichenholz versperrte ihnen ein Mann den Weg. Das Licht einer Öllampe zuckte kurz über sein abgeschabtes Wams und den rostroten Legionärshelm.
»Was wollt ihr?«, schnarrte seine Stimme aus der Dunkelheit.
»Wir bringen die Vögel für die Küche des Herrn«, erwiderte Vigellius. »Und das hier ist ein reisender Coeparius mit seinem Gehilfen, der sich melden möchte.«
»Schick die Vogeljungen zum Koch! Der Händler soll morgen wiederkommen. Der Herr ist beschäftigt!«
Bei diesen Worten kniff der Bewaffnete das linke Auge zusammen. Vigellius nahm Ulixes am Arm und zog ihn weg.
»Er hat eine Frau bei sich. Das ist gut so, dann bleibt Zeit bis morgen. Ihr könnt auf jeden Fall die Nacht über hier bleiben. Jetzt lasst uns sehen, wo es ein Bett für Euch gibt.« Nach kurzem Zögern fügte er mit gesenkter Stimme hinzu. »Und was Mithras betrifft – im Süden der Stadt treffen sich Freunde …«

Bald fanden die beiden eine Kammer bei Severina, einer fülligen Witwe, deren strenges Wesen altrömische Tugend verhieß. Ulixes verstand kein Wort ihres missmutigen Gemurmels, aber als sie die Linsensuppe vom Feuer holte und zwei Holzschalen bis zum Rand füllte, konnten sich die beiden nichts Besseres vorstellen.
»Sieh mal, Ulixes, unser Zimmer hat einen zweiten Ausgang«, flüsterte Flavius, als sie alleine waren. Ulixes hob die Kerze. Sein Blick folgte dem ausgestreckten Arm des Jungen: In der hinteren Ecke des weiß gekalkten Raumes stand ein alter Schrank neben einem Stapel wurmzerfressener Kisten mit Sägen, Hämmern und Zangen. Hinter dem staubigen Gerümpel konnte er eine Tür erkennen. Die klobigen Bretter und das große Schloss ließen einen Hinterausgang vermuten. Morgen würden sie erkunden, wohin sie führte, aber heute lockte nur noch die breite Liege mit den Strohsäcken. Flavius rollte sich zusammen, zog die dünne Wolldecke bis über die Ohren und dachte sich:

›Lopodunum ist wie andere Städte. Alles läuft besser als erwartet. Der Rest wird ein Kinderspiel.‹
Einige Tage später wusste er es besser.

Langsam kroch der Lichtfleck die Wand entlang, sank immer tiefer, je höher die Sonne stieg, um schließlich das mit fleckigen Lederstreifen umwickelte Gestell der Liege zu berühren. Aus dem Dunkel tauchte ein weißes Kissen auf mit einem schwarzbraunen Haarschopf. Flavius spürte das Licht und die Wärme der frühen Sonne im Schlaf und seine Träume verblassten. Er rieb sich die Augen und starrte einen Moment den kahlen Raum an, bevor seine Erinnerung zurückkehrte.

Lopodunum! Ob er noch verborgen lag unter den Trümmern, der Schatz, nach dem er in seinem Traum schon gegriffen hatte?

Es hielt ihn nicht länger in der kleinen, nur durch das winzige Fenster erhellten Kammer. Hastig kritzelte er einige Worte auf ein Wachstäfelchen, legte die Nachricht neben den schlafenden Ulixes und öffnete vorsichtig die Türe. Aus einem Nebenraum drangen schwere Schritte und Töpfegeklapper. Auf Zehenspitzen schlich er zur Haustüre, schob leise den Riegel auf und trat in die frische Morgenluft.

Mit dem Plan, den Julius gezeichnet hatte, war Flavius immer wieder im Geiste durch die tote Stadt gewandert; er kannte die Lage der Straßen, der Basilika, des Südforums mit dem Schatzkeller. Auf gut Glück ging er die Gasse entlang, die nach Süden führte, vorbei an verfallenen Häuserfronten und über grasbewachsene Schutthalden, die den Weg zerteilten. Bald stand er an einer breiten Straße, rechts gähnte ein leeres Stadttor. Dies musste der westliche Teil des Decumanus sein, dem er nur zu folgen brauchte, um auf das Forum zu stoßen.

Flavius fröstelte. Keine der Stadtvillen an dieser Hauptstraße trug mehr ihr Dach, schwarze Rauchbahnen züngelten aus den Oberseiten der Fenster. Die Pfeiler, die einst die Vordächer getragen hatten, ragten wie die Zinken eines Kammes aus dem Schutt. Eine rote Sandsteinsäule direkt neben ihm trug ein Phallusrelief, doch auch das magische Symbol hatte das Haus nicht vor der Zerstörung bewahrt.

Flavius lief die Straße entlang und sog die kühle Morgenluft tief in die Lungen. Kurz vor dem Forum begegnete er zum ersten Mal Menschen; zwei Frauen, die eine weißbraun gescheckte Ziege über die Straße zerrten. Das Meckern des Tieres brach sich an den Wänden und war noch zu hören, als sich die weite Fläche des Forums vor ihm öffnete. Hier sah er sich einer muhenden Kuhherde gegenüber, die ein blonder Junge aus der Basilika heraustrieb. Das Gewoge aus Hörnern und feuchten Mäulern teilte sich vor ihm, umfloss ihn zu beiden Seiten und schloss sich hinter ihm wieder. Der Geruch der Tiere erinnerte ihn an die Kälber auf dem Gutshof zu Hause. Er drehte sich um und sah ihnen so lange nach, bis ihre schwingenden Schwänze und schwankenden Hinterteile hinter dem großen Bogen verschwanden.

Flavius bog in den südlichen Teil des Cardo ein, wo nach einigen hundert Schritten rechts das Südforum liegen musste. Mühsam zwang er sich zu einer ruhigen Gangart. Bald ragten vor seinen Füßen die Bruchstücke eines herabgestürzten Portikusgiebels aus dem Schutt. Die gemeißelten Akanthusblätter, die sich als Girlande über den Fries zogen, trugen noch Spuren gelber Farbe. Das musste es sein!

Vorsichtig lehnte er sich an die sonnenwarme Mauer und ließ seinen Blick die Straße auf und ab schweifen. Weiter südlich stand eine kleine Gruppe von Männern vor einem dunklen Torbogen, sonst lag alles verlassen da.

Flavius trat in den Innenhof. Die Mauern waren rußgeschwärzt und die Sandsteinsäulen, die das Dach getragen hatten, lagen zerbrochen am Boden. Der Junge setzte sich auf einen Säulenstumpf und sah sich um. Der Hof lag menschenleer, aber nicht leblos in der Morgensonne. Umherschießende Schwalben hatten ihre Nes-

ter in die Mauerwinkel der Ruine geklebt, kleine Büsche zwängten sich aus den Rissen der Steinplatten und eine rotbraun getigerte Katze räkelte sich in der Morgensonne. Maunzend sprang sie auf, als Flavius näher kam. Hinten hatte man die Wände weniger solide gemauert als an der Straßenfront, einige Partien waren bereits eingestürzt, Brennnesseln überwucherten den Schutt.
Er verließ den Hof, die wärmende Sonne im Rücken, um zum Fluss zu gehen, als ihn Stimmen aufhorchen ließen. Rechts, am Eingang eines verfallenen Palastes, saßen zwei Bewaffnete an einem Holztisch. Gerade knallte der Würfelbecher auf die Platte, gefolgt von einem halblauten Fluch und dem hellen Klingen einer Münze. Flavius erkannte die Stelle wieder – hier hatten sie gestern Abend im Lichtkreis der Fackel gestanden. Er duckte sich hinter einen Busch, der seine Wurzeln in einen Mauerbrocken geschlagen hatte, und machte sich davon. Durch halbverschüttete Gassen gelangte er zurück zum Haus der Witwe.
Er fand Ulixes in der Küche beim Frühstück. Der Mann sah ihn kurz an und aß wortlos weiter. Flavius zog sich einen Hocker her, brach ein Stück des warmen, duftenden Brotes ab.
»Ich glaube, ich weiß, wo du warst«, brummte Ulixes. Flavius nickte und stopfte sich den Brocken in den Mund. Severina schüttelte den Kopf, doch dann trat ein Lächeln auf ihr runzliges Gesicht und sie stellte ihm noch einen Teller Käse hin. Wie dünn dieser Junge war – genau wie ihr Sohn in diesem Alter. Vor bald zwei Jahrzehnten hatten sie ihn aus der Stadt gefahren. Auf dem Pestkarren, wie so viele andere.
Ihre Gäste bedankten sich, traten aus der Türe, holten die Pferde und luden ihre Waren auf. An der Hauptstraße wandte sich Ulixes um.
»Was ich dir noch sagen wollte, Flavius …«
»Ja?« Der Junge sah ihn gespannt an.
»Was wir hier tun, kann uns den Hals kosten.« Und dann fügte er mit Nachdruck hinzu: »Proben jener beherzten Dummheit, zu der die heutige Jugend angeblich fähig ist, können wir nicht brauchen!«
Flavius lief purpurrot an, als habe man ihn geohrfeigt. Er nickte

stumm. Ulixes lächelte. »Und jetzt erzähle mir, was du herausgefunden hast.«
Wenig später hatten sie in der Mitte des Forums eine Bahn aus grobem Leinen ausgerollt und machten sich daran, ihre Waren aufzubauen. Der Coeparius hatte Atto mitsamt seinen Freunden herbestellt, um die Nachricht von der Ankunft eines reisenden Händlers in der ganzen Stadt ausrufen zu lassen. Doch einen gab es, der es nicht schätzte, auf diese Weise von der Anwesenheit Fremder zu erfahren.

Der Mann in dem zerwühlten Bett gähnte, streckte seine kräftigen Arme aus und stöhnte wohlig, bevor er die Augen öffnete. Gut war sie gewesen, die Nacht mit dieser … ja, wie hieß sie eigentlich? Seit dem Hieb auf den Kopf konnte er sich keine Namen mehr merken, aber zu reden hatte es ohnehin nicht viel gegeben.
Er hatte tief und ruhig geschlafen, doch das war nicht immer so. Vor zwei Nächten hatte ihn wieder der Traum heimgesucht, der ihn seit Jahren peinigte.
Wieder liegt er im Sand der Arena, unfähig, sich weiter zu schleppen, das Blut strömt aus seinem aufgerissenen Bein und der Schatten der riesenhaften Bestie liegt über ihm. Schon schlägt ihm übel riechender Atem ins Gesicht, schon sieht er die gesträubten Haare, den aufgerissenen Rachen mit den gelben Reißzähnen. Da richtet er sich mit letzter Kraft auf und rammt der Bärin sein kurzes Schwert in die Gurgel.
Röchelnd bricht das Tier über ihm zusammen, Blut schießt ihm als heißer Strahl in die Augen und ein scharfer Schmerz fährt ihm quer über das Gesicht. Wie fernes Rauschen dringt noch das Gebrüll der Menge an sein Ohr, dann schlägt die Dunkelheit über ihm zusammen.
Hier endete immer der Traum, aber nicht die Wirklichkeit.
Tagelang hatte er im Valetudinarium, dem Armeekrankenhaus,

zwischen Tod und Leben geschwebt, wochenlang hilflos in seinen Verbänden gelegen, und als er endlich aufstehen konnte, schienen ihn alle heimlich anzustarren. Doch wen er auch ansprach, niemand blickte ihm direkt ins Gesicht. Und als er den ersten Spiegel in die Hand nahm, sah ihn aus der polierten Bronzescheibe ein Monster an.
Er war nie eine Schönheit gewesen, auch nicht damals, in der guten Zeit, in den Arenen von Rom, Verona, Arelate und Pietas Julia. Aber seinen Beinamen »Mädchentraum« trug er nicht ohne Grund. Die Frauen starrten ihn unverhohlen an, wenn er halbnackt und mit geölten Muskeln zu Beginn einer Vorstellung grüßend durch die Arena stapfte. Seiner rohen Männlichkeit konnten sie sich nicht entziehen: Die gallische Sklavin nicht, in deren Flut von roten Locken er eingetaucht war wie in einen See. Die Frau des fettleibigen Senators nicht, die nach einer heftigen Stunde mit ihm ihre Sänfte wirklich nötig hatte, und die vielen anderen auch nicht. Die vielen anderen!
Und jetzt diese Fratze! Die linke Wange ein Gewirr von Narben, die Augenbraue darüber weggerissen und in der Mitte seines Gesichts etwas, das einer Geschwulst glich, nicht einer menschlichen Nase. Fluchend war er damals losgehinkt, um dem Kurpfuscher den Hals umzudrehen. Der Centurio hatte ihm aber klar gemacht, dass er dem Arzt besser die Füße küssen sollte: »Der verdammte Bär hatte fast dein halbes Gesicht herausgerissen. Ein Wunder, dass du überhaupt noch etwas an der Stelle hast!«

Das war vor über einem Jahrzehnt in Carnuntum geschehen. Auch wenn er noch einige Gnadengastspiele absolvieren durfte – mit den beifallsumrauschten Auftritten war es vorbei. So schloss er sich einer Gladiatorentruppe an, die donauaufwärts die Grenzgarnisonen abklapperte, bis sie nach Quintana kamen. Nach einer erfolglosen Vorstellung im dortigen, aus Holz erbauten Theater löste sich die Truppe auf. So schlug er sich über Castra Regina bis Lopodunum durch, der einzigen Stadt östlich des Rheins, die ein Theater besaß.

Sein großer Augenblick kam, als die Barbaren die Stadt umzingelten und ihn der Stadtrat Carus in seine Truppe holte. Zusammen hatten sie die Verteidigung der Basilika geleitet, in die sich einige hundert Männer, Frauen und Kinder flüchten konnten. Zäh hielten sie ihren Widerstand durch, bis die Alemannen abzogen.
Anschließend hatten sich die Zurückgebliebenen wie verschreckte Kinder um ihn geschart, um das muskulöse Monster, das vor aller Augen einem Barbaren mit dem ersten Faustschlag das Genick gebrochen hatte. So war er zum Beschützer, später zum Herrscher der Restbevölkerung aufgestiegen. Die Gaben, anfangs aus Dankbarkeit geflossen, hatten sich bald in zwangsweise eingetriebene Abgaben verwandelt, von denen er und seine Günstlinge recht gut lebten.
Schwerfällig stand er auf, hinkte hinüber in die Küche, hockte sich an den Tisch, wischte mit dem Ärmel seiner speckigen Tunika ein Stück frei und ließ sich von dem Koch das Frühstück servieren. Er tauchte sein Brot in die Suppe, als laute Stimmen durch die Straße hallten. Er lauschte. Da ließ sich doch tatsächlich ein Händler in der Stadt ausrufen und er, Pantacarus, wusste nichts davon. Was für eine Dreistigkeit! Nun, er würde diesem Coeparius einen Besuch abstatten.

Ulixes wuchtete den letzten Sack vom Pferderücken und stellte ihn neben die anderen. Flavius war schon dabei, die Waren auf den Steinplatten des Forums auszubreiten. Rote Sigillataschüsseln aus Tabernae Rhenanae standen neben grün schimmernden Glasgefäßen und bunten Stoffballen.
Zwischen den Grashalmen, die aus den Ritzen sprossen, lagen einfache Dolche mit Bronzegriff, versiegelte Amphoren mit Fischsoße und die Gewürzsäckchen. Besonders Pfeffer war sehr begehrt – aber auch teuer, denn die Körner kamen aus Indien und waren durch viele Hände gegangen.

Ulixes richtete sich auf und ließ seinen Blick über das Forum schweifen. Dutzende kleiner Podeste, die einst Statuen verdienter Bürger getragen haben mochten, säumten als kahle Stümpfe den Platz, dahinter starrten ihn die leeren Eingänge der verfallenen Ladenlokale an.

Bevor Flavius mit seiner Arbeit fertig war, drängten sich schon Dutzende von Menschen um die Auslagen. Zwei Kinder spielten Fangen und hätten beinahe eine der roten Schüsseln umgeworfen, bevor auch nur ein Stück verkauft war. Die Mutter der beiden ließ die Stoffe durch ihre Hände gleiten, schüttelte den Kopf, als ihr Ulixes den Preis nannte, worauf der Coeparius den seinen schüttelte, als er ihr Gebot hörte. Zuletzt nahm sie eine Amphore mit Garum, der spanischen Fischsoße. Immer mehr kamen jetzt und ein Gesumme aus vielen Stimmen lag über dem Forum. Flavius war erstaunt, wie viele prall gefüllte Lederbeutel diese Leute unter ihren Lumpen hervorzogen. Die Aufkäufer, die von Zeit zu Zeit über den großen Strom gerudert kamen, ließen gutes Geld in der Stadt für Pelze, geräuchertes Wildfleisch, Wachs, Gänsedaunen oder Dörrpilze.

Die Sonne hatte schon ihren Zenit überschritten und die Menschentrauben lösten sich langsam auf, als vier Männer, mit Lederwams bekleidet, aus der Weite des Forums auf sie zumarschierten. Drei waren mit Spießen bewaffnet, dem vierten baumelte ein Kurzschwert vom Gürtel. Trotz der Hitze trug er einen verbeulten römischen Paradehelm und eine bronzene Gesichtsmaske. Flavius starrte ihn neugierig an, bis er die Furcht der Umstehenden spürte.

Der Helmträger stellte sich breitbeinig vor die Waren, räusperte sich und seine Stimme hallte in der Weite des Forums.

»Wer seid Ihr, was macht Ihr hier in meiner Stadt?«

Ulixes richtete sich gemächlich zu voller Größe auf, dann ging er, vorsichtig seine Sandalen zwischen die ausgebreiteten Waren setzend, auf den Sprecher zu und breitete die Arme aus.

»Pantacarus, alter Freund, kennst du mich denn nicht mehr? Damals in Rom, bei der Tausendjahrfeier, als du den Löwen erledigt hast, der vorher schon zwei Gladiatoren zerfetzt hatte. Ich habe dir Glückwünsche überbracht von …«

Ulixes beugte sich zu dem Behelmten und senkte die Stimme.

»… na, du weißt schon, von wem. Ich bin Ulixes Gabinius Aquila, natürlich erinnerst du dich an mich!«

Das Bronzegesicht schaute ihn weiter an, ohne zu antworten.

»Noch am gleichen Abend habe ich beim Bankett zu einem Senator gesagt, das ist ein Kerl, dieser Pantacarus! Der hat das Zeug zu Größerem. Und als ich dann in Augusta Treverorum gehört habe, was für Heldentaten du hier in Lopodunum vollbracht hast, da habe ich mir gesagt, Ulixes, der Umweg ist es dir wert, diesen Mann musst du besuchen.« Ulixes lächelte breit. »Gestern Abend warst du beschäftigt. Schön, dass wir uns jetzt endlich sehen!«

Noch immer Totenstille auf dem Platz. Nur ein Kind weinte, aber die Mutter hielt ihm schnell die Hand vor den Mund.

Endlich brach der Helmträger das Schweigen.

»Was steht ihr rum und glotzt«, fuhr er die Umstehenden an, die sich wie eine Schafherde zusammendrängten. »Ich will, dass dieser Händler hier gut empfangen wird!«

Dann wandte er sich an Ulixes, hob seine Hand zum Cäsarengruß und sein Latein schien aus einer ganz fernen Zeit zu stammen. »Salve! Willkommen in Lopodunum. Mögen die Götter dich beschützen und deinen Weg lenken. Es tut gut, in diesem Trümmerhaufen einen Menschen zu treffen, der weiß, was für Kerle wir damals in Rom waren!«

Er klopfte Ulixes auf die Schulter. »Darauf wollen wir einen Becher leeren! Morgen Abend habe ich Kameraden aus Portus zu Gast.« Sein ausgestreckter Arm zeigte auf die Sonnenuhr an der Forumswand. »Komm dazu und lass uns über die guten Zeiten sprechen. Ich erwarte dich zur neunten Stunde!«

Ohne eine Antwort abzuwarten, rückte er seinen Helm zurecht und gab seinen Bewaffneten das Zeichen zum Aufbruch. Das Klacken ihrer genagelten Stiefel verklang über dem Platz.

Flavius hockte sich hin, um die übrig gebliebenen Schüsseln wie-

der einzupacken, doch dann fasste er sich ein Herz und murmelte in vorwurfsvollem Ton zu Ulixes: »Du hättest mir wirklich vorher sagen können, dass du diesen Grobian kennst. Als er mit seinen Spießgesellen hier auftauchte, dachte ich, jetzt sind wir dran. Dabei seid ihr alte Freunde!«
Ulixes sah ihn schmunzelnd an.
»Wir alte Freunde? Mithras sei mein Zeuge, dass mir nichts ferner liegt!«
»Was? Wieso kennst du dich dann in seinem Leben so gut aus?«
»Schwindel und Schmeichelei, mein lieber Flavius. Etwas über diesen verunstalteten Muskelprotz habe ich in Borbetomagus aufgeschnappt, dann hat mir Severina heute Morgen noch mancherlei Stadtklatsch aufgetischt. Und dass gewisse Weiber den Gladiatoren bis in die Kasernen nachsteigen, ist in Rom Stadtgespräch.«
Flavius nickte. Er hatte das Gefühl, noch viel lernen zu müssen.

Als die Waren bei Severina untergestellt und die Pferde versorgt waren, sahen sich beide stumm an, vom gleichen Gedanken erfüllt. Ulixes holte eine Öllampe aus seinem Ledersack, räumte die zweite Türe frei und machte sich am Schloss zu schaffen. Endlich richtete er sich auf und winkte Flavius.
»War gar nicht so leicht, den Riegel aufzubekommen. Gib mir etwas Öl, sonst kreischen die Angeln.«
Die beiden betraten einen Innenhof, der voll herabgestürzter Mauerbrocken lag, durchquerten mehrere Räume, in denen der Schimmel große Flecken auf die Wände gezeichnet hatte, bis sie endlich in eine Gasse traten. Als sie zum Südforum kamen, versank der westliche Teil bereits im Schatten. Vorsichtig setzten sie ihre Sandalen zwischen die unkrautbewachsenen Schutthaufen, schlichen gebückt im Inneren der Ruine umher, den Blick auf den Boden geheftet. Irgendwo musste doch der Kellereingang sein – es sei denn, alles war eingestürzt.

»Ulixes – komm her, schnell!«
Flavius zeigte mit zitternder Hand auf eine gebüschüberwachsene Vertiefung, der ein modriger Geruch entstieg. Ulixes erkannte die Reste von Stufen, die in undurchdringliches Dunkel führten. Er schlug Feuer, um die Lampe zu entzünden.
»Darf ich …?«
Das war keine Frage – Flavius' Gesicht war ein einziges Flehen. Ulixes musste lächeln.
»Geh zuerst. Ich bin aus dem Alter für Abenteuer schon heraus, und einer muss Wache halten. Aber sei vorsichtig!«
Flavius ergriff die Lampe und tastete sich die Stufen hinab, um nicht auf dem schmierigen Belag aus Moos und verfaulten Blättern auszurutschen. Unten schlug ihm der Modergeruch ins Gesicht und er schloss kurz die Augen, um sich schneller an die Düsternis zu gewöhnen.
Als er sie wieder aufschlug, sah er ein lang gestrecktes Gewölbe, das durch eine verborgene Öffnung ein wenig Licht erhielt. Die feuchte Kälte ließ ihn schaudern. Langsam setzte er einen Fuß vor und blickte zur Decke, von der staubige Spinnweben und schwarze Klumpen herabhingen. Seine Schuhe platschten in eine Pfütze, einige Schritte weiter stolperte er und wäre beinahe gestürzt. Er konnte einen kleinen Aufschrei nicht unterdrücken, dumpf hörte er von oben Ulixes fragen: »Alles in Ordnung?«
»Ja, bisher schon.«
In diesem Augenblick lösten sich die Klumpen von der Decke und verwandelten sich in einen Schwarm raschelnder und fiepender Fledermäuse. Erschrocken schlug Flavius mit den Armen um sich, die Öllampe flog in eine Ecke, wo sie nach kurzem Aufflackern erlosch.
Umkehren? Nein, das Licht war noch ausreichend. Mit ausgestreckten Händen tastete Flavius sich langsam voran, stieß immer wieder gegen vermoderte Holzteile, bis endlich seine Füße einen langsamen Anstieg des Bodens spürten. Er kauerte sich nieder, fühlte zwischen seinen Fingern feuchte Erde, vermischt mit Schutt. Hier war die Decke eingebrochen. Das Ende seiner Hoff-

nungen? Auf Händen und Füßen kroch er die Einsturzstelle hoch, oben konnte er das Loch erkennen, durch das der Rest des Abendlichts seinen Weg in diese Unterwelt fand. Verkohlte Balken versperrten den Weg – er zwängte sich ohne Rücksicht auf seine Kleider vorbei. Mauerbrocken schürften ihm die Knie auf – er achtete nicht darauf.

Jetzt fiel der Schuttberg wieder ab. Handbreit für Handbreit kroch er hinunter. Wenn sein Plan stimmte, kam bald die Wand, an der die Kiste stand. Nun ging es nicht mehr tiefer, der Schutt hatte den Raum teilweise aufgefüllt. Sein Kopf stieß gegen etwas, seine tastenden Hände erfühlten die sorgfältig gezogenen Fugen der Kellermauer.

Vorsichtig kroch er nach links, spürte erneut ein Hindernis, diesmal aus Holz. Sein Herz klopfte wie rasend, als seine Fingerspitzen über raue Bretter glitten, die zwei Handbreit aus dem Schutt ragten. Das musste die Kiste sein – er versuchte, den Deckel hochzustemmen, aber vergebens. Erschöpft blieb er einen Augenblick liegen, da drang aus unendlicher Weite eine Stimme in seine Gedanken.

»Flavius, wo bleibst du?«

»Ich komme sofort.«

Der Rückweg schien viel mühsamer, der Schutt steiler und die Balken noch sperriger, aber endlich hatte er es geschafft. Blinzelnd stolperte er die Treppe hoch, zurück in die Welt des Lebens, des Lichtes, der Wärme.

Auf halbem Wege lief er Ulixes in die Arme.

»Mithras sei Dank! Da bist du ja, auch wenn du aussiehst wie nach einem Besuch im Hades. Was ist, hast du …?«

Flavius nickte stumm, lächelte und deutete nach unten.

»Hinter einer Einsturzstelle steht eine Kiste im Schutt. Das muss sie sein …«

Ulixes sah ihn einen Moment ungläubig an, dann blitzten seine Augen, ein Lachen ging über sein Gesicht. Er umarmte den Jungen, drückte ihn an sich, dann liefen sie wie zwei Kinder die Treppe hinauf. Flavius keuchte.

»Ulixes, wir haben die Bronzen!«
»Leise, leise, oder willst du die ganze Stadt zusammenrufen? Gefunden heißt noch nicht, dass wir sie auch haben. Und schon gar nicht, dass unser Schatz vor Pantacarus in Sicherheit ist. Lass uns überlegen, was wir machen können!«
Auf dem Heimweg schien Flavius zu schweben, er hörte kaum Ulixes gemurmelte Bemerkungen, spürte nicht seine aufgeschürften Knie. Noch nie in seinem Leben hatte er etwas erlebt, das ihn zugleich so aufjubeln ließ und doch körperlich ermüdete.
Im Zimmer riss er sich die verschmutzten Kleider vom Leib und fiel erschöpft aufs Bett. Ulixes lächelte, dann holte er eine kleine Amphore Falernerwein aus ihrem Warenlager, brachte einen Krug Wasser und zwei Becher.
»Ich glaube, heute haben wir etwas zu feiern!«
Keiner der beiden hatte den Schatten bemerkt, der sich kurz hinter dem Forum an ihre Fersen heftete. Nach einem langen Blick auf das Haus der Witwe verschwand die Gestalt in der Düsternis.

Am nächsten Morgen fanden sich noch mehr Kunden ein. Flavius pries das Angebot, hielt zögernden Matronen die mit feinen Figuren bedeckten roten Terra-Sigillata-Schalen hin, ließ sie an den Salbölfläschchen riechen oder zeigte den Männern die Auswahl an bronzenen Gürtelschnallen. Innerlich war er jedoch schon dabei, die Kiste aufzustemmen, die ersten Löwenköpfe herauszuheben und seine Finger über die ziselierten Oberflächen gleiten zu lassen.
Am frühen Nachmittag nahm Flavius zwei kleine Schaufeln aus ihren Bündeln, bevor sie ihre Waren wieder bei Severina verstauten. Im Zimmer suchte er in der Gerümpelkiste nach Werkzeug, entschied sich für eine rostige Axt und steckte sie mit zwei Lampen und den Schaufeln in einen Sack. Dann schlichen sie durch den Hintereingang hinaus. Fast am Südforum angekommen, hörten sie Atto rufen.

»Ich lenke ihn ab. Geh voraus und fang schon mal an, aber vorsichtig!«, raunte Ulixes. »Ich sehe zu, dass ich so schnell wie möglich nachkomme. Viel werde ich heute nicht helfen können, denn bald muss ich mich für das Gastmahl bereit machen. Pantacarus dürfen wir nicht verärgern!« Er drehte sich um und ging dem rothaarigen Vogelfänger entgegen, die Arme ausgestreckt, ein Lächeln auf den Lippen.

Flavius blickte ihm einen Moment nach, dann setzte er seinen Weg fort. Was brauchte er Hilfe? Er musste nur noch den Deckel aufstemmen, die Bronzen herausheben, sie nahe der Treppe bereitlegen, dann mit Ulixes zusammen die Packpferde holen. Den Schatz in den Ballen zu verstauen, mit denen sie ihre Waren hertransportiert hatten, dürfte nicht länger als eine Stunde benötigen. Morgen früh, wenn alles gut ging, könnten sie bereits auf dem Rückweg sein!

Eilig stieg er die überwachsene Treppe hinab. In seiner Ungeduld verzichtete er auf das Entzünden der Lampe, da genug Licht durch das Deckenloch fiel. Gerade wollte Flavius die Schaufel aus dem Sack holen, als er von oben schnelle Schritte auf dem Pflaster hörte. Er erstarrte, hielt den Atem an, bis er nicht mehr konnte und schnaufend Luft holen musste. Auch der über ihm stand still. Vielleicht blickte er sich gerade suchend um, würde gleich die Treppe entdecken und herabsteigen. War es eine von Pantacarus Wachen?

Erneute Schritte, die leiser wurden und verklangen. Im Keller raschelte etwas, Flavius sah graue Schatten huschen – Ratten. Er hörte sein Herz pochen, dann fiel die Spannung bleischwer von ihm ab. Er zwang sich, bis zwanzig zu zählen, ergriff eine Schaufel und die Axt. Langsam ging er den Keller entlang, kletterte den Trümmerberg empor, doch auf der anderen Seite fand er den Weg durch frischen Schutt versperrt. Er wühlte mit den Händen, zog Steinbrocken heraus und ließ sie sachte die andere Seite hinabrutschen. Dann nahm er die Schaufel zu Hilfe und begann, den Weg freizugraben. Eine Schufterei, aber ohne richtigen Zugang würde er den Inhalt der Kiste nicht an den Eingang schaffen können. Immer wieder stieß er auf Holzkohlebrocken, vermischt mit den Steinchen eines Mosaikfußbodens. Einmal hielt er sogar eine von Grünspan überzogene Gürtelschnalle in der Hand, die er nach kurzem Zögern einsteckte.

Er merkte nicht, wie die Zeit verging, während er mit Holzstücken und Steinbrocken kämpfte. Langsam schwand das Tageslicht und einen Augenblick dachte er daran umzukehren, um die Lampe zu entzünden, doch die Ungeduld trieb ihn voran. Noch einige Brocken Erde, dann schlug seine Schaufel gegen das Holz der Kiste. Der Deckel gab nicht nach und die vom Schutt bedeckte Vorderwand war schmierig vor Fäulnis. Er bückte sich nach der Axt, holte aus und hörte das morsche Holz splittern. Noch einige Schläge, dann klaffte in der Seitenwand ein Loch. Er ließ sich auf die Knie nieder und griff vorsichtig hinein. Innen spürte er eine zerbröckelnde Masse, ein Geruch nach verschimmeltem Stoff umwehte ihn, dann ertastete er etwas Hartes, Gezacktes, Gebogenes. Es fühlte sich an wie ein großer Ring, ein Ring, wie ihn nach Julius Beschreibung die Löwenköpfe im Maul hielten! Atemlos vor Freude ließ er seine Finger über die kühle Oberfläche gleiten, versuchte, die Formen weiterer Bronzeteile zu ertasten – vergeblich, er musste die Lampe holen.

Auf dem Rückweg stieß er gegen einen Balken, der den Weg versperrte. Vorhin hatte er ihn in seiner Ungeduld aufrecht im Schutt stecken lassen, aber jetzt gab ihm sein Erfolg Kraft und er beschloss, das letzte Hindernis aus dem Weg zu räumen. Doch der Balken war wie verwachsen mit der Decke. Flavius drückte gegen das geschwärzte Holz, rüttelte, zog, krallte seine Hände hinein. Da, eine erste Bewegung, langsam gab das Holz nach; er fasste es am oberen Ende und warf sich mit ganzer Kraft rückwärts. Ein Knirschen, der obere Teil des Balkens schabte an der Decke entlang, neigte sich, bis er schräg in den von Flavius gegrabenen Gang stürzte. Auch der Junge hatte das Gleichgewicht verloren und lag jetzt darunter im Graben; erschöpft, aber triumphierend. Einen Augenblick Ruhe, dann würde er die Lampe entzünden und aufrecht zu der Kiste gehen können.

In seiner Müdigkeit achtete er nicht auf das Geräusch, das Reiben und Knirschen. Erst als ein Stein vom Gewölbe herabpolterte, fuhr er in Panik empor. Doch es war zu spät. Immer mehr Schutt rieselte den Einsturztrichter herunter, Brennnesselstauden landeten auf seinem Gesicht. Zuletzt sank ein Teil des Gewölbes herab, krachte auf den Balken und drückte ihn so tief in den Rand des Schuttberges, dass Flavius wie in einer Falle eingekeilt lag. Noch ein Steinbrocken folgte, traf ihn am Kopf, er sah tausend Sterne und die Dunkelheit schlug wie eine schwarze Woge über ihm zusammen.

Als Ulixes vor die Türe des verfallenen Palastes trat, wischte er sich den Schweiß von der Stirne. Länger hätte er dieses Gastmahl nicht mehr ausgehalten. Die Gesellschaft der betrunkenen Grobiane war schon zu Beginn übel genug gewesen. Aber seit Pantacarus kurz aus dem Raum gerufen worden war, spürte Ulixes die Bedrohung fast körperlich. Wenige Augenblicke später hatte ihn Vigellius in eine Ecke gezerrt. »Mithras beschütze Euch«, flüsterte der Grauhaarige. »Atto spioniert Euch nach. Er lauerte bis eben vor dem Haus der Witwe, aber Euer Gehilfe ist wie vom Erdboden verschluckt!«

Ulixes zwang sich zur Ruhe. Er mimte den Volltrunkenen, ließ sich eine Laterne geben und versprach dem Gastgeber, am nächsten Tag mit einer Auswahl seiner besten Waren zu kommen. Auf der Straße sog er die frische Nachtluft ein, dann wandte er sich in Richtung des Hauses der Witwe. Kurz danach täuschte er einen erneuten Anfall von Trunkenheit vor, torkelte seitwärts in eine Ruine und fiel zu Boden. Tau benetzte die Gräser und der trümmerbedeckte Untergrund war unbequem, dennoch lag Ulixes regungslos und lauschte, bis er sicher war, dass ihm niemand folgte. Dann erhob er sich, verbarg die Laterne unter seinem Mantel und glitt wie ein Schatten auf die Straße.

Der volle Mond tauchte die verfallenen Mauern in ein kaltes Licht, so fand er leicht den Weg und stand schon wenige Minuten später am Eingang des Südforums. Nachts wirkte der verlassene Platz mit seinen Schutthaufen und Säulenresten völlig unwirklich, glich einer Dekoration aus einer Theatervorstellung, die er vor vielen Jahren einmal gesehen hatte. Das untergegangene Troja, so ähnlich hatte das Stück geheißen, und gleich würden die Götter auftreten, um sich gegenseitig mit großen Gebärden die Schuld an dem ganzen Elend zuzuschieben.

Ein kaum wahrnehmbares Geräusch riss Ulixes aus seinen Gedanken. Ohne sich zu regen, stand er da, bis er glaubte, sich getäuscht zu haben. Da wieder, ein fast unhörbares Schaben, irgendwo im Boden. Mit wenigen Schritten war er an dem überwachsenen Treppeneingang, schob die nachtfeuchten Blätter eines Strauches beiseite und schlich die Stufen hinab. Unten lauschte er – nichts, nur das Flattern einer Fledermaus und das regelmäßige Tropfen von Wasser, das sich in einer Pfütze sammelte. Doch jetzt, deutlicher, ein Kratzen, dann das Rieseln von Erde, ein Stöhnen, wieder das Kratzen.

Ulixes zog die Laterne unter dem Umhang hervor und ging in die Richtung des Geräuschs. Bald stolperte er über die ersten Steinbrocken, dann stand er vor einer wahren Trümmerlawine. Er ließ sich auf die Knie nieder und rief leise: »Flavius, bist du es?«

»Jupiter sei Dank – Ulixes, hilf mir! Ich liege eingezwängt und versuche, mich mit einer Scherbe freizugraben. Am Eingang ist der Sack mit den Lampen und eine zweite Schaufel.«

Nach einer Stunde harten Grabens hatte Ulixes es geschafft. Er konnte den Jungen an den Füßen fassen und langsam herausziehen. Flavius stöhnte und betastete seine Platzwunde am Kopf, schien aber ansonsten unverletzt.

Schwankend, immer wieder gestützt auf den Älteren, erzählte er auf dem Heimweg seine Geschichte, dann berichtete Ulixes von dem Abend bei Pantacarus.

»Ich sage dir, Atto hat von Anfang an Verdacht geschöpft. Wir müssen sofort verschwinden.«

»Nein, nein!« Flavius klammerte sich an den Arm des Älteren. »Wir können jetzt nicht aufgeben. Da unten liegt der Schatz!«
Wütend sagte Ulixes. »Mithras möge deine Dumpfheit erleuchten! Ja, da liegen deine Bronzen, in Griffweite von Pantacarus samt Spießgesellen, und jetzt ist noch das Gewölbe heruntergebrochen. Wie sollen wir drankommen, kannst du mir das sagen?«
Flavius schluckte und schwieg, bis sie durch den Hintereingang in ihr Zimmer geschlichen waren, bevor er einen letzten Versuch machte.
»Ja, aber Ulixes, du wolltest doch mit mir …«
»… die Dummheit begehen und uns den Zorn der ganzen Gegend zuziehen? Nein danke, ich habe vielleicht die Haare verloren, nicht aber den Verstand. Wir müssen uns jetzt hier unauffällig verdrücken, und zwar noch heute Nacht. Morgen, wenn der Pantacarus wieder nüchtern ist und mich sehen will, wird er einige unangenehme Fragen stellen. Glaub mir, der kann sehr unangenehm werden.«

Während sie still und leise ihre Habseligkeiten zusammenpackten, kämpfte Flavius gegen eine Mischung aus Erschöpfung, Resignation und ohnmächtige Wut. Er wusste, dass Ulixes Recht hatte, wollte aber seinen Traum nicht begraben. Fieberhaft zermarterte er sich den Kopf nach einem Ausweg – vergebens.
Ulixes beobachtete ihn voll Mitgefühl, ließ sich auf der Liege nieder und klopfte mit der Hand auf den freien Platz daneben.
»Setz dich, lass uns einen Moment nachdenken. Ich könnte dich jetzt wieder über den Rheinstrom bringen, und du reist nach Augusta Treverorum zurück.«
Flavius stellte sich das spöttische Lachen Faustinas vor und ballte die Fäuste.
»Nein, das auf keinen Fall!«
»Verstehe ich«, nickte Ulixes und legte seine Hand um die Schulter des Jungen.
»Wir sind Freunde. Ich möchte mich ungern von dir trennen. Wie du weißt, will ich durch das Dekumatland reisen, von dort nach

Rom. Sobald Postumus' Nachfolger besiegt ist, kann Rom Legionen in Marsch setzen und dieses Gebiet zurückerobern, wie es vor drei Jahrzehnten schon einmal geschah. Für einen solchen Feldzug braucht man Männer, die das Land kennen, Männer wie dich. Du könntest den Schatz mit einer Militärabteilung heben. Unter dem eingestürzten Gewölbe liegt er sicherer als zuvor!«

Flavius hob den Kopf. »Meinst du wirklich?«

Ulixes nickte. »Natürlich wissen wir nicht, welchen Schicksalsfaden die Parzen spinnen, aber mir scheint das der beste Plan. Nur sollten wir wirklich sofort aufbrechen, solange der Mond noch leuchtet.«

Keine Stunde später erwachte ein Hund am Südteil des Cardo, gähnte und blinzelte auf die Straße. Im Schein des sinkenden Mondes sah er zwei Männer, die sechs Pferde aus der Stadt führten. Wäre er ein Mensch gewesen, so hätte ihn vielleicht die Beobachtung stutzig gemacht, dass die eisernen Hufschuhe der Tiere mit Tüchern umwickelt waren. Doch so verschwand die Gruppe fast lautlos aus seinem Blickfeld und er ließ seinen Kopf auf die Pfoten sinken, um weiter von der letzten Hasenjagd zu träumen.

Als sie das Südtor eine halbe Leuge hinter sich gelassen hatten, konnte Flavius der Versuchung nicht widerstehen, sich im Sattel umzudrehen. Niemand folgte ihnen. Die Stadt lag ruhig mit ihren dunklen Umrissen in der Nacht. Er dachte an die Kiste im Keller, von der ihn nun jeder Schritt weiter entfernte. Er war auf der Flucht, mit nichts als einer schäbigen Bronzeschnalle in der Tasche. Das war das Ende, der Rest sinnlos.

Doch die Reise war erst der Beginn.

6. Kapitel

IM NIEMANDSLAND

268–269 n. Chr.

»Wer will, der kann; wer nicht will, der muss.«

SENECA

Der Versuch, vor Sonnenuntergang das Ziel zu erreichen, war ein Wettrennen gegen die Zeit. Vielleicht eine Stunde noch, dann brach die Nacht herein. Drei Tage hielten sich Ulixes und Flavius jetzt schon im Sattel, mehr flüchtend als reisend. Zuerst waren sie der Römerstraße den Neckar entlang gefolgt, bis am Ende der Ebene die Morgensonne auf ihre von Müdigkeit gezeichneten Gesichter fiel. Beidseitig des Weges erhoben sich Dutzende von Grabbauten aus dem Gebüsch, starrten sie verwitterte Köpfe an, doch die einstige Heimat dieser Menschen gab es nicht mehr. Nur die roten Sandsteinmauern eines nutzlos gewordenen Kastells ragten über die Häusertrümmer. Und die Brücke? Ungeduldig trieb Ulixes sein Pferd an, bis sie den Fluss erreichten. Ruhig strömte das Wasser zwischen den sieben steinernen Pfeilern hindurch, scheinbar unversehrt spannte sich das Wunderwerk aus Balken und Bohlen zum anderen Ufer.

Erst aus der Nähe waren die Zeichen des Verfalls unverkennbar. Das Tempelchen auf dem Mittelpfeiler lag in Trümmern, von der Brüstung hingen lose Vierkanthölzer herab und die Bohlen waren an einer Stelle angekohlt, als habe man versucht, die Brücke in Brand zu setzen. Am Aufgang fehlten zwei Bodenplanken, sodass der Blick auf die Strudel des Flusses fiel. Flavius' Fuchsstute stemmte die Vorderhufe in den Boden, zog den Hals ein und ging keinen Schritt weiter. Er musste ihr lange die Seite des Kopfes streicheln, ihr beruhigend ins Ohr flüstern und zuletzt ein Stück Brot aus dem Reiseproviant holen, bevor das Tier tastend einen Huf auf den Weg setzte.

Endlich hatten sie alle Pferde sicher über den Strom geführt. Vorbei an den Ruinen einer Station der Straßenpolizei führte die Straße nun ins Gebirge und wand sich durch dichte Wälder. Völlig erschöpft hatten sie zuletzt einen Rastplatz unter flechtenbedeckten Eichen gesucht, etwas Essen heruntergeschlungen und sich beim Wachen und Schlafen abgewechselt.

Noch zwei Mal passierten sie niedergebrannte Ansiedlungen, doch kein Leben rührte sich zwischen den verkohlten Resten. Dafür erblickten sie mehrfach in der Ferne kleine, einfache Häuser, die hauptsächlich aus großen Strohdächern zu bestehen schienen.

»Die ersten alamannischen Siedler«, murmelte Ulixes. »Lass uns in Deckung bleiben, solange wir nicht wirklich aus Pantacarus' Reichweite sind.«

Erst am dritten Tag fühlten sie sich sicherer und ritten zu einem Bauern hinüber, der einige Dutzend Schritte von der Straße entfernt einen überwucherten Acker von Gestrüpp säuberte. Ulixes stieß Flavius in die Rippen: »Mund auf, zeig, was du kannst!«

Unter verfilztem Haar starrte sie ein misstrauisches Augenpaar an, und der Mann umklammerte seine Hacke, als müsse er sie gleich zur Verteidigung gebrauchen. Flavius räusperte sich.

»Sei gegrüßt, wir kommen in friedlicher Absicht. Wie weit ist es noch bis Bicastrum?«

Bei den ersten suebischen Worten glitt ein Lächeln über das faltige, sonnenverbrannte Gesicht.

»Seid gegrüßt, Reisende. Der Name sagt mir nichts. Aber eine halbe Tagesreise von hier kommt ihr zum Pfahl, da liegen viele Kastelle.«

»Dem Pfahl?« Flavius war sich nicht sicher, ob er das Wort richtig verstanden hatte.

»Damit meint er den Limes, der hier als Palisade verläuft«, flüsterte Ulixes ihm ins Ohr. Er bedankte sich bei dem Bauern, dann setzten sie ihren Weg fort.

Jetzt wich der Wald zurück und gab die Sicht frei auf saftig grüne Wiesen, auf Pappeln und Weiden. In der Ferne zeichneten sich die

Ruinen einer Siedlung ab, doch beherrscht wurde das Tal von dem Kastell. Flavius ließ seine Augen über die Mauern wandern, die allen Vorstellungen von der regelmäßigen Form römischer Militärlager widersprachen.

»Haben sich hier die Architekten nicht einigen können? Rechts zieht sich doch ein zweites Lager den Berg hoch!«

»Du hast Recht. Das große Lager wurde zuerst errichtet, für die Cohors III Aquitanorum, also rund fünfhundert Mann. Das muss ein gutes Jahrhundert her sein. Damals fühlte sich unser Militär noch stark. Die bequeme Nähe zum Wasser war wichtiger als ein sicherer Höhenplatz.«

Ulixes' Arm zeigte auf Mauern oberhalb des großen Lagergevierts. »Später hat man dort eine Erweiterung für Hilfstruppen angebaut, die sich den Hang emporzieht und die Schwachstelle abdeckt. Damals wurden wohl die germanischen Überfälle schon bedrohlicher. Aber zuletzt hat alles nichts genützt.«

»Woher weißt du das?«

»Von Julius. Ihm hat es dein Vater erzählt. Er war hier stationiert, bevor er mit Valerianus gegen die Perser zog.«

Ulixes blickte stumm auf die verfallene Anlage. Wenn er die Augen zukniff und sich das Gestrüpp wegdachte, das bereits an vielen Stellen die Mauerkrone überwucherte, konnte er sich vorstellen, wie das Kastell einmal ausgesehen hatte: Heimat für ein halbes Tausend Männer, die hier ihr Leben unter dem Klang der Militärtrompeten verbrachten. Aufstehen, exerzieren, Waffen polieren, kochen, Erkundungsmärsche ins Feindesland unternehmen, Bauarbeiten am Limes ausführen, danach Entspannung im Bad suchen. Und abends? Mit Kameraden in die Kneipen des nahen Lagerdorfes gehen, um mit den Schankmädchen zu schäkern und zu lachen bei Wein und Würfelspiel für kurze Zeit die Gefahr aus dem Osten zu vergessen. Diese Tag und Nacht lauernde Gefahr.

Niemand wusste, was in den blonden Schädeln der Barbaren vor sich ging. Sie brachen aus den endlosen Wäldern hervor, die sich wie ein Meer jenseits des Limes erstreckten, sobald innerrömische

Machtkämpfe oder Bedrohungen an anderen Stellen die Abwehr schwächten. Immer wieder hatten schnell wechselnde Kaiser die eingedrungenen Horden niedergekämpft und die Grenze notdürftig geflickt. Doch jeder Raubzug verwandelte mehr Gutshöfe in geschwärzte Ruinen, in die kein Leben mehr einzog. Bis dann der Einfall vor fast einem Jahrzehnt die Grenzwehr überflutete und die Rebellion des Postumus das Reich spaltete. Höchste Zeit, dass diese römische Zwietracht ein Ende nahm.

Auch Flavius hing seinen Gedanken nach. In dieser Festung hatte sein Vater Dienst getan, als Ingenieur und Baumeister der Truppe. Dem Jungen fehlte eine klare Vorstellung, welche Aufgaben damit verbunden waren. Aber in Gedanken sah er zinnengekrönte Mauern, Türme und Tore emporwachsen, in Friedenszeiten auch Kornspeicher, Wasserleitungen, Brücken und Bäder. Alles unter der Leitung seines Vaters, der auf einem Hügel stand und die Arbeiten lenkte. Doch sein Gesicht? Hier war die Erinnerung wie weggewischt, so sehr er sich auch mühte.

»Sieht verlassen aus. Was machen wir jetzt?«, fragte er schließlich.

Ulixes strich sich durch den Haarkranz. Auch er konnte kein Lebenszeichen erkennen. Keine Menschen, keine Haustiere, kein Rauch.

»Suchen wir eine Stelle zum Übernachten, vielleicht im Kastellbad. Gewölbe widerstehen selbst Barbarenfackeln.«

Sie trieben die Pferde durch die Talsenke, vorbei an Dutzenden hoher Steinplatten. Wie bleiche betrunkene Soldaten ragten sie aus dem Matsch, mehrere Reihen, einheitlich weiß gekalkt, die eingemeißelten Inschriften rot oder schwarz nachgezogen. Flavius beugte sich vor und las: »Dem besten und größten Jupiter, der Himmelskönigin Juno und der Gottheit des Ortes hat Titius Tacitus, Soldat der 3. Italischen Legion und Benefiziarius des Statthalters …«, den Rest verdeckte der Schlamm. Die Weihesteine einer Station der Straßenpolizei.

Kurz danach stießen sie auf das kaum beschädigte Bad. Sie stapelten die Warenballen im Umkleidebereich, führten die Pferde

zum Wasser und ließen sie trinken, bevor sie ihnen die Vorderhufe zum Grasen zusammenbanden.
An diesem Abend zeigte Flavius dem Älteren, wie man mit der Hand Forellen fängt. Sie sammelten Holz und schlugen Feuer, bevor sie sich vor dem Bad niederließen, um die Fische auszunehmen. Ulixes nahm seinen Dolch und sah Flavius an.
»Hast du keinen?«
Der Junge schüttelte verlegen den Kopf. Ulixes griff an die Innenseite seines linken Stiefels und zog aus einer verborgenen Tasche einen Gegenstand von der Länge seines Mittelfingers.
Flavius betrachtete ratlos die aus Knochen geschnitzte Figur, die einen lesenden Affen darstellte, dessen Rücken eine Art Eisenkamm trug. Ulixes schmunzelte. »Das ist ein Taschenmesser. Die Klinge hinten lässt sich aufklappen.«
Vorsichtig öffnete der Junge das Messer und drehte es in der Hand. »Da steht ja etwas in griechischen Buchstaben.« Er fixierte die Schrift. »Aber das ist doch Latein: LEGO, ich lese.« Sein Freund nickte. Kopfschüttelnd sah Flavius den Älteren an. »Du hast seltsame Dinge.« Ulixes schnitt lächelnd den Bauch seiner Forelle auf. »Seltsame Dinge sind manchmal lebensverlängernd.« Flavius strich mit den Fingern über den kleinen Affen, dann nahm er wortlos den anderen Fisch, um die Innereien zu entfernen. Sie brieten ihre Beute an Stecken und aßen mit fetttriefenden Fingern die erste warme Mahlzeit seit Tagen.
Lange saßen sie am Feuer, bis keine Flammen mehr aufzüngelten und sie eng an die pulsierende Glut rücken konnten. Die Sichel des abnehmenden Mondes erschien am Himmel, über den die Schatten lautlos jagender Fledermäuse huschten. Grillen zirpten und in den Wasserlachen quakten Frösche. Ulixes hing schweigend seinen Gedanken nach, während Flavius von Zeit zu Zeit aufstand, um ein Holzscheit nachzulegen, bis er sich endlich ein Herz fasste. »Ulixes, ich weiß so wenig von dir, von deiner Vergangenheit, wo du warst und was du eigentlich tust.«
Der Ältere sah ihn an. »Nun ja, mein Schicksal hat mich durch das Imperium geführt. Von Afrika, Gallien und Rom weißt du. Außer-

dem war ich in Ägypten. Daher stammt mein Ring mit dem Skarabäus.«
Er hielt die Hand hoch, dass die Flammen auf dem Gold tanzten und den Stein schimmern ließen. Der Junge warf einen Blick darauf, dann sah er Ulixes in die Augen.
»Du hattest einen Sohn erwähnt.«
Ulixes nickte stumm und atmete tief durch.
»Eigentlich gibt es da nicht viel zu erzählen. Ich war vor Karthago schwer verwundet worden, als Capellianus' Truppen die Armee der Gordiane aufgerieben hatten. Sobald ich humpeln konnte, nahm ich den schnellsten Wagen nach Thysdrus. Doch unser Haus war nur noch ein Haufen Asche und meine Frau hatte man in einem Massengrab verscharrt. Es ist besser, dass ich nie erfahren habe, wie sie gestorben ist.«
Ein harziger Ast ließ Funken stieben. Ulixes schob die Glut zusammen.
»Marcus, mein vier Jahre alter Sohn, war verschwunden, niemand konnte mir etwas über sein Schicksal sagen. Ich habe ihn nie wieder gesehen.«
Flavius legte seinen Arm um den Älteren und beide saßen schweigend da, bis das Feuer herunterbrannte und sie ihr Nachtlager aufsuchten.

Ulixes erwachte als Erster und ließ seine Augen über die gesprungenen Marmorplatten der Wandverkleidung wandern. Wenn sein Blick verschwamm, meinte er, im Muster des Steines seltsame Landschaften, Ungeheuer oder Gesichter zu erkennen.
Er schüttelte den Kopf und stand leise auf. Im Eingang streckte er sich, gähnte und sah umher. Vor ihm plätscherte der Bach, links konnte er das Kastell erkennen. Die Vögel zwitscherten und letzte Reste weißen Nebels schwebten über dem Tal. Es versprach, wieder ein strahlender Frühsommertag zu werden. Er ging zum Bach, wusch und rasierte sich. Ein Geräusch ließ ihn herumfahren, aber

es war nur Flavius, der langsam aus dem Halbdunkel des Gewölbes trat.
»Na, ausgeschlafen?« Der Junge nickte und rieb sich die Augen. Ulixes öffnete die Vorratstasche. »Wir haben noch unser letztes Brot aus Lopodunum und etwas Käse.«
Flavius versorgte die Pferde, dann frühstückten sie in der wärmenden Morgensonne. Anschließend gingen sie die wenigen Schritte zum Kastell. Flavius spielte am halb zugemauerten Nordtor Posten, kletterte auf die grasbewachsene Mauer und stellte sich vor, er sei der Kommandant, der nach anstürmenden Barbarenhorden spähte. Ulixes stand derweil gedankenverloren vor den heruntergebrannten Resten eines Fachwerkbaues und stocherte mit dem Fuß in der Asche. Verkohlte Körner – das musste das Granarium, der Kornspeicher, gewesen sein. Ausgehungert hatte man die Besatzung nicht.

Ulixes trat aus dem Tor und wanderte den Kastellgraben entlang, fuhr mit der Hand die rot ausgemalten Fugen des Mauerwerkes nach. Alles unbeschädigt, keine Anzeichen dafür, dass die Barbaren mit Belagerungsmaschinen die Mauer erstürmt hatten.
Auf dem Boden sah er durch das Grün der Wiese weiße Stöckchen schimmern, auf die er zuerst nicht achtete. Zuletzt siegte seine Neugier, er bückte sich und hielt einen Fingerknochen in der Hand. Von Wind und Wetter blank poliert, lag das Knöchelchen da, sauber und harmlos. Hatte die Hand einem Alamannen gehört, der sich die Mauer emporzog und oben in ein behelmtes Soldatengesicht starrte? Ein Hieb des römischen Kurzschwertes, der fassungslose Blick des Angreifers auf seinen Armstumpf, ein Schrei, während er rücklings in den Graben stürzte? Und das Schicksal des Verteidigers? Niemand würde es je erfahren.
»Unterwirf dich, Barbar, hier oben stehe ich!«
Ulixes blickte auf, sah Flavius hinter den Zinnen, einen Stock in der Hand, und ließ seinen Fund ins Gras fallen.
»Komm runter, kleiner Augustus, wir sollten aufbrechen, wenn wir heute noch ein Stück den Limes entlangreiten wollen!«

Keine Stunde später trotteten die Pferde die Anhöhe empor, der Morgensonne entgegen. Oben sahen sie das graue Band, das sich eine halbe Leuge entfernt über das hügelige Land zog. Flavius zeigte fragend auf die Limesmauer.

»Hattest du nicht etwas von einer Palisade gesagt?«

»Stimmt, eine Mauer gibt es eigentlich nur in Rätien. Aber hier hat man eine Ausnahme gemacht und die Grenze ein Stück weit verstärkt. Lass uns einen Blick darauf werfen!«

Nach kurzem Ritt kamen sie zu der Befestigung. Nach Norden wie Süden erstreckte sich ein überwachsener Trampelpfad, dahinter eine gut zehn Fuß hohe Mauer. Unerbittlich zog sie sich durch das grasbewachsene Hügelland, schnurgerade, so weit das Auge reichte – von einem Machtwillen durch die Landschaft geschnitten, für den Hügel, Bäche und Wälder keine Bedeutung besaßen. Sie verharrten einen Augenblick stumm, dann ritten sie die Mauer entlang nach Süden. Bei einem ausgebrannten Steinturm gewährte ein kleiner Bogen Durchlass. Nachdem sie die Pferde angepflockt hatten, gingen sie durch das Tor und stiegen einen grasüberwucherten Wall hinauf. Auch er erstreckte sich bis zum Horizont, ebenso der vorgelagerte Graben. Flavius schüttelte den Kopf.

»Was für eine Mühe. Wie sollte das jemals bemannt und verteidigt werden?«

»Dafür war der Limes nie gedacht. Ursprünglich war er nur ein Patrouillenweg, um die Grenze zu überwachen. Später hat man dann diese Sperren aufgeführt, die nur an bestimmten Stellen passiert werden durften, wo die Wachen den Handel kontrollierten.« Ulixes zeigte auf die Mauer und den Wall. »Mehr als ein Hindernis gegen kleine Überfälle oder Viehdiebereien war es nicht. Aber die Wachmannschaften auf den Türmen konnten bei Überfällen die Besatzungen in den größeren Kastellen alarmieren.«

»Und warum hat es die Barbaren nicht abgehalten?«

»Das hat es anderthalb Jahrhunderte lang, bis immer öfter Truppen abgezogen wurden. Von den Kaisern, um andere Grenzen zu schützen, oder von Generälen, die selber nach dem Purpur griffen.«

Schweigend blickten sie über die Landschaft. Es war gutes Land, fruchtbare Böden auf beiden Seiten des ungeheuren, sinnlos gewordenen Bauwerks.
»Sieh, drüben bei den Germanen, eine Siedlung!«
Ulixes zeigte auf dünne Rauchfahnen, die hinter einem Hügel in den Himmel stiegen. Dann schüttelte er den Kopf. Die Alamannen saßen jetzt auch auf dieser Seite des Limes, aber ihm als Römer war es selbstverständlich, dass der Landstrich zum Imperium gehörte.
»Lass uns weiterreiten, vielleicht schaffen wir es heute noch bis Vicus Aurelianus«.

Als die Sonne den Horizont berührte, trat der Mann in der geflickten Tunika an die Brüstung, schloss die Augen und genoss die letzten Strahlen. Der lange, grausame Winter war schon mehrere Monde vorbei, aber die Kälte steckte ihm noch in den Knochen. Seine Hände umklammerten das Geländer, fühlten die Wärme des vergangenen Tages in den verwitterten Eichenbalken. Das Holz war ihm vertraut, gab ihm Sicherheit, bedeutete ihm Heimat. Langsam öffnete er seine Augen und sah auf seine Hände. Auch sie waren alt, fleckig, knochig, aber immer noch kräftig, und sie taten ihren Dienst – wie die Balken.
Wie lange hatte er unter dem Zeichen der Adler gedient? Er konnte es nicht mehr sagen, zwanzig Jahre sicher. Kaiser hatte er kommen und gehen, Centurionen in schimmernden Paradehelmen durch das Lager stolzieren sehen, um später, nach einem unglücklich ausgegangenen Scharmützel, als blutiges Bündel im Valetudinarium zu landen. Nur er hatte alle überlebt, die Feigen und die Tapferen. Am Rhein hatte er Wache geschoben und an der Donau, war in Mogontiacum, Argentorate und am germanischen Limes mit den Kohorten marschiert, bis es ihn nach Castra Regina verschlug. Was für eine Festung! Mauern, Türme und Tore aus riesigen Quadersteinen. Wie oft war er vor der Porta Prae-

toria gestanden, dem mächtigen Nordtor. Mit seiner Doppelreihe Bogenfenster starrte es über die Donau in Richtung Feind, hochmütig und drohend, als könne es noch immer aus seinen Torbögen Legionäre speien. Und jetzt stand er hier, auf seinem eigenen Turm, ganz alleine. Nach so vielen Jahren Dienst hätte ihm ein kleines Gut zugestanden. Aber das Schicksal hatte es anders gewollt.
Der alte Soldat gähnte und sah nach Westen, wo die Sonne eine glutrote Wolkenwand hinterlassen hatte. Morgen würde es regnen, aber das störte ihn nicht. Das Schindeldach seines Turmes hielt dicht und Vorräte gab es genug. Das Leben war gut hier. Er rieb seine Nase, aus der Haare herauswuchsen, und ging einmal um die Brüstung, um einen letzten Blick über die Wiesen zu werfen, auf denen der Klee blühte. Da sah er im Norden eine Bewegung, kniff die Augen zusammen, bis sie tränten, konnte aber nicht ausmachen, um was es sich handelte. Schon bald krochen die Punkte näher, wurden größer, ließen Einzelheiten erkennen: Zwei Reiter und vier Packpferde trotteten den alten Limespfad entlang. Sie wirkten müde, nicht bedrohlich.
»Silvinus, ich glaube, du musst die Leiter noch mal runterlassen«, murmelte er.

»Da steht doch einer auf dem Turm!«
Ulixes kniff die Augen zusammen, nahm aber in der Abenddämmerung nur graublaue Umrisse wahr. Sieht wie ein Falke, der Junge, dachte er, und brummte: »So, meinst du?« Nach den bisherigen Erfahrungen war es wenig wahrscheinlich, am Limes noch Soldaten zu finden.
Etwa fünfzig Schritte vorher machten sie Halt, um das Bauwerk in Ruhe zu betrachten. Von dem gut dreißig Fuß hohen, unzerstörten Turm blätterte der graue Verputz, in den mit roter Farbe Quaderfugen eingetieft waren. Das unterste Stockwerk hatte nur winzige Fenster, das mittlere aber einen Eingang, aus dem der untere Teil einer hochgezogenen Leiter ragte. Der oberste Stock trug einen vorstehenden Holzumgang mit einer Brüstung aus massiven,

überkreuzten Balken; in der Mitte jeder Mauerseite saß ein Fenster mit Holzläden. Die darüber eingemauerten, halbrunden Steinplatten waren rot bemalt und bildeten die einzigen Schmuckelemente des Baus. Unter dem flachen, weit vorspringenden Dach musterte sie ein glattrasierter Mann, die Arme auf die Brüstung gestützt. Ulixes winkte empor.

»Seid gegrüßt, wir sind reisende Römer. Gehört Ihr zur Grenzwacht?«

Der Unbekannte schüttelte den Kopf mit den langen, grauen Haaren, dann lachte er.

»Ihr kommt wohl von weit? Soldaten gibt es am Limes schon Jahre nicht mehr. Was wollt Ihr?«

»Wir suchen Quartier für die Nacht«, antwortete Ulixes, »wohnt Ihr hier?«

»Tu ich.« Der Mann nickte. »Könnt Ihr bezahlen?«

Flavius sah Ulixes an, der seinen Beutel zog und einige Denare in die hohle Hand schüttete.

»Ihr könnt bleiben.« Der Mann fuhr sich mit der Rechten durch seine grauen Strähnen. »Stellt die Pferde in den Schuppen.«

Als die Tiere versorgt und die Waren im Turm waren, holte Ulixes eine Amphore Wein. Silvinus öffnete die Falltüre zum Untergeschoss, aus dem Gegacker und ein beißender Geruch nach Hühnerkot drang. Er kam mit einer Hand voll Eier zurück, schlug sie in eine Pfanne und servierte sie den Gästen mit selbst gebackenem Brot. Als sie im Obergeschoss des Turmes saßen und durch die offenen Läden über die abenddunklen Hügel blickten, fragte der Gastgeber: »Was führt euch her?«

»Ich bin ein Coeparius, der Handel treiben möchte.« Ulixes langte mit dem Löffel in die Pfanne. »Gibt es Siedlungen hier oder liegt alles öde und leer?«

»Jetzt ist die Gegend verlassen. Verglichen mit früher. In den Bergen gen Sonnenuntergang und längs des Rheins sollen noch etliche Romanen leben, aber zum Limes hin sind die Städte tote Trümmerhaufen.«

Silvinus' dunkle Augen blickten in seinen Becher, dann schlürfte er bedächtig. »Nun ja, so ziemlich. Manche Romanen siedeln auch hier noch, aber verstreut, zusammen mit Galliern und wenigen Germanen. Die zögern, sich hier niederzulassen.«

»Aber sie haben doch das Gebiet erobert?«, fragte Flavius.

»Das schon, aber die meisten glauben, dass die Legionen zurückkehren. Oder hat Rom auf das Dekumatland verzichtet?«

Ulixes verneinte, dann stellte er die Frage, die ihn bewegte.

»Warum lebt Ihr hier, als Römer unter Barbaren?«

Silvinus rieb sich die Nase, die aussah, als sei sie irgendwann einem Faustschlag im Wege gewesen.

»Warum nicht? Es gibt hier keine Thermen, keine Gladiatoren, leider auch keinen Wein, das stimmt. Aber uns pressen keine Steuereintreiber aus. Niemand schreibt uns vor, welchen Beruf wir auszuüben haben. Vor allem«, bei diesen Worten blickte der alte Soldat Ulixes scharf an, »können wir frei sagen, was wir denken. Ohne zu zittern, ob es dem nächsten Frumentarius hinterbracht wird.« Er stand auf und streckte sich.

»Ich züchte Bienen. Wie mein Vater es mich lehrte, bevor ich zu den Adlern ging. Die Germanen sind ganz wild nach Honig für ihren Met. Besser als Bier, um sich zu besaufen.« Die Hand des Soldaten hob den Weinbecher. »Auf die Freiheit im Niemandsland. Es gibt genug davon, so weit das Auge reicht.«

Als sie ausgetrunken hatten, sagte Ulixes: »Wenn alle so denken würden, ginge das Imperium zugrunde.«

»Was schert mich ein Reich«, Silvinus wischte sich den Mund ab, »von dem ich nichts habe? Das mir keinen Schutz mehr bietet? Wo ich nur gehorchen muss?«

»Und was macht Ihr, ganz alleine, wenn Alemannen kommen?«, fragte Flavius mit leichtem Schaudern. Der Alte schmunzelte.

»Die lassen mich in Ruhe. Ich verteidige keine Grenze, noch horte ich Schätze. Der Turm ist verdammt schwer zu stürmen. Einmal hat es eine Horde versucht. Da hab' ich einen Bienenkorb runtergeworfen. Die sind vielleicht gerannt!«

Flavius musste bei der Vorstellung der hüpfenden, rennenden, mit den Armen um sich schlagenden Krieger lachen. Eine wirksamere Abwehr hätte sich der Alte kaum ausdenken können. Und seinen Turm hatte er gut eingerichtet. Im Erdgeschoss hausten die Hühner, die über eine Steige durch das Fenster stolzierten. Den ersten Stock hatte er zur Küche ausgebaut, neben der Feuerstelle stand sein Bett. Das Obergeschoss, in dem sie beide schlafen würden, bot einen weiten Blick über die grünen Hügel. Hier saß der ehemalige Soldat oft, wie er erzählte, flickte Kleider, schnitzte Holzgeschirr oder genoss nur die Sicht.

Eine Windbö fauchte durch die offenen Fenster. Die Kerzen, umgeben von kleinen Wachsrinnsalen, flackerten und verloschen fast. Der alte Soldat stand auf und schloss die Läden.

»Pass auf, Silvinus. Gibt noch ein Unwetter heute. War zu lange schön.« Er wandte sich um. »Entschuldigt, aber man wird seltsam hier. Hab nur mich zur Gesellschaft. Hole euch jetzt eine Unterlage für das Bett!«

Nachts wachte Flavius auf, als der Regen besonders heftig auf das Schindeldach trommelte und der Wind an den Läden rüttelte. Er hatte von Faustina geträumt, das erste Mal seit langem, aber sie war ihm fremd erschienen und er vermisste sie viel weniger als zu Beginn der Reise.

Eine Weile lag er wach und dachte an alles, was er erlebt hatte, bis sie zu dem Turm kamen. Hier ließ es sich aushalten – nicht einmal Flöhe schien es zu geben. Silvinus hatte wohl nicht oft Gäste. Aber warum hatte der Alte so betont, dass er keine Angst vor den Frumentariern haben müsse – hier, weit entfernt von jedem kaiserlichen Beamten?

Mit diesen Gedanken dämmerte er allmählich wieder in den Schlaf hinüber.

Ein Stockwerk tiefer saß Silvinus an dem langsam verglimmenden Feuer. Sein Blick musterte die aufgestapelten Warenballen, dann wanderten seine Augen zu dem angerosteten Legionärsschwert, das an der Wand hing, und von da aus die Stiege empor bis zu der geschlossenen Klappe, durch die man in das Obergeschoss gelangte. Zuletzt schüttelte er seine graue Zottelmähne, als müsse er üble Gedanken loswerden, und streckte sich auf seinem Lager aus.

Am nächsten Morgen schälte sich Flavius aus seiner Decke, doch als er die Türe zu dem Umgang öffnete, stand er wie vor einer Wand. Dichte Nebelschwaden hielten den Turm umklammert, nahmen jede Sicht und dämpften alle Geräusche. An den braunen Balken der Holzbrüstung hingen dicke Wassertropfen, alles war feucht und glitschig. Flavius lugte um die Turmecke, um nach den Bienen zu sehen. Doch nichts rührte sich, erst aus der Nähe konnte er einige Tierchen erkennen, die träge an den Eingängen der Körbe herumkrabbelten und vergeblich versuchten, sich die Feuchtigkeit abzustreifen.

Er öffnete die Falltüre, um herunterzusteigen. Silvinus saß am Feuer, in einem Topf mit Wasser kochten Eier. Flavius grüßte ihn, dann ging er zum Turmeingang und blickte auf die herabgelassene Leiter. In dem flachen Graben, der den Turm umgab, standen Pfützen. Er stieg hinunter, ging zum Schuppen, streichelte die Mähne seiner Fuchsstute, die schnaubte und ihre Nüstern an ihm rieb. Nachdem er alle Tiere losgebunden hatte, fesselte er ihre Vorderbeine und ließ sie weiden. Dann ging er zum Limes und stieg durch das glitschige Gras auf den Wall. Ein kühler Wind hatte sich erhoben und die Nebelschwaden aufgerissen, sodass Flavius die schnurgerade Reihe dicker, oben zugespitzter Holzpfähle erkennen konnte, die sich nach beiden Richtungen erstreckte. Wie eine gigantische Säge, die das Land in zwei Teile zerschnitt. Und jetzt ist die Säge schartig geworden und das Land wächst wieder zusammen, dachte er.

In diesem Augenblick schloss sich der wallende Nebel erneut, verschluckte die Palisade und schien nach Flavius zu greifen. Der Junge fröstelte, lief zum Turm und zog sich mit wenigen Griffen die Leiter empor. Gerade stieg Ulixes vom Obergeschoss herab. Er ließ sich mit einem zufriedenen Seufzer auf dem Hocker nieder, um sorgfältig ein gekochtes Ei abzupellen, während Silvinus zum nächsten Alamannengehöft aufbrach, wo er Käse und Räucherwürste einkaufen wollte. Nachdem beide den ersten Hunger gestillt hatten, wischte Ulixes sich den Mund und sah Flavius an.

»Wir sollten uns jetzt Gedanken machen, wie wir unsere Reise fortsetzen. Ich würde gerne dem Limes weiter nach Süden folgen. Kurz bevor die Palisade endet und die rätische Mauer beginnt, müsste meinen Karten zufolge die Straße nach Grinario abbiegen. Von dort könnten wir weiter über Sumelocenna, Arae Flaviae und Brigobanne reiten, dabei unsere Waren anbieten und die Gegend erforschen.«

Ulixes hielt einen Moment inne, dann fuhr er fort, als der Junge nur stumm dasaß.

»Danach zieht sich die Straße weiter nach Süden bis zum Rhein, wir könnten den Strom bei Tenedo überqueren, falls die Brücke noch steht. Sollte es weder Brücke noch Fähre geben, müssten wir einen Umweg von zwei Tagesreisen nach Westen machen und es bei Augusta Raurica versuchen. Dort soll übrigens der Arzt Doryphoros wohnen, ein Freund von Julius aus alten Tagen.«

Ulixes sah Flavius an, der seinem Blick auswich.

»Was ist los?«

Der Junge druckste herum, dann sah er dem Älteren ins Gesicht.

»Diese Namen sagen mir alle nichts. Aber gestern Abend, als Silvinus die Angst vor den Frumentariern erwähnte, da hat er dich so angestarrt. Warum?«

Ulixes nahm sich noch ein gekochtes Ei, schlug es am Hocker an und entfernte die Schale.

»Ja, es ist wahr, ich bin ein Frumentarius, der alte Fuchs hat eine gute Witterung. Meine Arbeit ist die eines Spions, falls du das sagen wolltest.« Er hob die Hand mit dem Skarabäusring, als der Junge ihn mit offenem Mund anstarrte.

»Hör mir zu. Was ich tue, hat nichts mit der üblichen Spitzelei zu schaffen, für die Frumentarier berüchtigt sind.« Er biss von dem Ei ab.

»Ich arbeite für Gallienus, den menschlichsten Kaiser seit langem, und gegen Postumus und seinesgleichen.« Ulixes stand auf, schob die Hände in den Ledergürtel, von dem sein Kurzschwert baumelte, dann ging er einige Schritte im Raum umher. »Begreifst du das?«

Flavius sah ihn zweifelnd an. Über Frumentarier erzählte man sich die übelsten Dinge. Manche erpressten sogar Geld, um ihren Bericht wieder verschwinden zu lassen, bevor er den Kaiser erreichte.

»Bist du kein Spitzel, der …«

»… der religiöse Spinner oder politisch Unzufriedene ans Messer liefert? Oder Bestechungsgelder nimmt? Glaubst du das von mir?«

Flavius erwiderte zögernd: »Ich weiß es nicht. Was tust du wirklich hier?«

»Das Gleiche wie in Gallien und Germanien. Ich sammle Informationen und arbeite dafür, unser gespaltenes Imperium wieder zu vereinen«, antwortete Ulixes. »Oder wenigstens den Verfall aufzuhalten.« Er ging zum Eingang, sah hinaus, dann drehte er sich um und murmelte. »Aber in deinem Alter hätte ich das wohl auch nicht verstanden.« Einen Augenblick stand er da, ein dunkler Umriss vor dem grauen Nebel, und sah dem Jungen in die Augen. »Da hätte ich auch nur daran gedacht, tags schnell reich zu werden, um nachts bei meinem Honigmäuschen zu liegen.«

Flavius zuckte zusammen, dann machte er einen Schritt auf Ulixes zu.

»Ich glaube dir. Aber wie war das vorher, hast du auch Kaisern wie Philippus Arabs gedient?«

Ulixes schüttelte den Kopf. »Nein, damals habe ich die Staatskarriere an den Nagel gehängt und wurde lieber Coeparius, als mich mit solchen Kreaturen einzulassen.«

»Hast du das nicht bereut?«

Ulixes zuckte mit den Schultern. »Manchmal schon. Tags im Regen auf der Landstraße oder nachts in verwanzten Betten. Aber ich war frei, solange ich nicht mehr brauchte, als ich hatte. Fast wie Silvinus hier.« Er sah den Jüngeren an. »Wer sich an die Staatskarriere klammert, muss bereit sein, einiges in Kauf zu nehmen. Der muss

selbst Scheusalen wie Elagabalus dienen. Das kann ich nicht. Alles auf der Welt hat einen Preis, den es nicht mehr wert ist.«
Flavius nickte und wechselte das Thema. »Müssen wir bald wieder aufbrechen?«
Ulixes sah ihn spöttisch an. »Angst vor feuchten Nachtlagern?«
Der Junge errötete, wandte sich ab und setzte den Fuß auf die Leiter. Mit wenigen Schritten war Ulixes bei ihm.
»Komm, leg nicht jedes Wort eines alten Geiers auf die Goldwaage.« Er nahm Flavius am Arm. »Warten wir, bis der Himmel aufreißt – falls uns Silvinus so lange bei sich behält. Heute könnten wir nach Vicus Aurelianus reiten und abends zurück sein.« Ulixes lächelte Flavius an. »Und in drei bis vier Wochen räkeln wir uns beide wieder in den heißen Thermen.«
Doch da irrte sich der Coeparius.

Zehn Tage später. Fünf Reiter haben die römische Straße, die Sumelocenna mit Grinario verbindet, beim Höchststand der Sonne in Richtung Osten verlassen. Jetzt sind sie hungrig und müde, aber ihr Anführer treibt sie voran. Ihre Pferde trotten einen jener schmalen Pfade entlang, den ungezählte Menschenfüße seit ungezählten Jahrhunderten ausgetreten haben, kurvenreich und nicht für schnelles Fortkommen gemacht. An der Spitze des Trupps reitet der Späher, ein junger Mann von vielleicht fünfzehn Jahren, dessen scharfe Augen ihnen schon manche Gefahr erspart und manche Beute beschert haben.
Der Pfad zieht sich auf halber Höhe einen Abhang entlang, den vor anderthalb Jahrzehnten der Besitzer einer tiefer gelegenen römischen Villa abholzen ließ. Unbedachterweise, wie er leidvoll erfahren musste, als bei einem Wolkenbruch eine Schlammlawine die Villa unter sich begrub. Doch davon wissen die Reiter nichts und wenn, würde es sie wenig scheren. Für sie zählt der weite Blick, der Sicherheit vor Überfällen verheißt.

»Sieh, da unten!« Die Augen des weißhaarigen Anführers folgen dem ausgestreckten Arm, der in das vorausliegende Tal weist. Mit Mühe kann er eine Bewegung erkennen und bewundert im Stillen den scharfen Blick des Spähers.
»Was gibt es?«
»Da läuft ein Mann und schleppt etwas, vielleicht ein Reh.«
Der Weißhaarige lacht – ein kurzes »Ha«, für seine Umgebung ein Zeichen guter Laune. Er hebt die Hand, schnippt mit den Fingern und ruft: »Los, das sehen wir uns an!«
Die Reiter lenken vorsichtig ihre Tiere den Abhang hinunter, durch Gebüsch und junge Bäume, bis sie den flachen Grund erreichen. Hier, auf den überwucherten Feldern der verschütteten Villa, ist das Fortkommen leichter und die Pferde fallen in einen flotten Trab. Schnell nähern sie sich dem unbekannten Jäger, der sie jetzt bemerkt. Er lässt seine Beute fallen und steht einen Moment unschlüssig. Sein Pferd ist noch etwa zwanzig Schritt in Richtung der Reiter angepflockt, er überlegt, ob er versuchen soll, es zu erreichen.
Doch dann entschließt er sich anders. Lange wird er später grübeln, ob das sein entscheidender Fehler war, aber in diesem Augenblick ist seine Angstreaktion rein instinktiv. Er dreht sich um und rennt in Richtung Wald. Das weckt in den Alamannen die Jagdlust, sie geben ihren Pferden die Sporen und preschen im Galopp heran. Mehrfach durchqueren sie den Bach, der im Talgrund seine verschlungenen Wege zieht, Wasser spritzt empor und die Hufe der Pferde schleudern Schlammbrocken in die Luft.
»Das ist doch ein Römer!«
Der Ausruf des Spähers feuert die anderen an. Mit wildem Geschrei setzen sie alles daran, dem Flüchtenden den Weg abzuschneiden. Der rennt wie ein Hase, gleitet aber immer wieder auf den Grasbüscheln der sumpfigen Wiese aus, stolpert, rafft sich keuchend auf. Jetzt haben ihn die Reiter eingeholt, er schlägt einen Haken, bricht rückwärts aus, um doch noch den Schutz des Waldes zu erreichen. Die Alamannen reißen ihre Pferde herum, folgen ihm, schon ist er fast am Rande des Unterholzes. Da greift ein hochgewachsener

Krieger mit wehendem Haupthaar nach seiner Keule, beugt sich vom Pferd und schlägt zu. Der Flüchtende macht noch einen Schritt, sackt in die Knie und fällt mit dem Gesicht nach vorne ins Gras. Das Triumphgeheul seiner Verfolger hört er nicht mehr.

Als Flavius erwachte, klang ein »Ha« in seinen Ohren, das er zuerst nicht deuten konnte. Er lag auf dem Bauch, das Kinn in trockene Tannennadeln gegraben. Langsam öffnete er die Augen, sah vor sich aber nur den Waldboden. Sein Kopf schmerzte, so schloss er die Augen wieder und wartete, bis das Schwindelgefühl nachließ. Dann blinzelte er erneut und versuchte, etwas von seiner Umgebung zu erkennen. Vor sich sah er eine Ameisenstraße, auf der die Tierchen ebenso unermüdlich wie scheinbar ziellos liefen.
Jetzt schleppten sie etwas Schwarzglänzendes heran, einen gepanzerten Riesen. An jedem Käferbein zerrten mehrere Ameisen, der Koloss rutschte ein Stück, bewegte matt einen Fühler, verhakte sich an einem Zweig. Wie auf geheimen Befehl krabbelten noch mehr Ameisen herbei. Sie schoben, zogen, rissen an ihrer Beute, bis sie mit einem Ruck freikam und weiter in Richtung Ameisenbau rutschte.

Wieder dieses »Ha«, vermischt mit Stimmen. Allmählich wurde sich Flavius seiner Lage bewusst: seine auf dem Rücken gefesselten Hände, der vom Keulenschlag schmerzende Kopf.
Die Erinnerung an die letzte Woche kehrte zurück. Einige Tage waren sie bei Silvinus geblieben, hatten in der Umgebung römisches Geschirr gegen Salz aus einer nahen Solequelle eingetauscht, bevor sie dem Limes nach Süden folgten. Staunend waren sie vor der hochragenden Ruine eines Sechseckturms gestanden – einem Vermessungspunkt, wie Ulixes meinte –, hatten dann eine Tagesreise weiter die Straße nach Grinario genommen. Dort waren die Geschäfte gut, aber die Unterkunft miserabel gewesen. Daher der baldige Aufbruch und Flavius' Vorschlag, mit Pfeil und Bogen auf die Jagd zu gehen. Während Ulixes mit den Pferden bei der Römerstraße lagerte, wollte er sein Jagdgeschick zeigen.

Und jetzt war der Jäger selbst zur Beute geworden. Flavius spürte ein Kitzeln im Gesicht – eine neugierige Ameise krabbelte in seine Nase. Er hob den Kopf, schüttelte sich und musste niesen. Das Stimmengewirr der Männer, die in der Nähe um ein Feuer kauerten, verstummte, ein weißhaariger Mann stand auf und hinkte herüber. Er stieß den Jungen mit dem Fuß an, bevor er in klarem Latein fragte:
»Römling, was machst du hier?«
Flavius drehte den Kopf, um den hochgewachsenen Sprecher zu mustern. Seine Füße steckten in einfachen Lederstiefeln, die Beine in mit Lederstreifen umwickelten Hosen. Sein Umhang aus grobem Leinen wurde von einer römischen Offiziersfibel zusammengehalten, vom Ledergürtel baumelte ein Langschwert mit einem roten Stein am Griff. Er war glatt rasiert, hatte eine Hakennase und trug sein weißes, langes, gepflegtes Haar zu einem Pferdeschwanz gebunden. Ein Angehöriger der germanischen Oberschicht.
Was sollte er antworten? Sagte er die Wahrheit, ritt die Bande zurück und überfiel Ulixes. Vielleicht konnte er sie dazu bringen, ihn wieder laufen zu lassen.
»Rede mit mir oder verstehst du kein Latein?«
Ein erneuter Fußtritt, diesmal in den Bauch, ließ den Gefangenen aufstöhnen.
»Doch, Herr, ich bin, äh, ich gehöre zu einer Reiterabteilung, die auf dem Weg von Augusta Vindelicum nach Argentorate ist.«
»So, so, wie viele seid ihr und was machst du dabei?«
»Es ist ein Bote mit zehn Panzerreitern, ich bin der Übersetzer. Komme ich nicht bald zurück, werden sie nach mir suchen!«
»Römer sprechen nicht unsere Sprache – ein Verräter bist du oder ein Lügner. Na, das werden wir gleich erfahren, ha!«
Damit wandte sich der Anführer an seine Gefährten am Feuer und rief auf Suebisch: »He, bringt mal Glut her, unser Romulus möchte uns was erzählen!«
Die Gruppe sprang auf und kam herüber. Ein junger Mann, hochgewachsen und mit wallendem blonden Haar, zerrte einen Ast aus dem Feuer, dessen vorderer Teil von waberndem Rot bedeckt war.

Er schwenkte ihn, dass die Funken stoben, hielt ihn vor das Gesicht des Gefangenen.
Flavius spürte die Hitze und roch den Gestank seiner versengten Haare. Verzweifelt wand er sich in seinen Fesseln, bis die Riemen tief in die Handgelenke schnitten. Unbemerkt glitt die Bronzeschnalle aus Lopodunum ins Gras.
»Nein, Herr, ich sage die Wahrheit!«, keuchte er auf Suebisch. »Meine Mutter war eine germanische Sklavin.«
Der Weißhaarige blickte ihn prüfend an, machte dann eine abwehrende Handbewegung in Richtung des Blonden.
»Halt! Vielleicht lügt selbst ein Römling einmal nicht.«
Er rieb sich das Kinn, bevor er sich entschloss, nicht länger hier zu rasten. »Der Romulus kann die Wahrheit gesagt haben. Wir sollten kein Wagnis eingehen und sofort aufbrechen. Packt eure Sachen, wir reiten heute Nacht zum Berg!«
Ein kurzes Gemurmel der Männer, dann stopften sie sich die letzten Fleischbrocken in den Mund und liefen zu ihren Pferden. Sie sattelten die Tiere, löschten das Feuer, dann hievten sie Flavius auf seine Stute und trabten los.

Der Nachtritt im Neumond war beschwerlich. Dem Gefangenen peitschten Zweige ins Gesicht, denen er im spärlichen Sternenlicht kaum ausweichen konnte. Selbst auf den abgehärteten Alamannen lastete die Müdigkeit bleischwer und sie schwankten im Sattel. Im ersten Morgengrauen schob sich vor ihnen ein runder Berg in die vom Frühdunst erfüllte Ebene. Auf seinem abgeplatteten Gipfel nahm Flavius schemenhaft Häuser wahr, strohgedeckt und hinter eine Palisade geduckt.
Etwa eine halbe Stunde später näherten sich die Reiter von der Hochfläche her über einen schmalen Sattel der Siedlung, die sich nun als dunkler Umriss gegen die Morgensonne abzeichnete. Dumpfes Hundegebell begrüßte sie, die ersten Bewohner liefen ihnen entgegen. Männer, Frauen, Kinder – so viele Germanen auf einem Haufen hatte Flavius selbst auf dem Sklavenmarkt in Augusta Treverorum nicht gesehen. Doch diese hier waren keine traurigen

Gestalten, vom Schicksal gezeichnet, sondern stolze und wilde Menschen, die mit unbefangener Neugier den jungen Römer anstarrten.
Sie ritten durch eine Öffnung der Palisade in das Dorf, denn mehr war es in römischen Augen nicht. Die einstöckigen Häuser wirkten neu, aber sogar noch primitiver als die Behausungen der Pächter auf Drusillas Gut. Ihre Dächer ruhten auf Reihen großer Holzpfosten, deren Zwischenräume lehmbestrichenes Flechtwerk ausfüllte. Die Straße war ungepflastert, Gänse watschelten am Rand entlang, ein Trupp Schweine brachte sich quiekend vor den Pferdehufen in Sicherheit. Am nordöstlichen Ende, wo der Berg steil zum Tal hin abfiel, erhob sich ein größeres Haus, das sich durch die sorgfältige Verarbeitung, die Schnitzereien und die Bemalung der Holzteile von den anderen abhob. Die Männer zügelten die Pferde, schwangen sich aus den Sätteln und zwei zerrten Flavius aus dem Sattel. Er wurde durch die offen stehende Türe in den großen, dunklen Raum gestoßen, der Weißhaarige folgte ihm. Ein braunschwarzer Wolfshund stürzte schwanzwedelnd auf den Alamannen zu und leckte ihm die Hand; eine reich gekleidete, rundliche Frau mit Haarknoten begrüßte ihn mit warmem Lächeln. Er umarmte sie und zeigte auf seinen Gefangenen.
»Sieh mal, was ich mitgebracht habe. Einen echten Römling als Sklave für mich, der einst Sklave der Römer war.«

Die nächsten Wochen waren hart für Flavius. Zu Hause war er an das Befehlen gewohnt, nun musste er bei den Alamannen das Gehorchen lernen. Überall blühte die Natur auf, die Bäume strahlten im frischen Laub und die Vögel fütterten ihre piepsende Brut. Vom ersten Morgengrauen bis zum Einbruch der Nacht – und hell war es jetzt lange – erhielt Flavius nur Befehle: Romulus, putz das weg!, Romulus, wasch die Sachen hier!, Romulus, wo sind meine Stiefel?

Er gab sich redlich Mühe. Manchmal bemerkte es der Weißhaarige, nickte leutselig und reichte ihm einen Schluck Met. Aber wenn sich Flavius ungeschickt anstellte, sagte der Alte höhnisch: »Na, wurde Rom so erbaut?«, und der Junge schwieg dazu. Doch die Neckereien waren harmlos bis zu dem Tag, als Flavius gegen den Verkauf seiner Fuchsstute aufbegehrte. Da lachte der Weißhaarige nur dröhnend, und als der Junge keine Ruhe gab, bekam er eine Ohrfeige, dass Sterne vor seinen Augen tanzten. Und es blieb nicht die letzte.

»Romulus, bring Met!«

Den ganzen Tag hatte der Weißhaarige schon schlechte Laune gehabt – wie immer, wenn ihn seine alte Wunde schmerzte. Dann trank er früh, seine Augen wurden klein, tückisch und streitlustig. An solchen Tagen zitterte Flavius vor jedem Befehl.

»Mach's voll. Aber nichts verschütten!«

Flavius wünschte ihm die Pest an den Hals, während der Met plätscherte. Dann ging er, das randvolle Glas im Blick, durch die rauchige Halle zu dem großen, aus einem Baumstamm herausgearbeiteten Sessel mit den zackigen Ornamenten. Er fixierte das Glas, trug es wie ein rohes Ei, setzte einen Fuß vor den anderen, gleich hatte er es geschafft. Da verhakte sich sein Schuh in etwas, er stolperte, stürzte, hielt krampfhaft das Glas selbst dann noch hoch, als er auf dem Boden aufschlug. Aber der Met war bis auf einen kleinen Rest verschüttet. Verwirrt sah er auf den ausgestreckten Fuß, über den er gestolpert war.

»Du römischer Tölpel«, zischte der Alte. »Wie oft hab ich dir gesagt, du sollst aufpassen?!«

Er zog sein Bein heran und wuchtete sich aus dem Sessel. Flavius stotterte: »Euer ausgestrecktes Bein, das habe ich nicht gesehen …«

»So, hast du nicht?« Der Alte wischte Met von seinem Umhang. »Muss ich dir also mitteilen, wenn ich mein Bein ausstrecke?«

»Natürlich nicht, aber …«

»Was dann?« Die Stimme war gefährlich ruhig.

»Ich konnte Euer Bein nicht sehen!« Flavius' Hand zitterte. Der Weißhaarige stand vor ihm, sein Atem roch säuerlich.

»Die Schmerzen im Schenkel habe ich euch Römern zu verdanken. Und da passt es dem jungen Herrn nicht, wenn ich es mir in meinem eigenen Haus bequem mache?«
»Das habe ich nicht gemeint!«
»So, was hast du denn gemeint?«, erkundigte sich der Weißhaarige mit einem Lächeln, das Flavius in falscher Sicherheit wiegte.
»Dass ich nichts dafür kann. Es ist eben so passiert.«
»Passiert ist es, so so.« Der Alamanne legte den Kopf schief. »Aber jemand muss doch schuld sein. Du oder ich?« In seiner Aufregung beging Flavius einen Fehler, den er bald schmerzlich bereuen sollte.
»Ich war es nicht!« Der Alte sah ihn wartend an, sodass Flavius Luft holte. »Nichts kann ich Euch recht machen. Ich plage mich ab und ernte nur Ohrfeigen.«
»Du fühlst dich ungerecht behandelt?«
Flavius nickte.
»Du machst alles richtig und wirst von mir zu Unrecht geschlagen?«
Flavius nickte unwillkürlich, dann merkte er die Falle. »Ja, nein, ich meine …«
»Ja, was nun? Also schlage ich dich zu Recht?« Jetzt lächelte der Weißhaarige. »Fandest du es gut, dass du den Met auf mich geschüttet hast?«
»Nein, aber …«
»Aber gibt's hier nicht!«, brüllte der Alte. »Du hast wohl alles richtig gemacht und ich bin schuld?«
Flavius spürte seine Wut. »Wenn Ihr es selber so seht …«
Der Weißhaarige holte mit der Hand aus, dass Flavius zurückzuckte, doch dann hielt er inne.
Er pfiff dem Wolfshund, stieß die Türe auf und winkte Flavius. Es hatte geregnet, jetzt riss der Himmel auf und schräge Sonnenstrahlen fielen zwischen grauen Wolken hindurch. Sie gingen die schlammige Hauptstraße des Dorfes entlang, der Junge drei Schritte hinter dem Alten, der die Grüße der Bewohner stumm erwiderte. Sie kamen an den Schmieden vorbei, die rot glühende Ei-

sensstränge hämmerten, bis sie immer länger und flacher wurden, um sich zuletzt in todbringende Klingen zu verwandeln. Sie achteten nicht auf die Goldschmiede, die sich über Halsreifen, Ringe oder Fibeln beugten, um sie mit geheimnisvoll verschlungenen Mustern und roten Almandinen zu verzieren. Am Ende der Hauptstraße, kurz vor der Palisade, lagen die in den Boden gebauten Häuser der weniger angesehenen Handwerker, der Gerber, Töpfer, Löffelschnitzer und Korbflechter. Der Alte stieß eine Türe auf, bedeutete Flavius, im Eingang zu warten, und stieg in den strohgedeckten, niedrigen Raum hinab.
Was will er hier? Warum sagt er nichts mehr? Was hat er mit mir vor?
Flavius sollte es bald erfahren.

Als sich seine Augen an das schlechte Licht gewöhnt hatten, sah er einen kleinen, kahlköpfigen Mann, der auf einem Schemel hockte, vor sich einen halbfertigen Weidenkorb, aus dem die Streben herausragten. Der Alte murmelte etwas und zeigte auf den Eingang, der Korbflechter lachte und ging mit ihm zu einem Haufen Weidenruten in einer Ecke. Vom Eingang aus waren nur die Rücken der beiden Männer zu sehen, wie sie gestikulierten, sich bückten, Ruten aufhoben, bis zuletzt der Weißhaarige mit einer beinlangen, fingerdicken in der Hand zur Türe hinkte. Flavius sah sie an, sah die zu einem spöttischen Lächeln verzogenen Mundwinkel des Alten, der ihm ein Zeichen machte, vorauszugehen. Diesmal war der Mann gut gelaunt, blieb hier stehen, um einige Worte mit dem Hufschmied zu wechseln, grüßte leutselig eine gebeugte Kräuterfrau, bevor sie weitergingen. Flavius drehte sich um, als er ein Sausen hinter sich hörte, aber der Weißhaarige zeigte nur mit dem Stock auf das Haus mit den geschnitzten Eckpfosten.
Als sie die Türe erreichten, hatte Flavius Gänsehaut. Er trat als Erster ein, dann folgten der Hund und der Alte, der die Türe hinter sich zuzog und auf ihn zukam. Flavius wich zurück, da schnappte die Linke des Alten vor, umklammerte seinen Oberarm und riss ihn mit sich, nach hinten, wo der Wohnraum endete und der Gang

zum Stall begann. Flavius stolperte dem Mann nach, der die Türe mit einem Fußtritt öffnete und ihn in den Stall zerrte, wo zwei Pferde in ihren Boxen schnaubten.
Der Alte gab ihm einen Stoß, dass er in den Raum taumelte, dann kramte er in einer Ecke und kam mit einem Lederband in der Linken zurück.
»Da rüber und ausziehen!« Die Rechte mit der Rute zeigte auf den Pfosten, der den Dachfirst stützte. Flavius schüttelte stumm den Kopf, Schweiß stand ihm auf der Stirn. Der Weißhaarige lächelte böse, dann sagte er.
»Wolf, stell ihn.«
Der Hund erhob sich, bleckte die Lefzen und knurrte Flavius an, der hastig begann, seinen Gürtel zu öffnen, dann aber innehielt, um sich gehetzt im Raum umzusehen.
»Wird's bald?«, hörte er die verhasste Stimme. »Ich weiß, wie weit ich gehe. Bei Wolf wäre ich mir nicht so sicher.«
Wie in einem Albtraum löste Flavius die Schnalle, streifte sich die Tunika ab und ließ sie zu Boden gleiten. Er zitterte, vor Kälte oder Angst, das konnte er nicht sagen. Der Mann griff seine Hände und schnürte sie hinter dem Stützpfosten zusammen. Der Junge stand aufrecht, Brust und Wange an das Holz gepresst. Er hörte Schritte, sah aus dem Augenwinkel, wie der Alte ausholte. Sein ganzer Körper verkrampfte sich, in Erwartung des Kommenden hielt er die Luft an.
Ein Klatschen, gefolgt von dem Gefühl, als habe rot glühendes Eisen seinen Hintern getroffen. Er zuckte und biss die Zähne zusammen, als die Welt um ihn herum in einer Woge von Schmerz versank. Hilflos zerrte er an den Fesseln, spürte seinen Bauch über das raue Holz des Pfostens schaben und keuchte den Atem heraus. Wieder das Zischen der Rute, eine zweite Feuerbahn zog sich über seine Haut. Er stöhnte und schwor sich sogleich, keinen Laut mehr von sich zu geben. Doch bald knickten seine Beine bei jedem Schlag ein und sein Körper war nur noch Qual, die er herausschreien musste.

Später wusste Flavius nicht, wie lange alles gedauert hatte. Es schien eine Ewigkeit, dabei waren die zwei Dutzend Stockhiebe schnell vorbei. Der Alte wischte sich den Schweiß von der Stirne, warf die Rute in die Ecke, band ihn los und ging schweren Schrittes aus dem Stall. Flavius sackte auf dem Boden zusammen und schluchzte stumm. Körperstrafen hatte er immer als selbstverständlich erachtet – doch für andere, für Verbrecher, arme Leute oder Sklaven, nicht für einen Römer wie ihn. Seinen Glauben an die eigene Unverletzlichkeit hatte er verloren. Plötzlich musste er an Faustina denken und seinen Ratschlag, ihre Herrin nicht zu provozieren.

Endlich raffte er sich auf, zog zähneklappernd die Tunika an, um zu seinem Lager zu hinken, das sich direkt hinter dem Eingang zum großen Saal befand. Er warf sich bäuchlings darauf und wartete, bis der pochende Schmerz etwas nachließ. Schritte schreckten ihn auf, er drehte sich auf die Seite und blickte hoch, voller Angst, der Alte könnte zurückkommen. Doch es war nur seine Frau, die sich verlegen herunterbeugte, einen Becher in der Hand, und ihm eine flache Tonschale hinstreckte. Darin glänzte eine Salbe, mit der er vorsichtig die Striemen einrieb; sie brannte zuerst, linderte dann aber den Schmerz. Der Becher enthielt Wein, süß und stark, den er nach kurzem Zögern gierig schluckte und der ihm schnell die Sinne benebelte.

Die Frau strich Flavius übers Haar, stand auf und schloss die Türe hinter sich, während er auf seinen Strohsack zurücksank. Erschöpft versuchte er, das Elend des Tages zu vergessen, und verkroch sich wie eine Schnecke in das Gehäuse seiner Erinnerungen. Er saß wieder an warmen Sommerabenden auf der Terrasse, ritt über die herbstlichen Stoppelfelder, lief im Winter vom dampfenden Bad zum Haus und feierte im März mit allen Bewohnern des Gutshofes das Kommen des Frühlings. Langsam glitt er in den Schlaf hinüber. Doch umso schlimmer war das Erwachen.

Von nun an lebte Flavius in ständiger Angst vor den Launen des Weißhaarigen. Er gab sich größte Mühe, doch oft war er so verkrampft, dass er deswegen Fehler machte. Meistens bekam er nur eine Ohrfeige oder der Alte blickte drohend in Richtung der Rute, die griffbereit in der Ecke stand. Manchmal jedoch musste er mit in den Stall kommen. Obwohl es der Alte stets bei wenigen Hieben beließ, die Flavius mit eingezogenem Atem ertrug, vergaß er den Schrecken der ersten Prügel nie.
Oft dachte er an Flucht, aber als ihm die Frau erzählte, wie letztes Jahr ein entflohener Sklave vom ganzen Dorf mit Hunden gehetzt, gestellt und im Moor versenkt worden war, gab er diesen Gedanken auf. Die körperliche Arbeit bei Wind und Wetter härtete ihn ab, seine Schultern wurden breiter und die Muskeln seiner Oberarme wölbten sich unter der sonnengebräunten Haut. Zum Glück ritt der Alte öfter weg und Flavius lernte, für diese kostbaren Augenblicke zu leben. Wenn ihm die Frau freigab, stand er gerne an der Palisade und blickte hinab auf die weite Landschaft mit ihrem grünen Wipfelmeer. Im Umkreis der römischen Siedlungen waren Bäume längst als Brennholz für Thermen und Fußbodenheizungen abgeschlagen worden. Die Germanen jedoch liebten den Wald, das Rauschen der Wipfel im Sturm nicht weniger als sein geheimnisvolles Dämmerlicht am Boden. In der Natur verehrten sie ihre Götter, in knorrigen Eichen, nicht in steinernen Tempeln wie die Römer.
Doch wenn am Abend wieder das »Ha« des Alten durch das Haus hallte, kehrte die Angst zurück und Flavius wusste, dass irgendwann etwas geschehen würde.

An einem schwülen Sommertag hatte er sich besonders bemüht, nur ja alle Befehle zu befolgen und nichts zu vergessen, denn am Tag zuvor war der Weißhaarige mit ihm in den Stall gegangen. Heute wollte er alles richtig machen und dem schlecht gelaunten Herrn keinen Vorwand liefern, der in seinem Holzsessel brütete. Seine Füße lagen auf einem flachen, mit Fuchsfell bedeckten Schemel, sein Schwert mit dem blutroten Stein hatte er auf den Knien.

Er zog es aus der Scheide und starrte auf einen Rostfleck, den auch Flavius mit Entsetzen bemerkte.
»Das soll eine blank geputzte Klinge sein? Glaubst du das wirklich?«
Die dunklen Augen in dem faltigen Gesicht waren auf den Jungen gerichtet. Warum hasst er mich nur so, dachte Flavius verzweifelt.
»Nein, das habe ich übersehen.«
»Hast du? Geh und bring die Rute!«
In diesem Moment befiel Flavius ohnmächtige Wut. Nicht schon wieder diese Schläge! Doch er beherrschte sich und fragte mit ruhiger Stimme: »Darf ich es vorher sehen? Das verstehe ich nicht.«
Der Weißhaarige zögerte einen Augenblick, dann reichte er ihm das Schwert. Flavius ergriff es, warf einen Blick darauf, dann packte er den Griff, schwang die Klinge in Richtung seines Peinigers und setzte ihm die scharfgeschliffene Spitze an den Hals.
»Wenn Ihr mich noch einmal schlagen wollt, dann tötet mich lieber gleich. Sonst töte ich Euch«, keuchte er. Der Alamanne starrte ihn fassungslos an. Seine Brust hob und senkte sich, dann stotterte er. »Hat dich … hat dich Wotan mit Wahnsinn geschlagen?«
Flavius war äußerlich ganz ruhig. »Auf dem Gut meines Onkels hätte man keinen Sklaven so behandelt. Ich ertrage dieses Leben nicht, also wählt!«
Der Alte versuchte, sich aufzurichten. Die Klinge ritzte seine Haut, ein kleiner Blutstropfen rann den Hals hinab auf die Brust, er sank zurück und stierte auf das Schwert.
Flavius betrachtete das alte Gesicht, die Hakennase, die stechenden Augen, in denen er jetzt Angst zu lesen glaubte, und eine wilde Lust durchzuckte ihn. Zustechen, sehen, wie die Klinge in den Hals taucht, wie rotes Blut herausspritzt, das Röcheln hören, endlich Rache, gleichgültig, was folgt …
Doch er konnte es nicht.
Die Stimme des Weißhaarigen riss ihn aus seinen Gedanken.
»Mach keine Dummheiten. Sonst landest du im Moor.«
»Mag sein«, zischte Flavius. »Aber Ihr werdet das dann nicht mehr erleben.«

Die beiden sahen sich in die Augen, der Junge mit dem Schwert und der Alte, der plötzlich auflachte.
»Da hast du Recht, Romulus.« Der Mann verzog den Mund. »Ha, hätte ich dir nicht zugetraut. Bist wohl doch ein halber Germane!«
Flavius starrte ihn verwirrt an. »Warum hasst Ihr mich, was habe ich Euch getan?«
»Komm, leg das Schwert weg und ich erzähle es dir.« Der Alte hatte sich wieder in der Gewalt. »Mein Wort, dass du anders behandelt wirst!«
Ungläubig stand Flavius da. »Schwört Ihr, bei Wotan und allem, was Euch heilig ist?«
»Ich schwöre es.«
»Auch bei der Ehre Eurer Sippe?«
Der Alte sah ihn unwillig an, dann fügte er sich. »Wenn du willst, auch das.«
Flavius zog langsam die Waffe zurück. Er fragte sich, ob er diesem Mann trauen durfte, der sich jetzt aufrichtete und auf einen Hocker zeigte.
»Bring mir Met und setz dich. Es ist über drei Jahrzehnte her ...«
Der Weißhaarige erzählte, wie er als junger Mann an dem ersten großen Angriff teilgenommen hatte, der wie eine Woge über den Limes brandete. Der Gedanke daran ließ ihn noch heute wehmütig lächeln.
»Als wir die Mauer an einer Stelle gestürmt hatten, wo ein prunkvolles Tor lag, erschlugen wir alle Wachen und plünderten ihre Quartiere. Da zeigte plötzlich mein Bruder nach oben auf eine Nische über der Innenseite des Portals und rief, da stehe doch noch ein Römer. Gleich schoss einer unserer Bogenschützen auf die Figur, aber der Pfeil prallte klirrend ab und alle lachten, denn es war nur eine Kaiserstatue. Na, da kam schon jemand mit einem Seil gelaufen, das er nach einigen Versuchen um den erhobenen Arm des Bronzemanns warf. Wir zerrten alle daran, bis er samt Sockel herunterstürzte und in mehrere Teile zerbrach. Mit Äxten und Keulen hieben wir ihn in Stücke. Ja, ein wilder Haufen, das waren wir damals ...«

Dann bekam die Miene des Alten einen bitteren Zug, als er von den Rachefeldzügen des Kaisers Maximinus Thrax erzählte, bei denen die Germanendörfer in Brand gesteckt und alle Bewohner, die man fassen konnte, in die Sklaverei geführt wurden. Sein Bruder und er landeten in einer Gladiatorenschule. Dort wurden sie im Kampf geschult, um zur Belustigung des grölenden Pöbels gegen andere Männer oder Raubtiere anzutreten. Er hatte überlebt und war nach einem besonders blutigen Kampf mit verkrüppeltem Bein freigelassen worden. Sein Bruder dagegen hatte weniger Glück gehabt; er war kurz zuvor bei einer Venatio, einem Kampf gegen Tiere, gestürzt. Ein Biss des Löwen zerriss seinen Arm, dann zerfetzte ihm die Bestie den Oberkörper und er verblutete unter dem begeisterten Gebrüll der Menge.

»Deswegen, Romulus, hasse ich dein Volk. Jeden von euch!«

Die nächsten Wochen beherrschte sich der Weißhaarige, aber bald funkelte sein Blick wieder und Flavius spürte, wie schwer es ihm fiel, sein Wort zu halten.

Die Frau beugte sich vor und ihre kräftigen Hände griffen in den Holzzuber. Sie zog die hellbraune Stofftunika hoch, blickte prüfend auf einige dunkle Stellen und rieb sie nochmals mit Seife ein. Wieder Rubbeln im kalten Quellwasser, das ihre Hände bläulich verfärbte, dann zog sie das tropfende Gewand empor, wrang es aus und breitete es über ein Astgestell. Die heiße Augustsonne würde den Stoff rasch trocknen. Alles sollte bereit sein, wenn ihr Mann heute Abend zurückkehrte.

Mit leisem Ächzen richtete sie sich auf, strich eine blonde Haarsträhne aus der Stirn, dann spreizte sie ihre klammen Hände in der Sonne, um sie beweglich zu machen. Sie spürte das beginnende Alter, mit Anfang dreißig war sie nicht mehr jung, obwohl sie nur drei Kindern, nein vier, das Leben geschenkt hatte.

Das Holzrohr spie weiter Wasser in den Zuber, das über den Rand lief und den Seifenschaum auf dem Boden in den Abfluss spülte. Die Leitung zur Quelle war ein wesentlicher Grund gewesen, warum sie sich vor einigen Jahren hier angesiedelt hatten. Das kleine Badegebäude war zwar zerstört, aber so musste sie nicht jedes Mal in den versumpften Talgrund hinabsteigen, um am Bach zu waschen oder Wasser zu holen.

Das Plärren eines Kleinkindes riss sie aus ihren Gedanken. Ihr Jüngster hatte seinen Finger, mit dem er im Wasser gepanscht hatte, in den Mund gesteckt und die Seife nicht nach seinem Geschmack gefunden.

Sie nahm ihn auf die Arme und gab ihm die Brust. Sogleich verstummte sein Geschrei, das Kind saugte zufrieden und streckte seine Fingerchen nach dem Halsschmuck der Mutter. Alle ihre Kinder hatten die Muschel mit dem grün schillernden Inneren geliebt, die ihr erster Mann ihr einst geschenkt hatte. Sie kam, wie der Händler erzählte, aus einem fernen südlichen Land, das von einem riesigen Wasser umspült wurde, das salzig war und nie endete. Sie konnte sich das nicht vorstellen, aber vielleicht hatte ihr Mann später an seinem Ufer gestanden, auf dem Feldzug, zu dem ihn sein Kaiser gerufen hatte. Auf jeden Fall hatte das Amulett ihr Glück gebracht, gesunde Kinder und leichte Geburten.

Sie ging die wenigen Schritte zu ihrem Haus, das in alamannischer Bauweise errichtet war. Mit Lehm bestrichenes Geflecht bildete die Wände, Holzpfosten stützten das Dach, an dessen Strohschopf ständig die Wespen summten und nagten. Daneben stand der Speicher, ein quadratischer Bau, dessen Boden einige Fuß über der Erdoberfläche lag, sodass die Vorräte trocken blieben, geschützt vor Ratten und Mäusen.

Mit dem Fuß stieß sie die niedrige, an Lederbändern hängende Türe auf und trat gebückt in den Raum. Innen spielten ihre beiden älteren Kinder, während Gunhilda, ihre Schwägerin, am Webgerüst stand. Sie setzte den Säugling in den mit Fellstücken gepolsterten Korb, den er so liebte, dann nahm sie den großen, vielfach geflickten Kupferkessel, füllte ihn im Badehaus mit Wasser und hängte

ihn an die Kette über dem Feuer. Kräuter, Zwiebeln, Knoblauch und Pilze kamen in den Kessel, dazu einige getrocknete Fleischstücke. Ihr Mann sollte ein gutes Mahl vorfinden, heiß, würzig und kräftigend nach dem langen Ritt bis in ihr einsames Tal.
Die Zubereitung der Mahlzeit nahm mehrere Stunden in Anspruch, und als endlich alles bereit war, die Holzschüsseln und der Krug mit Quellwasser auf dem Tisch standen, seufzte sie erleichtert auf.
»Ich gehe und halte Ausschau. Pass auf die Kinder auf, Gunhilda!«
Das blonde Mädchen von etwa siebzehn Jahren nickte stumm. Am Speicher bog die Frau ab und betrat die schmale, säulengesäumte Terrasse, die einst das Bad mit dem Hauptgebäude verband. Wie überall fehlte auch hier das Dach. Was an Holz nicht dem Feuer zum Opfer gefallen war, hatten später die Siedler für ihre Behausung heruntergerissen. Sie folgte der Terrasse nach Süden, bis sie zum zweistöckigen Eckgebäude des Haupthauses kam, und betrat durch eine Türöffnung die Ruine. Oben lugte das Blau des Himmels durch die rauchgeschwärzten Wände. Doch sie hob ihre Augen nicht von dem kleinen Trampelpfad, der durch brennnesselbewachsenen Schutt führte, bis sie auf der lang gestreckten, nach Süden gerichteten Terrasse stand. Diesen Platz liebte sie und hatte gleich nach Fertigstellung des Holzhauses dafür gesorgt, dass er von Asche und Dreck befreit wurde. Bei schönem Wetter und wann immer die Arbeit ihr etwas Zeit ließ, saß sie hier auf ihrem Hocker und blickte durch die Bogenreihen hinunter auf das Tal, so wie einst die römischen Besitzer der Villa.

Sie hielt die Hand über die Augen und sah nach rechts, wo sich die Sonne schon den Gipfeln der Berge näherte, dann nach links. Von dort musste er kommen, wenn nichts geschehen war. »Ich bin in fünf, spätestens sechs Tagen zurück«, hatte er gesagt. Er war ein guter Mann, etwas jähzornig und eifersüchtig, aber verlässlich, und heute war der sechste Tag.
Zuerst nahm sie die Bewegung kaum wahr, dann sprang sie auf und starrte hinunter. Der Reiter, das war er. Aber wer lief da neben ihm? Weder Kleidung noch Gang kamen ihr bekannt vor.

Sie ging ins Haus zurück und stellte noch eine Schüssel auf den Tisch, kurz darauf hörte sie das Hufgeklapper des Pferdes und lief hinaus. Ihr Mann sah müde aus, Kinn- und Schnurrbart waren verfilzt, sein Haarknoten über der rechten Schläfe war dabei, sich aufzulösen.

»Willkommen daheim. Wie war die Reise?«

Erst da fiel ihr Blick auf seinen Begleiter und sie stutzte. Der junge Mann war schlank, mit schmalen Hüften und kräftigen Schultern. Seine dunklen Haare und die abgerissene Kleidung ließen auf einen Römer schließen, doch dem widersprachen die helle Hautfarbe und die blauen Augen, die aus dem Gesicht mit dem sprießenden Bartflaum hervorblitzten. Er schien erschöpft und hinkte leicht, als er sich stumm verbeugte.

Gundomadus antwortete: »Danke, alles ging gut, doch davon später.« Er schwang sich aus dem Sattel und zeigte auf den Unbekannten.

»Das ist Romulus, ein römischer Sklave, den ich billig bekommen habe. Fuscinus sieht immer schlechter und wir können zwei kräftige Arme gebrauchen. Außerdem suchen wir schon lange jemanden, der unseren Jungs richtig Latein beibringt. Aber Biga, was hast du?«

»Nichts, Gundomadus.« Sie löste ihren Blick von dem Sklaven. »Der Tag war nur sehr heiß und die Arbeit anstrengend. Kommt herein, das Essen steht bereit.«

Zuerst musste Flavius sich an vieles gewöhnen, das anders war als bei dem Weißhaarigen. Hier drängte sich die gesamte Familie in einem großen Raum, in dessen Mitte ständig das Herdfeuer qualmte. An Möbeln gab es weder gedrechselte Tische noch Sessel, sondern nur einfache, aus Baumstümpfen gehauene Hocker; als Tisch dienten über Gestelle gelegte Bretter. An den Wänden standen Regale, in denen sich Holzgeschirr, Vorräte, schwarze Tontöpfe und Werkzeuge stapelten. Drei Holztruhen für die Kleidung vervollständigten die Einrichtung, dazu einige Bänke, auf denen nachts alle schliefen. Nur Flavius nicht, denn sein Platz war im Stall, der den hinteren Teil des Hauses einnahm. Vom Wohnbereich nur durch eine Wand aus Flechtwerk getrennt, hausten hier in ihren Verschlägen vier Wollschweine, der Schimmel, sechs Schafe und die Hühner. Anfangs störten ihn der Gestank und die summenden Schmeißfliegen, aber bald gewöhnte er sich daran und tröstete sich mit dem Gedanken an die wärmende Nähe der Tiere im Winter.

Sein Tag war mit Arbeit angefüllt, doch das Los teilte er mit allen Bewohnern des Hofes. Jeder packte mit an, selbst der alte, auf einem Auge blinde Fuscinus, der schon zu Zeiten der römischen Herren Sklave auf dem Hof gewesen war. Er sammelte Zweige als Feuerholz, schnitt Dörrobst und wachte über das Feuer. Einmal hatte ihn Flavius beiseite genommen, um nach dem Schicksal der Villa zu fragen.

»Ob die Alamannen sie gestürmt haben? Nein, sie war schon verlassen, die Zeiten wurden immer schlechter. Die Götter schenkten den Böden keine Fruchtbarkeit mehr. Der Wald war abgeholzt, bis auf das Stück um die große Eiche, und die Felder im Tal versumpft. Dazu die Überfälle an der Grenze. Jedes Mal kamen die Horden näher.«

Der Alte stand wie ein krummer Ast und blickte auf die Ruine.

»Auch die Reisenden blieben weg, die der Hof versorgt hatte. Eines Tages machte unser Herr eine schöne Erbschaft. Bei Augusta Raurica, auf der südlichen Seite des Rheines. Da räumte er kurz entschlossen die Villa leer und zog weg. Mich hatte er zuvor noch freigelassen, aber ich blieb. Einen alten Baum verpflanzt man nicht mehr, wenn du verstehst.«

Flavius nickte stumm.

»Na ja, der Herr hatte ein gutes Gespür. Nur wenige Jahre später rückte ein Suebenhaufen an. Waren die vielleicht wütend, als sie alles leer fanden! Sie haben die Eisenteile herausgerissen, Fackeln in die Villa geworfen und ihren Zorn an der Jupitersäule ausgelas-

sen. Dann verschwanden sie wieder. Danach kam Gundomadus mit seiner Frau. Sie bauten das Holzhaus, bald wurden die Kinder geboren. Die junge Witwe lebt erst einige Monate hier.«
»Wer, Gunhilda?«
»Ach so, das kannst du nicht wissen. Ihr Mann war Gundomadus' jüngerer Bruder. Er stürzte bei der Jagd von einem Felsen, brach sich alle Knochen. Armes Ding, grad vier Monate verheiratet, schon Witwe! Sie haben sie dann hier aufgenommen. Hat sonst keine Familie. Na ja, vielleicht spitzt Gundomadus auch auf eine Schwagerehe.«
»Was ist das?« Flavius kannte den Begriff, hatte sich aber nie zu fragen getraut.
»Ist eigentlich was für einen jüngeren Bruder. Der muss die Witwe des älteren heiraten. So bleibt die Frau in der Sippe – und ihr Besitz.«
Fuscinus kicherte viel sagend und kniff sein verbliebenes Auge zusammen, als sich beide wieder an die Arbeit machten.

Nachts, wenn er in seinem Stroh lag, dachte Flavius manchmal an das blonde Mädchen. Doch die Zeit bei dem Weißhaarigen hatte ihm in die Seele gebrannt, dass ein Sklave keine Rechte hatte. Schon gar kein Recht auf Hoffnung.
Dennoch arbeitete er gerne in Gunhildas Nähe, fragte sie bei kleineren Dingen um Rat und sah ihr verstohlen zu, wenn sie am Webstuhl arbeitete, Hasenfelle zu warmen Decken zusammennähte oder Biga beim Kochen half. Sie war freundlich zu ihm und ließ nie durchblicken, dass er nicht zur Familie gehörte, sondern nur der Sklave war.
Es war ein warmer Septembertag, als Flavius den Speicher für den Winter vorbereitete. Das Strohdach hatte er schon ausgebessert und war nun dabei, frischen Lehm auf die Wände zu streichen, als er ihre Stimme hörte.
»Kann ich dich kurz stören?«
Flavius nickte, stieg von der Leiter und strich sich mit dem Handgelenk die verschwitzten Haare aus der Stirne. »Was gibt's?«

»Du sprichst doch Latein. Könntest du es mir nicht beibringen?«
Flavius war verblüfft. »Ja schon, aber wozu?«
Das Mädchen blickte verlegen zu Boden. »Alle hier können wenigstens etwas, nur ich verstehe kein Wort. Da will ich nicht so dumm dastehen …«
»Du stehst ganz sicher nicht dumm da, so hübsch, wie du bist!« Flavius hielt sich die Hand vor den Mund, der Satz war ihm ganz unwillkürlich gekommen und stand ihm nicht zu. Aber das Mädchen war nicht verärgert, sondern strahlte ihn an.
»Danke, du machst es also? Wann können wir anfangen?«
»Ich weiß nicht, wir brauchen Zeit und Ruhe. Du musst Gundomadus um Erlaubnis fragen.«
»Mache ich!« Sie sprang auf und kopfschüttelnd sah Flavius, wie ihr blonder Pferdeschwanz wippend im Haupthaus verschwand. Dann nahm er wieder eine Hand voll Lehm und klatschte sie auf das Flechtwerk. Er hatte noch nie jemandem etwas beigebracht und wusste nicht, wie er es anfangen sollte. Aber der Gedanke, regelmäßig mit Gunhilda zusammen zu sein, verursachte ihm Herzklopfen, sodass er ungeduldig wartete.
Doch die nächsten Tage geschah nichts.
Der Spätherbst war ungewöhnlich warm dieses Jahr. Die Pilze wucherten üppig unter den Bäumen, deren Laub rot gefärbt war. Flavius war zu einem Teil der Familie geworden, manchmal vergaß er fast, dass er der Sklave war. Sogar Pfeil und Bogen hatten sie ihm gegeben – anfangs mit spöttischem Unglauben, als er von seiner Treffsicherheit erzählte. Doch nach dem ersten Reh, das er heimbrachte, durfte er seine Jagdwaffen behalten und ging regelmäßig auf die Pirsch.
Heute hatte er ein Jungreh geschossen und trug es stolz an Gunhilda vorbei, die Pilze schnitt und zum Trocknen in der Sonne ausbreitete.
Sie winkte ihm. »Heute Abend?«
»Heute Abend was?«
»Lateinunterricht, oder kannst du nicht?«
»Doch, natürlich.« Heute war Gundomadus mit Stammesbrüdern

auf Wildschweinjagd, da konnte er früher mit der Arbeit Schluss machen.
Am Abend kam sie mit Hocker und Kerze in seinen Stall, wo sie sich erwartungsvoll ihm gegenüber hinsetzte. »Also los!«
Flavius räusperte sich. Er hatte sich ein System ausgedacht, um den Unterricht langsam angehen zu lassen. »Zuerst, glaube ich, musst du Worte lernen. Lass uns einen Buchstaben nach dem anderen machen, also Worte, die mit A anfangen, dann welche mit B und so weiter. Einverstanden?«
Gundhilda nickte. »Ja, wenn du meinst. Und sollte ich dir einmal einen Gefallen tun können …«
Flavius hob die Hand. »Danke, das macht mir Spaß.«
Doch wie viel Spaß, das konnte er nicht ahnen. Dazu mussten sie erst zum Buchstaben H kommen.

Im November wurde es kalt, die ersten Schneeflocken fielen und bald verließen alle das Haus nur noch zur Jagd, um Wasser oder Holz zu holen, damit das Feuer nicht erlosch. Sie saßen im Kreis um die Flammen, die Frauen flickten Gewänder und erzählten den Kindern Geschichten von Elfen und Trollen, von Zwergen, die in Höhlen Schätze bewachten, oder von Geistern, die in alten Baumstrünken hausten. Die Männer reparierten Werkzeuge, schnitzten Löffel, und manchmal erzählte Gundomadus von seiner Zeit als römischer Söldner. Gunhilda kam zum Unterricht, aber nur, wenn Gundomadus nicht im Haus war. Sie lauschte aufmerksam und war eine gute Schülerin.
Die Tage wurden kürzer und wieder länger, die Vorräte weniger und immer öfter kroch Flavius hungrig in sein Stroh. Nachts heulte der Wind um das Haus, häufte den Schnee an die Wände und jagte durch das Gestrüpp, das die Berge wie ein grauer Wolfspelz bedeckte. Alle sehnten das Frühjahr herbei.

Der Schnee war geschmolzen und Büschel weißköpfiger Schneeglöckchen lugten aus dem braunen Boden, als die ersten warmen Tage kamen.
»Komm, Romulus, heute kannst du die Arbeit früher lassen. Gundomadus ist weggeritten und Biga hat nichts dagegen, wenn wir jetzt Latein machen.«
Er ließ die Axt sinken und wischte sich den Schweiß aus der Stirne. Der Sturm hatte in dem Wäldchen eine pilzbefallene alte Ulme geknickt, die Flavius zu Brennholz verarbeitete, denn die anderen Bäume durften nicht angerührt werden.
»Gut, wollen wir zum Hof gehen?«
Gunhilda lächelte ihn an. »Ach wozu, hier oben am Waldrand ist es doch auch schön. Setz dich her!«
Flavius nickte, stellte die Axt ab, dann ließ er sich mit leichtem Ächzen auf dem weichen Waldboden ihr gegenüber nieder.
»Was kommt heute dran?«
»Der Buchstabe H!«
Gunhilda blickte ihn erwartungsvoll an. Sie hatte die Augen leicht dunkel umrandet, ihr zurückgekämmtes Haar war hinter dem Kopf mit einem Lederband und einer beinernen Haarnadel aufgesteckt. Das hellbraune Gewand wurde durch eine Bronzefibel zusammengehalten, an der noch Reste der Vergoldung glänzten.
»Also, da haben wir Haus, das heißt lateinisch casa, Hund ist canis.«
Gunhilda wiederholte die Worte, dann fuhr Flavius fort:
»Horn ist cornu.«
»Leicht zu merken, geht das so weiter?«
Flavius war selber erstaunt, darüber hatte er sich nie Gedanken gemacht. »Mal sehen, da muss ich nachdenken.« Unbewusst rupfte er einen Grashalm aus, starrte ihn an, dann fuhr er fort.
»Nun, Halm ist culmus, hundert ist centum.« Sie sprach die Worte nach, er hob die Augen und sein Blick wurde von dem Mädchen angezogen, das gerade seine langen blonden Haare löste und sie über die Schulter nach vorne strich. Sein Herz schlug ihm bis zum Hals, sodass er kaum noch einen klaren Gedanken fassen konnte.

Er murmelte »Hirsch ist cervus« und verstummte. Er riss sich von ihrem Anblick los.

»Wiederhol mal, was wir bis jetzt hatten!«

Sie hatte jedes Wort behalten, legte die Hand an die Stirne und lächelte.

»Alles hier drin, im Hirn. Wie sagt ihr dazu?«

»Cerebrum«, murmelte er, dann zeigte er auf ihren Kopf.

»Haupt ist caput.«

»Magst du Frauen mit Cerebrum, wenn sie nicht nur ein hübsches Caput haben?«

Sie hatte den Kopf leicht schräg gelegt und strich sich mit der linken Hand seitlich über den Hals.

Flavius nickte. »Ja, das mag ich.« Sein Mund fühlte sich trocken an. »Dein Hals …«

»Was ist damit?« Wieder diese Handbewegung den Nacken entlang.

»Hals heißt collum«, stotterte er. Sie strich sich mit der Hand über den Arm, sah ihn lächelnd an und rutschte ein Stück näher. »Was heißt Haut?«

Bei diesen Worten konnte er nicht anders, seine Fingerspitzen tasteten sich vor und berührten ihren nackten, von der Sommersonne gebräunten Arm.

»Haut ist cutis … ich mag deine Haut.« Kurz durchzuckte ihn Angst, sie könnte über seine Berührung ärgerlich werden, doch sie lachte hell auf, sah ihm tief in die Augen und öffnete ihr Kleid ein Stück. »Es ist warm hier, findest du nicht?« Flavius nickte, sein Blick folgte ihrer Hand, die sich langsam näherte, sein Gewand streifte und dann die Stelle berührte, unter der sein Herz hämmerte. Sie sah ihn an. »Dein Herz pocht … Wie sagt man bei euch Römern zum Herz?« Sein Atem ging stoßweise.

»Cor, auf Lateinisch sagt man cor.«

Flavius richtete sich etwas auf, kniete direkt vor ihr nieder und nahm vorsichtig ihre Hand in seine Linke. Mit der Rechten strich er sanft über ihre Finger, als seien es Vogelfedern, die bei der kleinsten Berührung für immer davonfliegen könnten. Sie ließ ihn gewähren, zog unmerklich ihre Hand zu sich heran, bis seine Hände vor ihrer Brust waren. Ihre Finger umfassten jetzt die seinen, langsam führte sie ihn zu der Stelle, wo ihr Kleid offen stand und die Sonne ihre Haut wärmte. Flavius hielt den Atem an, als sie seine Hand oben auf ihre Brust legte, als er ihren raschen Herzschlag und den Ansatz ihres Busens spürte. Er löste seine Finger von den ihren und streichelte ihre Haut, fuhr hoch zum Hals, umfasste ihren Nacken und zog ihren Kopf zu sich heran, während er sich zugleich vorbeugte. Dann ging alles sehr schnell, sie umschlang ihn mit den Armen und ihre Lippen fanden sich.

Der Kuss schien endlos zu dauern und Flavius genoss ihn. Endlich lösten sie sich voneinander, atemlos, sahen sich in die Augen, der flaumbärtige junge Mann mit der zurückgebundenen Haarmähne, und das langhaarige blonde Mädchen, dessen blaue Augen zu lächeln schienen. Sie ließen sich nebeneinander auf den Waldboden sinken und er wollte seine Hand unter ihr Kleid schieben, doch sie nahm sie und legte sie auf ihre Brust, biss in sein Ohrläppchen, dann flüsterte sie »Nicht so schnell, du bist zu ungeduldig …«

So lagen sie und küssten sich wieder und wieder, ließen ihre Hände tastend über den Körper des anderen gleiten, spürten die Erwartung, genossen sie, steigerten sie, spielten mit ihr, bis es Flavius nicht mehr aushielt. Er rollte sie auf den Rücken, legte sich auf sie, drückte seine Hüfte auf die ihre, um sie seine Erregung spüren zu lassen, stützte sich mit den Vorderarmen auf und blickte sie lange an.

»Du bist schön, wunderschön, ich will dich …«

Sie lächelte und schob ihn etwas von sich.

»Ich dich auch, aber …«

Er verschloss ihren Mund mit einem Kuss, seine Hand glitt an ihrem Körper entlang und jetzt ließ sie ihn gewähren, ließ seine zitternden Hände ihr Gewand hochschieben, ließ ihn eindringen und spüren, wie willkommen er war, bewegte ihre Hüften zu seinen Stößen, bis seine Lust explodierte und sich verströmte.

Lange lag er auf ihr, bis sein Herz nicht mehr hämmerte und sein

Atem ruhig ging. Doch als er sich aufrichten wollte, flüsterte sie leise: »Nein, bleib«, und hielt ihn mit beiden Armen umklammert. »Das war schön, aber ich will mehr.«
Sie lachte ihr helles Lachen, als sie sein verdutztes Gesicht sah. »Das erste Mal, das war für dich. Aber wir haben noch Zeit. Zeit für mehr. Ich zeige dir, wie man mit einer Frau umgeht, wie man sie glücklich macht. Das ist mein Unterricht, der ist mindestens so wertvoll wie Latein!«
Als sie sah, dass er etwas sagen wollte, verschloss sie seinen Mund mit heftigen Küssen. Dabei umklammerte sie seine Schultern, dann fuhren ihre Hände langsam seinen Körper entlang, und als sie seinen Hintern erreichte, spürte er, wie seine Erregung wiederkehrte.

Einige Wochen später kam Flavius mit zwei Kaninchen zurück, die sich in seinen Schlingen gefangen hatten. »Wo ist Biga?«
»Sie sitzt auf der Terrasse und flickt Schuhe.«
Flavius zwinkerte Gunhilda zu und schwenkte seine Beute. Mit wenigen Schritten durchquerte er die Ruine und betrat die Terrasse. Am westlichen Eckgebäude sah er Biga in der Sonne sitzen, umgeben von Lederstücken und Schuhen. Flavius ging auf sie zu, die Schatten der Bogenreihe huschten über sein Gesicht. Hell, dunkel, hell, dunkel – wie an einem Sommerabend, vor ewigen Zeiten, vor einem Jahr ...
Als er sich der Frau näherte, sah er, dass sie ihr Kleid oben geöffnet hatte, um möglichst viel von der Sonnenwärme aufzunehmen. Sie sah über das Tal und trug um den Hals ein Lederband, an dem etwas hing. Neugierig trat er näher, als sie den Kopf umwandte.
»Was gibt es, Romulus?«
»Ich habe zwei Kaninchen gefangen.« Er hielt die leblosen Leiber hoch und sie sah ihn an, mit diesem nachdenklichen Blick, den er schon öfter bei ihr bemerkt hatte. »Sehr gut, bring sie ins Haus. Wir häuten sie nachher und nehmen sie aus.«

Flavius rührte sich nicht. Sie folgte seinem Blick. Sonst hatte er immer ehrerbietig die Augen gesenkt, wie es einem Sklaven zukam, doch jetzt starrte er auf ihren Hals.

»Was hast du?« Sie tastete nach dem Lederband, nach dem Amulett. »Stimmt etwas nicht?«

Er schüttelte stumm den Kopf mit der zurückgebundenen Mähne und schaute sie an, fragend, verstört, unsicher. Er räusperte sich. »Der Anhänger. Darf ich ihn sehen?«

»Ja, warum nicht.« Sie hielt ihm das Amulett entgegen, so weit es die Lederschnur zuließ. Flavius starrte auf die Muschel, deren blanke Innenseite wie ein Schmetterlingsflügel schillerte.

»Ich hatte früher einen schrecklichen Traum, immer wieder den gleichen.« Er stockte, dann fuhr er fort. »Ich war ein Kind und streckte meine Hand nach einer solchen Muschel aus, die am Hals einer Frau hing. Dann musste ich in einen Keller. Dort geschahen furchtbare Dinge.« Seine Stimme versagte fast. »In Wirklichkeit heiße ich Flavius. Die Frau war meine Mutter. Ich habe sie nie wieder gesehen. Mein Onkel Julius und seine Frau Drusilla haben mich aufgezogen.«

Biga erhob sich langsam. Eine Nadel klirrte auf die Steinplatten, gefolgt von einem Schuh.

Flavius sah, dass ihre Augen feucht waren und ihre Lippen zitterten. Sie streckte beide Arme aus und schlagartig begriff er, wer da vor ihm stand.

»Du bist …«

Als sie nickte, machte er einen Schritt und umarmte sie. Sie legte ihre Hände auf seinen Rücken und drückte ihn an sich.

»Mein Sohn. Oft habe ich mich gefragt, ob du es bist. Aber im Gefangenenlager in Lopodunum warst du nicht und so dachte ich, dass ich mich täuschen muss.«

»Warum nennt man dich Biga?«

»Mein Ältester, ich meine, von meinen Kindern hier, nannte mich so. Er konnte Brigida nicht aussprechen und der Name blieb.«

Plötzlich schob sie ihn von sich.

»Was hast du?«, fragte er.

»Wir müssen vorsichtig sein. Jemand könnte uns sehen.«
Flavius streckte die Hand nach ihr aus. »Warum wäre das schlimm?«
»Weil Gundomadus nichts von dir wissen darf!«
Flavius brauchte einen Augenblick, um zu begreifen. »Er weiß nicht, dass es mich gibt?«
Seine Mutter nickte.
»Damals, als mich die Germanen gefangen nahmen, habe ich gelogen. Um dich und Julius im Keller zu schützen. Sie fragten mich, ob ich Familie hätte, und ich sagte Nein.« Sie strich sich eine blonde Haarsträhne aus dem Gesicht. »Nächtelang weinte ich mir die Augen aus und flehte zu den Göttern, dass sie euch nicht finden. Das war schrecklich ...« Bigas Stimme versagte, bevor sie weitersprechen konnte.
»Ich schwor mir, nicht mehr an dich zu denken, da ich dich nie wieder sehen würde. Dann hat mich Gundomadus auf dem Sklavenmarkt gekauft. Als Jungfrau. Männer sind so leicht zu täuschen.« Den Blick zu Boden gesenkt, fuhr sie fort. »Er ist sehr eifersüchtig. Wenn er erfährt, dass ich ihn belogen habe, wird er toben, mich verprügeln und in dir einen Rivalen zu seinen Kindern sehen!«
Flavius war verletzt, verwirrt und gedemütigt, doch Biga schien es nicht zu bemerken.
»Komm, mein Sohn, setz dich her, wir haben uns so viel zu erzählen.«
Flavius setzte sich auf die Mauerbrüstung, mit dem Rücken zum Tal, und während ihm die Frühlingssonne den Rücken wärmte, begann er stockend mit seiner Mutter über sein Leben zu reden, über seine Ängste, seine Hoffnungen, seine Verlassenheit und seine Sehnsucht.
Als der Schatten schon lang über die Terrasse kroch, packte Biga ihre Lederstücke zusammen. Ihr Kopf fuhr hoch, als sie am Haus eine Männerstimme hörte.
»Gundomadus ruft. Schnell, wir müssen gehen.«

Die nächsten Tage, wann immer es Flavius möglich war, saß er mit Biga zusammen. Sie erzählte mit sanfter Stimme von sich und ihrer Sippe, die auch die seine war. Von ihren Bräuchen und der Not, die sie trieb. Vom harten Wetter des Nordens, wo die Böden nur karge Ernte gaben, nicht genug für mehr und mehr hungrige Mäuler. Wie sich die Kunde vom Reichtum des Südens verbreitete, von den warmen Sommern, in denen die Früchte saftig und voll reiften, statt klein und sauer von windgekrümmten Bäumen zu fallen. Wie immer größere Scharen aufbrachen, ihre sandige Heimat an den Ufern des Bernsteinmeeres verließen, ihre Häuser und die Gräber der Ahnen, um die lange Wanderung nach Süden anzutreten.

Eines Tages, als sie wieder auf der Terrasse saßen, fasste Flavius sich ein Herz.

»Bitte, erzähle mir von meinem Vater.«

Biga strich ihm über den Kopf.

»Er war ein liebevoller Mann.« Sie ging zur Brüstung und sah ins Tal. »Stark war er und konnte brummen wie ein Bär. Ich liebte es, meinen Kopf auf seine Brust zu legen und seiner Stimme zu lauschen. Auch wenn ich vieles nicht verstand, was er sagte.«

»Wo hat er dich … nun ja, getroffen?«

»Sag ruhig: gekauft.« Sie drehte sich um. »Auf dem Sklavenmarkt in Mogontiacum. Ich stand da, halbnackt und frierend, mit einem Schild um den Hals. Darauf waren der Preis und meine Eigenschaften vermerkt. Ich weiß nicht, was der Sklavenhändler geschrieben hatte, auf jeden Fall kam Primus, sah mich und drückte dem Händler die Goldstücke in die Hand.« Sie lächelte. »Ohne zu feilschen, einfach so.«

Die Frau schwieg eine Weile, dann fuhr sie mit Trauer in der Stimme fort:

»Wir hatten zu wenig Zeit miteinander. Er musste viel arbeiten, war beliebt, ein Genießer, großzügig, trank oft mit seinen Kumpanen. Manchmal, wenn er spät kam und begeistert von seinen Bauten erzählte, von denen ich nichts verstand, war ich nahe daran zu weinen.« Sie zog ihren Anhänger aus dem Kleid »Aber ich war gerne seine Frau. Bevor er seinem Kaiser nach Osten folgen musste, kaufte er zwei Muscheln als Glücksbringer. Diese für mich und die gleiche für sich.«

Flavius nahm das Amulett in die Hand.

»Wie war er, hatte er etwas Besonderes?«

Der Blick seiner Mutter verlor sich in der Ferne. »Er war zärtlich und ein guter Vater. Manchmal nahm er dich mit, hielt dich über frisch gestrichene Ziegel und ließ dich vorsichtig herab, bis deine Füßchen sich leicht in den Ton drückten. Das hat dir so gefallen, dass wohl manches Dach in Bicastrum deinen Fußabdruck trägt.« Nach kurzem Nachdenken setzte sie hinzu: »Eigentlich war er Linkshänder, konnte aber mit der Rechten fast alles genauso gut.«

Die Bäume entrollten ihre zartgrünen Blätter, die ersten warmen Frühlingsabende lockten die Bewohner des Hauses auf die Portikusterrasse und Flavius begann, sich mit seinem Schicksal bei den Alamannen abzufinden. Das Leben war einfach und anstrengend, aber klar und überschaubar, von den Jahreszeiten bestimmt, nicht von Steuereinnehmern oder Kaisern, deren Name man kaum kannte. Arbeit füllte seine Tage, denn Flavius musste Gundomadus zur Hand gehen. Der Alamanne wollte mehr überwucherte Felder der Villa von Gestrüpp und jungen Bäumen befreien, um sie unter den Pflug zu nehmen. Während er Wurzelstrünke ausgrub oder Reisig wegtrug, hatte Flavius Zeit zum Nachdenken. Manchmal träumte er davon, Gunhilda zur Frau zu nehmen und für immer bei der Familie zu bleiben. Wenn er nur einen Weg aus der Sklaverei wüsste.

Am westlichen Rand des Villengeländes stand die Ruine eines Tempelchens inmitten halb umgestürzter Weihesteine. Er wollte um Beistand beten, wusste aber nicht, ob die römischen Götter in Germanien noch Kraft besaßen. So richtete er die Jupiterstatue wieder auf und opferte heimlich vor ihr, doch dann lief er zu dem Wäld-

chen mit dem heiligen Eichenbaum und brachte auch Wotan ein Opfer dar. Beide Male bat er um ein Zeichen, was sein Schicksal sein würde, was er tun solle.
Doch als das Zeichen kam, war es ganz anders, als er gedacht hatte.

Gundomadus war frühmorgens fortgeritten und kam nachmittags in Begleitung eines Alamannen zurück. Der glatt rasierte Mann trug das lange, blonde Haar seitlich am Kopf zu einem Knoten gebunden, war groß, in fein gearbeitetes Leder gekleidet und saß im Sattel, als gehöre ihm die Welt. Er übersah Flavius in seiner geflickten Tunika, dafür grüßte er Gunhilda mit freundlichem Lächeln und einer leichten Verbeugung, bevor er sich vom Pferd schwang, um zusammen mit Gundomadus im Haupthaus zu verschwinden.
Flavius starrte ihm nach, dann ließ er das Bündel Weidenruten fallen, das er gebracht hatte. Er sah Gunhilda fragend an, die mit den Schultern zuckte und sich wieder dem Korb zuwandte, an dem sie gerade flocht. Da befiel ihn eine unerklärliche Unruhe, er lief zu den Wiesen zurück und riss Büsche aus, als seien sie seine Todfeinde, bis seine Hände blutig verschrammt waren und die Dunkelheit hereinbrach. Als er zum Haus zurückkehrte, war der junge Alamanne noch immer da. Und er blieb auch den nächsten Tag.
Nachdem er endlich aufgebrochen war, machte Brigida ihrem Sohn ein Zeichen, ihr zu folgen. In der Badruine, beim Wäschewalken, sagte sie leise.
»Du musst jetzt sehr vorsichtig sein.«
»Bei was?«, fragte er mit Unschuldsmiene.
»Hältst du mich für blind?« Sie wrang ein Kleidungsstück aus. »Meinst du, ich habe nicht gemerkt, was zwischen dir und Gunhilda geschieht?«
Flavius beugte sich über den Zuber, um sein brennendes Gesicht zu verbergen, und griff ein nasses Tuch. Sie fuhr fort: »Gundomadus hat sie dem jungen Häuptlingssohn versprochen. In einem Mond soll die Hochzeit sein.«
Flavius richtete sich ruckartig auf. »Nein! Sie gehört mir!«
Brigida lächelte ihn traurig an. »Mein armer Junge.« Sie strich sich

das Wasser von den Armen. »Gunhilda gehört dir nicht. Du bist … nun ja, sie mag dich sehr. Aber ein Haussklave ist kein Ehemann.« Er fühlte sich, als stünde er auf einer Brücke, deren Bohlen sich lösten und in den Abgrund polterten. Ohne ein Wort ließ er das nasse Tuch in den Zuber platschen. Fort, nur fort, in den Wald, bis er zu der Stelle kam, wo er und Gunhilda sich das erste Mal geliebt hatten. Lange saß er da und brütete vor sich hin. Als er endlich aufstand, wusste er, was er tun würde.

Mit Brigidas Hilfe begann er heimlich Vorräte zu horten: Dörrfleisch, trockene Pilze, Käse, Mehl. Dazu legte er Werkzeug zum Feuermachen, Lederriemen, einen kleinen Krug, ein Messer und einen Sack, um alles zu verstauen. Gunhilda war freundlich, aber er kam nicht dazu, alleine mit ihr zu sein. Die Eifersucht zerfraß ihn, vor allem, als er eines Tages etwas Rotgelbes an ihrem Hals glänzen sah.
»Was hast du da?«, fragte er mit gespielter Ruhe.
»Ein Geschenk.« Sie zog eine Kette mit großen Bernsteinperlen aus ihrem Kleid. »Ich liebe Glaesum.«
Flavius blieb stumm, holte die Axt und hackte Brennholz, bis seine Schultern schmerzten. Bei jedem Schlag stellte er sich vor, dem jungen Häuptling den Schädel zu spalten.
Eine Woche später ritt Gundomadus wieder fort. Er würde bis zum Nachmittag des nächsten Tages bleiben, um mit der anderen Familie die Einzelheiten des großen Hochzeitsfestes zu besprechen. In dieser Nacht bedrängte Flavius Gunhilda, ihn ein letztes Mal zu treffen. Sie zögerte, doch dann willigte sie ein, und sie schlichen zu der Wiese unterhalb der Ruine. Nach kurzem Widerstreben gab sie sich ihm hin, wortlos, mit einer Heftigkeit, als würde morgen ihr Leben enden. Jetzt lagen sie erschöpft auf dem Hirschfell, das sie mitgebracht hatte. Flavius flüsterte.
»Gunhilda, du darfst diesen Mann nicht heiraten!«
Sie spielte mit seinen Stirnlocken. »Ich werde es aber. Er ist zweiundzwanzig, ein stattlicher Häuptlingssohn. Und er liebt mich.«
Flavius starrte sie an. »Das tue ich doch auch. Liebst du ihn denn?«

Sie zögerte. »Nein, noch nicht. Aber das wird kommen. Und ich muss gehorchen.«

»Du musst nicht. Ich habe alles zur Flucht vorbereitet!«

Er hörte ein Geräusch und drehte sich um, bis er die Ruine der Villa überblickte. Doch es war nur der Ruf einer Eule, deren großer Schatten auf den Eckbau zusteuerte. Eine fliegende Eule – welch gutes Vorzeichen!

Der Mond verschwand hinter einer Wolke, und das Dunkel deckte die Spuren der Zerstörung zu. Einen Augenblick meinte Flavius, Licht in einer der schwarzen Fensterhöhlen aufflackern zu sehen. Gleich würde es stärker werden und den Blick in den wohnlich eingerichteten Raum freigeben. Aber es war nur eine Täuschung und die Sehnsucht nach seiner Heimat schnürte ihm die Kehle ab.

»Lass uns zusammen gehen!«

»Das geht nicht, Flavius. Unsere Zeit war ein Geschenk der Götter. Nur haben sie uns nicht füreinander bestimmt.«

»Liebst du mich denn nicht?«

»Schon, aber ...«

Flavius nahm ihre Hand. »Dann komm mit mir!«

»Wohin – in dein fremdes römisches Reich? In eure ummauerten Städte mit den geraden Straßen, den steinernen Säulen, den hochnäsigen Beamten? Die spucken auf Landstreicher wie uns!« Das Mädchen lächelte traurig. »Als Besitzerin eines Gutshofes könnte ich leben. Mit Tieren, umgeben von Wiesen, Feldern, Wald. Ich möchte so gerne ein eigenes Pferd haben ... Aber bei euch Römern braucht man für das alles viele, viele Goldstücke, die wir nicht haben.«

Beide schwiegen lange. Flavius wusste, wie Recht sie hatte. Sie strich ihm über die Wange.

»Morgen Nachmittag kommt Gundomadus zurück. Wenn du früh aufbrichst, wird er dein Fehlen erst am Abend bemerken, so hast du einen guten Vorsprung. Und für eine längere Jagd nach dir bleibt ihm vor dem Fest keine Zeit.« Flavius zuckte zusammen. Gunhilda beugte sich über ihn. »Warte, ich möchte dir etwas geben.«

Sie griff zur Seite, wo ihre Kleider zusammengeknüllt auf einem

Haufen lagen. Endlich hatte sie gefunden, was sie suchte, sie legte es Flavius auf die Handfläche, bevor sie seine Finger darüber schloss. Er fühlte einen kleinen, metallisch kühlen Gegenstand.
»Deine Bronzefibel, Gunhilda?«
»Ja, am Tag, als du kamst, habe ich sie bei den umgestürzten Göttersteinen gefunden. Möge sie dir Glück bringen, es waren ja deine Götter. Buchstaben sind auch darauf, aber ich kann nicht lesen. Jetzt geh, du musst morgen ausgeruht sein.«
Er nahm sie in die Arme und küsste sie.
»Danke. Morgen werde ich gehen, aber jetzt noch nicht.«

Am nächsten Morgen galt sein erster Gedanke der Fibel. Sie war aus den Buchstaben P und L gebildet und trug die Inschrift »Si me amas« (Wenn du mich lieben würdest). Lange betrachtete Flavius das vergoldete Stück Bronze und fragte sich, ob die Götter ihm damit eine Botschaft übermitteln wollten.
Als er seinen Sack gepackt hatte, wollte er sich mit einem Kuss von Gunhilda verabschieden, aber sie drehte den Kopf zur Seite und gab ihm nur stumm die Hand. Enttäuscht ging er zu Biga und umarmte seine Mutter, die ihn ansah und schluckte.
»Geh, und möge Merkur dich beschützen. Die habe ich für dich gemacht.« Sie reichte ihm ein Paar fester Schuhe. »Du bist jetzt ein Mann und musst deinen Weg gehen. Hier hast du einige Denare. Ich lenke den alten Fuscinus ab, bis du außer Sichtweite bist.«
Flavius zog die Schuhe an und schnürte die Riemen, bis das Leder seine Füße umschloss. Dann nahm er die Hand seiner Mutter. Sie war rissig und warm; er spürte ein leichtes Zittern. Als er ihr ins Gesicht sah, bemerkte er, dass auf die wasserblauen Augen ein Schatten gefallen war, so wie Regen die Farben eines Sees auslöscht.

In dem Jahr bei den Alamannen hatte er gelernt, seine Kräfte richtig einzuteilen. Mit weit ausgreifenden Schritten legte er Meile um Meile zurück. Er ging nach Westen, das Tal entlang, und als die neuen Schuhe zu drücken begannen, suchte er Beifußblätter, die er

hineinlegen konnte. Bei der alten Römerstraße angekommen, die von Sumelocenna nach Arae Flaviae führte, spähte er nach beiden Seiten, ob jemand kam, der ihn später verraten konnte. Doch das grasüberwachsene Band lag verlassen und als die Sichel des Mondes durch die Baumwipfel schimmerte, war er so müde, dass er sich einen Lagerplatz auf Moosbüscheln suchte. Er kaute etwas Käse mit frischem Brot, das ihm Biga noch zugesteckt hatte, dann rollte er sich in seine Decke. Während er den Geräuschen des Waldes lauschte, sah er das Gesicht seiner Mutter vor sich, die graublonde Strähne, die über das linke Auge fiel und die tiefen Falten zu beiden Seiten des Mundes. Dann verdrängte die Erinnerung an Gunhilda das Bild und er spürte seine Traurigkeit. Doch zugleich war da die Enttäuschung, das Gefühl, jemand zu sein, zu dem man sich nicht bekannte, und er wusste, dass er nicht hätte bleiben können.
Nach einigen Tagen Wanderung kam er zu einem Gehöft hinter den Ruinen von Brigobanne. Aus Hunger wagte er sich zu dem Steinhaus und fragte nach frischem Brot. Der dunkelhaarige Bauer sah ihn verwundert an. »Wohin willst du so ganz alleine?«
Er sprach Suebisch mit römischem Akzent, aber Flavius wagte es nicht, sich ihm anzuvertrauen.
»Ach, einen Freund besuchen, der in Augusta Raurica Dienst tut. Ich wollte weiter bis Tenedo …«
»Tu das nicht! Ich habe gehört, dass sich südlich von hier eine Räuberbande herumtreibt, die schutzlose Reisende als Sklaven an die Römer verkauft.«
»Was rätst du mir?«
»Kehr um und nimm bei den Ruinen den Pfad, der in Richtung Sonnenuntergang führt. Nach einer knappen Tagesreise kommst du zu einem großen See. Lass ihn rechts liegen und folge ein Stück dem Bach, der in ihn fließt. Aber sei vorsichtig, dass du nicht im Moor landest.« Der Bauer zeichnete den Weg in die Luft. »Rechts siehst du einen hohen Berg, gehe auf dem Pfad in Richtung Nachmittagssonne immer weiter, dann wirst du auf den großen Strom stoßen. Wotan beschütze dich!«
Flavius bedankte sich und folgte dem Weg bis zu dem See, der in

einem weiten Tal lag. Hier gönnte er sich eine Rast und angelte im kristallklaren Wasser, in dem man die bunt schillernden Schuppen, die fächelnden Flossen und die großen Rundaugen der Fische zum Greifen nah sah. Abends, als er am Ufer saß und die Beute über dem Feuer brutzelte, erstreckte sich vor ihm die Wasserfläche wie blank geputztes Metall, in dem sich die umgebenden Berge spiegelten.

Am nächsten Tag verschleierte sich der Himmel, Windböen kräuselten die glatte Fläche und das große Wasser wirkte mit einem Mal wie stumpfes Blei, düster und abweisend. So fiel es ihm leicht aufzubrechen. Doch bald konnte er sich vor lauter Wolken nicht mehr am Sonnenstand orientieren, bei Einbruch der Dunkelheit hatte er jede Ahnung verloren, wo er sich befand, er tappte nur noch voran. Am nächsten Tag war es nicht besser, der Weg verkümmerte zu einem Pfad, der sich durch wolkenverhüllte Berge wand. Als Flavius endlich wieder auf einen Bach stieß, floss das Wasser in seiner Wanderrichtung statt ihm entgegen – er musste einen Gebirgskamm überquert haben. Am Abend dieses Tages begann es zu regnen, erst einzelne Tropfen, dann Ströme, als wollte ihn der Himmel ersäufen wie eine junge Katze. Doch er zwang sich weiterzugehen, Schritt um Schritt, auch wenn aus seinen Lederschuhen bei jedem Auftreten das Wasser quoll, nur um sogleich wieder nachgefüllt zu werden. Hätte er doch nur seinen gallischen Kapuzenmantel von damals! Er zitterte vor Kälte, seine Zähne klapperten, jeder Schritt wurde zur Qual. Aber wo Schutz für die Nacht finden? Hier gab es doch seit Tagen schon keine menschliche Ansiedlung mehr.
Es dämmerte, als der Weg breiter wurde, doch als er den Blick hob, traute er seinen Augen nicht. Nebelfetzen wehten durch das Tal und der Regen verschleierte die Sicht, aber da zog sich unverkennbar eine Stadt den Hang empor. Als er näher kam, konnte er

im Lichte eines fernen Blitzes verfallene Häuser erkennen, von einer Tempelruine überragt. Doch was war das für ein länglicher Riesenbau, der da unterhalb des Heiligtums kauerte? Ulixes, der über Reisehandbücher aus kaiserlichen Archiven verfügte, hatte einmal zwei Städte erwähnt, die jeweils einige Leugen östlich des Rheins lagen. Dort hatten die Römer heiße Quellen vorgefunden, an denen sie prachtvolle Badepaläste errichteten. Anderthalb Jahrhunderte lang reiste man dorthin, vom Legionär bis zum Kaiser, um Heilung von Krankheiten zu suchen.

Erschöpft läuft er auf das Gebäude zu, das im letzten Licht durch peitschende Regenschwaden emporwächst. Jetzt reißt ein stärkerer Blitz zwei mächtige Giebel aus dem Dunkel, durch einen Querbau verbunden. In der Fassade zeichnen sich die Bogen riesiger Gewölbe und große, aus vielen Scheiben gebildete Fenster ab, an beiden Schmalseiten lehnen sich etwas niedrigere Querflügel an. Die Anlage scheint unzerstört.

Er sucht den Eingang, tastet sich in der Dunkelheit voran, bis er am Hall der Schritte merkt, dass er sich in einen hohen Raum befinden muss. Wasser plätschert, eine schwüle Feuchte umfängt ihn, er muss vorsichtig auftreten, um nicht auf verrotteten Blättern auszurutschen. Durch die Fenster flackert ein Blitz und taucht für einen Augenblick den nachtschwarzen Raum in ein fahles Licht. Flavius sieht eine vielleicht vierzig Fuß hohe, gewölbte Halle, deren Wände gestreift bemalter Verputz bedeckt. In der Mitte dampft ein großes, rechteckiges Wasserbecken – die heiße Quelle! Ein Donnerschlag dröhnt durch den Raum, vielfach von den Wänden zurückgeworfen.

Er überlegt nicht lange, reißt die Kleider herunter und lässt sich in das heiße Wasser sinken. Wie wohl das tut, die Wärme, das Wasser, das seinen erschöpften Körper weich auffängt, ihn trägt, seine zerschlagenen Glieder umschmeichelt, Verkrampfungen und Schmutz löst. Mit einigen Zügen erreicht er die Mitte des Beckens, taucht unter, kommt prustend wieder empor, schwimmt auf dem Rücken weiter – und schreit auf, als ein kalter Strahl sein Gesicht

trifft. Er hustet, wirft sich zur Seite, doch es ist nur Regenwasser, das durch eine undichte Stelle der Decke stürzt.
Er taucht unter, genießt den so lange entbehrten Luxus, dann schwimmt er zum Rand, bis seine Zehen die verschlammten Marmorstufen ertasten. Gerade will er aus dem Becken steigen, als ein Blitz des abziehenden Gewitters einen schwachen Schimmer in den Raum wirft. Da liegen sie, seine Kleider.
Aber was ist da noch, beugt sich nicht ein schwarzer Umriss darüber? Er steht wie versteinert, sein Herz rast, dann beruhigt er sich. Wer sollte hier sein, sicher eine Täuschung, so müde und überreizt wie ich bin, jetzt sehe ich schon Gespenster. Doch er ist vorsichtiger, steigt mit gespannten Sinnen aus dem Becken, steht am Rande und lauscht.
Ein flackerndes Wetterleuchten, da sieht er die Gestalt mit ihren zwei vorgestreckten Armen. Er stößt einen Schrei aus, das Wesen macht einen Schritt auf ihn zu, er weicht zurück, taumelt, platscht ins Wasser. Einige kräftige Züge, dann ist er in der Beckenmitte, doch auch dort hört er die Stimme. Sie lallt, schreit, redet Wortfetzen, stöhnt, verstummt. Nur noch ein gelegentliches Scharren umkreist das Becken.
Ein Geist? Angst krampft Flavius den Magen zusammen. Wird nicht im Mai in römischen Häusern ein Abwehrzauber gegen bösartige Gespenster, die Larvae, praktiziert? Und Plinius' Geschichte vom Spukhaus in Athen …Was würde jetzt Ulixes tun?
»Neptun, ich verspreche dir ein Opfer, wenn du mir hilfst – das Kostbarste, das ich habe.«
Er murmelt die Worte und wird innerlich ruhiger. Das Wesen bewegt sich im Dunkeln wie eine Fledermaus, scheint aber das Wasser zu scheuen. Und wenn es kein Geist ist, sondern ein Mensch, dann muss ihm beizukommen sein.
Er lässt sich im Wasser treiben, überlegt, fasst einen Plan.
Langsam schwimmt er an den Beckenrand, langt mit beiden Händen in den Schlamm und wirft eine Hand voll ans Ufer, und nochmals, nochmals. Raschelnde Schritte nähern sich, machen Halt, er greift leise wieder in den Schlamm und schleudert einen Batzen da-

hin, wo er den Gegner vermutet. Ein gurgelndes Husten, er hat getroffen, weiß jetzt, wo das Wesen steht. Er schießt aus dem Wasser, greift nach vorne, bekommt Stoff zu fassen, wirft sich mit einer Drehung nach rückwärts, zerrt den Gegner mit sich, unter sich, drückt ihn ins Wasser.
Ein wilder Kampf beginnt, das Wesen ist stark, seine knochigen Hände versuchen, Flavius an der Gurgel zu packen, aber der ist in seinem Element und von einer ungeheuren Wut erfüllt. Die Prügel bei dem Weißhaarigen, alle Demütigungen und Enttäuschungen des letzten Jahres brechen heraus. Schluss jetzt, nie mehr, von niemandem mehr! Mit ganzer Kraft drückt er den anderen wieder und wieder unter Wasser, lässt ihn nur kurz auftauchen, nach Luft keuchen, dann wieder hinunter, bis er keine Gegenwehr mehr spürt. Zuletzt zerrt er den reglosen Körper ans Ufer und fesselt ihn mit einem Lederriemen, bevor er selbst erschöpft zu Boden sinkt.

Eine halbe Stunde mochte vergangen sein, als er endlich die Kraft fand, aufzustehen, um seine Kleider zu suchen. Er versuchte, die Feuchtigkeit auszuwringen, aber das war vergebliche Mühe. Auch zum Feuermachen war es zu nass, so würgte er den Rest Brot hinunter. Stumm saß er da, wollte aufstehen und nach dem Gefesselten sehen, doch die Augen fielen ihm zu und er sank in den Schlaf der Erschöpfung.
Am nächsten Morgen schreckte er hoch, rappelte sich auf, ging hinüber zu dem Gefangenen. Der Körper lag starr, in der gleichen verkrümmten Haltung wie letzte Nacht. Flavius drehte ihn um. Ein älterer Mann mit grauem, struppigem Haar und Bart. Verzerrte Gesichtszüge, kein Lebenszeichen. Flavius sah ihm in die Augen und erschrak. Milchige, leblose Pupillen, offenbar ein Blinder, vielleicht geistesgestört. Und jetzt tot.
Ihm wurde so schwindlig, dass er sich auf den mit fauligen Blättern bedeckten Boden setzen musste. In diesem Augenblick fiel Sonne durch eines der großen Fenster und zeichnete ein dunkles Gitter auf die Wand, in der Mitte des gewölbten Raumes erstreckte sich die von leichten Bewegungen gekräuselte Wasserfläche. Dort

hatte er gekämpft, den Angreifer besiegt, ihn getötet. Warum hatte ihn der Mann angegriffen? Um ihn zu berauben? Weil er den Eindringling aus seinen Bereich vertreiben wollte? Oder weil er ganz einfach verrückt war?
Plötzlich schoss ihm ein schrecklicher Gedanke durch den Kopf: Hatte ihn der Blinde überhaupt angreifen wollen?
Lange saß er so da, zwischen Selbstvorwürfen und Rechtfertigungen für sein Handeln. Das erste Mal in seinem Leben hatte er einen Menschen getötet und er hatte nicht gewusst, dass eine solche Kraft in ihm schlummerte.

Endlich schüttelte er den Kopf, um die Gedanken zu verscheuchen, dann ging er zu seinem Bündel und fand ein Stück durchweichten Käses. Er biss trotzdem hinein und erforschte dann die Stätte seines nächtlichen Schreckens. Ein Durchgang führte zu einem zweiten Raum, der ebenfalls ein Becken enthielt, aber eine Wand verwehrte jedes Weiterkommen, obwohl der Bau zu ausgedehnt war, um hier zu enden. So ging er zum Eingang zurück, außen entlang bis zur anderen Seite – und stand verblüfft vor exakt der gleichen Anordnung der Becken. Das Heilbad bestand aus zwei identischen, aber völlig getrennten Bereichen.
Er ging zurück, schleppte den Toten in eine Grube und packte sein Bündel. Da klirrte Metall auf den Steinplatten: Gunhildas Fibel, sein wertvollster Besitz. Lange zögerte er, warf noch einen letzten Blick auf die vergoldeten Bronzebuchstaben, dann flog das Schmuckstück in hohem Bogen in das Becken.
Flavius trat hinaus. Das Wetter hatte aufgeklart, die Morgensonne brach durch die Wolken. Er würde die östlich des Rheins nach Süden führende Straße nehmen, bis er die Brücke bei Augusta Raurica erreichte. Dort lebte dieser Arzt, ein Freund seines Onkels. Zwei, vielleicht drei Tagesmärsche, dann hatte er es geschafft. Endlich.

7. Kapitel

ALLE WEGE FÜHREN NACH ROM

269–271 n. Chr.

»Je höher ich steige, desto mehr gedenke ich, mich anzustrengen.«

MAXIMINUS THRAX

Der Falke segelt hoch oben, lautlos, von unten nicht mehr als ein dunkler Punkt am blauen Himmel. Doch seine scharfen Augen sehen alles, suchen nach Beute, nach Tauben oder fetten Ratten. Die tummeln sich nachts am Rande der Häuser, wo sie die Abfallhaufen durchwühlen. Tags spähen nur ihre Knopfaugen aus dunklen Winkeln, da gehört die Stadt den Menschen.

Die Stadt liegt südlich des großen Stromes, am Rande einer Hochebene. Rote Ziegeldächer, in Reih und Glied, durch geschotterte Zwischenräume getrennt. Die Bewohner sagen Insulae und Straßen dazu, und wenn jemandem der Blick aus der Vogelperspektive vergönnt wäre, würde er stolz auf die großen Bauten zeigen. Am südwestlichen Stadtrand erstreckt sich das Oval des Amphitheaters, nördlich davon ein Nymphäum mit Heilbad, im Zentrum ragt das mächtige Theater auf, einem Tempel zugewandt, das Forum im Rücken.

Befestigt ist die Stadt nicht, sie liegt ungeschützt. Am südlichen Rand verlieren sich zwei Mauerstücke in den Feldern, Flügelstummeln eines flugunfähigen Vogels gleich. Der Versuch, ein auf Zuwachs berechnetes Gebiet mit einer Umwehrung zu versehen, wurde bald wieder aufgegeben. Als das Geld floss, mangelte es an der Bedrohung, und als diese immer fühlbarer wurde, fehlte bereits das Geld. So blicken die Bewohner weg, wenn nördlich des Stroms Rauchwolken aufsteigen, und verschließen ihre Ohren vor den Berichten aus den Wäldern Germaniens. Die Schäden eines Erdbebens und eines Überfalls sind weitgehend behoben. Um in Zukunft verschont zu bleiben, opfert man den Göttern.

Jetzt hat der Falke eine Beute erspäht – eine Taube über dem Theater. Wie ein Stein fällt er auf sie und schlägt seine Krallen in ihren Rücken. Ein kurzer Todeskampf, dann hängt der Vogel schlaff in seinen Fängen. Nur einige Blutstropfen quellen aus dem gefiederten Körper und beginnen ihren Weg nach unten. Mit rauschendem Flügelschlag steuert der Raubvogel sein Nest an.

»Beim Pluto, was soll das?«
Der Mann im Theater fixiert den kleinen roten Fleck auf seiner weißen Toga. »Den Spaßvogel, der hier mit Farbe spritzt, lasse ich auspeitschen!«
Der Sklave beugt sich über den Stoff, schnuppert und flüstert: »Ich glaube, mein Herr, es ist Blut.«
Der Mann in der Toga schweigt – kein gutes Omen. Aber er will sich keine Blöße geben, hier inmitten der anderen Würdenträger der Stadt, deren Klappsessel aus vergoldeter Bronze ihn umgeben. So wendet er sich wieder dem Spektakel zu, dessen Geldgeber er ist. Dafür hat er einen Ehrenplatz, am vorderen Rand der Orchestra, der halbrunden Fläche, die sich zwischen den Zuschauerrängen und der eigentlichen Bühne erstreckt. Von seinem Platz aus kann er die schmucklose Bühnenrückwand genau erkennen, deren Mittelteil, rechts und links von einer Säule flankiert, offen ist. So wird der Blick auf den nahen Tempel gelenkt, der gut hundert Schritte entfernt auf seinem Stufenpodest thront.
Das Theater fasst achttausend Personen und heute wird es voll, noch immer strömen die Massen heran, das ganze Umland hat sich aufgemacht. Diener schleppen große Körbe durch die Reihen, aus denen sie süße Gebäckstücke in die gereckten Hände drücken. Auf den hinteren Plätzen drängeln sich die Zuschauer, schubsen und schimpfen, während vorne die Wohlhabenden gelassen zu ihren Sitzplätzen schreiten. Hier bezeichnen eingemeißelte Namen die Stufen, sodass die Büttel nur selten Ahnungslose wegscheuchen müssen. Eine der oberen Sektionen ist den Frauen vorbehalten. Eine weise Regelung, denn das Theater verfügt nicht über ein Velum, ein Sonnensegel, sodass die meisten Damen ihre

Sonnenschirme entfaltet haben, obwohl sie damit die Sicht blockieren. Jetzt erhebt sich der Reiche und schreitet zum Rand der Orchestra, bis er vor den Sitzstufen steht. Darauf haben die bezahlten Beifallsklatscher nur gewartet. »Ein Hoch dem edlen Spender!«, brüllen sie, und ihre Rufe pflanzen sich in dem dicht gefüllten Halbrund wie Wellen fort. »Lang lebe Avitus, der Schutzherr der Stadt!« Die Menge steht und jubelt. »Wir danken dir, oh Quelle der Wohltätigkeit!«

Der Angesprochene verbeugt sich, geht zu seinem Platz und macht ein Handzeichen in Richtung Bühne. Stille senkt sich über das Theater, gebückt schleichen die letzten Zuschauer auf ihre Plätze. Da spürt der Wohltäter wieder den Schmerz in seiner Blase, der ihn in letzter Zeit quält. Er winkt dem Sklaven, ihm diskret den Topf unterzuschieben, in den er sich Erleichterung verschafft.

Chor und Musiker schreiten auf die Bühne, stellen sich vor der Bühnenwand auf. Ein Trompetenstoß, danach schwebt eine zart geblasene Melodie wie ein vom Winde getragenes Band durch das Theater. Die Flöte setzt ein, dann die Kithara und das Tamburin, das Stück beginnt.

Es heißt »Der bockige Zeus« und geht mit der griechischen Götterwelt nicht gerade zartfühlend um, so viel hat der Geldgeber schon bei der Vorbesprechung mit dem Hauptdarsteller und Autor erfahren. Aber das gehört zum Pantomimus, einer Stückegattung, die rücksichtslos das Treiben der Götter und Helden aufs Korn nimmt. Auch die ehrwürdigen griechischen Tragödien oder Szenen aus der Geschichte Roms werden ausgebeutet, auf die dramatischen Höhepunkte reduziert und mit erotischen Anspielungen gewürzt. Dabei kommt alles auf den Hauptdarsteller an, der die meisten Rollen spielt – maskiert, stumm, nur auf Tanz und Körpersprache angewiesen. So versteht auch das bunt zusammengewürfelte Publikum dieser Grenzprovinz die Handlung. Zusätzlich gibt jetzt der Chor eine kurze Zusammenfassung des Inhalts, gefolgt von dem bekannten Lied »Lustig ist das Götterleben«. Vielstimmig fällt das Publikum auf den hinteren Rängen mit ein.

»Mensch, Avitus, das haben wir schon in unserer Jugend gegrölt!« Der Angesprochene wendet sich dem Sprecher zu, einem feisten Militär, der nicht einmal im Theater seinen blitzblank gewichsten Panzer ablegt. Als Kommandant der kleinen, in der Stadt stationierten Truppe gibt er sehr viel auf ein wehrhaftes Äußeres, zu dem allerdings der schwere Duft syrischen Salböls nicht passt, der seinem Haarkranz entströmt.
»Ja, Centurio, aber heute gibt es auch einige Überraschungen.«
»Dann stimmt es also, was man so hört, dass nicht nur der berühmte Theoros auftritt, sondern auch …«
Avitus nickt. Theoros ist eine Attraktion, die Städte wie Lugdunum oder Aventicum zu Begeisterungsstürmen hingerissen hat. Wofür er auch ein kleines Vermögen verlangt, doch weniger, als eine Tierhatz mit exotischen Bestien oder ein blutiger Gladiatorenkampf kosten würde. Außerdem soll seine Partnerin mit dem viel versprechenden Künstlernamen Messalina auftreten – eine Aussicht, die sich trotz fehlender Ankündigung mit rätselhafter Schnelligkeit herumgesprochen hat. Doch Avitus hat noch eine wirkliche Überraschung in der Hinterhand.
Rauschender Beifall, als Theoros im offenen Mittelteil der Bühnenwand erscheint, nach vorne tänzelt und das Publikum begrüßt. Er ist ein gut aussehender Mann, schlank, auf grazile Weise muskulös, sich seiner Wirkung wohl bewusst. Sein besonderer Gruß gilt den Damen, unter denen sich Unruhe breit macht, dann schwingt Theoros seinen weiten, weißen Umhang, dass die aufgestickten Edelsteine in der Sonne funkelnde Bahnen ziehen.
Mit einigen geschmeidigen Schritten ist er an der Bühnenrückwand, ein Helfer reicht ihm eine Frauenmaske, mit einem Schlag verwandelt sich der Schauspieler in Hera, die Gemahlin des Zeus. Griesgrämig erwartet sie den Gatten, der wieder nicht nach Hause kommt, sie droht und gestikuliert. Dazu intoniert das Orchester eine düstere Melodie, von gelegentlichen Flötentrillern unterbrochen, die sich zu hysterischem Gefiepe steigern. Erneuter Maskenwechsel, jetzt ist er Zeus selber, der weinselig und gut gelaunt

heimkehrt, wo ihn der weibliche Ingrimm empfängt. Sein ganzer Körper drückt schuldbewusste Abwehr aus, Schritt um Schritt weicht er zurück, ruft mit beschwörenden Gesten das Publikum als Zeugen seiner Unschuld an.

Avitus krümmt sich vornüber, der Sklave schiebt schnell den Topf unter, dem nächsten Teil der Vorstellung kann der Kranke keine Aufmerksamkeit widmen. Endlich lässt der Schmerz nach, schweißgebadet richtet er sich auf, das Beifallsgeschrei des Publikums dringt durch seine benebelten Sinne. Auf der Bühne setzt gerade Zeus als Stier der entführten Europa nach, die immer mehr von ihrer Kleidung verliert, bis sie sich im Kostüm der schaumgeborenen Venus dem Gott ergibt. Die starren Masken der Schauspieler stehen in unwirklichem Gegensatz zu ihren Körpern, die sich wie Schlangen umeinander winden. Immer eindeutiger werden die Gesten, immer obszöner die begeisterten Zwischenrufe der Zuschauer.

Selbst der Centurio im Nebensessel hat seine Körperfülle emporgewuchtet und vollführt ruckartige Bewegungen mit der Hüfte, als Theoros sich Messalina greift, sie seitlich vor sich stellt und ganz langsam mit beiden Händen an ihrem Körper herunterfährt. Die Rechte fängt beim Hals an, gleitet dann über die Brüste, verweilt dort, bevor sie sich in Richtung Bauch senkt. Die Linke streichelt den Haaransatz der Frau, tastet sich den Rücken hinab und greift sich dann ihren Hintern. Zuletzt vereinigen sich beide Männerhände unterhalb ihres Schrittes, die Frau stößt einen wollüstigen Schrei aus, ihr Partner stemmt sie empor und trägt den aufgerichteten Körper wie eine Siegestrophäe von der Bühne.

Das Publikum klatscht, brüllt, das ganze Theater kocht, und die Musiker haben Mühe, sich Gehör zu verschaffen. Dann tritt der Chor auf, die Stimmung beruhigt sich und Avitus sinkt erschöpft in seinem Sessel zurück. Sein Blick fällt durch die Lücke in der Bühnenwand auf den Tempel, dessen kannelierte Frontsäulen langsam der späte Vormittagsschatten verschluckt, wandert am rechten Rand der Bühnenwand empor. Ja, dort oben kann er eine

Bewegung erahnen, schimmert etwas Weißes. Alles läuft planmäßig; er schließt kurz die Augen und lässt die Spannung von sich abfallen.
Als er sie wieder öffnet, nähert sich die Vorführung dem Ende, Trompetenstöße künden den letzten Höhepunkt an. Ikarus hat Zeus herausgefordert, auch er, der Sterbliche, will fliegen wie die Götter. Oben auf dem höchsten Punkt der rechten Bühnenmauer steht er jetzt, ganz in ein weißes Federkleid gehüllt, an den Armen riesige Flügel aus Schwanenfedern. Er zögert, macht einen Schritt, ein Raunen geht durch das Theater. Die Spannung ist mit Händen zu greifen, auf der Bühne fordert ihn Zeus mit großen Gebärden heraus, doch alles hat jetzt nur Augen für den Mann auf der Mauer. Noch immer steht der da, das Raunen wird lauter, vereinzelte Pfiffe hallen durch das Theater.
Von der rechten Oberkante der Bühnenmauer her ruft ein Mann etwas, macht einige Schritte auf Ikarus zu. Da fängt der an, mit den Flügeln zu schlagen, springt ins Leere. Heftiges Geflatter, das den Fall kaum bremst, der Körper überschlägt sich und kracht am Bühnenrand auf. In der Nähe Sitzende vermeinen, das Geräusch splitternder Knochen zu hören, aber vielleicht sind es auch nur die Planken des Holzbodens. Zeus tritt heran und senkt mit theatralischer Geste den rechten Daumen, dann nimmt Theoros die Maske ab. Er dreht sich um sich selbst, biegt seinen Körper nach hinten, bis der Kopf den Boden berührt, schnellt empor und verbeugt sich vor dem Publikum, das sich jetzt erhoben hat und in eine wahre Raserei ausbricht. Ein Applaus dröhnt durch das Theater, dass die Mauern zittern.
»Großartig, Mann, das ist einfach großartig!«

Der Centurio ist aufgesprungen, fingert in seinem Beutel nach einer Münze, die er dem Schauspieler zuwirft. Dann wendet er sich an Avitus.
»Wer war der Ikarus und wie habt Ihr es geschafft, ihn zum Fliegen zu bringen?«
Avitus' Lippen lächeln, aber seine Augen bleiben kalt.

»Er ist ein zum Tode verurteilter Räuber. Ich habe ihn gefragt, ob er es tun wolle.«
»Und, er hat Ja gesagt?«
»Nun, zuerst konnte er sich mit der Rolle nicht anfreunden.«
»Was ich verstehen kann«, grinst der Soldat, »und dann?«
»Ich gab ihm Recht und meinte, er passe wirklich besser für die Hauptrolle in der nächsten Aufführung des Laureolus.«
Der Centurio runzelt die Stirne. »Was ist das?«
»Die gleiche Frage hat er mir auch gestellt«, nickt Avitus. »Das ist ein Stück, in dem zum Schluss ein Räuberhauptmann gekreuzigt wird. Da bat er geradezu, den Ikarus spielen zu dürfen!«
Dem Centurio entfährt ein Lachen. »Taktisch genial, mein lieber Avitus, genial! Mit diesem Tag habt Ihr sicher die Bewunderung aller Einwohner gewonnen – mit einer Ausnahme natürlich ...«
Er macht eine Kopfbewegung in Richtung Bühne. Avitus wendet sich zum Gehen, da hört er ein Röcheln. Ikarus liegt unverändert in seiner verkrümmten Haltung, hat aber die Augen aufgeschlagen und stiert Avitus an. Der zögert, wendet sich dann an den Centurio.
»Habt Ihr einen Dolch?«
»Ja sicher. Aber schön wiederbringen!«, ruft der Gepanzerte in Richtung des Sklaven, dem Avitus die Waffe weiterreicht. Der Sklave stemmt sich mit seinen behaarten Armen an der Bühne empor, beugt sich über den Gestürzten und blickt ihm ins Gesicht. Die Augen des Schwerverletzten scheinen zu bitten, die Lippen versuchen, Worte zu formen. Der Sklave zögert, dann stößt er zu. Der Dolch verschwindet in Herzhöhe, ein roter Fleck breitet sich wie Klatschmohn auf dem weißen Federkleid aus. Der Sklave wischt die bluttriefende Klinge an den Federn ab, springt von der Bühne und reicht seinem sitzenden Herrn den Dolch.
»Pass doch auf, du Esel!«
Ein Blutstropfen ist auf Avitus' weiße Toga gefallen, der die Waffe dem Centurio weiterreicht und zugleich versucht, seinem Sklaven einen Tritt zu versetzen. Da spürt er plötzlich einen höllischen Schmerz in der Blase, schreit laut auf, bevor er zusammengekrümmt auf den Boden sinkt.

»Ruf einen Arzt, vielleicht ist Doryphoros im Theater, schnell«, stöhnt er. Der Sklave springt auf die Bühne, lässt den Trompeter ein Signal blasen und schreit in die zu den Ausgängen drängende Menschenmasse.
»Ein Arzt, ist Doryphoros hier? Mein Herr hat einen Anfall. Doryphoros, bitte zur Orchestra!«
Ein untersetzter Mann unter den Zuschauern horcht auf, dreht sich um, zerrt seinen Gehilfen mit sich und bahnt sich seinen Weg durch die Zuschauer. Beide beugen sich über den stöhnenden Avitus, die Hände des Arztes schieben die Kleidung des Kranken beiseite und tasten den Unterleib ab. Sein Gehilfe, ein junger Mann mit schwarzen Haaren und einer Stirnlocke, heller Haut und blauen Augen, öffnet eine Ledertasche und entnimmt ihr ein Arzneikästchen mit mehreren Fächern. Dem Kranken wird ein grünliches Pülverchen mit etwas Wein eingeflößt, dann gibt der Arzt seine Anweisungen.
»Flavius, er braucht sofortige Behandlung. Sorge für eine Bahre und lass ihn in das Krankenzimmer bringen!«
Der Gehilfe läuft los, betreten stehen die Anwesenden um den stöhnenden Kranken herum, einer nach dem andern entfernt sich.

Doryphoros übte einen Beruf aus, bei dem Aufschneiden zum Geschäft gehörte. Doch er übertrieb nicht, als er Flavius beim ersten Gespräch bedeutete, eigentlich habe er keinen Bedarf an Gehilfen und könne nur wenig zahlen. Tatsächlich lernten nicht weniger als sieben junge Männer bei ihm das Ärztehandwerk. Bei zweien hatte Flavius den Verdacht, der Arzt hege mehr als berufliches Interesse an ihnen, doch verhielt er sich stets zurückhaltend.
Eine gute Quelle für Hausklatsch war Olus, den Doryphoros vor Jahren auf der Straße aufgelesen und als Hausfaktotum behalten hatte, da er klaglos alle Arbeiten erledigte. Der rundliche Gallier bezeugte seinem Herrn eine ehrfürchtige Ergebenheit.

»Weißt du, Flavius, der Meister war schon immer ein ganz berühmter Lehrer. Früher gab's da noch mehr Schüler, aber da hat sich ein reicher Patient mal furchtbar angestellt, kriegte fast einen Tobsuchtsanfall, bloß weil zu seiner Schädelöffnung fünfzehn Studenten kamen. Dabei war's doch wirklich sehenswert, wie der Meister ihn aufgesägt hat – ich hab's von der Türe aus gesehen. Zuerst ein Schnitt in die Haut, so«, bei diesen Worten machte Olus eine Geste, als ob er einem Ochsen die Gurgel abschneiden wollte. »Dann hebt er ihm die Schwarte hoch und setzt diese vorne gezackte Bronzeröhre an. Der Bronzebogen, weißt du, den man so aufklappt, ist schon bereit, mit einer Sehne bespannt, die wickelt er um die Röhre und dann ritsch, ratsch, hin und her, dass die Röhre sich dreht wie verrückt. Der Geldsack hat kaum Zeit, so richtig zu brüllen, schon hält der Meister ein rundes Stück aus dem Schädelknochen hoch. Dann nimmt er das Skalpell und schnippelt das weg, was da im Hirn nicht so sein soll, ich habs nicht erkennen können, aber der Kranke ist wieder gesund geworden.«
Flavius hatte etwas verstört dreingesehen, sich aber bald daran gewöhnt, selber bei Behandlungen die Hilfsdienste zu leisten: Bei Operationen den Patienten festhalten, Blut, Urin und Erbrochenes wegwischen, Kräuter zerstampfen und Salben zubereiten, Verbände wechseln. Da es in der Stadt kein Valetudinarium gab, fanden auch die Operationen im Haus des Arztes statt. Flavius brauchte eine Weile, um sich an den Anblick des hellrot hervorquellenden Blutes zu gewöhnen und die offen gelegten Knochen, Sehnen oder inneren Organe mit beruflicher Nüchternheit zu betrachten. Manchmal schloss er die Augen, aber was er nicht schließen konnte, waren die Ohren. Die Schreie der Patienten, wenn das Skalpell des Arztes in ihren Körper drang, das Aufzucken der Leiber verriet nur zu deutlich, welche Qualen sie auszustehen hatten. Da half auch der Wein wenig, den sie zuvor eingeflößt bekamen, und Flavius war anfangs nach jeder Operation fast so erschöpft wie der Kranke. Doch mit der Zeit gewöhnte er sich daran und kannte die knappen Erläuterungen, die der Arzt während der Arbeit knurrte:

»Schnitt durch die Haut.«
»Brandiges Fleisch wegschaben.«
»Sauber, bis zum Knochen.«
»Vorsicht, Ader abbinden.«
»Fleisch zurückschieben.«
»Knochensäge ansetzen.«
Spätestens hier ging alles im Gebrüll des Patienten unter.

Verwirrend war die Vielzahl von Bronzeinstrumenten, über die Doryphoros verfügte. Nach jedem Gebrauch musste Flavius sie reinigen und auf Goldglanz polieren, bevor sie wieder in ihren gepolsterten Kästen verschwinden durften. Am liebsten nahm er das große Vaginalspeculum in die Hand, ein mechanisches Wunderwerk mit einer präzise gearbeiteten Schraube, das zum Spreizen der Körperöffnung diente. Weiter gab es da den »Löffel des Diokles«, ein bandförmiges Instrument mit zwei Haken, um Pfeilspitzen zu entfernen. Die S-förmig geschwungene Wundzange mit ihren exakt passenden Zähnen diente zur Entfernung von Knochensplittern. Die Skalpelle verfügten über eiserne Klingen, die so scharf gehalten wurden, dass man sich schon bei der leichtesten Berührung daran schnitt. Dazu kamen der hakenartige Knochenheber, die Schädelfräse samt Bogen sowie diverse Bohrer, Meißel, Scheren, Knochenraspeln, Wundhaken, Nadeln, Sonden, Katheter, Schröpfköpfe und nicht zuletzt die Kautereisen, um Wunden auszubrennen, Blutungen zu stoppen oder Wucherungen zu entfernen.
»Was Arznei nicht heilen kann, heilt das Eisen; was Eisen nicht heilen kann, heilt das Feuer; was aber das Feuer nicht heilen kann, das muss als unheilbar gelten!« Dieser Satz des Hippokrates brachte Flavius immer wieder zum Schaudern. Doch wenn dann der Kranke genas, was meist der Fall war, dann hatte sich alle Qual gelohnt und ein hübsches Sümmchen wanderte aus dem Beutel des Patienten in die eisenbeschlagene Geldtruhe des Arztes.
So kam der Tag, als vier Träger die Bahre mit Avitus, der laut fluchend stöhnte, in den Krankenraum hievten, um ihn auf dem gro-

ßen Holztisch abzuladen. Auf die Glasscheiben des Fensters malte die Nachmittagssonne Lichtflecke.
»Solange er fluchen kann, geht's ihm noch nicht schlecht genug!«, murmelte Olus. Flavius wandte den Kopf. »Warum sagst du das?«
»Da gibt es so Geschichten, die man sich über den Mistkerl erzählt ... psst, da kommt der Meister.«
Mit festem Schritt betrat der Doktor den Raum – ein Feldherr, der seine Truppe mustert. Unter erwartungsvollem Schweigen fühlte er den Puls des Kranken, schob die Augenlieder empor, um ihm tief in die Pupillen zu sehen, betastete den Unterkörper. Nach einem düsteren »Soso, hmmh« ließ er sich die Symptome schildern, wobei mit jedem Wort des Patienten die Sorgenfalten auf der Stirn tiefer wurden.
»... ständig muss ich Urin lassen.«
»Bedenklich, mein Lieber.«
»Und dann die Krämpfe, sie werden immer häufiger.«
»Oh je! Ein ganz schlechtes Zeichen ...«
»Manchmal ist im Urin sogar Blut.«
»Äskulap steh uns bei! Hoffentlich ist noch nicht alles verloren!«

»Jetzt kocht er ihn weich, das macht er immer so«, flüsterte Olus' Stimme Flavius ins Ohr. »Danach ist das arme Schwein zu allem bereit.«
Flavius war schockiert, sah aber schnell, wie Recht der kleine Gallier hatte.

Avitus starrte den Doktor verzweifelt an und wimmerte.
»Kann man denn gar nichts machen? Helft mir, Doryphoros!«
Der Arzt wiegte den Kopf und strich sich mit der Hand über das Kinn. »Ihr habt einen Blasenstein. Ohne Operation wird es nicht besser werden.«
»Eine Operation, Jupiter hilf! Was wollt Ihr tun?«
»Nun, ich habe diesen Eingriff schon mehrfach durchgeführt und mich dabei stets streng an die Überlieferung gehalten. Rufus von Ephesos zufolge steckt man einen Finger in den Anus, führt den

Stein zur Harnröhre und hält ihn dort. Dann macht man zwischen Scrotum und Rectum einen tiefen Schnitt in das Perinäum und fördert den Stein mit dieser Sonde zu Tage.«
Dabei hielt er ein längliches Gebilde hoch, das an der gebogenen Vorderseite innen aufgeraut war. Avitus stierte es ungläubig, voller Misstrauen, an.
»Ich verstehe kein Wort. Aber ... ist ... ist das schmerzhaft?«
»Schmerzhaft? Ich habe es selber noch nicht erlebt.« Doryphoros zuckte mit den Schultern. »Aber dem Verhalten der Patienten nach zu urteilen, die immer von mindestens vier starken Männern festgehalten werden müssen, würde ich aus medizinischer Sicht sagen: Ja!«
»Dann will ich das nicht!«
Doryphoros sah ihn einen Augenblick an und Flavius schien es, als ob mitleidiger Spott seine Mundwinkel kräuselte.
»Auch gut, werter Freund.« Und dann, an seine Gehilfen gewandt: »Auf die Bahre mit ihm und holt die Träger, sie sollen ihn nach Hause schaffen. So komme ich heute doch noch zu meiner Verabredung in den Thermen!«
Er wandte sich zum Gehen, als er die Stimme des Kranken hörte.
»Nein, ich halte diese Krämpfe nicht mehr aus, sie foltern mich seit Monaten. Könnt Ihr mir denn nichts geben, um den Schmerz zu lindern?«
»Nun, Ihr könnt keine Mengen von Wein trinken, sonst habt Ihr eine volle Blase. Die Mandragorawurzel ist mir ausgegangen, aber ich hätte da noch etwas ganz Feines aus Rom, der letzte Rest meines Vorrates an Opium. Nur kostet das eine Kleinigkeit.«
»Wie viel, sagt wie viel alles zusammen?«
Der Arzt zögerte einen Moment, als ob er im Geiste eine Berechnung durchführen müsse, dann beugte er sich über den Kranken und flüsterte ihm etwas ins Ohr. Avitus erstarrte, worauf sich der Doktor mit einem bedauernden Schulterzucken aufrichtete, doch der Kranke stöhnte ihn an:
»Ja, was bleibt mir denn übrig. Also her mit dem verdammten Zeug!«

Doryphoros gab einem Schüler einen Wink, der in den Nebenraum lief und mit dem Arzneikästchen, einem Glas und einer Kanne Wein zurückkehrte. Der Arzt schaufelte das Pulver eines Faches in das Glas, gab etwas Wein dazu und verrührte alles. Dann flößte er dem Patienten die Mischung ein und als dessen Reaktionen zeigten, dass die Betäubung eingesetzt hatte, machte er sich ans Werk. Diesmal konnte er in Ruhe arbeiten, der Patient stöhnte nur gelegentlich, bewegte sich benommen, schien aber nicht bei Bewusstsein. Fasziniert beobachtete Flavius, wie das scharfe Eisen durch die Haut glitt, die Blase freilegte und die Löffelsonde zwei Steine zutage förderte. Anschließend wurde die Wunde mit Wein desinfiziert, vernäht und verbunden, bevor der Kranke in ein dafür bestimmtes Zimmer des Hauses getragen wurde, wo er die nächsten Tage unter steter Beobachtung verbrachte. Er stöhnte und jammerte zwar, denn anfangs war jedes Wasserlassen qualvoll, aber die Wunde verheilte ohne Komplikationen.
Als zwei Wochen später ein Bote kam, strahlte der Arzt, wog das schwere Ledersäckchen in der Hand und drückte nach kurzem Zögern jedem Helfer der Operation einen glänzenden Aureus in die Hand. Flavius, der noch nie eine Goldmünze besessen hatte, wog die seine andächtig und betrachtete das Porträt. Valerianus, ein grobschlächtiger Kopf mit Lorbeerkranz, auf der Rückseite ebenfalls ein Bild von ihm, wie er seinem Sohn Gallienus die Hand reichte. Auch der ist nun tot, dachte er, und was mag aus dem Vater samt seinen Legionen geworden sein?
Diese Nacht schlief Flavius unruhig und wurde von schweren Träumen geplagt. Er stand unter sengender Sonne am Rande eines Tales, und in der Senke konnte er Menschen erkennen. Sie waren aneinander gekettet und klopften riesige Steine zurecht. Ein Aufseher ging herum und ließ die Peitsche auf jeden niederfahren, der zu langsam arbeitete oder um Wasser bat. Mit einem Male sah Flavius einen Mann und wusste: Das ist mein Vater. Der Mann war alt und gebeugt und mit der Arbeit im Rückstand, doch der Aufseher näherte sich unaufhaltsam. Flavius schrie von seiner Höhe herab, um den Sklaventreiber aufzuhalten, doch seine Stimme drang

nicht in das Tal. Er schrie und schrie, bis er schließlich erwachte und schweißgebadet in seinem Bett lag.
Lange konnte er nicht wieder einschlafen und schwor sich, herauszufinden, was mit seinem Vater geschehen war. Der Aureus sollte den Grundstock für die Reise bilden.

Die Tage vergingen, flossen zu Wochen zusammen, die in Monaten mündeten. Im Herbst fanden sich die braunen Uferschwalben in großen Schwärmen ein, die unter schrillem Gezeter ganze Baumkronen füllten und sich dann, auf geheimnisvolle Signale hin, in die Lüfte schwangen. Ihr Flug ging nach Süden, Richtung Italien, wohin es auch Flavius zog. Aber noch war sein Geldbeutel nicht angefüllt und sein Wissen zu dürftig. So wurde das Lernen zu einer wahren Besessenheit, der er alles unterordnete – die Abende mit den anderen Schülern in der Taverne ebenso wie Verabredungen mit Schankmädchen, die ihm einladende Blicke zuwarfen.
Er widmete die meisten Abende den Schriftrollen, die Doryphoros in einem großen Schrank verwahrte. Da lagen sie, in sauber beschrifteten Holzregalen: Medizin, Architektur, Technik, Rhetorik, Dialektik, Philosophie – gut hundertfünfzig Werke, eine Bibliothek, wie sie sonst niemand in der Stadt besaß. Flavius begann mit Hippokrates, arbeitete sich durch die medizinischen Kompendien von Celsus, Rufus, Galenos und Dioskurides und überflog sogar die Bücher über Traumdeutung des Artemidoros. Aus Neugierde las er auch die Schriften des Soranos aus Ephesos über die Gesundheit der Frauen, die Wege zu einer leichten Geburt und die Möglichkeiten der Verhütung.
Doch mit der Zeit wurde das Studium ermüdend, denn viele Texte besaß der Arzt nur als griechische Originale und in einer Handschrift, die fast unleserlich war.
Kurzweiliger waren die Unterrichtsstunden, die jene Tage füllten,

an denen keine Gebrechen zu kurieren waren. Acht Stühle standen in dem Raum mit dem Gladiatorenmosaik und Doryphoros lief herum, erzählte und prüfte sofort das Wissen, sodass alle gespannt lauschten.
»Das letzte Mal habe ich euch von der guten Wirkung erzählt, die Wein und Honig bei Wunden haben. Und was nimmt man bei Eiterungen? Du, ja dich meine ich!« Der ausgestreckte Zeigefinger wies auf einen Schüler, der neben Flavius saß.
»Hier helfen Baldrian, Myrrhe und Weihrauch. Die Zubereitung …«
»Gut, gut, das reicht. Und Blutungen oder Geschwüre bekämpft man wie?«
»Mit Kupferhammerschlag, am besten den von dicken Nägeln aus den kyprischen Werkstätten. Soll ich das Verfahren der Herstellung schildern?«
»Danke, mein Lieber, ich glaube dir, dass du deinen Dioskurides kennst. Aber wie verfährt man, wenn sich der Kranke erbrechen soll? Das will ich von dir wissen, Flavius.«
»Als Brechmittel eignet sich Nieswurz, die …«
»Danke, genug. Und finden wir den Kranken mit dem gegenteiligen Leiden geschlagen, was hilft da, Secundus?«
»Bei Verstopfung, aber auch bei vielen anderen Unpässlichkeiten wie Fieber, Epilepsie oder Gelbsucht ist ein Klistier angebracht. Man nimmt wässrigen Gerstenschleim, mit Öl und Soda angereichert, legt den Patienten auf den Bauch und …«
Während der Schüler die Anwendung beschrieb, lief der Arzt zwischen den Stühlen umher, hörte genau zu, stellte Zwischenfragen oder legte die Hand auf die Schulter eines Gehilfen, der dann den jeweiligen Satz vollenden musste.

Gelegentlich kam Doryphoros zum Schluss seines Unterrichts auf sein Lieblingsthema, die Regeln zur Erhaltung der Gesundheit.
»Ich weiß, meine lieben Schüler, dass ich mit der Verhütung von Krankheiten in euren Augen einem törichten Anwalt gleiche, der zankende Parteien versöhnt, bevor der Rechtsstreit richtig erblühen und Früchte tragen kann. Doch urteilt nicht vorschnell.« Der

Arzt sah mit erhobenem Zeigefinger in die Runde. »Zum einen können die Regeln für euch selber von Nutzen sein, denn ein kranker Medicus ist eine gar armselige Empfehlung für sein Können.« Doryphoros zog die Lippen zurück, bis zwei Reihen makelloser Zähne sichtbar wurden. »Die beste Werbung eines Arztes sind sein Lächeln und ein guter Atem. Was kann man also tun, um seine Zähne zu erhalten?«

Flavius hob die Hand. »Sie mit einem Holz oder Federkiel reinigen.«

»Gut. Und außerdem?« Der Arzt zeigte auf Secundus, der sich am Kopf kratzte. »Catullus berichtet von einem Spanier namens Egnatius, der seine Zähne mit Urin gebleicht haben soll.«

»Brrr!« Doryphoros schüttelte sich. »Da will ich euch etwas Besseres verraten. Mein Rezept, das ich von Abinoumis bekommen habe, einem ägyptischen Freund in Rom.« Wieder zeigte der Grieche stolz seine Zähne, legte den Finger darauf und senkte die Stimme. »Täglich reinige ich sie mit einer Paste, die ich aus einer Drachma Salz, zwei Drachmen Minze, einer Drachma getrockneter Irisblätter und zwanzig Pfefferkörnern mache, alles in einem Mörser zerstoßen und vermengt. Merkt euch das!« Die Schüler nickten.

»Wo waren wir stehen geblieben?« Doryphoros legte die Stirn in Falten. »Richtig, bei der Gesundheit. Was ist das höchste Ziel, die einträglichste Stellung? Leibarzt eines hochgestellten Herrn! Wenn ihr den gesund erhaltet, wird er es euch reichlich lohnen und ihr habt wenig Arbeit!«

Triumphierend sah er sich um, ob wirklich alle diese Weisheit begriffen hatten, um dann fortzufahren:

»Das letzte Mal haben wir über Getränke gesprochen, über die üblen Panschereien, die man Wein antut, diesem Geschenk des Bacchus. Den geräucherten Wein aus Massilia, den so mancher schätzt«, bei diesen Worten warf er einen strengen Blick in die Runde, »diesen Wein nennt Martialis zu Recht ein ›furchtbares Gift‹. Ich habe euch dazu auch eine Stelle aus Columella mitgebracht, dem ich mich nur anschließen kann.« Bei diesen Worten nahm er eine Rolle und las nach kurzem Suchen.

»Jede Weinsorte, die ohne Zusatz dauerhaft ist, halte ich für die beste, und ich meine, dass man ihr gar nichts beimischen soll, wodurch ihr natürlicher Geschmack verändert werden könnte, denn das Beste ist immer das, was seinem eigenen Wesen gefallen kann.«
Doryphoros merkte nicht, dass das beifällige Gemurmel seiner Schüler nur Zustimmung vortäuschte, denn sie liebten die mit Sirup angereicherten Weine.
»Pass auf, jetzt kommt er gleich auf seine Lieblingsspinnerei, die Bleirohre«, flüsterte Secundus so laut, dass es fast der Arzt gehört hätte, der seinen Kopf in die Richtung des Sprechers reckte.
»Einen anderen Rat meinerseits kennen wahrscheinlich einige von euch, nämlich die Warnung vor Wasser aus Bleigefäßen. Auch hier kann ich auf eine Autorität verweisen, falls ihr mir nicht glauben solltet. So schreibt Vitruvius …«
Er kramte eine Rolle hervor und fuhr mit dem Finger über die Zeilen, bis er die gesuchte Stelle fand.
»Er sagt: ›Wasser aus Tonröhren ist gesünder als das durch Bleiröhren geleitete, denn das Blei scheint deshalb gesundheitsschädlich zu sein, weil aus ihm Bleiweiß entsteht. Dies aber soll dem menschlichen Körper schädlich sein. Wenn nun das, was aus ihm entsteht, schädlich ist, kann es auch selbst zweifellos der Gesundheit nicht zuträglich sein.‹ Und ein Stück weiter schreibt er: ›Daher scheint es ganz und gar nicht gut, dass man Wasser durch Bleiröhren leitet, wenn wir der Gesundheit zuträgliches Wasser haben wollen.‹ Also, da habt ihr es!«
»Wenn wir Ärzte die Finger vom Brückenbau lassen, warum müssen wir dann die Gesundheitsratschläge eines Baumeisters erdulden«, seufzte ein Schüler, während der Arzt seinen Vitruvius zusammenrollte und aus der Türe schritt.

Einer, der mehr auf die Meinung des Arztes gab als seine Schüler, war Avitus. Vor fünf Jahren, nach dem Verlust Rätiens an den Kai-

ser in Rom, hatte ihn Postumus nach Augusta Raurica beordert. Avitus sollte diesen Vorposten für den Usurpator halten, eine Aufgabe, die er auch unter seinen Nachfolgern Victorinus und Tetricus erfüllte. Schwache Kaiser, die von Augusta Treverorum aus ein bröckelndes Rebellenreich regierten, denn Spanien und das südliche Gallien waren bereits abgefallen. Oft grübelte er, ob es nicht klüger sei, die Fronten zu wechseln und seine Loyalität dem Kaiser in Rom anzutragen, jetzt, da dort nicht mehr ein rachsüchtiger Gallienus auf dem Thron saß. Doch das Schicksal Augustodunums gab ihm zu denken. Im Vertrauen auf ihre Mauern und Hilfe aus Rom hatte sich die gallische Stadt erhoben, war aber nach sieben Monaten von den Truppen des Victorinus erstürmt worden. So hatte Avitus die Pantomimus-Aufführung ausgerichtet, um seine Stellung bei den Einwohnern zu festigen. Doch munkelte man, er wisse auch andere Mittel, um seine Macht zu behaupten und zugleich seine Geldkiste zu füllen. Wie weit er dabei zu gehen bereit war, sollte Flavius durch einen Zufall erfahren.
Seit der Operation erhielt Avitus täglich eine Arznei. Flavius, der meist das Fläschchen überbrachte, hatte sich einmal nach dem Wirkstoff erkundigt, doch nur ein Lächeln des Arztes geerntet.
»Weißt du, man sagt, die innere Medizin sei die Lehre von den unbekannten und unheilbaren Krankheiten. Da wollen wir lieber nicht hineinleuchten!«
So hatte er seitdem fast täglich die kurze Strecke zu Avitus' Villa zurückgelegt. Im Herbst, als der Wind die trockenen Blätter durch die Straßen fegte; im Winter mit knirschendem Schnee unter den Füßen und im Frühjahr durch den Matsch der Schneeschmelze. Heute hatte ein kräftiger Regenguss wieder die Straßen in kleine Bäche verwandelt, die Flavius auf den großen Trittsteinen balancierend überquerte. Der Sklave ließ ihn ein und zeigte stumm in Richtung des hinteren Teils des Hauses. Als er sich den Privatgemächern näherte, ließen ihn Stimmen aufhorchen und er schlich vorsichtig näher. Ein Streit zwischen Avitus, dessen Organ er sofort erkannte, und einer zweiten Männerstimme: erst ergeben schmeichelnd, dann fast drohend.

»Herr, wann bekommen wir unseren Lohn?«
»Ich habe Euch mehrfach gesagt: Ihr habt die Legierung verschlechtert und Euch selbst bedient. Nichts steht Euch zu!«
»Bitte Herr, habt ein Einsehen, die Zeiten sind schwer und meine sechs Kinder ...«
»Vor einem Monat waren es noch fünf – hat deine Frau schon wieder ein Kind bekommen?«
»Aber Ihr wolltet doch ...«
»Dass du das Silber durch Zinn ersetzt? Niemals, Merkur ist mein Zeuge!«
Pause. Die andere Stimme, jetzt mit einem vorwurfsvollen Unterton:
»Was wir an Silber für die Münzen hatten, war zu wenig. Es sind alte Münzen, gute Münzen. Damals haben die Kaiser noch nicht so betrogen, da war noch Silber drin. Und Ihr, hoher Herr, wolltet, dass wir solche Münzen nachmachen. Die Leute sollten sie gerne nehmen, weil sie glauben, dass gutes Silber drin ist. Konnte aber gar nicht sein, weil Ihr es uns nicht gegeben habt.«
»Kein Grund, das sage ich dir zum letzten Mal, das wenige Silber zu unterschlagen, du Gauner!«
Ruhe, nur erregtes Atmen war zu hören, dann drei schwere Schritte. Avitus schrie.
»Komm mir nicht zu nahe! Ich rufe meine Sklaven und lasse dich aus dem Haus peitschen!«
Ein lautes Lachen.
»Wollt Ihr mir drohen? Dann erzählen wir überall in der Stadt, Ihr selber hättet es angeordnet. Das mit dem Zinn. Ihr habt die Münzen gerne genommen und damit bezahlt. Seid selber ein Betrüger!«
Schweigen, dann ein versöhnlich klingender Avitus:
»Wir sollten uns nicht streiten. Mach deine Arbeit und komm morgen Abend wieder, dann werden wir uns sicher einigen. Jetzt geh und lass dir in der Küche etwas Wein geben.«

Flavius fühlte sein Herz bis zum Hals hämmern, als er auf Zehenspitzen zurückhastete. Versteckt hinter einem Vorhang wartete er, bis die Schritte des Falschmünzers verklungen waren, um hörbar unbekümmert den Korridor entlangzuschlendern.

»Verzeihung, Herr Präfekt, ich komme leider etwas später. Der Doktor musste noch operieren, bevor er die Medizin mischen konnte.«

Avitus stierte das Fläschchen an und kippte den Inhalt in einem Schluck runter.

»Aah.« Eine Handbewegung. »Du kannst gehen.«

Flavius ergriff das Fläschchen und verließ das Haus. Er dachte: Jetzt nur ruhig bleiben, nicht rennen, keine Aufregung zeigen. Hoffentlich hat der andere Mann die Küche noch nicht verlassen.

Ein Blick um die Ecke, ja, da stand er am Hintereingang und schwatzte mit den Sklaven, jetzt brach er auf. Obwohl es schon fast Nacht war, hielt Flavius Abstand, folgte ihm aber wie ein Fuchs seiner Beute. Ein Häuserblock, um die Ecke, am Theater vorbei, nach rechts – jetzt waren sie am Nordrand der Oberstadt, der seit dem letzten Erdbeben teilweise verlassen lag. Zwielichtiges Gesindel hatte sich in den Ruinen eingenistet, dazu einige kleine Handwerksbetriebe. Der Mann ging zu einem verfallenen Haus, machte sich an der Türe zu schaffen, schob einen Riegel auf – und blickte sich um. Flavius verschmolz mit dem Hauseingang, unsichtbar dank seiner dunkelbraunen Tunika. Ein atemloser Moment, dann öffnete der Mann die Türe und wurde von dem schwarzen Rechteck verschluckt.

Flavius braucht einen Augenblick, um sich zu beruhigen. Einige hastige Schritte zur Türe. Lauschen, innen Ruhe. Druck auf die Türe, sie gibt nach, öffnet sich, Nachtschwärze. Einen Moment, bis sich seine Augen daran gewöhnen, der Umriss einer weiteren Türe. Dahinter ein Gang, am Ende ein großer Raum, flackernder Feuerschein, Stimmengewirr. Flavius drückt sich die Wand entlang, späht in den Raum. Fünf Männer stehen zusammen, einer davon ist der Besucher aus Avitus' Haus. Das Feuer brennt unter einem Schmelztiegel, schlaff liegt daneben ein Blasebalg. Öllampen flackern in Wandnischen, auf einem niedrigen Holztisch liegen glän-

zende Metallbrocken und etwas, das wie Tonrollen aussieht. Mehr ist nicht zu erkennen, die Stimmen werden lauter.
»Und du meinst, wir sollten dem Schuft trauen?«
»Du hättest sehen sollen, wie freundlich der wurde, als ich ihm gedroht habe. Sogar Wein hat er mir angeboten.«
»Dann muss er Angst gehabt haben, der Geizkragen. Aber wenn er nun sein Wort nicht hält?«
»Erfährt es die ganze Stadt!«
»Das bringt uns auch keinen Denar.«
Schweigen, nur das Feuer knistert. Einer der Männer hebt den Blasebalg hoch, lässt ihn sinken, der Luftstrom faucht in die Flammen.
»Da hat er Recht. Lasst uns so viele Münzen gießen, wie wir Metall und Formen haben. Die behalten wir und er kriegt sie nur, wenn er uns bezahlt.«
»Ja. Los, fangen wir an!«
Die Männer stürzen sich in die Arbeit. Einer wirft Metallstücke in den Tiegel, ein anderer schüttet Holzkohle aufs Feuer, ein dritter reißt den Blasebalg hoch, presst ihn fauchend nieder, bringt die Kohlen zur Weißglut. Als das Metall endlich zerfließt, heben zwei Männer den Tiegel mit einem Holzgestell an, halten ihn schräg über die Rollen auf dem Tisch, ein dünner silbriger Strahl ergießt sich in die Formen. Neues Metall, neue Holzkohle, Funken stieben. Ein Mann nimmt die Tonformen auseinander, ergreift mit einer Zange die gegossenen Münzen und hält sie nacheinander prüfend hoch, klirrend landen sie in einer schwarzen Schale.
Flavius hat genug gesehen und tastet sich zum Ausgang, da gefriert ihm das Blut in den Adern. Flüstern, schleichende Schritte, er kann sich gerade noch in eine finstere Seitennische pressen. Fünf Bewaffnete kommen auf Zehenspitzen den Gang entlang, ein vertrauter Umriss folgt ihnen: Avitus! Jetzt haben sie den großen Raum erreicht, ein Schrei, Gepolter. Die Falschmünzer wehren sich wie eingekesselte Wölfe, aber den Kurzschwertern sind sie nicht gewachsen. Stöhnen, zwei Männer schleudern den Tisch gegen die Eindringlinge, quetschen einen der Bewaffneten gegen die Wand, dann sind die anderen über ihnen und schlagen mit ihren

Schwertern auf sie ein. Endlich dringt Avitus' Stimme durch das Waffengeklirr.

»Halt, das reicht. Holt die Säcke und packt die Leichen ein. Und alles andere, auch die Formen. In der Ecke ist noch ein ganzer Haufen davon.«

Ein Mann mit dem Akzent eines Barbaren fragt:

»Was machen mit dem Zeug?«

»Am Ende der Straße liegt eine Baderuine mit einem Brunnenschacht. Schmeißt alles da rein.«

Einen Augenblick Schweigen, nur Scharren und Rumpeln.

»So geht nicht. Müssen unseren Göttern opfern.«

»Was müsst Ihr? Hat Euch Jupiter das Gehirn vernebelt?«

»Nichts Jupiter, Wotan. Müssen Opfer bringen, sonst verfolgen uns Geister der Toten. Schreckliche Geister, oh Herr.«

»So, und was verlangen die, um Euch aus den Klauen zu lassen?«

»Tieropfer, am besten Pferd und anderes Tier.«

»Ja, was denn noch – wäre vielleicht ein Elefant genehm?«

»Unser Gott nichts kennen Elefant. Kuh, Schaf gut.«

Wieder Pause, dann Avitus knurrender Seufzer:

»Also gut. Ich kenne einen Metzger, der heute ein Pferd geschlachtet hat. Ich gehe jetzt und besorge Euch, was ich davon kriegen kann. Und draußen lungert ein Straßenköter herum, lockt den an und stecht ihn ab. Danach füllt den Brunnen mit Schutt aus dem Bad. Geht das so?«

»Ja, Herr.«

Flavius spürt, wie die Angst ihm die Kehle zuschnürt, er verflucht seine Neugierde. Das sind Mörder, die schneiden einem Mitwisser die Gurgel durch. Raus hier, bevor sie die Nebenräume absuchen! Vorsichtig setzt er einen Fuß auf den Gang, niemand sieht in seine Richtung, mit wenigen Schritten ist er bei der Türe. Er schiebt sie langsam auf, tritt hinaus, da packt ihn eine Hand am Arm. Das Medizinfläschchen zerklirrt am Boden.

Noch Jahre später, wenn er sich an diesen Augenblick erinnerte, war Flavius erstaunt, wie schnell die Gedanken im Angesicht der Gefahr rasen. Zuerst ärgerte er sich über seine Dummheit – natürlich musste er mit einer Wache vor der Türe rechnen! Doch die durfte kein Aufsehen machen, konnte nicht ihre Spießgesellen rufen. So riss er den Arm herunter, dass der Oberkörper seines Gegners sich nach vorne krümmte, dann stieß er ihm sein Knie in den Hals. Ein Stöhnen, der Griff lockerte sich und er war frei. Das Jahr bei den Alamannen hatte seine Muskeln gehärtet, er atmete durch und lief los. Seine Anspannung löste sich, gleich würde er der Gefahr entronnen sein. Doch als er um eine Ecke bog, spürte er, dass er seinen Gegner unterschätzt hatte. Aus den Augenwinkeln sah er einen Schatten, der ihm folgte. Flavius lief die nächtlichen Straßen entlang in Richtung Forum, dahin würde sich der andere nicht wagen. Doch wieder täuschte er sich. Die weite Fläche lag verlassen im Dunkel, das Keuchen seines Verfolgers klang in seinen Ohren. Ein rascher Blick über den Platz: Rechts ragte der schattenhafte Umriss des Roma- und Augustustempels auf, links, an der Schmalseite des Forums, ruhten die Bogenreihen der Marktbasilika im Mondlicht.

Eine Tür stand offen – ohne lange nachzudenken lief Flavius dorthin, schlüpfte hinein und zerrte die schweren Türflügel hinter sich zu. Da war sein Verfolger schon davor, warf sich dagegen, mit stummer Verbissenheit maßen die beiden ihre Kräfte, dann gewann der andere die Oberhand. Daumenbreite um Daumenbreite öffneten sich die bronzebeschlagenen Türflügel, zuletzt ließ Flavius los und verschwand in der Dunkelheit, während sein Verfolger in die Halle stolperte. Flavius war ein einziges Mal in dem Gebäude gewesen und erinnerte sich noch undeutlich an die Innenaufteilung: eine umlaufende Säulenreihe – sonst nichts, das Schutz bieten konnte. Doch halt, in der Mitte der Wand, gegenüber dem Eingang, lag ein Nebenraum mit der halbrunden Curia, auf deren ansteigenden Sitzreihen sich die Ratsherren der Stadt versammelten. Langsam zog er seine Schuhe aus und schlich auf die Rückwand der Halle zu, tastete sich zwischen den Säulen hindurch, fand den Eingang und stieg, vorsichtig einen Fuß vor den anderen setzend, die Stufen hinauf. Oben ließ er sich auf den kühlen Steinplatten nieder, zog die Schuhe wieder an und versuchte, ruhig zu atmen, obwohl sein Herz hämmerte, dass er meinte, es müsse die ganze Basilika mit seinem Pochen erfüllen.

Stille im Raum, quälende Stille. Flavius lauschte angestrengt – ein Scharren, wieder Ruhe. Klack, jetzt war in der Halle etwas zu Boden gefallen, ein unterdrückter Fluch, dann lange nichts mehr. Schon hoffte er, sein Verfolger habe aufgegeben, da spürte er die Gegenwart eines Menschen. Er konnte nicht sagen, was es war – ein Geräusch, die Ausdünstung des Körpers, ein Luftzug, eine schattenhafte Bewegung in der Dunkelheit, aber da war etwas. Langsam erhob er sich, verlagerte das Gewicht auf einen Fuß, stützte sich mit dem Rücken gegen die Wand, gespannt wie ein Bogen. Jetzt kam das Etwas näher, er glaubte, einen Umriss zu erkennen, der die Stufen hinaufschlich. Sicher starrten die Augen des anderen, nun an die Finsternis gewöhnt, genauso nach ihm. Unmerklich langsam hob er sein rechtes Bein – da, ein Schnaufen, rasche Schritte die Stufen empor, Flavius trat mit aller Kraft nach vorne, traf auf etwas Weiches – Bauch, Gesicht, Hals, er wusste es nicht. Ein Knacken, ein Schrei, die dunkle Masse bewegte sich weg von ihm, fiel nach hinten, schlug auf, etwas klirrte, Stöhnen. Flavius lief zur Seite, hastete die Stufen hinab, durch die Halle zur Türe, hinaus auf den Platz, nur weiter, nur weg, aber niemand folgte ihm, bis er an Doryphoros' Türe hämmerte. Olus' erstauntes Mondgesicht öffnete, ohne Erklärung stieß ihn Flavius beiseite und rammte hinter sich den Riegel zu.

Erst zögerte er, ob er sich Doryphoros anvertrauen sollte, doch Olus drängte ihn.

»Der Meister ist klug und weiß, was zu tun ist.« Wenn er besonders aufgeregt war, kam bei Olus das gallische Lispeln durch, über das sich die Römer oft lustig machten.

Der Arzt saß auf dem Bett und hielt ein kleines Alabasterfläschchen in der linken Hand, aus dem er ölige Essenz in seine rechte Handfläche träufelte. Ein schwerer Duft nach Rosen und Lavendel hing wie eine Wolke im Raum.
»Ist ein Reicher krank, sind die Barbaren eingefallen oder ist die Pest ausgebrochen, dass Ihr so spät hereinstürmt?«
»Meister, Flavius war in To... Todesgefahr!«
Doryphoros ließ sich von Flavius die Geschichte erzählen, während er sorgsam das Salböl im Gesicht verteilte und mit leichtem Druck der Finger einmassierte. Er stellte einige Zwischenfragen, saß anschließend gedankenversunken da, ließ die beiden ungeduldig von einem Bein aufs andere treten.
»Wenn dich wirklich niemand bei Licht gesehen hat, Flavius, dann besteht keine Gefahr ... Der Bewaffnete kennt dich nicht, er wird dich für einen Falschmünzer halten. Aber du sagst, das Medizinfläschchen sei am Boden zerbrochen?«
Flavius nickte stumm.
»Dann hängt alles davon ab, ob dein Verfolger sich daran erinnert und es Avitus erzählt. Der kann zwei und zwei zusammenzählen und wird dich beseitigen lassen.«
»Können wir nicht zur Stadtverwaltung gehen?«
Doryphoros sah ihn mitleidig an.
»Na, wem wird man wohl glauben – dem mächtigen Avitus oder dir, dem hergelaufenem Flüchtling? Zum Schluss kriegst du noch eine Anklage wegen Mittäterschaft an den Hals – was hattest du schließlich an diesem Ort zu suchen? Nein, wir müssen sehr vorsichtig sein.«
Der Arzt verstummte. Nur seine wachen Augen verrieten, dass er angestrengt nachdachte.
»Morgen gehe ich mit Flavius zu Avitus, damit es nicht auffällt. Danach soll Secundus die Medizin bringen und Flavius bleibt möglichst zu Hause. Wenn er ausgeht, soll sich Olus unauffällig in der Nähe halten und aufpassen, ob ihm jemand folgt.«
Flavius kamen diese Anordnungen zuerst übertrieben vor, bald aber verstand er ihre Notwendigkeit. Avitus hatte ihn angestarrt

wie eine Schlange, sich mit ungewohnter Leutseligkeit nach seinen Vorlieben erkundigt, wo er nach der Arbeit hingehe, wie ihm die Thermen gefielen, ja sogar, ob er eine »hübsche Freundin« habe. Und als dann Olus von dem Bettler berichtete, der sich an Flavius' Fersen heftete, sobald dieser das Haus verließ, rief Doryphoros eines Tages die beiden zu sich.

»So geht das nicht weiter, Flavius, irgendwann erwischen sie dich. Avitus ist ein mächtiger Mann und mein einträglichster Patient. Ich kann dich nicht gegen ihn beschützen.«

Flavius öffnete den Mund, doch Doryphoros gebot ihm zu schweigen. »Es tut mir Leid, aber du musst aus seinem Machtbereich verschwinden. Geh nach Rom, dort trägt jetzt ein gewisser Aurelianus den Purpur.« Der Arzt ging zu seinem Schreibtisch und kramte zwischen den Papyrusrollen. »Ich weiß, die Zeiten sind schlecht zum Reisen, die Germanen sollen wieder nach Oberitalien durchgebrochen sein. Aber ich hätte einen Auftrag ...«

»Und was soll ich tun?«

Beide wandten sich nach Olus um.

»Mich hat der unheimliche Bettler heute beinahe erwischt. Er drehte um und kam auf mich zu, da bin ich in Ninius' Metzgerei verschwunden. Ich wartete drinnen, er draußen. Endlich konnte ich mit einem Kunden zusammen gehen!«

»... in der Wursthandlung warst du also so lange?«

»Meister, es ging um mein Leben! Jetzt will ich nicht hier warten, bis die mich in die Hände bekommen. Ich will mit Flavius nach Rom!«

Es war heraus, der Gallier hatte seinen ganzen Mut zusammengerafft und ließ sich durch keine Einwände abbringen. Zuletzt zuckte Doryphoros mit den Schultern.

»Olus ist ein freier Mann. Willst du ihn mitnehmen?« Flavius nickte und der Arzt ergriff ein Papyrusblatt. »Also gut, ich suche schon lange jemanden, dem ich meine Bestellung mitgeben kann. Mein Freund Abinoumis, ein ägyptischer Händler in Rom, hat das beste Opium. Und einen Packen Briefe könnt ihr auch mitnehmen. Ich bezahle die Reise, wenn ihr das für mich erledigt.«

Der Arzt betrachtete das ungleiche Paar: Flavius, mit seinen achtzehn Jahren und seiner schlanken, muskulösen Figur, mit dunklem Haar und blauen Augen – ein junger Mann, dem die Frauen immer unverhohlener nachschauten. Daneben der acht Jahre ältere Olus, rundlich, mit rosiger Haut, Bartflaum und rotblonden Locken, naiv und leicht zu begeistern, aber bauernschlau und von unverbrüchlicher Treue, wenn er jemandem seine Zuneigung schenkte. Die beiden nickten sich zu, sodass Doryphoros aufstand, um jedem einen Arm auf die Schulter zu legen.
»Dann reist also zusammen, Merkur wache über euch. Ihr bekommt von mir zwei Maultiere, etwas Geld für die Reise – es müsste reichen, wenn ihr sparsam seid – dazu eine Liste mit meiner Bestellung sowie acht Goldstücke für den Händler. Er weiß, wie er es anstellen muss, mir die Ware zu schicken.« Der Arzt stand noch einen Augenblick nachdenklich da, dann fügte er hinzu:
»Bei Avitus lasse ich morgen durchblicken, dass Flavius in zwei Tagen mit einer Besorgung nach Basilia muss. Ihr könnt in die andere Richtung reisen, und ich beklage mich danach über eure hinterhältige Treulosigkeit!«
Zwei Tage später lauerten einige Bewaffnete bereits frühmorgens im Gebüsch. Sie hatten sich einen einsamen Platz oberhalb der Straße ausgesucht und musterten jeden Reisenden auf dem Weg nach Basilia. Doch die Sonne stieg höher und sank wieder, Ameisen krochen in ihre Lederpanzer, die Zungen klebten ihnen am Gaumen und die Glieder wurden steif vom Kauern in der Hitze. Als der Mond aufging, machten sie sich fluchend auf den Heimweg. Flavius und Olus schliefen um diese Zeit bereits in einem Rasthaus bei Vindonissa, der ersten Station ihrer Reise nach Rom.

Ein halbes Jahrtausend lang hatte die Stadt ihre Umgebung verschlungen, sich scheinbar unaufhaltsam Dörfer, Städte, Provinzen, ganze Länder einverleibt. Jetzt war sie das Haupt eines Weltkreises, der von Schottland bis Ägypten, von Armenien bis Mauretanien reichte. Ein gieriges, vergreistes Riesenhaupt, dem unzählige Adern Nahrung zuführten. Straßen zogen sich durch Ebenen und Hügel, überquerten Täler und Flüsse auf weit gespannten Brücken, begleitet von den endlosen Bogenreihen der Aquädukte. Menschen, Holz, Ziegel, Bronze, Blei, Fleisch, Früchte, Wein, Weizen, Wasser – alles sog dieser Moloch ein. Von allem brauchte er täglich ungeheure Mengen, um zu leben, spie dafür Abfall, Schmutzwasser und Rauch aus, der wie eine Wolke über der Stadt hing.

Flavius und Olus saßen auf ihren Maultieren. Die Reise durch das von Kämpfen zerrissene Oberitalien steckte ihnen noch in den Knochen. Die Schreckensmeldung, eingedrungene Barbaren hätten Aurelianus bei Placentia besiegt, hatte sie in Verona erreicht. So mussten die beiden dort bleiben und an der Stadtmauer mitarbeiten.

Erst auf die Nachricht vom großen Germanensieg des Kaisers hin wagten sie es, ihre Reise fortzusetzen. Jetzt folgten sie dem Strom der schiebenden, drängenden, reitenden, laufenden, fahrenden Menschen, die sich Rom auf der Via Aurelia näherten. Im Schneckentempo, da unzählige Lastkarren auf die Stadt zukrochen, schwer beladen mit Ziegeln, Kalk und Holz.

Je näher sie der Hauptstadt kamen, umso dichter wurde die Bebauung. Auf den Hügeln thronten Villen, wahre Paläste mit weit geschwungenen Bögen und endlosen Säulenreihen, umgeben von Gärten mit sorgsam gestutzten Zierpflanzen. Die Straßen im Tal dagegen waren von Tavernen und den Hütten der Handwerker gesäumt, die sich von den Bedürfnissen der Reisenden nährten.

Endlich wurden die Hügel der Stadt sichtbar, von Tempeln gekrönt, die in den Wolken zu schweben schienen – in diesem Gemisch aus Dunst und Rauch, das ständig über der Stadt hing und den Einwohnern die ungesunde Gesichtsfarbe verlieh, für die sie bekannt waren. Flavius hielt kurz an, um den Anblick in sich aufzunehmen, schon brüllte von hinten der Führer eines von vier Ochsen gezogenen, schwer mit Ziegeln beladenen Karrens:

»Beweg dich, die Straße ist nicht zum Ausruhen da!«
Flavius lag eine grobe Antwort auf der Zunge, dann besann er sich anders. Nachdem er seinem Maultier einen Klaps mit der Gerte gegeben hatte, wandte er sich um und rief:
»Wozu all diese Ziegel, baut der Kaiser einen neuen Palast?«
»Paläste hat Rom genug, du Provinzler. Aurelianus zieht eine Mauer um die Stadt!«
Flavius schwieg betroffen. Selbst Rom war nicht mehr sicher, musste sich wie eine beliebige Provinzstadt hinter Befestigungen ducken.
Schon bald war unübersehbar, mit welcher Hast das riesige Bauwerk ausgeführt wurde. Willkürlich durchschnitten die Fundamente Gärten oder kleine Häuser, machten sich bereits vorhandene Bauten zunutze. An einer Stelle sahen die beiden, wie Statuen in einer Wandnische hastig mit Lehm zugekleistert wurden, bevor die Mauer sie verschluckte. Ein Stück weiter stemmten Arbeiter Grabsteine aus ihren Verankerungen, um sie auf einen Karren zu hieven. Flavius war entsetzt.
»Was soll dieser Frevel, was wird aus den Steinen?«
»Abtrittdeckel für die Festungstürme, mein Junge. Befehl vom Kaiser!«

Sie ritten schweigsam weiter und Olus, der die Stimmung fühlte, drängte sich an Flavius' Seite, um ihn etwas aufzuheitern.
»Vielleicht ist dieser Aurelianus ja nur vorsichtig, oder er denkt wie Philippus.«
»Wie der Kaiser bei der Tausendjahrfeier Roms?«
»Nein, nein.« Olus hob die Hände. »Wie Philippus, der Sargfabrikant in Augusta Raurica! Der hatte an die Wand seines Geschäftes den Spruch gepinselt: ›Kauft rechtzeitig Särge! Besser haben und nicht brauchen, als brauchen und nicht haben!‹«
Flavius musste lachen und klopfte Olus auf die Schulter, der ihn zufrieden ansah. Sie ritten ein Stück, bis sie die Maultiere auf einem großen Viehmarkt verkaufen konnten.
Dann schulterten sie ihre Bündel und ließen sich den Weg

zur nächsten Stelle zeigen, wo sich die Straße durch eines der zukünftigen Tore in die Stadt zwängte.

Ein riesiges Rad wölbte sich über den Köpfen der Menschenmasse. Als sie näher kamen, setzte es sich quietschend in Bewegung und sie sahen die Sklaven, die in seinem Inneren liefen und es antrieben. Vor dem Rad ragten zwei lange Balken in den Himmel, die sich an der Spitze berührten und dort eine Rolle trugen. Ein armdickes Seil hing herunter, daran eine große Eisenzange, deren Klammern einen Quaderstein gefasst hielten. Die Drehung des Rades wickelte das Seil um eine Achse, der Stein schwebte langsam in die Höhe und die Balken ächzten, sodass Olus seinen Begleiter zur Seite zerrte, bis der Kran seine Last auf einem Turmstumpf abgelegt hatte.

Als sich die beiden gerade an der Baustelle vorbeizwängen wollten, hörten sie erregtes Stimmengewirr. Zwei Männer standen sich gegenüber, ein kleiner dicker mit Bart und ein schlaksiger Kahlkopf. Sie schrieen sich an, dann stieß der Dicke den Großen vor die Brust, dass der in einem Sandhaufen landete. Sofort kamen von beiden Seiten Arbeiter gelaufen und rotteten sich zu zwei Gruppen zusammen, die sich heftig beschimpften.

»Was ist hier los?«, fragte Flavius einen ambulanten Obsthändler, der mit seinem Bauchladen voller Äpfel neben ihm stand.

»Streit zwischen Metzgern und Schreinern.«

»Und warum das, bei Jupiter?«

Der Händler wies auf eine Lücke im Mauerfundament.

»Hier treffen sich die Abschnitte beider Gruppen. Die Stadtmauer soll schnell fertig werden, aber es gibt nicht genug Maurer in Rom. Deshalb hat Aurelianus alle Collegia verpflichtet. Jede Handwerkervereinigung muss einen Abschnitt bauen – unter Aufsicht eines Baumeisters, natürlich. Und hier gibt es wohl Streit darum, wer für das letzte Stückchen zuständig ist.«

Während Flavius noch kopfschüttelnd diese Nachricht verdaute, erschien ein Mann in makellos weißer Tunika, der die Streithähne anschrie und seinen silberbeschlagenen Stab in Richtung Mauer stieß, sodass sie mit hängenden Schultern zurück zu den Mörtelbottichen schlichen.

»Wo wollen wir denn hin?«, fragte Olus verstört, als die Menschenmenge wieder schubsend vorwärts drängte. Flavius kramte eine Scherbe heraus, auf die Doryphoros die Adresse des ägyptischen Händlers Aurelius Abinoumis gekritzelt hatte, bei dem sie für ihn einkaufen sollten.
»Soll irgendwo südlich des Aventins sein. Vielleicht weiß jemand, wie wir dahin kommen.«
Er verschwand in der Menge und kehrte in Begleitung eines abgerissenen, heftig gestikulierenden Jungen zurück.
»Er meint, das finden wir nie, denn Straßenschilder gibt es nicht, aber für einen Sesterz will er uns führen. Es muss zwischen dem XII. und dem I. Bezirk sein.«
»Der kleine Halsabschneider! Wo sind wir denn jetzt?«
»Im XIV., in Transtiberim. Wir müssen über den Fluss!«
Es war der verwirrendste, aufregendste, großartigste Fußmarsch, den die beiden je erlebt hatten. Zuerst mussten sie das stinkende, von Gerbern, Leimsiedern, Tuchmachern und anderen kleinen Handwerkern bewohnte Viertel durchqueren. Kurz vor dem Tiber machte ihr Führer vor einer Gerberei Halt und zeigte auf ein offenes Fass, aus dem es beißend nach Urin stank.
»Letzte Gelegenheit, umsonst zu pinkeln. Die Gerber brauchen die Pisse, danach kosten Toiletten meist ein As.«
»Das sparen wir uns!«, rief Olus, und schon plätscherte sein Strahl in das Gefäß.
Nachdem sie den Fluss auf der Subliciusbrücke überquert hatten, betraten sie eine Welt der Wunder, in der ihnen vor lauter Staunen der Mund offen blieb. Hätte sie ihr Führer nicht ständig ermahnt, sie wären gegen Säulen gelaufen, über einen Straßenbarbier gestolpert oder Opfer der Taschendiebe geworden. Hunderte von

Schritten liefen sie an den endlosen Bogenreihen des Circus maximus entlang, verrenkten sich die Köpfe, um einen Blick auf die turmhoch aufragenden Säulen des Kaiserpalastes auf dem Palatinhügel zu werfen. Am Ende des Circus folgten sie etwas der Rundung, dann bog ihr Führer nach rechts in eine große, schnurgerade Straße ein. Flavius warf einen Blick zurück. Durch den Eingang, prunkvoll wie ein Triumphbogen, konnte er die Spina, den Mittelteil der Rennbahn erkennen, voll gestellt mit Obelisken, Statuen, Siegestrophäen.
»Wie viele Zuschauer fasst denn der Circus?«, fragte er den vorwärts drängenden Führer.
»Das weiß niemand so genau, aber 250 000 sind es sicher.«
Flavius rechnete bestürzt nach: Mehr als die zehnfache Bevölkerung von Augusta Raurica! Eine Weile liefen sie die große Straße entlang, bis rechts eine Fassade auftauchte, die wieder aus zwei endlosen, übereinander gestellten Bogenbändern bestand.
»Schon wieder ein Circus?«
»Nein, nur die äußeren Wandelhallen der Antonianus-Thermen. Jetzt sind wir gleich da, hier die Straße rein.«
Endlich standen sie vor dem bronzebeschlagenen Portal eines dreistöckigen Stadthauses. Flavius entlohnte den Führer und ließ den Klopfer auf die Türe niedersausen, dass es im Hause nur so widerhallte.

Die nächsten Tage waren für die beiden Provinzler wie ein Rausch. Aurelius Abinoumis hatte sie zuerst schief angeblickt, aber als ihm Flavius den versiegelten Brief mit der Nachricht des Doryphoros übergab und mit den acht Goldstücken klimperte, erschien der Händler wie ausgewechselt.
»Opium von den schlammgedüngten Feldern des Nils? Da seid ihr richtig, das gibt es nirgendwo besser als bei mir.«
Der füllige Ägypter mit den fetten, schwarzen Haaren rieb sich die Hände. Nachdem er den Gästen einen Raum zugewiesen und sie in der Küche mit etwas kaltem Braten versorgt hatte, bat er sie auf den Balkon im dritten Stock.

»Da liegt Rom vor euch. Was sind eure Pläne?«
»Ich suche einen Freund von mir, Ulixes Gabinius Aquila. Er hat einen Bericht für Kaiser Gallienus verfasst und wollte nach Rom, vor ungefähr drei Jahren.«
Aurelius Abinoumis wiegte den Kopf und schmatzte leicht mit den Lippen.
»Osiris beschütze euch, das schmeckt nach Politik. Es ist ein offenes Geheimnis, dass auch Aurelianus seine Hand im Spiel hatte, als man Kaiser Gallienus samt Frau in das Reich der Schatten beförderte. Seine Anhänger wurden nicht getötet, aber … Nun ja, du verstehst sicher, was ich meine.«
Flavius verstand nur, dass er vorsichtig vorgehen musste.
Zuerst streifte er mit Olus durch die Stadt. Staunend durchschritten sie die übereinander getürmten Bögen des Claudius-Aquäduktes, das die Kaiserpaläste auf dem Palatin mit Wasser versorgte. Fassungslos standen sie vor dem runden Riesenbau des Flavischen Amphitheaters, wanderten weiter zum Forum, lasen die unzähligen Grafitti und Wandmalereien, die jeden freien Mauerfleck bedeckten. Private Botschaften und Liebeserklärungen an Unbekannte, vor allem aber Ankündigungen der nächsten Spektakel. Große Buchstaben, auf die Stellen gepinselt, wo sie am meisten ins Auge fielen, nur um wenige Tage später von einer anderen Malerkolonne für das nächste Schauspiel überstrichen zu werden. Doch je mehr Wunderwerke sie zu sehen bekamen, umso mehr stumpften sie ab: Triumphbögen, Statuen, Ehrensäulen, Theater, Aquädukte, Thermen, Märkte und immer wieder Tempel, Tempel, Tempel – irgendwann sah alles gleich aus und das Einzige, das zählte, waren die schmerzenden Füße. Neidvoll sahen sie die Sänften der Reichen, von schwitzenden Trägern hochgestemmt, wie sie durch diese Masse aus drängelnden, rufenden, laufenden, Lasten schleppenden Menschen glitten.
»Wie viele Einwohner, sagtest du, hat die Stadt?«
»Ich weiß es nicht so genau, aber es soll fast eine Million sein.«
Olus schwieg. Diese ungeheure Zahl überstieg sein Fassungsvermögen.

»Aber wo wohnen die denn? Hier steht doch alles voller Tempel.«
»In den hohen Mietshäusern dazwischen mit ihren bis zu acht Stockwerken. Unser Führer hat mir auf dem Weg erzählt, dass es davon Tausende in der Stadt geben soll.«
Wieder Zahlen, die Olus Kopfzerbrechen bereiteten. Menschen, die in unzähligen Türmen wohnten – Verrückte! Eine Meinung, die sich verfestigte, als die beiden einmal die engen Holzstiegen eines solchen Hauses erklommen, um eine arme Familie zu besuchen. Sie hauste im sechsten Stock unter dem Dach in zwei Zimmern, im Sommer von der Hitze nahezu erstickt, wie sie erzählten, im Winter fast erfroren, vom Lärm der Mitbewohner und der Straße gepeinigt. Zum Wasserholen sechs Treppen hinunter und wieder herauf, genauso zum Entleeren des Nachtopfes in die Tonnen vor dem Haus – wenn sie nicht gleich der Versuchung erlagen, nachts einfach den Inhalt aus dem Fenster zu kippen … Und dann die sorgenvollen Blicke auf die Risse in den Mauern oder der Geruch nach Rauch, möglichem Vorzeichen eines Brandes. Keine grundlosen Ängste, das zeigten die häufigen Hauseinstürze oder Feuersbrünste, bei denen die Bewohner der oberen Stockwerke kaum Aussicht auf Rettung hatten.

Rom – das war unglaublicher Luxus, in Jahrhunderten angehäufter Prunk, dazwischen Hunderttausende beim täglichen Kampf um ein ärmliches Dasein. Frühmorgens die Schlangen der schlaftrunkenen Klienten, die ihrem reichen Patron ihre Aufwartung machten, um ein paar Kupfermünzen abzuholen. Dafür erwartete ihr Gönner, dass sie ihm bei öffentlichen Auftritten folgten, für ihn stimmten und ihn mit Beifall unterstützten. Andere Bedürftige standen, ihre Berechtigungsmarke gezückt, vor den staatlichen Getreideausgabestellen oder drängten sich an den Bäckereien, um ihre Unterstützung direkt als Brot zu empfangen.
Rom – ein Steingewirr mit einem halben Tausend Brunnen, aus denen Tag und Nacht kostenlos kristallklares Wasser sprudelte. Von Aquädukten über Dutzende von Meilen herbeigeführt, ließ es die Gärten der Reichen ergrünen und durchströmte die halbkreisför-

migen Latrinen an den Straßenecken, wo man sich auf Marmorsitzen zu gemütlichem Plausch traf. Es speiste auch die Badepaläste, in denen jedermann sich in Marmorbecken, umgeben von Mosaiken und Statuen, im heißen Wasser räkeln konnte. Zuletzt verendete der Wasserstrom in meilenlangen unterirdischen Kloakengewölben, die ihn als stinkendes Abwasser in Richtung Tiber leiteten.
Rom – die Stadt der Zirkus- und Theaterspiele, die fast jeden zweiten Tag ein Spektakel boten. Hinrichtungen, Wagenrennen, Gladiatorenspiele oder Pantomimus-Aufführungen – nie mangelte es an Unterhaltung, grausam oder komisch.
Rom – das waren die nachts auf Tempelstufen, Plätzen oder bei der Säule am Gemüsemarkt ausgesetzten, oft noch blutverschmierten Neugeborenen. Meist Mädchen, deren Schreien allmählich erstarb, wenn sie nicht ein mitleidiger Bürger oder ein Sklavenhändler mitnahm.
Überhaupt der Lärm! Seit Cäsar tagsüber die Fuhrwerke aus der Stadt verbannt hatte, mussten sie nachts durch die Straßen rollen. Doch kaum verließen die letzten Wagen die Stadt, priesen Straßenhändler lautstark ihre Waren an und die Schmiede hämmerten rot glühendes Eisen. Dazu tönte das Geschrei aus den privat betriebenen Schulen, die sich in den Säulenhallen der Foren oder anderen öffentlichen Gebäuden eingenistet hatten.

Am dritten Tag ihres Aufenthaltes hatten sich Flavius und Olus schon bei Sonnenaufgang auf den Weg gemacht, um noch vor der Tageshitze und dem ärgsten Gedränge das nördliche Stadtzentrum zu erreichen. Den Bogenberg des Flavischen Amphitheaters hatten sie rechts und die Säulenfront des Venustempels links hinter sich gelassen, vor ihnen türmten sich die Häuser der Subura. Da riss ein Aufschrei sie aus ihrer morgendlichen Benommenheit. Olus lief in Richtung einer Säulenhalle. Aufgeregt zeigte er hinein und rief: »Da, am Te… Tempel, sieh!«

Mit wenigen Schritten war Flavius bei ihm. Im Schatten der Säulen saß ein Dutzend Kinder auf kleinen Hockern, Schreibtäfelchen und Griffel auf dem Schoß. Ihre schreckgeweiteten Augen starrten auf einen Jungen, der über dem gebeugten Rücken eines Mitschülers hing, während ein zweiter seine Füße festhielt. Der weiße Hintern des Jungen war entblößt und von roten Striemen gezeichnet. Daneben stand der Lehrer, holte mit der Rute aus und ließ sie auf die nackte Haut niedersausen. Der Körper wand sich in hilflosem Schmerz. Der letzte Schlag, ein Aufschrei, dann senkte der Lehrer die Rute. Ein Wink, der Geprügelte zog mit tränenüberströmtem Gesicht seine Kleider hoch und humpelte zu seinem Platz zurück.

»Wo war ich stehen geblieben? Sprecht mir nach …«, hörten sie eine leiernde Stimme den unterbrochenen Unterricht fortsetzen.

Flavius und Olus mischten sich betreten unter die Masse der Sklaven, Geldwechsler, Bartscherer, Honigbäcker, Bettler, Matronen und Kinder, die drängelnd die Straße füllte.

»Wie gut, dass ich nie in der Schule war«, seufzte Olus.

»Und ich danke allen Göttern für den Unterricht bei meinem Hauslehrer«, murmelte Flavius, aber in Gedanken durchlebte er wieder die Schreckenszeit bei dem Weißhaarigen.

Der Weg durch das Subura-Viertel war selbst für Freunde Roms eine Prüfung. Die Gassen, meist kaum mehr als zehn Fuß breit, wurden noch zusätzlich durch Verkaufsstände von Metzgern, Bäckern oder Garküchen eingeengt. Oben flatterte Wäsche von Balkonen, die von beiden Seiten so weit vorragten, dass selbst tagsüber kaum ein Sonnenstrahl zu sehen war. Und das ganze Viertel stank – nach Urin, Schweiß, fauligen Früchten, altem Fett und saurem Wein, je nachdem, durch welchen Schmutz sie gerade stapften oder von wo der Wind wehte. Immer wieder reckten ihnen Bettler ihre Schälchen entgegen, Wirte winkten sie in schmutzstarrende Spelunken und Huren machten ihnen schöne Augen. Eine mit blond gefärbten Haaren versuchte sogar, Olus in ein Haus zu zerren, hinter dessen offenen Fenstern sich nackte Frauenkörper im Halbdunkel abzeichneten.

Endlich hatten sie diesen Hades hinter sich und kamen in die Gegend des Vicus Sandaliarius, dem Zentrum der Buchhandlungen. Hier sollte sich vielleicht eine Spur von Aquila finden lassen, wie Abinoumis meinte. Denn trotz anfänglicher Zurückhaltung hatte der Ägypter seine Fühler ausgestreckt, sich bei seinen zahlreichen Kunden umgehört und zuletzt etwas herausbekommen.
»Flavius, ich glaube, ich habe Neuigkeiten für dich. Geh zum Buchhändler Tryphon. Er erinnert sich an einen Kunden, auf den deine Beschreibung passen könnte.«

So standen die beiden nun mit schmerzenden Füßen in einer Straße, die nur aus Buchhandlungen zu bestehen schien. Die Gesuchte war eine der größten und trug die Aufschrift: »Buchhandlung Tryphon. Seltene Manuskripte über fremde Länder in Latein, Griechisch und Ägyptisch«. Darunter stand, in etwas kleineren Buchstaben: »Auch Ankauf und Schnellkopierdienst«. Die Türpfosten waren von oben bis unten mit Schildchen bedeckt, die Autor und Titel der vorrätigen Werke nannten. Am Eingang, aus dem ein Geruch nach Safran und Zedernholz wehte, stand ein Korb mit mehreren zerfledderten Rollen. Ein Schild verkündete: »Sonderangebote, halber Preis!«
Flavius trat ein und ergriff den rot gefärbten Stab, der aus der Mitte einer Rolle ragte. Ein kleines Pergamentstück baumelte daran, auf dem in verstaubter Schönschrift »Lukianos von Samosate: Eine Wahre Geschichte« prangte.
»Ein originelles Werk. Ihr habt Geschmack, junger Herr.«
Flavius sah sich nach der Stimme mit dem fremdländischen Akzent um. Sie gehörte einem uralten Mann mit schütterem, braunem Haar und buschigen Augenbrauen, der in eine weiße, an mehreren Stellen geflickte Toga gehüllt war.
»Wie Ihr sicher wisst, führt der Titel in die Irre, denn es handelt sich um die Erzählung einer Fahrt zum Mond. Ein Schiff segelt jenseits der Säulen des Herkules, als ein gewaltiger Sturm es ergreift und in die Wolken reißt. Nach sieben Tagen Herumirren landet es auf dem Mond, wo menschenähnliche Fabelwesen, die auf drei-

köpfigen Geiern reiten, die Besatzung vor den König schleppen, der eine große Schlacht gegen Phaeton schlagen will ...« Der Mann unterbrach seine Schilderung, als er Flavius' entgeisterten Ausdruck bemerkte, und hob beide Hände.

»Nun ja, ein wildes Phantasieprodukt, vor hundert Jahren das Stadtgespräch. Aber heute hat sich der Geschmack gewandelt, leider. Ich kann es Euch deshalb für einen guten Preis lassen.«

Flavius schob hastig die Rolle zurück. »Vielen Dank, aber für eine eigene Bibliothek fehlt mir das Geld. Ich komme von Abinoumis, der meinte, Ihr könntet mir vielleicht bei der Suche nach einem Freund behilflich sein.«

»Der Ägypter schickt Euch? Ein kluger, ein guter Händler, der alles beschafft. Opium, Perlen, Seide ...«

Er sprach die Worte so weich aus, dass man förmlich meinte, das Fließen des hauchfeinen Stoffes auf der Haut zu spüren.

»Bei mir war ein Mann wie der, den Ihr sucht. Älter, hager, schütterer Haarkranz.«

»Wie lange ist das her?«

»Vielleicht drei Monate, vielleicht länger. In meinem Alter verrinnt die Zeit so schnell. Der Mann kam in den Laden und fragte nach Büchern über Persien und Indien.«

»Hat er etwas gekauft?«

»Nein, alles, was ich ihm anbot, kannte er schon. Auch das Logbuch des Nearchos, des Admirals Alexanders des Großen. Sogar den Geheimbericht des Karthagers Hanno von seiner Reise um Afrika. Sehr seltsam..«

»Wie hieß der Mann, woher kam er?«

Der Buchhändler zuckte mit den Schultern und lächelte melancholisch.

»Leider hat er nichts gekauft, er ging fort. Ich hatte ihn noch an einen Kollegen verwiesen, aber auch dort, nichts, alles besaß er schon ...«

»Dann muss der Mann ja über eine riesige Bibliothek verfügen?«

»Vielleicht, junger Mann, vielleicht arbeitet er aber auch in einer Bibliothek.«

»Wer hat in Rom eine Bibliothek?«
»Viele, wir sind hier nicht in der Provinz. Wenn man die Thermen mitrechnet, gibt es zwei Dutzend öffentlicher Bibliotheken, und jeder Neureiche will sich mit Klassikern schmücken. Doch fragt einmal anders.«
Flavius schaute ihn unsicher an. »Anders, wie denn?«
»Fragt nach dem Zweck. Wer viel Geld für seltene Schriften ausgibt, muss einen guten Grund haben.«
»Vielleicht ist er ein Sammler von Reiseberichten?«
»Vielleicht. Aber so sah er nicht aus, nicht wie ein reicher, gelangweilter Sonderling. Er suchte etwas.«
Flavius legte die Hand an die Stirn. »Aber was und wozu? Helft mir bitte, ich verstehe das nicht.«
Im Gesicht des alten Mannes zeigten sich sorgenvolle Falten.
»Es geht um den Handel, mein Junge, um viel Geld für Weihrauch, Pfeffer, Perlen, Seide und dergleichen. Vor zwei Jahrhunderten klagte Plinius, dass Luxus und Frauen uns alle Jahre hundert Millionen Sesterzen kosten würden – eine Million Goldstücke! Das ist lange her, aber noch immer bluten wir, noch immer fließt unser Gold nach Osten. Und habt Ihr einmal die reichen Römerinnen gesehen, mit ihren perlenbesetzten Schuhen? Gehüllt in schamlose Seidengewänder, die mehr zeigen als verbergen – habt Ihr das gesehen?«
Die buschigen Augenbrauen zogen sich zusammen und mit einer Hand wies er auf eine verstaubte Rolle hoch oben im Regal.
»Schon Kaiser Tiberius hat gesagt: ›Die Frauen mit ihrem lächerlichen Tand verschwenden unser Geld an Ausländer!‹ Recht hatte er, und wisst Ihr, was diese Seide kostet?«
Flavius schüttelte den Kopf.
»Ihr Gewicht in Gold! Das füllt die Beutel der Zwischenhändler und des Königs Schapur in Persien. Wir mästen unsere ärgsten Feinde. Was sollten wir also tun?«
Der Buchhändler legte den Kopf schräg und deutete mit dem Zeigefinger auf Olus, der sich zuerst umdrehte, ob nicht jemand hinter ihm gemeint sein könnte.

»Wir sollten selber den Handel betreiben!«
»So ist es, mein Junge. Früher haben wir das auch getan ... Aber jetzt – nein, ich habe wirklich genug gesagt.« Der alte Mann wandte sich ab, um im Hintergrund seines Ladens die Buchrollen in den Regalen zu ordnen. Flavius rief ihm nach:
»Warum genug? Bitte helft uns doch!«
Der Buchhändler drehte den Kopf.
»Warum? Wenn viel Geld oder Politik im Spiel ist, sollte man vorsichtig sein. Ich will nicht, dass man sagt, ich würde das Geschäft mächtiger Leute stören.« Er zögerte, dann fügte er hinzu, als er Flavius' Enttäuschung bemerkte:
»Kommt her, ich nenne Euch einige große Händler, da könnt Ihr nachfragen.« Flavius beugte sich herunter, der Alte murmelte etwas, Flavius wiederholte leise die Namen, dann richtete er sich auf.
»Vielen Dank, Ihr wart uns eine große Hilfe. Habt Ihr sonst noch einen Rat?«
Der Buchhändler schwieg. Erst als die beiden schon in der Türe standen, räusperte er sich und seine Stimme war fast nicht zu hören.
»Vielleicht solltet Ihr auch im Tabularium nachfragen.«
»Im Staatsarchiv?«
»Genau da. Es liegt am Nordrand des Forums, am Kapitolshügel. Und falls Ihr Euch anders besinnt, kann ich Euch die ›Wahre Geschichte‹ wirklich für einen guten Preis lassen.«

Drei Tage später standen sie auf dem Forum und blickten zu dem lang gestreckten Bau mit seinen riesigen Fenstern empor. In allen Bibliotheken war die Nachfrage vergeblich gewesen, auch kein Kaufmann hatte je von dem Gesuchten gehört. Einmal dachten sie fast, auf eine Spur gestoßen zu sein, als der Händler Firmus sich sehr an ihrer Nachforschung interessiert zeigte und sie in ein längeres Gespräch verwickelte. Doch schließlich hatte er sie zur Türe

geleitet, ohne ihnen weiterzuhelfen. Das Tabularium war ihre allerletzte Hoffnung.
Die beiden stiegen die Treppe empor, die zum Kapitol führte, bis sie vor dem Portal standen. Sie hatten wie immer einen Brief von Abinoumis dabei, den sie angeblich überbringen sollten. Flavius war schon auf das übliche Kopfschütteln gefasst und traute seinen Ohren kaum, als die Torwache antwortete:
»Aquila? Am Ende des Ganges rechts, in der griechischen Abteilung.«
Flavius starrte ihn ungläubig an, dann packte er Olus an der Hand und die beiden rannten den riesigen, gewölbten Gang entlang. Ihre Schuhe hallten auf dem Marmorfußboden, Statuen ragten aus halbdunklen Seitennischen und einige Männer – wahrscheinlich Beamte – starrten ihnen entgeistert nach, lange Buchrollen im Arm. Sie kamen zu einer großen Quermauer, sahen rechts eine Türe, rissen sie auf und fanden sich in einem lang gestreckten Raum, dessen Mitte ein riesiger Holztisch einnahm. Er war bedeckt mit Schriftrollen, im Abstand von einigen Fuß standen Bronzekandelaber mit je drei Öllämpchen an Ketten, am Ende saß ein Mann über eine Rolle gebeugt. Er richtete sich auf, sah die Neuankömmlinge, erhob sich und breitete die Arme aus: »Flavius!«
»Ulixes!«
Beide liefen aufeinander zu. Ohne nachzudenken, fasste Flavius seinen alten Freund um die Hüfte und hob ihn hoch. Der Mann lachte.
»Das letzte Mal habe ich das noch mit dir gemacht!«
»Das letzte Mal ist auch schon drei Jahre her!«, erwiderte Flavius atemlos vor Erregung, bevor sein Blick auf Olus fiel, der neben dem Tisch wartete. Er stellte die beiden einander vor, dann setzten sich alle drei hin und Flavius berichtete von seinen Erlebnissen, seit er in Gefangenschaft der Alamannen geraten war. Als er schwieg, blickte ihn Ulixes lange an, dann seufzte er.
»Ich hatte mir so etwas gedacht. Zwei Tage habe ich nach dir gesucht, bis ich die Feuerstelle fand, die Hufspuren, die Bronzeschnalle im Gras. Da gab ich auf und ritt nach Osten. In Augusta

Vindelicum wollte ich länger bleiben, aber als ich von Gallienus' Tod erfuhr, ließ ich alles stehen und liegen, um nach Rom zu kommen. Ich konnte gerade noch meinen Geheimbericht abfangen, den ich von Augusta Treverorum aus an Gallienus geschickt hatte. Ich widmete ihn dem neuen Kaiser, der zwar nicht sehr interessiert war, aber mir wenigstens eine Stelle im Archiv verschaffte.«
»Das klingt, als seist du nicht zufrieden.«
»War ich auch nicht, bis ich vor drei Monaten den Auftrag von Kaiser Aurelianus erhielt.«
»Du hast den Kaiser getroffen?«
»Leider nein, aber Constantius Calpurnius Beryllus, der Vorsteher der kaiserlichen Verwaltung, rief mich zu sich. Er ist ein Freigelassener, ein sehr mächtiger Mann, der schon mehreren Kaisern gedient hat. Aurelianus erwartet eine Delegation aus Indien.«
»Wo liegt das?«
»Östlich von Persien, daher kommen Perlen, Pfauen und vor allem Pfeffer. Aurelianus möchte wissen, ob man die geldgierigen persischen Zwischenhändler umgehen könnte. Deshalb soll ich einen Geheimbericht erstellen über alles, was sich im Archiv zum Thema des Handels mit den Ländern des Sonnenaufganges findet.«
Flavius sah auf den großen Tisch, auf die Tintenfässer, die Papyrusblätter und die Regale voller Schriftrollen, die bis zur Decke reichten.
»Viel Arbeit. Hast du Hilfe?«
Ulixes schüttelte den Kopf. »Mein Gehalt reicht nicht für einen Mitarbeiter, der gut Griechisch kann und vertrauenswürdig ist.«
Flavius sah Ulixes an.
»Und wenn er die Sprache nicht ganz so gut könnte, aber bescheiden und vertrauenswürdig wäre?«
Ulixes stutzte, dann schmunzelte er. »Du meinst dich? Von mir aus gerne, wenn dir die Arbeit nicht zu staubig ist.«
»Und ich?«
Flavius wandte sich Olus zu und hob die Augenbrauen.
»Was macht jemand, der nicht lesen kann, in einer Bibliothek?«

»Pah!« Der kleine Gallier blickte ihn finster an, drehte sich um, musste dann aber doch lachen.

Von diesem Tag an arbeitete Flavius im großen Archiv. Er half, verstaubte Schriftrollen aus endlosen Holzregalen zu ziehen, bangte mit Ulixes, wenn der Papyrus so brüchig war, dass sie die Rolle zuerst zum Kopisten geben mussten, und rätselte mit bei der Entzifferung verfleckter oder unverständlicher Textstellen. Vor allem aber staunte er immer wieder über das ungeheure Wissen, das die Menschen im letzten Dreivierteljahrtausend über die Erde angehäuft hatten und von dem kaum jemand außerhalb der Bibliothek etwas ahnte.

Da waren die uralten Weltkarten des Ephoros, Dikaiarchos, Hekataios und des Eratosthenes, die von den Zinninseln (Britannien) bis nach Indien reichten, der unglaubliche Bericht des Karthagers Hanno, der so lange der Westküste Afrikas nach Süden gefolgt war, bis die Sonne nicht mehr links, sondern rechts von ihm aufging. Flavius kämpfte sich durch das Bordtagebuch des persischen Admirals Skylax, der von Indien bis ins Rote Meer gesegelt war und von Ungeheuern wie den Schattenfüßlern oder Großköpfen berichtete. Zwei Jahrhunderte später hatte Nearchos, der Admiral Alexanders des Großen, diese Reise teilweise wiederholt, um dann den Euphrat hinauf bis Babylon zu fahren. Viele Abende blieb Flavius länger, um sich in die Reisebeschreibungen Herodots zu vertiefen, machte Auszüge aus der Erdbeschreibung des Pomponius Mela, den Büchern über die sieben Weltwunder des Philon und des Kallimachos aus Alexandrien. Er durchforschte die Darstellungen von Strabo und Plinius, überflog sogar Pausanias und Heliodor auf der Suche nach Einzelheiten über die Länder des Sonnenaufgangs und machte Notizen. Nur einmal war er fast sicher, einer Fabel aufgesessen zu sein, als er nämlich auf die Bestimmung des Erdumfanges stieß.

»Ulixes, kann das wahr sein?«

Der hagere Mann legte seine Feder beiseite und blickte auf. »Was denn?«

»Hier steht, die Erde sei eine Kugel und Erathostenes von Kyrene habe ihren Umfang mit 250 000 Stadien (40 000 km) bestimmt.«
»Du meinst die Messung des Leiters der Bibliothek von Alexandria vor fünfhundert Jahren? Was stört dich daran?«
»Die Erde ist doch flach!«
»Woher weißt du das?«
Flavius sah Ulixes verblüfft an. »Das sieht man doch.«
»Dein Blick reicht bis zum Horizont, aber was beweist das? Dass die Erde eine riesige Kugel ist, sagen schon Gelehrte wie Plato, Heraklit, Pythagoras und Archimedes.«
»Und wie hat dieser Ägypter dann ihren Umfang bestimmt? Ist er einmal drum herum gelaufen?«
»Machst du Witze? Nein, er hat an einer nördlichen und einer südlichen Stelle genau zur Mittagszeit die Schatten senkrechter, gleich langer Stäbe gemessen. Wenn die Erde flach wäre, müssten diese Schatten genau gleich lang sein, was sie aber nicht waren. Da er die Entfernung beider Stellen und die Stablänge kannte, konnte er aus der Schattendifferenz die Krümmung der Erdkugel berechnen, auf der diese Stäbe stehen.«
Flavius grübelte, kam zu dem Schluss, dass so etwas möglich sei, und widmete sich wieder seinen Rollen.

Als er nach mehreren Wochen mit den Ausarbeitungen fertig war, legte er Ulixes seinen Stapel auf den Tisch.
»Und was hast du herausgefunden über unsere Beziehungen zum Land der Pfauen?«
Ulixes machte eine Handbewegung in Richtung einiger Schriftrollen, die halb geöffnet auf dem Tisch lagen.
»Viele Hinweise, aber wenig Konkretes. Nicolaus von Damascus, Horatius Flaccus und Strabo schreiben, dass Augustus mehrfach Delegationen aus Indien empfangen habe, und er selber erwähnt es in seinem ›Tatenbericht‹, den er überall an die Wände hat meißeln lassen. Bei Plutarchus gibt es eine seltsame Stelle. Da ist die Rede von drei Botschaftern, die merkwürdige Geschenke mit sich geführt hätten: einen Menschen ohne Arme, eine Flussschildkröte,

ein Riesenrebhuhn, Schlangen und einen verrückten Heiligen, der sich immer wieder selbst verbrennen wollte.«

»Klingt nicht sehr nützlich.«

»Stimmt. Aber anderthalb Jahrhunderte später findet sich bei Annaeus Florus ein Hinweis, zu Augustus sei auch eine indische Botschaft gekommen, die Elefanten, Edelsteine und Perlen mit sich führte. Und die Stelle bei Plinius dem Älteren, in der von vier Gesandtschaften des Königs von Taprobane an Kaiser Claudius die Rede ist, hast du mir ja selber rausgesucht.«

»Das wollte ich dich schon fragen. Was ist Taprobane?«

»Eine Insel südlich von Indien. Ptolemaios beschreibt sie in seiner ›Einführung in die Geografie‹, aber das ist schon über hundert Jahre her.« Ulixes wies auf eine der Rollen.

»Auch Trajanus, Hadrianus und Antoninus Pius sollen Besucher aus Indien empfangen haben, danach werden die Hinweise spärlich. Den letzten habe ich für Elagabalus' Regierungszeit gefunden, aber dieses Scheusal interessierte sich ja nur für seine perversen Ausschweifungen.«

»Ist das alles?«

»Nein, Merkur sei Dank. Hier habe ich noch zwei sehr nützliche Quellen.«

Ulixes wies auf eine große und eine ganz kleine Rolle, die er ergriff und öffnete.

»Leider ist der griechische Kapitän unbekannt, der das geschrieben hat, aber es muss ungefähr zwei Jahrhunderte her sein.«

Flavius zog die Rolle zu sich und las den Titel »›Der Periplus des Erythräischen Meeres‹. Was ist das?«

»Das Logbuch eines Kapitäns, das den Seeweg von Ägypten, vom Hafen Myos Hormos aus, bis östlich von Indien beschreibt. Hier steht zum Beispiel etwas wenig Freundliches über Arabien. Er schreibt, das Land sei – aber lies selber!«

Flavius folgte dem Finger und kämpfte mit der altertümlichen griechischen Schrift. »›... bewohnt von doppelzüngigen Schurken, die in Dörfern oder Nomadenlagern leben und die Schiffe, die sich nicht in der Mitte halten, plündern und die Schiffbrüchigen zu

Sklaven machen.‹ Klingt ja abschreckend. Warum macht man nicht einen großen Bogen um die Gegend?«
»Weil es der Seeweg nach Indien ist und etwas südlich das Land folgt, aus dem der Weihrauch kommt, dessen Schwaden dir in jedem Tempel in die Nase steigen. Hier steht es: ›Dies Land ist gebirgig und abweisend, in undurchdringliche Wolkenschleier gehüllt und voller Bäume, die den Weihrauch liefern. Diese Bäume sind nicht besonders hoch oder stämmig. Der Weihrauch klebt in Tropfen an ihrer Rinde, wie die Bäume bei uns in Ägypten ihr Gummi absondern. Die Sklaven des Königs und Strafarbeiter sammeln das Weihrauchharz …‹
… und verkaufen es dann für viel Gold an uns, muss man hinzufügen. Wenn Rom nur auf den Weihrauch verzichten könnte …«, seufzte Ulixes.
»Und am besten auch noch auf die Seide«, ergänzte Flavius. »Was steht dazu in diesem Periplus?«
»Nicht viel, nur dass ganz im Osten die Heimat friedfertiger Menschen mit flachen Gesichtern sei, die Seide herstellen.«
»Und wie machen sie das?«
»Das ist ihr Geheimnis. Vergilius schreibt, dass Seide in Fäden auf den Bäumen wachse, aber ob das stimmt, weiß man nicht.«
»Warum fährt kein Römer in dieses Land, um das herauszufinden?« Flavius' Augen blitzten.
Ulixes schmunzelte. Er beugte sich über den Tisch, um nach einer kleinen, zerfledderten Rolle zu greifen.
»Das ist tatsächlich geschehen, vor einem Jahrhundert. Ein römischer Kaufmann segelte immer weiter nach Osten, bis er in ein Land kam, das China genannt wird. Er führte Elfenbein, Schildpatt und vor allem Rhinozeroshorn als Geschenke mit sich, von dem die Menschen dort glauben, dass es die Schwäche der männlichen Lenden kurieren soll.«
Ulixes grinste. »Entweder hat das Horn nicht gewirkt, oder die Eingeborenen waren von den Gaben enttäuscht, denn unser Römer, dessen Name leider nicht überliefert ist, gab sich großspurig als Gesandter des Kaisers Antoninus Pius aus. Auf jeden Fall hat

er weder das Geheimnis der Seide gelüftet noch eine römische Handelsstation wie in Indien gegründet.«
»Ein römischer Handelsplatz in Indien?«
»Ja, an der Ostküste hatte das Reich lange Zeit einen Stützpunkt. Der Periplus und Ptolemaios erwähnen beide eine Stadt, die Podouke Emporion genannt wird. Aber schon seit einem Menschenalter kommen keine Nachrichten mehr von dort, und das Imperium hat genug andere Sorgen.«

Flavius ergriff den Bericht über die Fahrt in das Seidenland, las einige Zeilen der krakeligen Handschrift, dann legte er das Manuskript auf den Tisch.
»Und was ist mit der anderen Quelle, die du vorhin erwähnt hattest?«
Ulixes zog die große Rolle heran.
»Hilf mir, den Tisch freizuräumen. Wir werden den Platz brauchen.«
Flavius trug die anderen Schriften wieder in die Regale zurück, während Ulixes die Bronzeleuchter an den Tischrand schob. Mit einem beschwerte er den Anfang der großen Pergamentrolle, um sie dann sorgfältig aufzuwickeln. Zuletzt bedeckte eine über zwanzig Fuß lange Zeichnung den Tisch, auf der Flavius zuerst nichts außer Linien und Namen erkennen konnte.
»Was soll das darstellen?«
»Ein Karte der bekannten Welt – von Britannien bis Indien.«
Ulixes ließ seinen Finger suchend über dem Gewirr von Namen schweben, dann zeigte er auf einen Kreis mit einer Figur.
»Rom, das Haupt der Welt. Hier siehst du die Küsten Italiens.« Der Finger wanderte tiefer. »Da liegt Afrika, meine Heimat.«
»So nah? Da könnten wir ja in einem Tag hinsegeln!«
Ulixes sah ihn an, dann musste er lachen.
»Leider sieht das nur so aus. Der Zeichner der Karte wollte ein Hilfsmittel für Landreisen machen. Siehst du die feinen Linien zwischen den Städten?«
Flavius nickte.

»Die Zahlen daran zeigen die Entfernungen. Um Platz zu sparen, hat er das Meer, das ihn nicht interessierte, in einem schmalen Streifen dargestellt. Aber komm mal, hier ganz am Ende …«
Ulixes ging den Tisch entlang, bis er an das Kartenende mit dem angeklebten Stab kam.
»Dieses Land mit den vielen Flüssen ist Indien, da unten liegt die Insel Taprobane. Lass uns mal sehen, was da alles eingezeichnet ist. Leider ist die Schrift etwas klein für meine alten Augen.«
Ulixes ging zu einem Wandschrank und kam mit einer durchsichtigen Glaskugel zurück, die mit Wasser gefüllt war. Flavius sah ihn fragend an, als Ulixes die Kugel auf die Karte legte und mit dem Finger darauf zeigte.
»Jetzt sieh mal da durch!«
Zuerst hatte Flavius Schwierigkeiten, etwas zu erkennen, aber plötzlich sah er die Namen der Karte ins Riesenhafte verzerrt.
»Aber … das ist ja Zauberei! Welcher Dämon steckt da drin?«
»Keiner, diese Wirkung der Kugel habe ich zufällig bei Seneca gelesen und mir für meine Arbeit so etwas beim besten Glasbläser Roms anfertigen lassen. Jetzt lass uns mal nach Namen suchen.«
Eine Weile verharrten beide über die Karte gebeugt, dann zeigte Flavius mit dem Finger auf eine Stelle: »Hier scheint es ein römisches Heiligtum zu geben.«
»Wo denn?«
»Da, am rechten unteren Rand der Karte.« Ulixes schob die Kugel hinüber.
»Tatsächlich, da ist ein Ort namens Muziris mit der Bezeichnung ›Templum Augusti‹ vermerkt.«
Noch lange studierten sie intensiv die Karte und Ulixes' Feder kratzte über den Papyrusbogen, als er Anweisungen für den Sklaven notierte, der diesen Teil der Karte kopieren sollte. Flavius' Blick wanderte nach links, über Städtenamen, die einen fremden, geheimnisvollen Klang hatten: Persepolis, Babylon, Ktesiphon, Heliopolis, Palmyra.
Nachdenklich starrte er auf die Karte, dann fasste er sich ein Herz.
»Ulixes, darf ich dich etwas fragen?«

»Ja, natürlich.«
»Gibt es im Archiv auch Berichte darüber, was mit Kaiser Valerianus und seinem Heer in Persien geschah?«
Ulixes sah ihn an.
»Ich vergaß. Dein Vater war damals mit dabei.«
Er stützte den Kopf auf die Hand und blickte auf die Kugel, durch die verzerrt die gezeichnete Linie des Flusses Indus schimmerte.
»Unter Gallienus waren alle Nachrichten darüber Staatsgeheimnis, denn er hat bekanntlich nichts unternommen, um seinen Vater und das Heer auszulösen. Aber Aurelianus hätte zu solcher Heimlichtuerei keinen Grund. Wenn dieser Bericht fertig ist, werde ich beantragen, im geheimen Teil des Archivs nachforschen zu dürfen.«
Flavius schluckte, nickte und stürzte sich wieder in die Arbeit.

Olus war es, dem der Mann zuerst auffiel.
Seit sie bei Abinoumis ausgezogen waren, schlief er mit Flavius zusammen in einem Zimmer der geräumigen Wohnung, die Ulixes angemietet hatte. Tagsüber bereitete er das Frühstück zu, kümmerte sich um den Haushalt, putzte, kaufte Lampenöl und sorgte dafür, dass immer einige Amphoren Wein vorrätig waren. Manchmal, wenn er früh genug fertig war, machte er sich auf den Weg, um Flavius und Ulixes am Tabularium abzuholen.
Eine Tages verspäteten sich seine Freunde, sodass Olus viel Zeit hatte, die Umgebung zu mustern. Da sah er ihn an der Hausecke. Ein Mann von vielleicht dreißig Jahren, mit dunkler Hautfarbe und zusammengewachsenen Augenbrauen, der auf den Eingang des Archivs starrte. Irgendwo hatte er diesen Mann schon gesehen. Er zermarterte sich den Kopf, aber die Erinnerung ließ ihn im Stich. Als endlich Flavius und Ulixes in dem Portal auftauchten, dachte er nicht weiter daran. Erst sehr viel später sollte ihm einfallen, wo er dem seltsamen Fremden das erste Mal begegnet war: bei Firmus, dem Händler.

»Endlich, warum hat es heute so lange gedauert?«
Ulixes blickte belustigt auf den kleinen Gallier, der da von ihm Rechenschaft zu fordern schien.
»Heute war ein wichtiger Tag für unseren Bericht an Kaiser Aurelianus. Ich habe die fertigen Blätter des Codex über die Ostländer bekommen, durchgesehen und zum Vernähen gegeben.«
In diesem Augenblick drängte sich ein Bettelkind, das sie schon seit dem Tabularium verfolgte, noch näher heran, zupfte Ulixes an der Tunika und hielt die Hand auf. Olus scheuchte den kleinen Schmutzfink weg, doch das Kind blieb einige Schritte entfernt stehen und folgte ihnen dann erneut. Olus wandte sich an Ulixes.
»Vernähen – wozu das?«
»Ein Codex besteht aus einzelnen Blättern, die an einer Seite zusammengeheftet sind.«
Olus verstand das Prinzip, aber nicht den Zweck.
»Warum in dieser Form und nicht als Rolle, ist das etwas Neues?«
»Ja, das kommt jetzt immer mehr in Mode und ist gerade für unsere Zusammenstellung sehr geeignet, weil der Kaiser direkt die einzelnen Kapitel aufschlagen kann, ohne eine ganze Rolle abwickeln zu müssen!«
Das leuchtete Olus ein.
»Dann habt ihr doch etwas zum Feiern! Um die Ecke gibt es eine Popina, die ganz leckeren Schweinsbraten serviert …«
Ulixes lachte und klopfte Olus auf die Schulter.
»Deine Sorge um unser Wohlergehen in Ehren, aber wir essen lieber im ›Olivenbaum‹ bei uns. Bald wird es dunkel.«
Olus nickte stumm. Er wusste, dass nach Einbruch der Dunkelheit die lichtlosen Straßen Roms ein gefährlicher Ort für Spaziergänge waren. Ausgekippte Nachttöpfe, rücksichtslose Wagenlenker und pöbelnde Betrunkene gehörten dabei zu den harmlosen Übeln – gefährlicher waren die Räuber, die ganze Stadtviertel unsicher machten.
Als sie zu Hause ankamen, war das Bettelkind verschwunden.

Flavius ließ den bronzenen Türklopfer los und trat einen Schritt zurück. Gestern Abend hatten sie den in feinstes Pergament gebundenen Codex erhalten und sich gleich heute auf den Weg zum Quirinal gemacht, um Constantius Calpurnius Beryllus ihre Arbeit zu überbringen.

»Warum führt eigentlich ein Freigelassener die kaiserliche Verwaltung?«, flüsterte Flavius, als sie vor dem Portal mit den beiden Säulen standen.

»Senatoren oder Ritter sind sich für eine solche Tätigkeit zu fein, aber bitte jetzt keine Fragen mehr.«

Die Türe öffnete sich und ein pechschwarzer Sklave mit wulstigen Lippen und gekräuseltem Haar blickte sie prüfend an. Dann trat Ulixes vor.

»Mein Name ist Ulixes Gabinius Aquila und das ist mein Gehilfe Flavius. Wir bringen den Bericht.«

Der Schwarze winkte sie mit einer stummen Geste herein. Er schloss die Türe, dann führte er sie wortlos durch zwei Räume, bis sie einen großen Saal erreichten, in dessen Mitte ein runder, dreibeiniger Tisch aus Rosenholz stand.

Flavius sah sich verblüfft um, einen solchen Raum hatte er noch nie gesehen. Die Wände waren völlig mit Säulen, Giebeln und Bögen verziert, die den Blick in eine weite Landschaft lenkten. Hirten weideten ihre Herden, Boote befuhren einen See, Landarbeiter ernteten Früchte und in einem kleinen Wäldchen stellte Pan den Nymphen nach. Doch alles war nur vorgetäuscht: die Architektur, die Figuren, die Natur. Am liebsten hätte man den Fuß in diese idyllische Landschaft gesetzt, schon um dem verschmutzten Boden zu entgehen, dessen helles Mosaik über und über mit Essensresten bedeckt war. Da lagen Hummerscheren neben Kirschen, Schneckenhäusern, abgenagten Knochen, Fischskeletten, Nüssen und Salatblättern. Doch bei genauerem Hinsehen war auch hier alles Illusion, von einem Mosaikkünstler mit feinsten Steinchen so gelegt, dass es wie nach einem Gastmahl aussah. Ulixes war sichtlich beeindruckt und konnte seine Augen nicht von dem Boden lösen.

»Eine schöne Arbeit, nicht wahr? Ich habe dafür extra einen Meister aus Pergamon kommen lassen!«
Flavius und Ulixes blickten auf. Ein hochgewachsener, etwa fünfzigjähriger Mann stand in der Türe, in ein knöchellanges Pallium gekleidet. Der gelbe, mantelartige Umhang trug als einzige Verzierung einen indigoblauen Streifen und wurde an den Schultern durch zwei goldene Spangen zusammengehalten. In der Mitte des scharf geschnittenen Gesichts war eine riesige Hakennase, der Ansatz eines Doppelkinns milderte die energischen Züge unter den kurz geschnittenen, eisgrauen Haaren.
»Bei einem Abendessen hat einmal ein Gast, der nicht mehr so gut sah, vorsichtig seine Füße zwischen die Reste gesetzt, damit seine kostbaren Ledersandalen nicht beschmutzt werden. Es sah aus wie ein Storch im Sumpf.« Constantius lächelte. »Aber Ihr seid ja nicht gekommen, um meine Extravaganzen zu bewundern. Wo ist der Codex?«
Ulixes ging zum Tisch, öffnete eine Tasche aus rotem Kalbsleder und zog einen flachen, rechteckigen Gegenstand heraus. Er legte das Buch auf die spiegelglatt polierte Holzfläche und schlug die erste Seite auf.
»›Von den Ländern der aufgehenden Sonne‹«, las der Hausherr halblaut, dann beugte er sich über den Text und begann, in den Seiten zu blättern. Spalte um Spalte sauber geschriebener Großbuchstaben, dazwischen Zeichnungen von Städten, Menschen, Tieren, Pflanzen sowie Doppelseiten mit Landkarten. Der Mann schien völlig versunken in die Betrachtung des Buches, endlich richtete er sich auf und klappte den Band zusammen.
»Gratuliere, ganz ausgezeichnete Arbeit. Ich hätte nicht gedacht, dass in unserem Archiv so viel Wissen schlummert. Es wird dem Kaiser sehr nützlich sein.«
Constantius blickte seine Besucher einen Augenblick durchdringend an, und Flavius ahnte, dass ihnen hier jemand gegenüberstand, der etwas zu sagen hatte. Dieser Mann hatte sich emporgearbeitet und es verstanden, seine Stellung durch Fleiß, Klugheit und Loyalität unter wechselnden Kaisern zu bewahren.

»Kommt bitte mit, ich habe noch etwas Wichtiges mit Euch zu besprechen.«
Der Hausherr nahm den Codex, steckte ihn in die Ledertasche und ging auf die bemalte Wand zu. Hier war die Türe keine Illusion, der Mann öffnete sie und die beiden Besucher folgten dem gelben Umhang in einen weiß gekalkten Raum. Constantius nahm in einem reich verzierten Bronzesessel hinter einem zehn Fuß langen Schreibtisch Platz und klatschte in die Hände. Der Schwarze erschien, der Hausherr wies auf die Besucher, und einen Augenblick später brachte der Sklave zwei Stühle, dann nahm er in einer Ecke Aufstellung. Constantius bemerkte Ulixes' fragenden Blick.
»Keine Angst, er ist absolut vertrauenswürdig. Außerdem kann er weder schreiben noch sprechen – man hat ihm die Zunge herausgeschnitten.«
Flavius starrte betroffen auf den Sklaven, dann ließ er seinen Blick durch das völlig schmucklose Arbeitszimmer wandern. Die Wand im Rücken der Besucher wurde bis zur Decke von einem Regal voller Schriftrollen eingenommen; auf der anderen Seite, hinter dem Hausherrn, flutete Licht durch ein großes Fenster. Seine vier quadratischen Scheiben übertrafen alles, das Flavius bisher an Fensterglas gesehen hatte. Sie mochten jeweils zwei Fuß Kantenlänge haben und waren so klar, dass die grünen Pflanzen des dahinter liegenden Innenhofs zu erkennen waren.
»Ich habe Euch gerufen, weil ich möglicherweise einen Auftrag habe. Einen ganz besonderen Auftrag, für den ich jemanden suche, der zuverlässig ist, über den Osten Bescheid weiß und seine Hand nicht im politischen Ränkespiel der Hauptstadt hat.«
Constantius nahm einen goldglänzenden Bronzegriffel, drehte ihn zwischen den Fingern, dann legte er ihn neben das Wachstäfelchen.
»Offen gesagt – es ist eine heikle Aufgabe. Sie ist so schwierig, dass sie Euch sogar das Leben kosten kann.«
Der Hofbeamte blickte Ulixes direkt in die Augen. »Aber wenn sie erfolgreich ist, wird Euch der Kaiser reich belohnen. Es geht um

nicht weniger als Krieg oder Frieden – mit Zenobia, Königin von Palmyra!«

Die Worte verklangen im Raum. Einen Augenblick lang war nur Wasserplätschern und das Tschilpen der Spatzen zu hören, die sich im Garten tummelten. Flavius blickte Ulixes an, dessen Mundwinkel etwas zuckten, bevor der Ältere mit beherrschter Stimme fragte:
»Das erscheint mir in der Tat eine sehr verantwortungsvolle Aufgabe. Warum gerade ich?«
»Die Frage verdient eine gute Antwort. Aber vorher haben wir uns etwas verdient. Bring uns gekühlten Falerner!«
Der Schwarze verschwand. Nach wenigen Augenblicken kehrte er mit drei Bechern und einer großen Schüssel zurück, die mit etwas Weißem gefüllt war, aus dessen Mitte eine schlanke Silberamphore ragte. Flavius ergriff seinen Silberbecher und betrachtete die erhaben getriebene Verzierung. Unter einem umlaufenden Blütenkranz waren zwei Skelette in verschiedenen Haltungen dargestellt, sie standen an einem Tisch und schienen sich über etwas zu streiten. Constantius bemerkte den Blick des Jungen und schmunzelte.
»Die Philosophen Zenon und Epikur zanken sich um einen Kuchen. Vielleicht etwas eigenartig, aber es hilft, sich die Flüchtigkeit menschlicher Sorgen vor Augen zu führen.«
Er nahm die kleine Amphore, schenkte ein und Flavius sah, dass nasser Schnee von den Ornamenten tropfte.
»Schnee mitten im Sommer?«, entfuhr es ihm unwillkürlich.
»Mein kleiner Luxus. Ich habe einen tiefen Eiskeller, den ich im Winter aus den Apenninbergen füllen lasse. Aber jetzt trinken wir auf Eure Arbeit!«
Flavius setzte den Becher an und kostete einen Wein, so süß, schwer und kühl, wie er ihn nie zuvor getrunken hatte. Er ließ sich im Stuhl zurücksinken und lauschte dem Gespräch.
»Warum ich Euch ausgesucht habe und nicht einen bekannten Senator? Nun, es gibt drei Gründe. Der Senat ist in der Palmyrafrage

gespalten. Die einen wollen sich unbedingt mit Zenobia verständigen, denen traut Aurelianus nicht. Die anderen drängen zum Krieg – denen würde Zenobia nicht glauben, dass unser Angebot ehrlich ist. Palmyra hat überall Späher.«
Ulixes blickte den Sprecher kopfschüttelnd an.
»Krieg mit Palmyra? War nicht König Odenathus ein Verbündeter Roms? Hat er nicht nach Valerianus' Niederlage Schapurs Heer angegriffen, den Harem erbeutet und den Schah zum Rückzug gezwungen!«
»Das schon, aber diese Romtreue erwachte erst, nachdem Schapur sein Bündnisangebot brüsk zurückgewiesen hatte.« Constantius verzog die Lippen zu einem bitteren Lächeln. »Seit Odenathus' Ermordung vor vier Jahren regiert seine Witwe Zenobia für den noch unmündigen Sohn Vaballatus. In dieser Zeit hat sie unsere Provinzen in Kleinasien, Syrien, Palästina und Ägypten an sich gerissen. Kaiser Claudius waren wegen des Goteneinfalls auf dem Balkan die Hände gebunden, auch Aurelianus musste wegen der Germanenabwehr duldsam sein. Aber diese Nachsicht hat das herrschsüchtige Weib schlecht gedankt. Seht mal ...«

Der Hofbeamte nahm eine Münze von seinem Schreibtisch, die er Ulixes reichte. Der betrachtete das schäbige Silberstück.
»Ein Doppeldenar mit dem Porträt unseres Kaisers Aurelianus. Was ist daran bemerkenswert?«
»Die Rückseite – oder die andere Vorderseite!«
Ulixes drehte die Münze um und sah verblüfft ein zweites Herrscherporträt mit Zackenkrone.
»IM C VHABALATHUS AUG«, entzifferte er. »Kaiser Vabalathus. Das ist allerdings eine Herausforderung, die Rom kaum ignorieren kann!«
»So ist es«, seufzte Constantius. »Und ich habe gehört, dass Zenobia in Ägypten die römische Währung durch alte ptolemäische Drachmen und nachgegossene Bronzemünzen ersetzt haben soll. Sie sieht sich als zweite Cleopatra und steuert auf den Bruch mit Rom zu.«

Ulixes ließ die Münze auf den Tisch klirren. »Und was sollen wir dagegen ausrichten?«
»Ihr ein Angebot des Kaisers überbringen. Wenn sie auf den Titel der Augusta verzichtet und uns ihren verräterischen Berater, diesen Cassius Longinus, ausliefert ... ja dann, dann würde Aurelianus ihren Sohn als Cäsar, als Mitregenten, anerkennen. Dazu kommen natürlich noch mancherlei Einzelheiten, aber das ist der Kern.«
Ulixes wiegte den Kopf.
»Und warum kommt ihr der Kaiser so weit entgegen?«
»Weil es nördlich der Donau, in Dakien, wieder brennt. Wenn Aurelianus in den Osten muss, geht die Provinz mit ihren Goldminen verloren.«
»Das weiß sicher auch Zenobia. Wenn sie nun ablehnt? Sie ist schon sehr weit gegangen.«
Der Hofbeamte zuckte mit den Schultern.
»Dann muss Aurelianus nach Syrien marschieren und angreifen. Deshalb sichert er Rom gegen Germanenangriffe und zieht bereits Truppen zusammen. In diesem Fall hat es das Angebot natürlich nie gegeben, sonst wäre der Kaiser bloßgestellt. Darum darf keine offizielle Gesandtschaft in Palmyra erscheinen. Aber es gibt noch einen dritten Grund, der für Euch spricht.«
»Noch einen? Ist das nicht zu viel der Ehre?« Ulixes witterte Schmeichelei.
Constantius lachte. »Keineswegs. Ich habe natürlich über Euch Erkundigungen eingezogen. Da fand ich den Bericht an Kaiser Gallienus ...«
Die abwehrend erhobene Hand hieß Ulixes schweigen. »Ich nutze meine Quellen, um sicher zu sein, dass ich die richtigen Leute auswähle. Ich hege keinen Groll gegen den toten Kaiser, für den diese Informationen bestimmt waren. Mich interessiert nur, dass Ihr diesen schwierigen Auftrag sehr gut ausgeführt habt. Aurelianus studiert derzeit den Text, denn nach Palmyra möchte er mit dem gallischen Sonderreich aufräumen. Ich glaube, allmählich versteht Ihr. Noch etwas Wein?«

Ulixes nickte stumm, als der Hofbeamte aus der kältebeschlagenen Amphore nachgoss.
»Ich soll also bei dieser Reise für den Kaiser spionieren?«
»Ts, ts, ts.« Constantius sah ihn vorwurfsvoll an. »Warum denn so hässliche Worte in den Mund nehmen? Sagen wir mal, Ihr haltet Eure Augen und Ohren offen, und wenn Euch etwas bemerkenswert erscheint, so schreibt Ihr das auf und schickt es dem Kaiser. Das gilt natürlich besonders für den Fall, dass Ihr bei Zenobia auf taube Ohren stoßen solltet.«
Ulixes zögerte. Wenn dieser Teil ihrer Mission aufflog, war ihr Leben tatsächlich kein syrisches Sandkorn wert. Er nahm einen Schluck Wein.
»Die ganze Gegend ist ein Wespennest voll palmyrenischer Truppen. Wie sollen wir da eine Botschaft an Aurelianus schicken?«
»Genau das habe ich mich lange gefragt.« Der Hofbeamte rieb sich die Hände. »Und dann fand ich die Lösung: Ihr nehmt eine Brieftaube mit, aus Heliopolis. Ein Teil der dortigen Priesterschaft ist Rom sehr gewogen, sie werden Eure Nachricht weiterleiten – wie, darum macht Euch keine Sorgen!«
»Aber wie erkennen mich die Priester?«
»An einem Satz, der vorwärts wie rückwärts gelesen die gleiche Bedeutung ergibt.«
»Ein Palindrom als Losung?« Ulixes strich sich über die Stirn. Alles schien gut durchdacht. Doch da war noch ein Punkt.
»Soll ich alleine reisen?«
»Nein, natürlich nicht. Das wäre zu gefährlich. Ich dachte an eine kleine Gruppe von Kaufleuten. Fuscus, unser größter römischer Händler, hat schon Platz auf einem seiner Schiffe angeboten. Die anderen Reisenden würden natürlich nichts von Eurem Auftrag wissen.«
»Und mein Freund Flavius?«
»Kann mitkommen. Versteht er sich auf den Handel?«
»Ein wenig, außerdem hat er fast zwei Jahre Medizin gelernt.«
Der Hofbeamte nickte zufrieden. »Eine gute Tarnung, wenn der

Junge so mit Schröpfkopf und Salben hantieren kann, dass es glaubhaft wirkt.«

Flavius schluckte seinen Ärger herunter und räusperte sich.

»Ich hätte eine Bitte. Mein Vater ist damals in Syrien mit Valerianus' Heer in Gefangenschaft geraten. Gibt es im Archiv Berichte über das Schicksal dieser Soldaten?«

Constantius schüttelte den Kopf.

»Nein, Gallienus ließ leider alles vernichten.« Als er sah, wie enttäuscht Flavius über diese Mitteilung war, fügte er schmunzelnd hinzu: »Aber ich habe zuvor heimlich einige Auszüge machen lassen. Ich glaube, es ist die Rolle 83!«

Er winkte dem Schwarzen, der sich reckte und nach kurzem Suchen eine Lederhülle aus dem obersten Fach zog, die der Hofbeamte Flavius reichte. »Nur zum Studium, keine Notizen. Ihr könnt sie im Peristyl lesen, während Ulixes und ich die Einzelheiten dieser Unternehmung besprechen.«

Flavius stand auf, bedankte sich mit einer stummen Verbeugung und ging zur Türe hinaus, um sich auf eine Bank unter den Säulen zu setzen. Der ganze Innenhof wurde von einem Wasserbecken eingenommen, in dem sich kleine, bogenförmig gemauerte Inseln befanden, die mit kurz geschorenen Büschen bewachsen waren. Der äußere Wassergraben war von einem Rohr gesäumt, aus dessen zahllosen Düsen Wasser in das Becken plätscherte. Flavius zog die Rolle aus dem Futteral und öffnete sie. Dann begann er, halblaut zu lesen.

»Ende der Fahrt, meine Herren. Ostia, Platz der Corporationen.«

Flavius, Ulixes und Olus spähten aus dem Fenster des Wagens, den ihnen Constantius besorgt hatte – samt einer Sondergenehmigung, um tagsüber die Straßen der Stadt zu befahren. Vor ihnen erstreckte sich ein weiter Platz, von einer Säulenhalle umgeben, hinter der sich an drei Seiten niedrige Häuser erstreckten, während die vierte von dem Theater eingenommen wurde. In der Mitte der Fläche ragte der Cerestempel gegen den mit Schleierwolken überzogenen Himmel. Überall wimmelte es von Menschen: Lastenträger, Schreiber, Zollbeamte, Fischhändler, Matrosen und fliegende Amulettverkäufer. Es war ein Meer von Stimmen und Geräuschen, umweht von Schweiß und Salzluft.

»Wie sollen wir denn das Kontor von Fuscus finden?«, fragte Flavius den Kutscher.

»Achtet auf die Mosaiken unter der Säulenhalle. Wenn ihr eines mit zwei Schiffen, einem Delphin und dem Leuchtturm von Portus dazwischen seht, steht ihr direkt davor!«

Die drei bedankten sich, zerrten ihre Leinensäcke aus dem Wagen, dann marschierten sie um den Platz, die Augen immer auf den Boden geheftet. Endlich hatten sie das Mosaik gefunden, sie standen vor dem Eingang und sahen durch die offenen Klappläden in den Raum. Innen saß ein kahlköpfiger Mann an einem aus groben Bohlen gezimmerten Tisch, über eine Papyrusrolle gebeugt. Ungeduldig rief er ein- und ausgehenden Angestellten Befehle zu, diktierte zwischendrin seinem Schreiber einige Sätze, während sein Finger auf einer langen Liste hinunterrutschte.

Ulixes trat ein und räusperte sich. Der Glatzkopf blickte auf. Sein hängender Schnurrbart verlieh ihm verblüffende Ähnlichkeit mit einem Seehund, die raue Stimme bellte mit phönizischem Akzent:

»Was wollt ihr? Brauch' keine Matrosen, hab' kein Platz für Passagiere!«

»Mein Name ist Ulixes …«

»Ha, das hilft auch nicht. Selbst der richtige Odysseus müsste zurückbleiben, wenn die Fortuna Redux übermorgen ausläuft.«

»Wir nicht, denn wir haben die Passage nach Phönizien gebucht.« Ulixes hielt ein Stück Papyrus über den Tisch. »Hier ist die Bescheinigung!«

Der Seehund griff nach dem Blatt, stierte darauf, dann war plötzlich ein Schimmer von Hochachtung in seinem Gesicht.

»In der Achterkabine. Wohl vornehme Herren.«

»Natürlich!«, stellte Olus klar.

»Seid Ihr der Gubernator des Schiffes?«, erkundigte sich Ulixes.
»Beim Neptun, das bin ich. Alles hört an Bord auf meine Befehle. Setzt Euch, dann erfahrt Ihr das Nötige.«
Er wies auf eine wackelige Holzbank, auf der sich die drei Passagiere niederließen.
»Abfahrt übermorgen, am fünfzehnten September, mit Einsetzen der ersten Ebbe nach Morgengrauen. Treff Portus, innerer Hafen, Südkai. Pünktlich, Schiff wartet nicht. Ihr teilt Euch die Achterkabine mit fünf anderen Kaufleuten, die ebenfalls nach Berytos wollen. Restliche Passagiere schlafen auf Deck in Zelten. Aber das kümmert Euch nicht.«
Der Seehund blickte kurz auf, bevor er fortfuhr:
»Die Fortuna Redux ist ein Segelschiff mit einer Ladung von zwanzigtausend Modii. An Bord gilt Rhodisches Seerecht, bedenkt das beim Gepäck. Wasser wird gestellt, Wein kann erworben werden, für die sonstige Verpflegung müsst ihr selber sorgen. Die Achterkabine hat einen kleinen gemauerten Herd. Darf aber nur bei ruhigem Seegang benutzt werden, wenn ihr nicht das Schiff abfackeln wollt. Wir segeln auch nachts und wollen in Neapolis, auf Kreta und Zypern anlegen. Reise dauert etwa drei Wochen. Fragen?«
Die drei schüttelten den Kopf. Der Gubernator erhob sich.
»Möge Neptun Euch vor Seekrankheit bewahren. Und uns alle vor Stürmen, Strudeln, Riffen, Feuer, Seuchen, gotischen Piraten und ...«, er sah einen Augenblick spöttisch auf Olus, der ihn mit offenem Mund anstierte, »... und natürlich vor Meermonstern, mein Herr, hätt' beinahe die Meermonster vergessen. Für gutes Essen und ruhigen Schlaf empfehle ich das Gasthaus ›Zu den Sieben Weisen‹ nicht weit von hier. Morgen solltet Ihr nach Portus fahren, einkaufen und dort übernachten. Alles Gute!«

Eine Stunde später hatten die drei ihre Säcke in einer Kammer über den ›Sieben Weisen‹ abgestellt und saßen in dem großen Schankraum. Auf der altersdunklen Holzplatte ihres Tisches hatten schon Generationen von Gästen ihre Namen eingeritzt, Lampenöl verschüttet, Suppe verkleckert und Rotweinflecken hinterlassen. Jetzt standen ein Krug gemischten Weines und drei Becher vor ihnen, dazu eine Schale mit Oliven als Appetithappen, denn der in Sauce gebratene Tintenfisch wurde frisch zubereitet.

Flavius nahm eine Olive, spuckte den Kern auf den Boden, dann blickte er sich um. Auf jedem Tisch flackerten Öllampen; sonnengebräunte, muskulöse Gestalten drängten sich im Raum und heisere Stimmen schrieen sich in den Sprachen aller Völker an, während dralle Bedienungen ihre dicken Hüften zwischen den Stühlen durchzwängten. Sein Blick schweifte über die Fresken an den Wänden, von denen die Taverne ihren Namen hatte: sieben würdige Philosophen, jedem ein Ratschlag zugeschrieben. Doch der unbekannte Künstler wollte seine Gäste belustigen, nicht bilden, denn die berühmten Männer waren samt und sonders auf der Latrine sitzend abgebildet. Flavius fixierte den nächsten Weisen und entzifferte mühsam im Flackerlicht:

»Bei hartem Stuhlgang mahnte Thales zu starker Anstrengung.«

Er errötete, doch in diesem Moment ergriff Ulixes den Weinbecher und prostete den beiden anderen zu.

»Auf unsere Überfahrt, und ...«, er zögerte einen Moment, »... und darauf, dass Flavius findet, was er sucht!«

Der Angesprochene lächelte verlegen, nahm einen Schluck und blickte auf. Für einen Moment kreuzte sein Blick den eines dunkelhäutigen Mannes mit zusammengewachsenen Augenbrauen, der an einer Säule lehnte und sich mit einem Gast unterhielt, von dem Flavius nur den Rücken sah. Dann drehte sich der Unbekannte um und verschwand im Gedränge der Seeleute.

Zwei Tage später standen drei windzerzauste Männer am inneren Hafen von Portus. Noch loderte das nächtliche Feuer in dem dreigeschossigen Leuchtturm, doch auf der Turmspitze erglänzte die vergoldete Neptunstatue bereits in den ersten Strahlen der Morgensonne. Es roch nach totem Fisch, brackigem Wasser und erhitztem Teer. Vor ihnen wiegten sich Dutzende von Schiffen im fahlen Morgenlicht, den Bug voran am Kai vertäut. Dort herrschte bereits reges Leben: Auf kleinen Holzkohlebecken rösteten Garküchen frisch gefangene Krebse, Schiffszimmerer eilten zur Arbeit, die lange Säge auf dem Rücken, und endlose Reihen von Schauerleuten, jeder eine Weinamphore geschultert, strömten aus dem Bauch eines Schiffes. Daneben senkte ein hölzerner Kran mit Holzlatten und Stroh umwickelte Marmorstatuen in den Bauch eines plumpen Kahnes, begleitet von heftigem Geschrei und Gestikulieren der Besatzung. Einige Dutzend Schritte entfernt wölbte sich der aufs Land gezogene Rumpf eines kleinen Seglers, umgeben von den flackernden Feuern der Kalfaterer, die mit heißem Teer schadhafte Stellen ausbesserten.

Ulixes, Flavius und Olus erfüllten Aufregung und Vorfreude. Gestern hatten sie Lebensmittel eingekauft: gepökeltes Schweinefleisch, Zwieback, Nüsse, Dörrobst und Käse, dann alles samt Gepäck an Bord geschafft. Das Schiff war leicht zu finden: Mit hundert Fuß Länge eines der größten, überragte sein Mast mit Besansegel und rechteckigem Toppsegel die anderen Fahrzeuge, am Bug trug es ein Sprietsegel. Alle Segel waren mit Lederstreifen verstärkt und an den Rahen festgebunden. Fasziniert betrachteten die drei das im Winde baumelnde Gewirr von Hanftauen, Rollen und Flaschenzügen. Auf Deck zeichneten sich unter einer Plane die Umrisse der Beiboote ab. Am Bug prangte in blutroter Schrift auf teerschwarzem Grund der Name: Fortuna Redux. Dort hingen auch, ebenso wie am Heck, jeweils zwei Anker.

Unter dem Geschrei der Möwen waren sie das sechseckige Hafenbecken entlanggewandert, um die unzähligen Schiffe zu bestaunen. Besonders die schnellen Liburnen hatten es ihnen angetan, die sowohl über ein Sprietsegel und ein großes dreieckiges Lateinsegel verfügten als auch über Ruder für den Fall einer Flaute.

Am Ende des riesigen Beckens, wo der Kanal zum Tiber begann, versperrte den Weg ein Bretterzaun, der nur einen schmalen Durchgang freiließ.

»Weitergehen verboten. Militärsperrgebiet!«

Ulixes reichte der Wache einen gefalteten Papyrus. »Erlaubnis von Constantius. Ich soll mir das neue Mühlradschiff ansehen.«
Der Soldat erbrach das Siegel, studierte den Text, bevor er Ulixes durchwinkte. Doch als Flavius und Olus folgen wollten, versperrte ihnen eine Lanze den Weg.
»Von euch steht hier nichts!« Vergeblich redete Ulixes auf die Wache ein – er musste seinen Weg alleine fortsetzen. Bald stand er vor einem merkwürdigen Schauspiel: Ein Schiff ganz ohne Ruderer, dafür an beiden Seiten mit drei großen Rädern versehen. Innen trotteten Ochsen im Kreise und trieben über gewinkelte Zahnräder die Schaufelräder an, die ins Wasser klatschten und das Schiff langsam vorwärts schoben.
»Wer in Neptuns Namen hat das erfunden?«, fragte Ulixes einen alten, graubärtigen Seemann.
»Irgendein Verrückter von der Kriegsmarine. Damit soll man selbst in engen Kanälen vorankommen. Neumodisches Zeug, wird nie was draus.«
Er spuckte auf den Boden, drehte sich um und verschwand. Ulixes betrachtete eine Weile die Schaufelräder, dann ging er zurück.
»Warum durften wir nicht mit?«, fragte Flavius.
»Neue Schiffstechnik, streng geheim. Auf Weitergabe an Barbaren steht Todesstrafe!«
Olus schüttelte den Kopf.

In der Hafenschänke hatten sie die letzte Nacht verbracht und sich heute voller Erwartung zum Schiff begeben – zu früh, denn die Flut endete erst eine Stunde nach Sonnenaufgang. Flavius war schon an Bord und ließ sich die Funktion der Lenzpumpen erklären, während Ulixes am Kaiufer entlangspazierte und den Stand des brackigen Wassers musterte.
»Darf ich dich etwas fragen?«
Der Ältere blickte auf den pausbäckigen Gallier, der ihn am Ärmel seiner Tunika zupfte.
»Gerne, wenn ich die Frage beantworten kann.«
»Vorgestern, der Gubernator … was meinte er mit Meermonstern?«

»Nun, ich weiß nicht, mir ist auf den Überfahrten nie eines begegnet. Aber man hört von Riesenkraken, die mit ihren Armen ganze Schiffe umschlingen, um sie auf den Meeresgrund zu zerren. Und hinter den Säulen des Herkules soll es den gewaltigen Wassermann geben, mit grünem Haar, Reißzähnen und Kiemen, der …«

»Beim Neptun! Müssen wir da wirklich mit dem Schiff fahren?«

»Kannst du fliegen? Oder willst du lieber laufen? Oder zurückbleiben?«

»Auf keinen Fall! Ich muss doch auf Flavius Acht geben.«

Ulixes konnte ein Lachen nicht unterdrücken. Olus starrte ihn empört an, drehte sich um und stolzierte in die entgegengesetzte Richtung. Doch sein Zorn verrauchte schnell, er warf einen Blick über die Schulter – und erstarrte.

»Ulixes, über dir!«

Der Kopf des alten Kämpfers schnellte hoch. Ein Satz, ein lautes Platschen und er trieb im Hafenbecken, während an der Stelle, an der er eben noch gestanden hatte, ein zwanzig Fuß langer Balken auf den Steinboden krachte.

Schnell hatten ihm Schiffsleute ein Tau zugeworfen und ihn aus dem schmutzigen Wasser gezogen. Vor Kälte und Schreck zitterte er an allen Gliedern, als der Kranführer heranschlich und sich wie ein Aal wand.

»Ich verstehe nicht, wie das geschehen konnte. Bitte meldet das nicht der Hafenwache. Der Greifer hat sonst immer gehalten und ich habe nur einen Augenblick …«

Ulixes murmelte, während er sich ein Büschel grüner Algen von der Schulter zupfte. »Ist ja noch mal gut gegangen. Lassen wir die Hafenwache aus dem Spiel, unser Schiff geht gleich.«

Er blickte auf die Fortuna Redux. An der rechten Seite des Hecks, wo das lange Steuerruder ins Wasser stach, täute gerade das Ruderboot an, das sie aus dem Hafen schleppen sollte. Er legte den Arm um Olus.

»Danke. Und ich Dummkopf habe deine Bemerkung vorhin nicht ernst genommen. Lass uns zum Schiff gehen, unsere Reise beginnt.«

Unter zusammengewachsenen Brauen starrte ein Augenpaar auf den Kai. Es folgte dem hageren Alten, der seine wassertriefende Spur über die Steinplatten zog, bis er und der Rundliche das große Segelschiff erreichten. Kurz danach steuerte ein Mann auf das Schiff zu, gefolgt von einem Träger mit Gepäck.

8. Kapitel

KÖNIGIN DER WÜSTE

271–272 n. Chr.

»Wenn du klug bist,
so mische eines mit dem anderen:
Hoffe nicht ohne Zweifel
und zweifle nicht ohne Hoffnung.«

SENECA

Der kalte Wind fegte von den Bergen herab, als wolle er die Menschen wie dürres Laub über die Ebene treiben, zurück zur Küste, hinein ins Meer. Es war erst Mitte Oktober, doch frühe Schneefälle hatten die Gipfel weiß bepudert. Wie große Zelte ragten sie zu beiden Seiten der Ebene in den Nachmittagshimmel. Die grünen Tupfen auf den braunen Hängen wuchsen beim Näherkommen zu breitästrigen Zedern heran – letzte Reste der ausgedehnten Wälder, die Ulixes' Erzählungen nach einst das Land bedeckten.

Flavius musste an die Zelte auf dem Schiffsdeck denken. Für sie war der Wind bereits kurz hinter Neapolis zu stark geworden, sodass sich die Passagiere den Rest der Reise unter Deck drängten. Einmal hatte er sich mit einem Arzt aus Caesarea über verrenkte Glieder unterhalten und war dem Mann die Stiege hinab gefolgt. Den Anblick würde er nie vergessen. Ausgezehrte Gesichter starrten ihn aus einer Düsternis an, die wenige schwankende Öllampen kaum durchdringen konnten. Überall türmten sich Gepäckballen, dazwischen saßen und lagen die Reisenden. Es stank nach ungewaschenen Körpern, Kot und Erbrochenem, Frauen keiften sich an, zuletzt brach eine Schlägerei zwischen Galliern und Ägyptern aus. Flavius verabschiedete sich, so schnell es die Höflichkeit zuließ, kletterte die Leiter hoch und dankte allen Göttern für seinen Platz in der Achterkabine – das einzig Angenehme an der Überfahrt.

Hinter Kreta packten die ersten Herbststürme die Fortuna Redux, bogen ihre Masten und ließen die Segel knattern, während Gischt

über das Vorderschiff fegte und die Planken ächzten, als ob das Schiff in der Dünung auseinander brechen wollte. Ulixes schien das Toben der Elemente nicht viel anzuhaben, er aß sparsam und ging wiegenden Schrittes über die Planken. Flavius und Olus dagegen hingen an der Reling und opferten Neptun ihr Essen. Eines Morgens schimmerten endlich die blaugrauen Berge der phönizischen Küste am Horizont. Als sie am Abend bei den Lichtern von Berytos ankerten, raffte Olus seine Tunika um die knochigen Hüften und rannte über die Planke an Land – nur um festzustellen, dass nun der feste Boden unter seinen Füßen schwankte!
In der Hafenstadt hatte Ulixes etwas von einem Gelübde gemurmelt, das ihn verpflichtete, nach glücklich vollbrachter Überfahrt sofort am großen Tempel des Gottes Baal zu opfern. Die anderen Händler schüttelten die Köpfe und zogen alleine nach Norden, um purpurgefärbtes Wolltuch zu kaufen. Von Byblos aus wollten sie dann ostwärts nach Heliopolis kommen, um gemeinsam die Reise nach Palmyra fortzusetzen.
Ulixes, Flavius und Olus dagegen schaukelten auf ihren Maultieren in einer langen Reihe von Pilgern auf Heliopolis zu. Langsam erhoben sich Tempelgiebel aus der Ebene, von titanenhaften Säulen getragen, neben denen die Häuser wie Kinderspielzeug wirkten.
Am Ostrand des Ortes, direkt neben der Quelle, fanden sie nach längerem Suchen ein Zimmer und Platz für ihre Tiere. Alle Rasthäuser der Stadt waren belegt und an jeder Straßenecke schrie sich ein Händler heiser, um seine Götterfigürchen an den Mann zu bringen. Hier stand ein Tisch voller bronzener Statuen mit vergoldeten Hüten, dort reihte sich ein tönerner Baal an den anderen, alle mit Ährenkrone und Sternen auf dem Gewand. Olus nahm neugierig eine Figur in die Hand, schon kam der Händler angeschossen und überschüttete ihn mit einem unverständlichen Redeschwall. Er antwortete auf Latein, doch der Händler zuckte nur mit den Schultern, und als Olus in seiner gallischen Muttersprache auf ihn einredete, griff sich der Verkäufer kurzerhand die kleine Gottheit und stellte sie wieder auf den Tisch.

»Was reden die hier?« Olus sah Ulixes fragend an. »In Berytos schallte Latein durch jede Gasse.«
»Berytos ist schon lange römische Kolonie und Sitz einer der größten Rechtsschulen des Reiches. Im Land aber spricht man Aramäisch, Griechisch und gelegentlich etwas Arabisch.«
»Kein Latein, kein Gallisch, nicht so viel?« Olus hielt Daumen und Zeigefinger eine Haaresbreite auseinander.
»Die Leute auf der Straße nicht. Beamte und Militärs verstehen Latein, doch Gallisch ist hier völlig nutzlos.« Ulixes sah sich um. »Du könntest etwas Aramäisch lernen, das sprechen weder Flavius noch ich.«
»Pah!« Olus wandte sich ab. Da war ja das Schiff noch besser, dort gab es wenigstens eine Hand voll gallischer Matrosen. Ein Stoß in die Seite riss ihn aus seinen Gedanken. Die Menschenmenge in der Gasse wurde immer dichter, alle drängten in eine Richtung. Ulixes rief einem Geldwechsler am Straßenrand zu:
»Was haben die, was ist los?«
»Wisst ihr das nicht, Fremder? Heute Abend ist das große Stieropfer. Im Baaltempel. Deswegen sind alle hier!«
Ulixes nahm die beiden Freunde am Arm.
»Kommt mit, es kann nicht weit sein!«

Die Sonne war hinter die westlichen Berge gesunken, als vor ihnen die Umrisse der Tempel in den Abendhimmel wuchsen. Die tausendstimmig schwatzende Menschenmenge schob sich über den Vorplatz, staute sich vor dem fackelerleuchteten Aufgang und bewegte sich langsam die zweihundert Fuß breiten Stufen der Eingangshalle hinauf. Baumhohe Säulen, die zwei Männer kaum hätten umspannen können, trugen einen dreieckigen Giebel mit einem Bogen in der Mitte. Der grobkörnige rote Säulengranit aus Ägypten war unten von zahllosen Händen blank poliert, oben schimmerten die vergoldeten Bronzekapitelle wie Nester fremdartiger Vögel. In Nischen der Rückwand der Eingangshalle standen Statuen, die das flackernde Licht zu zuckendem Leben erweckte, doch kaum jemand achtete darauf, denn das Gedränge nahm immer mehr zu. Jetzt mussten sich alle durch drei nebeneinander liegende Portale drängen, aber Ulixes, Flavius und Olus hatten Glück. Die Menge schob sie durch den mittleren Eingang in den sechseckigen, säulenumstandenen Vorhof, nur eine kurze Verschnaufpause war ihnen gegönnt, denn schon drückten im Rücken verschwitzte Leiber nach. Wieder wurde es eng, nochmals drei Portale, dann konnten sie endlich aufatmen. Die Menge der Frommen ergoss sich in einen weiten, säulenumstandenen Hof, an dessen Rand Soldaten mit Fackeln und spitzen Helmen Spalier standen. Rechts und links lagen zwei Wasserbecken, dazwischen ragte der große Opferaltar als schwarzer Block in den Abendhimmel. Doch selbst seine kantigen Formen wirkten winzig im Vergleich zu der Masse des Tempels dahinter. Einen solchen Bau hatte Flavius noch nie gesehen und würde ihn auch in seinem ganzen Leben nicht wieder zu Gesicht bekommen: Ohne es zu ahnen, stand er vor dem mächtigsten römischen Tempel im gesamten Imperium. Alles hatte hier gigantische Ausmaße: Der Dachfries, von unten ein mit Löwenköpfen gesäumtes Band, war in Wirklichkeit übermannshoch, und um die Säulen zu umspannen, hätten sich vier Männer an den Händen fassen müssen.

Jetzt schwillt das Raunen der Menschenmenge an, immer wieder von einzelnen Schreien übertönt. »Baal, Baal« – mehr verstehen die drei Fremden nicht, aber die fanatische Inbrunst wirkt verstörend auf Römer, die an feierliche, beherrschte Kulthandlungen gewohnt sind. Hier dagegen sucht jeder Betende die ekstatische Zwiesprache mit Baal, dem Herrn des Blitzes und der Stürme. Bis auf eine Gasse in der Mitte füllt sich der Hof mit Gläubigen. Flavius spürt im Rücken den Bauch eines Dicken und riecht Zwiebelatem, während sein Kinn in die Schulter des vor ihm stehenden Mannes gepresst wird.
Ein Trompetensignal durchschneidet die Nacht, vier Männer steigen auf den Altar, Fackeln in den erhobenen Händen. Wie eine Welle läuft es durch die Menge, mit erhobenen Armen sinken die Menschen auf die Knie. Die Männer auf dem Altar treten an die

vier Ecken, senken die Fackeln, die Umrisse flacher Bronzebecken schälen sich aus dem Dunkel, für einen Augenblick scheinen sie das Licht zu verschlucken. Doch dann lodert das Feuer auf, vier mannshohe, rußende Flammen erheben sich über dem Becken und ein stechender Geruch weht zu Flavius hinüber.

»Dürfte eine Mischung aus persischem Nafta, Olivenöl und einigen priesterlichen Geheimzutaten sein«, flüstert Ulixes, der den fragenden Blick seines Freundes bemerkt. Wieder gellt ein Trompetenstoß über die Köpfe der zusammengesunkenen Menschen. Mit einem Schlag sind Tausende totenstill, nur die klagende Melodie zweier Flöten ist über ihren Köpfen zu hören. Auf dem Altar wirft ein weiß gekleideter Priester händeweise Weihrauch in ein Kohlebecken, bis der betäubende Duft in Schwaden über den Platz zieht. Ein Schnauben, alle Köpfe drehen sich. Vier junge Männer in kurzen, an der Taille zusammengebundenen Tuniken, dreieckige Bronzemesser im Gürtel, führen einen weißen Stier heran. Das Klappern ihrer Sandalen, das Tappen der Hufe des Tieres, sonst ist nichts zu hören. Am Altar nimmt einer der Opferdiener das dunkelrote Tuch von dem weißen Rücken, entfernt mit sanften Bewegungen die Rosenkränze und die bunt gestickten Bänder von den Hörnern, während ein anderer das weiche Maul des Tieres streichelt. Ein dritter gibt ihm etwas zu fressen, während der vierte die rituelle Waschung mit Wein vollzieht. Alles geschieht bedächtig, feierlich, ruhig, um das Tier nicht zu erschrecken, denn wenn es sich sträubt, ist es als Opfertier nicht auserwählt.

Doch der Stier steht still, er achtet nicht auf den Mann, der wie ein Schatten neben ihm auftaucht, mit quälender Langsamkeit den Hammer hebt, ausholt und dann das Eisen auf den behörnten Kopf niedersausen lässt. Ein Krachen, das weiße Tier stöhnt auf, taumelt, sinkt in die Knie, zwei Opferdiener springen herbei, greifen nach ihren Messern und reißen sie unter dem Hals des Tieres durch. Blut spritzt aus der Halsschlagader auf den Altar, ein tausendstimmiges »Baal« hallt über den Platz, während die Opferdiener das sterbende Tier auf den Rücken drehen. Ein hochgewachsener Mann mit vollem schwarzen Haar und goldbesticktem

Umhang tritt aus dem Schatten, mustert den hilflos daliegenden Stier, dann winkt er einem Diener. Der kniet nieder und zieht mit sicherem Griff das Messer durch die Bauchdecke des aufzuckenden Tieres. Der Priester tritt heran, beugt sich über das Geschlinge der Eingeweide, ein langer, prüfender Blick, dann richtet er sich auf, hebt die Arme und ruft der Menge etwas Unverständliches zu. Tausendfacher Jubel antwortet ihm. Baal war gnädig und hat das Opfer angenommen!
Drei Diener tragen die blutigen Eingeweide auf den Altar, hoch zu dem Feuer, das dort lodert. Aufzischend landet die Gabe für die Gottheit in der Glut, der Geruch verbrannten Fleisches füllt den Platz. Unten schleppt ein Dutzend Sklaven den toten Stier über die Steinplatten, sein Fleisch wird zum Festmahl der Gläubigen. Schon ist das Blut aufgewischt, frischer Sand gestreut, alles bereit für den nächsten Stier.
Zweimal noch wiederholt der Priester das Ritual, immer lauter brandet der Jubel, als er wieder und wieder verkünden kann, dass sich die Gottheit gnädig zeigt.
Ulixes beugt sich zu seinem Nebenmann hinüber und flüstert ihm ins Ohr:
»Wer ist der Priester?«
Ein erstaunter Blick ist die Antwort.
»Ihr müsst von weit her sein. Das ist Bassianus, der Hohepriester.«
Ulixes zögert einen Augenblick, als müsse er sich ein Herz fassen.
»Verzeiht meine Unwissenheit, aber ich bin tatsächlich wegen eines Gelübdes von weit hergereist. Wie kann ich diesem Mann mein Anliegen vortragen?«
»Sprecht ihn an, wenn er zum Ausgang geht. Nach gelungenen Opfern ist er meist in leutseliger Stimmung.«
»Danke, und Baals Segen über Euch!«
»Auch über Euch, Fremder.«

Wenig später hat sich Ulixes mit seinen Begleitern vor dem Mittelportal postiert, das vom großen Platz in den sechseckigen Vorhof führte. Als der Hohepriester in Begleitung von vier Fackelträgern

heranschreitet, wirft sich Ulixes vor ihm auf die Knie, wie ein Kranker wimmernd, der um Heilung fleht. Der Mann beugt sich herab und Ulixes flüstert:
»In girum imus nocte et consumimur igni« (Wir drehen uns in der Nacht und werden vom Feuer verzehrt).
Die hageren Züge des Priesters sind wie Stein, als er mit unbeteiligter Stimme antwortet.
»Seid morgen um die Mittagsstunde am Eingang des Astartetempels. Dort wird Euch Hilfe zuteil.«
Mit diesen Worten richtet er sich auf und ist einen Augenblick später zwischen den Säulen verschwunden.

»Wenn Ihr so weitermacht, Herrin, werdet Ihr nie einen Mann bekommen!«
Der arabische Tonfall der alten Frau gab ihrer Stimme einen harten Klang, während ihre mit roten Hennamustern bedeckten Hände das Tamburin schlugen. Doch während sie redete, war ein Lächeln um ihren Mund und die dunkel umrandeten Augen blickten voller Wärme.
Das schlanke Mädchen vor ihr achtete nicht auf die Worte. Sie waren ihr vertraut wie das Zirpen der Grillen, wie das Rauschen des Windes, und sie klangen ihr in den Ohren, seit sich ihr Körper vor einigen Jahren zu verändern begann. Zuerst hatte sie erschrocken an eine Krankheit geglaubt, als sie das Blut bemerkte, doch ihre alte Amme lachte nur und sagte:
»Aqmat, jetzt wirst du eine Frau und bald kommt ein junger Mann und nimmt dich mit in sein Haus!«
»Ich will aber nicht, dass man mich mitnimmt. Ich will keine Schwiegermutter, die mich herumkommandiert. Ich will hier bleiben und Karawanen führen, wie mein Vater!«
Dabei blitzten ihre grünen Augen, sie stampfte mit dem Fuß auf und warf den Kopf zur Seite, dass ihre langen, rotbraunen Haare

im Kreise flogen. Damals hatte die alte Amme nur geschmunzelt, aber wenn sie nun auf das Mädchen blickte, so machte sie sich immer öfter Sorgen. Jetzt war sie sechzehn und noch genauso störrisch. Ihre gleichaltrigen Freundinnen stickten schöne Tücher, sahen aufmerksam den Sklavinnen beim Kochen zu, verbrachten Stunden bei den Schminktöpfen und tuschelten über die jungen Männer, die in goldbestickten Gewändern vorbeistolzierten. Aqmat dagegen ritt auf ihrem schnellen Kamel wie ein Krieger, liebte die Nächte an den Lagerfeuern der Wüste und fast kein Tag verging, ohne dass sie in ihrem Elternhaus Gymnastik trieb. Gerade bewegte sie sich im Rhythmus der Tamburinschläge der alten Frau, fast nackt, nur Busen und Hüften verhüllt, die Haare zu einem Knoten hochgesteckt. In den Händen hielt sie zwei Sprunggewichte, die sie zur Seite, nach oben, vor und zurück stieß, sodass ihr kleine Schweißperlen über die Stirne liefen.
»Ein hübsches Mädchen, aber zu schlank. Besser weniger Gymnastik und dafür mehr Hintern und Busen, das wollen die Männer, keine Amazone. So nimmt dich vielleicht Bathzabbai für ihr Heer, aber kein Mann in Tadmor zur Frau!«, seufzte die Amme.
»Von den perlenbestickten Geldsäcken hier will ich auch keinen!« Aqmat keuchte die Antwort hervor, denn so hart wie heute hatte sie noch nie geübt.
»Richte mir nach dem Bad meine Reitkleider her und sag im Stall Bescheid, dass die Sklaven Schamasch satteln. Ich will nachher ausreiten, und zwar alleine! Also ohne dass ich erst drei zudringliche Verehrer abhängen muss, wie letztes Mal!«
Die alte Frau schüttelte den Kopf. Sie meinte es ja nur gut mit dem Mädchen. Unter den hunderttausend Einwohnern in Tadmor müsste es doch genügend junge Männer aus vornehmer Familie geben, aber nein, keiner war recht. Erst gestern hatte sie deshalb der Allat wieder ein kleines Opfer gebracht und die Göttin gebeten, das Herz des Mädchens zu erweichen.

Flavius richtete sich im Sattel auf und versuchte zu erkennen, was hinter der Wegbiegung lag. Die Straße zwängte sich durch Berge, die mit trockenen Grasbüscheln und bröckelnden schwarzen Steinen bedeckt waren und den Höckern der braunen Kamele glichen, denen sie auf ihrem Weg nach Osten immer häufiger begegneten. Die Landschaft, die sie seit Tagen durchritten, war knochentrocken, ausgedörrt von der erbarmungslosen Hitze unzähliger Sommer.

»... und rate mal, wie viele Schnecken man für diese Menge Purpurfarbstoff braucht?«

Der spinnendürre Händler auf dem Maultier neben ihm hielt seinen rechten kleinen Finger so umfasst, dass nur das vorderste Glied mit dem Nagel hervorsah. Flavius seufzte. Irgendetwas stieß ihn ab an diesem Mann mit den kalten Augen, die wie zwei Silbermünzen glänzten, wenn er von Geschäften redete. Und das tat er fast immer! Auf dem Schiff hatte er wenigstens nur mit grünem Gesicht in einer Kabinenecke gelegen, aber an Land waren seine Lebensgeister wieder erwacht und er klebte an Flavius wie eine Klette.

»Etwa zehntausend, ihr habt es mir schon gestern und vorgestern erzählt ...«

»Genau. Und diese Schnecken müssen gesammelt werden, dann bricht man sie auf, schneidet die Farbdrüsen heraus und kocht das Ganze tagelang mit Salz in riesigen Kesseln. Das stinkt ...«

»... wie verweste Fische.« Flavius kannte die Klage.

»Genau. Und wenn sich das Fleisch von den Drüsen gelöst hat, filtert man die Brühe und kann mit dem Färben der Wolle beginnen. Begreift Ihr, wie sich da unsere fetten reichen Kunden in Rom beschweren können, der Purpurstoff sei zu teuer?«

Flavius verstand es sehr wohl, denn er wusste um die Gewinnspanne der Händler, aber es war ihm gleichgültig. Er schwieg und blickte nach vorne, wo der Weg sich in weitem Bogen nach links schwang. Mit einem Mal hob sein dahintrottendes Maultier den Kopf, blähte die Nüstern, drehte die Ohren und sein Gang wurde unruhig.

Flavius richtete sich auf, spähte nach vorne, kniff die Augen zusammen, dann wandte er sich um und rief den Gefährten zu: »Palmyra! Ich sehe die Palmen von Palmyra!«

Einige hundert Schritt später, bevor sich die Straße wieder abwärts wand, ließ der Karawanenführer die Gruppe kurz halten. Zehn Reiter blickten von ihren Sätteln hinab auf die sandbraune Ebene, die sich vor ihnen erstreckte und in deren Mitte ein grünes Meer von Palmwipfeln im Wind wogte. Aber dann zog die Stadt, die sich links von den Bäumen bis zum Rand der Berge erstreckte, alle Blicke an.

»Was ist das, rechts am Stadtrand, da bei dem Palmenhain?«

Flavius zeigte auf eine durch Pilaster und Fenster gegliederte Mauer, von einem mit Stufenzinnen geschmückten Dach überragt.

»Das in der Mitte ist das Oberteil des Beltempels. Die Mauer umgibt den heiligen Bezirk, den ihr Griechen Temenos nennt. Innen ist er von Säulen eingefasst.«

Für den Karawanenführer, einen hageren Mann mit Hakennase und einer von der Sonne wie altes Leder gegerbten Haut, waren alle Fremden aus dem Land des Sonnenunterganges Griechen, da er nur diese westliche Sprache beherrschte. Beim Anblick seiner Heimatstadt schien er vor Stolz gleich eine Hand breit größer zu werden und als er die gespannte Aufmerksamkeit der Reisenden bemerkte, fuhr er fort:

»Seht ihr den großen Bogen links vom Tempel? Das Tor wurde zu Ehren des Besuchs von Kaiser Hadrian erbaut, ab da durchquert die Säulenstraße die ganze Stadt.«

Sein ausgestreckter linker Arm folgte der endlosen Säulenreihe, die sich bis fast an den Rand der Berge zog, dann fuhr der zeigende Finger wieder zurück.

»Und der halbrunde Bau nicht weit links vom Hadrianstor ist das Theater, daneben liegt das Forum und dahinter seht ihr das Tetrapylon an der Straßenkreuzung.«

Er wies auf eine hoch aufragende Vierergruppe von jeweils mehreren Säulen, doch Einzelheiten konnte selbst Flavius nicht erkennen. So ließ er seinen Blick über das Gewirr der Häuser wandern, meist lehmfarbene Würfel mit winzigen Fenstern und flachen Dächern, die von einer weitläufigen Stadtmauer umzogen wurden. Die Mauer kletterte sogar die westlichen Berge empor und schloss einige der seltsamen Steintürme ein, die sich ein Stück weiter zu ganzen Gruppen zusammenballten, als hätten sie Angst, alleine in der trockenen Einöde ausharren zu müssen.

Auch Ulixes musterte die Stadt und ihre Mauer. Aber er wusste, dass die Macht der Stadt nicht auf Mauern, sondern auf ihrem Reichtum, der Lage in der Wüste und den gefürchteten palmyrenischen Bogenschützen beruhte.
Ein Gurren unterbrach seine Betrachtung. Der Gedanke an die Brieftaube rief ihm die Begegnung mit Bassianus in Baalbek zurück. Der Hohepriester hatte ihn in der Vorhalle des Astartetempels erwartet, des kleineren der beiden Tempel, dessen Torflügel noch immer so gewaltig waren, dass man einen Baum hätte aufrecht hineintragen können. Mit stummer Geste bat er Ulixes in das Innere, in dem die Lichtpunkte unzähliger Öllampen wie Sterne am Nachthimmel glänzten. Dem Eingang gegenüber thronte das Bild der Göttin unter einem Baldachin, die Wände zierten zwei Reihen übereinander liegender Nischen, mehr konnte Ulixes nicht erkennen. Bassianus war anfangs vorsichtig gewesen, und erst als er sicher sein konnte, einen Gesandten Roms vor sich zu haben, begann er, über die Lage im besetzten Syrien zu sprechen.
Ulixes hörte aufmerksam zu, bis der Hohepriester ein Zeichen gab, ihm zu folgen. In einem Nebengebäude gurrten unzählige Tauben, Bassianus wählte eine aus und überreichte sie Ulixes in einem Käfig. Seit Tagen schwankte nun der verhüllte Vogel hoch oben auf dem Packpferd durch die syrische Steppe, und es hatte einer Geschichte voll mystischer Andeutungen bedurft, um seine Anwesenheit den Mitreisenden zu erklären.
Ulixes wurde in die Gegenwart zurückgerufen, als der Führer seinem Maultier einen Schlag mit dem Stock gab und die Gruppe sich in Bewegung setzte. Unterwegs zeigte der Syrer auf eine kleine Grotte neben dem Weg.
»Hier entspringt die Efqa-Quelle, ohne die all diese Pracht verdorren müsste.«

Der Wind trug den Staub, den die Hufe ihrer Tiere aufwirbelten, zu einer Karawane, die bei der Grotte lagerte. In braunes Tuch eingeschlagene, mit Stricken umwickelte Warenballen türmten sich zwischen spitzen Zelten, vor denen dunkelhäutige Männer um flackernde Feuer saßen. Am Rand hatten sich Dutzende von Kamelen niedergelassen, deren braun behaarte Köpfe mit großen Nüstern und hochmütig dreinblickenden Augen die vorbeireitende Gruppe verfolgten.
Ein Stück weiter gelangten sie zu einem Tor, das einem römischen Triumphbogen glich. Sie ritten unter dem großen Mittelbogen hindurch, während Fußgänger mit Traglasten und Arbeiter mit kleinen Karren sich durch die beiden niedrigeren Seitentore zwängten. Dahinter weitete sich die Straße zu einem ovalen Platz, den Säulen mit vorspringenden Podesten umstanden, von denen herab lebensgroße Bronzestatuen auf die müden Ankömmlinge starrten. Flavius rief dem Führer zu:
»Was ist das für ein Palast?«
Über das wettergegerbte Gesicht des alten Mannes ging ein Lachen.
»Das, mein Junge«, die Hand umschrieb die Weite des Platzes bis zu dem Triumphbogen, »das hier ist einfach das Damaskustor, der Eingang zur Stadt.«
Flavius schwieg. Dieser Prunk übertraf selbst die überschwänglichen Schilderungen, mit denen sein syrischer Grammaticus zum ersten Mal Fernweh in ihm geweckt hatte.
In Gedanken versunken, wurde er von den Ereignissen völlig überrascht.

Hämmernde Hufe, vor ihm ein ockergelber Umriss, darauf eine schemenhafte Gestalt. Sein Maultier scheute, bockte und schlug aus; er verlor das Gleichgewicht und kippte nach hinten in den Staub. So hart war der Aufprall, dass er für einen Augenblick das Bewusstsein verlor.
Kurz vor dem Tor brachte die Reiterin das Rennkamel zum Stehen und trieb es mit scharfen Rufen zurück. Sie blickte auf den Kreis Neugieriger, der sich um die staubige Gestalt am Boden scharte.

Ulixes kniete bei Flavius, als er von oben eine Stimme auf Griechisch hörte.
»Ist der Ärmste vom Maulesel gefallen?«
Ulixes hob den Kopf und sah eine junge Frau von wilder Schönheit, deren Gesichtsausdruck genauso hochmütig wirkte wie der ihres Kamels. Einige Strähnen ihrer aufgesteckten, rotbraunen Mähne hingen an den Schläfen herunter, das gefältelte Kleid war einfach, aber aus edlem blauen Baumwollstoff. Er antwortete verärgert:
»Nein, keine Sorge. Er steigt immer so ab!«
Gelächter der Umstehenden zeigte, dass die meisten Griechisch verstanden.
In diesem Augenblick erwachte Flavius, öffnete verwirrt die Augen und sah die Reiterin, die ihn zu Fall gebracht hatte. Als Schmerz und Benommenheit etwas nachließen, erfüllte ihn Abneigung gegen Palmyra.

Das Opferfeuer war schon lange heruntergebrannt und der Geruch gebratenen Fleisches wehte nur noch manchmal vom Altar herüber. Dutzende von Fackeln erleuchteten das große Triclinium, die Bank, auf der die Festgesellschaft Platz genommen hatte. Zumeist Männer, dazwischen einige Frauen, alle prächtig gekleidet – prächtig selbst für eine Stadt, in der Prunk so alltäglich war, dass ein Bettler in Lumpen mehr auffiel als die Reichen in ihren Roben.
Vor jedem der Gäste stand ein kleiner runder Tisch mit silbernem Essgeschirr, nur im Zentrum der Tafel nicht, dort glänzte Gold im flackernden Fackellicht, mit dunkelblauem Lapislazuli und blutroten Rubinen besetzt. Aber niemand achtete darauf, denn alle Blicke waren auf die gut dreißig Jahre alte Frau gerichtet, die soeben einen mit Wein gefüllten Glaskelch ergriff. Sie beugte sich vor, vorbei an dem spitznasigen jungen Mann zu ihrer Rechten, sodass sie

den Blick des vierschrötigen Soldaten auf sich zog, der einen Platz weiter saß.
»General Zabdas, das Opfer ist glücklich verlaufen. Lasst uns auf Euren siegreichen Ägyptenfeldzug trinken. Und auf eine glückliche Zukunft!«
Ihre fast männliche Stimme ließ jedes Gespräch verstummen. Ein Sklave lief in gebückter Haltung herbei, um der Herrscherin Wein nachzuschenken, während sich alle Anwesenden erhoben, sodass die bestickten Kleider raschelten.
»Ich tat nur meine Pflicht, Bathzabbai, denn wem gebührt Ägyptens Krone, wenn nicht Euch, der zweiten Cleopatra!«, dröhnte die Stimme des Soldaten. Im Gegensatz zu der dunkelhäutigen Frau, die nach dem rituellen Opfermahl und zahllosen Gläsern Wein noch kerzengerade stand, hatte er sichtlich Mühe, sich aufrecht zu halten. Er hob sein Glas und führte es leicht schwankend zum Munde, während die Herrscherin lächelte und dabei eine Reihe perlweißer Zähne sehen ließ. Sie wandte sich zu dem jungen Mann neben ihr, der seinen Bartflaum kraulte.
»Vaballathus, trink mit. Es geht auch um deine Herrschaft!«
Der Junge blickte sie verwirrt an, ergriff sein Glas und führte es so hastig zum Mund, dass etwas von dem roten Wein auf seine Toga schwappte.

Bathzabbai trank einen Schluck, dann wandte sie unwillig den Blick ab und sah in die andere Richtung, wo sich die Säulen des großen Beltempels im Halbdunkel abzeichneten. Auf dem Dach glimmte ein Opferfeuer, ließ Schwaden von Weihrauch in die klare Nachtluft steigen und die Umrisse der Stufenzinnen gegen den mit Sternen übersäten Himmel hervortreten. Sie senkte die Augen und traf den fragenden Blick des weißhaarigen Mannes zu ihrer Linken.
»Es ist nichts, Longinus. Nur die Bürde der Herrschaft drückt an manchen Tagen schwerer als an anderen. Und die Ungewissheit, welcher Weg der richtige ist.«
Der Mann strich sich über den gekräuselten Bart.

»Geht Euch die Nachricht nicht aus dem Kopf, dass Kaiser Aurelianus durch die Donauprovinzen weiter in Richtung Osten marschiert?«
Die Frau nickte. »Die Goten hat er besiegt, wie uns gemeldet wurde, und an dem von Feinden überrannten Dakien ist er längst vorbei. Vielleicht haben wir unser Spiel zu weit getrieben.«
Der alte Mann richtete sich auf, nahm eine würdevolle Haltung ein und sprach mit getragener Stimme.
»Ihr antwortete drauf der Herrscher im Donnergewölk, Zeus:
Welche Rede, mein Kind, ist Deinen Lippen entflohen ...«
Ein Wink der Frau ließ ihn verstummen.
»Ach, meine beseelte Bibliothek – so sagt man doch zu Euch, Longinus? Ich weiß, dass Ihr Euren Homer kennt. Und manche ehrwürdige Schrift dazu, aber das hilft mir jetzt nicht. Was bisher richtig war, muss es morgen nicht mehr sein.«
»Wie wahr, meine Herrscherin, wie wahr. Gerade das gilt für Rom. Das Imperium ist wie ein einst mächtiger Stamm, den jetzt die Fäulnis zerfrisst. Während sich die Kaiser gegenseitig an die Gurgel fahren, plündern die Barbaren ungehindert Stadt um Stadt.« Der Mann atmete schnell, und mit erhobenem Zeigefinger redete er weiter.
»Seit drei Jahrhunderten trampeln römische Stiefel durch alle Städte des Mittelmeers. Solange ihre Steuereinnehmer unser Silber nur in Maßen verlangten, solange wir dafür Schutz vor Feinden hatten, da mochte das angehen. Aber jetzt saugen sie uns aus bis auf die Knochen – und was haben wir davon?« Longinus sah die Königin an. »Ich sage es Euch: nichts! Wo waren die Römer, als Philosophen wie ich vor den Herulern aus Athen flüchten mussten? Wo waren die Römer, als diese Barbaren den Parthenontempel abfackelten? Wo waren sie, diese Herren der Welt? In ihren warmen Bädern, bei ihren Gelagen, bei ihren Lustknaben!«
Seine erregte Stimme hatte alle Blicke auf sich gezogen und der Sand knirschte, als sich Zabdas näherte. Er trug parthische Hosen mit breiten Zierborten und roten, unterhalb der Knie ansetzenden Gamaschen, darüber ein kurzes Übergewand mit hemdartigem Umhang.

»Ich bin kein Mann der schönen Worte, das weiß jeder. Meine Sprache ist eine andere. Aber ich sage Euch«, der Soldat blickte wie ein Feldherr auf seine Truppen, »ich sage Euch, unser wandelndes Museion hier hat Recht.« Er schlug mit der geballten rechten Faust in die linke Hand. »Rom ist verrottet. Es wird Zeit für eine neue Kraft!«

Die Königin nahm einen Rest Brot des rituellen Mahles und zerkrümelte es zwischen den Fingern.
»Ihr liebt den Krieg, Zabdas, das Kämpfen, Siegen und Plündern, das Stöhnen der Verwundeten und den Geruch des Blutes, das im Sande versickert. Was aber, wenn wir nicht siegen?« Sie sah den General an. »Ich würde lieber den Bruch mit Rom vermeiden.«
»Aber er ist vermeidbar, meine Königin!« Longinus' Stimme war jetzt ganz ruhig.
»Vaballathus ist römischer Senator, Sohn eines Königs, der Schapur vertrieben und Rom die östlichen Provinzen gerettet hat. Er hat mehr Anspruch auf den Kaiserthron als jeder andere. Und wer ist dieser Aurelianus dagegen?«
Ein fragender Blick in die Runde.
»Einer von vielen aus dem Gespensterzug an Kaisern und Möchtegern-Kaisern, der im letzten Jahrzehnt an uns vorbeigezogen ist. Valerianus? In Persien umgekommen. Macrianus und Quietus? Ermordet. Saloninus? Ermordet. Gallienus? Ermordet. Postumus, Marius, Laelianus, Victorinus? Alle ermordet. Claudius? Zur Abwechslung mal an der Pest krepiert. Sein Bruder Quintillus? Selbstmord. Und da soll es diesem Emporkömmling aus der Donauprovinz besser ergehen? Glaubt das jemand?«
Die Stimme des Griechen zitterte, als er mit weit ausholender Geste die Zustimmung der Festgäste einzuholen schien. Dann redete er leise weiter, fast beschwörend:
»Ich sage Euch, Rom kann froh sein, wenn es Vaballathus, einen Senator, als Kaiser bekommt. Sie werden uns die Füße küssen und sich in den Staub werfen, die verkommenen Römer.« Dann wandte er sich zu dem Mann zu seiner Linken.

»Unser Hohepriester möge seinen Traum erzählen!«
Der Angesprochene machte eine abwehrende Handbewegung, aber die Königin wandte sich ihm zu und fixierte ihn mit ihren unergründlichen schwarzen Augen.
»Ein Traum, Haddudan, der unser Reich oder mich betrifft?« Ein stummes Nicken war die Antwort.
»Zögert nicht. Wann habt Ihr geträumt und was habt Ihr gesehen?«
Der Mann stand auf. Er fegte mit der Hand einige Brotkrümel von seiner Ärmeltunika, in der die Goldfäden glänzten. Dann zog er seinen lang über den Rücken fallender Mantel zurecht, der an der Schulter durch eine goldene Fibel zusammengehalten wurde. Er räusperte sich, bevor er zu sprechen begann.
»Es war letzte Nacht, als ich die Stadt Rom sah. Die Stufen der Tempel, die Bögen der Aquädukte, die Dächer der Häuser – alles schwarz von Menschen, wie Fliegen klebten sie an jedem Vorsprung. Sie starrten auf einen langen Zug, der sich durch die Straßen schob. Ich konnte nicht genau erkennen, was es war, aber alle schienen zu jubeln, vielleicht zog ein neuer Kaiser in die Stadt.«
»Und, was hat das mit mir zu tun?« Die Stimme der Königin bebte vor Ungeduld.
»Mir war es, als schwebte ich wie ein Adler über der Stadt und unten, ganz unten in dem Zug sah ich plötzlich Vaballathus und Euch, Bathzabbai.«
»Und, wie sah ich aus, war ich prunkvoll gekleidet, war ich geschmückt?«
Der Priester blickte sie einen Augenblick nachdenklich an.
»Ihr wart geschmückt wie eine Königin.«
»Kann es sein, dass es mein Einzug in die Stadt war, als Siegerin?« Haddudan schien zu überlegen, dann sagte er leise.
»Ja, das kann sein, aber glücklich saht Ihr nicht aus.«
Die Königin lachte, erhob sich und zog ihren purpurfarbenen Mantel über die Schultern.
»Glücklich sind wir Herrscher nie, denn unsere Sorgen wachsen mit unserem Reich.«

Dann wandte sie sich an die Festgäste.
»Das ist ein guter Abschluss für das Opfermahl, lasst uns aufbrechen. Und jetzt sage ich Euch, wer den nächsten Triumphzug in Rom veranstalten wird!«
Alle Augen folgten ihr, als sie mit weit ausholender Geste ihren Mantel ergriff und zum Ausgang des Tempelbezirks schritt. Dort wandte sie sich um und lachte.
»Ich! Wer sonst?«

Nachdenklich sah ihr Haddudan nach, als er plötzlich eine Hand auf seiner Schulter spürte.
»Ach, du bist es, mein Freund Orodes. Wenigstens einer, der sich nicht am eigenen Größenwahn berauscht.«
»Vorsicht«, der andere hielt den Zeigefinger vor den Mund, »drüben stehen Longinus, Zabdas und Zabbaeus.«
Der Priester blickte schräg über die Schulter. »Eine prächtige Versammlung fanatischer Romfeinde. Der Prinzenerzieher, der General und der Stadtpräfekt – aber wer ist der Vierte? Diese dürre Gestalt habe ich noch nie gesehen.«
Orodes zuckte mit den Schultern.
»Ich bin mir nicht sicher, aber ich glaube, das ist ein Kaufmann, der gestern mit einer kleinen Karawane kam.« Haddudan sah ihn erstaunt an.
»Und der gleich beim heiligen Mahl die Mächtigsten der Stadt trifft? Da wird doch eine Intrige gesponnen.«
Orodes nickte und sah in Richtung der drei Männer. »Das glaube ich auch. Haben wir schon Neuigkeiten aus Rom?«
Haddudan schüttelte den Kopf. »Noch nicht, aber ich erwarte die Ankunft eines geheimen Gesandten.«
»Dann lass uns gehen. Es wird kühl hier.«

Trotz der späten Stunde drängten sich die Menschen am Rande der von Fackeln erleuchteten Säulenstraße, denn mit jedem Sieg, der Palmyras Macht ausdehnte, zeigte sich die Königin seltener in der Heimatstadt. Auch Ulixes, Olus und Flavius hatten von ihrem

Herbergswirt erfahren, dass Zenobia nach dem Opfermahl zu ihrem Palast zurückkehren würde, und wollten das Schauspiel nicht versäumen. Doch sie waren spät dran und versuchten, am Hadrianstor durch Hälserecken einen Blick zu erhaschen. In diesem Moment hörten sie Wiehern und sahen aus der Richtung des Belstempels einen zweirädrigen, von zwei Schimmeln gezogenen Wagen heranrollen. Darin stand eine Frau, die mit der rechten Hand die Zügel hielt und mit der linken die wartenden Menschen grüßte. Flavius konnte nur einen flüchtigen Blick erhaschen, sah die gescheitelten und zu kurzen Locken gebündelten Haare, geschmückt mit einem perlenbesetzten Golddiadem, dann war sie schon vorüber. Schnell wurde sie kleiner, die Gestalt in dem wehenden purpurfarbenen Mantel, der in der Dunkelheit fast schwarz wirkte, und nur noch etwas Staub hing in der Luft.

Als das Rattern der Wagenräder verklang, verlor sich die Menschenmenge zwischen den Säulen. Ulixes ging mit Flavius und Olus zu ihrer Herberge zurück, über deren Eingang in griechischen Lettern der Name »Pandocheion« stand. »Für alle«, murmelte Ulixes nachdenklich, »ein freundlicher Name, hoffen wir, dass auch Römer willkommen sind.«
Flavius blickte ihn an, konnte aber in der Dunkelheit sein Gesicht nicht erkennen. »Wieso zweifelst du?«
»Ich weiß nicht. Ich glaube einfach, dass den Palmyrenern ihre Siege zu Kopf gestiegen sind. Aber lasst uns das nicht hier im Hof besprechen, gehen wir dort hinauf.« Ulixes wies auf die Treppe, die zur Dachterrasse führte.
Die drei stiegen nach oben und ließen ihre Blicke über die Stadt schweifen, deren Häuser wie dunkle Kristalle unter dem Sternenhimmel lagen. Nur gelegentlich drang Lichtschein aus einem Fenster, und in einigen Nachbarhöfen sahen sie die Hausbewohner um eine Lampe geschart sitzen. Grillen zirpten und in der Nähe schien

jemand Flöte zu üben, denn die zarte Melodie brach immer an etwa der gleichen Stelle ab.

Ulixes begann. »Heute haben wir uns die Zeit genommen, um durch die Straßen und Plätze Palmyras zu wandern. Aber dafür sind wir nicht Tausende von Meilen gereist. Meine Aufgabe besteht darin, Zenobia zum Einlenken zu bewegen, das wird schwer, vielleicht unmöglich sein.« Er schwieg einen Augenblick und setzte sich rückwärts auf die Mauerbrüstung. »Deshalb müssen wir so viel wie möglich herausfinden, falls es doch zum Krieg kommen sollte. Über die Stadt, die Vorräte, die Verteidigungsmöglichkeiten, die Bereitschaft der Bewohner zum Kampf, die Truppenstärke.«

»Fangen wir gleich morgen an, von mir aus ganz früh!«

Ulixes lächelte; er wusste, wie ungern Olus morgens aus dem Bett kroch.

»Ich weiß deinen Opfermut zu schätzen, aber wichtiger als eine zusätzliche Morgenstunde ist ein guter Plan. Es hat keinen Sinn, dass wir zu dritt Staub aufwirbeln. Wir sollten uns lieber einzeln umsehen, vor allem nicht als Römer oder Romfreunde auffallen.«

Die beiden Jüngeren nickten.

»Ich gehe zu Haddudan, dem Priester, dessen Namen mir der Oberpriester in Baalbek genannt hat. Flavius, du gibst dich als Arzt aus, der im Osten sein Wissen erweitern möchte. Und du, Olus, du drückst dich unauffällig in den Winkeln der Stadt herum, sperrst die Augen auf und versuchst, mit einfachen Leuten bekannt zu werden.«

»Aber ich verstehe doch kein Wort!«

»Das ist hinderlich, aber nicht zu ändern. Viele hier sprechen ein paar Brocken Latein. So wird dich niemand für einen römischen Spion halten. Wenn du Arbeit findest, kannst du manches erfahren und nebenbei noch etwas von der Sprache aufschnappen.«

Olus dachte nach, dann nickte er. »Gut, dass ich fast alles kann. Kochen, backen, Kühe melken, Fische fangen …«

Ulixes winkte lächelnd ab. »Na also.« Er konnte nicht ahnen, welche Folgen dieser Eifer haben sollte.

Am nächsten Tag ging Ulixes die Säulenstraße entlang, die wärmende Morgensonne im Gesicht, bis er vor dem ummauerten Rechteck des Beltempels stand. Den Eingang in der Mauermitte überragten zwei Türme, davor führten Stufen zu einer Säulenhalle empor, die einen flachen Giebel trug. Er trat in den Schatten des mittleren Säulenpaares, das von einem großen Bogen überspannt wurde, und wandte sich an einen Wächter:

»Wo finde ich Septimius Haddudan, den Priester?«

Ein hochmütiger Blick traf ihn.

»Er ist heute für keine Bittsteller zu sprechen.«

Ulixes trat einen Schritt vor, lächelte den Mann milde an, dann machte er ihm ein Zeichen, sich vorzubeugen, und flüsterte ihm ins Ohr.

»Das verstehe ich, mein Sohn. Hier steht auch kein Bittsteller, sondern …«, bei diesen Worten herrschte er den Wächter an, dass der vor Schreck zurücktaumelte, »jemand, den Haddudan erwartet. Ich bin der Gesandte des Hohepriesters Bassianus!«

Der Wächter starrte Ulixes an, rang nach Luft, dann verschwand er durch eine Seitentüre. Einige Minuten später kehrte er atemlos zurück und machte dem Besucher ein Zeichen, ihm zu folgen.

Ulixes betrat einen weiten, von Säulen umstandenen Hof, in dessen Mitte sich der große Tempel erhob. Der Eingang lag an der Längsseite und die gleißende Sonne ließ ihn die Figur im Schatten der turmhohen Tempelsäulen erst bemerken, als er am Fuß der breiten Treppe stand.

Der Mann trat einige Schritte vor. Er trug eine rote phrygische Mütze, dazu einen knielangen weißen Umhang mit roter Borte, darunter eine grüne Tunika. Seine Beine steckten in langen roten Hosen, die bis zu den schwarzen Schuhen reichten.

Ulixes blickte hinauf.

»Von weit her komme ich, auf der Suche nach Weisheit!«

Lächelnd breitete der Priester die Arme aus, dann antwortete er auf Latein mit einem Zitat Senecas.

»Wer die Weisheit sucht, ist ein Weiser; wer glaubt, sie gefunden zu haben, ist ein Narr. Seid willkommen.«

Ulixes schritt die Stufen empor und Haddudan geleitete ihn in die dämmrige weitläufige Halle.

Olus irrte anfangs durch die Gassen der Stadt, dann drückte ihn auf der großen Straße ein schwer beladenes Kamel so gegen eine Säule, dass er die Ausdünstung des Tieres noch Stunden in seinen Kleidern roch. Neugierig folgte er der Karawane bis zur Agora, dem viereckigen Marktplatz, auf dem die Waren abgeladen und verzollt wurden. Er sprach den olivenhäutigen Karawanenführer an und hatte Glück. Der Mann im weißen Kaftan konnte etwas Latein und war gerade dabei, Tagelöhner zum Entladen der Weihrauchsäcke anzuheuern. Nachdem Olus einige Stunden in der Sonne geschwitzt hatte, fragte er ihn:
»Woher kommst du?«
Olus sah ihn selbstbewusst an. »Ich bin ein echter Gallier. Sagt Euch das etwas?«
Kopfschütteln war die Antwort. »In Eudaimon, meiner Stadt, kennen wir solche Leute nicht. Wo lebt ihr?«
Olus machte eine unbestimmte Bewegung in Richtung der Berge, hinter denen allabendlich die Sonne sank.
»Weit weg. Jenseits des Meeres.«
Der Mann legte den Kopf schief. »Also eine Art Römer?«
Olus dachte an Ulixes Warnung, nicht als römischer Spion erkannt zu werden, und runzelte die Stirn.
»Römer? Das Wort ist eine Beleidigung für uns!«
Der Mann hob abwehrend die Hand. »Beleidigungen liegen mir fern. Du magst keine Römer, gut, aber wie steht ihr zu den Griechen?«
Zu diesem Volk fiel dem Gallier nur der Herbergswirt ein, der ihnen gestern mit großem Pathos seine Spezialität serviert hatte: »Huhn Priamos«, von dem Ulixes meinte, es sähe aus, als sei es kurz vor seinem Hungertode dem Brande Trojas zum Opfer gefallen. Er schüttelte sich angewidert.
»Ein überheblicher Haufen Dummschwätzer, das ist bekannt!«
Der Dunkelhäutige nickte versonnen, als sei auch er schon zu die-

ser betrüblichen Erkenntnis gelangt. So wagte sich Olus bei der nächsten Frage kühn auf unbekanntes Gebiet.
»Araber? Am schlimmsten von allen! Gauner, Halsabschneider – ein Griff in einen Sack Skorpione ist nichts dagegen!«
Er kniff viel sagend ein Auge zusammen, sodass ihm der unwillige Schatten entging, der über das Gesicht des Mannes huschte. Dann stellte er eine Frage, die ihm schon den ganzen Tag am Herzen lag.
»Sprecht Ihr die hiesige Sprache, dieses Ara...mäsisch.«
Der Angesprochene nickte. »Ja, wieso?«
»Ich würde gerne einige Sätze lernen. Ich meine, wenn mich mal wieder jemand etwas fragt.«
Der Karawanenführer lächelte. »Jetzt gleich? Als Bezahlung für deine Arbeit?«
Olus zögerte einen Augenblick, dann nickte er. »Ja, jetzt gleich!«

Flavius schlenderte zuerst durch das Basarviertel, wich vorwärts ächzenden Lastenträgern aus, beobachtete die Wasserverkäufer mit ihren kupferschimmernden Gefäßen auf dem Rücken und lauschte ihren unverständlichen Rufen, mit denen sie um Kundschaft warben. In einer Straße schwitzten Schmiede an ihren kleinen Feuern, in der nächsten saßen Stoffhändler gelassen zwischen grünen und blauen Tuchballen, ein Stück weiter häuften sich gelbe, braune und rote Gewürze auf Kupferplatten, roch es nach Zimt, Pfeffer, Koriander und Safran.
An der Säulenstraße angekommen, bog er nach Osten ab, bis er vor dem Tetrapylon stand, das sich in der Straßenmitte erhob. Vier Podeste trugen jeweils vier rot schimmernde Säulen aus ägyptischem Granit, gekrönt von einem kleinen Steindach. Darunter starrten überlebensgroße Statuen auf die Menschenmenge, die das Bauwerk von allen Seiten umfloss. Flavius folgte dem Strom, bis sich auf der anderen Seite die Menge erneut staute. Auf der Südseite, vor der siebten Säule, stand ein Flaschenzug. Unter den rhythmischen Kommandos eines Aufsehers zogen Arbeiter eine goldschimmernde Frauenfigur auf das Podest empor, darunter gab die frisch gemeißelte Inschrift in Palmyrenisch und Griechisch Aus-

kunft, wer hier stehen sollte. »Zenobia«, las Flavius und wollte weitergehen, als griechische Worte durch das Stimmengewirr drangen.
»… Tadmor gehört die Zukunft. Weißt du, mein Freund, an was mich Rom erinnert?«
Flavius spitzte die Ohren; er wusste, dass Tadmor für Palmyra und Bathzabbai für Zenobia stand.
»An einen toten persischen Kriegselefanten, den ich bei Odenathus' Feldzug vor Ktesiphon gesehen habe. Er lag seit Tagen in der Sonne und war riesig aufgedunsen, doch als unser Hauptmann mit dem Speer hineinstach, entwich ein scheußlicher Gestank und das verfaulte Vieh fiel in sich zusammen!«
Der unbekannte Gesprächspartner lachte. »Gut beschrieben! Daran kann auch dieser Aurelianus nichts mehr ändern. Weißt du, worüber man in den Straßen Alexandrias lacht?«
»Ein Witz? Lass hören!«
»Kennst du den Unterschied zwischen Aurelianus und Gott?«
»Nein, sag es mir.«
»Ganz einfach: Gott hält sich nicht für Aurelianus!«
Gelächter, dann entfernten sich die Stimmen. Flavius ging lustlos weiter. Die Stadt stieß ihn trotz aller Pracht ab, sie war nur heiß und staubig, laut und überheblich, fremd und feindselig.

Mittags war seine Stimmung nicht besser geworden. Als sein Magen knurrte, kaufte er sich einen Brotfladen und eine Hand voll Datteln, bevor er zum Theater schlenderte, in dessen verlassenem Halbrund die Hitze brütete. Im Schatten des Durchganges zwischen Bühnenwand und Zuschauerrängen setzte er sich auf den Boden und sein Kopf sank auf die Brust, doch als er erwachte, fühlte er sich zerschlagen. In Rom war der Traum von Palmyra aufregend gewesen. Aber jetzt dachte er an sein Gelübde und wäre am liebsten sofort aufgebrochen. Nach Osten, nach Persien, wo sein Vater als Sklave leben musste. Jede zusätzliche Stunde in diesem Wüstenprunk war vergeudete Zeit.

Bald sollte er anders denken.

Hundegebell schreckte ihn auf, das durch das Theater hallte. Das Kläffen wurde immer wilder, dazwischen ein Knurren und ein verzweifeltes Jaulen, wie ein Hilferuf.

Flavius rappelte sich auf. Nach wenigen Schritten sah er die Hunde. Ein Knäuel braun gefleckter Leiber, Pfoten und gebleckter Zähne, das sich im Staub wälzte. Ohne nachzudenken rannte er darauf zu, schrie und fuchtelte mit den Armen, bis zwei große Köter wegstoben und ein wimmerndes Bündel zurückließen. Er kniete nieder und sah einen jungen Hund, dessen zerzaustes rotbraunes Fell am linken Hinterlauf blutig war. Er beugte sich über das Tier, das die Zähne fletschte und ihn anknurrte. Doch als er langsam und ruhig zu ihm sprach, beruhigte sich der Hund. Zuletzt durfte er sogar die Wunde untersuchen, die vor Schmutz starrte. Er streichelte das verletzte Tier, strich ihm über die Schnauze und als eine raue Zunge seine Hand leckte, hob er es mit beiden Armen auf, um es zur nahen Agora zu tragen.

Am Eingang ging er am Standbild des Septimius Severus vorbei, dessen Augen jemand rot zugeschmiert hatte. Aber es war ihm gleichgültig, jetzt gab es Wichtigeres als geschmähte tote Kaiser. Für eine Kupfermünze erstand er einen Becher Wein, dann suchte er sich ein freies Plätzchen bei einem Stapel Stoffballen, wo er den Hund auf den Boden legen konnte. Vorsichtig säuberte er die Wunde. Das Tier wimmerte leise, er spürte sein Herz pochen. Er stand auf, sah sich um, dann sprach er auf Griechisch eine Frau an, die mit dem Rücken zu ihm auf den Ballen saß.

»Entschuldigt, hättet Ihr einen Stofffetzen für mich?«

Als sie sich umdrehte, hatte er das Gefühl, dieses klare Gesicht mit den geschwungenen Augenbrauen, dem spöttischen Mund und den rotbraunen Haaren schon einmal gesehen zu haben. Sie sah auf den Hund, bückte sich und suchte ein Stück Tuch heraus, das sie

ihm reichte. Aufmerksam verfolgte sie, wie er vorsichtig den Biss mit Wein auswusch, bevor er den zitternden Lauf mit dem Rest des Stoffes verband.
Er sah auf und begegnete ihren grünen Augen. »Danke für die Hilfe!«
»Wie Ihr Euch um den Hund kümmert«, erwiderte sie, »das ist gut. Nicht viele würden das hier tun.«
»Wie schade. Ich mag Tiere.« Er streichelte das staubige Fell. »Als Kind hatte ich Kaninchen, später ein Pferd.«
Das Mädchen musterte ihn.
»Griechisch ist nicht Eure Muttersprache. Seid Ihr Römer?«
Flavius richtete sich auf. »Ja, und Ihr?«
»Palmyrenerin. Ich warte auf meinen Vater, ihm gehört diese Seide.« Sie wies auf die roten und grünen Stoffballen. »Alle Händler müssen ihre Waren hier verzollen, da hinten steht der Stein mit den Tarifen.« Ihr Finger zeigte in die Richtung, aus der Flavius gekommen war. Er sah sich um, ließ seinen Blick über den weiten Platz schweifen, über die gestikulierenden Händler, die runden Bäuche der Weinfässer, die Bündel weißen Baumwolltuchs, die Stapel grün glasierter Schüsseln. Alles wurde geprüft und bewertet unter den Augen der Statuen, die von ihren Konsolen herab auf das Treiben starrten.
»Wer sind denn diese vielen Bronzemänner – eure Könige?«, fragte Flavius und zeigte auf die Nordseite des Platzes. Das Mädchen lachte.
»Nein, früher waren wir eine Republik. Das sind Beamte, und dort«, ihr Finger wies nach Westen, »dort stehen Generäle. Dann kommt die Seite mit Karawanenführern und hinter uns die Senatoren.« Flavius schüttelte belustigt den Kopf. Die halbe Stadt schien sich ein Denkmal gesetzt zu haben. Er bückte sich, hob den Hund auf und blickte das Mädchen unschlüssig an.
»Es war nett, mit Euch zu sprechen.«
»Ja«, entgegnete sie. Einen Augenblick herrschte Schweigen. Dann lächelte er. »Ich heiße Flavius, und Ihr?«
»Aqmat«, erwiderte sie.

Er zögerte etwas, dann sagte er »Auf Wiedersehen, Aqmat« und ging quer über den Platz, den Hund auf dem Arm. Die Sonne in seinem Rücken stand schon tiefer, die Hitze hatte nachgelassen und er verspürte mit einem Male doch Lust, mehr von der Stadt zu sehen.
Als die Sonne sank, ging er erschöpft, aber in guter Stimmung zum Tetrapylon, dem vereinbarten Treffpunkt. Olus saß schon auf einer Stufe und winkte ihm zu. »Nun, wie war's bei dir? Was hast du da auf dem Arm?«
»Mein Tag war gut«, antwortete Flavius, »und das ist ein Hund, den ich gefunden habe.«
Olus kraulte das Tier hinter dem Ohr. »Wie heißt er?«
Flavius rieb sich das Kinn. »Ich weiß nicht. Wie wär's mit ›Junior‹? Er ist ja unser Jüngster.«
Olus nickte, dann erzählte er seine Erlebnisse. Kurze Zeit später drängte sich Ulixes durch die Menschenmenge.
»Mein Gespräch mit Haddudan hat sich lange hingezogen. Alles in Ordnung?« Beide nickten.
»Ich habe gute Nachrichten. Wir ziehen aus der Herberge aus. Haddudan nimmt mich bei sich auf und ihr beide wohnt bei Orodes, einem Handelsherren, der auf unserer Seite steht. Gehen wir, bevor es dunkel wird.«
So kamen sie keine Stunde später, von zwei Trägern begleitet, zu einem Haus im nördlichen Teil der Stadt. Ein Diener führte sie hinein und ließ sie in einem hohen Saal warten, dessen Wände mit bunten Ornamenten verziert waren. Gut zehn Fuß über dem geschliffenen Marmorboden schmückte ein Stuckgesims den Raum, von dem Frauengesichter, Männerköpfe und Theatermasken auf die Besucher herabblickten. Hinter einem Durchgang standen schattenhaft die Säulen des Atriums.
»Willkommen in meinem Haus!«
Die drei sahen einen etwa vierzigjährigen Mann mit grauschwarzem, in die Stirn gekämmtem Lockenhaar, ausrasiertem Vollbart und einem Schnurrbart, der in feinen Spitzen endete.
Ulixes neigte den Kopf. »Danke für die Gastfreundschaft. Ich bin

Ulixes Gabinius Aquila und das sind meine Begleiter Flavius und Olus.«
Der Mann in dem weißen Umhang mit der goldenen Spange an der linken Schulter sah die beiden an, dann wies er auf eine Seitentüre.
»Man hat mir Euer Kommen angekündigt. Ihr müsst müde sein, Euer Zimmer ist schon hergerichtet und das Abendessen wartet.«
Zwei Diener ergriffen das Gepäck, ein dritter hob den Hund vorsichtig aus Flavius Arm, dann folgten die Gäste dem Hausherrn in das Speisezimmer.

Der lang gestreckte Raum wurde durch eine Reihe von Öllampen an der Wand erleuchtet, auch auf dem großen Tisch in der Raummitte flackerten ein Dutzend Lichter. So konnten sie die beiden Frauen gut erkennen, die an der Längsseite saßen. Beide trugen rote, an der Brust gefältelte Kleider, ihre rotbraunen Haare waren aufgesteckt, gescheitelt und mit einem goldgeflochtenen Band verziert. Der Ähnlichkeit nach mussten es Mutter und Tochter sein. Den Namen des Mädchens kannte Flavius schon und schlagartig wusste er auch, wo er sie zum ersten Male gesehen hatte: vor zwei Tagen, als er am Damaskustor im Staub lag.
Der Hausherr stellte sie vor, dann lauschte Flavius höflich der Unterhaltung zwischen Orodes und Ulixes, die sich um die verworrene politische Lage drehte. Er wurde erst aufmerksam, als der Hausherr auf sein persönliches Schicksal zu sprechen kam.
»… und so mussten meine Eltern aus der persischen Hauptstadt Ktesiphon fliehen, als diese sassanidischen Thronräuber den letzten Partherkönig getötet hatten. Ich wurde einige Jahre später in Palmyra geboren und auf einer Handelsreise nach Galatien gewährten mir die Götter in Ankyra die Gunst, Chiomara zu treffen.«
Der dunkelhäutige Mann lächelte versonnen seine Frau an, die den Blick voller Wärme erwiderte.
»Jetzt sind wir neunzehn Jahre glücklich verheiratet, unser Sohn Adadiabos studiert Recht in Berytos und Aqmat würde am liebsten meine Nachfolge als Synodiarch antreten.«
»Ist das was Wichtiges?« Olus fragte unbefangen, denn der starke

Wein war ihm zu Kopf gestiegen. Aqmat kicherte und wechselte einige Worte mit ihrer Mutter in einer Sprache, die keiner der Gäste verstand, nur Olus stutzte einen Augenblick.
Orodes antwortete höflich: »Das ist der Führer einer Karawane, wie wir sie nach Osten schicken. Aqmat war schon mehrfach bis zum Euphrat dabei, dieses Frühjahr sogar zusammen mit mir in Charax am persischen Meer.«
Danach nahm das Gespräch eine andere Wendung und als sie endlich allein in ihrem Zimmer waren, gähnte Olus beim Ausziehen. »Die Sprache hier ist gar nicht schwer. Heute auf der Agora hat mir ein Mann aus Eudaimon einige Brocken beigebracht. Und stell dir vor, Flavius, ich hatte vorhin das Gefühl, bereits etwas davon zu verstehen, was diese Aqmat zu ihrer Mutter sagte.«
Flavius wiegte zweifelnd den Kopf. »Nach so kurzer Zeit? Kaum zu glauben. Was hat sie denn gesagt?« Olus stotterte. »Nun, ja, ich ww…weiß nicht, viel…lielleicht habe ich mich auch getäuscht.«
So leicht ließ sich Flavius nicht abwimmeln. »Raus mit der Sprache, worum ging es?«
»Nun sie sss…sagte so etwa: ›Erstaunlich, wie menschenähnliche Kohlköpfe es in Gallien gibt‹. Aber was kann sie damit nur gemeint haben?«
Flavius lachte. »Das weiß ich auch nicht. Ich glaube, du musst noch etwas mehr Aramäisch lernen, bevor du die Leute hier verstehst. Lass uns jetzt schlafen.«

Noch keinen Schlaf fanden zwei Männer, die eine halbe Meile entfernt im Innenhof eines Hauses saßen. Die letzten Gäste waren gegangen, Sklaven räumten die Reste eines Festmahls ab, die Musiker packten ihre Instrumente zusammen und die ägyptischen Tänzerinnen hüllten sich in lange schwarze Umhänge, um im Dunkel der nächtlichen Gassen zu verschwinden.

»Zabbaeus, wir müssen handeln!«
Der Angesprochene saß stumm da, den Kopf auf die Arme gestützt, dann richtete er sich auf und nickte kaum merklich.
»Ist es wirklich so dringend? Er wohnt jetzt bei Haddudan.«
Die Augen seines Gegenübers verrieten keine Regung.
»Das macht es schwierig, aber nicht unmöglich. Er darf nicht mit Zenobia sprechen.«
Zabbaeus schüttelte den Kopf. »Das wird er auch so schnell nicht. Sie bricht morgen nach Antiochia auf, dort treffen sich alle Provinzstatthalter.« Er sah den Mann an, der auffallend dürr war und dessen Arm nach dem Weinglas griff. »Wie seid Ihr überhaupt darauf gekommen, dass er uns gefährlich werden könnte?«
Der Dürre nahm einen Schluck und auf seinem schmalen Gesicht zeigte sich ein zufriedenes Lächeln. »Ich könnte jetzt behaupten, dass meinen Spionen nichts entgeht, aber der Zufall hat mir geholfen. Ich war eines Abends bei Firmus zu Gast, du weißt schon, dem Neffen unseres guten Freundes aus Seleukia.«
Zabbaeus nickte. »Und dann?«
»Also, wir hatten gerade eine köstliche Vorspeise aus gedünsteten Pfauenzungen genossen, als so ein Provinzler hereinkam, der offenbar in allen Bibliotheken Roms nach einem gewissen Aquila suchte.« Der Dürre fand noch eine Dattel auf dem Tisch, die er sich in den Mund schob.
»Firmus unterhielt sich einen Augenblick mit dem jungen Mann und fand heraus, dass dieser Aquila Bücher über die Länder des Ostens studieren wollte, über den direkten Handelsweg nach Indien.«
Zabbaeus nickte. »Der unserem Geschäft den Rest geben würde. Konkurrenz auf dem Seeweg, das wäre das Letzte, was wir brauchen können, nachdem uns Odenathus' Krieg mit Persien schon genug an den Geldbeutel ging.«
Er stand auf und ging einige Schritte im Atrium auf und ab, dann lehnte er sich an eine Säule.
»Aber von wo aus sollen denn römische Schiffe nach Osten segeln? Den Traianskanal vom Nil nach Clysma, die ägyptischen Häfen Myos Hormos und Berenike – alles kontrolliert jetzt Palmyra!«

Der Dürre nickte. »Genau das habe ich mich auch gefragt und den Jungen überwachen lassen, bis er diesen Aquila im Tabularium aufgestöbert hatte. Ein Goldstück in die richtige Hand, schon wusste mein Spion alles über den geplanten Bericht.« Er beugte sich vor. »Stellt Euch vor: Der Bericht ist für den Kaiser persönlich!«
Zabbaeus zog zischend die Luft zwischen den Zähnen ein. »Für Aurelianus? Aber das würde bedeuten …«
Der Dürre nickte. »Genau. Aurelianus plant, den Osten des Imperiums wieder in die Hand zu bekommen. Mit Verhandlungen, mit List oder mit Gewalt, was weiß ich. Aquila soll wohl unsere Königin umstimmen.«
»Dann haben wir wieder römische Stiefel im Nacken.« Zabbaeus blickte zum Nachthimmel auf. »Kein schöner Gedanke. Was habt Ihr unternommen?«
»Ich habe mir einen Platz auf dem Schiff besorgt und versucht, diesen Aquila aus dem Weg zu räumen. Ein Holzbalken auf den Schädel … aber sein Diener hat ihn gewarnt. Und auf dem Schiff war ich alleine, dazu war ich auch noch seekrank. Mir fehlten die Kräfte. Aber hier sollten wir handeln.«
»Ja, aber kein Aufsehen.« Zabbaeus beugte sich vor und senkte die Stimme. »Solange wir nicht mit Rom in Kriegszustand sind, darf auf keinen Fall mein Name mit einem Mord in Verbindung gebracht werden.«
Der Dürre nickte. »Ich verstehe. Dann brauche ich einige zuverlässige Männer.«
»Ich kenne zwei, die reichen. So wenig Mitwisser wie möglich. Die beiden nehmen sich Aquila vor und seinen Gehilfen gleich mit.« Zabbaeus legte den Arm um seinen Gast. »Lasst Euch etwas einfallen und kommt übermorgen wieder. Um die gleiche Stunde. Dann wartet hier auch die Belohnung für Eure Dienste. Gute Nacht.«

Drei Tage später schnürte Flavius gerade seine Sandalen, um zur Agora zu gehen, als ein Diener ein Wachstäfelchen brachte. Er brach das Siegel auf und las.
»Komme heute zur Mittagsstunde zum Grabturm des Elahbel. Al-

leine, sage niemandem etwas. Es geht um unseren Auftrag. Ulixes.«
»Wer hat das gebracht?«, fragte er den Diener.
»Ein unbekannter Bote. Er ist schon wieder weg.«
Flavius betrachtete einen Moment die Tafel, dann klappte er sie zusammen. Beim Hinausgehen begegnete er Aqmat, die er nach kurzem Gruß im Vorbeigehen fragte. »Wo liegt eigentlich der Grabturm des Elahbel?«
Das Mädchen sah ihn verblüfft an. »Westlich der Stadt, im Tal der Gräber. Der letzte große Turm. In der Fassade ist eine Bogennische, daran erkennst du ihn. Brauchst du jemand, der ihn dir zeigt?«
»Nein, nicht nötig, ich wollte es nur wissen.«
Er pfiff nach Junior, der fröhlich bellend angehumpelt kam. Die Wunde heilte schnell und der junge Hund wich nicht von seiner Seite. Nachts schlief er zu seinen Füßen und beim Essen saß er unter dem Tisch, die Schnauze auf Flavius' Sandalen gelegt.
Sie gingen zur Säulenstraße, bogen nach Westen ab, bis sie den Grabtempel im römischen Stil erreichten, den Zenobias Familie hier errichtet hatte. Dann wandten sie sich nach Süden und verließen die Stadt durch das Damaskustor. Flavius musterte mit sorgenvollem Blick den Himmel. Das ständige Blau der letzten Tage war einem Grau gewichen, Schleierwolken bedeckten die Sonne, ein kühler Wind hatte sich erhoben und trieb Staubschwaden das trockene Tal entlang, in das sie einbogen. Seine Augen tränten und er fragte sich, was Ulixes wohl bewogen haben mochte, einen so abgelegenen Treffpunkt zu wählen. Sollten sie diesen Teil der Stadt gemeinsam erkunden oder gab es einen anderen Grund?
Er war noch früh dran, so nahm er sich Zeit, in Ruhe die quadratischen Türme zu betrachten, die wie stumme Wächter das Tal säumten. Es mussten Dutzende sein und Orodes hatte erzählt, dass sie auf mehreren Stockwerken bis zu dreihundert Gräber enthielten.

Am Talende angekommen, sah er den gesuchten Turm aufragen. Nichts rührte sich. Flavius ließ sich auf einem Steinblock nieder, kraulte Junior hinter den Ohren und wartete. Es dauerte nicht

lange, da sah er eine kleine Figur den Weg entlanghasten, den er soeben selber zurückgelegt hatte. Als Ulixes ihn erblickte, strahlte er über das ganze Gesicht, doch schnell wurde er ernst.
»Was ist los, Flavius, warum hast du mich hierher bestellt?«
»Wieso ich? Du wolltest doch, dass wir uns hier treffen!«
Die beiden starren sich an, dann packt Ulixes ihn am Arm und zerrt ihn zum Eingang des Turmes. Er rüttelt an der Türe, doch die schweren Bohlen rühren sich nicht.
»Verflucht!«
In diesem Augenblick sieht auch Flavius den Mann, der den Hang hinab auf sie zukommt. Ein Blick nach rechts, einer nach links – auch von dort nähern sich zwei dunkle Umrisse. Ulixes greift unter seinen Umhang und fördert ein Kurzschwert zutage.
»Kannst du damit umgehen?«
Flavius schüttelt den Kopf. »Leider …«
»Keine Erklärungen. Wenn wir das hier überleben, bringe ich es dir bei. Jetzt sammle Steine.«
Flavius rennt los und häuft einen Stapel handlicher Brocken neben dem Turmeingang an, während die drei Männer sich im Laufschritt nähern. Ulixes blickt prüfend umher, dann reicht er Flavius seinen Dolch und ein kleines Beutelchen.
»Hast du Angst?« Flavius nickt. »Das ist normal. Versteck den Dolch. Im Säckchen ist Pfefferpulver. Zuerst in die Augen werfen, dann erst den Dolch verwenden. Immer von oben her, dass dir niemand den Arm runterdrückt. Alles klar?«
Flavius nickt und beide greifen sich einen Stein. Junior erhebt sich knurrend, als die Fremden bis auf zehn Schritte herangekommen sind. In der Mitte steht ein dünner Mann, neben ihm zwei vierschrötige, die mit einem Lederwams bekleidet sind. Alle drei tragen Masken und halten Dolche in den Händen. Der Dünne macht einen Schritt nach vorne. Ulixes und Flavius erheben ihre Hände mit den Steinen. Der Mann räuspert sich.
»Habt keine Angst, wir sind keine Mörder.«
»Ist das ein Grund zum Feiern?« Ulixes Stimme verrät keine Regung.

»Vielleicht. Wir wollen euer Geld, euren Schmuck, aber nicht euer Leben.« Der Dürre klingt sanft, um seine schmalen Lippen spielt ein Lächeln. Erst jetzt wird Flavius bewusst, dass er akzentfrei Latein spricht.
»Wir haben nichts.« Ulixes sagt es mit fast bedauerndem Ton. »Nichts, was sich lohnen würde.«
»Gestattet, dass wir das selber beurteilen. Mir gefällt zum Beispiel Euer Ring.« Der Dürre wirkt jetzt fast freundlich. »Legt Euch auf den Boden. Wir durchsuchen Euch, nehmen, was wir brauchen, fesseln Euch und verschwinden.«
»Und weiter nichts?« Ulixes klingt zweifelnd.
»Genau. Vertraut uns.« Die Stimme klingt spöttisch.
»Also gut, es bleibt uns ja wohl nichts anderes übrig.« Flavius blickt verblüfft auf Ulixes, der fortfährt: »Aber wir stehen aufrecht, ich krieche vor niemandem im Staub. Oder fürchtet Ihr Euch vor zwei Unbewaffneten?«
Ein kurzes Zögern, dann nickt der Dünne. »Also gut. Werft die Steine hin.«
Ulixes Stein landet vor den Füßen des Sprechers. Als die Männer zurückschrecken, flüstert er Flavius zu: »Warte, bis ich es sage.«
Flavius nickt und lässt seinen Stein fallen. Der Anführer gibt seinen Männern ein Zeichen, sie gehen auf den Turm zu. Ulixes hebt die Arme, Flavius folgt ihm, das Pfefferpulver in der geschlossenen Hand. Die beiden Vierschrötigen kommen näher. Fünf, vier, drei, zwei Schritte.
»Jetzt!«
Zwei Hände schnellen vor, zwei kleine graue Wolken verdecken die Gesichter der Angreifer, die aufheulend zurücktaumeln. Ulixes zückt sein Schwert und springt nach vorne, auch Flavius packt seinen Dolch, da stürzt sich sein Gegner auf ihn. Sein Dolch blitzt, doch die Augen tränen, und durch den Schleier fast blind, verfehlt er Flavius, der ihm seine Klinge in den Arm schlägt. Der Angreifer lässt seine Waffe fallen und holt mit der anderen Faust aus. Flavius wird an der rechten Wange getroffen, die Haut platzt, sein Blut läuft, doch er fühlt keinen Schmerz, nur wilde Wut. Er sticht mit

dem Dolch zu, der kaum den Lederpanzer durchdringt, sein Gegner packt seine Hand und dreht sie um, dass Flavius die Waffe fallen lässt. Er wirft sich zurück, der Räuber stolpert nach vorne, muss loslassen, auch Flavius verliert das Gleichgewicht und prallt mit dem Rücken gegen die Turmmauer, sackt nach unten und bekommt einen Stein zu fassen.
Vor ihm taucht das wutverzerrte Gesicht seines Gegners auf, beide Hände vorgestreckt, um sie Flavius um den Hals zu legen, da schmettert der ihm den Steinbrocken zwischen die Augen. Ein Röcheln, die Nase ist nur noch eine rote Masse, der Mann reißt die Hände vor sein Gesicht und taumelt zurück.
Eine Bewegung am linken Rand seines Blickfeldes, mehr erahnt als gesehen: der Dünne! Flavius kann gerade noch den im Sand liegenden Dolch seines Angreifers aufheben und sich hochrappeln, da tänzelt der Mann schon vor ihm hin und her, stößt mit seiner Waffe zu, Flavius weicht aus, sticht seinerseits daneben.
»Ich krieg dich, mein Junge, ich schlitz dir die Eingeweide auf.« Der Mann zischt vor Wut wie eine Schlange, sticht zu.

Flavius spürt einen Schlag an der Seite, aber keinen Schmerz, da heult sein Gegner plötzlich auf. Junior hängt an seinem Fuß, in das Schienbein verbissen, ein einziges knurrendes Bündel Wut. Flavius nützt die Chance, als der Dünne sich unwillkürlich nach unten beugt, und stößt ihm mit aller Kraft den Dolch in die Schulter. Ein Schrei, gleich noch ein zweiter, wie ein Echo, Ulixes steht mit bluttriefendem Schwert in der Hand und blickt auf den zusammengesunkenen Dünnen, dreht sich blitzschnell um, pariert den Angriff des heranwankenden Räubers mit der zerschmetterten Nase. Ein sausender Hieb, Flavius sieht einen fremden Arm zu Boden fallen, der noch immer seinen Dolch umklammert, hört einen Schrei wie aus einer anderen Welt, dann stößt Ulixes' Schwert vor und verschwindet im Hals des Mannes. Ein Röcheln, ein dumpfer Schlag, der Körper liegt regungslos im Staub.
Flavius sieht Ulixes an, der schwer atmet und sichtbar vom Kampf gezeichnet ist. »Ohne deine Einfälle ...«

»Man lernt so mancherlei. Auch lebensverlängernde Dinge.« Ein Röcheln, der ältere Mann wendet sich dem Dünnen zu, dreht ihn mit dem Fuß um, zieht die Maske vom Gesicht.
»Sieh mal an, unser Kaufmann aus Rom. Für wen arbeitest du?«
Der am Boden liegende Verwundete stöhnt wieder, dann schweigt er. Ulixes setzt ihm die Klinge seines Schwertes auf die Brust.
»Raus mit der Sprache, zum Stöhnen reicht's ja auch. Ich hab heute noch was vor!«
»Fahrt zum Hades!« Die Stimme ist nur noch ein hasserfülltes Zischen.
Ulixes zögert einen Moment, murmelt dann: »Auch gut« und lässt sein ganzes Gewicht auf das Schwert fallen. Die Klinge bohrt sich in die Brust des Dünnen, einige zuckende Bewegungen, dann liegt er still. Flavius stiert seinen Freund entsetzt an.
»Musste das sein, einen Wehrlosen?«
»Ja, es musste sein. Dieser seltsame Kaufmann hat Freunde hier, vielleicht mächtige Freunde. Lassen wir ihn am Leben, bringt uns das nur Schwierigkeiten, auf jeden Fall einen Prozess vor den Augen der ganzen Stadt.« Dann, mit einer Handbewegung in Richtung der drei Leichen: »Oder glaubst du, dass einer von denen uns verschont hätte?«
Flavius schüttelt zögernd den Kopf. »Und jetzt?«
»Jetzt setzen wir uns hin, ruhen uns kurz aus und überlegen!«

Einige Minuten saßen sie regungslos, während der Wind heulte und Staubwolken das Tal entlangfegte. So hörten sie das Dromedar erst kommen, als Junior kläffte und es fast vor ihnen stand. Erschrocken sprangen sie auf, nur um verblüfft festzustellen, dass eine verschleierte Frau auf dem Reittier saß. Sie ließ das Dromedar niederknien, stieg ab und wickelte das Tuch vom Kopf.
»Aqmat, was machst du hier?«, rief Flavius aus.
Das Mädchen musterte die beiden Männer, dann die drei Leichen.

»Ich war beim Ausreiten, da traf ich meinen Vater. Er kam gerade von Haddudan und erwähnte, dass er Ulixes nicht angetroffen habe, weil der wegen einer Botschaft von Flavius losgelaufen sei. Da erinnerte ich mich an die Frage nach dem Turm des Elahbel und beschloss, hier vorbeizusehen.«

»Aber das hätte doch gefährlich sein können!« Flavius empfand ein Gefühl der Verantwortung.

»Ja schon, nur für wen?« Aqmat zog einen Wurfdolch unter ihrem Gewand hervor. »Damit treffe ich auf zehn Schritte!«

Ulixes nickte anerkennend. »Dich hätten wir vorhin brauchen können. Aber jetzt wollen wir sehen, was unsere Besucher so in den Taschen haben, bevor wir uns über ihr weiteres Schicksal Gedanken machen.« Er ging zu einem der Lederbekleideten, während Flavius sich über den toten Kaufmann beugte. Sein erster Griff förderte einen schweren Lederbeutel zutage, den er einsteckte, dann nahm er den Dolch an sich und richtete sich auf. Ulixes stand da und betrachtete einen großen, rostroten Eisenschlüssel. »Wozu der wohl gehört?«

Aqmat nahm ihn prüfend in die Hand und ging auf den Turm zu. Der Schlüssel passte, doch es bedurfte Flavius' ganzer Kraft, um das Schloss zu öffnen.

Kreischend schwang die dicke Bohlentüre auf und gab den Blick in einen dämmerigen Innenraum frei. Die drei traten ein. Der Raum war hoch, die Wände bis unter die Decke mit kleinen Reliefplatten ausgekleidet, von denen verstaubte Köpfe auf die Eindringlinge schauten. Aqmat flüsterte:

»Alles Gräber. Stockwerk um Stockwerk. Da geht die Treppe nach oben.« Flavius folgte ihrer Hand und stieg die sandbedeckten Stufen hinauf. Oben fiel Licht durch ein winziges Fenster, sodass er einen ähnlichen Raum wie im Erdgeschoss erkennen konnte, nur niedriger und nicht so reich dekoriert. Hier standen zwei Reliefplatten an der Wand, darüber gähnten zwei rechteckige Schächte. Darin schimmerten bleiche Totenschädel mit Resten zerfallener Leichenbinden.

»Kommt her, hier sind offene Gräber!«

Eilige Schritte, schon standen Ulixes und Aqmat neben ihm.
»Seltsam«, murmelte sie, »in dem Turm wird seit einem Jahrhundert niemand mehr bestattet. Wer soll denn …«
Ulixes räusperte sich und grinste. Sein Finger zeigte erst auf Flavius, dann auf sich selbst.
»Der Treffpunkt war klug gewählt. Hier hätte unsere Leichen niemand gefunden. Aber jetzt wissen wir, wohin mit den Herren da unten.«
Als sie vor den Turm traten, fielen die ersten schweren Regentropfen in den Sand. Ulixes nickte zufrieden.
»Gut. Verwischt die Spuren. Und jetzt angefasst!«
Eine Stunde später hatten sie die drei Toten in die beiden Gräber geschoben, die Grabplatten wieder eingefügt, die Ritzen mit Schlamm zugeschmiert und die Türe versperrt. Nach kurzem Zögern verbarg Ulixes den Schlüssel unter einem nahen Felsbrocken, bevor sie sich auf den Heimweg machten.
Es goss wie aus Kübeln. Aqmat ritt, Junior im Arm, und Flavius bemerkte voller Hochachtung, dass sie sich trotz des Unwetters geweigert hatte, dem Dromedar die Sporen zu geben, um vor ihnen zu Hause zu sein.

Dort angekommen, rissen sie sich die triefenden Kleider vom Leibe. Diener rieben sie trocken und verbanden Flavius, bevor sie sich im Speisesaal trafen, in dem ein Kohlebecken wohlige Wärme verbreitete. Draußen zuckten immer noch fahlgelbe Blitze über den Himmel und das Wasser ergoss sich rauschend in die Zisterne in der Mitte des Atriums.
Orodes war nicht da, aber Aqmat und ihre Mutter Chiomara leisteten den Gästen Gesellschaft, die den Überfall schilderten. Flavius, der im Gesicht und an der Seite leicht verwundet war, trug dicke Verbände und hatte sich auf einer Liege ausgestreckt. Er richtete sich auf und sah Aqmat an.
»Ich habe noch nie ein Mädchen wie dich getroffen!«
Sie lächelte verlegen. »Danke. Wir Galater sind ein tapferes Volk, ganz besonders die Frauen.« Sie zeigte auf ihre Mutter.

»Chiomara hieß die Frau eines unserer Könige, der vor langer Zeit von den Römern besiegt wurde. Sie geriet in die Gefangenschaft eines Centurio, der sie vergewaltigte. Darauf tötete sie ihn und kehrte zu ihrem Gatten zurück mit der Bemerkung, es sei besser, dass nur einer lebe, der sie besessen hat.«
Flavius warf einen misstrauischen Blick auf die Mutter, die in ein verlegenes Lachen ausbrach.
»Ach, Aqmat, du erschreckst unsere Gäste mit deinen Erzählungen.«
»Und, stimmt es denn nicht? Unsere Vorfahren nannte man das kriegslustigste Volk in Asien, das Menschen opferte und aus den Schädeln seiner Feinde zu trinken pflegte!«
»Jetzt reicht es!« Chiomara sah ihre Tochter streng an. »Einst mag das so gewesen sein. Aber wir Galater leben seit Jahrhunderten friedlich und widmen uns der Schafzucht. Bei Rot denken wir nicht mehr an Blut, sondern an die Farbe der Kermesschildläuse, die wir verkaufen.«
Ein dumpfer Donnerschlag ließ alle erschreckt verstummen, dann fragte Chiomara:
»Seid Ihr auf Eurer Reise über Pergamon gekommen?«
Ulixes schüttelte den Kopf. »Nein, unser Schiff landete in Berytos.«
»Schade, dort könntet Ihr nämlich den berühmten Altar sehen, auf dem der Kampf der Götter gegen die Giganten dargestellt ist. Und für die Giganten standen wir Galater Modell.«
»Woher kommt eigentlich Euer Volk?«, fragte Ulixes und griff zum Weinbecher.
»Ich weiß es nicht«, antwortete Chiomara. »Strabo schreibt, wir hätten uns von einem Stamm in Südgallien abgespalten, aber wer kann das nach einem halben Jahrtausend noch wissen?«
»Wo steckt überhaupt Olus?«, warf Flavius besorgt ein. »Sonst ist er um diese Zeit doch schon längst hier!« Doch keiner der Diener hatte ihn gesehen.

Als der Regen nur noch tröpfelte und die Abendsonne durch die grauen Wolken brach, erhob sich Ulixes. In diesem Augenblick hörten sie Stimmen und Schritte, die Türe wurde aufgerissen, Olus stolperte in den Raum. Seine Tunika war verdreckt und zerrissen, sein linkes Auge zugeschwollen. Hinter ihm erschien eine füllige Frau im Türrahmen, die Mitte dreißig sein mochte, sofern die Schminke überhaupt ein Urteil zuließ. Mit dem Arm, an dem mehrere goldene Reifen klirrten, schob sie Olus nach vorne. Ihr stockendes Latein war mit Griechisch durchsetzt.

»Ich Habibathe, die Bäckerin. Euer Freund Streit. Großes Geschrei, viel Volk, viel …« Sie machte boxende Handbewegungen, als Ulixes sie unterbrach.

»Olus, hast du jemanden gereizt?«

Dieser blickte ihn so flehend an, dass er ein Lächeln aufsetzte. »Nun, erzähl uns, was passiert ist.«

Der rundliche Gallier wischte sich mit dem Ärmel die Nase ab.

»Ich w…war heute Mittag in einem Stoffgeschäft an der Sss…Säulenstraße. Ich wollte mm…mir einen Mantel kaufen, wegen des Wetters. Der Mann sprach aber kein Latein. Da dachte ich mir, eine gu…gute Gelegenheit, mein Aramäsisch auszuprobieren …«

»Aramäisch«, warf Ulixes entnervt ein.

»Ich zeige also auf einen Ma…Mantel, frage ›wie viel‹, der Mann sagt etwas, das ich nicht verstehe, dann legt er fünf Silbermünzen auf den Tisch.«

»Und, hast du ihn dann beschimpft?« Flavius klang, als könnte er sich die Szene gut vorstellen.

»Nnn…nein, ich wollte nur verhandeln, nahm zwei Münzen weg und sss…sagte dann: ›Ich bin zwar Ausländer, aber ich kenne die Preise.‹ Damit er nicht meint, er kann mich betrügen!«

»Wiederhole doch mal genau, was du gesagt hast«, schlug Chiomara vor.

Stolz plapperte Olus einen Satz herunter, danach herrschte einen Augenblick Schweigen. Chiomara schüttelte den Kopf. »Was du gesagt hast, heißt wörtlich ›Deine Preise stinken wie hundert Haufen Hundescheiße‹. Was geschah dann?«

»Der Mann schrie mich an, ich verstand aber nicht, warum. So

sagte ich zu ihm: ›Ich bin ein stolzer Gallier und erwarte, mit Höflichkeit behandelt zu werden.‹ Daraufhin zögerte er einen Augenblick, lachte, griff auf den Boden und warf mir Mist an den Kopf.«
Olus fuhr sich durch die Haare und förderte einige Bröckchen zutage, die er verlegen auf den Boden fallen ließ.
»Wie wäre es auch hier mit dem Originaltext?«, suggerierte Ulixes. Olus nickte und sagte einen Satz auf, sichtlich um deutliche Aussprache bemüht. Aqmat und Chiomara lachten, dann gluckste das Mädchen.
»Er hat nur getan, was du wolltest. Du hast gesagt: ›Ich bin ein gallisches Schwein und erwarte, mit Kamelmist beworfen zu werden.‹ Glückwunsch, deine Aussprache ist übrigens ausgezeichnet.«
Olus starrte auf den Boden, als wollte er am liebsten im nächsten Mauseloch verschwinden. Flavius stupste ihn an. »Und, was dann?«
»Ich war empört, entgegnete aber ruhig: ›Was soll das? Lass mich in Ruhe! Hat dich deine Mutter keinen Respekt vor Fremden gelehrt?‹ Das war doch nicht verkehrt, oder?«
»Natürlich nicht – wenn du das wirklich gesagt hast.« Chiomaras Stimme klang zweifelnd. Ulixes lehnte sich zurück. »Wir sind gespannt.«
Olus stotterte etwas, doch dann kam er in Fahrt und seine Stimme erfüllte den Raum. Als er geendet hatte, herrschte einen Augenblick Schweigen, bis wieherndes Gelächter aus Habibathes Richtung die Stille zerriss. Chiomara stand mit hochrotem Kopf neben Aqmat, die sich die Hand vor den Mund hielt. Ulixes trat einen Schritt vor.
»Und, was hat er gesagt, war es beleidigend?«
Chiomara nickte. »So kann man es nennen. Es … nun, es setzt sich in kränkender Weise mit den Vorfahren des anderen auseinander.«
Aqmat prustete los und lief aus dem Raum, während ihre Mutter zögernd fortfuhr. »Genauer gesagt, mit der mütterlichen Linie, und das drei Generationen zurück. Unter besonderer Betonung des … nun ja, des Beischlafs mit Tieren. Bitte erspart mir genaue Einzelheiten.«

Ulixes ging mit gerunzelter Stirne auf den rundlichen Gallier zu, der zurückwich und in sich zusammenkroch wie eine Schnecke.
»Ich wollte nur, ich dachte …«
Doch plötzlich zuckten Ulixes' Mundwinkel. Gelächter schüttelte seinen ganzen Körper wie ein Erdbeben, bis er losbrach: »Und dann hast du eine auf's Auge gekriegt, was?«
Olus nickte und richtete sich auf. »Aber da war Schluss mit meiner Milde! Ich langte hinüber und gab ihm was auf die Nase, dass er auf dem Boden landete. Doch der Feigling schrie wie am Spieß, bis sich ein Haufen Nachbarn zusammenrottete, die alle Streit mit mir suchten. Ich versuchte, vernünftig mit ihnen zu reden und sagte …«
»Nein, lieber nichts mehr in Gegenwart von Damen!« Ulixes wies in Aqmats Richtung, die soeben wieder den Raum betreten hatte.
Olus fuhr fort. »Nun gut, auf jeden Fall beschloss ich, auf den Mantel zu verzichten, und …«
»Da, ich höre groß Getümmel und Spektakel.« Habibathe war vorgetreten und legte ihren Arm auf Olus. »Dies Mann lauft wie Hase.«
»Ich? Niemals! Ich ging vielleicht etwas rascher.« Olus war wieder gefasst.
»Wie Hase entlang Straße«, bekräftigte die Bäckerin. »Dahinter Haufen Volk mit Fäusten. Ich Türe auf, Mann rein, ich sagen: ›So nicht behandeln Gäste. Schluss mit Geschrei!‹ Volk murren, aber gehen.«

Ein Ächzen ließ alle herumfahren. Flavius wand sich auf seiner Liege, doch als Aqmat zu ihm stürzte, sah sie, dass er über sein ganzes Gesicht lachte.
»Entschuldigt, aber ich konnte mich nicht länger zurückhalten und jetzt ist der Verband aufgeplatzt.«
Aqmat ersetzte das blutdurchtränkte Leinen durch frisches, während Chiomara die Gäste zum Bleiben einlud und Wein bringen ließ. Mutter und Tochter wechselten einige Sätze miteinander, dann beichtete Olus die Geschichte seines Sprachunterrichts.

»Aus Eudaimon war der Mann? Das liegt in Südarabien. In Zukunft bist du hoffentlich vorsichtiger mit dem Urteil über unbekannte Völker.« Ulixes schmunzelte. »Und bei der Auswahl deiner Sprachlehrer.«
»Ich beibringen Sprache, Olus mir helfen in Bäckerei!« Habibathes Stimme duldete keinen Widerspruch. »Morgen Sonne auf, Olus zu mir!«
»Aber, aber ... ich ...« Olus schnappte nach Luft, doch Habibathe sah ihn nur streng an.
»Du sagen, du können backen. Ich helfen dir, du helfen mir. Du dankbares Mann, oder?«
Als Ulixes und Habibathe endlich gegangen waren, streckte sich Flavius in seinem Zimmer auf dem Bett aus. Da spürte er etwas Hartes unter dem Kopfkissen: den Beutel des Kaufmanns, den er beim Heimkommen dort verborgen und dann vergessen hatte. Olus war gerade auf der Latrine, so schnürte er vorsichtig das Ledersäckchen auf und schüttete den Inhalt in seine Hand: Goldmünzen. Trunken vor Freude zählte er dreißig Aurei. Ein kleines Vermögen. Doch das war noch nicht alles.
Als er Schritte hörte, verbarg er die Münzen wieder und Olus trat ein.
»Flavius, woher kommt eigentlich Aqmats Mutter?«
»Sie ist Galaterin. Das soll ein gallischer Stamm bei Ankyra sein, haben sie heute erzählt. Warum?«
Olus pfiff leise. »Deswegen verstehe ich sie. Gallisch ist das, nicht Ara..., na ja, du weißt schon. Was glaubst du, was das Mädchen heute Abend zu ihrer Mutter gesagt hat?«
Flavius schüttelte den Kopf. »Sag, was?«
Ein breites Grinsen überzog das rundliche Gesicht des Galliers.
»Sie sagte: ›Ich will ja nicht heiraten, aber wenn, dann würde mir ein Mann wie Flavius gefallen. Der hat Mut und ist nicht so affektiert wie die anderen hier!‹« Olus legte den Kopf schief. »Na, ist mein Gallisch in Syrien zu etwas nutze oder nicht?«
Flavius gähnte. »Sehr nützlich, nur habe ich andere Pläne, als in Palmyra zu heiraten.« Doch nach einer kurzen Pause fügte er

hinzu. »Obwohl sie mir gut gefällt. Spitz die Ohren und verrate nicht, dass du die Sprache verstehst.«
»Auf mich kannst du dich verlassen.«

Die nächsten Monate verliefen ruhig. Das Verschwinden des Dünnen blieb ohne Folgen – vielleicht, weil der von Ulixes eingeweihte Haddudan das Gerücht in Umlauf setzte, der Mann sei zuletzt in Antiochia beim Besteigen eines Schiffes gesehen worden.
Olus arbeitete bei Habibathe, klimperte mit seinen verdienten Denaren und übernachtete immer häufiger in ihrem Haus, um, wie er sagte, morgens rechtzeitig zur Arbeit zu erscheinen. Ulixes reiste nach Alexandria und zurück, worauf er einen Bericht in Geheimschrift verfasste und der Brieftaube anvertraute.
Wann immer es möglich war, kam Flavius zu ihm, um, wie versprochen, im Schwertkampf unterrichtet zu werden. So waren Flavius' Tage ausgefüllt, denn er hatte einen ägyptischen Arzt gefunden, dem er gelegentlich zur Hand ging, wenn er nicht in Orodes Handelskontor aushalf. Das tat er am liebsten, denn so konnte er in Aqmats Nähe sein. Auch sie schien ihn zu mögen, doch mehr zeigte sie nicht.
So fegten die kalten Regenschauer des Dezembers über das Land und im Januar berichteten Reisende aus Aelia Capitolina, dass dort der Schnee einen Fuß hoch liege. Im Februar wurde es wärmer und Ende März zeigten sich die kahlen Hügel um Palmyra schlagartig mit grünen Gräsern und roten Mohnblumen. In den freien Augenblicken streifte Flavius mit Junior durch die Gegend, dachte an Aqmat und fühlte sich hin und her gerissen zwischen der wachsenden Zuneigung zu ihr und seinem Gelübde.
Eines Tages bat ihn Ulixes zu sich.
»Flavius, ich muss hier verschwinden. Mein Versuch, Zenobia umzustimmen, war erfolglos. Zabdas und Longinus verwehren mir den Zutritt. Haddudan hat ihr mein Schreiben übergeben, aber

auch das blieb ohne Antwort.« Ulixes hob das Gesicht und Flavius bemerkte betroffen die tiefen Falten.
»Warum aufgeben? Vielleicht kommt sie noch zur Einsicht.«
Ulixes schüttelte den Kopf. »Zu spät. Die Lage spitzt sich immer mehr zu. Aurelianus steht schon weit östlich von Byzantium und Ankyra, in dem eine palmyrenische Besatzung stationiert war, hat ihm die Tore geöffnet. Da musste sich Zenobia entscheiden.«
Flavius sah ihn nachdenklich an. »Unterwerfung oder völliger Bruch mit Rom?«
Ulixes nickte. »Longinus, dieser Römerhasser, ist am Ziel. Zenobia hat die Flucht nach vorne angetreten. Jetzt sitzt sie in Antiochia, wo sie für sich und Vaballathus Münzen mit dem Augustustitel schlagen lässt.«
»Das bedeutet Krieg.« Flavius fragte sich einen Augenblick, ob er und Aqmat dann Feinde werden müssten. »Aber was meinen die Generäle, was sagt Zabdas dazu?«
»Mithras möge ihn erleuchten«, antwortete Ulixes, »aber da hege ich wenig Hoffnung. Der Mann lebt für den Kampf. Derzeit konzentriert er Truppen in Tyana, weiter denkt der nicht.« Ulixes ging zu seinem Schreibtisch. »Aber deshalb habe ich dich nicht rufen lassen. Sieh dir an, was heute für mich abgegeben wurde – anonym natürlich.« Er reichte Flavius ein Stück Papyrus, auf dem in ungelenken lateinischen Buchstaben stand: »Denk an Hanipals Spion!«
Flavius runzelte die Augenbrauen. »Was hast du mit Hannibal zu schaffen?«
»Mehr als du glaubst. Als während des zweiten punischen Krieges in Rom ein karthagischer Spion gefasst wurde, hackte man ihm die Hände ab. Als Warnung für andere.« Ulixes lachte bitter. »Ich weiß nicht, ob man die Brieftaube abgefangen hat. Auf jeden Fall besitze ich einige Körperteile, die ich mir ungern abhacken ließe.«
Flavius ließ den Papyrus auf den Tisch fallen. »Übel.« Er setzte sich. »Was willst du jetzt machen?«
»Wie gesagt, ich verschwinde. Und wenn sich der Krieg zuspitzt, solltest du das Gleiche tun. Jeder Römer wird zum feindlichen Ausländer.«

Flavius schaute ihn erschrocken an. »Und was hast du vor?«
»Weißt du, ich werde dieses Jahr sechzig. Wenn Aurelianus meine Botschaft bekommen hat, wenn er sie nützlich fand, wenn er sie honoriert und wenn ich alles gesparte Geld zusammenkratze, dann kann ich mir meinen Traum erfüllen.«
»Davon hast du mir noch nie erzählt. Was für einen Traum?«
Ulixes stand auf und sah aus dem Fenster. »Eine kleine weiße Villa in Karthago. Am nördlichen Stadtrand, auf den Klippen, hoch über dem Meer. Einem Meer, so türkisblau wie der hier.« Er zeigte auf den Skarabäus in seinem Goldring.
»In der Villa habe ich meine Bibliothek, und abends sitze ich auf der Terrasse, unter den Säulen. Ich lese Seneca, rieche die salzige Luft, höre das Rauschen des Meeres, das Kreischen der Möwen, sehe die rote Sonne versinken, und manchmal hoffe ich, dass mich ein junger Freund besucht. Aber vielleicht weiß der auch Besseres mit seiner Zeit anzufangen.«
Flavius hatte Tränen in den Augen, als er auf Ulixes zuging und ihn lange umarmte. Es fiel ihm schwer, einen Freund zu lassen.
»Ich werde kommen. Ganz sicher. Aber jetzt kann ich hier nicht weg. Nicht ohne meinen Traum.«
»Deinen Vater zu finden?«
Flavius errötete, als er langsam den Kopf schüttelte.
»Aqmat?« Ulixes verstand. »Für eine solche Frau lohnt es sich. Dann geht zusammen weg, bevor es zu spät ist.«
Flavius nickte stumm und öffnete die Türe. »Möge Mithras deine Reise beschützen.«
»Deinen Weg auch, kleiner Augustus.« Ulixes lächelte traurig. »Und glaube mir: Zenobia unterschätzt Aurelianus. Man nennt ihn nicht umsonst ›Hand ans Schwert‹. Durch Palmyras Prunk weht der Hauch des Todes. Leb wohl.«
Flavius zog die Türe hinter sich zu. Am nächsten Tag war sein Freund verschwunden.
Doch zur Trauer fand Flavius keine Zeit, denn unerwartet hatte er die Gelegenheit, mit Aqmat zusammen zu sein.
Zwei Tagesreisen westlich der Stadt hatten die Palmyrener mittels

eines sechzig Fuß hohen Dammes einen See aufgestaut, der ein großes Ackerbaugebiet bewässerte. Dort gab es Streit mit den Pächtern. Da Orodes wegen einer Sitzung des palmyrenischen Senats die Sache nicht selber in Augenschein nehmen konnte, schickte er Aqmat in Begleitung von Flavius und zwei bewaffneten Dienern. Nach anfänglichen Misserfolgen beim Besteigen des Dromedars und leichten Anfällen von Übelkeit fand Flavius Spaß daran, neben dem Mädchen durch die hügelige Landschaft zu schaukeln. Er ließ seine Augen über die schwarzen Gesteinsbrocken schweifen, die sich mit grünen Grasbüscheln abwechselten, doch immer wieder wurde sein Blick magisch von Aqmat angezogen. Ihre vollen, hochgesteckten Haare, die gerade Nase, die leicht geschwungenen Augenbrauen über den grünen Augen, der sinnliche, meist lächelnde Mund. Dazu unter dem Faltenwurf ihres Gewandes die Bewegungen des schlanken, biegsamen Körpers, auf den er einmal bei ihrer Gymnastik einen verstohlenen Blick hatte werfen können und den er nie mehr vergaß.
Am Ziel hörte sich Aqmat die streitenden Parteien an, fragte nach, wenn sie auf Widersprüche stieß, und hatte die Angelegenheit in zwei Stunden geschlichtet. Flavius verstand zwar die Sprache nicht, aber er sah ihr Auftreten, ihre Mimik, die überlegte Art, und sein Herz krampfte sich bei dem Gedanken zusammen, dass sie irgendwann einem anderen gehören könnte.

Für die Heimreise war es schon zu spät. So beschlossen sie, in einem Pächterhaus zu übernachten und nach dem Abendessen einen Spaziergang am Seeufer zu machen. Als sie bis zu der Stelle gewandert waren, wo der See in einem ausgetrockneten Bach endete, blieben sie stehen. Die riesige Wasserfläche lag vor ihnen wie ein silberner Spiegel, nur leicht vom Abendwind gekräuselt. Hinter ihnen zirpten Grillen und ein Storch stolzierte langsam auf Futtersuche vorbei.
»Ich liebe diesen Ort«, sagte Aqmat nach einer Weile, »doch er ist nichts, verglichen mit dem Meer, das ich letztes Jahr bei Charax gesehen habe.«

»Auch ich mag das Meer«, stimmte Flavius entgegen seiner Überzeugung zu, denn er musste an die Überfahrt auf der Fortuna Redux denken.
»Vielleicht sehe ich es bald wieder. Vater möchte erneut eine Karawane den Euphrat hinabschicken.«
»Wann soll das sein?«, fragte Flavius unruhig.
»Das wissen die Götter. Wenn wir neue Waren erhalten haben, wenn im Zweistromland die Sandstürme vorbei sind, wenn Vater weiß, ob der Weg sicher ist. Viele Male wenn.«
»Könnte ich mitkommen? Ich treffe mit dem Bogen auf hundert Fuß und kann ein Schwert führen.«
Aqmat sah ihm tief in die Augen und lächelte. »Ich weiß, dass du kämpfen kannst.«
»Nicht nur kämpfen, auch lieben!« Es war heraus, ohne langes Überlegen. »Anfangs habe ich dich nicht gemocht. Damals, als ich beim Damaskustor im Staub lag. Aber das hat sich geändert.«
»Ach, du warst das?« Sie trat einen Schritt zurück. »Tut mir Leid, ich war unsicher und deshalb wohl überheblich.«
Flavius streckte seine Hand nach ihr aus. »Was spielt das jetzt für eine Rolle? Ich liebe dich, ich will nicht ohne dich sein.« Er sah sie an, sprach dann hastig weiter, um keine Pause entstehen zu lassen. »Ich weiß, ich bin nicht von hier, ich bin kein großer Handelsherr.«
»Unsinn!« Aqmat nahm seine Hand. »Reiche Palmyrener hängen mir an jedem Finger. Darum dreht es sich nicht. Nur – ich möchte mich noch nicht binden. Ich kann es nicht.«
Flavius nickte. Er wusste aus den von Olus aufgeschnappten Gesprächsfetzen einiges über ihre Gefühle. »Aber ich gefalle dir doch? Du musst dich auch nicht sofort entscheiden, aber bitte hilf mir. Sag mir nur, ob du dir vorstellen könntest ...«
»Ja«, sie lächelte ihn an, »möglich wäre es. Aber lass mir Zeit. Manche Dinge müssen reifen.«
Er nahm sie in den Arm, spürte den Duft ihrer Haare, ihren schnellen Atem, dann nahm er ihren Kopf sanft in seine Hände und küss-

te sie zart auf die Wange, bevor er seinen Kopf auf ihre Schulter legte.

Eine Ewigkeit später trennten sie sich. Aqmat blickte ihn verlegen an.

»Komm mit mir, den Euphrat hinab. Sei bei mir. Hilf mir, aber bedränge mich nicht.«

Flavius schluckte, seine Augen waren feucht. Sie sah es, und diesmal gab sie ihm einen Kuss.

Der April war gekommen und die Sonne begann bereits in den Mittagsstunden herabzubrennen, als der Krugmacher stürzte.

Den ganzen Tag hatten seine Füße die Töpferscheibe in unaufhörlicher Drehung gehalten, Ton schmatzte zwischen seinen Finger und formte sich zu Bechern, Tellern und Krügen. Dabei weilten seine Gedanken bei den Nöten und Streitereien der Gemeinde, und als er aufstand, um Wasser zu holen, übersah er den glitschigen braunen Klumpen auf dem Boden. Noch im Fallen versuchte er, sich am Tisch festzuhalten, doch sein Kopf schlug hart auf und ihm wurde schwarz vor Augen.

Als sein Sohn Menachem von der Talmudschule nach Hause kam und sich schluchzend über den Reglosen warf, bemerkte er, dass sich die Brust unter dem Kaftan hob und senkte. Nach kurzem Zögern rannte er aus dem Haus, bis er zum Markt kam.

»Ein Arzt, gibt es hier einen Arzt?«

Ein junger Mann mit zwei Stirnlocken, die sich zueinander bogen und der gerade bei einem Händler eine Flasche bestes syrisches Balsamharz, mit Öl versetzt, gekauft hatte, blickte auf.

»Ich bin Arzt, was gibt es?«

Die beiden rannten durch ein Gewirr von Gassen, bis sie zu einem kleinen, aus Lehmziegeln erbauten Haus kamen. Flavius beugte sich über den Mann mit den Schläfenlocken, die sich auf dem Boden ringelten. Er hatte die Augen aufgeschlagen und stöhnte:

»Mein Fuß.«
Zum Glück war es kein Bruch, wie Flavius durch Befühlen feststellte, sondern nur eine Verstauchung. Er rieb Knöchel und Beule mit Salbe ein und legte kühlende Verbände auf, bevor er dem Mann half, sich auf einer Liege auszustrecken.
Neugierig blickte er umher, während sich der Verletzte auf Aramäisch mit seinem Sohn unterhielt. An der Wand lagen Schriftrollen in einem Regal, eine Türe gab den Blick in eine Töpferwerkstatt frei, im Hof breitete ein Granatapfelbaum seine Zweige aus. Zuletzt fasste er sich ein Herz und zeigte auf die Papyrusrollen.
»Was tut Ihr, ein Töpfer, mit diesen Schriften? Könnt Ihr denn lesen?«
Der Mann richtete sich mühsam auf und ließ seinen bandagierten Fuß baumeln. An seinem langen Gewand hingen unten kleine Quasten an blauen Schnüren.
»Eure Hände sind erfahrener als Euer Hirn, junger Arzt. Nicht jeder einfache Handwerker ist des Lesens unkundig. Aber um Euch Gerechtigkeit widerfahren zu lassen, solltet Ihr wissen, dass ich Rabbiner bin.«
Flavius zögerte. »Und was ist das, ein Rabbiner?«
»Ein Rabbiner dient einer jüdischen Gemeinde als religiöser Lehrer, Berater, Richter. Doch nicht, indem er sich über sie stellt, sondern indem er zugleich einen Beruf ausübt und eine Familie hat, damit er die Sorgen der Menschen kennt.« Er winkte dem Jungen. »Menachem, bringe uns einen Krug Wasser.« Dann wandte er sich wieder an seinen Gast. »Mein viel geliebter Jüngster. Sein Name bedeutet ›der Tröster‹. Habt Ihr schon jemals etwas über uns Juden gehört?«
»Nicht viel«, gestand Flavius. Doryphoros hatte einen Patienten gehabt, der einen bronzenen Fingerring mit einem siebenarmigen Leuchter trug und von dem man munkelte, er sei als Jude vom Kaiseropfer befreit, aber Genaueres wusste er nicht. »Ich musste im Unterricht Tacitus lesen und erinnere mich nur noch an etwas, das er in seinem Buch über Judäa schreibt, weil mir der Gedanke damals so gefiel.«

»Und welcher Gedanke?«, fragte der Rabbiner gespannt.
»Dass es den Juden am siebenten Tag der Woche gefalle, der Ruhe zu pflegen, weil dieser Tag ihnen das Ende der Plagen beim Auszug aus Ägypten gebracht habe. Dann habe ihnen die Untätigkeit so behagt, dass sie auch jedes siebente Jahr dem Müßiggang geweiht hätten. Stimmt das?« Flavius war stolz, was er alles noch in seinem Gedächtnis hatte, doch der Mann lachte nur bitter.
»Ein Jahr Müßiggang? Nun ja, wie viel Verständnis kann man schon von Römern erwarten. Rom hat uns nie verziehen, dass sich unser Volk vor zwei Jahrhunderten wie ein Mann erhob, als Kaiser Nero sein in Marmor gehauenes Abbild in unserem Tempel aufstellen lassen wollte.«

Menachem kam, um seinem Vater und Flavius je einen Becher kühlen Brunnenwassers einzuschenken.
Die Augen des Rabbiners hatten etwas Trauriges, als er weitersprach:
»Dafür haben wir Juden nie vergessen, dass römische Legionäre unseren Tempel in Jerusalem verbrannten. In Rom soll es sogar ein Denkmal geben, auf dem zu sehen ist, wie die Menora, der siebenarmige Leuchter, weggeschleppt wird.«
»Der Titusbogen«, antwortete Flavius. »Aber die Römer haben doch den unterworfenen Völkern viel Gutes gebracht.«
»Meint Ihr?«, fragte der Jude. »Ihr redet wie Rabbi Jehuda, der Sohn eines Bekehrten, der unseren Schriften zufolge sagte: ›Wie schön sind doch die Werke dieses Volkes. Sie haben Märkte, Brücken und Bäder gebaut.‹ Rabbi Simeon ben Jochai antwortete ihm und sagte: ›Dies alles haben sie nur für ihre eigenen Bedürfnisse gebaut. Märkte, um Huren hinzusetzen, Bäder, um sich darin zu vergnügen, Brücken, um Zölle zu erheben.‹ Die Freiheit ist ein zu hoher Preis für Brücken und Bäder!«
Flavius schluckte und kam auf das Thema von vorhin zurück.
»Aber was hat das mit dem Ruhetag auf sich? Uns Römern ist die Sitte fremd, an einem Tag der Woche zu faulenzen.«
»Ihr seid also Römer, kein Grieche?« Der Mann starrte ihn an.

»Nun, was soll's, Ihr habt mir geholfen. Wir faulenzen nicht, sondern heiligen den Sabbat. Denn der Herr schuf Himmel und Erde in sechs Tagen, am siebenten aber ruhte er. Deshalb befiehlt das Gesetz des Herrn: ›Sechs Tage sollt ihr arbeiten, den siebenten Tag aber sollt ihr heilig halten. Wer an diesem Tag arbeitet, soll sterben.‹ So steht es in der Thora.«
»Und wenn doch jemand arbeitet?«, fragte Flavius erschrocken.
»So geschehe mit ihm wie mit dem Mann, der beim Auszug der Kinder Israel in der Wüste an einem Sabbat Holz aufhob. In der Thora steht: ›Der Herr aber sprach zu Mose: Der Mann soll des Todes sterben, die ganze Gemeinde soll ihn steinigen draußen vor dem Lager. Da führte die ganze Gemeinde ihn hinaus vor das Lager und steinigte ihn, sodass er starb.‹« Die Stimme des Rabbiners blieb völlig unbewegt, was Flavius mehr verstörte, als religiöser Eifer es vermocht hätte.
»Aber das ist doch schrecklich. Warum bedeutet Euch das Gesetz so viel, Rabbi?«
»Samuel ist mein Name. Weil es unsere Heimat ist. Wir wurden vertrieben aus unserem Land und zerstreut in alle Welt, aber überall, wo Juden sind, verbindet sie das Gesetz. Und ganz nebenbei gesagt, mein junger Römer …«
»Ich heiße Flavius.«
»Ganz nebenbei gesagt, Flavius, ist es denn so viel besser, Menschen in der Arena von wilden Tieren zerreißen zu lassen, nur damit sich ein übersättigtes Publikum nicht gar so langweilt?«
Flavius dachte nach, wusste darauf aber nichts zu entgegnen. »Habt Ihr noch viele solcher Gesetze?« Rabbi Samuel lächelte. »Hunderte. Was wir nicht essen sollen, wie wir opfern sollen, dass wir unser Haupthaar nicht schneiden sollen, dass wir uns kein Bildnis machen sollen. Neben der Thora gibt es noch die Mischna.«
»Was ist denn das, noch ein Gesetzbuch?«, seufzte Flavius, dem vor lauter Gesetzen schon der Kopf schwirrte.
Doch der Rabbi blieb gelassen. »So ist es. Wenn in der Thora steht, dass wir am Sabbat nicht arbeiten dürfen, wie kann ein einfacher

Mensch wissen, was alles zur Arbeit zählt? Und wenn er es nicht weiß, wie kann er dann im Gesetz leben? Also sitzen die weisesten der Rabbiner zusammen, diskutieren alle möglichen Fälle durch, bedenken die Entscheidungen früherer Generationen und legen fest, was zur Arbeit zählt. Versteht Ihr?«

Flavius begriff das Verfahren, nicht jedoch diese zwanghafte Gesetzestreue. So nahm er auf einem Stuhl Platz, den Menachem gebracht hatte.

»Unsere Götter wollen Opfer, aber sie machen uns keine Vorschriften, wie wir leben sollen. Ihr habt einen seltsamen Herrn.«

»Es ist nicht an uns, über die Wege des Herrn zu rechten.« Es klang wie ein Verweis. »Das Leben ist hart, vielleicht erlöst uns bald der Messias. Doch wenn ich lese, dass es noch viel ärger kommen muss, bevor der Messias erscheint, dann halte ich es manchmal mit Rabbi Jochanan, der da sagte: ›Mag er kommen, ich will ihn nicht sehen!‹ Vor allem, wenn ich an meine Kinder denke.«

Beide saßen eine Weile schweigend da, bis Flavius sich räusperte. »Dann freut Ihr Euch, sollte Zenobia gegen Rom ziehen?«

Samuel wiegte den Kopf. »Einerseits ja, weil es gegen Rom geht. Hier in Palmyra sind wir viele, wir sind geachtet, wir haben eine schöne Synagoge. Als ich zu Zenobia ging und sie um Gnade für unseren Glaubensbruder Zeir bar Hinena bat, der unter falscher Anklage in Ketten lag, da hörte sie zu und ließ ihn frei. In Ägypten hat sie sogar eine zerstörte Synagoge wieder aufbauen lassen.« Der Rabbi nahm einen Schluck Wasser.

»Andererseits ist ihr Geschlecht bei vielen der Unsrigen verhasst. Wir haben nicht vergessen, wie Odenathus vor einem Jahrzehnt bei seinem Feldzug gegen Schapur das Zentrum unserer frommen Studien in Nehardea zerstörte und viele Juden verschleppte. Und auch in Palästina stöhnen meine Glaubensbrüder, dass die Bedrückung jetzt noch schlimmer sei als unter den Römern.«

Gerade als Flavius meinte, der Rabbi sei nun fertig, fuhr der fort: »Ich glaube, der Herr wird Palmyra eines Tages vertilgen, denn Rabbi Yohanan bar Napaha sagte einst, glücklich sei, wer den Fall

Palmyras erlebe. Und von Rabbi Kahana aus Babylonien ist überliefert, der Tag der Zerstörung Palmyras sei für die Juden ein Festtag.« Dann wandte sich der Rabbi um und starrte Flavius an. »Warum seid Ihr, ein junger Römer, überhaupt hier?« Die dunklen Augen in dem faltigen Gesicht schienen alles zu durchdringen.
»Ich bin nicht nach Palmyra gekommen, um hier zu bleiben«, stotterte Flavius, der sich wie ein ertappter Dieb vorkam. »Mich zieht es weiter nach Osten, nach Babylon, zu den Palästen, den hängenden Gärten, von denen ich bei Herodot gelesen habe. Ich will die Stadt sehen, die Alexander zum Zentrum seines Reiches machen wollte.«
Der Rabbi lachte laut. »Deswegen eine so weite Reise? Den großen Alexander deckt schon sechs Jahrhunderte lang die Erde. Seitdem hat sich an Babylon der Fluch unserer Propheten erfüllt! An dieser großen Hure, die Jerusalem zerstörte und uns Juden an den Euphrat verschleppte.«
Schon wieder eine zu vertilgende Stadt, dachte Flavius. »Ich nehme an, das war vor noch längerer Zeit und Ihr habt auch das nicht vergessen?«
Der Rabbi nickte nachdenklich. »Ja, es stimmt, wir vergessen wirklich nichts. Das ist unsere Last, aber auch unsere Stärke.«
Flavius kam der Hass auf Ereignisse, die im Grau der Vorzeit verschwammen, reichlich seltsam vor, aber er fragte höflich: »Und, was sagten Eure Propheten?«
»Bei Jesaja steht zu lesen: ›Also soll Babel, das schönste unter den Königreichen, umgekehret werden von Gott wie Sodom und Gomorrha, dass man hinfort nicht mehr da wohne, noch jemand da bleibe für und für; sondern Wüstentiere werden sich da lagern und ihre Häuser voller Eulen sein; und Strauße werden da wohnen und wilde Hunde in ihren Palästen heulen und Schakale in den Schlössern der Lust.‹ Und so sieht Babel heute aus: wüst und verlassen. Also, was wollt Ihr wirklich?«
Wieder diese durchdringenden Augen, aber Flavius spürte auch die Weisheit darin, sodass er zu diesem seltsamen Mann Vertrauen fasste.

»Ich bin auf der Suche nach meinem Vater. Er war mit Valerianus' Heer in Syrien, damals bei Edessa. Ich kenne sein Schicksal nicht. Ich habe nur geträumt, dass er noch in Persien lebt und meine Hilfe braucht.«
Der Blick des Rabbiners wurde mit einem Schlag warm und verständnisvoll. »Dann lasst mich Eure Reise segnen, junger Römer. Auch ohne es zu wissen, handelt Ihr recht, denn Ihr erfüllt eines unserer Zehn Gebote.«
»Welches Gebot?«
»Du sollst deinen Vater und deine Mutter ehren, wie dir der Herr, dein Gott, geboten hat.«

Der Rabbiner winkte ihn zu sich, legte ihm die Hand auf den Kopf und murmelte einige Sätze in seiner Sprache. Dann fragte er: »Sagt mir, junger Arzt, wo wollt Ihr suchen? Was wisst Ihr überhaupt von Eures Vaters Schicksal?«
Da hatte er den wunden Punkt getroffen, das wusste Flavius.
»Nicht viel. In Rom hatte ich ein Dokument in der Hand, in dem das Schreiben einer Gruppe römischer Offiziere erwähnt wurde. Sie baten den Kaiser um Freikauf aus ihrer Knechtschaft in der Stadt Gundeschapur. Auch ein Primus hatte unterzeichnet, aber der Name ist so selten nicht.«
»Gundeschapur am südöstlichen Rande des Zweistromlands.« Samuel strich sich gedankenverloren über den Bart. »Aus der Gegend erwarte ich Besuch. Ich kenne ihn nicht, denn es gibt dort sehr viele von uns, aber ein Jude ist immer bei Juden willkommen. Ich werde fragen, ob er etwas über gefangene Römer weiß.« Der Rabbi legte Flavius die Hand auf die Schulter. »Kommt wieder, wann immer Ihr wollt. Mein Haus steht Euch offen!«
Schon am nächsten Tag, als Flavius nach dem verstauchten Knöchel sah, lernte er Samuels Frau Miriam und die restlichen vier erwachsenen Kinder kennen. Bald fühlte er sich in der Wärme dieser fremden Familie so wohl, dass er noch kam, als der Rabbiner längst gesund war, denn Aqmat war für einige Wochen zu ihrem Bruder nach Berytos gereist.

Jedes Mal, wenn er seinen Verstand in Disputen mit dem gelehrten Mann über den Sinn der Gesetze schärfte, zog er den Kürzeren – ohne jedoch dem seltsamen Gott näher zu kommen, dem so viel daran lag, dass sein Volk am Sabbat kein Feuer schlug und niemals Fleisch mit Milch kochte.

Nach drei Wochen, als er die Hoffnung schon fast aufgegeben hatte, saß plötzlich der Mann aus Gundeschapur unter dem blühenden Granatapfelbaum. Er war alt, mit weißem Bart, sprach nur Persisch und Aramäisch und gestikulierte heftig. Samuel hörte lange zu, dann fasste er für Flavius zusammen.

»Rabbi Moshe meint, in Gundeschapur lebten viele römische Handwerker. Er hat einen Baumeister gekannt, einen stattlichen Mann, der Primus hieß, der jedoch wenige Tage vor seiner Abreise nach Veh-Schapur gerufen wurde. Dort, im bergigen Hochland, baut Schapur eine Stadt, die er noch vor seinem Tode fertig sehen will, denn er ist schwer krank.« Samuel blickte Flavius lange in die Augen, dann sagte er leise: »Geht nach Veh-Schapur, das ist mein Rat. Ich bete für das Gelingen Eurer Reise. Ihr geht einen schweren Gang.«

9. Kapitel

DAS REICH DER PANZERREITER

272–273 n. Chr.

»Ich war alles – und doch, es half nichts.«

SEPTIMIUS SEVERUS

Anfang Mai. Der schweißnasse Reiter fegt durch das Tor, doch in der Mittagshitze achtet kaum jemand auf ihn. Kurze Zeit später, wie aus dem Nichts, kursiert ein Gerücht auf der Agora, läuft die Säulenstraße entlang, sickert in die engen Seitengassen, dringt in die Häuser, lässt die Menschen erstarren: Tyana durch Verrat gefallen, das palmyrenische Heer auf dem Rückzug, Antiochia bedroht.

Die Ahnung kommenden Unheils legt sich über Palmyra.

Am gleichen Abend wurde Flavius von Orodes in dessen Arbeitszimmer gebeten. Der Handelsherr strich sich unruhig über die Spitzen seines Schnurrbarts.

»Setz dich.« Er sah seinen Gast fragend an. »Hast du es gehört?«

Flavius nickte. »Es täte mir Leid, sollten wir jetzt auf verschiedenen Seiten stehen.«

Orodes schüttelte den Kopf. »Natürlich nicht. Ich hielt den Kampf gegen Rom immer für eine Torheit.« Der Blick unter den in die Stirn gekämmten Locken wanderte über die Schriftrollen auf dem Tisch. »Die Orakel sagen Unglück voraus. Der Krieg wird blutig enden – hier in Palmyra. Vielleicht schneller, als manche glauben.«

Einen Augenblick herrschte Schweigen, nur von den Stimmen der Diener auf dem Gang unterbrochen. Dann erhob sich Orodes, um wie gehetzt im Raum auf und ab zu gehen. »Aqmat darf nicht hier sein, wenn um die Stadt gekämpft wird. Ich rüste eine Karawane nach Charax aus. Zehn Dromedarlasten. Purpurstoffe, Wein – alles, was dort einen guten Preis erzielt.« Er blieb neben seinem

Schreibtisch stehen. Flavius fragte sich, was der Palmyrener von ihm erwartete.
»Ich würde gerne mitkommen«, murmelte er.
Orodes trommelte mit dem Finger auf die braune Holzplatte, seine Augen wanderten durch den Raum, dann sagte er stockend: »Wenn Aqmat will, hast du mein Einverständnis.« Er sah Flavius in die Augen wie bei einem Abschied. »Sie wird die Karawane führen.«
Flavius zögerte zwei Tage, bis er Aqmat fragte. Sie sah ihn an und nickte.

Für Olus war die Entscheidung schwierig. Als beide am Tetrapylon saßen und Flavius ihn in seine Pläne einweihte, starrte er in die Luft. »Eigentlich geht es mir so gut wie noch nie. Habibathe ist ganz verrückt nach mir.« Er verschränkte die Hände vor dem Bauch. »Wenn sie nur nicht so dick wäre.«
Flavius verkniff sich ein Lächeln, denn der Bauch seines Freundes wölbte sich über dessen Schenkel.
»Ist das so schlimm? Wohlhabende Frauen neigen zur Fülle.«
Olus kratzte seinen rotblonden Bartflaum. »Na ja, Denare hat sie beutelweise.«
»Dann bleib bei ihr! Ich komme zurecht.«
Olus legte den Kopf schräg. »Brauchst du mich nicht mehr?«
Flavius legte ihm den Arm auf die Schulter. »Natürlich werde ich dich vermissen. Aber dein Glück ist wichtiger.«
»Mein Glück«, brummte Olus. »Wie kann man mit einer Patronin glücklich sein, die einen ›Hase‹ nennt!«
Flavius zuckte mit den Schultern. »Alles im Leben hat einen Preis, wie Ulixes immer zu sagen pflegte.«
»… den es nicht mehr wert ist, hast du vergessen«, ergänzte Olus düster. »Ich will nicht ständig gesagt bekommen, wie ich den Teig zu kneten habe oder die Tunika tragen soll.«
»Vielleicht gibt sich das? Sei ein Mann und hau auf den Tisch!«, schlug Flavius vor.
»Pah! Hab' ich alles probiert.« Olus ahmte die keifende Stimme der Bäckerin nach. »Du undankbares Mann!«

Flavius lachte, bis auch Olus einstimmte. »Also, was nun?«
»Ich komme mit.« Der Gallier senkte die Stimme. »Aber kein Wort davon, sonst sperrt sie mich noch in den Mehlkeller!«
Doch als sie zehn Tage später am glänzenden Band des Euphrats standen, packte Olus die Panik.
»Sollen wir damit fahren?« Sein ausgestreckter Arm zeigte auf die runden Gebilde, die gerade am Ufer beladen wurden. Sie bestanden aus Holzspanten, die mit Leder bezogen waren, und ähnelten großen, umgestülpten Sonnenschirmen. Aqmat sah ihn belustigt an. »Natürlich, mit was denn sonst? Wir haben hier kaum Holz. Andere Boote gibt es auf dem Euphrat nicht.«
Olus machte einen Schritt zurück. »Und wenn sie kommen und hineinbeißen?«
Flavius runzelte die Stirne. »Beißen, wer denn?«
Olus griff sich mit beiden Händen an den Kopf. »Wartet, mir fällt es gleich ein. Ulixes hat davon erzählt. In Ägypten, überall.« Dann hellte sich sein Gesicht auf. »Die Kokodrile!«
»Krokodile? Die gibt es hier nicht«, lachte Aqmat, doch Olus war nicht beruhigt.
»Woher weißt du das?«
»Ich bin die Strecke schon gefahren und nie habe ich eines gesehen. Auch die Bootsführer nicht.«
»Und wenn sie sich nur verstecken?«
»Dann hatten wir Unrecht, du hast Recht und wirst gebissen.« Flavius warf den Leinensack mit seinen Habseligkeiten in eines der Boote. »Entscheide dich: Krokodile oder Habibathe.«
»Krokodile«, murmelte Olus.

Einige Stunden später schaukelte ein Dutzend Boote auf dem träge dahinströmenden Fluss. In jedem fand ein Maultier samt Warenladung Platz, dazu ein Bootsführer und der Maultiertreiber, die das Fahrzeug mit zwei langen Rudern lenkten. Aqmat hatte darauf bestanden, Schamasch mitzunehmen, und so durfte auch Flavius sein Dromedar verladen, während die restlichen Tragetiere zurück nach Palmyra geführt wurden.

Langsam glitten am Ufer die goldgelben Getreidefelder vorbei, unterbrochen von großblättrigen Bananenstauden und sich im Winde wiegenden Dattelpalmen. Anfangs begleitete sie rechts ein brauner Steilhang, hinter dem sich die Wüste erstreckte. Der Schiffsführer zeigte auf einen nahen Felsen, auf dem verfallene Mauern vor blauem Himmel glitzerten, als seien Edelsteine darin eingemauert. »Dura Europos.« Der Mann warf die Worte achtlos hin, doch Flavius blickte mit leichtem Schaudern auf die Ruinen und tätschelte geistesabwesend Juniors Kopf, bevor es seine Gedanken zu Aqmat zog. Immer wieder betrachtete er sie aus den Augenwinkeln: Wie sie energisch den Schiffern Anweisungen gab, wie sie mit geschlossenen Augen am Bootsrand in der Sonne döste, die Hand im Wasser treibend, wie sie auf das im Abendrot glänzende Schilf zeigte, wie sie ihm lauschte, wenn er von seiner Jugend an der Mosel und seinem Gelübde erzählte, wie sie ihn unter dem Kopftuch anlächelte, das sie als Sonnenschutz trug. Und wie sie ihm am Ende jedes Tages in die Augen sah und ›Schlaf gut‹ wünschte. Alle diese Augenblicke gruben sich in sein Gedächtnis und ließen seinen Wunsch immer stärker werden, sie nie mehr zu verlieren.
Für die anderen Mitfahrer verlief die Reise gleichförmig. Selbst Olus, den anfangs jeder Schatten im Wasser aufgeschreckt hatte, lehnte sich entspannt zurück. Jeweils bei Einbruch der Dunkelheit landeten sie und rasteten unter Palmen oder besuchten Dörfer, die nur aus einer Hand voll Lehmhütten bestanden, vor denen Horden ebenso schmutziger wie fröhlicher Kinder spielten.

Am dritten Tag geschah es. Olus lag im Boot, den Kopf auf der haarigen Flanke des Maultieres, die sich rhythmisch hob und senkte. Als er die Wolke sah, war es zuerst ein Schleier am Himmel, dann wurde sie dichter und dichter, bis sie zuletzt die Sonne verschluckte. In diesem Augenblick hörte er ein Surren, etwas kratzte auf seinem Kopf, er griff sich an die Stirne, schrie auf und hielt ein fingerlanges, braunes Insekt in der Hand, das heftig strampelte. Angeekelt warf er es über Bord, doch schon hingen drei weitere in seinen Haaren, dann krabbelten ein Dutzend auf seiner Tunika und Hunderte schwirrten durch die Luft. Er sprang auf, schlug mit den Armen um sich, schrie die Bootsleute an, doch die steuerten nur ungerührt dem Ufer zu. Als die Boote vertäut waren, sprangen alle an Land und begannen, mit Zweigen oder nassen Lappen wie Tollwütige auf die Heuschrecken einzudreschen, die surrend und flatternd die Luft erfüllten. Es mussten Tausende und Abertausende sein, denn es dauerte mehrere Stunden, bis der Schwarm vorübergezogen war, und danach waren alle Pflanzen nur noch blattlose Strünke. Dafür hatten die Bootsleute mehrere volle Körbe, in denen es ständig raschelte und knisterte und deren Inhalt abends in der Glut landete. Olus biss voll Misstrauen in seine erste Heuschrecke, doch dann erfüllte ein seliges Lächeln sein Gesicht.

Zwei Wochen später zeigte eines Morgens Aqmat nach vorne, wo sich im Dunst der Ebene die Umrisse endloser Mauern und Türme abzeichneten.

Flavius legte die Hand über die Augen, um gegen die Sonne etwas zu erkennen. Am Himmel zogen weiße Kuhreiher vorbei, Blässhühner krächzten, doch im Boot herrschte Schweigen, selbst die Bootsführer waren verstummt. Die Strömung trieb sie auf die Stadt zu, langsam wuchsen die braunen Mauern zu titanischer Größe heran. Als sie eine ruinengekrönte Hügelgruppe links des Flusses passierten, deutete Aqmat auf einige Lehmziegelhäuser. »Babil, die heutige Stadt.«

»Das ist alles? Und der Rest?« Trotz Rabbi Samuels Warnung fühlte Flavius die Enttäuschung fast körperlich. »Was liegt hinter den Mauern am Fluss?«

»Ruinen, Felder, ein paar Hütten. Die Stadt ist ein Skelett, das in seinem Panzer zerfällt. Mehr ist nicht mehr übrig von Bab-ilani, dem Tor der Götter.«

Sie winkte, und die Bootsleute steuerten die runden Kähne nach links, wo sich in der fünfzig Fuß hohen Mauer ein Durchlass auftat. Was einst ein kleiner Hafen gewesen sein mochte, war jetzt zu einem schilfbestandenen Tümpel geschrumpft, den Lehmhütten umstanden. Einige dunkelhäutige Männer schlurften aus dem Schatten ihrer Behausungen und palaverten mit den Bootsführern. Die Maultiertreiber führten ihre Tiere an Land, um ihnen die Warenballen auf den Rücken zu packen.

»Wir bleiben zwei Tage. Einige Boote müssen geflickt werden und wir brauchen neue Vorräte.« Aqmat wechselte einige Worte mit den Bootsleuten. »Wir haben Glück. Morgen ist in Babil ein kleiner Markt.«

Der Wind wehte ein regelmäßiges Quietschen herüber. Flavius folgte dem Laut und stand bald vor einem Ochsen, der ein dickes Seil mit einem wassergefüllten Lederschlauch eine Bretterrampe emporzog. Oben lief das Seil über eine Rolle, die das Geräusch verursachte, dann ergoss sich das Wasser in einen Kanal und der Schlauch kehrte schlaff zurück. Im Schatten eines Maulbeerbaumes saß ein Junge, verscheuchte mit einem trockenen Palmwedel die Fliegen, lachte, zeigte auf den Ochsen, rief Unverständliches.

Flavius hob die Hände zu einer hilflosen Geste, bevor er dem Kanal einige Schritte folgte, bis er zu den Resten klobiger Lehmziegelmauern kam. Hier tränkte das Wasser kleine Äcker, in deren sattbrauner Erde sich Baumwollstauden reihten. Er betrachtete sie nachdenklich. War es hier, wo einst Alexander der Makedonier die Reihen seiner Soldaten musterte? Wo er von neuen Feldzügen träumte? Wo er im Geist seine Stiefel auf Karthagos Byrsahügel oder Roms Kapitol setzte?

Er ging zum Hafen zurück. Sie stiegen auf und ritten nach Norden. Mehrfach überholten sie von Ochsen gezogene Karren, die auf knirschenden Holzscheibenrädern dahinkrochen.

»Agur«, rief Aqmat und zeigte auf die Ladung. »So nennen sie hier die gebrannten Ziegel, die sie überall aus den Ruinen brechen. Damit sollen schon die Makedonier Seleukia erbaut haben, danach die Perser ihre Hauptstadt Ktesiphon.« Jetzt fielen auch Flavius die vielen Wunden in der großen Stadtmauer auf, in denen Menschen wie Ameisen herumkrochen.

Ob eines fernen Tages auch Rom zum Steinbruch verkommt? Paläste und Tempel von Gestrüpp überwuchert, verfallene Aquädukte inmitten von Gärten und Feldern, umschlossen von einer sinnlosen Stadtmauer?

In Babil mieteten sie ein Haus mit Platz für Waren und Tiere, bevor sie den Dorfbewohnern ein junges Schaf abkauften. Einer der Maultiertreiber verschwand hinter einer Ecke. Ein kurzes Blöken, dann kam er mit dem leblosen Körper zurück, den er häutete und über einem Feuer aus trockenem Eselsmist briet.

Nach dem Essen stiegen Flavius und Aqmat zu der Ruine auf dem Hügel hinauf. Im Abendlicht erstreckte sich vor ihnen die dunstige Ebene, in deren Mitte die schattengrauen Fluten des Euphrats ein etwa zwei Meilen breites Mauerrechteck durchzogen.

»Da liegt das Zentrum der alten Stadt.« Aqmat zeigte hinunter. »Im Fluss sieht man noch die Stümpfe der steinernen Brücke, und vorne, diese riesige Ruine, das soll der Palast des Königs gewesen sein.« Sie zuckte mit den Schultern. »Zumindest haben mir das die Leute erzählt, die in dem kleinen Dorf weiter südlich wohnen. Es liegt ja alles schon lange in Trümmern.«

Flavius nickte stumm und legte seinen Arm um sie, während langsam violette Schatten aus den Niederungen krochen und die Ruinen verschlangen. So sehr er sich auf den Anblick Babylons gefreut hatte – nach drei Wochen endlich wieder mit Aqmat alleine zu sein, nur das zählte. Er zog sie an sich und spürte, wie weich und zart ihr Körper war, wie sie sich an ihn schmiegte, ihm vertraute und ihren Kopf auf seine Schulter legte. Lange saß er so da und wagte keine Bewegung, um den Zauber nicht zu brechen. Erst als es schon fast dunkel war und sie leicht fröstelte, half er ihr auf, sie standen sich einen Augenblick stumm gegenüber, dann nahm er ganz vorsichtig ihren Kopf in seine Hände und führte ihre Lippen an die seinen. Sie zögerte etwas, dann erwiderte sie seinen Kuss, doch als er sie fester an sich ziehen wollte, entwand sie sich ihm und lief auf die flackernden Lichter Babils zu.

Am nächsten Tag quoll der kleine Markt vor Menschen über. Mehrere Karawanen waren von Ktesiphon gekommen, das nur zwei Ta-

gesreisen nordöstlich am Ufer des Tigris lag, außerdem an die hundert Reiter vom Stamm der Tanukh. Sie kamen aus Hira, ihrer nahe gelegenen Heimatstadt, schwiegen aber über ihr Ziel. Die Araber boten einen stolzen Anblick, als sie auf ihren windschnellen Dromedaren Reiterspiele aufführten, sich dabei umwandten und im vollen Ritt rückwärts ihre Pfeile ins Ziel schossen.
Unterdessen schritt ein älterer Tanukh mit Hakennase und Schnauzbart die Warenstapel auf dem Markt ab, bis er zuletzt zu Aqmat kam. Doch weder die syrischen Gläser noch die phönizischen Tücher fanden Gnade vor seinen Augen, selbst auf die Weinfässer warf er nur einen flüchtigen Blick. Er wandte sich zum Gehen, zögerte, räusperte sich und redete einige für Flavius unverständliche Worte.
Aqmat schüttelte den Kopf und antwortete auf Arabisch, wobei sie auf Flavius zeigte, bevor sie ihm auf Latein zuflüsterte: »Der Preis ist vier Drachmen pro Fass, bitte verhandele du.«
Flavius hatte oft genug in Palmyra erlebt, wie um den Preis gefeilscht wurde, doch hier fühlte er sich unsicher. »Meinst du wirklich?«, erwiderte er leise. Aqmat nickte. »Bei den Wüstenstämmen ist es besser, wenn der Mann redet. Trag dick auf, das gehört zum Spiel.«
»Na gut.« Er breitete die Arme aus und sagte auf Griechisch: »Alles zu Eurer Verfügung, edler Herr.« Der Mann musterte ihn abschätzig, wobei er auf ein Fass klopfte.
»Diese Fässer, wollt Ihr sie wirklich noch weiterschleppen? Vielleicht lässt sich mein Herr, der große Amr Ibn-Adi, herab, eines zu kaufen.«
»Dieser Wein ist in den fruchtbaren Ebenen um Damascus gereift«, antwortete Flavius. »In Charax ersehnt ihn der Statthalter des Schahs wie die Wüste den Regen.«
»Der Statthalter? Er wird Euch köpfen lassen, wenn dieser Essig seine Zähne zerfrisst!«
Flavius beherrschte seinen Ärger.
»Mein Freund, aus Eurem Munde spricht das Unwissen. Hier, probiert«, damit reichte er dem Fremden einen Becher. Der Tanukh

nahm einen Schluck, schmatzte, schlürfte erneute und reichte den Rest zurück.

»Nun ja, vielleicht lässt es der Statthalter bei einem Dutzend Peitschenhieben bewenden. Mein Herr dagegen, dessen Milde berühmt ist, würde Euch eine Drachme pro Fass geben.«

»Euer Herr ist für seinen guten Geschmack bekannt und seine Großzügigkeit preist man selbst an den Gestaden Phöniziens«, erwiderte Flavius, »er würde nicht wollen, dass sein Name durch einen Preis von weniger als zehn Drachmen besudelt wird.« Aqmat öffnete den Mund, doch Flavius achtete nicht darauf, denn jetzt schien der Schnurrbärtige nach Worten zu ringen.

»Zehn Drachmen? Welche Habgier! Die Wüstensonne hat Euer Hirn verdorrt und der Sand Euren Schädel gefüllt. Zwei Drachmen, und selbst dann muss ich schon um meinen Kopf bangen.«

Flavius riss die Arme empor.

»Zwei Drachmen? Dafür könnt Ihr Eure Kehle mit Flusswasser spülen, Vater des Geizes mit einem Geldbeutel, verschrumpelt wie eine Dattel aus dem Jahr Eurer Geburt. Wenn ich acht Drachmen sage, klingt mir schon das Jammern meiner fünf hungrigen Kinder in den Ohren!«

»Acht Drachmen«, stöhnte der Araber im Tone tiefster Verzweiflung. Dann beugte er sich vor und seufzte: »Mein Herr ist grundgütig, und nur deshalb wage ich es, für ein Fass drei Drachmen zu bieten.«

»Drei schäbige Silberstücke für einen Wein, so glutvoll wie das Blut eines weißen Opferstieres?« Flavius sah dem Mann tief in die Augen. »Sieben Drachmen und verratet diesen Preis niemandem, sonst schneidet mir jeder andere Händler die Gurgel ab.«

»Oh junger Fremdling, schon lange nicht mehr musste ich solches Geschwätz erdulden.« Der Mann rieb sich die Nase. »Doch um Eurer schönen Frau willen könnte mein Herr bereit sein, ausnahmsweise vier Drachmen zu bezahlen.«

Noch eine Weile ging die Auseinandersetzung hin und her, bis zuletzt Aqmat dem Disput ein Ende setzte und Flavius fünf Fässer für

je viereinhalb Drachmen verkaufte. Auch der Tanukh schien mit dem Handel zufrieden zu sein, denn er schlug ihm anerkennend auf die Schulter und bestand darauf, ihn mit in sein Lager zu nehmen. Dort drückte er ihm einen Bogen in die Hand. »Lasst uns sehen, ob Ihr mit Pfeilen genauso geschickt umgeht wie mit Worten!«
Die ersten Schüsse gingen daneben und die Umstehenden lachten. Zuletzt aber traf Flavius auf fünfzig Fuß Entfernung zwischen zwei Schilfrohren hindurch und kaufte dem anerkennend brummenden Schnauzbart den Bogen samt Pfeilen ab. In diesem Augenblick trat der Anführer heran, ein sehniger junger Beduine mit Adlerblick und einer Narbe auf der linken Wange.
»Mein Name ist Amr Ibn-Adi aus der Familie der Lakhmiden«, sagte er in leidlichem Griechisch, »wollt Ihr heute Abend mein Gast sein? Eure Frau natürlich auch!«
So saßen sie abends in einem großen offenen Zelt auf bestickten Seidenkissen, vor sich das flackernde Feuer, über dem noch vor kurzem große Lammspieße gebrutzelt hatten. Nachdem die Höflichkeiten ausgetauscht und einige Weingläser geleert waren, kam das Gespräch auf Politik. Aqmat setzte ihr liebenswürdigstes Lächeln auf und sah Amr ins Gesicht.
»Weshalb seid Ihr hier – mit so vielen Kriegern? Warum wollt Ihr den Euphrat hinaufziehen?«
Der Mann schob sich eine in Honig eingelegte Dattel in den Mund und kaute langsam, während eine Grille zirpte.
»Der Wind hat uns zugetragen, dass Königin Bathzabbai bei Antiochia geschlagen wurde. Die Gazelle ist nach Emesa geflohen, die römischen Wölfe auf den Fersen.« Er rülpste zufrieden. »Beim Marsch gegen Tadmor werden sie unsere Hilfe brauchen.« Seine Hand griff nach dem Wein. »Die Wüste ist grausam, wenn die Kehle trocken ist, und ein großes Heer kann leicht zugrunde gehen.« Amr sah ins Feuer, in dessen Schein seine Züge trotz ihrer Jugend hart wirkten. »Aber auch der persische Elefant ist gelähmt, denn Schapur liegt krank in seinem Palast. Tadmor oder Ktesiphon. Wir sind wie der Wind – heute hier, morgen dort.«

Als Flavius sah, wie Aqmat erstarrte, konnte er sich über die Nachricht vom Siege Roms nicht mehr freuen. Sie brachen bald auf und an diesem Abend bat sie ihn in ihr Zimmer, wo sie sich an ihn schmiegte und bald einschlief. Er lag lange wach, denn ihr Duft und die Nähe ihres Körpers erregten ihn, doch endlich glitt auch er in den Schlaf hinüber.
Am frühen Morgen erwachte Aqmat. Sie ging vor das Haus, lehnte sich an die Hauswand und starrte lange in den blauschwarzen Himmel mit seinen Tausenden flimmernder Sterne, bevor sie wieder in den stickigen Raum zurückkehrte.

Am nächsten Morgen bestiegen sie die Dromedare. Olus trottete auf einem Maultier hinterher und Junior umkreiste sie bellend. Der Flussmauer entlang folgten sie der Straße südwärts, nach einer Meile führte sie der Weg zwischen zwei hohe, von leicht vorspringenden Türmen überragte Mauern. Hier waren die Wände mit türkisfarbenen Ziegeln bedeckt, von denen sich gelbbraune Löwen abhoben, die ihnen mit gebleckten Zähnen entgegenschritten. Vor einem hohen Bogen am Straßenende stieg Flavius ab, um die Reihen gelber und weißer Stiere und geschuppter Fabelwesen zu betrachten, die Außenseite wie Durchgang des blau gefliesten Tores schmückten. Er legte seine Hand auf die glatten Ziegel und fuhr die leicht erhabenen Tierkörper nach, strich über die Klauen der Ungeheuer und die Hörner der Stiere.
»So viel sinnlose Mühe!« Olus schüttelte den Kopf.
»Wieso, gefällt es dir nicht?«, fragte Aqmat.
»Ja, ja, schon prächtig, aber genutzt hat es nichts. Und jetzt ist es nur noch ein Schutthaufen.« Der Gallier wies mit großer Geste über die Trümmerwüste.
»Ach, Olus«, seufzte Flavius und zeigte auf die Türme der Palastruine. »Hoffentlich hat das der König nicht gehört. Ich glaube, er wäre betrübt. Vermutlich würde er dich zur Aufheiterung erst mal

häuten lassen, nach guter alter Vätersitte. Zu seiner Aufheiterung natürlich, nicht zu deiner.«
»Pah!« Olus gab seinem Maultier einen Klaps, dass es durch den Torbogen trottete. Flavius schmunzelte, stieg in den Sattel und folgte Aqmat, bis sie nach einer halben Meile nach rechts zeigte. Sie bogen ab und gelangten zu einem quadratischen Trümmerhaufen, an dessen Außenseite Männer mit Spitzhacken Reihen sorgfältig gearbeiteter Ziegel ablösten.
»Das soll der Rest des großen Turms sein, hat man mir vergangenes Jahr erzählt«, erklärte Aqmat.
Flavius ließ sein Dromedar niederknien, um sich den Schuttberg näher anzusehen. Innen bestand der Stumpf aus luftgetrockneten Lehmziegeln, alle sieben Lagen durch eine schwärzliche Schicht getrennt, die sich bei näherer Betrachtung als geteerte Schilfrohre erwies. Einer der Arbeiter lief herbei, zupfte Flavius am Ärmel der Tunika und zeigte ihm etwas, das auf seiner Handfläche lag. Es war ein kleiner, durchbohrter Steinzylinder, außen mit dem eingravierten Bild eines Löwen geschmückt, der aufrecht stehend einen Stier reißt. Der Mann kratzte etwas feuchten Lehm zusammen und rollte den Stein darin ab, dass der Kampf des Löwen und der Tod des Stiers einen Reigen bildeten. Er drückte Flavius den runden Stein in die Hand und sagte einige Worte, die der junge Römer nicht verstand. Aqmat übersetzte.
»Ein Rollsiegel, er will eine Drachme dafür.«
Als Flavius den Kopf schüttelte, redete der Mann auf ihn ein, bis ihm Flavius das Siegel nach gebärdenreichem Verhandeln abkaufte. Gerade hatte er sein Dromedar bestiegen, da winkte der Arbeiter erneut und zog noch etwas aus den Falten seines staubigen Gewandes. Es war ein runder, gewölbter und knapp handtellergroßer Gegenstand aus klarem Bergkristall, in der Mitte dick, zum Rand hin flach. Flavius nahm die Linse in die Hand, sah keine Ornamente und gab sie schulterzuckend zurück. Doch der Mann griff auf den Boden, raffte eine Hand voll trockenes Gras zusammen und hielt den Bergkristall darüber. Die Sonne brannte schon kräftig vom Himmel herab und plötzlich bildete sich in der Mitte des Gra-

ses ein kleiner rauchender Fleck, aus dem Flämmchen züngelten. Der Mann zeigte stolz darauf, dann sagte er etwas, das Aqmat mit »zehn Drachmen« übersetzte, wobei er Flavius die Linse entgegenhielt.
Flavius hätte sie gerne gehabt, dachte aber an die lange Reise, die noch vor ihnen lag, auf der er sein Gold für wichtigere Dinge brauchen würde. Er schüttelte den Kopf und gab dem Dromedar das Zeichen, sich zu erheben. Als das Tier mit den Hinterbeinen aufstand und ihn nach vorne kippte, überlegte er nochmals, ob er den seltsamen Kristall nicht doch kaufen sollte, aber dann streckte das Dromedar auch die Vorderbeine und folgte Aqmats Reittier. Er hörte noch eine Weile die unverständlichen Rufe des Mannes, sah aber nicht zurück. Sie wandten sich nach Osten und ritten einen rotbraun gefärbten Schutthügel hinauf.
»Da vorne!« Aqmats ausgestreckter Arm wies auf eine halbkreisförmige Mulde. Sie freute sich über Flavius' verblüfften Ausruf. »Aber das ist doch ein Theater.«
Das Mädchen nickte, zufrieden, die Stelle nach einem Jahr noch gefunden zu haben. Sie banden die Reittiere an einen verkrüppelten Baum, der aus den Trümmern des Bühnenhauses wuchs, bevor sie sich auf die zerbröckelnden Stufen der Zuschauerränge setzten.
Olus trat von einem Fuß auf den anderen. »Ich gehe spazieren, vielleicht finde ich auch so ein poliertes Glas«, rief er, pfiff nach Junior und verschwand hinter einer Lehmziegelmauer.

Flavius legte seinen Arm um das Mädchen. Eine Weile saßen sie stumm da, doch als Olus verschwunden blieb, zog er sie an sich. Sie strich ihm übers Haar, er streichelte ihren Nacken und lächelte sie an. Sie gab ihm einen flüchtigen Kuss, doch dann stand sie auf, um sich den Staub aus dem hellbraunen Baumwollkleid zu klopfen, steckte sich einige lose Haarsträhnen fest, verschränkte die Hände hinter dem Rücken, setzte zum Sprechen an, schwieg aber. Flavius spürte ihre Unsicherheit. Er hatte Angst, jetzt etwas Falsches zu sagen. Da hörte er ihre Stimme.

»Wollen wir versuchen, ob man in diesem Theater auch jedes Wort versteht? Wie bei uns in Palmyra – oder bei euch in Rom?«
Er nickte. Aqmat kletterte die Stufen hinauf, bis sie nur noch ein kleiner Umriss gegen den Himmel war.
Flavius stellte sich in die Mitte der Orchestra, zwischen die Büschel vertrockneten Grases, räusperte sich, doch sein Kopf war wie ausgeleert. Was sollte er sagen, was nur?
Aqmat hatte sich auf die Stufen gesetzt, sodass sie von unten kaum mehr zu sehen war. »Hörst du mich?«, rief er hinauf, ein helles »Ja« war die Antwort. Er zog seine Tunika zurecht, machte die Gebärde eines Schauspielers, der sein Publikum begrüßt, und die Gedanken flogen durch seinen Kopf
Ovidius! Der hat doch in seiner ›Liebeskunst‹ etwas über das Theater geschrieben. Wie ging das noch, wie war der Anfang, nur jetzt nichts falsch machen.
»Besonders aber geh zur Jagd in des Theaters Runde.
Du findest mehr fast, als du wünschst, des geb' ich sichre Kunde.
Dort kannst du finden: was du liebst, woran du dich zerstreuest;
Was du ein einzig Mal berührst, woran du lang dich freuest …«

Seine Stimme verklang in dem leeren Rund, dann hörte er Lachen von oben und sah Aqmat, wie sie vorsichtig die schuttbedeckten Stufen herunterstieg. »Sehr gut! Du solltest hier regelmäßig Vorstellungen geben, vielleicht bevölkert sich Babylon dann wieder!«
»Willst du nicht, dass ich mit dir bis Charax komme?«, fragte er leise, ein gefrorenes Lächeln auf den Lippen. Sie sah ihn an und wurde rot.
»Nein, so habe ich das doch nicht gemeint.«
»Wie dann?« Er nahm ihre Hand.
»Ach, nichts, nur ein Scherz.«
Sie standen einen Augenblick regungslos. »Du weißt, Flavius, dass du mir sehr viel bedeutest.« Sie schwieg wieder.
»Und ich liebe dich!« Er drückte sie mit der anderen Hand an sich.
»Was hast du?«

Sie zog ihre Hand aus der seinen, verschränkte die Finger beider Hände und bewegte sie unruhig.
»Letzte Nacht wurde ich wach. Du hast geschlafen, aber ich habe nachgedacht.«
»Worüber?« Eine eiserne Faust umkrampfte seinen Magen. »Habe ich dir etwas getan?«
»Nein, seit unserem Abend am See warst du zärtlich, geduldig, verständnisvoll. Mehr kann sich eine Frau nicht wünschen.«
Flavius starrte sie an und schüttelte langsam den Kopf. »Aber dann ist doch alles gut, oder?«
»Nein, nichts ist gut«, rief sie. »Es hat keine Zukunft.« Sie hielt die Hand vor die Augen und fing an, leise zu schluchzen. Er nahm sie sanft bei den Schultern.
»Setzen wir uns hierhin und reden über alles.« Sie nickte und als sie neben ihm saß, sah er, wie nasse Streifen ihre Wangen hinunterliefen. »Was hat keine Zukunft?«
Sie wischte sich das Gesicht mit dem Handrücken ab. »Unsere Liebe, natürlich.« Flavius hatte das Gefühl, der Griff um seinen Magen lockere sich ein Stück. »Aqmat, niemand kann uns trennen, wenn wir uns lieben!«
Sie lächelte, doch ihre Augen waren traurig.
»Alles trennt uns. Du bist Römer, eure Armee marschiert auf meine Stadt zu. Am Ende dieser Fahrt wirst du weiter nach Persien ziehen, um deinem Gelübde zu folgen.« Sie sah ihn an und schluckte.
»Ich muss zurück, vielleicht mit einer neuen Karawane. Mein Vater hat mir einen versiegelten Brief mit Anweisungen gegeben, den ich in Charax öffnen soll. Und deine Geliebte sein, nur für einige Nächte, das kann ich nicht.«
Flavius saß stumm da, den Kopf in die Arme gestützt. Sie strich ihm übers Haar, spielte mit den beiden Strähnen, die sich über seine Stirne zueinander bogen, bevor sie den Kopf an seine Schulter lehnte.
»Lass uns diese Tage zusammen erleben, als gute Freunde. Das können wir immer bleiben, in Gedanken, auch wenn sich unsere Wege trennen.«

»Nein!« Flavius richtete sich ruckartig auf. »Ich will nicht eine ferne Erinnerung sein, die langsam verblasst, während du in den Armen eines anderen liegst.« Er stand auf und nahm ihre Hand. Sie erhob sich zögernd. Er sah ihre grünen Augen, so grün wie die Zedern des Libanons und die Palmen am Euphratufer. Wie weit hatte ihn das Schicksal auf seiner Suche geführt, nur um ihn jetzt vor diese Wahl zu stellen.
Seine Stimme klang stockend, jedes Wort fiel ihm schwer.
»Nichts ist so wichtig in meinem Leben wie du. Auch nicht mein Gelübde.« Sein Hals war wie zugeschnürt, doch er sprach klar und ruhig weiter.
»Ob die Statuen im Tempel mehr sind als bemalter Stein, das weiß ich nicht. Aber du bist mein Leben, ohne dich wäre alles öde. Willst du meine Frau werden, wenn ich bereit bin, mit dir zu gehen, wohin uns das Schicksal verschlägt?«
Sie sah ihn lange an, dann nickte sie. »Ja, das will ich.«
Flavius nahm sie in die Arme, suchte ihren Mund und sie küssten sich mit einer Inbrunst, als ob ihnen das Leben neu geschenkt wäre.
Endlich lösten sie sich voneinander. Aqmat strich sich eine Haarsträhne aus der Stirne.
»In Babil gibt es niemanden, um den Vertrag zu schließen, der uns zu Mann und Frau macht. Aber wir können uns verloben.« Sie stand einen Moment nachdenklich da, dann hellte sich ihr Gesicht auf.
»Willst du mir etwas nachsprechen? Es ist ein altes Gelöbnis meines Volkes.« Flavius nickte und wiederholte feierlich Aqmats Worte: »Wir wollen Treue halten, oder aber der Himmel möge niederstürzen und uns zerschmettern, die Erde sich öffnen und uns verschlingen, das Meer sich erheben und uns ersäufen.«
Dann nahm er das Rollsiegel und legte es in ihre offene Hand. »Mein Brautgeschenk. Mehr habe ich nicht.«
So verbanden sie ihr Schicksal durch den Treueschwur, den einst die keltischen Soldaten Alexander geleistet hatten. Dem Alexan-

der, der seine letzten Tage in Babylon verbrachte, das er zur Hauptstadt der Welt machen wollte und das mit ihm starb.

Mitte Juni erreichten sie die schilfigen Sümpfe am Unterlauf des Euphrats. Die letzte Nacht, bevor sie in Charax landen sollten, verbrachten sie im Gästehaus eines armseligen Dorfes. Seine Hütten drängten sich auf kleinen, schlammigen Inseln, die nur wenige Handbreit über die von Seebinsen bedeckte Wasserfläche ragten. Auch das Gästehaus war aus dicken, an den Spitzen zusammengebogenen Schilfbündeln erbaut, die eine lang gestreckte Halle bildeten. Die Zwischenräume der Bündel, die Schmalseiten des Baus und die Böden bestanden aus geflochtenen Schilfmatten, vom Alter grau verfärbt, wo nicht der Rauch schwelender Büffeldungfeuer ihnen eine rotbraune Tönung verlieh.
Flavius, Aqmat und Olus saßen am Eingang. Junior, angeleint, damit er nicht im Schilfwald verschwand, hatte den Kopf auf die Pfoten gelegt. Sehnsüchtig sah er den Gänsen und Enten zu, die auf dem See gründelten; immer wieder erregte ein Schnauben seine Aufmerksamkeit, wenn der braune Kopf eines Wasserbüffels auftauchte. Hoch oben flog ein Schwarm Blässhühner vorbei, Frösche quakten ihr Abendkonzert und Schwärme von Mücken tanzten im Schein der untergehenden Sonne. Die feuchte, heiße Luft stand unbeweglich über dem Wasser.
»Tags röstet uns die Sonne und nachts werden wir gedünstet.« Olus wischte sich den Schweiß von der Stirne und sah auf das Paar gegenüber. »Ich komme mir vor wie in Habibathes Backofen. Aber dort gab es wenigstens keine Mücken.«
Flavius lächelte gequält. »Bald hast du es überstanden.« Dann wandte er sich an Aqmat. »Wie geht es morgen weiter?«
»In Charax schaffen die Männer unsere Sachen in die Stadt. Sie verkaufen das Spantenholz der Boote, laden das Leder auf die Maultiere und ziehen flussaufwärts nach Norden.« Aqmat nahm noch

einen Rest Fisch mit etwas Reis. »Und wir verwandeln unsere Ladung in Silberdrachmen.«
Flavius nickte. »Du wirst eine andere Karawane ausrüsten und wir müssen zurückkehren?«
»Wahrscheinlich, aber ich weiß nicht, was mein Vater will. Es steht in dem Brief.«
Beide saßen schweigend, während sich auf dem Wasser zwei Erpel lautstark zankten. Plötzlich stand Aqmat auf und verschwand in dem dunklen Eingang.
»Was ist los?«, rief ihr Flavius nach. Sie kam nach wenigen Augenblicken zurück, ein gefaltetes Papyrusblatt in der Hand.
»Ich werde ihn jetzt lesen. Wir sind ja fast da.« Sie erbrach das Siegel und ihre Augen flogen über die Zeilen. Flavius stand auf und sah ihr über die Schulter, schmunzelnd reichte sie ihm das Schreiben. Sein Blick fiel auf palmyrenische Buchstaben, die er mit dem Finger von links nach rechts in dem vergeblichen Versuch verfolgte, etwas zu entziffern. Lachend nahm ihm Aqmat den Brief weg. »Wir schreiben von rechts nach links, hast du das noch nicht mitbekommen?«
Flavius brummte unwillig, dann musterte er sie. »Sag schon, was drinsteht.«
Sie gab ihm einen Kuss und hielt das Blatt wie eine Urkunde vor sich. »Mein Vater schreibt, nun, er meint … also, das Persönliche lasse ich weg«, sie ließ die Hand mit dem Brief sinken. »Darin steht, dass diese Karawane mir gehört. Der Grundstock für ein eigenes Geschäft oder, wenn ich will«, sie gab Flavius noch einen Kuss, »nun ja, als Mitgift. Auf jeden Fall soll ich Palmyra meiden, solange der Krieg mit Rom andauert.«
Flavius sah sie zweifelnd an. »Das bedeutet …«
»Ja! Ich bin frei!« Aqmat schwenkte den Brief wie eine Fahne. »Frei, mit dir zu gehen.«
Flavius schüttelte ungläubig den Kopf. »Selbst mit nach Persien?«
»Überall hin, wohin uns das Schicksal führt!« Sie spürte, wie er tief ausatmete. »Ich weiß doch, was dich um die halbe Welt getrieben

hat. Lass uns weiter nach Persien reisen. Zur Hälfte ist es auch mein Land, obwohl ich noch nie dort war.«

Flavius legte seinen Arm um Aqmat. Dankbar für alles, was in den letzten fünf Jahren geschehen war, selbst wenn er oft mit seinem Schicksal gehadert hatte. Hätte er damals die Tempelbronzen in Lopodunum bergen können, er wäre wohl als kleiner Beamter in Augusta Treverorum gelandet, verheiratet mit Faustina – oder einer anderen. Nie wäre er dieser wunderbaren Frau begegnet, die ihm mehr bedeutete als alle Schätze des Imperiums.
»Wenn es stimmt, was Rabbi Samuel erzählt hat, sollten wir in Veh-Schapur suchen. Wie kommt man in das persische Hochland?«
»Genau weiß ich das nicht«, überlegte Aqmat, »ich war kaum weiter als Charax. Die nächste Station ist Pharat, der Ausgangshafen der Indienfahrer. Mit etwas Glück finden wir ein Schiff, das in Riv-Ardashir auf der Halbinsel Mesambria anlegt. Von dort soll die Straße ins Gebirge führen.«
»Und die Meermonster?«
Aqmat sah Olus mit hochgezogenen Brauen an. »Seefahrt ist notwendig, Leben nicht!«
»Wer sagt denn solchen Blödsinn?«, entfuhr es dem Gallier.
»Euer großer Feldherr Pompeius, vor drei Jahrhunderten«, lachte Aqmat.
»Pah, ein Römer, kein Gallier«, stellte Olus richtig. »Und, was hat er davon? Jetzt ist er tot!«
»Wir nehmen das Schiff«, entschied Flavius. »Sobald Aqmats Waren verkauft sind.«

Vier Wochen später schaukelte eine lange Reihe Dromedare und Maultiere durch die Nacht. Die ausgedörrte Ebene lag hinter ihnen, mächtige Berge erhoben sich vor ihnen. Die Scheibe des vollen Mondes tauchte die zerklüftete Felsenlandschaft des Vorgebirges in fahles Licht. Schräge Steinschichten reckten sich immer weiter in den Himmel, bis ihre Reste als Schuttkegel am Fuße der Berge endeten. Dank des Mondscheins konnte die Karawane

nachts reisen und so der mörderischen Sonne entgehen, die tagsüber die Ebene in einen Glutofen verwandelte. Die Zeit der größten Hitze verdösten sie im Schatten von Zelten oder unter Palmen, um erst mit Einsetzen der Dämmerung zum Leben zu erwachen.
Wieder wehte eine Wolke Schwefelgestank durch das Tal. »So ähnlich stelle ich mir den Hades vor«, rief Flavius Aqmat zu. Das Mädchen wandte sich kurz um, winkte einen zärtlichen Gruß, um sich dann wieder dem schaukelnden Gang von Schamasch anzupassen.
Eine Stunde später standen sie am Fuß eines Steilhanges, der in den Sternenhimmel ragte. Obwohl kein Weiterkommen möglich schien, trieben die Führer mit kehligen Lauten die Tiere an, bis sich die ganze Karawane einen schmalen Steig emporwand. Immer wieder lösten sich unter den Hufen der Tiere einzelne Steine, polterten zu Tal, von Warnrufen der höher reitenden Reisenden begleitet. Nach zwei Stunden erklommen sie endlich die Hochebene, dankbar für die frische Brise, die hier etwas Abkühlung brachte. Im flachen Licht der ersten Morgensonne erstreckte sich ein Dorf vor ihnen, strohgedeckte Lehmhütten inmitten staubiger, abgeernteter Kornfelder. Die Hütte mit dem Strohlager, das die Dörfler für ein paar Münzen bereiteten, erschien ihnen wie ein Palast und alle versanken in bleiernem Schlaf.

Nach einem Ruhetag brachen sie wieder auf. Im trockenen Hochgebirge ritten sie morgens und abends, nur über Mittag zwang sie die Sonne in den Schatten. Ihr Weg führte durch zerklüftete Berge, vorbei an hoch aufragenden Felswänden, entlang kleiner Flüsse, die in den Tälern Streifen satten Grüns zwischen die kahlen Steine zauberten. Gelegentlich sahen sie Nomaden mit ihren Ziegenherden, Männer mit wettergegerbten Gesichtern und Frauen in bunten Gewändern, die wie große Blumen vor schwarzen Filzzelten hockten. Bündel farbiger Wollfäden wehten zum Trocknen im Wind, um gleich daneben zu Teppichen mit rätselhaften, unendlich wiederkehrenden Mustern verwoben zu werden.
Als sich die Karawane Veh-Schapur so weit genähert hatte, dass sie

die Festung auf den östlichen Bergen sehen konnte, beschlich Flavius wieder das Gefühl der Unsicherheit. War dieser Primus, den Rabbi Mosche erwähnte, überhaupt sein Vater? Hatte der König ihn wirklich hierher versetzt? Durften Gefangene heiraten? Was wäre, wenn Primus eine Familie hätte und ihm ein ferner Sohn nichts mehr bedeutete? Selbst wenn all das nicht zutraf, wie sollte Flavius ihn befreien, wie sollten sie zusammen fliehen? Alles Fragen, die ihn seit Palmyra verfolgten.
Als sie durch das Tor der »Schönen Stadt Schapurs« ritten, hatte Flavius alles abgewogen und war fest entschlossen, lieber auf seinen Traum zu verzichten, als sein Glück mit Aqmat zu gefährden. Auf das, was geschehen würde, war er jedoch nicht vorbereitet.

Veh-Schapur war eine neue Stadt aus mehrstöckigen, flach gedeckten Lehmziegelhäusern. In den rechtwinkelig angelegten Straßen drängten sich Handwerker mit geschulterten Werkzeugen, dazwischen schritten vornehme Perser in weiten Hosen und perlenbesetzten Gürteln, farbige Turbane auf dem Kopf, gelegentlich leuchteten die weißen Burnusse von Arabern in der Menge auf. Flavius suchte eine Herberge, wo sie auch die Tiere unterstellen konnten, dann ließen sie sich durch die Straßen treiben, reckten die Hälse vor zwei Säulen, die hinter einem lebensgroßen Standbild aufragten – »Schapur natürlich«, wie ein vorbeihastender Zimmermann ihnen auf ihre Frage hin zurief. An vielen Stellen wurde Mörtel gemischt, klirrten Hämmer auf Steinen, schwirrte Persisch, Arabisch, Griechisch und Latein durch die Luft. Alle Handwerker sahen wohlgenährt aus, obwohl sie angestrengt bei der Arbeit waren, und nirgends schleppten sich Kettensklaven durch die Straßen, wie Flavius insgeheim erwartet hatte.
Als sie einen Maurer sahen, der eine Hypokaustheizung mörtelte, wie sie römischer nirgendwo im Imperium zu finden war, konnte Olus seine Neugierde nicht länger bezähmen. »Entschuldigung, bist du Römer?«
Der untersetzte Glatzkopf richtete sich auf und starrte unwillig auf den Frager. »Was geht's dich an, was ich mal war? Bin jetzt ein Die-

ner des Königs.« Dann senkte er die Stimme. »Ein guter Rat: Ruf nicht nach Römern.« Als er bemerkte, wie Olus ihn fast ängstlich anstarrte, fügte er etwas freundlicher hinzu:
»Man nennt uns Ansharig, Ausländer. Ist aber gleichbedeutend mit Sklave. Frag danach, wirst viele finden, die unter den Adlern marschierten.«
Flavius trat vor. »Verzeiht, aber wenn ich nun einen Ansharig suchte, der Primus heißt, was würdet Ihr mir raten?«
Der Maurer legte die Kelle weg und strich seine Hände an der mörtelbefleckten Tunika sauber. »Name sagt mir nichts. Gibt einige tausend von uns. Die meisten schon zehn Jahre hier.« Dann legte er den Kopf schief und kniff die Augen zusammen. »Was soll die Fragerei?«
»Ich bin Arzt«, entgegnete Flavius würdevoll, »und habe in Gundeschapur diesen Baumeister behandelt, der jetzt hier sein soll.«
Der Glatzkopf kratzte sich am Ohr.
»Schwierig, mein Herr. Sind viele Neue hier. Kommen aus allen Städten. Apasay fordert immer mehr an. Für die Stadtmauer, für die Brücke, für den Anahita-Tempel, für das Feuerheiligtum. Ist unser Provinzstatthalter, dieser Apasay. Hetzt alle, dass die Stadt bald fertig wird.« Der Mann lachte. »Hofft auf eine Tiara für seinen Schädel, will mit dem König an einer Tafel speisen.«
»Ist Schapur sehr krank?«, fragte Aqmat.
»Schschsch!« Der Maurer duckte sich. »Ist unpässlich, der Bruder von Sonne und Mond. Das flüstern die Eunuchen im Palast. Auf der Straße nichts hören, nichts sagen. Wenn Ihr nicht im Gilkard landen wollt.« Mit diesen Worten drehte er sich um und verschwand hinter einer Mauer.

Aqmat machte Flavius und Olus ein Zeichen, ihr zu folgen. »Er meint das Schloss des Vergessens, wie man hier zum Kerker sagt. Wohin jetzt?«
Sie folgten einigen mit Säcken beladenen Eseln, die sich durch die Menschenmenge drängten. Flavius entschied: »Lasst uns an den

Baustellen fragen, für die in letzter Zeit neue Handwerker angefordert wurden.«

Als sie das Nordtor der Stadt hinter sich gelassen hatten, erstreckte sich vor ihnen ein fast ausgetrocknetes Flussbett, in ihrem Rücken drängten sich die halbrunden Türme der Stadtmauer. Sie fragten die Verputzer auf den Gerüsten, die blendend weißen Gips auf das Bruchsteinmauerwerk auftrugen, vergebens. Sie sprachen mit den Malern, die zwischen den Türmen die Mauer mit roten und blauen Ornamenten schmückten, niemand kannte einen Primus. Sie gingen zum Fluss, doch die Arbeiter an der Brücke schüttelten nur den Kopf.

Mit schmerzenden Füßen kehrten sie in ihre Herberge zurück, aber auch die nächsten Tage brachten nicht mehr Erfolg. Sie trafen Mosaikleger und Seidenweber, die Schapur aus Antiochia verschleppt hatte, sie sprachen mit Bauleuten, die einst bei den Legionen gedient hatten und mehrfach nickten die Gefangenen, wenn der Name Primus fiel, aber stets meinten sie einen anderen. Langsam fand sich Flavius damit ab, dass ihn sein Gelübde um die halbe Welt geführt hatte, ohne ihn seinem Ziel näher zu bringen. Nachts, wenn er in Aqmats Armen lag, dachte er immer öfter daran aufzubrechen, doch sie hielt ihn zurück.

»Gib noch nicht auf, vielleicht haben wir morgen Glück«, flüsterte sie eines Abends, als sie aneinander geschmiegt lagen.

Flavius strich über ihr Haar. »Seit einer Woche sind wir hier und haben nichts, was uns weiterbringt. Vielleicht ist er vor Edessa gefallen, in der Sklaverei gestorben oder in einen ganz anderen Winkel des Reichs verschleppt worden. Wir können doch nicht bis zur indischen Grenze suchen.«

»Natürlich nicht, aber was bedeutet schon eine Woche in einer großen Stadt? Wenn er noch nicht lange hier ist, wissen es nur wenige.« Aqmat richtete sich etwas auf. »Wir haben bisher weder am Palast noch bei dem großen Tempel gefragt, noch waren wir bei den Brücken außerhalb der Stadt.« Sie gab ihm einen Kuss auf die Wange. »Jetzt lass uns schlafen. Morgen versuchen wir es bei dem Tempel.«

Flavius wollte gerade die Lampe ausblasen, als sie ein Pochen an der Tür aufschreckte.
»Wer ist da?«
»Ich bin es, Olus. Macht auf, ich habe eine Spur!«

Als Flavius am nächsten Morgen das Haus erreichte, war Müdigkeit an die Stelle der aufgeregten Erwartung getreten. Die ganze Nacht hatte er sich im Bett herumgewälzt. Erst als die Strahlen der Morgensonne über den Horizont krochen, fielen ihm die Augen zu und er versank in einen kurzen Schlummer. Jetzt stand er vor der grünen Türe in der hellbraun verputzten Mauer, spürte den kühlen Morgenwind, lauschte den Geräuschen der erwachenden Stadt. Er trat vor und klopfte. Nichts. Ein unsichtbarer Vogel trällerte, aus dem Haus gegenüber schallten Frauenstimmen, weit entfernt bekundete ein Esel mit Schreien seinen Unmut über den neuen Arbeitstag.
Erneutes Klopfen. Innen schlurften Schritte heran, die Türe schwang auf, ein junger Mann in safrangelben Pluderhosen rieb sich die Augen.
»Wohnt hier Primus, Baumeister der Ansharigan?«, fragte Flavius auf Griechisch.
Der Perser strich sich eine Locke aus dem Gesicht.
»Mein Herr, der oberste Baumeister, berufen vom König der Könige, empfängt so früh niemanden.«
»Doch, er wird. Wenn du ihm sagst, dass sein Sohn ihn sprechen möchte!«
Der Diener verzog das Gesicht und sah ihn von der Seite an. »Sein Sohn?«
Flavius nickte und nannte seinen Namen. Der Diener machte ihm ein Zeichen, im Vorraum zu warten, dann verschwand er im Halbdunkel des Hauses, öffnete eine entfernte Türe, undeutliche Stimmen hallten durch den Gang.

»Kommt!« Flavius folgte der gelben Pluderhose in einen langen Raum mit hoch liegenden Fenstern. Staubteilchen tanzten in den Strahlen der Morgensonne, die helle Vierecke auf den Boden und auf den großen, schwarzbraunen Tisch mit seinen Schriftrollen zeichnete. Den Mann dahinter nahm Flavius erst durch die Bewegung wahr, mit der er aus dem Schatten trat. Er war etwa vierzig Jahre alt, bartlos, mit kurz geschnittenem, grau gesträhntem Haar und einer Narbe an der Schläfe. Er trug eine braune Tunika und Sandalen, die Daumen hatte er in den Ledergürtel eingehängt.

»Was soll diese Geschichte von einem Sohn?«

Flavius fühlte sich, als hätte man ihm ins Gesicht geschlagen. Zögernd trat er einen Schritt vor.

»Seid Ihr Primus, Baumeister im Heere des Kaisers Valerianus, der vor zwei Jahrzehnten in Bicastrum stationiert war?« Der schmallippige Mann sagte: »Der bin ich!«

»Der mit einer Germanin namens Brigida verheiratet war und dessen Bruder Julius hieß?« Der Mann nickte, ließ die Arme sinken und schaute Flavius misstrauisch an. »Ist Julius hier?«

»Nein, aber er lebt. Er konnte mit mir fliehen, als die Germanen die Stadt überrannten und meine Mutter verschleppten.«

»Welche Stadt?« Die buschigen Augenbrauen zogen sich fragend zusammen.

»Lopodunum«, antwortete Flavius. »Dort habt Ihr doch Brigida gelassen. Erinnert Ihr Euch denn an nichts mehr?«

Sein Gegenüber zögerte, seine Rechte tastete nach der Narbe. »Mein Gedächtnis lässt mich manchmal im Stich.« Er ging zum Tisch und nahm eine Rolle in die Hand, die er gleich wieder hinlegte, nickte. »Doch, doch, natürlich erinnere ich mich.«

»Dann seid Ihr also Primus Verecundus, mein Vater?«

Der leicht gebeugte Mann verharrte einen Augenblick regungslos und die scharfen Falten, die von der Nase zu den Mundwinkeln liefen, schienen sich noch tiefer in sein Gesicht zu graben. Er zögerte noch einen Moment, dann streckte er Flavius die Rechte hin. »Ja, der bin ich. Willkommen in Veh-Schapur.« Auf seinem Ge-

sicht, das so ernst war, erschien jetzt ein Lächeln. »Wie hast du mich gefunden? Ich lebe sehr zurückgezogen.«
»Durch einen Zufall. Eines Abends unterhielt sich Olus in einer Taverne …«
»Der Olus aus Gundeschapur?« Der Kopf des Mannes fuhr herum.
»Nein, unser gallischer Diener, der mich schon lange begleitet.«
Primus zeigte auf einen Sessel vor dem Schreibtisch. »Setz dich, du hast sicher viel zu erzählen.«

Die nächste Stunde saß Flavius da, redete und redete, anfangs sprudelten die Worte nur so aus ihm heraus, dann brachten Primus' gezielte Fragen Ordnung in seine Gedanken, und er erzählte die ganze Geschichte. Erzählte vom Leben auf dem Hof im Moselland, von dem gescheiterten Versuch, den Schatz zu bergen, von der Gefangenschaft bei den Germanen, dem Wiedersehen mit Brigida, der Flucht nach Augusta Raurica und weiter bis Rom, der Reise mit Ulixes nach Palmyra; von Olus, Junior und seiner Frau Aqmat, die ihn nach Veh-Schapur begleitet hatten.
Primus runzelte die Stirn. »Ich hoffe, das weiß sonst niemand und ihr wart vorsichtig.«
Flavius, dessen Kopf zuletzt erschöpft nach vorne gesunken war, richtete sich auf. »Was meinst du damit?«
»Vor kurzem kam ein Bote aus unserer Hauptstadt Ktesiphon. Aurelianus hat die Palmyrener bei Emesa besiegt und Zenobias Schatz erbeutet. Daraufhin ist sie mit den Resten ihres Heeres nach Palmyra geflohen, Ägypten hat sich wieder römischer Herrschaft unterstellt und Aurelianus marschiert nach Osten.« Primus sah Flavius nachdenklich an. »Schapur liegt krank in seinem Palast. Derzeit ist Kartir der mächtigste Mann im Staat. Er hasst alles Fremde. Wer weiß, wie lange es hier noch ruhig bleibt.«
»Kartir, wer ist das?«.
»Das ist ein Magusch, wie man die Priester nennt, die für die Verehrung des Gottes Ormazd und seines heiligen Feuers zuständig sind. Aber Kartir steht besonders hoch, sein Titel ist Herpat, der Feuerpriester. Solange Schapur lebt, sind ihm die Hände gebun-

den. Aber unter einem schwachen Nachfolger – wer weiß, was Kartir dann mit Andersgläubigen macht.« Primus sah ihn prüfend an. »Du bist doch nicht etwa Christ oder Manichäer?«
Flavius schüttelte den Kopf. »Was ist ein Manichäer?«
Primus machte eine wegwerfende Handbewegung. »Einer, der wie Schapur an Mani und seine neue Lichtreligion glaubt. Das betrifft dich nicht. Aber es gibt ja nicht nur die Religion. Und ich hoffe nicht, dass euer Kaiser Schapurs Schwäche ausnützen wird, um Ktesiphon anzugreifen.« Primus senkte die Stimme. »Wer weiß, dass du Römer bist?«
Flavius zögerte, dann sagte er leise. »Niemand, soviel ich weiß. Ich kam mit einer Karawane, ganz unauffällig als reisender Arzt samt Frau und Diener.«
»Gut. Und wann musst du zurück?« Der Ältere sah ihn von der Seite an.
»Zu keiner bestimmten Zeit. Ich bin deinetwegen hier. Ich wollte dich …«
»Schscht!« Primus hielt abwehrend die Handfläche hoch. »Die Wände können Ohren haben. Wir sehen uns morgen wieder.«
Flavius stand einen Augenblick unschlüssig da, dann ging er auf seinen Vater zu und umarmte ihn stumm.
Primus klopfte ihm auf die Schulter. »Ich bin froh, dass du gekommen bist. Wir haben noch so viel miteinander zu reden. Aber jetzt musst du gehen und darfst nicht auffallen.«
Flavius fühlte einen Kloß im Hals, nickte und ging. In der Türe drehte er sich noch einmal um und fragte:
»Hast du eigentlich noch das Lederband mit der Muschel?«
Primus sah ihn über die Schulter an. »Welche Muschel?«
»Die eine Schale hast du Brigida geschenkt, die andere selber behalten. Das hat sie mir jedenfalls erzählt.«
Mit gerunzelter Stirn ging Primus zur Tür und rief einen unverständlichen Satz, bevor er sich wieder Flavius zuwandte.
»Natürlich, die Muschel. Sie muss irgendwo sein. Aber ich bin erst wenige Wochen hier und vor lauter Arbeit ist nicht alles ausgepackt.«

Flavius hörte hinter sich Schritte und sah sich um. Ein Riese von einem Mann, gekleidet in dunkelbraune Pluderhosen und einen gleichfarbigen Umhang, stand in der Türe: leicht vorgebeugt, mit kurz geschorenem schwarzen Haar und kantigem Kiefer.
Der Mann murmelte etwas, was nicht zu verstehen war, Primus gab knappe Anweisungen, dann entließ er ihn mit einem Wink.
»Das ist Gundaffar, ein kurdischer Vorarbeiter, den ich aus Gundeschapur mitgebracht habe. Er ist mir blind ergeben und stark wie ein Ochse. Jetzt muss ich auf die Baustelle.«
Flavius wartete einen Augenblick, doch als Primus nur seine Rollen zusammenräumte, fragte er. »Wann sehen wir uns wieder?«
»Wenn du wüsstest, wie ich in Arbeit ersticke.« Der Baumeister hob beide Hände. »Aber morgen Nachmittag ruhen alle Baustellen. Der Aspbed, der Befehlshaber der Panzerreiter, hält ein großes Turnier ab. Wollen wir uns bei den zwei Säulen treffen und gemeinsam dorthin gehen?«
»Ja, gerne.«
Flavius strahlte, doch als er auf die Straße trat, überkam ihn ein merkwürdiges Gefühl.

Schubsend und drängelnd strömte das Volk aus der Stadt, hinaus auf die große Ebene, auf der ein mit Stampflehm bedeckter Platz für die Reiterspiele abgesteckt war. An der Westseite erhob sich ein Holzgerüst, in dessen Mitte eine mit Goldornamenten verzierte Loge aufragte. Der bestickte Seidenvorhang, der sie verschloss, bewegte sich leicht im Nachmittagswind, doch innen war niemand zu erkennen. Auf den Podesten zu beiden Seiten drängten sich die Vornehmen des Königshofes mit ihren rechteckig gestutzten Bärten und dem langen Haupthaar, das unter farbigen, nach vorne gebogenen Hauben hervorquoll. Primus, an dessen Hals heute die Muschel schimmerte, hatte eine der Bänke gemietet, die rings um die Absperrung standen, sodass sie eine gute Sicht hatten.

Nach kurzer Pause verstummte das Gemurmel der Zuschauer, als unter dumpfen Trommelschlägen zwei Männer das Gatter an der Schmalseite des Platzes öffneten. Die Schläge wurden schneller, zu ihrem pochenden Rhythmus trabten Reiter auf das Feld, wie sie weder Flavius noch Olus je gesehen hatten: Die Körper der Männer steckten in eisernen Rüstungen, Schuppenpanzer schützten Arme und Beine. Ihre kegelförmigen Helme waren vorne durch einen Kamm verstärkt, der nach unten vor das Gesicht ragte und die Nase verdeckte. Wangen und Hals umschloss ein am Helm angebrachter Kettenpanzer. Schwerter in breiten, goldglänzenden Scheiden baumelten von ihrem Hüftgurt, links trugen die Reiter runde Schilde, doch das Auffälligste war die lange, an der linken Kopfseite der Pferde eingehängte Lanze, die jeder Reiter mit der Rechten umklammert hielt. Die stämmigen Tiere bewegten sich schwerfällig unter Panzern aus großen Metallschuppen, die das Kennzeichen des Besitzers trugen: Fabelwesen wetteiferten mit Löwen, Elefanten oder seltsamen Mustern.
Jetzt lenkten die Krieger ihre Tiere an den Rand des Feldes und ließen sie vor den Augen der Zuschauer jede Seite einmal entlangstapfen. Dann sammelten sie sich in zwei Gruppen an den entgegengesetzten Schmalseiten des Platzes. Der Ausrufer trat erneut auf die Tribüne, um eine lange Liste von Namen vorzulesen.
»Warum kämpfen sie?«, flüsterte Flavius. »Sind sie verfeindet?«
»Nein, es ist auch kein Kampf auf Leben und Tod, wie zwischen Gladiatoren.« Primus zeigte auf einen Ritter. »Die Lanzen sind vorne stumpf. Es geht nur um die Ehre, man muss den Gegner aus dem Sattel werfen.«
Der Ausrufer hatte geendet, die Trommel setzte wieder ein, erst langsam, dann mit hämmernden Schlägen, und Flavius sah, wie sich zwei Ritter aus ihren Gruppen lösten. Die massigen Pferde donnerten aufeinander zu, die bunten Nackentücher der Kämpfer flatterten im Wind, ihre Lanzen waren wie riesige Stachel auf den Gegner gerichtet. Dann ging alles blitzschnell, die Umrisse schienen einen Augenblick miteinander zu verschmelzen, ein Schlag,

ein dumpfer Aufprall und ein führerloses Pferd, dessen Reiter sich am Boden krümmte, trabte über den Platz. Unter donnerndem Applaus der Zuschauer drehte der Sieger mit erhobener Lanze eine Runde über das Feld, während sich die Staubwolke langsam verzog und einige Männer zu dem Gestürzten liefen, um ihm aufzuhelfen, sodass er vom Platz hinken konnte.
Beim nächsten Kampf geschah es.

Der Zusammenprall ist besonders heftig. Wie von einer Riesenfaust wird der Verlierer aus dem Sattel geschleudert. Doch auch der Sieger sitzt nicht mehr aufrecht auf seinem Pferd, die gesplitterte Lanze sackt kraftlos herunter, während das gepanzerte Tier ziellos mit ihm über den Turnierplatz trottet. Flavius sieht, wie der Reiter den Kopf nach vorne beugt, erst seinen Schild verliert, dann die Lanze fallen lässt und zuletzt seitlich vom Pferd gleitet. Ein Mann in wehendem Umhang rennt über den Platz, beugt sich über den Reglosen, richtet sich auf, ruft etwas in Richtung der Zuschauer.
Aqmat winkt und stößt Flavius an. »Er ruft nach einem Arzt!«
Flavius zögert kurz, erhebt sich, da spürt er Primus' Griff auf seiner Schulter.
»Nein, mein Junge, geh nicht hin. Ärzte gibt es hier genug. Misch dich da nicht ein, das ist zu gefährlich!« Flavius sieht einen Augenblick das sorgenvolle Gesicht, dann reißt er sich los, überklettert die Absperrung, springt auf den Kampfplatz und erreicht mit wenigen Schritten den Gestürzten.
Der Mann liegt reglos, doch als ihn Flavius umdreht, stöhnt er leise. Mit Gesten bedeutet Flavius dem Diener, ihm beim Öffnen der Rüstung zu helfen. Die Augenlider des Verletzten flattern und das Schultergelenk seines rechten Armes scheint ausgerenkt zu sein. Als Flavius beim Abtasten des Brustkorbes die linke Seite berührt, zieht der Mann zischend die Luft zwischen den Zähnen ein, seine Fingernägel graben sich vor Schmerz in die Handflächen.
»Sag dem Diener, dass sein Herr wohl einige Rippen gebrochen hat und die rechte Schulter ausgerenkt ist«, ruft Flavius

Aqmat zu, die ihm gefolgt ist. »Ich will sie ihm gleich hier richten. Dazu müssen wir ihn hochlegen und seinen Oberkörper freimachen.«
Aqmat übersetzt, der Diener läuft zum Platzrand, um mit Olus' Hilfe eine der Bänke herbeizuschleppen. Inzwischen hat Flavius den Oberkörper des Mannes entkleidet, der Diener legt seinen Umhang auf die Bank und zu dritt heben sie vorsichtig den Ritter hinauf.
Alle Blicke ruhen auf dem jungen Arzt, der sich fieberhaft die Wiedereinrenkung nach Hippokrates ins Gedächtnis ruft. Jetzt keinen Fehler machen, nicht vor allen Leuten. Als Helfer hat er unter Doryphoros' Anleitung die Handgriffe mehrfach ausgeführt, aber das ist vier lange Jahre her.
Auf die verletzte Seite des Mannes treten, rechten Schuh ausziehen, Arm des Verletzten ergreifen, nackte Ferse vorsichtig in seine Achselhöhle stemmen, langsam, aber kräftig unter leichtem Drehen rechtsherum, dann linksherum an seinem Arm ziehen, vorsichtig, vorsichtig …
Mit leisem Knacken rutscht der Armknochen in die Pfanne zurück, übertönt vom Schrei des Mannes, dann liegt der Verletzte still, schwer atmend, die Augen geschlossen und lässt sich ruhig untersuchen. Als Flavius knirschende Schritte hört, blickt er auf, ein vornehm gekleideter Mann steht neben ihm, der heftig auf ihn einredet.
»Er ist ein Arzt aus der Stadt«, übersetzt Aqmat, »der sich um den Mann kümmern wird.«
In diesem Augenblick öffnet der Verletzte die Augen, sieht Flavius und keucht einige Worte. Aqmat antwortet, dann geht sie mit Flavius zum Rand des Turnierplatzes. Als sie Primus erreichen, sagt das Mädchen: »Der Mann ist ein Azad namens Ardavan, ein Adeliger aus Veh-Schapur. Er hat dir gedankt und sich nach deinem Namen erkundigt.«
Olus strahlt und klopft Flavius auf die Schulter, während Primus stumm den Kopf schüttelt. Als sie am Ende des Turniers aufbrechen und das Stadttor erreichen, färbt die sinkende Sonne

die kahlen Berge im Osten, auf deren Gipfel die weiß verputzten Mauern der Festung wie eine rote Krone aufleuchten.

Die nächsten Tage fand Primus keine Zeit.
»Irgendetwas stimmt mit dem Wasserzugang des Anahita-Tempels nicht«, hatte er beim Abschied gemurmelt, »und jetzt muss ich auch noch die Arbeiten an Schapurs Höhle überwachen.«
»Wo liegt diese Höhle?«
»In dem Flusstal östlich der Stadt, eine Parasange, also vier römische Meilen, entfernt. Aber dann muss man noch gut tausend Fuß hoch in die Felswand aufsteigen, und das bei dieser Hitze!« Schon der Gedanke an diese Mühen schien dem Baumeister den Schweiß auf die Stirne zu treiben. »Schapur will später nicht in Ktesiphon liegen, sondern dort begraben werden, in der Nähe seiner Stadt. Wenn wir nur mehr Zeit hätten!«
Flavius dagegen hatte viel Zeit, die er entspannt und glücklich mit Aqmat verbrachte. Sie küssten sich, wenn sie sich unbeobachtet glaubten, und Flavius hatte bei einem Juwelier eine goldene Kette mit blauen Lapislazuliperlen gefunden, die ihr Hochzeitsgeschenk sein sollte. Doch sie umarmte ihn nur und lehnte freundlich, aber bestimmt ab.
»Ich danke dir und liebe dich auch dafür, aber jetzt will ich keinen Schmuck. Mir reicht das Rollsiegel, das du mir in Babylon geschenkt hast. Später gerne, wenn wir in Sicherheit sind. Behalte deine Aurei, wir werden sie noch brauchen.«
So wanderten sie durch die Stadt, machten Ausritte in die Umgebung und stiegen auf einen der nahen Hügel, wo sie von wild gestikulierenden Aufsehern verscheucht wurden.
»Das hätte ich wissen müssen«, meinte Aqmat verlegen und zeigte auf die Zypressen, die wie stumme Wächter den Ort umstanden. »Hierher bringen die Zarathustrier, wie ihr Römer die Anhänger Ormazds nennt, ihre Toten, um sie in Steinmulden

auszusetzen, damit die Geier das Fleisch von den Knochen fressen.«

Flavius schauderte es. »Warum denn das?«

»Sie halten die vier Elemente Feuer, Wasser, Luft und Erde für heilig und wollen sie nicht durch Leichname beschmutzen. Also können sie die Toten weder verbrennen noch begraben, solange das Fleisch nicht entfernt ist.«

Wenn er etwas Ruhe hatte, ging Flavius wieder und wieder im Geiste seine Pläne für die gemeinsame Flucht durch, bedachte mögliche Gefahren und überlegte, wie er seinen Vater auf das Thema ansprechen sollte. Aber die Gelegenheit ergab sich nicht, denn bei ihren kurzen Treffen wirkte der Baumeister abwesend, stöhnte über die Arbeit und schien überaus nervös zu sein. Vier Tage waren so seit dem Turnier vergangen, als Flavius, Aqmat und Olus sich abends in der besten Taverne der Stadt trafen. Da dort Hunde nicht erwünscht waren, musste Junior in der Herberge bleiben.

»Außerdem ist es nicht gut, wenn er zu viel frisst«, erklärte der Gallier, während er sich zu einer zweiten Portion Wildschwein verhalf, der Spezialität des Hauses.

»Das gilt nur für den Hund, nehme ich an«, schmunzelte Aqmat mit Blick auf seine Leibesfülle.

»Natürlich, oder hast etwa du Angst, zu dick zu werden?« Olus musterte ihren schlanken Körper, wobei er sich ein safttriefendes Stück Fleisch in den Mund schob.

Der Heimweg führte sie durch Gassen, in denen noch die Hitze des Tages stand. Sie sahen bärtige Männer auf Hockern sitzen und schwatzen, hörten in den Häusern die Stimmen der Frauen und die Rufe der Kinder. Sie gingen weiter, bis sie vor einem quadratischen Kuppelbau standen. An jeder Seite gab ein Torbogen den Blick in das Innere frei. Aqmat zeigte auf das flackernde Licht. »Siehst du den Altar in der Mitte?« Flavius nickte.

»Das Feuer, das darauf brennt, ist heilig. Da, der Priester«, Aqmats Hand folgte dem Mann, der sich dem Feuer näherte, »er ist einer der Magusch. Sie bewachen es Tag und Nacht, legen Aloeholz und

grauen Amber nach und sorgen dafür, dass es nie ausgeht. Das wäre ein großes Unglück.«
Flavius legte den Arm um Aqmats Taille. »Ein Feuer, das ewig lebt. Der Gedanke ist schön.« Im Widerschein der Flammen sah sein Gesicht so glücklich aus, dass Olus zögerte und beinahe wieder geschwiegen hätte. So wie die Tage zuvor. Doch dann nahm er seinen Mut zusammen.
»Darf ich dich etwas fragen? Ganz offen?«
Flavius nickte. »Worum geht es?«
»Ich weiß nicht, wie ich es dir sagen soll, aber irgendwie kommt mir dein Primus etwas merkwürdig vor.« Jetzt war es heraus und der Gallier sah seinen Freund gespannt an. Flavius traf die Frage mehr, als er zugeben wollte. »Manchmal habe ich das auch gedacht. Ich hatte mehr Wärme erwartet, mehr Freude. Aber alles ist wohl zu lange her. Nicht jeder freut sich über einen Gast aus der Vergangenheit.«
»Bist du sicher, dass er dein Vater ist? Ähnlich sieht er dir nicht!«, warf Aqmat ein. Flavius, der sonst ihre offene Art schätzte, reagierte unwirsch.
»Meinst du etwa, meine Mutter hätte als Sklavin einen Liebhaber gehabt?«
»Nein«, sie gab ihm einen Kuss auf die Wange, »das habe ich nicht gemeint.«
»Was dann? Hast du dir mal Gedanken gemacht, was er durchmachen musste?«
Aqmat strich ihm übers Haar. »Du hast sicher Recht. Lass uns zur Herberge zurückgehen.«

Dort erwartete sie eine Überraschung. Der Wirt überreichte ihnen einen großen, mit einem Deckel verschlossenen Korb. »Das wurde heute Abend abgegeben, kurz nachdem Olus das Haus verlassen hatte.«
»Von wem?«, fragte Flavius, obwohl er es ahnte.
»Ich konnte den Boten in der Dunkelheit nicht erkennen. Er sagte, es sei von Ardavan.«

»Der Ritter!«, rief Aqmat. »Lasst uns nachsehen, was darin ist.« Sie trugen das Geschenk in das Zimmer, in dem Flavius und Aqmat wohnten, und während das Mädchen die Schnur löste, die den Deckel mit dem Korb verband, ging Olus in seine Kammer, um Junior zu trinken zu geben. Als er zurückkehrte, waren Flavius und Aqmat eifrig dabei, auf dem Tisch geräucherte Fische, rote Granatäpfel, Honiggebäck mit Pistazien und saftige Würste auszubreiten.
»So, das dürfte alles sein«, seufzte Aqmat zufrieden und stellte den Korb auf den Boden.
Flavius nahm eine Öllampe und leuchtete über den Tisch. »Er meint wohl, uns vor dem Hungertode bewahren zu müssen!«
»Nun ja, auch wenn es noch nicht so weit ist …«, Olus sah begierig auf die Fülle leckerer Dinge, »… ein Stück Kuchen … nur ein winziges Stück!«
Flavius lachte. »Nimm dir, so viel du willst. Wir haben genug für eine Woche.«
Olus brach sich eine Ecke ab, schob sie in den Mund und kaute hingebungsvoll auf dem Weg zur Türe. »Göttlich. Nehmt euch.«
Aqmat lehnte dankend ab und auch Flavius schüttelte den Kopf. »Morgen gerne. Wir sind satt. Gute Nacht.«
Er schloss die Türe und trat hinter Aqmat.
»Es gibt noch andere Genüsse auf der Welt.«
Sie schlug die Augen nieder. »So? Welche denn?«
»Das, was wir seit Babylon tun.« Er legte die Arme um sie, fasste beide Brüste mit den Händen, drückte seinen Körper leicht an sie und begann, mit den Lippen ihren Nacken zu liebkosen. Sie stand erst ruhig, dann fasste sie hinter sich, legte ihre Hände um seine Taille und zog ihn fest an sich. Sein Atem ging schneller, seine Zunge spielte auf ihrem Hals, sie stöhnte leise und bewegte langsam die Hüften, spürte seine Erregung. Er löste ihr Kleid und ließ es zu Boden gleiten, umfasste wieder ihre Brüste, nahm die festen Spitzen zwischen die Finger und rieb sie leicht, dann glitten seine Hände tiefer, verweilten auf ihrem Bauch, streichelten ihn, um sich dabei Fingerbreit für Fingerbreit noch tiefer zu tasten, zwischen ihre Schenkel.

Sie zuckte zusammen und drehte sich langsam um, ihren Körper immer an seinen gepresst, legte ihm die Arme um den Nacken und zog seinen Mund auf den ihren, strich mit ihrer Zunge über seine Lippen, dann tastete sie sich dazwischen, begegnete seiner Zunge und küsste ihn heftig. Mit den Händen fuhr sie seinen Rücken hinunter, drückte ihn an sich, ließ etwas los, nahm ihn wieder fester, bewegte ihre Hüften, rieb sie an seiner erregten Männlichkeit, um dann ihre Hände tiefer gleiten zu lassen, genauso, wie er es jetzt mit ihr machte. Schwer atmend standen sie, bis die Erregung fast unerträglich wurde, dann schob er sie langsam, Schritt für Schritt auf das Bett zu, während sie sein Gewand öffnete und es auf den Boden fallen ließ. Beide waren sie nackt, als Aqmat den Rahmen der Liege in ihren Kniekehlen spürte, sich langsam nach hinten sinken ließ, Flavius auf sich zog und in sich aufnahm.

Eine Stunde mag vergangen sein. Etwas schreckt Flavius aus seinen Träumen auf. Er hört ein Kratzen an der Türe. Stille, wieder das Kratzen, dann ein leichtes Winseln. Langsam schlägt er die Decke zur Seite, lauscht Aqmats ruhigem Atem. Die Lampe brennt, gut, dass er vergessen hat, sie zu löschen. Leise zieht er Tunika und Sandalen an, nimmt die Lampe und geht zur Türe. Erneutes Kratzen, er greift nach dem Dolch, dann schiebt er Daumenbreite um Daumenbreite den Riegel zurück. Heftigeres Winseln. Als er die Türe aufzieht, drängt sich Junior an sein Bein.
»Was ist los, hast du Hunger?« Flavius tätschelt den Hund, nimmt seinen Unterkiefer in die Hand und sieht ihm in die braunen Augen. »Wieso bist du draußen und nicht bei Olus?« Junior winselt erneut, dann dreht er sich um und läuft in den dunklen Gang hinein. Flavius folgt ihm nach kurzem Zögern. Wenige Schritte, eine halboffene Türe, im Flackerlicht der Lampe beschnüffelt Junior einen Mann, der verkrümmt am Boden liegt. Das Gesicht auf den Steinplatten ist nicht zu erkennen, aber die Figur. Ein ausgestreckter Arm ragt in den Gang, Flavius fasst ihn an, die Finger des anderen verkrampfen sich und Olus stöhnt, als er ihn umdreht.

Speichel rinnt ihm aus dem Mund, jetzt krümmt sich der ganze rundliche Körper, er würgt erneut.
Flavius packt ihn unter den Armen, hebt ihn an und schleift den massigen Gallier ins Zimmer, hebt ihn auf die Liege.
»Hast du Fieber?« Er fühlt die Stirne, kann aber nichts feststellen, auch beim Abtasten des Bauchs spürt Olus keine Schmerzen, nur diese schreckliche Übelkeit.
»War das Essen gestern zu viel?« Der Kranke schüttelt den Kopf und stöhnt wieder. »Nein, aber irgendwas brennt in meinem Magen … wie Feuer.«
»Olus, ich weiß nicht, was du hast.« Flavius überlegt einen Augenblick. »Vielleicht war doch etwas an dem Essen. Hilf mir, dich umzudrehen, ich hole jetzt ein Brechmittel.« Als er Olus auf die Seite gewuchtet hat, zündet er eine Lampe an und läuft los, zu seinem Zimmer, öffnet die lederne Arzttasche. Das Säckchen mit dem Pulver! Er löffelt eine Prise in den Becher, gibt Wasser aus dem Krug dazu, rührt um. Ein Schmatzen unter dem Tisch lässt ihn hochfahren.
»Junior, was machst du da?« Der Hund raschelt im Korb, eine Wurst in der Schnauze, Flavius macht einen Schritt auf ihn zu, der Wurstdieb knurrt und springt aus der Türe.
»Was ist los?« Aqmat reibt sich die Augen.
»Olus ist das Essen nicht bekommen. Ich gebe ihm ein Brechmittel und bin gleich zurück.«
Schon ist Flavius aus der Türe. Er stützt den Kranken und flößt ihm die Flüssigkeit ein, holt den Nachttopf, wartet darauf, dass das Mittel wirkt, hebt die Öllampe und sieht sich im Raum um.
»Na, Junior, hat es geschmeckt?« Er lächelt dem Hund zu, der sich in seiner Ecke die Schnauze leckt. Jetzt fängt Olus zu würgen an und Flavius muss sich um ihn kümmern. Endlich scheint der Magen leer zu sein und der Kranke sinkt erschöpft zurück. »Danke, es geht mir besser.«
Flavius streicht ihm über die Stirne, gähnt, dankt Äskulap für die Hilfe und steht auf. Da hört er ein Röcheln und beugt sich zu seinem Freund hinunter. Nichts, der Atem geht ruhig. Wieder das Rö-

cheln, dann ein leises Jaulen. Flavius hebt die Lampe, sieht niemandem im Raum. Bis auf Junior.
Flavius ist mit wenigen Schritten bei ihm. Der Hund hat Schaum vor dem Maul, die Zunge hängt schlaff heraus, er japst und versucht, sich aufzurichten. Das Jaulen wird lauter, Junior krümmt sich, richtet sich auf, doch die Läufe knicken weg. Flavius kniet nieder, nimmt ihn in den Arm.
»Mein Kleiner, was ist los?«
Krämpfe schütteln das Tier. Es würgt und jault, da trifft Flavius die Erkenntnis wie ein Schlag. Er legt Junior hin, springt auf, rennt den Gang zu seinem Zimmer, reißt die Türe auf, erstarrt.
Aqmat steht am Tisch, einen Löffel mit blutroten Körnern vor dem Mund.
Er springt auf sie zu, reißt ihre Hand herunter und schreit:
»Spuck's aus, es ist Gift!«

Aqmat hatte noch nichts von dem Granatapfel gegessen. Flavius mischte Brechmittel und rannte zu Junior, doch der Hund schluckte die bittere Brühe nicht. Immer wieder versuchte es Flavius, musste aber hilflos zusehen, wie die Arznei aus der hochgehaltenen Schnauze rann. Mit jedem Augenblick wurde das Tier schwächer, konnte bald die Läufe nicht mehr bewegen, der Atem ging schwer und die Augenlider flatterten. Flavius fühlte das Herz pochen, unregelmäßig, es schien auszusetzen, schlug wieder, kämpfte weiter. Zuletzt riss Junior nochmals die Augen auf, seine raue Zunge leckte mühsam Flavius Hand, dann verkrampfte sich der kleine braune Körper und lag still.
Wie lange er bei seinem toten Freund saß, wusste Flavius nicht, aber als die ersten Vögel zu zwitschern begannen, stand er auf und ging mit hängenden Schultern zu Aqmat zurück. Sie sah ihn fragend an, als er stumm den Kopf schüttelte, nahm sie ihn in den Arm.

»Ich habe einmal zu euch hineingesehen, aber du hast mich nicht bemerkt.« Seine Augen waren feucht, sie strich ihm sanft über das Gesicht. »Durch seinen Tod hat er uns das Leben gerettet.«
Flavius nickte. »Den Göttern sei Dank, dass Olus nur wenig Kuchen gegessen hat.«
»Was meinst du, was für ein Gift das war?«
Flavius zuckte mit den Schultern. »Keine Ahnung. Aber wenn es trotz des vollen Magens so gewirkt hat, muss es etwas ganz Bösartiges sein. Wichtiger ist, wer uns nach dem Leben trachtet.«
Aqmat legte die Stirn in Falten. »Der Ritter wohl kaum.«
»Das glaube ich auch nicht. Er hatte keinen Grund.«
»Und wenn, dann würde er nicht so dumm sein, einen heimtückischen Mordanschlag unter seinem Namen zu verüben. Nicht einmal an Ausländern.« Sie legte den Arm um ihn. »Komm ins Bett, du siehst völlig erschöpft aus.«
Flavius nickte. »Ich werde Primus fragen. Der kennt sich in persischen Ränkespielen sicher besser aus als wir.«

Als er am Abend des folgenden Tages bei seinem Vater anklopfte, fuhr der Baumeister zurück.
»Mein Sohn, was ist los? Kommst du aus dem Hades?«
»Viel hat nicht gefehlt.« Flavius erzählte die Geschichte der letzten vierundzwanzig Stunden. »Was meinst du, wer uns so fürchten oder hassen könnte, dass er uns umbringen will?«
Primus fuhr über seine Stirn. »Da gibt es viele Möglichkeiten. Die Stadt wimmelt von Fanatikern, die uns Römer verabscheuen.«
»Aber gleich Mord?« Flavius überlegte. »Der Täter musste wissen, dass wir Ardavan, den Ritter kennen. Beim Turnier waren nur wir vier nahe genug – dazu der Diener und der persische Arzt.«
»Der Arzt?« Primus legte die Stirn in Falten. »Natürlich. Er fühlte sich in seiner beruflichen Ehre beleidigt. Ich habe dir doch gesagt, misch dich da nicht ein.«
»Aber das ist doch absurd.« Flavius schüttelte den Kopf. »Deswegen bringt man niemanden um.«

»Wenn du das so genau weißt, warum fragst du mich dann?« Der Kopf des Baumeisters ruckte. »Warum isst du nicht einfach die restlichen Würste und machst dir einen schönen Tag?«
»Vater, bitte ...«
»Siehst du, mein Sohn, wie Recht ich hatte!«
»Ja, ja, das hattest du.« Flavius nickte ohne innere Überzeugung. Um das Thema zu wechseln, trat er zu dem Tisch, auf dem eine große Papyrusrolle mit einer Architekturzeichnung lag. Sie zeigte die Vorderansicht eines Gebäudes mit einer Kuppel und darunter drei Bögen, deren Rundungen einen größeren Durchmesser aufwiesen als die senkrechten Wände, sodass sie die Form von Hufeisen bildeten.
»Was ist denn das Seltsames?«
»Die Bögen? Die habe ich in Legio in Nordspanien gesehen. Findest du sie auch so elegant? Leider mochte sie sonst kaum jemand im Imperium.« Primus lächelte. »Aber die Perser hier, die schätzen sie. Die Skizze, das soll ein Feuertempel werden!«
Flavius betrachtete gedankenverloren den Plan.
»Wieso in Legio? Wann warst du denn in Spanien?«
Primus sah ihn an und zögerte mit der Antwort.
»Entschuldige, ich war natürlich nie dort. Ich habe es aus dem Musterbuch eines Freundes. Aber damit man hier glaubt, dass ich so etwas bauen kann, du verstehst.« Er zwinkerte Flavius zu. »Eine dumme Angewohnheit, meine Eitelkeit. Du wirst mich doch nicht verraten, mein Junge?«
Flavius schüttelte den Kopf. »Natürlich nicht.« Aber Primus spürte, dass er enttäuscht war. Er ging auf den Jungen zu und legte ihm die Rechte auf die Schulter.
»Möchtest du denn sehen, woran ich arbeite?«
Flavius nickte und lächelte. »Ja, auch wenn ich nicht viel von Bauten verstehe.«
»Das macht nichts. Ich erkläre alles. Komme morgen früh zum Anahita-Tempel. Ich zeige ihn dir, dann reiten wir auf zwei Mauleseln in das Tal. Da rauscht ein kühler Bach und ein Stück weiter liegt sogar ein schattiges Wäldchen. Du kannst die Felsreliefs se-

hen und die Höhle, die Schapur für sich vorgesehen hat. So etwas gibt es im ganzen Imperium nicht!«
»Ich komme gerne. Kann ich Aqmat mitbringen?«
Primus zögerte. »Besser nicht. Du weißt, das sind königliche Baustellen. Außerdem sollte doch jemand bei Olus bleiben.« Nach kurzem Zögern fügte er hinzu: »Am besten sag niemandem etwas von unserem Ausflug. Niemandem! Wir wollen doch nicht wieder Ärger bekommen.«
Flavius nickte und lächelte. Aber es war ein abgezwungenes Lächeln.

»Geh nur mit ihm. Ihr habt so wenig Zeit zusammen.« Aqmat legte ihren Kopf an Flavius' Schulter. »Aber nimm deinen Bogen mit. Vielleicht läuft euch irgendein Wild über den Weg. Seit vorgestern schnürt mir Angst die Kehle ab. Bei jedem Bissen, den ich in den Mund schiebe. Ein wilder Hase kann wenigstens nicht vergiftet sein.«
Flavius traf am Tempeleingang seinen Vater, der einen Blick auf den Bogen warf, aber nichts sagte. Durch einen steingedeckten Gang stiegen sie in den Tempel hinab, dessen Holzbalkendecke auf steinernen Stierköpfen ruhte.
»Anahita ist die Göttin des Wassers«, Primus wies auf einen dunklen Kanal, »deshalb hat ihr Tempel eine Zisterne.« Flavius bückte sich und lauschte dem Platschen eines Tropfens. Der Baumeister seufzte. »Etwas stimmt mit der Wasserzufuhr nicht, der Tempel trocknet aus«
»Bist du dafür nicht Spezialist?«
»Doch, aber wir finden keinen Fehler. Kartir wird langsam ungeduldig.«
Flavius fröstelte. »Lass uns wieder nach oben gehen. Vielleicht kannst du mir bei Gelegenheit erklären, worauf es bei Aquädukten ankommt.«
»Gerne, komm mit.«
Im warmen Sonnenlicht angekommen, bestiegen sie zwei Maultiere und verließen die Stadt durch das Osttor. Sie folgten dem

Flüsschen ein Stück stromaufwärts, nach kurzem Ritt zügelte Primus sein Maultier und zeigte auf die gegenüberliegende Talseite.
»Siehst du das Relief? Schapurs letztes und größtes!«
Flavius wandte den Kopf. Die schattige Felswand bedeckten fünf Reihen bunter, übereinander angeordneter Figuren. Links drängte sich leicht bewaffnete Kavallerie, rechts traten Fußsoldaten an, um dem berittenen König in der Bildmitte Beute zu bringen, darunter einen Elefanten. Unten war eine Reihe römischer Gefangener abgebildet.
»Der König der Könige als Sieger über drei römische Kaiser«, erklärte Primus. »Der Liegende unter den Hufen seines Pferdes soll Gordianus sein, Philippus kniet und Valerianus wird als Gefangener an der Hand geführt.«
Beide betrachteten das Relief, die braunen Pferdekörper, die weißen Umhänge der Männer, die roten Helmbusche.
»So sollen alle Schapur sehen«, bemerkte Primus mit leisem Spott, »und nicht als einen Feldherrn, der durch Verrat siegte und auf dem Rückmarsch den Harem samt Kriegsbeute verlor!«
»Was wurde aus Valerianus?«, fragte Flavius. Primus zuckte mit den Schultern. »Ich weiß es nicht. Komm, lass uns weiterreiten, bevor es noch heißer wird. Auf unserer Seite des Tales kannst du den heldenhaften Schapur noch zwei Mal bewundern.«

Das Tal weitete sich allmählich und nach einer guten Stunde deutete Primus auf ein schwarzes, breites Loch, das hoch oben im Stein gähnte.
»Das ist die Höhle, die der König als seine Grabstätte vorbereiten lässt.«
Flavius musterte den Schutthang, aus dem die Felswand emporwuchs.
»Eine Stunde, bis wir oben sind?«
Sein Vater nickte. »Aber es lohnt sich, die Aussicht ist großartig.«
Als sie verschwitzt oben ankamen, musste Flavius ihm Recht geben. Ihr Blick schweifte über eine unendliche Kette brauner Berg-

gipfel, die wie die Wogen eines steinernen Meeres unter ihnen brandeten. Im Tal schlängelte sich der kleine Fluß durch den grünen Fleck des Wäldchens, verstreute Häuser lagen verlassen.

»Wieso ist hier niemand?«, fragte Flavius.

»Neuer Befehl von Kartir. Der hätte das Königsgrab lieber bei seinem Hauptheiligtum. Das liegt einige Tagesreisen östlich in der Nähe einer großen Ruinenstätte, die man ›Hundertsäulen‹ nennt.« Primus winkte. »Komm mit, ich zeige dir die Höhle!«

Nachdem sie den sonnenbeschienenen Eingangsbereich hinter sich gelassen hatten, standen sie unvermutet einer riesenhaften Figur gegenüber, die bedrohlich aus dem Dämmerlicht ragte. Mit Boden wie Decke verwachsen, stellte sie einen Mann in aufrechter Haltung dar, die rechte Hand auf den Schwertgriff gestemmt. Lange Locken quollen unter einer ausladenden Königskrone hervor, das Herrscherantlitz mit seinem fein gekräuselten Schnurrbart blickte starr in die Ferne.

»Schapur?«, fragte Flavius, nahm seinen Bogen von der Schulter und lehnte ihn mitsamt der Pfeile an die Figur.

Primus nickte. »Die glatten Flächen an den Wänden sind für Reliefs oder Inschriften seiner Heldentaten. Nur weiß derzeit niemand, wie es weitergeht.« Er hob ein Stück Holzkohle von einer Feuerstelle auf und ging zur Wand.

»Du wolltest doch, dass ich dir erkläre, wie man Aquädukte baut. Komm her.«

Flavius zögerte. Aus der Höhle wehte ein kalter Hauch, der ihn an das Gewölbe in Lopodunum erinnerte. Und an den Keller seines Albtraums.

»Warum kommst du nicht?« Primus winkte, die Holzkohle in der Rechten. »Was wolltest du wissen?«

»Muss man immer eine Brücke über ein Tal bauen, nur um Wasser von einer Seite auf die andere zu bringen?« Flavius machte einige Schritte vorwärts, blieb stehen. Der Baumeister musterte ihn einen Augenblick.

»Ganz mein Sohn. Stets wissbegierig. Aber die Frage ist gut, es gibt zwei Möglichkeiten.«

Seine Hand zeichnete den Querschnitt eines Tals, dann wies er auf die linke Seite.
»Von hier oben kommt das Wasser. Es soll auf der rechten Seite weiterfließen. Dazu bauen wir eine Brücke.« Seine Rechte skizzierte eine Bogenreihe. »Über die fließt das Wasser in einer offenen Rinne mit schön gleichmäßigem Gefälle. Man braucht viel Mörtel und Steine, aber die Wasserführung ist einfach. Klar?«
Flavius nickte, die Hand auf das Kinn gestützt. Er beobachtete jede Bewegung.
»Die andere Möglichkeit geht so.« Primus winkte. »Komm näher, dann siehst du besser.« Flavius setzte zögernd einen Fuß vor, Primus zeichnete wieder einen Talquerschnitt. »Man errichtet die hohen Bögen nur ein Stück weit, führt dann das Wasser in einer senkrechten Röhre nach unten, um es dort unter Druck über das Tal zu leiten und auf der anderen Seite wieder aufsteigen zu lassen.«

Flavius überflog die zweite Zeichnung. Die Gedanken in seinem Kopf formten sich zu einer Frage, einer Möglichkeit, einem Verdacht. Er zwang sich, ruhig zu bleiben.
»Aber da braucht man weniger hohe Bögen. Warum macht man es nicht immer so?«
»Das ist genau die Frage.« Primus nickte anerkennend. »Nun, bei der zweiten Lösung steht das Wasser unter hohem Druck, es sprengt leicht die Tonröhren, vor allem an den Ecken, die müssen aus Stein sein. Außerdem setzt sich hier, in dem tiefen Stück, Schlamm ab, den man kaum entfernen kann.« Er strichelte den entsprechenden Teil der Leitung. »Aber solche Aquädukte gibt es, in Aspendos habe ich eines gesehen. Nur in Germanien geht das natürlich nicht. Weißt du, warum?«
Flavius hing seinen Gedanken nach. Fast hatte er die Antwort gehabt, jetzt war sie ihm wieder entglitten. Er schaute Primus fragend an. »Warum was?«
»Warum man in Germanien keine Druckleitung baut. Hörst du nicht zu?

»Doch, doch, aber das ist so neu für mich. Ist es wegen des Frosts?«
»Sehr gut.« Primus ging auf ihn zu. »Du hast mitgedacht. Und jetzt komm, ich will dir noch etwas zeigen.« Seine Linke wies nach hinten, auf den schwarzen Schlund, seine Rechte näherte sich Flavius. Ich muss Zeit gewinnen. Etwas stimmt nicht, aber was? Gleich habe ich es, wenn er mich nur einen Augenblick in Ruhe lassen würde, nur einen Augenblick. Ich muss ihn irgendetwas fragen ...
»Vater, diese Narbe an deinem Kopf. Ist die von der Schlacht bei Edessa?«
Primus stutzte. »Wieso fragst du?«
»Weil ...«, Flavius überlegte fieberhaft, »weil sie so aussieht, als hätte sie leicht tödlich sein können. Waren es die persischen Soldaten?«
»Nein«, der Baumeister schüttelte den Kopf, »das ist auf einer Baustelle passiert. Was hast du denn?«
»Mir ist nicht gut. Die Sonne, der Aufstieg ... Gibt es hier Wasser?«
»Weiter hinten, in der Höhle. Komm mit!« Wieder kroch die Hand näher. Flavius starrte sie an. Ja, das war es. Die Hand mit den von Holzkohle geschwärzten Fingern. Eine rechte Hand. Sein Herz pochte, dass er meinte, der andere müsse es hören.
»Könntest ... könntest du so eine Skizze auch mit der anderen Hand, mit der linken machen? Ich habe gehört, ein Baumeister muss das können.«
Der grauhaarige Mann schien ungehalten. »Nein, kann ich nicht. Wer hat dir denn diesen Unsinn eingeredet?«
Flavius zitterte. »Du ... du bist nicht Primus!« Seine Stimme hallte durch die Höhle. »Ich weiß nicht, wer du bist, aber nicht mein Vater!« Jetzt schrie er. »Mein Vater war Linkshänder.«
Schlagartig, wie eine Maske, verlor der Baumeister die Freundlichkeit. Sein Gesicht verzerrte sich, jetzt war es nur noch alt, grau und voller Wut.
»Du römische Ratte«, zischte er, »was musstest du um die halbe Welt reisen, um mir alles zu zerstören?« Er ging auf Flavius zu, der schrittweise zurückwich. »Hab ich dich gebeten, hier zu schnüffeln? Hab ich dich nicht gewarnt?«

Flavius nickte unwillkürlich, als er mit der Schulter gegen etwas Hartes stieß. Die Statue! Er wandte sich zur Seite, da machte der Mann einen Satz auf ihn zu, eine Dolchklinge glänzte in seiner Hand. Flavius wollte ausweichen, spürte einen Stoß an der linken Schulter. Als er fiel, schlug er mit dem Kopf auf den Stein. Halb betäubt sank er zu Boden und fühlte die raue Oberfläche über seine Wange schaben, bevor er das Bewusstsein verlor.

Der Baumeister starrte den Reglosen an, machte einen Schritt auf ihn zu. Tot? Langsam hob er den blutigen Dolch. Halt, da war etwas!

Er hielt die Hand hinter das linke Ohr. Lauschte nach hinten in die Höhle. Nichts. Er wandte sich nach vorne, zum Eingang. Klangen von dort Stimmen? Er hatte doch heute alle Arbeiter angewiesen, die Baustelle zu meiden! Gebückt schlich er einige Schritte in Richtung des Lichts, verharrte sprungbereit, ein dunkler Umriss vor dem Eingang der Höhle. So bemerkte er nicht, was hinter ihm geschah.

Er sah nicht, wie sich der Schatten am Fuß der Statue regte, sich schwankend aufstützte, zurücksank, nach dem Bogen tastete, sich wieder aufrichtete, einen Pfeil griff und auf die Sehne legte. Er sah nicht das schmerzverzerrte Gesicht hinter dem Bogen, der langsam gespannt wurde, bis dem zitternden Arm des Verletzten die Kraft auszugehen drohte und er die Sehne losließ.

Dafür spürte er den Schlag, als das Geschoss von hinten in seinen Oberschenkel drang, dann einen stechenden Schmerz, der ihn auffahren ließ. Er taumelte, verlor das Gleichgewicht, kippte rückwärts und trieb sich den Pfeil durch das Bein, bis die blutige Spitze vorne herausfuhr.

Vor Schmerz krümmte er sich am Boden, als eine Gruppe Adeliger und Priester auf ihn zustürzte.

Zwischen Wirklichkeit und Fieberschüben spürte Flavius einen pochenden Schmerz, er hörte Stimmen und sah Aqmats Gesicht, das sich über ihn beugte.
Als er zum ersten Mal länger wach blieb, lag er auf einer Strohmatte. Seine Finger tasteten über die feuchtkalten Steine der Wand, krochen über seine Brust, spürten einen groben Verband und eine kratzende Wolldecke. Wo war er?
Er sah einen düsteren Raum, durch ein hoch gelegenes Fenster spärlich erhellt. Neben seinem Lager ein fleckiger Wasserkrug aus porösem, unglasiertem Ton. Im Hintergrund eisenbeschlagene Bohlen – eine verschlossene Türe. War er im Gilkard, wie man hier den Kerker nannte?
Er rief, erst schwach, dann trotz des stechenden Schmerzes lauter, bis ein Riegel kreischte und die Türe aufging. Ein bärtiger Mann im Lederpanzer trat einen Schritt vor, blieb stehen und stellte eine Frage auf Persisch. Flavius antwortete auf Griechisch, doch der Mann schüttelte nur den Kopf und verschwand. Irgendwann später hörte er im Halbschlaf erneut den Riegel, dann leichte Schritte.
»Flavius!« Aqmats Stimme hallte im Raum. »Wie geht es dir?«
Er schlug die Augen auf und sah ihr Gesicht, ihre besorgten Augen, ihre Lippen, die näher kamen und ihm einen Kuss auf die Wange hauchten.
»Ich habe Schmerzen. Warum bin ich in diesem Loch?«
»Weil du angeklagt bist.« Sie strich ihm die Haare aus dem Gesicht. »Du sollst versucht haben, Primus hinterrücks zu töten. Warum hast du das getan?«
Flavius richtete sich mit ihrer Hilfe etwas auf und erzählte die ganze Geschichte.
»Dieser Mann ist nicht mein Vater. Er spielt nur eine Rolle. Er hatte Angst, dass ich ihm auf die Schliche komme. Deshalb wollte er mich töten.« Er schwieg einen Augenblick. »Nachdem das vergiftete Geschenk ein Fehlschlag war.«
»Ich glaube dir. Aber der Richter?« Aqmat sah ihn niedergeschlagen an. »Morgen soll die Verhandlung sein. Der Baumeister ist nur

ein Sklave, aber wichtig für den König. Deshalb will Kartir, der Hohepriester, einen Prozess.«
»Wie lange kannst du bleiben?« Jedes Wort schmerzte, als würde der Dolch in der Wunde umgedreht.
»Vielleicht eine halbe Stunde. Ich habe den Wärter bestochen.« Aqmat lächelte ihn an. »Lass uns die Zeit nutzen.«

Am nächsten Morgen kamen zwei Männer, die Flavius auf eine Bahre legten und schaukelnd durch die Stadt trugen. Die Verhandlung fand auf einem öffentlichen Platz statt, unter großen, sanft vom Winde bewegten Stoffbahnen, durch die die Sonne nur als mattgelbe Scheibe drang. Er wurde auf einen gepolsterten Hocker gesetzt und sah mit Befriedigung, wie auch der Baumeister schwerfällig von seiner Bahre kroch, um mit gestrecktem Bein auf seinem Stuhl Platz zu nehmen. Hinter beiden nahm jeweils eine Wache mit kegelförmigem Helm und Lanze Aufstellung.
Auf einer Holztribüne vor ihnen standen eine Reihe reich geschnitzter Sessel, in denen sich die Würdenträger der Stadt niederließen. In der Mitte saß ein unscheinbarer Mann mit grünem Turban, in dessen faltigem Gelehrtengesicht zwei wache Augen alles wahrnahmen. Zu seiner Linken nahm ein feister Vuzurg Platz, ein Würdenträger mit langem, schwarzem, fein gekräuseltem Bart. Der Sitz zur Rechten blieb frei. Wachen stellten sich im Kreis auf, in den Lücken versuchten neugierige Stadtbewohner, ihre Köpfe durchzustecken. Für einen Augenblick konnte Flavius Aqmats angstvolles Gesicht erkennen, dann schritt ein schwarz gekleideter Mann mit roter, nach vorne gebogener Mütze auf das Podium und nahm den freien Sitz ein.
Jetzt erhob sich der Dicke, rückte seinen edelsteinbesetzten Gürtel zurecht, bevor er sich räusperte.
»Mein Name ist Apasay. Als Statthalter vertrete ich den König. Unser Dadvar, der Richter, wird die Verhandlung auf Griechisch führen, da hier zwei Ansharigan gegeneinander stehen.« Der Mann blickte umher. »Die Anwesenheit des Herpats Kartir, unseres obersten Feuerpriesters, ist für uns eine große Ehre. Seine Kennt-

nis der althergebrachten Bräuche und Gesetze war schon oft von unschätzbarem Wert. Ich eröffne das Verfahren im Namen des Königs der Könige.«

Apasay setzte sich und der Dadvar ließ den Baumeister seine Klage vorbringen.

»Und nachdem sich dieser Fremdling mein Vertrauen erschlichen hatte«, endete der falsche Primus, »versuchte er, mich in der Höhle hinterrücks zu töten. Den feigen Anschlag hatte er geplant und deshalb Pfeil und Bogen mitgebracht!« Der Ankläger hielt sich nur mühsam aufrecht und stöhnte vernehmlich. »Er schoss so kräftig, dass der Pfeil meinen Schenkel durchbohrte und ich zu Boden stürzte! Der Arzt ist mein Zeuge!«

Ein kahlköpfiger Mann trat vor, der die Diagnose bestätigte. Dann durfte Flavius sprechen.

Er schilderte seine Sicht der Dinge und schloss mit den Worten:

»Dieser Mann hatte einen Grund, mich zu töten. Er gibt sich als jemand aus, der er nicht ist. Deshalb versuchte er, uns zu vergiften und ging mit dem Dolch auf mich los. Ich schoss nur auf ihn, damit er mich nicht tötet. Mit letzter Kraft – der Pfeil drang erst beim Sturz durch das Bein hindurch.«

»Habt Ihr Zeugen dafür, dass der Baumeister das Gift schickte?«, fragte der Dadvar. Flavius schüttelte den Kopf. »Nein, aber wer sollte es sonst gewesen sein?«

»Verdächtigungen sind keine Beweise«, rügte der Richter. »Kommen wir zu den Geschehnissen in der Höhle.« Er wandte sich an den Baumeister.

»Wenn Ihr so verletzt wart, wie konntet Ihr diesem kräftigen jungen Mann eine so schwere Wunde beibringen?«

»Ich lag auf dem Boden, als er kam, um mir den Rest zu geben. Da stieß ich zu.« Das Gesicht des Baumeisters war schmerzverzerrt.

Der Richter nickte nachdenklich. »Das kann sein. Aber warum hätte er das tun sollen?«

»Ich weiß es nicht.« Der falsche Primus fuhr sich über die Stirne.

»Vielleicht wollen die Römer nicht, dass ich für den König der Könige baue?«

»Nach zwölf Jahren Gefangenschaft einen Mörder schicken? Der ganz offen mit seiner Frau anreist?« Der Dadvar schüttelte den Kopf. »Da erscheint mir die Geschichte des jungen Mannes glaubwürdiger. Seid Ihr wirklich der Baumeister Primus? Vielleicht sollten wir nach Gundeschapur schicken, um den Fall zu klären.«
In diesem Augenblick erhob sich Kartir und ein Eiseshauch schien die Versammlung zu streifen.
»Gott Zurvan schuf nicht die Zeit, um sie für den Streit zweier Ansharigan zu vergeuden. Nach geheiligtem Brauch unserer Urahnen soll ein Gottesurteil den Fall entscheiden!«
Ein Raunen ging durch die Menge und der Dadvar murmelte halblaut: »Ein Gottesurteil, ja, das ist gut.«
Kartir sah die Gefangenen an. Stille. Sein Gesicht gefror zu einem Lächeln.
»Da beide verletzt sind, können sie nicht gegeneinander kämpfen, oder nur mit den Zungen. Und eine dieser Zungen ist giftig wie ein Skorpion. Deshalb verfüge ich …«, der schwarz gekleidete Mann blickte umher, während alle den Atem anzuhalten schienen, »verfüge ich das Gottesurteil durch Blei. Wenn keiner von beiden bis zum Mittag seine Lüge eingesteht, so soll ihnen noch heute flüssiges Blei in den Mund gegossen werden.« Kartir hob beide Hände zum Himmel. »Den Unschuldigen, so überliefern es die alten Schriften, bewahrt Ormazd vor jeglichem Schaden. Den Schuldigen aber werden Ahrimans Höllenhunde für seine bösen Taten, Worte und Gedanken in Ewigkeit hetzen!«
Der Priester setzte sich und der Richter rief:
»So geschehe es. Heute zur dritten Stunde nach Mittag, an diesem Platz. Bringt die Gefangenen weg.«

Diese Stunden waren die längsten in Flavius' Leben. Er durfte niemanden sehen und seine Gedanken konnte er nicht mehr ordnen. Wenn ich mich schuldig bekenne, werde ich wegen Mordversuchs verurteilt. Zu welcher Strafe? Und dazu triumphiert der falsche Primus! Dieser Mann, der vielleicht meinen Vater ermordet hat, um seine Stelle einzunehmen!

Aber auf meiner Unschuld beharren? Wie soll ich an die Gerechtigkeit dieses Ormazd glauben, eines persischen Gottes? Was wird er von mir wollen? Hört er mich, wenn ich rufe: Ormazd, bewahre mich vor dem Blei? Zischt es wie ein Kautereisen in der Wunde, wenn es doch geschieht? Wenige Augenblicke der Qual, dann Ohnmacht und Tod? Und wenn ich mich doch schuldig bekenne …

Schwere Schritte, die Türe öffnet sich kreischend. Sie kommen, sie holen ihn. Aus den Augenwinkeln sieht er eine zweite Bahre, auf der der Baumeister vor ihm herschwankt. Am liebsten würde er sich an jedes Haus, an jeden Menschen auf der Straße klammern, seine Nägel in den Boden krallen, um Zeit zu gewinnen. Jetzt biegen sie um die Ecke, gelangen zu dem Platz. Die Tücher sind verschwunden, die Nachmittagssonne wirft schräge Strahlen über die flachen Häuserdächer, von denen Menschen herabspähen. Die Gefangenen werden zu einem Gerüst geführt, dort festgebunden, den Kopf an ein Brett geschnallt, leicht nach hinten geneigt, einen Holzkeil zwischen den Zähnen. Wenn er die Augen ganz nach unten drückt, kann Flavius das Feuer sehen, nur einige Schritte vor ihm. Über der Glut ein Eisenkessel an einer Kette. Dahinter füllt sich langsam das Podium für die Vornehmen der Stadt. Ganz am Rande seines Blickfeldes nimmt er gerade noch die Köpfe der Menschenmenge wahr. Irgendwo muss Aqmat sein, aber er findet sie nicht.
Ein Stammeln neben ihm, abgehackte Worte, die Stimme des Baumeisters, man riecht den Angstschweiß.
Jetzt stoßen Lanzenschäfte auf Holz, drei Mal. Die Stimmen verklingen zu einem Murmeln. Kartir, Apasay und der Dadvar schreiten zu ihren Plätzen. Der Richter hebt die Hand und gebietet Stille, während sich zwei Wachen mit Schöpfkellen neben den Kessel stellen.
»Wie es der Brauch erfordert, frage ich nochmals: Will der Lügner gestehen und die gerechte Strafe für seine Tat auf sich nehmen?«
Der Richter blickt umher. Schweigen. Er senkt die Hand. Die Wa-

chen tauchen die Schöpfkellen in den Kessel, rühren um, ziehen sie langsam heraus und gehen auf die Gefangenen zu.

Flavius blickt zum Himmel, sieht das Blau mit den weißen Streifen der Schleierwolken, den Umriss eines Raubvogels, der auf Beute lauert. Eine dicke Fliege summt über seinem Gesicht, lässt sich auf der schweißnassen Stirne nieder, krabbelt zur Nase. Das Knirschen der Stiefel kommt näher. Seine Fingernägel graben sich in die Handballen. Er keucht, beißt auf den Holzkeil, sieht die dunkel glänzende Kelle heranschweben, riecht heißes Metall, schließt die Augen …

Bildfetzen wirbeln vorbei: Ulixes hageres Gesicht, die flatternde Mähne der Fuchsstute, eine modrige Kiste im Keller, die traurigen Augen seiner Mutter, Roms Menschengewirr, Gischt über der Fortuna Redux, Palmyras Säulenstraße, Aqmat in Babylon, Aqmat, Aqmat …

»Nein, nicht, ich habe gelogen!«

Das Kreischen des Baumeisters gellt über den Platz. Flavius reißt die Augen auf, sieht die Wache mit der Schöpfkelle in der erhobenen Hand, hört ein Schluchzen neben sich. Der Richter steht auf, seine Stimme klingt unbewegt.

»War es so, wie dieser Flavius gesagt hat? Habt Ihr versucht, ihn zu töten?«

»Ja, ja. Sonst hätte ich alles verloren«, stöhnt der Mann.

»Bindet die Gefangenen los und nehmt die Holzkeile heraus, dass man sie versteht«, befiehlt der Richter. »Wer seid Ihr nun?«

»Ich bin Galerius, ein Gehilfe des Baumeisters. Als Primus den Ruf nach Veh-Schapur erhielt, nahm er mich mit. Doch unterwegs, einige Tagesreisen vor der Stadt, da machte er einen Ausritt, ganz alleine …« Der Mann atmet schwer, schluckt, fährt fort. »Er kam verändert zurück, wie ausgewechselt. Er sei einem Nomadenstamm begegnet, sagte er mir. ›Galerius, ich lasse alles zurück. Ich fange ein neues Leben an, in den Bergen, mit einer jungen Frau. Bei den Hirten bin ich frei, ich will nicht länger Sklave sein.‹ Da hatte ich einen Einfall.«

Unter den Zuschauern erhebt sich aufgeregtes Gemurmel. »Ruhe!«, befiehlt der Richter, »fahrt fort.«
»Wir beratschlagten und beschlossen, die Identitäten zu tauschen. Ich sollte als Primus nach Veh-Schapur reiten und dort melden, dass mein Gehilfe entflohen sei. Nach dem würde man weniger suchen als nach einem königlichen Baumeister. Er hätte seine Freiheit und ich die hohe Stellung.«
Galerius schweigt, fährt stockend fort:
»Ich stand immer in seinem Schatten. Er hatte Erfolg, und ich … ich konnte doch nicht weniger als er, redete ich mir ein. Bis dieser Junge kam, wie von der Rachegöttin Nemesis gesandt, um mich zu zerstören.«
Der Dadvar wendet sich dem neben ihm sitzenden Apasay zu, sie wechseln einige Worte, dann verkündet der Richter:
»Unser Statthalter bestätigt die Geschichte. Tagelang wurden die Täler zwischen hier und der Küste nach dem entflohenen Römer durchkämmt, leider vergebens. Bringt Galerius weg, über sein Schicksal werden wir später befinden. Und lasst diesen jungen Mann frei!«
In diesem Augenblick drängt sich eine schlanke Mädchengestalt zwischen den Reihen der Wachen durch, stürmt über den Platz und umarmt den wie gelähmt dasitzenden Flavius.
»Aqmat«, murmelte er, »du bist hier. Jetzt wird alles gut.«
»Ja. Es ist vorbei.«

»Wo bringt ihr mich hin?«, murmelte Flavius, als ihn vier Träger zu einer Sänfte geleiteten und diese vorsichtig anhoben.
»Psst, mach dir keine Sorgen.« Aqmat legte ihre Hand auf seine Stirn. »Während du gefangen lagst, habe ich Ardavan gefunden. Der Ritter ist zwar noch bettlägerig, aber es geht ihm schon viel besser, und er lädt uns ein.«
Nach kurzem Marsch gelangten sie in den vornehmsten Teil der

Stadt. Hier verlief die Straße zwischen hohen, lang gezogenen Mauern, nur gelegentlich von Baumwipfeln und den Obergeschossen mehrstöckiger Häuser überragt. Vor einem Portal machten sie Halt, auf Klopfen öffnete sich die bronzebeschlagene Türe, und sie fanden sich in einer Oase wieder: ein Garten, durch zwei gekreuzte Wasserläufe in vier Bereiche geteilt, erfüllt von gelben Blumen und großblättrigen Sträuchern. Dazwischen stolzierten schillernde Pfauen mit wippendem Kopf einher und schienen nach den Sonnenflecken zu picken, die durch das dunkelgrüne Blätterdach der Maulbeerbäume fielen.

Flavius richtete sich halb auf. »Bleiben wir hier?«

»Das werden wir«, lächelte Aqmat, »zumindest bis du gesund bist. In Ardavans Palast steht ein Zimmer für dich bereit. Für uns.«

Die Träger steuerten auf die Südseite des Gartens zu, an der sich eine Fassade mit zwei Reihen schlanker Fenster erhob. In ihrer Mitte reichte ein großer Bogen über beide Stockwerke und schuf einen überwölbten, schattigen und zum Garten hin offenen Raum, in dem eine Liege stand. Als die Sänftenträger ihn absetzten, konnte Flavius Wandnischen erkennen, die mit Säulen eingefasst und oben von Bogen bekrönt waren. Die blaue Gewölbedecke zierten verschlungene, grün bemalte Stuckranken, sodass man sich in einer großen, mit Teppichen ausgelegten Laube wähnte. Auf der Liege ruhte ein junger Mann, gestützt von einem Berg gelber und grüner Seidenkissen. Seinen Körper verhüllte eine rote Wolldecke mit bestickten Fabelwesen.

Der Mann hob den Kopf. Sein Gesicht mit dem gekräuselten Bart und den langen, wallenden Locken strahlte vor Freude »Willkommen in meinem Haus. Es ist Eures, solange Ihr mir die Freude Eurer Anwesenheit gewährt!« Sein Griechisch war akzentfrei, wie Flavius erstaunt feststellte.

»Wir sind Euch zu großem Dank verpflichtet und werden gerne bleiben, bis ich kräftig genug zur Abreise bin. Eine schönere Umgebung als diesen Garten könnte ich mir für die Genesung nicht wünschen«, erwiderte er mit einem bewundernden Blick, der Ardavan nicht verborgen blieb.

»Persien ist das Land der Gärten; so etwas heißt bei uns Pairi Daeza, das bedeutet ›von Mauern umgeben‹. Doch vor allem«, bei diesen Worten winkte der Adelige einem Diener, »braucht Ihr jetzt ärztliche Hilfe.«
Kurze Zeit später klapperten Sandalen über den Steinboden und ein würdiger älterer Mann in Pluderhosen und reich bestickter Jacke erschien. Er entkleidete Flavius' Oberkörper, zog vorsichtig den verklebten Verband ab und schüttelte sorgenvoll den Kopf, als er den am Rande verfärbten Einstich erblickte. Die Finger mit sauberem Leinen umwickelt, spreizte er die Wundränder und bemerkte dann etwas auf Persisch.
»Viel Eiter, das gefällt ihm nicht«, meinte Aqmat.
Flavius sah sie erstaunt an. »Aber der große Galenos hat das Eitern der Wunde als einen natürlichen Reinigungsprozess bezeichnet, den man fördern müsse.«
Doch als Aqmat übersetzte, schüttelte der Arzt nur energisch den Kopf, rief einige Worte aus, die wenig schmeichelhaft für den Leibarzt des Kaisers Marcus Aurelius klangen, ergriff ein Skalpell und hielt Flavius ein dickes Stück Leder hin.
»Jetzt wird es schmerzhaft«, meinte Aqmat und nahm die Hand ihres Mannes »Du sollst auf das Leder beißen, während er die Wunde freischneidet.«
Eine Viertelstunde später, die ihm wie eine Ewigkeit erschien, löste sich Flavius schweißüberströmt aus seiner Verkrampfung. Der Arzt wusch die Wunde mit rotem Wein aus, bevor er sie mit einer gelblichen Salbe einstrich.
»Was schmiert er da drauf?«, fragte Flavius mit berufsmäßiger Neugierde und zuckte entsetzt zusammen, als Aqmat ihm stockend berichtete, dass der Hauptbestandteil Schimmel sei.
»Sie kratzen ihn von alten Ledergeschirren ab, wie sie Maultiere tragen. Ein überliefertes Rezept aus seiner arabischen Heimat.«
Ardavan hatte den Wortwechsel verfolgt und lachte. »Anfangs war ich auch besorgt, aber seit er mich einmal von einer bösen Halsentzündung heilte, indem er mir grünen Brotschimmel in den Rachen blies, seit diesem Tag vertraue ich ihm einfach!«

Mit einem Stoßseufzer ließ sich Flavius auf seine Liege zurücksinken, legte sein Schicksal in die Hand der hier waltenden Götter und übte sich in Geduld.
Er wurde angenehm überrascht. Noch nie hatte er erlebt, dass eine Wunde so schnell heilte.

Schon wenige Tage später saß er mit Ardavan zusammen, vor ihnen stand eine silberne Schale mit lila Feigen und roten Granatäpfeln. Die ungewisse Zukunft des persischen Reiches bedrückte den jungen Adeligen.
»Schapur wird sterben. Sehr bald. Er war ein großer Herrscher, tolerant, aufgeschlossen für alles, wissbegierig und gebildet. Seine Söhne sind schwach und Kartir lauert nur darauf, die Macht in seine Krallen zu bekommen.«
Während Ardavan in eine Feige biss, sann Flavius darüber nach, wie unterschiedlich ein Herrscher gesehen werden konnte. In Dura Europos oder Antiochia hätte man über den König der Könige ganz anders geurteilt.
»Kartir ist ein Fanatiker, der nur seine Religion gelten lässt. Ich habe Silbergeschirr, weil es schön ist.« Ardavan deutete auf die glänzende Schale, in deren Mitte ein Reiter mit gespanntem Bogen auf einen Löwen zielte. »Kartir dagegen isst nur von Metall, weil irdenes Geschirr für ihn eine Entweihung des Elements Erde bedeutet. Wenn er kann, wird er alle anderen Religionen ausrotten. Er hasst Anhänger Manis wie mich, aber auch Buddhisten, Juden oder Christen. Blut wird fließen, viel Blut.«
Flavius sah die Sorgenfalten im Gesicht des Ritters und ihm wurde schmerzlich bewusst, dass sie eines Tages diese Oase der Ruhe und der Erholung verlassen mussten.
Dieser Tag kam unerwartet schnell.
Nach einer Woche, als Flavius das erste Mal mit Olus durch Veh-Schapur streifte, standen sie in einer schmalen Gasse plötzlich einem dunklen Umriss gegenüber. Sie blieben stehen und Flavius überlegte fieberhaft, wo er diesem Koloss von Mann, der breitbeinig auf sie zuschritt, schon begegnet war. Plötzlich wusste er es.

»Das ist Gundaffar, Galerius' kurdischer Diener!«
»Lass uns rennen. Den Helden können wir auch woanders spielen!«, murmelte Olus und wandte sich um. Aber es war schon zu spät, der Mann stand vor ihnen.
Flavius sah zu ihm auf und schob seine Hand in Richtung des Dolches, doch der Riese hob die Hände mit den Flächen nach vorne, schüttelte sie und redete stockend. Flavius verstand nichts, bis ein Wort fiel, das er kannte.
Pedar.
Da Aqmat leidlich Persisch konnte, hatte er sich nicht die Mühe gemacht, die Sprache zu lernen. Nur einige Brocken blieben ihm im Gedächtnis, Worte, die auf seltsame Weise dem vertrauten Latein ähnelten. Und eben auch Pedar, Vater.
Der Kurde wiederholte das Wort und zeigte nach Osten, in Richtung des Flusstals mit den Reliefs. Flavius zögerte, dann bedeutete er dem Mann, hier zu warten und eilte zu Ardavans Haus. Er verständigte Aqmat, die zur Sicherheit ihr Wurfmesser einsteckte, dann ließen sie sich vier Maulesel geben, trafen den Kurden und brachen auf. Gundaffar schwieg auf alle Fragen, lächelte nur verlegen und machte Zeichen, ihm zu folgen.
Nach einer halben Stunde Ritt gelangten sie zu einem einsamen Haus, das sich am Hang hinter einige Felsbrocken duckte. Sie stiegen von den Maultieren und der Kurde entriegelte eine niedrige Bohlentüre. Was würde sie in dem Gelass erwarten?

Als sich ihre Augen an das Dunkel gewöhnt hatten, sahen sie den Mann. Er lag in einer Ecke auf einem Strohhaufen, richtete sich auf, eine Kette rasselte und Flavius blickte in ein bärtiges Gesicht.
»U pedare tan ast.« Er ist dein Vater. Flavius verstand ohne Übersetzung. Er kniete sich auf das Stroh, sah den Mann an und in Augen, die keine Helligkeit mehr gewohnt waren, doch als er sprechen wollte, brachte er keinen Ton heraus.
»Schickt Euch Galerius?« Die Stimme war brüchig geworden und sie gehörte einem Menschen, der lange nicht gesprochen hatte. »Wer seid Ihr?«

»Wir haben uns zuletzt vor sechzehn Jahren gesehen.« Flavius streckte zitternd beide Hände aus. »Ich bin dein Sohn.«

Die Kette klirrte, als der Mann auffuhr. »Macht Ihr Euch lustig über mich?« Flavius schüttelte langsam den Kopf und nahm des Mannes Hände. Es waren schwielige, starke Hände mit ausgewachsenen, teilweise abgebrochenen Nägeln.

»Vater, ich bin es. Flavius. Erinnere dich: an Bicastrum, an Brigida, an Julius, an Lopodunum.«

Der Bärtige nickte unmerklich. »Vertraute Namen. Sie gehören zu einem anderen Leben. Es liegt so lange zurück. Ich weiß nicht mehr, was Traum ist … was Wirklichkeit.« Langsam zog er Flavius zu sich. »Lass dich ansehen. Ja, du bist es, du siehst ihr ähnlich. Die Haut, die Augen.« Die große Hand tastete über das schmale Gesicht des jungen Mannes, fuhr ihm übers Haar, dann zog er seinen Sohn an sich und schluchzte stumm.

»Ich habe zu Gott gebetet, Brigida oder dich noch einmal sehen zu dürfen, bevor ich sterbe. Aber erwartet habe ich es nicht.«

Flavius legte seine Arme um den mächtigen Brustkorb und vergrub sein Gesicht in dem langen Bart. Aqmat machte Gundaffar und Olus ein Zeichen. Auf Zehenspitzen gingen sie hinaus, ließen die Türe offen stehen und setzten sich an die Hauswand. Stockend begann Gundaffar zu erzählen und Aqmat hörte gebannt zu.

Eine Stunde später ritten sie zurück und Aqmat gab wieder, was ihr der Kurde berichtet hatte. Als Primus auf dem Weg nach Veh-Schapur Nomaden traf und beiläufig meinte, wie schön es doch wäre, mit ihnen frei durch die Berge zu ziehen, keimte in Galerius ein Gedanke. Er gab seinem Diener Anweisung, Primus eine Tagesreise vor ihrem Ziel des Nachts zu fesseln und in einem verlassenen Haus zu verstecken. Gundaffar musste ihm täglich Wasser und Essen bringen, eines Tages bekam er Befehl, dem Gefangenen die Muschel vom Hals zu nehmen. Nach Galerius' Verhaftung folgte der Kurde weiter den Anweisungen, bis kaum noch Geld übrig war. Nach langem Grübeln hatte er beschlossen, sich auf die Suche nach Flavius zu machen.

»Galerius konnte sich nicht entscheiden, was er mit mir anfangen sollte«, nickte der Baumeister. »Auf den Baustellen gab es zu viel, das er nicht wusste. Vor allem das Wasserproblem am Tempel muss ihm schlaflose Nächte bereitet haben.« Primus schmunzelte. »Er bekam mein Wissen häppchenweise. Solange er mich brauchte, war mein Leben sicher. Gott weiß, was danach gekommen wäre.«

»Er hätte dich umgebracht. Uns wollte er vergiften«, bemerkte Flavius.

Primus meinte nachdenklich: »Vielleicht. Nachdem er so weit gegangen war, musste er weitermachen. Ich hätte nie gedacht, dass er zum Mörder werden könnte.«

Flavius runzelte die Stirne. »Hegst du keinen Groll gegen ihn?«

Sein Vater schüttelte den Kopf. »Nein, er war ein Verlierer. Aus Spanien musste er verschwinden, als ihm die Quader eines Aquädukts um die Ohren polterten. Da meldete er sich zu den syrischen Legionen – na ja, den Rest kennst du.«

Primus schwieg, dann lächelte er seinem Sohn zu. »Außerdem sagt Christus: Liebet Eure Feinde. Mein ist die Rache, spricht der Herr.«

Flavius war erstaunt. »Bist du etwa Christ geworden?«

Der bärtige Mann nickte. »Unter den vielen Einwohnern, die Schapur aus Antiochia verschleppte, war auch der Bischof Demetrius. Er hat in Gundeschapur den Glauben verbreitet, und sein Nachfolger Azdaq ist nicht weniger eifrig. Ich habe meinen Frieden gefunden.«

Die vier ritten schweigend, bis sich Flavius räusperte. »Komm mit uns nach Hause. Auch wenn sie die Jagd nach dir eingestellt haben – jede Begegnung auf der Straße, jedes Wort in der Kneipe, jeder neugierige Diener kann das Ende bedeuten. In Rom oder an der Mosel kannst du ohne Angst leben.«

Primus lachte, doch mit bitterem Unterton.

»Ohne Angst? Valerianus verfolgte die Christen. Hier bleibe ich unbehelligt.«

»Jetzt noch«, nickte Flavius, »aber in Persien ist es mit der Duldung vorbei, wenn Kartir an die Macht kommt. Im Römischen

Reich hat Gallienus, sobald er Alleinherrscher wurde, die Edikte aufgehoben und den Christen ihr Eigentum zurückerstattet. Auch Kaiser Aurelianus verfolgt sie nicht. Komm mit!«
Primus verzog den Mund und nickte. »Du hast wohl Recht. Aber eine Flucht durch die Wüsten Persiens, die Städte, die Berge, ohne Geld, ohne Hilfe …«
»Mach dir keine Gedanken.« Flavius beugte sich zu seinem Vater hinüber. »Etwas Geld habe ich und wir kennen einen persischen Adeligen, dem wir vertrauen können.«
Als sie die Stadt erreichten, war die Nacht hereingebrochen. Vor Ardavans Haus zog Flavius den Dolch und öffnete die Naht seines Gürtels. Dort steckte seit den Tagen bei Doryphoros in Augusta Raurica seine erste Goldmünze, der Aureus mit dem Bild des Kaisers Valerianus.
Er drückte das Goldstück dem Kurden in die schwielige Pranke, dankte ihm und trat mit seinen Freunden durch das Portal. Gundaffar befingerte die Münze, warf sie hoch, fing sie wieder auf und verschwand im Gassengewirr.

»Und wisst Ihr, was aus Valerianus geworden ist?«
Ardavan sah Flavius an und zuckte mit den Schultern. »Dazu gibt es widersprüchliche Nachrichten.«
»Uns hat Bischof Azdaq berichtet, der gefangene Kaiser sei an einer goldenen Kette herumgeführt worden«, warf Primus ein. »So strafte ihn Gott für die Verfolgung unserer Gemeinden. Nach seinem Tode habe ihn Schapur häuten, die Haut ausstopfen und in einem Tempel aufstellen lassen. Aber wo, das konnte Azdaq auch nicht sagen.«
Ardavan blickte gequält in sein Glas mit eisgekühltem Orangensaft. »Es gibt solche Gerüchte, aber ich glaube nicht daran. Als ich den Gefangenen einmal sah, vor vielen Jahren, da lebte er als Gast, nicht als Sklave. Nun ja, vielleicht musste er gelegentlich mal dem König der Könige in den Sattel helfen.« Der Ritter nahm einen Schluck. »Gallienus soll nicht geantwortet haben, als Schapur ihm den Freikauf seines Vaters anbot. Wie ich die Geschichte kenne,

ließ Schapur sogar den Leichnam des alten Kaisers einbalsamieren und zur römischen Grenze schicken. Damit er nicht in fremder Erde ruhen muss.«

Flavius betrachtete die beiden Männer. Da war sie wieder, die Widersprüchlichkeit. Je weiter entfernt, je länger zurück die Ereignisse lagen, umso mehr schien die Wahrheit in tausend Stücke zu zerfallen, bis zuletzt jeder Mensch nur noch seinen eigenen Splitter besaß, den er eifersüchtig hütete.

Grillen zirpten im Garten, aus dem sich leichte Schritte näherten. Aqmat betrat den Iwan, wie der große, offene Raum genannt wurde, und musterte die Männer.

»Seid ihr zu einem Entschluss gelangt?«

Flavius nickte. »Ja, das sind wir.«

Ardavan zeigte auf einen freien Stuhl und die junge Frau setzte sich. »Ihr solltet so schnell wie möglich aufbrechen. Solange alles wie gelähmt auf Schapurs Tod wartet.«

Primus lachte dröhnend. »Und stell dir vor, was Flavius sich ausgedacht hat …«

In der gleichen Nacht, zweitausend Meilen entfernt, besteigt eine Frau im braunen Kapuzenmantel ihr Renndromedar, um aus ihrer Stadt zu fliehen. Mit einem Dutzend Getreuer täuscht sie die römischen Posten, die an Lagerfeuern würfeln. Ein letzter Blick, dann galoppiert die Reiterin nach Osten.

Als sie zwei Tage später bei der Festung, die ihren Namen trägt, das Flusstal erreicht, dämmert der Morgen. Sie atmet tief durch und sieht auf das in der Sonne glitzernde Wasserband. Endlich! Am Euphrat endet Roms Macht, jenseits herrscht König Schapur, der ihr seine Hilfe nicht versagen wird.

Sie kann nicht wissen, dass der König der Könige in der Nacht zuvor gestorben ist.

Vom jenseitigen Ufer nähert sich ein rundes, flaches Spantenboot, wie sie hier den Fährdienst versehen. Die Reiter winken, treiben die Männer darin mit Rufen zur Eile, aber die müssen gegen die Strömung kämpfen und kommen nur langsam voran.

Als die Frau ihren Begleitern das Zeichen gibt, die Tiere vorsichtig die Böschung hinabzulenken, hört sie Hufe donnern. Alle Köpfe fahren herum. Eine Staubwolke nähert sich mit rasender Geschwindigkeit.
»Römische Kavallerie!« Die Dromedare hetzen hinab, hinein in den Fluss. Hinter ihnen brandet die Woge der leichten Panzerreiter, ergießt sich den Hang hinab, mischt sich unter die Flüchtenden. Vereinzelt klirren Schwerter, stürzen Verwundete schreiend aus dem Sattel, spritzt blutgerötetes Wasser auf.
Die Frau hat das Boot erreicht und sich hineingeschwungen. Als sie schwankend aufsteht, gleitet ihr brauner Kapuzenmantel von den Schultern. Purpurrot weht der Umhang im Wind, golden glänzt das Diadem in ihrem schwarzen Haar. Zwei Reiter preschen durch das brusttiefe Wasser auf sie zu und packen ihre Handgelenke.
»Zenobia, Ihr seid Gefangene Roms!«

Am gleichen Tag steigen die Einwohner Palmyras, Ölbaumzweige in den Händen, unter Haddudans Führung auf die hastig aufgeworfenen Wälle, um an Aurelianus' Milde zu appellieren.
Der Kaiser gewährt sie und verschont die Stadt. Er beschlagnahmt die Tempelschätze und lässt eine Besatzung von sechshundert Bogenschützen zurück, bevor er nach Emesa marschiert. Dort hält er Gericht über die Häupter der Rebellion, und da Zenobia alle Schuld auf ihre Berater schiebt, lässt er Longinus, Zabdas und einige andere zum Tode verurteilen. Seine königliche Gefangene und ihr Sohn Vaballathus müssen mit ihm die Reise nach Rom antreten.

Zwei Monate später. Die Berggipfel um die strohgedeckten Bruchsteinhütten sind schon weiß, die uralte Königsstraße windet sich durch das braune Hochgebirgstal. Mitte Oktober wagen kaum noch Reisende den Weg über die Grenze, die Soldaten vertreiben sich die Zeit mit Zoten und Prahlereien. Ihre Köpfe fahren herum, als der Wind Hufgetrappel herbeiweht. Verwunderung und Ekel spiegeln sich auf ihren Gesichtern. Vier Reisenden machen vor ihnen Halt, doch alle Augen starren auf den stämmigen Mann, dessen Gliedmaßen mit weißen, eiterfleckigen Binden umwickelt sind. Die Krankheit scheint auch die Hälfte des bärtigen Gesichts zerfressen zu haben, nur ein Auge schaut unter dem Verband hervor.

»Wohin des Wegs?«, schnarrt die Stimme des Hauptmanns.

»Über Sardes nach Pergamon, zum Asklepion. Wir suchen Heilung für unseren Aussätzigen.« Der junge Mann mit der doppelten Stirnlocke hat kaum geendet, schon stolpern die Soldaten rückwärts. Der Hauptmann hält sich einen Mantelzipfel vor den Mund und winkt sie hastig vorbei.

»Verschwindet und steckt möglichst viele Römer an!«

Erleichtert atmen die Grenzposten auf, als eine Wegbiegung die Reisenden verschluckt.

Eine Stunde danach beobachtet ein Schafhirte vier Meilen weiter westlich ein seltsames Schauspiel. Zwei Dromedare kauern auf der Straße, zwei Maultiere stehen daneben. Eine Frau und zwei Männer gehen auf einen Kranken zu, der an seinen Binden zerrt. Doch anstatt ihn daran zu hindern, stürzen sie sich auf ihn und wetteifern darum, ihm die Verbände vom Leib zu reißen. Als der weiße Stoff am Boden liegt, tanzen alle wie besessen auf der Schotterstraße. Kopfschüttelnd treibt der Hirte seine Herde auf einem Umweg nach Hause.

Im Frühling des folgenden Jahres erhebt sich die Stadt in der Wüste erneut. Unter Apsaeus' Kommando wird die römische Besatzung niedergemetzelt, die Stadt für frei erklärt und ein Verwandter Zenobias auf den Thron gesetzt.

Aurelianus kehrt in Eilmärschen zurück, überrennt Palmyra und verwüstet es.

Zum gleichen Zeitpunkt besteigen Flavius, Aqmat, Primus und Olus eines der ersten Schiffe, die von Ephesos aus nach Rom segeln.

10. Kapitel

DIE UNBESIEGBARE SONNE

273–275 n. Chr.

»Im Leben muss man sich immer nach anderen richten – im Tode nicht.«

SENECA

Im Norden Roms, im sechsten Bezirk, erhob sich eine dreistöckige Stadtvilla. Sie zog viele Blicke auf sich, doch nicht wegen der Marmoreinlegearbeiten am Portal, der großen Fensterscheiben oder der Türflügel aus bronzebeschlagenem Edelholz. Das Obergeschoss war es, das die meisten Besucher bewunderten. Es bestand aus einer großen, offenen Fläche, deren Dach auf grünen Granitsäulen zu schweben schien. Die Mitte der gefliesten Terrasse nahm ein runder, dreibeiniger Tisch ein, der das Modell eines Tempels trug. An der Brüstung stand ein Bücherkasten, aus dem mehrere Schriftrollen ragten, daneben ein bronzener Klappsessel. Darin saß ein Mann mit weißem Haarkranz, hielt eine Rolle vor sein Gesicht und las halblaut, gelegentlich fuhr er mit dem Finger eine Zeile nach. Zuletzt ließ er die Rolle sinken, um sich die Augen zu reiben. Er stand auf, ging zur Nordseite des Hauses, stützte die Arme auf die Brüstung und sah in den kleinen Garten hinunter, der fast ganz von den weißen Dolden eines blühenden Kirschbaums ausgefüllt war. Sein Blick schweifte gedankenverloren zu den Zypressen hinüber, die wie mahnende Finger aus den benachbarten Gärten des Sallust ragten.

Die Sandalen des Hausdieners tappten über den roten Ziegelboden. Der Mann richtete sich auf und wandte den Kopf mit der Adlernase.

»Herr, Besuch ist da. Drei Männer und eine Frau.« Der Junge fügte verwirrt hinzu: »Eine schöne Frau!«

»Ja dann«, der alte Mann lächelte, »dann bring sie her!«

Wenige Augenblicke später hallten Schritte die Treppe empor. Der

Mann drehte sich um und sein bärtiges Gesicht erstrahlte in freudiger Überraschung, als er auf die Besucher zuging.
»Flavius!« Ulixes umarmte seinen Freund, dann nahm er ihn an den Schultern, um ihn zu mustern. Der Kopf war kantiger geworden, männlicher, auf der rechten Wange zeichnete sich eine leichte Narbe ab, doch die beiden über der Stirn gekreuzten Haarsträhnen verliehen dem Gesicht noch immer etwas Unbekümmertes.
Der junge Mann lächelte zurück, obgleich er betroffen war, wie sehr sich der Ältere verändert hatte. Wie üblich trug er eine dunkelbraune Tunika, so wie an dem Abend des Adlers, als er vor sechs Jahren auf den Hof geritten kam. Doch das Gesicht war faltiger und die jetzt weißen Haare waren spärlicher geworden. Er ging etwas gebeugt und nur seine wachen Augen blitzten wie damals.
»Können die Götter einem alten Mann größeres Glück gewähren, als junge Freunde wieder zu sehen!«
»Was heißt hier alter Mann, ich sehe keinen!« Aqmat ging auf ihn zu und gab ihm die Hand.
»Danke für das Kompliment. Es tut gut, auch wenn mein Spiegel anderes sagt.« Bewundernd ruhten seine Augen auf der schlanken Frau, die fast so groß wie Flavius war. Auf ihren üppigen, braunen Haaren glänzte ein leichter Goldschimmer, die grünen Augen blickten herausfordernd aus einem hellen Gesicht mit geschwungenen Augenbrauen und gerader Nase. Das blaue Baumwollkleid fiel locker um ihren Körper, aber ihre Bewegungen waren geschmeidig wie die einer Wüstenkatze. Ulixes riss seinen Blick los und begrüßte Olus, dann musterte er fragend den letzten Gast, einen massigen Mann mit schwarzen Locken, dunklem Vollbart, vollen Lippen und klaren Augen.
»Und das ist …?«
»Mein Vater Primus!«
Ulixes wirkte einen Augenblick fassungslos, dann murmelte er: »Du hast es also tatsächlich geschafft. Und ich hielt es für eine fixe Idee von dir. Hochachtung, kleiner Augustus.« Er sah Flavius und Primus an. »Möge mir diese vertrauliche Anrede aus alter Zeit weiterhin gestattet sein.«

Primus nickte. »Ich habe so viel über Euch gehört, dass ich Eure Biografie schreiben könnte. Nur diese Villa hier hat mir mein Sohn verschwiegen.«

»Einige Dinge haben sich zum Guten gewendet, seit ich damals Palmyra etwas hastig verließ«, schmunzelte Ulixes. »Aber jetzt setzt euch. Stühle für meine Gäste und eisgekühlten Falerner!«

Als das Gewünschte gebracht worden war, erzählte Flavius, unterstützt von Aqmat, Primus und Olus die Ereignisse seit ihrer Trennung. Zuletzt sah er Ulixes fragend an.

»Nun, und du? Offenbar hat Aurelianus deine Arbeit honoriert!«

Der Hausherr nickte. »Das stimmt, auch wenn das hier nicht mein Eigentum ist. Aber bevor ich erzähle – ihr werdet Hunger haben?«

»Und wie!« Olus bejahte so heftig, dass alle lachen mussten. Ulixes gab ein Zeichen und bald brachten die Diener einen Tisch, auf den sie eine dampfende Schüssel stellten.

»Bester Spargel«, erklärte der Hausherr, »aus Ravenna!«

Primus griff zu, während Aqmat zögernd beobachtete, wie Flavius einen Spargel in den Mund sog. Danach probierte sie es selber, doch musste sie so lachen, dass sie fast nicht weiter essen konnte. Flavius sah sie verdutzt an, räusperte sich vernehmlich und wandte sich an Ulixes:

»Du wolltest uns erzählen, wie du zu diesem Haus gekommen bist.«

»Wenn er in Rom ist, verbringt der Kaiser seine knappe Zeit lieber in den Gärten des Sallust als auf dem Palatin. Er hat mir die Villa zur Verfügung gestellt, damit ich sofort bei ihm sein kann, wenn er mich braucht.«

Flavius sah ihn voller Hochachtung an. »Dich braucht?«

»Erinnerst du dich an meinen Bericht über das gallische Rebellenkaisertum?« Flavius nickte. »Nachdem jetzt der Osten wieder unter Roms Kontrolle ist, möchte Aurelianus auch die Abspaltung im Westen beseitigen. Derzeit spielt ein gewisser Tetricus den Kaiser in Augusta Treverorum, aber die Macht zerrinnt ihm unter den Fingern. In spätestens einem Jahr soll Schluss sein mit dieser Posse, und ich«, bei diesen Worten ging ein zufriedenes Lächeln

über Ulixes' Gesicht, »ich bin dafür verantwortlich, dass alles genauestens geplant und möglichst wenig römisches Blut vergossen wird.«
»Das ist ja großartig!« Aqmat sah ihn bewundernd an. »Und dann, in einem Jahr, wenn das Schicksal Euch wohlgesonnen ist?«
»Nun, wenn der Kaiser sein Ziel erreicht hat, das Imperium zu einigen«, Ulixes strich sich über den Bart, »dann wird der arme Frumentarius«, dabei blickte er Flavius ironisch an, »zu einem wohlhabenden Senator.«
»Du, ein Senator?« Flavius zog die Augenbrauen hoch. »Den passenden Bart trägst du ja. Aber hast du mir nicht erzählt, dass du lieber arm und frei sein wolltest, als dich an die Staatskarriere zu klammern?«
Ulixes lächelte wehmütig. »Ja, so etwas habe ich gesagt, und dass alles einen Preis habe, den es nicht mehr wert sei. Aber mein Junge, lieber in verwanzten Betten schlafen zu wollen, das sagt sich leichter, als wirklich drin zu liegen. Vor allem, wenn man alt wird. Doch das ist nicht das Entscheidende.«

Ulixes ging zu der Brüstung und winkte Flavius, ihm zu folgen. Vor ihnen erstreckte sich ein Gewirr hellroter Dächer und dunkler Straßenschluchten, aus denen unzählige Geräusche aufstiegen.
»Siehst du diese Stadt? Ich habe sie immer geliebt und verabscheut. Doch wenn sie fällt, fallen wir mit ihr. Dann versinkt unsere Welt, dann gibt es nur noch Kampf, Zerstörung und Barbarei.« Er drehte sich um, lehnte sich an eine der Säulen und hob die Hände.
»Ja, ich weiß – ein Marcus Aurelius hätte nie einen Soldaten wegen Ehebruchs qualvoll töten lassen. Aber seitdem ist ein Jahrhundert der Barbarei über das Imperium gezogen. Aurelianus ist leider genau die Art von Kaiser, die wir heute brauchen.«
Primus wiegte zweifelnd den Kopf. »Valerianus kannte ihn als mutigen Reitergeneral. Aber er hat einmal über ihn gesagt: ›Er geht zu weit, geht viel zu weit, er ist unerbittlich.‹ Muss er denn wirklich so hart sein?«
Ulixes zuckte mit den Schultern. »Müssen? Nein, das nicht. Aber

er ist so, und Rom sollte für jeden Tag, den dieser Retter des Reiches regiert, dem Sonnengott danken.«
»Unserem syrischen Sonnengott?«, fragte Aqmat.
Ulixes nickte. »Das ist der neue Staatsgott, dem er seine Siege zuschreibt. Für ihn lässt er neben dem Mausoleum des Augustus einen großen Tempel errichten.«
»Diesen da?«, fragte Primus, ging zum Tisch und betrachtete aufmerksam das Gipsmodell. »Seid Ihr unter die Baumeister gegangen?«
»Mithras bewahre!« Ulixes schüttelte den Kopf. »Bei meinen Kenntnissen hätte mich schon längst eine Säule erschlagen. Ich habe die Verantwortung für die Finanzen und dafür, dass alles bis zum 25. Dezember nächsten Jahres fertig wird.«
»Bis zum Geburtstag des Sonnengottes?«
»Ja, Aqmat. Genau an diesem Tag will der Kaiser ein großes Opfer zum Heile des Reiches darbringen.« Ulixes kratzte sich am Kopf. »Von mir aus könnte man die Stiere auch für Jupiter, Mithras oder Christus töten, solange es hilft. Aber Aurelianus sieht das anders.«
»Für Christus opfert man keine Tiere, in seinem Geist lebt man.« Primus' Stimme war ebenso freundlich wie fest.
Ulixes musterte ihn misstrauisch. »Seid Ihr etwa Christ?«
Der Baumeister nickte. »Ja. Ich wurde in Persien zum Glauben bekehrt.«
»Dann bleibt von mir aus dabei, aber geht nicht damit hausieren. Seitdem einige Eurer Brüder die Goteneinfälle in Kappadokien begrüßten und andere zu erkennen gaben, dass sie eine Verwüstung Roms durch die Barbaren als gerechte Strafe betrachten würden ...«, Ulixes blickte ihn unter zusammengezogenen Brauen an, »nun, Ihr werdet verstehen, dass der Kaiser gewisse Vorbehalte gegen diese Sekte hegt.«
»Das weiß ich. Dabei wären wir gerne gute römische Bürger. Christus hat gesagt: ›Gebt dem Kaiser, was des Kaisers ist, und Gott, was Gottes ist.‹ Aber seit Nero leben wir in Angst vor kaiserlicher Willkür, vor Verfolgung und Tod.«
Primus stützte sich mit einer Hand auf den runden Tisch, doch

schien er den Tempel mit seinen gelb bemalten Säulchen, den blauen Kapitellen und dem hellroten Dach nicht zu sehen. »Wenn der Tiber die Mauern überflutet, wenn der Nil die Felder nicht überflutet, wenn der Himmel sich nicht rührt, wenn die Erde sich bewegt, wenn eine Seuche wütet – gleich schreit man: Die Christen vor die Löwen.« Die Worte hatte er gemurmelt, als spräche er mit sich selber, dann hob er die Augen und sah die fragenden Blicke der anderen.

»Das hat unser Kirchenlehrer Tertullianus schon vor einem Menschenalter geschrieben …«

Die Bitterkeit in seiner Stimme war spürbar, doch in diesem Augenblick begann sich der Tisch unter dem Gewicht des Mannes zu drehen, sodass der Baumeister taumelte und beinahe gestürzt wäre. Verwundert richtete er sich auf, klopfte auf den kleinen Bau aus massivem Gips, dann bückte er sich, um unter den Tisch zu spähen.

»Was sucht Ihr?«, fragte Ulixes.

»Die Achse. Ein so schwerer Aufbau kann sich nur drehen, wenn in der Mitte eine feste Achse sitzt, die ich aber nicht sehe.« Primus schien ernsthaft verstört und Ulixes, dankbar für diese Ablenkung von der Religionsfrage, winkte Olus und Flavius herbei.

»Doch, es geht auch ohne, wenn man nämlich …« Bei diesen Worten hoben die vier Männer unter Aqmats neugierigen Blicken die obere Tischplatte mit dem Modell ab und stellten sie auf den Boden.

»… die Platte auf Kugeln setzt!« Ulixes zeigte auf den restlichen Tisch, der aus einem festen Unterteil und einer Zwischenplatte bestand, aus deren Mitte ein kurzer Metallstift ragte. Doch das Besondere an der Platte waren die Löcher am Rand. Dort hatte der Tischler ringsum Bronzekugeln eingelassen, die auf kleinen, zur Mitte des Tisches zeigenden Achsen saßen, sodass sie sich drehen konnten.

»So etwas habe ich noch nie gesehen«, sagte Primus bewundernd.

»Eine alte, in Vergessenheit geratene Konstruktion aus der Zeit Kaiser Caligulas, über die ich in den Archiven gestolpert bin.« Uli-

xes schien die Anerkennung des Baumeisters zu genießen. »Aber jetzt sollten wir lieber über eure Pläne sprechen. Auf jeden Fall könnt ihr, wenn ihr in Rom bleibt, bei mir wohnen – das Haus hat acht Zimmer.«
Die vier nahmen die Einladung dankbar an, denn Mieten in der Hauptstadt waren teuer und Flavius hatte die dreißig Aurei auf der Reise aufgebraucht, sie waren wie Wachs an der Sonne zerronnen.

Einige Tage später stand Ulixes auf der Terrasse und blickte hinunter in seinen Garten, auf den blühenden Kirschbaum mit den dolchförmigen Blättern. Er lauschte dem Warnruf der Amsel, die ihr Nest in den Ansatz eines Astes gebaut hatte. Ein Lächeln spielte um seine Lippen, als er die Katze sah, die wie ein ertappter Dieb an der Mauer entlangschlich. Hinter sich hörte er Schritte, Flavius trat an die Brüstung. Ulixes zeigte hinunter.
»So ein Vogel wäre hilfreich im Leben, der uns vor den Raubtieren warnt.« Flavius sah ihn erstaunt an, dann hörte er die nächste Amsel in den Gärten des Sallust zetern und legte die Hand auf den Arm des Weißhaarigen.
»Eine Zeit lang warst du das für mich. Als ich noch nicht flügge war.«
Ulixes nickte. »Was willst du jetzt machen?« Als der junge Mann zögerte, drehte er sich um und sah ihn an. »Ich meine, willst du deine Ausbildung als Arzt fortsetzen? Ein guter Jünger Äskulaps trägt immer Gold im Beutel.«
Flavius schüttelte den Kopf. »Darüber habe ich lange nachgedacht, doch nicht wegen des Geldes. So schön es ist, einen Menschen heilen zu können, so oft steht man als Arzt nur hilflos da, setzt Schröpfköpfe und fleht die Götter an.« Er musste an seine eiternde Wunde in Veh-Schapur denken. »Selbst die Lehren des großen Galenos sind manchmal nicht mehr wert als die gestampften Kröten der Hexen.« Er zögerte, dann sah er Ulixes in die Augen.
»Ich verstehe, wieso es dir möglich ist, diesem Kaiser zu dienen, der für das Imperium kämpft. Das ist eine Aufgabe, bei der ich dabei sein will!«

Ulixes legte ihm die Hand auf die Schulter und lächelte.
»Ich arbeite gerne wieder mit dir zusammen. Wenn du nebenher hart studierst, kannst du in einem Jahr lernen, was ein Reichsbeamter wissen muss.«
Er drehte sich um, stützte die Arme auf die Brüstung und sein Blick verlor sich in der Ferne. »Sobald der Sonnentempel eröffnet ist, hält mich nichts mehr in Rom. Dann besteige ich das nächste Schiff nach Karthago, baue meine Villa auf den Felsen, lese, lausche dem Meer.«

»Morgen schon?« Flavius konnte seine Überraschung kaum verbergen.
»Ja, morgen Vormittag.« Der Mann mit den Purpurstreifen an der Toga gab dem Tempelmodell einen Schubs, dass es sich langsam zu drehen begann. »Wir haben uns früh auf dem Palatin einzufinden. Aurelianus empfängt uns im Domitianspalast, wir sollen vor der Aula Regia warten, bis er uns ruft.«
Die Jahreszeiten waren ins Land gegangen, seit Flavius zum ersten Male die Terrasse betreten hatte. Rote Früchte beugten die Zweige des Kirschbaums zu Boden, dann stöhnte die Stadt unter der Sommerhitze, bevor die ersten Herbststürme Staub und Abfall durch die Straßen wirbelten. Novemberregen peitschte an die Fensterscheiben und kurz nach den Saturnalien legte sich eine dünne Schneedecke auf die Dächer. Dann wurden die Tage wieder länger, die Amsel balzte und der Baum zog sein weißes Blütengewand über. Als sich alle an den Kirschen satt gegessen hatten, als Ende August die brütende Hitze der Hundstage die Stadt aus ihrem Griff ließ, da endlich konnte sich Ulixes erschöpft zurücklehnen. Sein Werk war getan. Die Zeit der Geheimschriftpapyri, der flüsternden Boten und der langen, über Karten gebeugten Nächte gehörte der Vergangenheit an.
Aurelianus hatte in einem raschen Feldzug den gallischen Reichsteil zurückgewonnen. Mit wenig Blutvergießen, denn bevor die

Entscheidungsschlacht auf den katalaunischen Feldern richtig entbrannte, hatte der Gegenkaiser Tetricus den Purpurmantel abgeworfen und sich davongestohlen. Nicht aus Angst vor dem Feind, sondern vor den eigenen unzufriedenen Truppen. Er wollte nicht das Schicksal vieler Feldherren teilen, angesichts eines überlegenen Gegners von seinen Legionären erschlagen zu werden. In geheimen Verhandlungen hatte er sich bereit gefunden, sein Schicksal sowie das seines Sohnes und Mitregenten in Aurelianus' Hände zu legen.

Auch in Ulixes' Haus stand die Zeit nicht still. Olus war zu einem bekannten Koch in die Lehre gegangen und hatte in seinen freien Stunden die rätselhafte Welt der Buchstaben entdeckt. Unter Aqmats Anleitung, die ansonsten den Haushalt überwachte und sich Mühe gab, alle Aufgaben einer römischen Ehefrau zu erfüllen, denn Flavius und sie hatten in Rom endlich Gelegenheit gefunden, den Ehevertrag zu schließen.
Primus war zum Bauaufseher am Sonnentempel ernannt worden. »Bauten haben keinen Glauben«, pflegte er zu sagen, trieb die Arbeiten voran und sorgte dafür, dass jeder Stein am Tempel der heidnischen Gottheit passgenau saß. An den Abenden, an denen er mit seinem Sohn ein Glas Wein leeren konnte, hatten sie sich langsam einander geöffnet. Im Bewusstsein, dass sie im Grunde Fremde waren, tasteten sie sich schrittweise an die Vertrautheit heran, die ihnen das Schicksal nicht geschenkt hatte. Flavius wurde bewusst, wie sehr die Suche nach dem verschollenen Vater in Wirklichkeit eine Suche nach dem eigenen Ich gewesen war; wie ihn die ferne, rätselhafte Figur in ein Wagnis gezogen hatte, ohne das er nicht der Mann geworden wäre, der er jetzt war.
Durch Ulixes hatte er die Arbeit der kaiserlichen Verwaltung kennen gelernt, er beschäftigte sich auch mit Ciceros System, eine Vielzahl von Dingen durch Anordnung in imaginären Räumen im Gedächtnis zu behalten. Dazu kam die Ausbildung in den für öffentliche Ämter unentbehrlichen Fähigkeiten – von Rhetorik bis zur Tironischen Schnellschrift. Seit drei Monaten war er jetzt kai-

serlicher Beamter, aber dennoch fühlte er sich mit einem Male wie ein Schuljunge vor dem Examen, als er erfuhr, dass er morgen Lucius Domitius Aurelianus vorgestellt werden sollte. Dem gestrengen Herrn und Gott, wie er genannt wurde.

»Der Vir Clarissimus Ulixes Gabinius Aquila in Begleitung des Beamten Flavius Verecundus.«
Zwei träge verrinnende Stunden hatten sie in der kleinen Basilika gewartet, sich auf eine Bank gesetzt, die Säulen aus gelbem numidischen Marmor betrachtet, waren aufgestanden und ruhelos über den spiegelblanken Steinfußboden mit seinen weißen Rechtecken und roten Ellipsen gewandert, nur um beim kleinsten Geräusch zusammenzufahren. Endlich öffnete sich die Türe zwischen den hochmütig ins Leere starrenden Prätorianern, des Kaisers Leibwache. Ein junger Offizier winkte die Besucher herein und seine Stimme hallte durch die Aula Regia.
Der Raum, den sie betraten, schien für Titanen gemacht. Ein Mensch hätte sich auf ein fünfstöckiges Mietshaus stellen und den Arm recken können, ohne die hölzernen Kassettendecke zu berühren. Direkt unter ihr fiel Licht durch umlaufende Fenster und ließ den Saal in seinem kalten Prunk erglänzen. Fußboden, Wände, Pilaster und die säulengeschmückten Nischen mit ihren Statuen – alles bestand aus weißem, gelbem, rotem und grünem Marmor.
Die Halle war leer, bis auf den etwa sechzigjährigen Mann, der am Ende vor dem Durchgang zu einem Atrium stand. Er war hochgewachsen, athletisch gebaut und gut aussehend. Er hatte einen markanten Kopf mit kurz geschorenem Vollbart. Unter seiner golddurchwirkten, mit Juwelen besetzten Kleidung trug er Stiefel aus rotem Leder, die bis zum Knie reichten. Nachdem sich die Besucher bis zum Boden verneigt hatten, starrte Flavius gebannt auf diese Mischung aus Kraft und Unnahbarkeit. Ulixes gab einen kurzen Abriss der gemeinsamen Erlebnisse und der zusammen geleisteten Arbeit.
»Und«, fragte die metallische Stimme des Kaisers. »Was kann ich für Euch tun?«

»Ihm eine Aufgabe geben, bei der er seine Fähigkeiten weiterentwickeln und in den Dienst des Reiches stellen kann.« Ulixes zeigte auf Flavius, dem ein Schweißtropfen auf der Stirn perlte. Aurelianus blickte ihn einen Augenblick prüfend an. »Wo liegt Eure Neigung, was habt Ihr vor dem Staatsdienst gemacht?«

»Nach meiner Gefangenschaft bei den Alamannen ging ich zwei Jahre zu einem griechischen Arzt in die Lehre.« Die Falten auf der Stirn des Kaisers waren noch tiefer geworden und Flavius hatte das Gefühl, das Falsche gesagt zu haben. Aurelianus drehte sich um und sah auf die Fontäne, die im Innenhof plätscherte, doch seine Stimme durchdrang das leise Rauschen.

»Über griechische Ärzte hat Cato schon alles gesagt. Ich habe noch nie einen Schröpfkopfschwenker gerufen. Gegen Beschwerden hilft Fasten!«

»Auch bei einem gebrochenen Bein oder einem Schwerthieb?« Flavius hörte seine eigenen Worte und hätte sich am liebsten die Zunge abgebissen. Aber der Kaiser stand nur stumm da, ein unbeweglicher Umriss vor dem hellen Rechteck des Durchgangs, und schien völlig von dem Springbrunnen im Atrium gefesselt zu sein. Flavius blickte hilfesuchend Ulixes an, der wortlos die Augenbrauen hob. Dann wandte sich der Kaiser um, ging mit den breiten Schritten des alten Reiters auf Flavius zu und maß ihn mit einem langen Blick. Flavius musste all seinen Mut zusammennehmen, um nicht die Augen niederzuschlagen, doch er hielt dem Blick des Mächtigen stand. Gedämpfte Stimmen drangen aus der Basilika, sonst herrschte Totenstille, als der junge Mann und der Kaiser sich ansahen.

Plötzlich dröhnte Lachen durch den Raum.

»Gute Antwort. Und kühn dazu, das gefällt mir.« Aurelianus schlug Flavius auf die Schulter. »In Augusta Treverorum gibt es noch einige Schwierigkeiten. Faustinus, ein widerspenstiger General des Tetricus, will nicht aufgeben. Aber das wird bereinigt. Dann brauche ich dort einen ebenso mutigen wie zuverlässigen Curator mit Sondervollmacht, der die Gegend kennt.«

Der Kaiser wandte sich Ulixes zu. »Kommt bitte noch auf ein Wort mit ins Atrium. Ich habe einen Auftrag für Euch.«

Die beiden verschwanden im Säulenumgang, während Flavius das Gefühl hatte, seine Knie seien aus Wachs. Er lehnte seine Wange an die kühle Marmorwand, sah die Äderung des roten Steins und atmete mehrfach tief durch. Eine Viertelstunde später kamen beide zurück, Ulixes verbeugte sich vor dem Kaiser und Flavius beeilte sich, es ihm gleichzutun.
Aurelianus entließ sie mit einer Handbewegung.
»Ihr erhaltet Nachricht, sobald die Entscheidung über den Posten in Augusta Treverorum gefallen ist. Lasst Euch bei meinem Sekretär für den Triumphzug nächsten Monat einen guten Platz im Circus maximus zuteilen.«
Die beiden verbeugten sich erneut und verließen den Raum. Flavius war so benommen, dass ihm Ulixes' Schweigsamkeit auf dem Weg zu den Sänften nicht auffiel.
Zu Hause fragte er. »Weißt du, was der Kaiser mit dem Verweis auf Cato gemeint hat?« Ulixes nickte, ging in seine Bibliothek und kam nach kurzem Suchen mit einer Rolle zurück, die er ihm in die Hand drückte.
»Steht bei Plinius in Band 29 seiner Naturgeschichte. Leider schreibt er nicht sehr freundlich über die Griechen.«
Er wies auf eine Stelle, drehte sich um und ging, während Flavius halblaut las:
»Sie sind ein verruchtes und nicht zu besserndes Volk, und glaube mir, als wäre es der Ausspruch eines Sehers: Wenn einstens dieses Volk uns seine Wissenschaft zuführen wird, so wird es alles verderben; und mehr noch, wenn es seine Ärzte uns zusenden wird. Sie haben sich verschworen, alle Barbaren durch ihre Heilkunst umzubringen. Und noch dazu tun sie dies nur für Geld, um sich Vertrauen zu verschaffen und umso leichter zugrunde richten zu können. Auch uns nennen sie Barbaren und tun mit diesem Ausdrucke uns schmählicheren Schimpf an als jenen anderen Dummbärten. Damit habe ich dir alle Gemeinschaft mit Ärzten untersagt.«

Unbemerkt hatte Aqmat den Raum betreten, sah Flavius in die Lektüre vertieft und räusperte sich.

»Nun, wie ging es?«

Flavius hob den Blick und ließ die Rolle sinken. »Sehr gut. Der Kaiser hat mir den Posten eines Curators in Augusta Treverorum in Aussicht gestellt!«

»Das ist ja großartig! Ich bin stolz auf dich.« Sie gab ihm einen Kuss auf die Wange und flüsterte: »Auch ich habe Neuigkeiten.«

»Ja, welche?«, antwortete er, in Gedanken noch ganz bei der Audienz.

»Schon zweimal warte ich auf etwas, das sonst jeden Monat kommt.«

»Du meinst?«

»Ja, ich bin ziemlich sicher.«

Flavius stieß einen Freudenschrei aus, fasste Aqmat um die Hüfte und schwenkte sie im Kreis.

Der September wurde wieder heiß. So unerträglich heiß, als brüteten noch immer die Hundstage in den Mauern der Ewigen Stadt. Schon morgens wischten sich alle den Schweiß aus der Stirne und mittags umlagerten sie die Tresen der Kneipen, um becherweise Wein mit Wasser in sich hineinzuschütten. Doch niemand würde das Schauspiel verpassen, der nicht bettlägerig, Kind oder Sklave war. Seit Wochen gab es nur ein Stadtgespräch: den großen Triumph des Kaisers.

Morgens hatte sich der Zug auf dem Marsfeld formiert und kroch seither im Schneckentempo voran, bejubelt von unzähligen Zuschauern. Die dafür errichteten Holzgerüste ächzten unter ihrer Last, doch auch Balkone, Fenster, Tempelvorhallen und selbst die Aquädukte waren schwarz vor Menschen, die wie Fliegen an jedem Vorsprung hingen.

Im Circus maximus, dem sich der Zug gerade näherte, saßen die

Zuschauer bequemer, vor allem, wenn ihnen kaiserliche Gunst einen Tribünenplatz verschafft hatte. Zu ihnen zählte ein knapp fünfzigjähriger Mann mit vollem, an den Wurzeln schon ergrautem schwarzen Haar. Eine reich bestickte Toga verhüllte den schweren Körper, und die rastlosen Augen flogen über die Menschenmenge. Der Mann beugte sich in seinem Sessel vor und zurück und warf nur einen flüchtigen Blick auf den Triumphzug, dessen Spitze sich soeben durch das kleine Portal am Nordende des Riesenbaus zwängte.
Den Anfang machten stämmige Träger, auf deren Schulterkissen die Stangen großer Gestelle voller Beute lasteten: Götterbilder, Schmuck, Waffen, goldene Kränze. Dann folgten größere Plattformen mit ein bis zwei Gefangenen. An Säulen oder Bäume gekettet, standen sie stellvertretend für die besiegten Völker. Blonde, braune und rothaarige Köpfe mit strubbeligen Bärten und fremden Augen zogen vorbei, die verstörte Blicke auf die Menschenmenge warfen. Die Zuschauer tuschelten und zeigten auf die muskulösen Körper, die sich unter den Fellen und Leinenkleidern abzeichneten und die bald von wilden Tieren zerrissen werden würden. Sarmaten, Goten, Gallier, Sueven, Franken, Vandalen, Alanen – der Mann in der Toga überflog die vorangetragenen Namensschilder, gähnte und lehnte sich gelangweilt zurück.

Da ließ ein Laut wie ein Trompetenstoß alle auffahren. Ein grauer Koloss schob sich durch das Portal, dann noch einer, bis schließlich zwanzig reich geschmückte Elefanten mit wiegendem Schritt die Zirkusbahn entlangtrotteten. Ihnen folgten angekettete Löwen, Panther und Tiger, bewacht von Tiertreibern mit Peitschen und langen Eisenstacheln, dann wurden Wildesel und Kamele herangeführt. Doch das größte Staunen erregten die zwei Giraffen, deren hohe Hälse die Zuschauer zu grüßen schienen. Die Menge schrie Beifall und winkte mit den weißen Schweißtüchern, die der Kaiser zu diesem Anlass großzügig verschenkt hatte, sodass es schien, als flattere ein Möwenschwarm durch die Reihen.
Avitus musste an seine Jugend denken, an das erste Mal, als er mit

seinem Vater auf dessen Schiff von Colonia aus den großen Strom hinabgefahren war. Die Reise ging nach Britannien, und als sie das Nordmeer erreichten, umkreisten sie Schwärme kreischender Möwen. Das Schiff wiegte sich in der Dünung, sodass ihm übel wurde. Da legte sein Vater, den er sonst nur als unnahbaren Handelsherrn kannte, seinen Arm um ihn, und er empfand einen kurzen Augenblick Geborgenheit, ja Glück. Doch das war lange her. Unwillig wischte er die Erinnerung weg und sah nach unten.

Jetzt rollten drei erbeutete Prunkwagen vorbei, von je zwei Schimmeln gezogen. Die mit Silber und Gold beschlagenen Wagenkästen glänzten und die Edelsteine auf den Rädern beschrieben funkelnde Kreise. Doch die Menschenmenge hatte nur Augen für die hinterhergetragene Tafel, die achthundert Gladiatoren ankündigte. Eine wogende Masse halbnackter, geölter Körper: Thraker mit kleinen Schilden, Beinschienen und breitrandigen Helmen, Retiarier mit Netz und Dreizack, auf deren linken Schultern die Schutzplatten wie Insektenflügel glänzten, und dann ihre Gegner, die Secutoren, die man am rechteckigen Legionärsschild, ihrem glatten Helm und dem Schwert erkannte. Horden von Kämpfern, die Arme grüßend gereckt, bejubelt von den Männern, bestaunt von den Frauen. Avitus sah sie verächtlich an – was für ein kurzer Ruhm. Schon eine Woche später würde die Hälfte im Sande der Arena verblutet sein.

Er ahnte nicht, wie wenig Zeit ihm selbst bleiben sollte.

Plötzlich erstarb das Gebraus der Stimmen, die halblauten Bemerkungen waren nicht mehr zu hören, bis zuletzt niemand mehr zu atmen schien. Alle Augen starrten nach vorne. Hunderttausend Menschen saßen so still, dass man das Knirschen der mannshohen Räder hören konnte, als der Kaiser in seinem von vier Hirschen gezogenen Triumphwagen heranrollte. Sein starres, mit Mennige rot gefärbtes Gesicht glich dem der Jupiterstatue auf dem Kapitol, eine Purpurtoga mit goldenen Palmen umhüllte seinen Körper. Die linke Hand des Imperators umklammerte das von einem Adler gekrönte Elfenbeinzepter, die Rechte mit dem uralten eisernen Fingerring hielt einen Lorbeerzweig. Ein hinter ihm stehender Sklave

ließ einen goldenen Eichenlaubkranz über seinem Kopf schweben und murmelte etwas. Auch wenn die Zuschauer nur die Lippenbewegungen sahen, kannten doch alle die Formel, die den Triumphator vor Überheblichkeit bewahren sollte:
»Sieh hinter dich, bedenke, dass du ein Sterblicher bist!«

Avitus lehnte sich zurück und ein selbstgefälliges Lächeln erschien auf seinem Gesicht. Genau zur rechten Zeit hatte er die Fronten gewechselt! Als Tetricus' Reich zerfiel, war er es gewesen, der in Augusta Raurica das Banner Roms erhob. Seine heimlich angeworbenen Barbarensöldner hatten die Soldaten der Garnison überfallen, die noch zu dem Usurpator hielten. Dass dabei die halbe Stadt in Schutt und Asche sank – bedauerlich, aber nicht zu ändern. Dafür bot sich die Gelegenheit, einige missliebige Leute aus dem Weg zu schaffen. Wie Doryphoros, der ihm einst so viele Goldstücke abgepresst hatte, der irgendetwas von der Sache mit den Falschmünzern wusste und diesen Jungen entkommen ließ. Und den er nicht mehr brauchte, denn bald würde er nur noch mit dem Finger schnippen müssen, um die besten Ärzte Roms zu rufen.
Sein Söldnertrupp hatte die Türe aufgebrochen und den Griechen samt Buhlknaben im Bett aufgestöbert. Ein Schauspiel für Götter! Die schnellen Füße des nackten Äskulapjüngers, verfolgt von den trampelnden Stiefeln der Gepanzerten. Durch alle Zimmer mussten sie dem Arzt hinterherkeuchen, bis sie ihn im Speisezimmer stellen konnten. Aus dem hoheitsvollen Herrn über Leben und Tod war ein zitterndes Wesen geworden, dem die schweißnassen Haare ins Gesicht hingen. Eine Schwertklinge zischte durch die Luft, der Grieche wurde am Hals getroffen, er brach zusammen und sein Blut überschwemmte das Mosaik. Avitus hatte schon Befehl geben wollen, das Haus in Brand zu stecken, da sah er etwas in einem offenen Wandschrank liegen. Ein bronzener Löwenkopf samt Pranken, aus dem hinten ein eiserner Haken ragte. Der Präfekt nahm das schwere Stück in die Hand und lächelte zufrieden. Doryphoros war Mitglied des Priesterkollegiums gewesen und dieser

Schlüssel öffnete die Tempeltüre! Avitus gab den Söldnern einen Wink und als sich die Flammen durch das Gebälk des Hauses fraßen, stand der Trupp bereits vor den hoch aufragenden Säulen. Im Schein der nächtlichen Brände luden sie sich die Weihegaben auf, klirrend landete der nutzlos gewordene Schlüssel auf dem Steinboden.

Eine Hand legte sich auf seine Schulter, er blickte in das Gesicht des lange erwarteten Dieners. »Hast du etwas herausgefunden?«

Der Mann nickte. »Ja, es ist …«

»Nicht hier«, zischte Avitus, »und nicht jetzt. Gleich muss er kommen!«

Beide blickten auf die Bahn des Zirkus. Umgeben von Liktoren mit Rutenbündeln hatten Tierbändiger den Wagen des Kaisers nach rechts geführt, jetzt näherte sich von links ein Haufen in Felle gekleideter, langhaariger Wesen.

»Sind das nicht Weiber?«, staunte der Herr. »Kannst du erkennen, was auf dem Schild steht?«

»Gotische Amazonen, in der Schlacht gefangen!«

»Gut, wenn sie vorbei sind, ist er dran.« Avitus beugte sich vor und sah nach links. Ja, dort kam er. Tetricus in scharlachrotem Mantel, hellgelber Tunika und gallischen Hosen, neben ihm sein Sohn. Avitus brauchte das Schild nicht, um den Usurpator zu erkennen, obwohl er ihn nur ein einziges Mal gesehen hatte. Damals war er vor ihm im Staub gekrochen und jetzt saß er hier als Gast des Kaisers, der unbesiegbaren Sonne, und blickte auf seinen ehemaligen Herrn herab.

Wie schnell sich Fortunas Rad drehte, hatte auch die Frau erfahren müssen, die nun folgte. Selbst ohne das Schild hätten die Zuschauer gewusst, wer hier an ihnen vorbeischritt: Zenobia, einst Königin von Palmyra. Ein bewunderndes Raunen ging durch die Menge, das ihrer Schönheit ebenso galt wie ihrem Schmuck. Auf dem Kopf trug sie drei Diademe, ihren Körper bedeckte ein glitzernder Panzer aus Halsketten, edelsteinbesetzten Broschen und an den Armen hatte sie unzählige Reifen, an Händen und Füßen klirrten dünne goldene Ketten. Als sie näher kam, konnten die Zuschauer auf den vorderen Plätzen ihr angespanntes, schweißüberströmtes Gesicht erkennen. Doch sie hielt sich aufrecht und lächelte immer wieder ihrem Sohn Vaballathus zu, der neben ihr ging.

Stumm folgten ihr alle Augen, kaum jemand achtete auf die nächste Gruppe, die das Schild als Stadthäupter aus Palmyra und Ägypten ankündigte. Auch Avitus würdigte die Gefangenen keines Blickes, sondern machte seinem Diener ein Zeichen, ihm zu folgen. In der Höhlung eines Treppenaufgangs sagte er nur ein Wort: »Wer?«

»Der Mann, der Euch nachspionieren lässt, ist der Senator Ulixes Gabinius Aquila.«

»Beim Pluto, ein Senator?« Avitus zog die Luft zwischen den Zähnen ein. »Warum ist der hinter mir her?«

Der Diener zögerte. »Nicht nur hinter Euch.« Er sah seinen Herrn erwartungsvoll an, der ihm eine Münze in die Hand drückte. »Gut gemacht. Los, sag schon!«

»Als Vorsitzender der vom Kaiser eingesetzten Kommission gegen Korruption kann er jeden überprüfen, der ihm verdächtig erscheint.«

Avitus fluchte innerlich, zwang sich jedoch ein Lächeln ab. »Was für ein Geier ist das?«

Sein Diener zeigte nach unten, wo ein Bereich für Senatoren reserviert war. »Da sitzt er. Am Rande, der Schlanke mit dem weißen Haarkranz.«

Avitus spähte in die Richtung des ausgestreckten Armes, dann murmelte er: »Seine Begleiter, das sind doch keine Senatoren?«

»Nein, natürlich nicht.« Der Diener war stolz auf sein Wissen. »Den rotblonden, rundlichen Mann kenne ich nicht. Aber der Stämmige mit Bart, das ist ein gewisser Primus Verecundus, daneben sitzt sein Sohn, Flavius Verecundus, und dessen Frau.«

»Flavius Verecundus«, murmelte Avitus, der ein gutes Namensgedächtnis besaß. »Ich glaube, den kenne ich aus Augusta Raurica. Und in Lopodunum ist mir auch schon ein Verecundus begegnet.«

Zwei Städte, aus denen er keine Zeugen gebrauchen konnte. Keine

Mitwisser, die vielleicht dem Kaiser Dinge hinterbrachten, die besser im Schoße des Vergessens ruhten. So saß er eine Weile gedankenversunken da, während unten Gruppen von Kriegsgefangenen vorbeimarschierten.
»Los, wir gehen.« Er winkte dem Diener. »Du kennst doch hilfsbereite Leute in der Subura.«

Ohne die Schlemmerei wäre alles anders gekommen.
Olus hatte seine Freunde eingeladen, nach dem Besuch der Trajansthermen in der nahen Kneipe zu Abend zu essen, wo er seit einem Vierteljahr als Koch arbeitete. Der mit Honig gewürzte junge Wein hatte die Gäste in gelöste Stimmung versetzt. Als sie im Nebenzimmer um den sandgeschrubbten Eichentisch saßen, auf dem eine Schüssel mit Schnecken dampfte, hob Ulixes die Hand.
»Liebe Freunde, heute ist ein besonderer Tag!«
»Wieso das, bist du jetzt Konsul geworden?«, frotzelte Flavius.
»Nein, besser.« Der Senator senkte die Stimme. »Bei unserer Audienz, als mich der Kaiser alleine im Atrium sprechen wollte – du erinnerst dich?«
Flavius nickte.
»Damals erteilte mir Aurelianus einen Auftrag, den ich am liebsten abgelehnt hätte.«
Zwei Augenpaare blickten ihn fragend an.
»Ich sollte eine Kommission aus vertrauenswürdigen Männern bilden, die das Verhalten der wichtigsten Würdenträger in den zurückgewonnenen gallischen Provinzen untersucht.«
»Die Korruptionsspürhunde, über die man auf dem Forum tuschelt?«, fragte Primus.
Ulixes nickte. »Und warum wolltet Ihr diese Aufgabe nicht?«
»Weil ich ohne sie endlich in Frieden leben könnte. Mehr, als ich erreicht habe, strebe ich nicht an. Jetzt sehne ich mich nur noch

danach, dem ganzen politischen Sumpf den Rücken zu kehren. Ich träume davon, auf meiner Terrasse über den Felsen Karthagos zu sitzen und die Abendsonne zu genießen, während unten das Meer rauscht.«

»Ich verstehe«, murmelte Primus. »Aber einen kaiserlichen Auftrag lehnt man nicht ab.«

»Nein, besser nicht.« Ulixes nahm einen Schluck Wein. »Man kann ihn nur schnell und erfolgreich erledigen.«

»Und, hattest du schon Erfolg?«

»Ja, das hatte ich. Dank deiner Hinweise.«

»Meiner? Davon weiß ich nichts.« Flavius spürte, wie sich sein Magen zusammenkrampfte.

Ulixes legte ihm die Hand auf die Schulter. »Keine Angst, es ist niemand, der uns am Herzen liegt.«

»Aber ich kenne ihn? Spann uns doch nicht auf die Folter!«

»Nicht so ungeduldig!« Ulixes schmunzelte. »Julius hatte von dem Präfekten Avitus erzählt, dem du später in Augusta Raurica nur knapp entronnen bist.«

Flavius nickte. »Eine Schlange, der nie wieder zu begegnen mir ein Vergnügen sein wird.«

Ulixes schüttelte den Kopf. »Stell dir vor, da denke ich ganz anders!« Er beugte sich über den Tisch und ließ seine Worte wie Soldaten aufmarschieren.

»Der ist mein Präzedenzfall, und sein Schicksal wird all den Blutsaugern zu denken geben, die das Imperium schröpfen.«

Flavius wiegte den Kopf. »Was willst du ihm vorwerfen? Dass er sich in Lopodunum feige verzogen hat?« Er stocherte mit dem gebogenen Messerchen in einem Schneckenhaus herum. »Oder die toten Falschmünzer? Da hat Aurelianus beim Aufstand der römischen Münzpräger ganz anders aufgeräumt. Hier treiben doch täglich Leichen in der Cloaca maxima!«

Ulixes nickte. »Das stimmt. Aber meine Nachforschungen haben mehr über diesen Avitus zutage gefördert. Schmutzige Dinge. Unterschlagung im Amt. Bestechung. Mittäterschaft bei der Plünderung eines Tempels. Selbst Mord.«

Er spießte mit seiner zweizinkigen Gabel einen kleinen braunen Schneckenkörper auf. »Den Fisch habe ich am Haken. Seit heute Nachmittag liegt die Anklageschrift beim Kaiser.«
Die Schnecke verschwand im Mund, Ulixes kaute genüsslich, bevor er weitersprach. »Seine Augen möchte ich sehen, wenn Prätorianer an die Türe hämmern. Der Kaiser müsste sehr milde gestimmt sein, um ihm das Schwert zu ersparen. Aber wann ist Aurelianus schon milde gestimmt?«

Die Öllampe flackerte und ließ Schatten aus den Ecken springen, im Raum schwebte ein Hauch von Unheil. Flavius und sein Vater schwiegen, als Schritte erklangen. Aqmat stand in der Türe, ein kleines Paket in der Hand. Flavius sah sie an: Die modisch gelockten Haare, die leichten Sommersprossen, ihre wachen Augen und dazu das Lächeln, das ihn immer wieder schwach werden ließ. Ihren Körper konnte er unter dem Kleid kaum erkennen, aber er kannte jeden Fingerbreit, die Rundungen, die in letzter Zeit etwas üppiger geworden waren. Stolz stand er auf und umarmte sie.
»Hast du auf dem Forum etwas gefunden, das dir gefällt?«
Sie schüttelte den Kopf. »Nein, die Goldschmiede dort sind etwas für reiche Matronen. Und für Senatoren.« Aqmat setzte sich zu den Männern und schob Ulixes ein Päckchen über den Tisch. »Das hat mir der Juwelier Sixtus für dich mitgegeben. Zeigst du uns, was drin ist?«
Der Senator zögerte, dann öffnete er das kleine Bündel und zog einen goldgefassten, flachen Glasanhänger heraus. Stumm reichte er ihr das ovale Schmuckstück.
»Unglaublich, diese Ähnlichkeit!« Das Mädchen hielt die Miniatur hoch. Vor dunklem Hintergrund blickte Ulixes goldfarbener Kopf aus der Scheibe. Jede Falte, jedes Haar war genau wiedergegeben, eine Toga mit Purpurstreifen bedeckte die Schultern.
»In eurem Alter wird man noch schöner, in meinem nicht mehr. Ich wollte, dass eine Erinnerung bleibt.« Ulixes sah aus, als wolle er um Verständnis bitten.
Aqmat und Flavius nickten verlegen. Es war ihnen nicht entgan-

gen, dass das Bild den alten Mann mit vollerem, dunklem Haar zeigte.
Dankbar widmeten alle sich dem nächsten Gang, der soeben serviert wurde: junge Haselmäuse, mit Koriander und Zwiebeln gedünstet, in einer Sauce aus Milch, Honig, Pfeffer und Oregano. Eine Zeit lang war nur das Besteckgeklapper zu hören.
»Diese Tierchen zergehen auf der Zunge.« Primus wischte sich den Mund. »Was erwartet uns jetzt?«
Olus stand neben dem Tisch, die Hände hinter dem Rücken verschränkt.
»Es geht weiter mit einem Apicius-Rezept, seiner berühmten Schweineleber. Und bei mir ...«, der Koch hob den Zeigefinger, »bei mir könnt ihr sicher sein, dass die Schweine nicht nur mit Feigen gemästet werden, sondern vor dem Schlachten auch wirklich süßen Most zu saufen bekommen!«
Primus stieß ein genießerisches »Aaahhh« aus und strich sich erwartungsvoll über den Bauch. Trotz des Druckes, der auf jedem lastete, der am Sonnentempel arbeitete, war er im letzten Jahr rundlicher geworden und Flavius fühlte sich manchmal an Julius erinnert. Nur dass sein Vater das Leben ohne das schlechte Gewissen und die advokatischen Rechtfertigungen des Onkels genoss.
Die Leber verdiente jedes Lob und bald waren alle wohlig gesättigt. Ulixes ließ einen weiteren Krug Wein kommen, dann servierte Olus Mandelgebäck mit Honig und spendierte den Gästen noch eine Amphore, die sich Ulixes und Primus teilten. Flavius hatte einen Arm um Aqmat gelegt, die andere Hand ruhte auf ihrem Bauch. Immer wieder versuchte er, das wachsende Leben darin zu erfühlen, obwohl er wusste, dass es zu früh war. Seine Frau saß mit geschlossenen Augen da, ihren Kopf an seine Schulter gelehnt.
Als sie endlich das Lokal verließen, schimmerten am Himmel noch die Schleierwolken im letzten Abendrot, doch die Häuserschluchten versanken bereits im Dunkel. Ulixes lehnte sich einen Augenblick an die Mauer, um mit geschlossenen Augen frische Luft in die Lungen zu ziehen, als ihn Flavius anstieß.
»Wo sind unsere Diener, die Träger mit den Sänften?«

Der Senator blinzelte, dann schüttelte er den Kopf. Niemand war zu sehen.
»Keine Ahnung. Ich hatte ihnen freigegeben bis zur Dämmerung, aber dann sollten sie hier auf uns warten!«
Flavius sah auf das nachtschwarze Pflaster. Etwas beunruhigte ihn. Er legte den Arm um Aqmat.
»Ohne Begleitung sollten wir die weite Strecke nicht laufen. Da gibt es einige üble Viertel.«
Ulixes nickte. »Lasst uns zum Palatin gehen. Dort hocken immer Prätorianer beim Würfelspiel, da kann jemand mitkommen.«
Aqmat ließ sich von Olus eine Laterne geben, dann gingen sie los. Doch schon einen Häuserblock weiter hörten sie hinter sich ein Klirren. Flavius wandte sich um und glaubte, ein Stück entfernt mehrere Schatten zu erkennen. Er packte seine Frau an der Hand.
»Wir werden verfolgt. Kannst du laufen?« Sie nickte.
Die vier rannten los. Das schwankende Licht der Laterne erweckte das Pflaster zum Leben, riss Wände aus dem Dunkel, auf die ungelenke Buchstaben gepinselt waren, und streifte die Holzverkleidungen geschlossener Geschäfte. Hinter sich hörten sie Rufe, doch sie achteten nur darauf, nicht auszurutschen.

»Verflucht!«
Primus, der einige Schritte vorausgelaufen ist, hält an und zeigt auf das Ende der Straßenschlucht. Im Lichte der aufgehenden Mondsichel bewegt sich eine dunkle Masse auf sie zu.
»Jetzt haben sie uns!«
Einen Augenblick herrscht Schweigen, der Trupp nähert sich.
»Da ist noch Licht!«
Aqmats Flüstern lässt die drei Männer herumfahren. Durch einen Spalt zwischen den Bohlen einer Türe dringt ein dünner Schimmer. Sie huscht hinüber und klopft leise an.
»Bitte, macht auf!«
Nichts.
Aqmat klopft stärker, hebt die Stimme etwas.
»Bitte, aufmachen, schnell. Wir werden verfolgt!«

Innen Schritte, dann quietscht ein Schloss. Die Türe öffnet sich einen Spalt. Licht fällt auf die Straße, die Stiefel der Verfolger nähern sich. Ein kindliches Mausgesicht starrt in die Dunkelheit. Ulixes schiebt den Jungen beiseite, sie drängen hinein, rammen den Riegel vor. Im Raum ein großer Eichentisch, darauf eine Öllampe, in der Ecke ein Strohlager, an den Wänden Regale voll grünlicher Gläser. Der Junge starrt auf den Purpurstreifen an Ulixes' Toga.
»Ein Senator?«
»Ja, und draußen Räuber!« Eine Faust hämmert gegen die Bohlen, dann mehrere. Mörtel bröckelt von den Türangeln in der Mauer. Auf Flavius' Zeichen hin wuchten die Männer den schweren Tisch vor die Türe. Ängstlich sieht der Junge zu. »Jedes zerbrochene Glas wird mein Herr …«
»… von mir ersetzt bekommen.« Ulixes zeigt nach hinten. »Gibt es dort einen Ausgang?«
Kopfschütteln. »Nein, nur ein Lagergewölbe.« Dann scheint dem Knaben ein Gedanke zu kommen. »Von dem aus geht es in viele andere Grotten. Ich bin mal reingekrochen und ganz woanders rausgekommen. Aber da ist alles voller Kot, nichts für Senatoren.«
»Besser dreckig als tot!« Ulixes reicht ihm die Öllampe. »Los. Wo lang?«
Der Junge rennt nach hinten, öffnet eine Türe, sie durchqueren einen muffigen Raum, am Ende weht ein mottenzerfressener Vorhang.
»Dahinter, aber Ihr müsst kriechen!« Schläge dröhnen vom Eingang her, Holz splittert. Der Junge verschwindet in der Ecke, Flavius folgt ihm, dann Aqmat mit der Laterne, hinter Primus schiebt sich Ulixes in die nach Urin stinkende Höhle.
Die Flucht geht durch Räume, die so mit Schutt gefüllt sind, dass sie nur gebückt voranhasten können. Der flackernde Schein der Laterne fällt auf eine Deckenmalerei: Ein Krieger nimmt Abschied von einer Frau, schon schluckt alles ewige Nacht. Die Flüchtlinge stolpern weiter, es scheint fast, als wolle sie das Labyrinth verschlucken, als griffe aus jeder schwarzen Ecke der unbekannte Erbauer dieses verschütteten Palastes nach ihnen.

Ein vieleckiger Kuppelsaal, in dem Fledermäuse fiepen, einen Augenblick können sie sich aufrichten, doch da hallen die Rufe ihrer Verfolger durch die Gänge. Weiter, nur weiter, durch ein langes Gewölbe, an dessen himmelblauer Decke sich Seeungeheuer, Greife, Kentauren, Löwenköpfe, Delphine und Flügelpferde zu einem Reigen vereinen. Ein flüchtiger Blick, dann müssen sie auf die Knie, ihre Rücken schaben an der Decke, fast scheint es nicht mehr weiterzugehen. Der Junge und Flavius zerren Steinbrocken beiseite, bis die Lücke groß genug ist. Ratten huschen in die Ecken. Endlich wieder ein höherer Raum. Unter Spinnweben glänzt matt eine vergoldete Decke, runde und rechteckige Stuckrahmen umschließen schimmelfleckige Malerei.
»Diese Gewölbe …«, Primus richtet sich auf und starrt nach oben. »Wir müssen in Neros Goldenem Haus sein!
»Vater, bitte!«, Flavius wirft einen Blick über die Schulter. Ulixes zischt: »Weiter!«, gibt Primus einen Schubs, macht selber einen Schritt, tritt auf seine Toga, rutscht aus und stürzt. Ein heftiger Schmerz durchschießt seinen rechten Knöchel. »Mein Fuß!«
Primus dreht sich um, legt den Arm des Senators auf seine Schulter und stützt ihn. Doch sie humpeln nur noch voran, hinter ihnen hallen Stimmen und Schritte. Sie zwingen sich dazu weiterzuhasten. Flavius und Aqmat sind ein Stück voraus, schon durch den nächsten, kaum zwei Fuß hohen Durchlass gekrochen, als sie zurückblicken.
»Ulixes, was ist passiert?«
»Mein Fuß ist verletzt. Ich kann nicht mehr.«
»Du musst!« Flavius' Stimme befiehlt und fleht zugleich. »Komm!«
Primus kriecht voran, zieht Ulixes nach, als die ersten Verfolger in den Saal mit der Golddecke stürmen. Zerlumpte, muskulöse Gestalten mit staubigen Bärten, Dolche im Gürtel, zwei halten Öllampen. Im Hintergrund sieht man einen Schatten, stumm machen die anderen Platz. Der Anführer bleibt im Dunkeln, nur seine Stimme klingt schneidend in der flackernden Finsternis. »Gebt auf, Senator. Ich weiß, dass Ihr hinter diesem Durchgang steckt!«

Flavius, Primus und Ulixes spähen stumm durch die niedrige Öffnung.
»Wir wollen Euch nichts tun. Nur einige ruhige Tage in einem stillen Zimmer. Wie sagt doch Horatius Flaccus so treffend? ›Glücklich ist der, der frei vom geschäftlichen Leben ist!‹« Der Schatten hält inne, lauscht, einer seiner Männer macht einen Schritt vor, doch er winkt ihn zurück, als Ulixes' Stimme aus dem Mauerloch tönt.
»Wo sind meine Diener?«
»Eine Botschaft genügte, und sie gehorchten.« Einen Augenblick herrscht Schweigen. »Jetzt warten sie bei den Antonianus-Thermen, vor der Taverne ›Zum Goldenen Esel‹. Ist das nicht köstlich?« Glucksendes Lachen. »Sie sind unversehrt, genauso wie Ihr, sobald ich ein Säckchen Gold in den Händen halte. Der kleine Verlust tut einem Mann wie Euch nicht weh. Dafür könnt Ihr beim nächsten Bankett vor den anderen Purpurgestreiften mit einer aufregenden Geschichte glänzen!«
Ulixes räuspert sich. »Ein belesener Verbrecher, der sich um Humor bemüht. Das findet man selten in diesen Zeiten!«
»Ich spüre, wir verstehen uns.« Die Stimme lockt. »Ergebt Euch, alle natürlich, und ich versichere Euch, dass meine Männer selbst die Dame zuvorkommend behandeln.«
»Wir werden diesen Vorschlag miteinander besprechen.« Flavius klingt unsicher.
»Aber natürlich. Nur bitte nicht zu lange, sonst werden meine Männer ungeduldig. Dann schwindet das ihnen mühsam anerzogene Benehmen, die tierischen Triebe brechen durch, und dann bin selbst ich machtlos, ganz machtlos.«

Die drei kriechen etwas zurück, bis sie den Jungen und Aqmat erreichen. Flavius flüstert: »Traut ihm nicht. Ich kenne die Stimme. Das ist Avitus!«
»Verflucht!« Ulixes starrt in die Laterne. »Der ist nicht wegen einiger Goldstücke hinter mir her. Ihr müsst fliehen, ich halte ihn auf.«

»Kommt nicht in Frage. Wir bleiben zusammen!«
»Ich hätte nichts anderes von dir erwartet.« Ulixes legt seine Hand auf Flavius' Schulter. »Aber hast du eine Waffe? Ich trage ein Kurzschwert unter der Toga, auch wenn so etwas in der Stadt verboten ist. Wer hier seinen Kopf durchstreckt«, er zeigt auf den Mauerdurchbruch, »der ist verloren.«
»Trotzdem, ich bleibe bei dir!«
»Nein, Flavius, das wirst du nicht. Ich habe diese Brut aufgescheucht.« Ulixes zieht sein Schwert. »Wenn ich sie hier nicht aufhalten kann, dann kannst du es auch nicht. Denk mal dran, was sie mit Aqmat machen, bevor sie uns die Kehle durchschneiden.«
Nach einem Augenblick gedrückten Schweigens legt Primus die Hand auf die Schulter seines Sohnes und winkt dem Jungen. »Er hat leider Recht. Gibt es noch einen Durchgang?«
Der Junge schüttelt den Kopf. »Alle anderen sind verschüttet. Der Ausgang ist ein Stück weiter hinten.«
»Dann los und holt Hilfe. Das ist ein Befehl!« Ulixes Stimme duldet keinen Widerspruch, doch da tritt Aqmat vor, einen kleinen Dolch in der Hand.
»Gebt mir die Gelegenheit, den Anführer zu erwischen. Ich bin beim Werfen zwar etwas aus der Übung, aber einen Versuch ist es wert …«
»Und, was hat der Rat der Weisen beschlossen?«, tönt die Stimme aus dem großen Gewölbe herüber. Ulixes winkt Aqmat und beide kauern sich vor dem Durchlass.
»Wir sind zu einem Entschluss gekommen«, ruft der Senator. »Dabei hat unsere Dame aber etwas mitzureden.«
»Frauen, die mitreden – ein Fehler, glaubt es mir.« Avitus seufzt. »Aber bitte, lasst es uns zu Ende bringen. Also, was gibt's?«
»Das da!« Aqmat holt aus, doch ihr Arm berührt einen vorstehenden Stein, der Dolch zischt durch die Dunkelheit und streift den Anführer nur. Ein lauter Schrei, wie Ratten huschen die Verfolger in Deckung.
Ulixes kauert sich vor die Öffnung, die Schwertklinge schimmert auf seinem Knie. »Gut. So schnell trauen die sich nicht wieder aus

ihren Löchern.« Er winkt Flavius und reicht ihm das Päckchen mit der Miniatur. »Damit dir die Wachen glauben. Sie war für dich bestimmt.« Er lacht leise. »Los jetzt. Ich bin schon gespannt auf den ersten Neugierigen.«
Das Licht der Laterne verschwindet im Gang und mit ihm auch das Lächeln aus dem Gesicht des alten Mannes, der im Schein seiner Öllampe vor dem Mauerdurchbruch wartet.

Die Gefangenen an der Kette hatten die Nacht zuvor kaum geschlafen. Doch eine bessere würde ihnen nicht mehr vergönnt sein, denn der Karren, auf dem sie hockten, fuhr zu ihrer Hinrichtung. So früh am Morgen achtete kaum jemand auf das Gefährt mit seiner menschlichen Last. Verurteilte Verbrecher auf dem Weg zum Flavischen Amphitheater waren in diesen Tagen ein derart vertrauter Anblick, dass kein Schmied das Hämmern, kein Schneider das Nähen und kein Bäcker das Kneten des Teiges unterbrach. Nur die Müßiggänger, die schon vormittags herumschlenderten, fragten sich, welche Todesarten wohl als mittägliche Pausenunterhaltung vorgesehen sein mochten.
Vor dem Karren wuchsen die übereinander getürmten Bogenreihen des Amphitheaters in den Himmel. Es würde ein heißer Tag werden und die Matrosen aus Misenum waren schon dabei, an den Masten, die am oberen Rand des Bauwerks in Steinringen steckten, die Sonnensegel zu hissen.
»Runter!« Die schnarrende Stimme unter dem roten Helmbusch war ganz gelangweilte Routine. Zwei nubische Sklaven mit schweren Lederpeitschen traten vor und winkten den Gefangenen. Die Kette klirrte, als sich die Männer erhoben und steifbeinig vom Karren kletterten. Der Soldat, der die zwei Zugtiere geführt hatte, salutierte.
»Melde vierzehn Verbrecher vollzählig zur Exekution erschienen!« Er öffnete eine zusammengeklappte Wachstafel.

»Zwei Brandstifter, vier Straßenräuber, drei wiederholte Betrüger und fünf vermischte Fälle – alles von Mord bis Unterschlagung.« Er reichte die Tafel dem Hauptmann, der seinen Helm hochschob und unwillig auf die krakelige Schrift stierte.
»Wieder nur das Übliche – Toga Molesta, Kreuzigung, Hände abhacken, Enthauptung, Ad Bestias.« Er zuckte mit den Schultern. »Na ja, soll nicht meine Sorge sein. Aber das Publikum langweilt sich allmählich, wenn denen da oben nichts Neues einfällt.«
»Toga Molesta, nein, nein!!« Einer der Brandstifter zerrte an seiner Kette in dem verzweifelten Versuch, seinen Kopf aus dem Halseisen zu ziehen. Ein Wink des Hauptmanns, schon klatschten die Peitschen der Schwarzen auf den schmächtigen Körper und rissen blutige Bahnen in seine Haut. Einige Hiebe trafen auch die Kettennachbarn, die in das Geschrei einstimmten, bis der Hauptmann ein Zeichen gab.
»Schluss, ich will hier kein Aufsehen. Die sollen ihre Stimmen für später schonen. Ab in den Keller!«
Er übergab die Tafeln einem kleinen Wärter mit dicker Nase, der zwei Soldaten herbeiwinkte. Einer ergriff das vordere Ende der Kette und marschierte los, der andere folgte den Gefangenen, während die Nubier nebenherliefen und drohend ihre Peitschen schwenkten.
Erst verklang das Gewimmer des Brandstifters, dann das Scharren der Schritte und zuletzt das Klirren der langen Kette, als der Trupp in einen dunklen Torbogen tauchte. Zurück blieb nur eine dünne Perlschnur aus Blutstropfen im Staub, doch bald wurde sie von den Sandalen der Schaulustigen zertreten, die früh zu den besten Plätzen drängten.

»Doch, ich werde hingehen!«
Flavius hatte Ringe unter den Augen. »Ich will Rache. Ich will dabei sein, wenn der Schuft seine Strafe bekommt.«
Aqmat zuckte mit den Schultern. »Ich bleibe hier. Hass ist fruchtlos, aber tu, was du nicht lassen kannst. Auch wenn es mir lieber wäre, wenn du das nicht mit ansehen würdest.«

»Ich komme mit dir.« Primus legte seinen Arm um seinen Sohn.
»Ich denke, ihr Christen lehnt die Arena ab?«, fragte Aqmat.
»Als Vergnügen, ja. Aber ich gehe nicht zum Vergnügen hin.«
Eine Viertelstunde später bestiegen Vater und Sohn ihre Sänften, um sich zum Flavischen Amphitheater tragen zu lassen. Beide waren erschöpft und mit der schaukelnden Bewegung kamen die Gedanken an das, was war.
Auch die Erinnerung an vorletzte Nacht.
Sie hatten sich durch ein Loch ins Freie gestemmt, ihre Hände auf taufeuchtes Gras gelegt und ihre Lungen mit frischer Nachtluft voll gesogen. Dann waren sie zum Palatin gerannt, wo sie den Wachen ihre Geschichte erzählten. Mit hochgezogenen Brauen hörte sie der wachhabende Offizier, doch als er die Miniatur in die Hand nahm, aus der ihn das bärtige Gesicht mit der purpurgestreiften Toga anblickte, gab er seine Befehle.
Aqmat blieb in der Wachstube und die Männer hetzten zurück, als ob die Furien hinter ihnen her seien. Flavius führte ein Dutzend Prätorianer zu dem Loch im Garten, Primus und der Junge ihre Gruppe zum Glasgeschäft. Die eingeschlagene Türe hing schief in den Angeln, innen lehnte der zertrümmerte Tisch, alles lag verlassen. Zwei Soldaten bewachten mit gezückten Schwertern den Einstieg, der Rest zwängte sich fluchend in die Höhle. Primus schien es eine Ewigkeit, seit er diese modrige Unterwelt das erste Mal durchhastet hatte. Angst packte ihn, sie könnten zu spät kommen. Im Flackerschein ihrer Laternen durchkämmten die Soldaten jeden Winkel und Primus hatte Zeit, die Malereien zu betrachten. Jetzt erkannte er in dem Krieger den todgeweihten Hektor, der Abschied von seiner Frau Andromache nahm, ein Stück weiter sah er Paris mit der geraubten Helena.
Neros Goldenes Haus – für jeden Baumeister der Inbegriff großartigster Verschwendung. Ob hier irgendwo das Zimmer lag, in dem der Kaiser die Nächte mit seiner schönen Frau Poppaea verbrachte, bevor er die Schwangere mit einem Fußtritt tötete? Jahre des sich steigernden Wahns, in denen Aufstände das Reich erschütterten, bis sich der von allen verlassene, ehemals so Mächtige auf der

Flucht den Dolch in den Hals stieß. Ein halbes Jahrhundert später hatte Trajanus, um seine Thermen darauf zu errichten, den durch einen Brand beschädigten Palast zuschütten lassen.
Ein Ruf gellte durch das Dunkel, die Prätorianer hatten die Verbrecher aus der Subura im Kuppelsaal gestellt. Schwertgeklirr, Schreien und Stöhnen hallten durch das Gewölbe, in dem die Fledermäuse wie schwarze Schatten hin und her schossen. Doch als der Kampf entschieden war, als Primus die Männer musterte, die tot auf dem Boden lagen oder sich in ihren Fesseln wanden, fehlte ihm der Wichtigste: Avitus.
Der Baumeister zeigte in das Dunkel. »Weiter! Er muss noch da drinnen sein!«
Sie schlichen den blauen Gang entlang, bis der Dämmerschein ihrer Laternen den Saal mit der Golddecke füllte. Ein Soldat winkte aufgeregt.
»Hier, seht Euch das an!«
Primus trat näher. An der Wand türmte sich frischer Schutt, daneben klaffte eine Grube. Sie stiegen hinein und spähten durch ein Loch in den Nebenraum. Hatten sie nicht hier Ulixes zurückgelassen? Doch alles war leer, erst im nächsten Gewölbe sahen sie einen Mann. Er kauerte in der Ecke, war füllig, trug eine schmutzige, blutbefleckte Tunika und atmete schwer. Seine vollen, schwarzen Haare hingen ihm wild ins Gesicht und die Augen unter den schweren Lidern blinzelten in die Laternen. Als die Soldaten stumm näher traten, kroch er in sich zusammen und hob die Hand mit dem Goldring vor die Augen. In diesem Augenblick wusste Primus plötzlich, was geschehen war. Er trat auf den Mann zu, der in der Ecke kauerte, sah ihn an und spuckte ihm ins Gesicht.

Flavius erinnerte sich, wie seine Soldaten die Räume durchsuchten, ohne auf einen der Räuber zu stoßen. Zuletzt hielt er es nicht mehr aus, winkte sich zwei Prätorianer heran und hastete mit ihnen durch die Gewölbe. In einem kleinen Raum, dessen Wände mit Ornamentleisten und fliegenden Vögeln bemalt waren, fand er Ulixes.

Er rannte zu der am Boden ausgestreckten Gestalt, sah das Rot auf der Toga, dieses Rot, das kein Senatorenpurpur war, und kniete sich neben den Verwundeten.

»Ulixes, nein, du darfst nicht sterben!« Er winkte einem der Prätorianer. »Schnell, einen Arzt!«, dann klopfte er dem Reglosen auf die Wangen. »Wach auf, ich bin da, wir retten dich, Hilfe kommt.« Ein Griff nach dem Handgelenk des Mannes, doch sein eigenes, hämmerndes Herz ließ ihn nichts spüren. Er winkte dem anderen Soldaten, ließ sich einen Dolch geben, putzte die Klinge sauber und hielt das blanke Metall vor den offenen Mund des Liegenden. Der Soldat beugte sich vor, hob die flackernde Laterne – da, eine ganz leichte Trübung. Flavius wischte die Klinge erneut ab, wieder dieser Hauch von Feuchtigkeit.

»Er atmet noch. Schnell, helft mir, seinen Körper freizumachen.« Doch als er den muskulösen, von Narben gekennzeichneten Brustkorb sah, schwand seine Hoffnung. Ulixes blutete aus fünf Dolchstichen, zwei der Wunden waren voller Schaumbläschen.

»Die Lunge ist getroffen«, murmelte Flavius. »Helft mir, ihn etwas höher zu betten.«

Dann saß er da, hielt die Hand seines Freundes und wartete. Der Soldat lehnte im Halbdunkel an der Mauer und starrte verlegen ins Nichts.

»Wo bleibt denn nur der Arzt?«

»Ich gehe nachsehen.« Der Soldat lief los, seine Schritte verhallten im Gewölbe, jetzt waren sie allein.

Eine Ewigkeit später stöhnte der Verletzte plötzlich, ein gurgelnder Laut, dann flatterten seine Lider und er öffnete die Augen.

»Wo bin ich? Was ist geschehen?«

»Wir sind noch im Goldenen Haus. Du bist verletzt, aber ein Arzt kommt.« Flavius schluckte. »Dann wirst du wieder gesund. Ganz gesund. Du baust deine Villa in Karthago, und ich besuche dich mit Aqmat.«

»Ihr seid entkommen?« Die Stimme klang erleichtert.

»Ja, dein Mut hat alle gerettet. Wie konnten sie dich erwischen?«

»Durch Graben.« Flavius beugte sich vor. »Wie, graben?«

»Sie haben …«, Ulixes hustete, »einen anderen … Durchgang freigegraben. Ich humpelte weiter, bis hierher …«
»Rede nicht, das strengt zu sehr an. Wo der Arzt nur bleibt?«
Ulixes Stimme war kaum mehr als ein Röcheln. »Lasst den Arzt schlafen. Ich brauche ihn nicht mehr.«
»Nein, du darfst nicht sterben!«, schrie Flavius. Ulixes schüttelte kaum merklich den Kopf.
»Sie war gut, die Zeit mit dir, kleiner Augustus. Das Schöne wie das Schwere.« Seine Augen fielen zu. In diesem Augenblick knirschten Schritte durch den Schutt und Rosenduft verdrängte den kühlen Modergeruch. Ein junger Mann stand vor ihnen, eine Ärztetasche in der Hand, hinter ihm eine Gruppe Soldaten mit Fackeln. Er beugte sich über den Verletzten, schüttelte sorgenvoll den Kopf und meinte. »Sieht nicht gut aus. Lungendurchstich.«
»Das wissen wir schon seit einer Stunde!« Flavius' Stimme war voll Bitterkeit. »Und, was jetzt?«
Der Mann wiegte den Kopf, kramte in seiner Tasche und zog ein Skalpell heraus. Flavius stierte ihn an.
»Was gibt das?«
»Einen Aderlass, gegen die üblen Säfte.«
Flavius umklammerte seinen Dolch und richtete sich auf. »Bei einem Verblutenden? Raus hier, sonst lasse ich Euch zur Ader!«
Hastige Schritte verklangen im Dunkel, langsam verwehte der Rosenduft. Ulixes hatte die Augen geöffnet und lächelte matt.
»Das war gut. Du gehörst nicht unter die Quacksalber.« Er hustete, machte Flavius ein Zeichen, sich zu ihm hinunterzubeugen.
»Kannst du sie noch, Hadrians Abschiedsverse?«
»Welche Verse?« Flavius hatte Tränen in den Augen.
»Die ich bei dem Sturm zitiert habe, damals auf der Fortuna Redux.«
Flavius nickte. »Soll ich sie …?«
»Ja. Und danke … für alles.«
Flavius setzte sich neben Ulixes, nahm dessen Hände und erschrak, wie kalt sie waren. Dann klang seine Stimme leise durch das dunkle Gewölbe.

»Seele, zärtlicher Atem,
Gast und Gefährte meines Körpers.
Schon entfliehst du
Ins Reich der bleichen kalten Schatten.
Und die Spiele mit mir und meinen Freunden
Sind vorüber …«

An dieser Stelle sah er, dass die Augen ins Leere starrten. Er schloss sie sanft, dann sank er auf den reglosen Körper und weinte hemmungslos.

Im Kerker unter dem Flavischen Amphitheater schluchzte ein Gefangener. Es war ein trockener Krampf, der den Körper des Brandstifters schüttelte. Die anderen Männer in der Zelle lagen wie gelähmt auf dem Stroh. Sie wollten nicht daran denken, wie viele ihrer kostbaren letzten Stunden schon verronnen sein mochten. Die Wächter hatten die Kette gelöst, nur gelegentlich hob ein Gefangener den Kopf, wenn das Brüllen eines Löwen oder der Beifall von fünfzigtausend Zuschauern in das Verlies drang.

Wie oft durften sie noch atmen, bevor sie aus der Zelle gezerrt wurden? Tausend Mal? Noch hundert, oder nur noch zehn Mal? Jetzt, diese Schritte, waren das Soldaten, die kamen, von den Auspeitschern begleitet? Alle drängten sich an der Rückwand, wie Schafe vor dem Wolf, um noch einige Augenblicke zwischen sich und das Ende zu schieben.

Nur einer, ein beleibter Mann in einer blutbefleckten Tunika aus besticktem Baumwollstoff, saß ganz vorne an den Gitterstäben. Er spähte den Gang entlang, sah den kleinen Wärter heranschlurfen und machte ihm ein Zeichen, sich herabzubeugen.

»Hauptmann, Ihr kennt doch die Urteile, oder?«

Der Wärter sah keine Veranlassung, die Anrede zu korrigieren, und nickte stumm.

»Wie viele Enthauptungen sind vorgesehen? Bin ich dabei?«, flüsterte der Gefangene.

»Sorg dich nicht, das erfährst du noch!«

Der Mann am Gitter winkte ungeduldig mit seiner rechten Hand,

an der ein Goldring glänzte. »Ich bitte Euch nur um diesen kleinen Gefallen. Wirklich!«
Der Wärter kratzte sich am Kopf. »Weiß nur von einer.«
»Und wer? Bin ich es?« Der Gefangene zog sich an den Stäben hoch. »Mein Name ist Avitus!«
Der Wärter blickte auf den Goldring, dann grinste er. »Vielleicht, vielleicht auch nicht.«
Avitus krallte sich an das Gitter, dass seine Knöchel weiß hervortraten. »Aber ich gehöre zu den Honestiores! Die werden enthauptet, nicht den Bestien vorgeworfen. Das Ganze ist ein schrecklicher Irrtum!«
Der Wächter lachte. »Ja, ja, weiß schon. Es gibt nur Justizirrtümer hier. Die Brandstifter«, er zeigte auf zwei an der Wand kauernde Männer, »natürlich unschuldig. Das Haus hat der Blitz abgefackelt. Und die Räuber dort«, sein Arm wanderte ein Stück weiter, »unschuldige Lämmer. Die Reisenden sind an Altersschwäche gestorben.« Er richtete sich auf und spuckte auf den Boden. »So geht das hier jahrein, jahraus. Aber es ist nicht meine Sache.«
Avitus zwang sich ein Lächeln ab. »Natürlich, Ihr habt Recht. Aber bei mir liegt ein Irrtum vor. Das gibt es, die Beamten sind überarbeitet. Da wird in der Eile leicht ein Name verwechselt. Aber Ihr könnt das korrigieren!«
Der Wärter sah ihn misstrauisch an. »Ich? Wieso?«
»Weil Ihr ein Mann der Gerechtigkeit seid. Das spüre ich«, Avitus senkte die Stimme, »und weil Ihr das dafür bekommt!« Der kleine Wärter zögerte, dann beugte er sich vor und musterte den Ring, der wie eingewachsen an dem fleischigen Finger steckte. »Du meinst, ich sollte in die Wachstube gehen, das Wachstäfelchen mit den Urteilen nehmen ...«
»Ja, und dann mein Urteil ausstreichen und mit dem des anderen vertauschen!«
Der Mann wiegte den Kopf. »Na ja, wenn die Zahl gleich bleibt. Der Todesarten, mein' ich. Dem Publikum kann's egal sein, wer wie krepiert.« Er zögerte kurz, dann murmelte er. »Also her damit!« Er packte die Hand, um an dem Ring zu ziehen. Keine Bewegung.

Der Wärter griff stärker zu, Avitus biss die Zähne zusammen, die Finger des Mannes krallten sich um das Metall, er warf sich nach hinten. Der Gefangene stöhnte auf, als der Ring abgerissen wurde. Schnell schob er den blutenden Finger in den Mund, während der Wärter das Schmuckstück prüfend in der Hand drehte.
»Und das Urteil?«, gurgelte der Gefangene.
»Wird schon«, nickte der Kleine und wischte das Gold an seiner speckigen Tunika ab. Avitus ließ sich an den Gitterstäben hinuntersinken.

Es dauerte nicht lange, bis tosender Applaus das Ende der vormittäglichen Tierkämpfe und den Beginn der Mittagspause ankündigte. Jetzt kam die Zeit für die Hinrichtungen. Unruhe bemächtigte sich der Gefangenen, als schwere Schritte den Gang entlanghallten. Kreischend öffnete sich das Schloss und zwei Soldaten betraten die Zelle, während ein Nubier breitbeinig im Eingang stand. Der kleine Wärter spähte durch das Gitter und las die Namen der vier Räuber vor, die hinausschlichen, als laste der Balken des Kreuzes schon auf ihren Schultern. Die Soldaten stießen sie den Gang entlang, ein alter Mann mit einem Hammer im Gürtel und einem Korb voller Nägel hinkte hinterher.
Eine halbe Stunde später kamen die Soldaten erneut. Die Namen der Brandstifter wurden in die Zelle gerufen, und da sie keine Anstalten machten, sich zu erheben, betrat der Nubier zusammen mit den Soldaten das Gewölbe.
»Bitte, bitte nicht die Toga Molesta«, flüsterte der Geprügelte.
»Wie das Verbrechen, so die Strafe.« Der Wärter vor dem Gitter winkte dem Schwarzen, der mit der Peitsche knallte. Die Soldaten packten die beiden zusammengesunkenen Männer, um sie in eine Nachbarzelle zu schleppen, wo ihnen ein sackartiges Gewand übergestreift wurde. Der Hinkende brachte einen Eimer voll flüssigen Teers und strich die auf dem Boden liegenden Brandstifter damit ein, dann wurden sie hochgerissen und verschwanden im Gang, gefolgt von einem Fackelträger. Bald drangen Schreie in den Kerker, Schreie, die immer lauter wurden, bis sie schließlich erstarben.

Avitus hatte sich die Ohren zugehalten, sodass er die Schritte nicht hörte, bis sie vor ihm Halt machten.
»Jetzt du. Und ihr auch.« Der kleine Wärter las noch vier Namen vor. »Freut euch auf die Panther, die freuen sich ja auch auf euch!«
Avitus traute seinen Ohren nicht.
»Aber … aber, ich dachte … Du Schwein! Mein Ring!«
Die Peitschenschnur schlang sich um seinen Körper, vor Schmerz zuckte er zusammen. Die Soldaten rissen ihm seine Tunika ab und lachten über seine erbärmliche Nacktheit, seinen dicklichen Leib. Dann zerrten sie ihn hoch und banden ihn an einen Pfahl, der auf einem kleinen, fahrbaren Gestell angebracht war. Ein Schild wurde über seinem Kopf angenagelt, auf dem in großen Buchstaben sein Name stand, darunter »Unterschlagung, Bestechung, Mord«.
Mit quietschenden Rädern rollten ihn die Soldaten den Gang entlang, bis sie zu einem Schacht kamen, an dem Sklaven an einer Winde standen. Die Männer schoben das Wägelchen auf eine Holzplattform, dann wurde oben eine große Klappe aufgerissen und grelles Licht strömte in den Schacht. Langsam ächzte der Aufzug empor.

Flavius fluchte über seinen Fehler. Um die engen Gassen der Subura zu vermeiden, wo die Sänftenträger ohne Stöcke schwingende Sklaven kaum vorangekommen wären, hatten sie den Weg über das mittagsleere Forum gewählt – nur um dort an einen Leichenzug zu geraten. Langsam wurde die Bahre mit dem Verstorbenen von Trägern mit beruflicher Trauermiene auf den Schultern vorbeigetragen, gefolgt von den Ahnenbildern und dem langen Zug der Leidtragenden, die ihre Festtagsgewänder angelegt hatten. Flavius steckte den Kopf aus seiner Sänfte, beobachtete ungeduldig die Angehörigen mit ihren versteinerten Gesichtern, die mit quälender Bedächtigkeit vorbeischritten, und trommelte mit den Fingern auf das Holz des Sitzes. Der Lärm der Trauermusik schwoll ins Unerträgliche, begleitet von den Schreien berufsmäßiger Klageweiber, die gestikulierten und sich die Haare rauften. Als das Spektakel endlich vorbei war, trieb Flavius die Träger zum Lauf-

schritt, sodass sie schweißüberströmt den Nordeingang des Flavischen Amphitheaters erreichten. Hoffentlich kamen sie nicht zu spät!
Er sprang aus der Sänfte, riss Primus mit sich und stürzte auf den riesigen Bogen zu. Kein Blick auf die farbenprächtigen Stuckdekorationen, die gemalten Göttergestalten, die Helden aus der römischen Geschichte und die geflügelten Viktorien, er wollte nur hinein in die finsteren Gewölbe, die düsteren Treppen hinauf, die endlosen Gänge entlang, bis er den hellen Lichtschein eines Vomitoriums erreichte. Schwer atmend trat er mit Primus, der ihm hinterhergekeucht war, durch den Bogen ins Sonnenlicht, mitten unter die fünfzigtausend Zuschauer. Er sah sich um, fand schnell zwei freie Plätze und sie setzten sich.
Die Hinrichtungen waren schon im Gange. Vier Kreuze mit verkrümmten Gestalten erhoben sich in der Arena, gerade schleppten Sklaven zwei verkohlte, an Pfähle gekettete Bündel hinaus. Flavius tippte einem dicken Mann auf die Schulter, der neben ihm saß und sich ununterbrochen Honiggebäck in den Mund schob.
»Entschuldigt, was war bisher?«
»Habt nicht viel verpasst.« Der Mann kaute und schluckte. »Kreuzigungen finde ich immer etwas langweilig.« Eine Hand mit Bronzering wischte die Brösel von der Tunika. »Die Brandstifter, das war nicht schlecht, aber nun kommen die Panther, da tut sich mehr!«
Flavius sah betroffen in das riesige Oval, in dem die letzten Brandspuren getilgt wurden. Jetzt liefen die Sklaven zu einer großen Holzklappe im Boden, öffneten sie und beugten sich über den Schacht. Langsam, wie von Zauberhand, stieg eine Plattform empor, darauf ein kleiner Wagen mit einem Pfahl, an den ein Mann gebunden war.
»Da, das ist er!« Flavius stieß Primus an und zeigte auf den bleichen Körper, der in seinen Fesseln hing. »Ich hasse ihn, aber das wollte ich nicht sehen! Ich dachte, er wird enthauptet?«
Primus zuckte mit den Schultern. »Frag den Kaiser. Ich kenne mich da nicht aus.«
Flavius starrte hinunter, wo die Sklaven den Verurteilten wegroll-

ten. Sie liefen zu dem Schacht zurück, aus dem der Kopf des nächsten Mannes herauswuchs. Als endlich fünf Wägelchen nebeneinander standen, rannten die Sklaven zur Arenaeinfassung und schlugen eine kleine Türe hinter sich zu. Totenstill lag die weite Fläche da, leblos, bis am Rand etwas Schwarzes aus einer Falltüre kroch.
»Die Panther!« Das Wort rauschte durch die Menschenmenge. Einzelne erhoben sich, um besser sehen zu können, doch wurden sie von ihren Hintermännern sogleich wieder auf die Sitze gezerrt. Noch eine Raubkatze tauchte auf und bald waren es fünf schwarze Umrisse, die ziellos in einem Winkel der Arena umherstrichen. Dann entdeckte einer die Männer an den Pfählen, duckte sich, einen Augenblick lang wand sich nur seine Schwanzspitze, bevor er mit langen Sprüngen auf sein Opfer zuschoss. Der Mann schrie, als der Wagen unter dem Anprall schwankte, schon stürzte sich eine zweite Raubkatze auf die Beute. Der Pfahl kippte um, noch ein Panther sprang auf den blutenden Körper, und dann war nur noch das Knurren der Bestien zu hören, die sich um das Fleisch zankten.
Auf Flavius' Gesicht spiegelte sich ein Gemisch aus Abscheu und Wut. Kopfschüttelnd musterte ihn sein Nachbar, das nächste Gebäckstück in der Hand.
»Nicht zufrieden? Wartet nur, heute haben wir Glück.« Seine Stimme senkte sich zu einem Ton kennerhafter Vertraulichkeit. »Wenn sie nicht mehr so hungrig sind, werden sie verspielt und nehmen sich für den Rest mehr Zeit!«
Die anderen beiden Panther waren dabei, den Körper des Mannes neben Avitus zu zerfleischen.
»Nein, das reicht.« Flavius stieß Primus an. »Lass uns gehen. Er hat es verdient, aber nicht so.«
Sein Vater sah ihn an und stand auf. »Gerne. Ich bin deinetwegen hier.«
Flavius stieg wie betäubt die Stufen zum nächsten Vomitorium empor. Überall blickten ihm Gesichter entgegen, die gebannt in die Arena starrten. Nur die Statuen in ihren Nischen, in der Mauer zwi-

schen den Rängen und den schlechten Plätzen ganz oben, trugen schwarze Stoffbinden vor den Augen. Ihnen sollte das Schauspiel erspart bleiben, nach dem die Menschen gierten.
Angewidert schüttelte Flavius den Kopf, ging weiter, erreichte den Abgang, und als er in den dunklen Bogen eintauchte, hörte er das Raunen der Masse, das sich zu einem Aufschrei steigerte. Eine Woge brüllenden Beifalls spülte ihn hinein in die Gänge, die Treppen hinunter und hinaus auf den Vorplatz.

Mitte Dezember war es so weit. Primus fiel ein großer Stein vom Herzen und er konnte zum ersten Mal seit anderthalb Jahren wieder ruhig schlafen: Der fertige Sonnentempel erhob sich auf seinem Podest. Aurelianus ließ ihn am fünfundzwanzigsten Dezember mit Stieropfern einweihen und befahl, an die Innenwände alle Beutestücke aus dem Beltempel in Palmyra zu hängen. Das Volk strömte aus ganz Rom herbei und bestaunte die goldenen und juwelenbestückten Tempelgewänder, die farbigen Stoffdrachen, die im Osten als Feldzeichen dienten, und die spitzen Tiaren, die einst die Köpfe palmyrenischer Priester geschmückt hatten.

Am siebenundzwanzigsten Februar des folgenden Jahres stand eine ältere Frau vor dem Haus mit den grünen Granitsäulen auf dem Dach, hinter ihr ein Träger mit einem Gebärstuhl. Sie ließ den Bronzeklopfer auf die Türe niedersausen und als ein Diener öffnete, betraten die beiden zielstrebig das Haus. Da Ulixes kein Testament hinterlassen hatte, war sein Besitz als Senator zurück an den Kaiser gefallen – bis auf eine Kiste mit persönlichen Habseligkeiten, die Flavius bekam, sowie das Wohnrecht in der Stadtvilla. Bald setzten Aqmats Wehen ein und als die Sonne sank, konnte die Hebamme Flavius ein kleines, blutverschmiertes Bündel Mensch in die Arme legen. Etwas hilflos starrte er seinen Sohn an, doch als der Säugling die winzigen Händchen bewegte und zu weinen an-

fing, da überflutete ihn eine solche Woge des Glücks, dass er seine Tränen nicht zurückhalten konnte. Dann kniete er an Aqmats Bett, legte seinen Kopf auf ihre Brust. Nach längerem Nachdenken beschlossen sie, ihren Sohn Alexander zu nennen.
Am gleichen Tag gebar in Naissus eine Schankdirne namens Helena einen Jungen, der den Namen Flavius Valerius Constantinus erhielt. Nichts deutete darauf hin, dass er Alexanders Weg kreuzen und die römische Welt mehr verändern sollte als alle Kaiser seit Augustus.

Flavius traf Aurelianus nicht wieder. Mitte Mai rief ihn ein Bote in das Haus von Constantius Calpurnius Beryllus, jetzt Leiter der kaiserlichen Kanzlei. Der Freigelassene umarmte ihn in stummer Trauer, als das Gespräch auf Ulixes kam, dann überreichte er ihm eine kleine Urkunde: Die Ernennung zum Curator in Augusta Treverorum. Flavius überkam eine Trauer, er konnte sich kaum richtig freuen, vor allem als Constantius erwähnte, dass Aurelianus beschlossen hatte, auf die Rückeroberung des Dekumatlandes zu verzichten. Stattdessen sollte germanischen Verbündeten gestattet werden, sich diesseits des verlassenen Limes anzusiedeln.
»Aquilas Bericht war uns eine große Hilfe bei dieser schweren Entscheidung«, seufzte der Beamte. »Aber wir mussten sogar Dakien mit seinen Goldminen opfern, um den Rest des Reiches zu retten.«
Flavius nickte stumm. Er verstand die Gründe, aber damit schwanden seine letzten Hoffnungen, jemals den Schatz in Lopodunum bergen zu können. Doch als er dann zu Hause Aqmat sah, als er ihr von seiner Ernennung erzählte, als sein Sohn in seinen Armen lag, da erfüllte ihn Glück und Stolz. Auf dem weiten Weg hatte er ungleich mehr erreicht, als wenn er mit den Tempelbronzen im Gepäck heimgekehrt wäre. Nun konnte er es kaum erwarten, endlich Julius und Drusilla wieder zu sehen.

Mitte Juli, als Flavius seine Vorbereitungen in Rom getroffen hatte und Aqmat meinte, Alexander die Reise zumuten zu können, brachen sie auf. Primus fuhr mit ihnen und Olus hatte sich in letzter

Minute entschlossen, seine römischen Töpfe zu verlassen, um den treverischen Stämmen zu zeigen, wie man Würztunke und andere Köstlichkeiten zubereitet.
Flavius verfügte über eine Berechtigung für den Cursus publicus, die staatliche Reisepost, und so fuhren sie über zwei Monate in einem vierrädrigen Wagen die weite, oft unwegsame Strecke, bis sie endlich das Moselland erreichten. Die letzten Tage begleitete sie ein Dutzend Panzerreiter. Flavius hatte sie beim Kommandanten eines Kastells im Hinterland angefordert, denn die Gegend wurde von plündernden Frankenhorden unsicher gemacht. Immer wieder sahen sie die geschwärzten Balken niedergebrannter Häuser aus dem Schutt ragen. Verängstigte Flüchtlinge baten darum, im Schutze der Soldaten mit ihnen ziehen zu dürfen, um in der Stadt Zuflucht zu suchen.
Am letzten Tag der Reise durchquerten sie einen Weinberg, auf dem die reifen Trauben verlassen in der Sonne hingen. Flavius ließ anhalten. Er sprang aus dem Wagen, um zu den Weinstöcken zu gehen. Krächzende Stare flatterten wie Rußflocken auf, als er eine grünsamtene Traube pflückte und in den Mund schob. Sie war so prall und süß, dass er aus seiner Stiefeltasche das Klappmesser mit dem Affen zog, das er in Ulixes' Nachlass gefunden hatte, und ein ganzes Bündel für Aqmat schnitt. Als er zum Wagen zurückkehrte, bemerkte er, wie der Unteroffizier angestrengt auf etwas starrte, das weit weg zu sein schien.
»Was gibt es, Optio?«
Der Reiter sah zu ihm herab und sein gestreckter Arm zeigte in Richtung des Weges, der vor ihnen lag. »Da, Herr, der Rauch.«
Jetzt sah auch Flavius die große, graubraune Wolke, die hinter einem Hügel langsam in den Himmel quoll. »Was ist das, ein Waldbrand?«
Der Soldat schüttelte den Kopf. »Das glaube ich nicht. Dort liegt kein großes Waldgebiet.«
»Was liegt dort?«, schrie Flavius, obwohl er die Antwort ahnte.
»Augusta Treverorum!«

Zeittafel

222–235	*Alexander Severus* Kaiser
224	*Ardaschir* begründet in Persien die Sassanidendynastie
235–238	*Maximinus I. Thrax* Kaiser (durch Mord an A. Severus bei Mainz)
238	gescheiterte Rebellion der Gordiane in Afrika, Sturz des Maximinus
238–244	*Gordianus III.* Kaiser
241–272	der Sassanide *Schapur* persischer König
244–249	*Philippus Arabs* Kaiser (durch Mord an Gordianus), erkauft Frieden von Persern, 1000-Jahr-Feier Roms (248)
249–251	*Trajanus Decius* Kaiser Pest im Reich, Christenverfolgung, Decius fällt gegen Goten
251–253	*Trebonianus Gallus* Kaiser, erkauft von Goten den Frieden, von seinen Soldaten ermordet
253	*Aemilianus* Kaiser, von seinen Soldaten ermordet
*253–260**	*Valerianus* Kaiser, ernennt seinen Sohn Gallienus zum Mitregenten
256–258	Schapur zerstört Dura Europos, Valerianus bricht mit großem Heer nach Osten auf, Pest, Christenverfolgung
253–268	*Gallienus* Kaiser, ernennt 259 Sohn *Saloninus* zum Mitregenten
259/260*	Gallienus zieht Truppen vom Limes ab, um Aufstand des Ingenuus in Ungarn niederzuschlagen; Limes von Germanen überrannt, Saloninus in Köln ermordet, *Postumus* begründet gallisches Kaisertum, Valerianus gerät bei Edessa durch Verrat in die Gefangenschaft Schapurs, Gallienus beendet Christenverfolgung, Odenathus von Palmyra vertreibt Schapur

267	*Odenathus* ermordet, *Zenobia* wird Königin
268*	*Postumus* von seinen Soldaten ermordet, Gegenkaiser *Laelianus* in Mainz und *Marius* in Köln ermordet, *Victorinus* wird gallischer Kaiser in Trier (bis 270), *Gallienus* von seinen Soldaten erschlagen
268–270	*Claudius Gothicus* Kaiser, besiegt Goten, stirbt an Pest
270	sein Bruder *Quintillus* Kaiser, endet durch Selbstmord
270–274*	*Tetricus* gallischer Kaiser in Trier
270–272	*Zenobia* unterwirft römische Provinzen Kleinasien, Syrien, Ägypten
270–275	*Aurelianus* Kaiser, besiegt Germanen, umgibt Rom mit Stadtmauer, räumt Dakien (Rumänien), besiegt *Zenobia* und *Tetricus*, Triumphzug
275*	*Constantin* geboren

* Historische Daten widersprüchlich überliefert.

Erläuterungen

Aureus	römische Goldmünze = 25 Denare
Authepsa	römischer Samowar
Baal, Bel	syrischer Fruchtbarkeitsgott
Bagauden	Banden gallischer Landbewohner
Benefiziarier	römische Straßenpolizei
Caldarium	Heißbaderaum
Cardo maximus	nordsüdliche Hauptstraße einer Stadt
Caupo	Schankwirt (daher »kaufen«)
Centurio	Hundertschaftsführer einer Legion
Charon	Fährmann über den Styx (Totenfluss)
Cloaca maxima	Hauptabwasserkanal Roms
Coeparius	reisender Händler
Curator	Aufseher über die Finanzen einer Stadt
Cursus publicus	staatliche Reisepost
Damnatio ad Bestias	Verurteilung zum Tod durch wilde Tiere
Decumanus maximus	ostwestliche Hauptstraße einer Stadt
Denar	römische Silbermünze
Drachma	Gewichtsmaß, ca. 3,5 gr.
Duumvir (Plural Duoviri)	einer von zwei Bürgermeistern
Episcopus	Bischof
Flavisches Amphitheater	das heutige Kolosseum
Frigidarium	Kaltbaderaum
Frumentarius	kaiserlicher Agent des 3. Jh.
Garum	konzentrierte Fischwürze
Glaesum	germanisch für »Bernstein« (daher »Glas«)
Hades	das Reich der Schatten (der Toten)
Heruler	Germanenstamm
Honestior	Mitglied der römischen Oberschicht

Hypokaust	Fußbodenheizung
Leo	»Löwe«, vierte Stufe im Mithraskult
Leuge	gallisches Längenmaß = 2,2 km
Liburne	römisches Kriegsschiff
Magusch	persischer Priester (daher »Magier«)
Mansio	staatliches Rasthaus
Miles	»Soldat«, dritte Stufe im Mithraskult
Milia passuum	1000 Schritte = 1,48 km (daher »Meile«)
Modius	Maßeinheit, ca. 9 kg
Museion	den Musen geweihte Lehrstätte
Nymphäum	Tempelanlage mit Wasserbecken
Obolus	kleine griechische Münze
Optio	Anwärter auf den Rang eines Centurio
Osiris	ägyptischer Gott
Pandocheion	griechisch, »Für alle« (daher arabisch »Funduk«)
Pairi Daeza	persisch, »von Mauern umgeben« (daher »Paradies«)
Parsange	persische Maßeinheit = 6 km
Phaeton	Sohn des griechischen Sonnengottes Helios
Popina	Speiserestaurant
Posca	Essiglimonade
Praefurnium	Heizöffnung für Hypokaustheizung
Priapos	Fruchtbarkeitsgott mit erigiertem Glied
Retiarier	Gladiator mit Netz und Dreizack
Römischer Fuß	ca. 30 cm
Secutor	Gladiator mit Schwert und Schild
Sextarius	ca. 0,55 Liter
Styx	Grenzfluss des Totenreichs
Sueben	Germanenstamm (Schwaben)
Tabularium	Staatsarchiv in Rom
Tiara	hohe persische Kopfbedeckung
Tepidarium	Lauwarmbereich eines Bades
Terra Sigillata	moderner Name für rote Keramik
Triclinium	Speisezimmer mit drei Liegebänken
Valetudinarium	Armeekrankenhaus
Vir Clarissimus	Ehrentitel der Senatoren
Vomitorium	Treppenausgang ins Theater

Städte und Länder

Ad Quintam Lapidam	Quint (bei Trier)
Aelia Capitolina	Jerusalem
Alexandria	hier: Stadt in Ägypten
Ankyra	Ankara (Türkei)
Antiochia	hier: Antakya (Türkei)
Antunnacum	Andernach
Aquincum	Budapest (Ungarn)
Arae Flaviae	Rottweil
Arelate	Arles (F)
Argentorate	Straßburg (F)
Aspendos	Ruinenstadt bei Antalya (Türkei)
Augusta Raurica	Augst (bei Basel, CH)
Augusta Treverorum	Trier
Augusta Vindelicum	Augsburg
Augustodunum	Autun (F)
Aventicum	Avenches (CH)
Babylon	Babel (Irak)
Basilia	Basel (CH)
Berenike	Hafen am Roten Meer (Ägypten)
Berytos	Beirut (Libanon)
Bicastrum *(fiktiver Name)*	Osterburken
Borbetomagus	Worms
Brigobanne	Hüfingen
Byblos	Dschubail (Libanon)
Byzantium	Istanbul (Türkei)
Carnuntum	Ruinenstätte bei Deutsch-Altenburg (A)
Castra Regina	Regensburg

Caesarea	hier: Ruinenstadt bei Haifa (Israel)
Charax , Pharat	antike Städte bei Basra (Irak)
Clysma	Suez (Ägypten)
Colonia Claudia Ara Agrippinensis	Köln
Dakien	etwa das heutige Rumänien
Dekumatland	etwa das heutige Baden-Württemberg
Dura Europos	antike Ruinenstadt am Euphrat (Syrien)
Edessa	Urfa (Türkei)
Emesa	Homs (Syrien)
Ephesos	Selcuk/Efes (Türkei)
Eudaimon	Aden (Jemen)
Galatien	Region um Ankara (Türkei)
Grinario	Köngen
Gundeschapur	antike Stadt (westlicher Iran)
Heliopolis	hier: Baalbek (Libanon)
Hundertsäulen	spätpersischer Name für Persepolis
Ktesiphon	antike persische Hauptstadt (Irak)
Legio	León (Nordspanien)
Lopodunum	Ladenburg
Lugdunum	Lyon (F)
Lukanien	italienische Region
Massilia	Marseille (F)
Mogontiacum	Mainz
Misenum	Flottenstützpunkt bei Neapel (I)
Muziris	wohl Pattanam (Südwestindien)
Myos Hormos	Hafen bei Hurghada (Ägypten)
Naissus	Nisch (Serbien)
Neapolis	hier: Neapel (I)
Nehardea	Ort im Zweistromland (Irak)
Palmyra	Tadmor (Syrien)
Pannonien	etwa das heutige Ungarn
Pergamon	Bergama (Türkei)
Phönizien	die syrisch-libanesische Küste
Pietas Julia	Pula (Kroatien)

Placentia	Piacenza (I)
Podouke	Arikamedu bei Pondichéry (Südostindien)
Portus (Kap. 5)	Pforzheim
Portus (Kap. 7)	Hafen bei Ostia
(Castra) Quintana	Künzing
Rätien	etwa das heutige Bayern
Riv-Ardashir	Bandar-e Buschir (Iran)
Sardes	Sart (Türkei)
Säulen des Herkules	Meerenge von Gibraltar
Seleukia	hier: antike Stadt im Zweistromland (Irak)
Sumelocenna	Rottenburg
Tabernae Rhenanae	Rheinzabern
Taprobane	Ceylon
Tenedo	Zurzach (CH)
Thugga	Dougga (Tunesien)
Thysdrus	El Djem (Tunesien)
Transtiberim	römischer Stadtteil Trastevere
Tyana	antike Stadt bei Nigde (Türkei)
Veh-Schapur	Bischapur (Iran)
Vicus Aurelianus	Öhringen
Vindolanda	Chesterholm, Hadrianswall (UK)
Vindonissa	Windisch (CH)

Nachwort

Einen detailgetreuen historischen Roman zu schreiben, der im späten dritten Jahrhundert spielt, ist gleichermaßen schwierig wie faszinierend.

Schwierig, weil die zeitgenössische Geschichtsschreibung in dieser wirren Zeit weitgehend verstummt. Für die frühe christliche Überlieferung dagegen sind politische Geschehnisse meist nur insofern von Belang, als sie religiöse Fragen berühren.

Faszinierend fand ich die Möglichkeit, eine Zeit der Umbrüche zum Leben zu erwecken. Unter dem Ansturm von Germanen wie Persern verkommt das Weltreich zur Bühne endloser Machtkämpfe. Auch wenn starke Kaiser den Untergang noch einmal abwenden, so zeichnet sich doch das einst Undenkbare ab: Der lange Tag der antiken Welt neigt sich dem Abend zu, die Nacht der Barbarei wirft ihre Schatten voraus. Dabei verändert sich das Imperium. Stadtbürger werden zu Untertanen, die Kaiser vom »Ersten unter Gleichen« zum »Herrn und Gott«, die tolerante Antike mündet in den religiös überhöhten Zwangsstaat.

Die römischen Provinzen im deutschen Sprachraum bilden dabei einen zentralen Schauplatz. Der Abzug von Grenztruppen gegen die Perserbedrohung und die Rebellion des Postumus sind entscheidend dafür, dass die Germanen dem Imperium dauerhaft Land entreißen können – ein Erfolg, den sie nicht vergessen werden. Und mit Trier erwächst Rom erstmals eine Konkurrenz – eine Entwicklung, die Konstantin weiterführen und mit der Gründung seiner neuen Hauptstadt vollenden wird.

Eine detailgetreue Darstellung der damaligen Verhältnisse lag mir am Herzen. Wo die Geschichtsschreibung verstummt, können archäologische Funde, Erkenntnisse der Münzkunde oder der Sprachforschung Hinweise geben. Trotzdem wird vieles für immer unsicher bleiben. In solchen Fällen habe ich plausible Annahmen gemacht.

Dies gilt auch für die historischen Personen, besonders für Aurelian und Zenobia, deren Eigenschaften und Motive so gezeichnet sind, wie es die Überlieferung erlaubt.

Ausgeschmückt habe ich Rabbi Samuel, Laelianus, Haddudan, Longinus, Zabdas, Apasay, Kartir und Amr Ibn-Adi.

Exaktheit beim zeitlichen Ablauf der Geschichte war schwierig, da manche Daten ungenau überliefert oder in der Wissenschaft umstritten sind – selbst bei historisch zentralen Figuren wie Konstantin, dessen Geburtstag bekannt ist, nicht jedoch das Jahr.

Mit dichterischer Freiheit habe ich einige Fakten in die Geschichte eingeflochten, die erst für später bezeugt sind. So ist 259 n. Chr. noch kein Bischof von Trier überliefert und die Bagauden werde erst in den 280er-Jahren erwähnt. Das Kriegshandbuch, aus dem die Beschreibung des Schaufelradschiffes stammt, und die Landkarte von Indien (Peutingerkarte) entstanden im vierten Jahrhundert. Auf dem Runden Berg bei Urach ist eine Besiedlung von 268 archäologisch noch nicht nachweisbar. Auch gab es in kleinen Provinzstädten wohl kaum einen Präfekten.

Mit Ausnahme Roms sind die Städtenamen in der antiken Form angegeben; die vorrömischen Flussnamen dagegen in der heutigen Form.

Einige Anmerkungen zu den Fakten in den einzelnen Kapiteln:

Kapitel 1:

Verecundus ist ein bekannter Name aus Rheinzabern, einem der größten Töpferzentren der Antike, wo an die 50 Millionen »Terra Sigillata«-Gefäße fabrikmäßig hergestellt wurden. Brieftauben waren verbreitet, die Verbindung zu einem Fortunatempel ist Phantasie. Der ursprüngliche Ort des Löwenportals ist unbekannt, es muss aber ein sehr wichtiges Gebäude gewesen sein. Ladenburg, wo eine Schauspielmaske gefunden wurde, besaß als einzige rechtsrheinische Stadt ein Theater.

1
Theatermaske aus Ladenburg

Kapitel 2:
Drusillas Villa ist erfunden, entspricht aber Gutshöfen, wie sie z.B. eine gelungene Rekonstruktion in Hechingen/Stein (http://www.villa-rustica.de/) veranschaulicht.

Kapitel 3:
Das Soldatenspiel ist in dieser Form im Mittelrheinischen Landesmuseum, Mainz zu sehen. Erntemaschinen, bei Vitruv beschrieben, sind typisch für den Raum Trier/Belgien.

2 *Darstellung einer Erntemaschine (Vallus) auf einem Grabstein*

Kapitel 4:
Das Grabmal der Secundinii steht in Igel; ein mit Bemalung rekonstruierter Abguss im Rheinischen Landesmuseum, Trier.

Kapitel 5:
In Ladenburg überlebte eine romanische Restbevölkerung, die Mithras in unterirdischen Heiligtümern verehrte; ein lokaler Herrscher ist Fiktion. Das Löwenportal wurde 1973 bei Bauarbeiten entdeckt, die Teile befinden sich in den Museen von Ladenburg und Konstanz.

3
Klappmesser mit lesendem Affen als Griff

Kapitel 6:
Die Gräberstraße lag vor Heidelberg-Neuenheim, von dort führte die Römerbrücke über den Neckar. Osterburken ist das anschaulichste Beispiel eines gut erhaltenen Limeskastells. Das beschriebene Messer wurde in Steinheim (Lkr. Dillingen) gefunden. In Regensburg ragt heute noch die »Porta Prätoria« auf, der eindrucksvolle Rest des römischen Nordtors. In Dalkingen wurde das um 213 errichtete Limes-Prunktor ausgegraben und teilrekonstruiert. Bei der Villa in Hechingen/Stein fanden sich frühe alamannische Siedlungsspuren. In Badenweiler zeigt die Ruine der großen Thermen den Luxus eines solchen Badepalastes.

4 Darstellung eines römischen Schiffes mit Schaufelradantrieb

Kapitel 7:
In Augst, einer der eindrucksvollsten römischen Ruinenstätten nördlich der Alpen, wurden u.a. der Tempelschlüssel, die Falschmünzerformen samt Knochen, das Gladiatorenmosaik und der Bronzering mit der Menora gefunden. Theatervorstellungen mit realen Hinrichtungen waren keine Seltenheit. Das Zahnpastarezept stammt aus einem ägyptischen Papyrus des frühen 4. Jh.
Die Ankunft von Römern ist in chinesischen Quellen überliefert. Aurelian soll Besuch aus Indien empfangen haben; Aquilas Berichte sowie die geheime Mission in Palmyra sind erfunden.

Kapitel 8:
Noch für das 4. Jh. ist überliefert, dass sich Galater mit Galliern aus der Trierer Gegend verständigen konnten. Der Pergamon-Altar ist in Berlin zu bewundern. Alle von Rabbi Samuel zitierten Aussagen stammen aus der Bibel bzw. jüdischen Überlieferungen wie dem Talmud.

Kapitel 9:
Es gibt keine Beschreibungen Babylons aus der Zeit um 270, aber der Zustand der Stadt lässt sich durch Ausgrabungen erschließen. Das Ishtartor steht jetzt im Pergamon-Museum in Berlin; Bergkristalllinsen wurden im Zweistromland gefunden. Hufeisenbögen waren bereits im römischen Nordspanien des 2. Jh. bekannt.
Die ritterähnliche Bewaffnung und Kampfweise des persischen Adels ist in großen Felsreliefs dargestellt, Kartirs fanatisches Verhalten in Märtyrerberichten überliefert. Die Bezeichnungen im Text sind mittelpersisch, die Verwandtschaft zum Latein lässt sich auch am modernen Persisch zeigen.

5 Darstellung von Hufeisenbögen auf einem römischen Grabstein

Kapitel 10:
Die Kugellagerplattform entspricht Funden aus den Nemisee-Schiffen. Das »Goldene Haus« wurde offiziell erst zu Beginn der Neuzeit wieder erforscht, aber es könnten aber auch zur Zeit der Erzählung Zugänge existiert haben. Im Archäologischen Museum

6 Rekonstruierte Kugellagerplattform: Gesamtansicht (a) und Detail (b)

von Arezzo (I) befindet sich die Miniatur mit der Darstellung eines Senators. Besteck und ein Reisewagen sind im Römisch-Germanischen Museum in Köln ausgestellt.

Zuletzt möchte ich mich bedanken, vor allem bei Prof. Dr. Michael Mackensen vom Institut für Provinzialrömische Archäologie der LMU für seine geduldige Unterstützung und seine kritischen Kommentare. Auch Michael Egger von der Archäologischen Staatssammlung München bin ich für wertvolle Hinweise sehr verbunden. Bernhard Walter Kaempf, München, danke ich besonders für sein Engagement und seine Anregungen.

Frank S. Becker

Abbildungsnachweis

1: F. S. Becker
2: mit freundlicher Genehmigung des Musée Gaumais, Rue d'Arlon, 38–40, 6760 Virton www.musees-gaumais.be (Belgien)
3: Landesamt für Denkmalpflege, München
4: Bayerische Staatsbibliothek, München
5: Imagen MAS, mit freundlicher Genehmigung des Museo de León, Prza. De San Marcos, 24001 León http://turismo.iranon.org/museodeleon/ (Spanien)
6: Mit freundlicher Genehmigung der Soprintendenza per i Beni Archeologici del Lazio; Originale im Museo delle Navi Romane, Nemi http://www.museionline.it/ita/cerca/museo.asp?id=2300 (Italien)

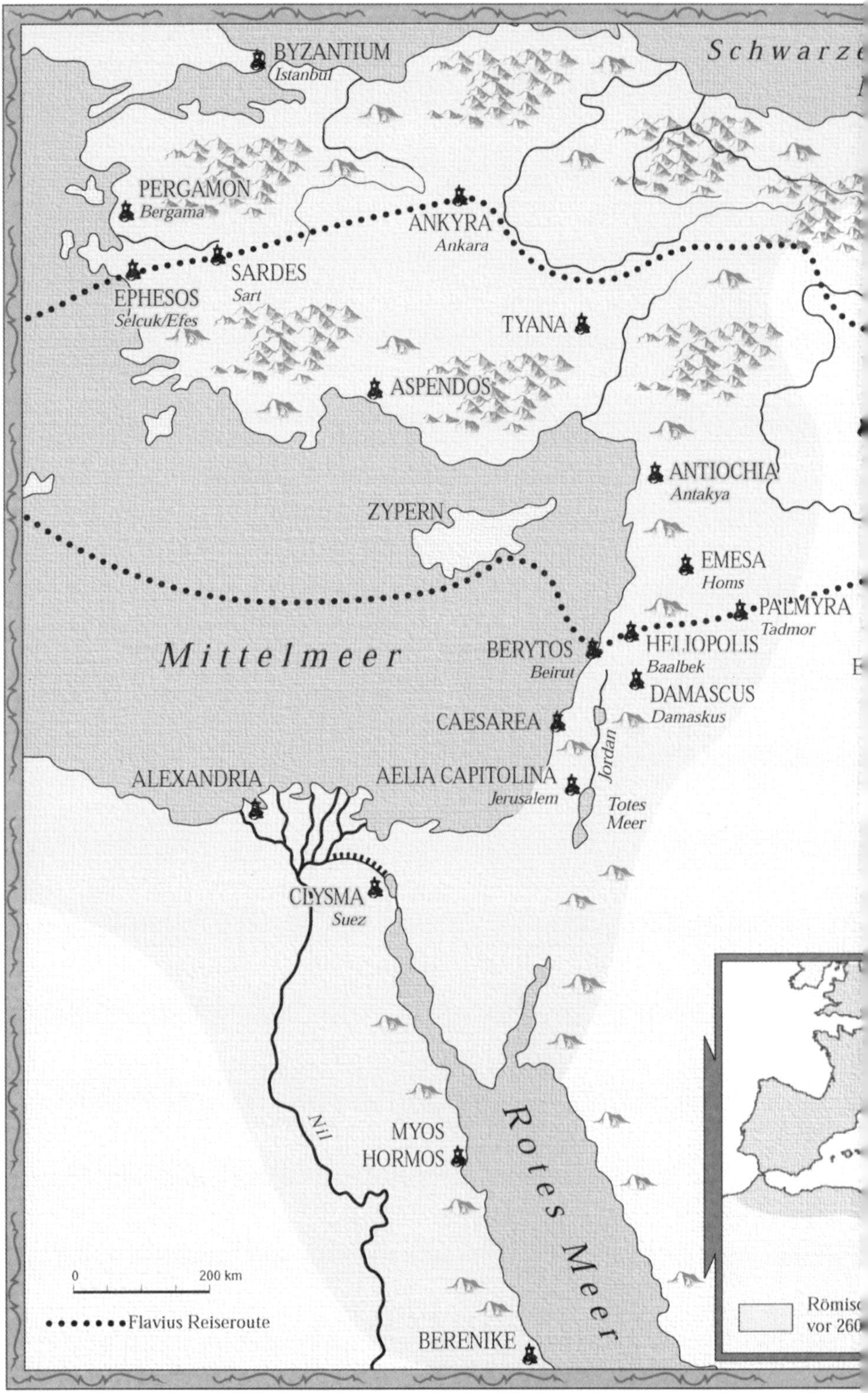
Schwarze
BYZANTIUM
Istanbul
PERGAMON
Bergama
ANKYRA
Ankara
SARDES
Sart
EPHESOS
Selcuk/Efes
TYANA
ASPENDOS
ANTIOCHIA
Antakya
ZYPERN
EMESA
Homs
PALMYRA
Tadmor
HELIOPOLIS
Baalbek
Mittelmeer
BERYTOS
Beirut
DAMASCUS
Damaskus
CAESAREA
ALEXANDRIA
AELIA CAPITOLINA
Jerusalem
Jordan
Totes
Meer
CLYSMA
Suez
Nil
MYOS
HORMOS
Rotes Meer
BERENIKE
0
200 km
Flavius Reiseroute